Lynn Raven
lebte in Neuengland, USA, ehe es sie trotz ihrer Liebe zur wildromantischen Felsenküste Maines nach Deutschland verschlug. Nachdem sie zwischenzeitlich in die USA zurückgekehrt war, springt sie derzeit nicht nur zwischen der High und der Dark Fantasy hin und her, sondern auch zwischen den Kontinenten und ist unter den Namen Lynn Raven und Alex Morrin erfolgreich.
Für ihre Leserinnen und Leser ist die Autorin im Internet unter www.lynn-raven.com zu finden.

Von Lynn Raven bisher im Verlag Carl Ueberreuter erschienen:
Der Kuss des Dämons
Das Herz des Dämons
Werwolf

Lynn Raven

Das Blut des Dämons

UEBERREUTER

Das säurefreie und alterungsbeständige Papier EOS liefert Salzer, St. Pölten
(hergestellt aus chlorfrei gebleichtem Zellstoff aus nachhaltiger Forstwirtschaft).

ISBN 978-3-8000-5539-5
Alle Rechte vorbehalten. Das Werk darf – auch teilweise –
nur mit Genehmigung des Verlages wiedergegeben werden.
Umschlaggestaltung von Nele Schütz Design, München,
unter Verwendung eines Fotos von Corbis, Düsseldorf
Copyright © 2010 by Verlag Carl Ueberreuter, Wien
Gedruckt in Österreich
7 6 5 4 3 2 1

Ueberreuter im Internet: www.ueberreuter.at

Eyes, look your last!
Arms, take your last embrace! and, lips, O you
The doors of breath, seal with a righteous kiss
A dateless bargain to engrossing death!

(Shakespeare – Romeo and Juliet, Act 5, Scene 3)

Wie lange wollte ich die Augen davor verschließen? Leugnen, was von Anfang an nicht zu leugnen war? – Die Krämpfe. Das Rebellieren ihres Magens in immer kürzeren Abständen. Die Erschöpfung. – ›Ein Magen-Darm-Virus. Menschen werden nun einmal von Zeit zu Zeit krank. Es wird mir bald besser gehen.‹ Und ich habe ihr geglaubt. Weil ich ihr glauben wollte.

Hätte es etwas geändert, wenn sie mir gleich erzählt hätte, was Bastien in jener Nacht in der Lagerhalle zu ihr gesagt hat? Dass es sich mit ihr ›demnächst erledigt‹ hat. Hätte ich es aufhalten können, wenn ich es früher gewusst hätte? Gewusst! Pah! Wenn ich früher die Augen aufgemacht hätte.

Ich werde sie halten, solange ich kann. Ihre Haut ist durchscheinend wie Porzellan. Und kalt. Ich kann die Adern darunter sehen. Bläuliche, feine Linien. Mit jedem Tag wird sie schwächer.

Zu wie vielen menschlichen Ärzten habe ich sie gezerrt? Ich weiß es nicht. Es waren nicht viele. Wozu auch? Sie hätten ihr niemals helfen können. Samuel hat ihren Wechsel viel zu früh erzwingen wollen und ihre Chemie vollkommen durcheinandergebracht. Ihr Körper weiß nicht mehr, was er ist: Mensch oder Lamia.

Und keiner kann ihr helfen. Auch Vlad nicht. – Fürst Vlad. Sollte er je erfahren, wie es seiner Großnichte geht, wird er sie mir wegnehmen. Ich kann ihm nichts davon sagen.

Deshalb bin ich hier. Ich bin auf mich gestellt. – Und treffe selbstsüchtig eine Entscheidung, die eigentlich ihre ist. Weil ich mich an etwas klammere, an das ich selbst niemals geglaubt habe: Legenden. Legenden über das Blut der Allerersten.

Ihretwegen verrate ich mein Legat als Kideimon. Papas Erbe. Das Einzige, was mir von ihm geblieben ist. Ich breche das Wort, *das ich ihm gegeben habe. Und es ist mir egal. Ebenso, wie es mir egal ist, dass Adrien dagegen ist.*

›*Beende es! Jetzt! Du weißt, wo es hinführt!*‹ *Seine Worte hallen noch immer in meinem Kopf. Jedes einzelne wie ein Stich ins Herz. Ja, ich weiß, wo es hinführt. Qual. Wahnsinn. Tod. Ich war auch an dieser Schwelle, Bruder. – Selbst wenn es nur den Hauch einer Hoffnung gibt, das Blut könnte verhindern, dass sie stirbt. Selbst wenn das bedeutet, dass ich mich mit dir überwerfen muss. Ich lasse es mir nicht verbieten.*

»*Wir gehen gleich in den Landeanflug, Sir. Wenn Sie sich bitte anschnallen*«, *meldet sich der Pilot von di Ulderes Gulfstream über die Bordsprechanlage. Dafür, dass er mir die Maschine überlassen hat, stehe ich noch tiefer in seiner Schuld.*

Kaum merklich legt der Jet sich in eine Kurve, bricht durch die Wolken. Das Meer ist für einen Novembertag überraschend blau und klar. Die Sonne funkelt auf seiner Oberfläche. Vor der Küste Pomègues, Ratonneau, Tiboulen und d'If mit dem alten Château ...

Marseille. Die Stadt, aus der ich seit nahezu einem Menschenleben bei Todesstrafe gebannt bin.

Ich habe keine andere Wahl.

Mein Leben stirbt.

Anfang vom Ende

Bis vor Kurzem war ich noch der festen Überzeugung gewesen, es gäbe nichts Schlimmeres, als Gesprächsthema Nummer eins der hiesigen Highschool zu sein und ständig begafft zu werden wie die Hauptattraktion einer Freakshow. Inzwischen wusste ich, dass es Schlimmeres gab: die Gewissheit, dass es sich mit mir – wie hatte Bastien das in dieser Lagerhalle so hübsch ausgedrückt? – *demnächst erledigt* hatte.

Ich starb. Daran ließ sich wohl tatsächlich nicht mehr rütteln.

Allerdings wurde ich allmählich das Gefühl nicht los, dass sich selbst diese Tatsache noch toppen ließ: durch einen Freund, der mich nur mit einem mageren »Ich habe etwas zu erledigen« als Begründung und »Bitte frag nicht weiter« einfach sitzen ließ. – Nun, wenn man es genau nahm, traf *sitzen ließ* es nicht ganz. Fakt war: Julien hatte mich allein gelassen. Ohne mir mehr zu sagen, als »Ich bin zurück, so schnell ich kann«, war er in der vergangenen Nacht zum Flughafen von Bangor gefahren, wo ihn der Privatjet von Timoteo Riccardo di Uldere bereits erwartete. Das Ziel des Fluges? Fehlanzeige. Julien hatte sich geweigert, es mir zu verraten. Alles, was ich wusste, war, dass er binnen vierundzwanzig Stunden zurück sein wollte.

In einer Mischung aus Ärger und Hilflosigkeit starrte ich das aufgeschlagene Buch vor mir an und versuchte mich auf das zu konzentrieren, was Mr Barrings, unser Lehrer für englische Literatur, uns gerade zu Herman Melville und seinem Roman *Moby Dick* erzählte. Und bemühte mich gleichzeitig die Blicke meiner Mitschüler und ihr Getuschel zu ignorieren. Beides mit mäßigem Erfolg.

Wir hatten ihnen in den letzten Wochen genug Grund zum Tratschen geboten und die Gerüchte reichten von *Dawn Warden sollte von ihrem Onkel dem Teufel geopfert werden und Julien DuCraine hat es im letzten Moment verhindert* bis zu *Julien DuCraine dealt mit Crystal und wäre deshalb beinah von den Cops verhaftet worden*. Die Wahrheit dahinter sah ganz anders aus. Aber sie irgendjemandem – selbst den Leuten aus meiner Clique – zu erzählen, stand völlig außer Frage. Noch nicht einmal Beth, die immerhin meine beste Freundin war, durfte etwas davon erfahren. Beth, die Juliens Verhalten mir gegenüber seit jener Nacht, in der ich mir ihren Käfer geliehen hatte, mit Argus-Augen beobachtete. Sie hatte damals angenommen, dass Julien mich nach einem Streit einfach im *Ruthvens* hatte stehen lassen und ich mir ihr Auto geborgt hatte, um ihm hinterherzufahren. Auch wenn sie wohl stillschweigend annahm, dass wir uns wieder vertragen hatten und deshalb davon abgesehen hatte, Julien zur Schnecke zu machen, änderte das nichts daran, dass sie offenbar nach wie vor damit rechnete, er könne mich genauso fallen lassen, wie er es bei seinen anderen Freundinnen vor mir stets getan hatte.

Mit ein wenig Verspätung blätterte ich meinen *Moby Dick* um, ohne zu wissen, ob ich wirklich noch auf der richtigen Seite war.

Dass ich heute Morgen allein – ohne Julien! – zum Unterricht erschienen war, schürte den Klatsch noch ein Stück mehr. Vor allem für Cynthia – Schulschönheit von Gottes Gnaden – war es ein gefundenes Fressen. Stand mein Freund neben mir, wagte sie es nicht, mir gewisse Dinge ins Gesicht zu sagen. Ohne ihn kannten ihre Sticheleien keine Grenzen. Gerade eben warf sie mir erneut einen schnellen Blick über die Schulter zu. Was sie sagte, als sie sich wieder umdrehte, konnte ich nicht hören, aber ihr Hofstaat kicherte. Mit zusammengebissenen Zähnen starrte ich auf die *Moby-Dick*-Ausgabe. Ich hätte mir das hier ersparen können. In meiner Tasche steckte eine Entschuldigung von meinem Großonkel Vlad – von Julien gefälscht. – Wobei ich mir fast sicher war, dass selbst Onkel Vlad den Unterschied zwischen seiner Schrift und der auf dem Papier kaum, oder nur mit großer Mühe, erkennen würde. – Aber ich hatte es nicht ertragen, zu Hause zu sitzen. Allein mit meinen Gedanken; dem Wissen, dass mir die Zeit unter den Händen davonrann ... *Ob ich Weihnachten noch erlebe?* Die Frage war einfach da. Ebenso wie der Kloß in meiner Kehle. Nein! Ich würde nicht diesen Gedanken nachhängen. Nicht jetzt! Deshalb hatte ich mich –

seit zweifelsfrei feststand, dass ich sterben würde – in einen Wirbel an Aktivitäten gestürzt. Ich wollte keine Zeit, um zu denken, zu grübeln; wollte mich nicht immer wieder fragen, ob es nicht doch irgendeinen Ausweg gab, einen, den wir nicht sahen. Einen anderen als den, den Julien kategorisch ablehnte: Nach wie vor weigerte er sich, mich zu einem Vampir zu machen. – Und noch war ich nicht bereit, zu meinem Onkel Vlad zu gehen und ihn zu bitten, das zu übernehmen. Ganz abgesehen davon, dass auch er sich weigern konnte, fürchtete ich, dass er mich nicht länger in Juliens Obhut lassen würde, wenn er erst wusste, wie es um mich stand. Er war der Letzte, der davon erfahren durfte.

Meine Gedanken schweiften zu den vergangenen Wochen zurück. Als meine Anfälle immer häufiger und immer heftiger kamen und ich mir selbst endlich eingestanden hatte, dass Bastien recht hatte, hatte ich Julien gezwungen, Dinge mit mir zu unternehmen, die er niemals freiwillig mit mir unternommen hätte: Achterbahnfahrten auf dem Rummel in Darven Meadow – hintereinander, bis selbst ihm schlecht war – und durchtanzte Nächte im *Ruthvens* waren nur ein paar davon gewesen. Ich war bis an meine Grenzen gegangen. Und mehr als einmal hatte ich es bei solchen Gelegenheiten anschließend gerade noch auf den Beifahrersitz der Corvette geschafft, ehe meine Kräfte mich verließen – oder mich einer meiner Anfälle schüttelte. Er hatte nie etwas gesagt, sondern mich dann immer nur stumm nach Hause gefahren und die Treppe hinauf in mein Bett getragen. – Aber in den Stunden danach – wenn er dachte, dass ich schlief oder bewusstlos war – saß er neben mir und hielt meine Hand umklammert, als könne er so irgendetwas verhindern. Oder als brauche er selbst diesen Halt.

Ich schluckte gegen die Enge in meiner Kehle an, bis sie vergangen war. Auch wenn der Tod wie eine dunkle Wolke über uns hing, war ich entschlossen so zu leben, als sei sie nicht da. Es gab noch so vieles, was ich tun wollte ... Vor allem aber wollte ich in dem bisschen Zeit, das mir noch blieb, nicht behandelt werden, als sei ich aus Glas. Glas, das bereits einen Sprung hatte. Und trotzdem fühlte ich mich manchmal wie erstarrt. Ich ballte die Fäuste. Aber nicht heute! Auch wenn Julien nicht da war. Noch war ich am Leben.

Wie zum Hohn zog ein Krampf genau in diesem Moment meinen Magen zusammen. Vollkommen überraschend. Unwillkürlich schnappte ich nach Luft, legte die Hand auf meinen Bauch und krümmte mich ein Stück vornüber.

Nein! Bitte nicht!

»Dawn, alles in Ordnung mit Ihnen?«

Ich versuchte gegen den Schmerz zu atmen. Die Muskeln nicht weiter zu verkrampfen, sondern sie zu *entspannen*, so wie Julien es mir gezeigt hatte.

»Dawn, geht es Ihnen nicht gut?«

Die Augen zusammengepresst drückte ich die Faust fester in die Stelle, in der schon ein Messer zu bohren schien. Dabei hatte ich heute noch keinen Bissen gegessen.

»Dawn?«

Ich blinzelte, als mir klar wurde, dass Mr Barrings neben mir stand. »W-was?« Meine Stimme klang heiser.

Er beugte sich ein wenig zu mir. Seit seinem Unfall zu Beginn des Schuljahres bewegte er sich ziemlich steif. »Stimmt etwas nicht mit Ihnen, Dawn? Soll Sie jemand zur Schulschwester bringen?«

»Nein!« Ich brachte ein Kopfschütteln zustande. »Nein, alles ... in Ordnung.« *Atmen! Atmen!* Ob mein Lächeln mehr war als eine Grimasse, konnte ich nicht abschätzen. Mr Barrings' Gesichtsausdruck nach zu schließen, war es das nicht. Alle starrten mich an.

»Sind Sie sicher?«

Ich nicke. *Atmen!*

»Vielleicht geht es Dawn ja schneller besser, wenn sie einfach mal wieder den Finger in den Hals steckt«, ließ Cynthia sich in die betretene Stille um uns herum vernehmen. Stimmte mein Verdacht also und das Gerücht mit der Bulimie ging tatsächlich auf ihr Konto? Zum Teufel mit ihr!

Die Hand noch ein wenig fester auf meinen Bauch gepresst hob ich den Kopf und sah sie an. *Atmen.* »Nein danke. Das überlass ich dir. Ich bin mit meinem Gewicht durchaus zufrieden.« Obwohl meine Stimme nach wie vor entsetzlich rau war, starrte sie mich eine Sekunde mit schmalen Lippen wütend an. Doch dann reckte sie mit einem süffisanten Lächeln die Nase ein bisschen höher.

»Dass du das jetzt bist, kann ich mir durchaus vorstellen. - Wie viel hast du seit dem Halloween-Ball abgenommen? Zehn Pfund?«

Es waren zwanzig. Aber das musste sie nicht wissen.

»Solche Kommentare sind absolut unnötig, Cynthia.« Mr Barrings warf ihr einen unwilligen Blick zu. Der, mit dem er mich bedachte, war dafür umso nachdenklicher. Hoffentlich hatte mir Cyn nicht gerade zu einem Termin mit irgendeinem Schulpsychologen verholfen.

»Sind Sie sicher, dass wieder alles in Ordnung ist, Dawn?«, erkundigte er sich noch einmal.

»Ja, Sir. Danke.« Der Schmerz sank tatsächlich allmählich wieder auf sein übliches halbwegs erträgliches Level herab. Vielleicht würde er ja für ein paar Stunden ganz verschwinden, wenn Julien wieder da war. Meine Hände - eigentlich alles an mir - zitterten allerdings noch immer. Ich drückte sie unter der Bank auf meine Oberschenkel.

Abermals maß Mr Barrings mich auf diese nachdenkliche Art, doch dann nickte er und kehrte nach vorn zu seinem Tisch zurück. »Nun gut, wieder zu Herman Melville, meine

Herrschaften. Kann mir jemand in den letzten fünf Minuten unserer Stunde zusammenfassen, welchem seiner Autorenkollegen *Moby Dick* gewidmet war und auf welcher Vorlage beziehungsweise auf welchen realen Geschehnissen der Roman basiert, ehe wir in den eigentlichen Text einsteigen?«

Scott zwei Tische vor mir meldete sich. Sosehr ich mich bemühte: Es gelang mir nicht, mich auf seine Antwort zu konzentrieren. Schließlich gab ich es auf. Ich musste nur noch eine Pause und anschließend Mathe und Erdkunde hinter mich bringen, dann war dieses Elend für heute vorbei. – Und zu Hause wartete nichts als Stille auf mich. Der Gedanke schnürte mir einmal mehr die Kehle zu. *Wo steckst du, Julien? Bitte, komm heim.* Die Schulglocke erlöste mich für den Moment und ich flüchtete vor weiterem Gaffen, Getuschel und hämischen oder mitleidigen Bemerkungen ins nächste Mädchen-Klo.

Die Hände um den Rand eines der weißen Waschbecken geklammert versuchte ich das Zittern irgendwie zu beherrschen. Meine Finger waren eiskalt. Ich konnte sie kaum spüren. Ein Mädchen ging hinter mir vorbei, ich begegnete seinem Blick im Spiegel vor mir. Sie schaute hastig weg, gleich darauf schloss sich eine der Toilettentüren, der Riegel schabte. Ich starrte weiter in den Spiegel. An seinem Rand waren winzige dunkle Flecken. Eine der Ecken war abgesplittert. Mein Spiegelbild starrte zurück. Von Anfang an hatte ich nicht verstanden, was Julien an mir fand, warum er mich für *schön* und *bezaubernd* hielt, aber jetzt ... Ich hatte dunkle Ringe unter den Augen, die mir inzwischen nur noch in einem undefinierbaren, stumpfen Braun entgegensahen. Meine Haare waren glanzlos und strähnig, ich konnte waschen, Spülungen machen und Kuren draufpacken, so viel ich wollte, nichts davon wirkte. Vielleicht sollte ich froh sein, dass es mir noch nicht büschelweise ausfiel. Beinah unbewusst hob ich eine Hand, drehte sie vor meinem Gesicht, berührte es, fuhr mir über die rissigen Lippen. Meine Haut war blass – fast so blass wie Juliens –, bitter verzog ich den Mund. Was hätte ich darum gegeben, wenn sie es aus demselben Grund gewesen wäre! Aber offenbar würde es den Wechsel für mich nun endgültig nicht mehr geben, so schwer es mir auch fiel, diese Hoffnung aufgeben zu müssen. Unter der Haut konnte man die Adern erkennen. Und ich glaubte sogar zu sehen, wie das Blut darin pulste. Ich ließ die Hand fallen, schloss die Augen, krallte die Finger wieder um den Waschbeckenrand. – Ich sah aus wie etwas, das aus einem Bestattungsinstitut davongelaufen war.

Aus der Toilettenkabine, in die das Mädchen zuvor verschwunden war, wehte Zigarettenqualm.

»Dawn?«

Erschrocken keuchend fuhr ich herum. Prompt wurde mir schwindlig. Wie häufiger in letzter Zeit, wenn ich mich zu hastig bewegte. Erneut klammerte ich mich am Waschbeckenrand fest, führte die Bewegung sehr viel langsamer zu Ende. Beth stand hinter mir, wie stets von Kopf bis Fuß in Schwarz. Auch wenn ihr Look heute mit Rüschenbluse, Jeans und Schnürstiefeln geradezu *normal* wirkte im Vergleich zu dem, was sie sonst trug. Ihr Haar war zu zwei Zöpfen geflochten, die ihr Gesicht umrahmten. Vielleicht sollte ich mich zukünftig auch im Goth-Style schminken? Möglich, dass die Ringe unter meinen Augen dann wie gewollt aussahen.

»Bist du okay?« Sie musterte mich besorgt. Sosehr ich Beth mochte, mit ihrem Gluckengetue ging sie mir inzwischen auf die Nerven. Ebenso wie Julien. Ich starb, in Ordnung. War nicht mehr zu ändern. Aber mussten sie so ein Drama daraus machen? Ich grub mir die Zähne in die Lippe, um es nicht laut zu sagen. Wie oft in den letzten Tagen hatte ich Julien angefahren, wenn er mir nur die Hand reichte, um mir aus dem Auto zu helfen, oder blitzschnell meinen Ellbogen packte, wenn ich unversehens wankte? Ich wusste es nicht mehr. Jedes Mal glaubte ich zu sehen, was er sonst so sorgfältig vor mir verbarg; was dann aber für einen Sekundenbruchteil in seinen Augen stand: Schmerz. Und jedes Mal schrie etwas in mir: *Verzeih mir!* Aber ich brachte die Worte nie laut über die Lippen. – Ich hatte Angst. Todes-Angst. Und in dieser Angst war ich gereizt und ungerecht, biss um mich wie ein Tier in der Falle. Ich wusste es. Und Julien war derjenige, der alles abbekam. Wie lange seine Geduld noch reichen mochte, ehe auch er einmal ausrastete – oder vielleicht sogar etwas Dummes tat, um seinen Frust nicht an mir auszulassen –, darüber versuchte ich gar nicht erst zu spekulieren. Beth wollte ich das nicht auch noch antun.

Ich atmete tief durch und versuchte es mit einem Lächeln. »Alles okay. Mir war nur ein bisschen schwindlig.«

Beth maß mich erneut mit einem Blick, der zugleich besorgt und unwillig war. »Kein Wunder, du hast heute Mittag ja auch keinen Bissen angerührt.« Ihre Augen wurden schmal. »Lass mich raten: Gefrühstückt hast du auch nichts, oder?« Sie schnaubte und wühlte in ihrer Tasche herum. »Wenn Julien hier in der Schule nichts isst, weil er gegen alles Mögliche allergisch ist, musst du das nicht auch tun.« Sie wühlte tiefer.

Dass Julien wegen einer endlosen Latte an Nahrungsmittelallergien nur ganz bestimmte Dinge zu sich nehmen durfte, war die Begründung dafür, dass er sich nur sehr selten in der Schul-Cafeteria sehen ließ und dort gewöhnlich nie etwas anrührte. Eine von vielen Lügen, die seine Anwesenheit hier in Ashland Falls und bei mir überhaupt erst möglich machten – und von denen die Hälfte einer genaueren Überprüfung durch gewisse Stellen niemals standhalten würden. Was seine eigentliche *Diät* war, mussten Beth und die anderen nicht wissen.

»Ha, wusste ich es doch! – Hier!« Entschieden drückte sie mir einen Schokoriegel in die Hand. »Aufessen!«

Ich starrte ihn an, als habe er sich direkt vor meinen Augen in irgendetwas Ekliges verwandelt. Ein Bissen würde genügen, und ich würde mir sofort wieder die Seele aus dem Leib spucken.

»Danke. Aber nein, danke.« Ich wollte ihn ihr zurückgeben, doch Beth schüttelte abwehrend den Kopf.

»Du musst irgendetwas essen, Dawn«, beharrte sie. »Schau mal ...«

»Lieb von dir, Beth, aber ich mag nicht.« Unter ihrem Arm hindurch stopfte ich ihn in ihre Tasche zurück.

Abermals dieser Blick. Eine Spülung rauschte, das Schaben eines Schlosses, eine Toilettentür öffnete sich und das Mädchen, das mich zuvor schon so neugierig angesehen hatte, ließ uns nicht aus den Augen, während es neben uns an das zweite Waschbecken trat. Beth funkelte sie herausfordernd an, ergriff meine Hand und zog mich so abrupt mit sich, dass ich die ersten Schritte nur hinter ihr herstolperte.

»Beth, was ... lass mich los!« Sie ignorierte mich, schleppte mich aus dem Mädchen-Klo. Hinter der Tür warteten Susan, Mike und Tyler offenbar auf uns. Beth zerrte mich durch das Gedränge und den Lärm weiter, den Gang hinunter bis zu einem der Getränkeautomaten, förderte ein paar Münzen zutage und zog eine Cola, die sie aufriss und mir unter die Nase hielt.

»Du hast die Wahl: fester oder flüssiger Zuckerschock.«

Ich konnte die anderen drei hinter mir spüren. Mike räusperte sich. Es klang irgendwie unbehaglich. Seit er sich die Haare wachsen ließ, sah er seiner Halbschwester Susan noch viel ähnlicher. Allerdings war er noch weit davon entfernt, sie zu einem Pferdeschwanz zusammenfassen zu können, so wie Susan ihre glatte dunkelbraune Mähne gewöhnlich trug. Wie lange dauerte diese verdammte Pause eigentlich noch?

Ohne meinen Unwillen zu verbergen, schnappte ich mir die Dose – dass dabei Cola über meine Finger schwappte, war mir mehr als recht – und nahm einen winzigen Schluck.

»Zufrieden?« In meinem Magen meldete sich ein Brennen.

»Wenn du ausgetrunken hast.« Beth warf ihre Zöpfe nach hinten und verschränkte die Arme vor der Brust – und ich wünschte sie zum Teufel. Oder wahlweise mich in irgendein dunkles Loch, damit sie mich alle in Ruhe ließen. Meine Folterknecht-beste-Freundin neigte den Kopf ein wenig und ich nippte in unübersehbar widerwilligem Gehorsam noch einmal an der Cola.

»Sollen wir uns auf die Bank da drüben setzen?«, schlug Susan hinter mir zögerlich vor. Ich warf ihr einen bösen Blick zu. Was kam als Nächstes? Ein Rollstuhl?

Dass Neal Hallern genau in diesem Moment um die Gangecke bog und durch das Gewühl hindurch auf uns zusteuerte, kaum dass er uns – oder besser: mich – entdeckte, bewahrte sie vor einem bissigen Kommentar. Um wie viel lieber ließ ich meine schlechte Laune an ihm aus. Immerhin war Neal schuld daran, dass Julien kurz vor dem Halloween-Ball so ausgetickt war und ein Jungs-Klo demoliert hatte. Was genau Neal zu ihm gesagt hatte, um ihn so weit zu treiben, hatte er mir bis heute nicht verraten. – Aber es hatte ihm ziemlichen Ärger mit unserem Direktor Mr Arrons eingebracht – der wegen der Geschichte mit dem Crystal in Juliens Spind ohnehin gerade alles andere als gut auf meinen Freund zu sprechen gewesen war. – Und es hatte dazu geführt, dass Julien zwangsweise der Fechtmannschaft der Montgomery High hatte beitreten müssen. Was noch zusätzlich Öl in das Feuer – nein, den Waldbrand – zwischen Neal und ihm goss: Bisher war Neal nur sauer auf Julien gewesen, weil ich mich für ihn als meinen Freund entschieden hatte und nicht mit *ihm*, Neal, zusammen war. Jetzt waren sie auch zu Rivalen auf der Planche geworden. Es tat mir zwar leid, Neal nicht länger zu meinen Freunden zu zählen, doch er hatte den Bogen überspannt. Ich wollte nichts mehr mit ihm zu tun haben.

Das hinderte ihn natürlich nicht daran, direkt vor mir stehen zu bleiben und mich mit einem sauren Blick zu mustern, nachdem er den anderen zugenickt hatte.

»Wo ist dein Freund, Dawn?«, erkundigte er sich endlich, nachdem er mich geschlagene fünf Sekunden einfach angestarrt hatte.

Ich schob das Kinn vor und gab seinen Blick kalt zurück. Zwei Mädchen verteilten quietschbunte Flyer und eine davon drückte auch Beth einen in die Hand.

»Auch wenn's dich eigentlich nichts angeht: Er ist zu Hause. Krank.« Ich hatte heute Morgen brav seine – gefälschte – Krankmeldung bei Mrs Nienhaus im Sekretariat abgegeben. Eine Gruppe Juniors drängte sich schnatternd und kichernd an uns vorbei zum Getränkeautomaten. Tyler und Mike wichen ihnen mit einem unwilligen »He!« aus. Susan bekam einen Stoß, schimpfte »Passt doch auf!« und machte einen Schritt in Beths Richtung.

»Krank?« Neal schnaubte. »Was hat er, die Beulenpest? – Ich meine, schau dich an, du siehst aus wie eine aufgewärmte Leiche.« *Danke auch, Neal.*

Susan holte neben mir Luft, die hellbraunen Augen wütend zusammengekniffen. Beth zischte etwas. Hatte sie ihn gerade tatsächlich »Idiot« genannt?

»Aber *du* bist *hier*, und der arme Julien ist so krank, dass er zu Hause bleiben muss?« Er musste das *Weichei* nicht aussprechen, sein Tonfall schrie es regelrecht heraus.

Ich biss die Zähne zusammen. »Was willst du, Neal?« Das Brennen in meinem Magen verstärkte sich wieder und holte auch das Zittern in meine Glieder zurück. Plötzlich standen sie alle viel zu dicht um mich herum. Ich wich ein kleines Stück zurück in der Hoffnung, dass es ihnen nicht auffallen würde. Beth räusperte sich mahnend, und ich setzte ein weiteres Mal die Dose an den Mund. Mein *Nippen* war nicht mehr als ein Befeuchten der Lippen.

»Ich soll ihm was vom Coach ausrichten: Er hat ihn für den Vorentscheid im County-Schulturnier gegen die Stearns High, die Penobscot Valley, die Orono und die Kathadin in vier Wochen aufgestellt – zusammen mit mir, Tyler und Paul. Ab Montag haben wir dreimal die Woche Training. – Sag ihm das.«

Ich grub mir selbst die Fingernägel in die Handfläche. Eben deshalb hatte Julien sich bis zu Mr Arrons Erpressung – entweder Beitritt zur Fechtmannschaft und Teilnahme an Wettkämpfen oder Anzeige und Schulverweis – geweigert, bei den Fechtern mitzumachen. Genau das hatte er die ganze Zeit vermeiden wollen. Verdammt. Wie sollte er da nur wieder rauskommen? Oder würde er alles auf eine Karte setzen und den Rauswurf aus der Montgomery riskieren? Der einzige Grund, der ihn hier hielt, war schließlich ich. Und nachdem es diesen Grund in absehbarer Zeit nicht mehr geben würde ... was hinderte ihn daran?

»Ich bestell's ihm. – War's das?«

Bei meinem bissigen Ton zuckte Neal zusammen. In das Gedrängel hinter mir kam ein bisschen mehr Bewegung. Ein Mädchen quietschte, ein Rucksack stieß mir in die Rippen. Ich verhinderte gerade noch, dass mir der Riemen meiner Tasche von der Schulter rutschte. Einen Moment sah es so aus, als wolle er noch etwas sagen, doch dann zuckten seine Augen zu etwas hinter mir. Auch die Blicke der anderen richteten sich darauf. Beinah in derselben Sekunde legten sich Arme von hinten um mich. Mein Schreck dauerte kaum mehr als einen Herzschlag. Es war nicht nötig, dass ich mich umdrehte. Es gab nur eine Person, die mich so festhielt: Julien! Er war wieder da! Erleichtert lehnte ich mich in seine Umarmung. Ich hatte bisher gar nicht gewusst, dass er auch eine helle Wildlederjacke besaß.

»Doch nicht so krank, was, DuCraine?«, spottete Neal und schob ein »Neue Brille?« hinterher, während Susan gleichzeitig irgendwie entsetzt »Was hast du mit deinen Haaren gemacht?« fragte. Ich erstarrte schlagartig. Die Arme legten sich fester um mich, drückten mich enger gegen die Brust in meinem Rücken.

»Was soll Dawn mir sagen?« *Juliens* Atem streifte meinen Hals. Die falsche Stimme! Nicht dass der Unterschied so eklatant gewesen wäre, dass es den anderen zwingend auffallen musste – mir aber dafür umso mehr. *Adrien!* Ich drehte mich so weit um, dass ich ihn über die Schulter ansehen konnte.

Tatsächlich! Hätte ich nicht gewusst, woran man die beiden – zumindest im Moment – unterscheiden konnte, hätte ich möglicherweise auch mehr als einen Blick gebraucht: Hinter mir stand nicht mein Freund, sondern sein Zwillingsbruder. Der, für den Julien sich gegenüber seiner eigenen Art ausgab, um – offiziell als mein Leibwächter – hier bei mir in Ashland Falls bleiben zu können. Denn eigentlich war Julien nach Dubai verbannt. Allerdings hatte Adrien inzwischen seinen Platz dort eingenommen.

Doch jetzt war Adrien wieder hier und schlüpfte in die Rolle seines Bruders. Warum? Mir fielen nur zwei Gründe dafür ein: Julien brauchte mehr Zeit und hatte seinen Bruder gebeten, während seiner Abwesenheit auf mich aufzupassen, oder aber ... – Plötzlich waren meine Hände schweißnass und meine Kehle eng. – Es war ihm etwas zugestoßen.

Ich drehte mich ein Stück weiter zu Adrien um. Die Spuren dessen, was *Onkel* Samuels Handlanger ihm angetan hatten, waren nicht mehr zu sehen. Auch seine Haare waren nicht mehr wasserstoffblond, nur die Länge war wie zuvor: stoppelkurz. Ein wenig hilflos suchte ich in seinen Zügen nach irgendeinem Hinweis. Immerhin konnte ich ihn ja kaum vor all den anderen nach *Julien* oder seinem *Bruder* fragen. Ob er wusste, dass Kate vor drei Tagen zu ihren Eltern nach Boston zurückgefahren war?

Die Schulklingel schrillte durch den Gang. Hatte ich bis eben das Ende der Pause herbeigesehnt, wünschte ich mir jetzt, dass sie noch ein Stück länger gedauert hätte.

»Was soll Dawn mir sagen?«, wiederholte er gerade und blickte dabei über mich hinweg Neal an.

»Dass du für den Vorentscheid im County-Schulturnier in einem Monat aufgestellt bist. Ab Montag dreimal die Woche Training. Der Plan hängt am schwarzen Brett aus.« Neal schob die Hände in die Hosentaschen.

»Aha.« Was hätte Adrien auch sonst sagen sollen. Ich bezweifelte, dass Julien ihn in mehr als das unbedingt Nötigste eingeweiht hatte – wenn überhaupt Zeit dazu gewesen war. »Was haben wir jetzt?« Adrien sah auf mich herab.

»Mathe.« Mehr brachte ich nicht hervor. Julien würde es nicht riskieren, dass die Fürsten ihnen auf die Schliche kamen, indem er Adrien hierherbestellte, nur damit der auf mich aufpasste. Das Brennen in meinem Magen zog sich zu einem dünnen Schmerz zusammen.

Adrien ließ mich los und trat zurück. »Dann sollten wir gehen, ehe wir zu spät kommen.« Über seiner Schulter hing Juliens Rucksack. Er trug sogar ein paar von Juliens schwarzen Jeans und eines seiner Hemden – die Sachen konnten aber auch aus Dubai stammen, immerhin war das meiste von Juliens Garderobe noch immer dort. Trotzdem: Er musste im Haus gewesen sein. Hatte er mich zuerst dort gesucht? Warum? Hatte Julien ihm gesagt, was mit mir los war? Woher hatte er einen Schlüssel? Und was war mit der Alarmanlage? Ich zuckte zusammen, als Beth sich bei mir einhängte und mich in Richtung Mathesaal zog. Susan winkte mir zu und trollte sich zusammen mit ihrem Halbbruder zu ihrem eigenen Unterricht. Auch Tyler hastete den Gang hinunter. Nur Neal zögerte noch einen Moment, ehe auch er sich davonmachte. Ich drehte mich zu Adrien um. Er folgte uns schweigend. Seine Miene verriet nichts.

Lieber Gott, bitte lass Julien nichts zugestoßen sein!

Wir schafften es gerade rechtzeitig in den Mathesaal. Die noch fast volle Cola-Dose hatte ich im Vorbeigehen in einem der Mülleimer entsorgt – und dafür einen bösen Blick von Beth kassiert. Ich sank auf meinen Platz neben ihr und versuchte Adrien unauffällig klarzumachen, dass seiner auf der anderen Seite des Ganges war. Nachdem Julien es geschafft hatte, seinen Stundenplan meinem bis auf ein paar wenige Kurse anzupassen, hatte er Paul, den Jungen, der ursprünglich dort gesessen hatte, dazu gebracht, ihm diesen Platz zu überlassen. Als habe es meine Blicke und das verstohlene Nicken gar nicht gebraucht, setzte Adrien sich, holte Stift, Block und Buch aus Juliens Rucksack und stellte ihn auf den Boden. Ich biss mir auf die Lippe. Warum sagte er nichts? Sah er denn nicht, dass ich mir Sorgen machte? Ich wollte alle Vorsicht über Bord werfen und mich zu ihm hinüberbeugen, als die Saaltür zuschlug und Mrs Jekens mit einem brüsken »Guten Morgen, wir haben Mathematik, stellen Sie Ihre Privatgespräche ein« in den Raum gefegt kam. Hilflos sank ich auf meinem Stuhl zurück. Jedem anderen hätte sie es vielleicht noch durchgehen lassen: Ich hatte diesbezüglich keine Chance. Mrs Jekens mochte keine Schüler, die mit so wenig mathematischem Verständnis geschlagen waren wie ich. – Und Julien hatte es sogar geschafft, binnen drei Unterrichtsstunden ganz oben auf ihrer Abschussliste zu landen:

Indem er ihr bewiesen hatte, dass einige der Gleichungen, die sie uns hatte durchrechnen lassen, entweder gar nicht oder zumindest nicht auf die Art, wie sie behauptet hatte, zu lösen waren. Ein Schüler, der in Mathematik offensichtlich mehr draufhatte als sie selbst, war für sie anscheinend ebenso inakzeptabel wie einer, der trotz allen Bemühens und Büffelns nie auf einen grünen Zweig kommen würde.

Ihre Tasche landete klatschend auf dem Pult, dann wandte sie sich auch schon mit einem »Schlagen Sie Ihre Bücher auf Seite 107 auf« der Tafel zu und begann eine Gleichung darauf zu schreiben.

Die anderen gehorchten unter Geraschel und Scharren. Hastig riss ich vor dieser Geräuschkulisse die Ecke einer Seite von meinem Block ab und zerrte einen Stift hervor. In meinen Fingern saß ein Kribbeln, während sie sich zugleich taub anfühlten. Meine Hand zitterte. Mrs Jekens würde mir den Kopf abreißen, wenn sie mich dabei erwischte, wie ich *Julien* einen Zettel zuschob, aber ich musste einfach wissen, weshalb er den Platz seines Bruders eingenommen hatte. Als sie sich von der Tafel ab- und uns zuwandte, stieß Beth mir gerade noch rechtzeitig den Ellbogen in die Seite, um mich zu warnen.

»Nun, meine Herrschaften, wer von Ihnen hat die Güte, uns diese Gleichung durchzurechnen und uns seine Vorgehensweise dabei zu erklären?« Die Frage war rein rhetorisch, denn Mrs Jekens kam schon auf unserer Seite zwischen den Tischen entlang. Eilig legte ich die Hand auf den Papierfetzen und zog mein Buch darüber. Gott sei Dank hatte Beth es für mich auf Seite 107 aufgeschlagen. »Mr DuCraine. Bitte schön. Wenn Sie so freundlich wären.« Sie streckte *Julien* die Kreide hin. Adrien zögerte, und einen Moment dachte ich, er würde Mrs Jekens einfach auflaufen lassen, so wie sein Bruder es früher getan hatte, ehe er beschloss, dass er bei mir bleiben, im nächsten Schuljahr dieselben Kurse wie ich belegen wollte und entsprechend versetzt werden musste. Doch dann stand er auf, nahm ihr die Kreide ab und ging zur Tafel.

Mrs Jekens blieb neben mir stehen. Ihr Parfum drang mir in die Nase. Es roch süßlich. Vanille. In meinem Mund war plötzlich ein saurer Geschmack. Ich schluckte mühsam dagegen an.

Vor der Klasse betrachtete Adrien die Gleichung, eine Hand in die Jeanstasche geschoben, während er die Kreide zwischen den Fingern der anderen drehte. Es war still. Die Uhr über der Tür tickte. Jemand tuschelte und wurde von Mrs Jekens mit einem Blick zum Schweigen gebracht.

»Nun, Mr DuCraine? Irgendwelche Schwierigkeiten?«, erkundigte sie sich nach ungefähr einer weiteren halben Minute. »Oder sind wir heute einfach nicht in Form?«

Adrien warf ihr einen Blick über die Schulter zu und begann zu schreiben. Beth stöhnte neben mir. Selbst ich sah, dass es der falsche Ansatz war. Offenbar gab es in der Familie Du Cranier nur ein Mathegenie. »... $x^3 - 2y$ ...«, soufflierte sie drängend, viel zu leise, als dass ein normaler Mensch es hätte hören können.

Mrs Jekens lehnte sich an den Tisch hinter mir. An der Tafel hielt Adrien inne. Die Kreide schwebte über der Gleichung. Vanille! Eindeutig. Und dazu Kokosnuss. Mein Magen zog sich zu einem brennenden Klumpen zusammen. Beth rang die Hände auf ihrem Mathebuch, murmelte weiter. »Ja, genau da. Die Klammer weg und ...«

Ich taumelte hoch, die Hand vor den Mund gepresst. Mein Stuhl krachte nach hinten. Die Tür. Panisch tastete ich nach dem Griff. Stimmen riefen durcheinander. Ich fand ihn, riss sie auf, flüchtete auf den Gang. Ich schaffte es bis zum nächsten Mülleimer – und übergab mich. Meine Eingeweide schienen sich wie jedes Mal von einer Sekunde zur nächsten in flüssige Lava verwandelt zu haben. Alles um mich war verschwommen. Ein weiterer bitterer Schwall. In meinem Magen war nichts außer Galle. Im selben Augenblick, in dem meine Knie nachgaben, legte sich ein Arm um meine Mitte und hielt mich aufrecht.

»Hol unsere Sachen! Ich bringe sie nach Hause!« Adrien! Wieder zog mein Magen sich zusammen. Etwas Schwarzes. Den Gang hinunter zurück zum Saal. Ich würgte. Immer wieder. Bis endlich nichts mehr kam. Nur der Arm verhinderte, dass ich zusammenbrach. Jemand wischte mir mit einem Taschentuch den Mund ab. Meine Kehle brannte. Hob mich hoch. Trug mich. Setzte mich wieder ab. Ein Auto. Eine Jacke wurde über mich gebreitet. Eine Tür schlug, gleich darauf eine zweite, dann noch eine. Der Motor sprang an. Nicht das vertraute Dröhnen der Corvette Sting Ray. Ich zog die Beine an den Leib, presste die Arme auf den Bauch. Julien! Ich wollte Julien.

Wie aus weiter Ferne nahm ich wahr, dass der Wagen irgendwann anhielt. Erneut das Schlagen einer Tür, wieder Arme, die mich hochhoben. Ich erkannte das Hale-Anwesen. Zu Hause. Gleich darauf trug Adrien mich die Treppe hinauf, in mein Zimmer im ersten Stock, und legte mich auf mein Bett. Ich drehte mich auf die Seite, kauerte mich zusammen.

»Danke.« Ich war mir nicht sicher, ob ich das Wort verständlich hervorbrachte. Adrien beugte sich über mich, griff nach dem zweiten Kissen – und drückte es mir aufs Gesicht.

Obwohl die Sonne scheint, ist es kalt. Das Meer ist unruhig. Der Wind, der von See in die Calanque hereinweht, klatscht die Wellen hoch gegen die zerklüfteten Karstfelsen. Weiter drinnen wäre es sicherlich ruhiger. Aber genau deshalb habe ich diese Stelle damals ausgesucht. Weil nur diese Wand hier senkrecht aufragt und sich teilweise sogar über das Wasser hinausneigt. Selbst mit der entsprechenden Ausrüstung weder von oben noch von der Seite zu erreichen. Auch nicht für einen geübten Kletterer. Nur der Weg von einem Boot aus nach oben. Ein Mensch, der es hier versucht, ist lebensmüde. Vor allem, nachdem es tiefer in der Calanque sehr viel einfachere und von der Aussicht schönere Aufstiege gibt. Allerdings ist dieses Versteck eher meinem Versprechen gegen Papa geschuldet. Bis vor Kurzem war es mir gleichgültig, ob nicht – wider Erwarten – doch irgendein verrückter Kletterer das Blut findet. Jetzt sitzt die Angst in meinen Gedanken, dass es nicht mehr da sein könnte.

Die Taue zu kontrollieren, die das kleine Sportboot zwischen den aus dem Meer ragenden Felszacken halten werden, ist reine Gewohnheit. Etwas, das Papa uns eingebleut hat, als er Adrien und mir unsere erste Jolle schenkte. Vom Meer aus ist diese Stelle nicht einzusehen. Falls irgendwelche Touristen die Sonne heute nutzen und sich an der Küste entlangschippern lassen, werden sie mein Boot nicht entdecken. Auch wenn das mehr als unwahrscheinlich ist. Wir haben November. Die Saison für Sonnenhungrige in Marseille ist vorbei. Dazu der Seegang. Selbst wenn ich das Boot nicht schon von den Staaten aus gechartert hätte, hätte ich wohl keine Schwierigkeiten gehabt, heute eines zu bekommen. Allerdings hätte mich das unnötig Zeit gekostet. So hat der Bootsverleiher alles erledigt und mir auch die entsprechende Kletterausrüstung besorgt. Ein Service, den er nicht jedem seiner Kunden bietet. Aber man bekommt auch heutzutage in Marseille noch immer alles Nötige, wenn man nur die entsprechenden Preise zahlt. Mit ein Grund, weshalb meine Wahl auf ihn gefallen ist. Er hat mir sogar das Edelstahlseil und alles andere beschafft.

Die Fender werden das Boot davor bewahren, vom Wasser gegen die Felsen gedrückt zu werden. Mit einem Fuß auf dem Rohr der Reling das Gleichgewicht zu halten, ist deutlich einfacher, als auf einem Hochseil stillzustehen und Geige zu spielen. Die Wellen heben das Boot in die Höhe. Die Taue knirschen. Ein Griff in das helle, beinah weiße Gestein und abstoßen. Das Boot sackt unter mir weg. Gischt spritzt. Nässe durchdringt meine Jeans. Ich habe Halt. Keine Kunst in dem ausgewaschenen Karst. Ein weiterer meiner ›Flirts mit dem Tod‹, wie Adrien das immer nannte: Freeclimbing. Kein Berg zu hoch, keine Wand zu steil, kein Überhang zu waagerecht. Wenn er wüsste, dass ich tatsächlich darüber nachgedacht habe, ein paar Sicherungshaken und ein Seil auf die Liste des Bootsverleihers zu setzen, würde er sich vermutlich Sorgen machen.

Heute ist mein Aufstieg kein Flirt mit dem Tod. Das Ziel ist eine in der zerklüfteten Wand kaum auszumachende Spalte etwa fünfzehn Meter über mir und ungefähr vier nach links versetzt. Für meine Verhältnisse bin ich langsam. Immer nur einen Halt lösen und einen neuen sicher finden, ehe ich den alten aufgebe. Der Fels ist kühl. Rau. Fühlt sich vertraut an. Früher waren wir bei gutem Wetter häufig hier draußen zum Klettern. Auch in den anderen Calanques oder auf der Île Maïre und am Cap Croisette. Vor allem nachdem Papa dahintergekommen war, was wir auf der Île d'If trieben, und sie daher für uns zum Sperrgebiet erklärt hatte. Nicht dass wir uns daran gehalten hätten. Wir waren nur vorsichtiger, nicht wieder erwischt zu werden. Wenn er das mit den Ketten herausgefunden hätte, hätten wir mindestens drei Wochen nicht sitzen können. Und der Stubenarrest, den er uns verpasst hätte, wäre lange genug gewesen, um uns eine Vorstellung davon zu geben, wie Dumas' Edmond Dantès sich im Kerker des Château d'If gefühlt haben muss.

Hier, direkt über dem Meer, wächst noch immer nichts. Selbst den Möwen ist es zu ungemütlich. Weiter in den Calanques findet schon mal das ein oder andere Kraut Halt auf den Felsen oder ein Vogel baut sein Nest. Raoul hätte jedes einzelne mit Namen gekannt. Er hat sie alle Cathérine gezeigt. Ein Seil schwingt hin und her. Sein leises Knarren. Staub rieselt von dem Balken. Die Tauben scharren und ... *Ein falscher Tritt! Der Felsen bricht. Für einen Moment hänge ich nur an den Händen. Dann finde ich wieder Halt. – Eine kurze Unaufmerksamkeit genügt und das hier wird unschön. Ein Sturz wäre auf jeden Fall äußerst schmerzhaft. Und auf den Felsen dort unten kann man sich problemlos das Genick brechen, wenn man sich dumm anstellt. – Willst du mich nachholen, Cathi? Im Augenblick ist der Zeitpunkt äußerst schlecht. Gedulde dich noch ein wenig. Wenn das hier schiefgeht, komme ich ohnehin freiwillig.*

Ich löse die Hände nacheinander und wische sie an den Jeans ab. Rücke das Stahlseil über meiner Schulter und den Beutel mit dem, was ich noch brauche, zurecht, ehe ich weiterklettere.

Je höher ich komme, umso heftiger reißt der Wind an mir. Die Wellen tragen weiße Schaumkronen. Unter mir spritzt die Gischt höher hinauf als noch vor wenigen Minuten. Offenbar bekommen wir einen Sturm. Der Sonnenschein ist manchmal trügerisch. Ich sollte mich beeilen, wenn ich hier nicht festsitzen will.

Die Spalte ist noch genauso eng, wie ich sie in Erinnerung habe. Kaum erreichbar. Der Fels bietet hier so gut wie keinen Halt. Erst nachdem ich das Seil und den Beutel mit den übrigen Utensilien hineingeworfen habe, kann ich mich hindurchzwängen.

Von draußen fällt gerade genug Licht durch die Spalte, um die ersten Meter dahinter zu beleuchten. Dann brauche selbst ich eine Taschenlampe. Auch nachdem ich die getönte Brille abgenommen habe.

Zwischen den Felsen ist gerade genug Platz, dass ich mich seitlich vorwärtsschieben kann. Das Gestein um mich herum ist hell, teilweise fast weiß. Der Boden an manchen Stellen von Rissen zerfressen, an anderen glatt gewaschen.

Ein Stück tiefer gabelt sich die Spalte. Nach links geht es sanft abwärts, wird sie breiter, öffnet sich nach knapp sechs oder sieben Metern in eine Höhle, in der sich Wasser zu einem See gesammelt hat. Nur hüfttief. Im Licht strahlend blau. Damals war das zu-

mindest so. Am nördlichen Ende ist eine Wand mit Malereien bedeckt. Robben, Wisente und anderes Getier. Um den See herum ein Wald aus Stalagmiten und Stalaktiten. Ein paar davon zusammengewachsen. Wunderschön. Einer von jenen Orten, die ich Dawn gerne zeigen würde. Aber nicht kann. Sie auch nur in die Nähe von Marseille zu bringen, wäre Wahnsinn.

Ich will nach rechts. Hier geht es deutlich steiler abwärts. Irgendwo tropft Wasser. Hat es angefangen zu regnen? Wäre nicht gut.

Wie in einem Felskamin muss ich mich zu beiden Seiten mit Händen und Füßen abstützen. Welcher Teufel hat mich eigentlich damals geritten, hier herunterzuklettern? Papa hat schon geflucht, als ich ihm die Spalte gezeigt habe, aber hier ... dass er solche Ausdrücke kannte, hat mein Weltbild seinerzeit ein klein wenig erschüttert. Doch er hatte keine andere Wahl, als mich zu begleiten. Offiziell weiß immer nur der Kideimon, wo das Blut verborgen ist. Inoffiziell sind es zwei: der alte und der nächste Hüter. Bei unserer Art wäre alles andere reine Unvernunft. Und wenn Adrien bei dieser Farce von einem Prozess damals die Klappe gehalten hätte, wüsste es heute gar niemand mehr. Genau das war mein Plan. Es wäre vorbei gewesen; mit mir und mit ihrem kostbaren Blut. – Wenn er den Fürsten damals tatsächlich nicht gesagt hätte, dass Papa nicht ihm, sondern mir das Amt des Kideimon übergeben hat, hätte ich Dawn nie kennenlernen dürfen. Scheint so, als müsste ich ihm doch dafür dankbar sein, dass ich es nicht beenden konnte. – Ob Gérard wusste, dass Papa der Kideimon war? Unzählige Male habe ich mich das schon gefragt.

Am Ende treffe ich auf den Felssims, nicht mehr als einen knappen Meter habe ich als Tritt. Dort, wo ich hinwill, ist er nur noch halb so breit. Daneben geht es senkrecht in die Tiefe. Es dauert verdammt lang, bis ein Stein den Boden dieses Nichts erreicht hat.

Zweihundertsiebenundachtzig Schritte vom Ende des Felsschachtes aus. Ab einem gewissen Punkt schiebe ich mich mit dem Rücken am Stein entlang. Kein Risiko diesmal.

Die Überreste des Seils von damals hängen noch dort drüben. Wir haben es seinerzeit nur auf dieser Seite gekappt.

Ungefähr zwölf oder dreizehn Meter. Zu weit, um hinüberzuspringen. Ohne Platz, um ein paar Schritte Anlauf zu nehmen. Auch für jemanden wie mich. Das Ende des Seiles hinüberzubefördern war damals schon ein kleines Kunststück. Dieses Mal wird es nicht anders.

Erst beim dritten Versuch verhakt sich der Wurfanker auf der anderen Seite sicher. So, dass selbst ich ihn nicht wieder losreißen kann. Das Seil hier zu verankern ist vergleichsweise einfach. Ein Haken, dessen Ende man in den Felsen treibt und dessen Spitze man sich mittels eines Gewindes ins Gestein hineinspreizen lässt. Möglichst dicht über dem Boden. Vorspannen und dann mit einer Ratsche nachziehen, so fest es geht.

Als ich endlich fertig bin, entspricht die Spannung des Seils nicht wirklich der eines Hochseils. Um das zu erreichen, wäre eine Ausrüstung nötig gewesen, für die hier kein Platz ist. So hat es eher Slackline-Tendenz.

Ohne Schuhe steige ich auf das Seil. Brauche einen Moment, um mein Gleichgewicht zu finden. Hier, in einer Höhle, fühlt es sich anders unter den Füßen an als im Freien, wie ich es gewohnt bin. Es spricht nicht so, wie ich es kenne. Die Taschenlampe ist in einen Riss in den Felsen hinter mir geklemmt. Ihr Licht reicht mühelos bis zur gegenüberliegenden Wand.

Die Arme leicht zur Seite gestreckt gehe ich los. Schritt. Ich muss ganz anders balancieren als auf einem richtig gespannten Seil. Schritt. Unter mir das schwarze Nichts. Schritt. Ein Teil von mir wartet auf den Ruck. Höhnt, dass das Seil plötzlich nicht mehr da sein wird. Wie damals. Schritt. Mir gegenüber zuckt mein Schatten. Schritt. Schritt ...

Es braucht einen gefährlich langen Schritt, um jenseits der Spalte vom Seil auf den Boden zu gelangen. Ich lasse mich von meinem eigenen Schwung gegen die Felswand tragen. Schließe für einen Mo-

ment die Augen. Meine Hände sind schweißnass. Wie jedes Mal seit meinem Sturz, wenn ich auf ein Seil gehe. Ein noch immer irgendwie zittriger Atemzug, ich stoße mich von dem rauen Stein ab. Auch auf dieser Seite ist der Sims gerade breit genug zum Stehen. Der Riss im Fels ist nur einen guten halben Meter von mir entfernt. Ungefähr in Schulterhöhe. Ich strecke den Arm hinein, soweit es geht. Den Ärmel muss ich bis zur Achsel hochschieben. Taste. Nichts. Nein! Das ist nicht möglich. Es kann niemand hier gewesen sein. Ich drücke mich fester gegen die Wand, gewinne ein paar Zentimeter. Taste wieder. Wieder nichts ... Doch! Da! Gerade noch in Reichweite meiner Fingerspitzen. Dem Himmel sei Dank!

Vorsichtig rolle ich das Röhrchen ein Stückchen weiter zu mir heran, bis ich es besser zu fassen bekomme, hole es behutsam endgültig aus seinem Versteck. Es funktioniert nur, wenn ich es längs zwischen zwei Finger klemme. Einzig auf diese Weise kann ich die Hand wieder aus dem Riss ziehen.

Es ist nicht länger als mein Ringfinger. Mit ungefähr dem gleichen Umfang. Sein Gold ist matt geworden. Das Wachs, mit dem wir den Verschluss in seiner Mitte versiegelt haben, ist hart. Mit dem Fingernagel breche ich es auf. Das Gewinde kreischt, als ich es aufschraube, und im ersten Moment braucht es einiges an Kraft, ehe sich überhaupt etwas bewegt. In seinem Inneren verbirgt sich eine Glasphiole. Ebenfalls versiegelt. Und darin wiederum ein dunkles Pulver. Fast schwarz. Es rieselt von einer Seite auf die andere, als ich sie kippe. Wirkt ... harmlos. Dabei sagt man ihm Unmögliches nach. Habe ich mir tatsächlich Sorgen gemacht, es könne in den vergangenen Jahrzehnten verrottet sein? Nachdem es zuvor Jahrhunderte überdauert hat? Was für ein Idiot ich doch bin.

Verzeih mir, Papa. Ich verrate, was dir heilig war. Aber ... das hier bedeutet mir nichts und Dawn ... alles.

Ich schraube die goldene Hülle wieder zusammen. Erneut Kreischen.

Am einen Ende ist eine Öse. Gut möglich, dass einer meiner Vor-

gänger es immer bei sich getragen hat. Vielleicht ist es tatsächlich besser, wenn ich es nicht einfach in die Hosentasche stecke. Meine Hände zittern ein wenig, als ich es zu dem St.-Georgs-Amulett an meine Kette fasse. Ich lasse sie unter mein Hemd zurückgleiten. Das Gold des Röhrchens fühlt sich kalt und auf verwirrende Weise zugleich warm an.

Ich brauche zwei Anläufe, um zurück auf das Seil zu kommen. Es ist schlicht knapp zehn Zentimeter zu weit über dem Boden, um für mich noch bequem zu sein. Und abermals fühlt es sich auf dem Weg hinüber irritierend fremd unter den Füßen an. Die Stimme ist wieder da. Vielleicht hätte ich in den letzten Jahren ein bisschen häufiger auf ein Seil gehen sollen, um sie gründlicher zum Schweigen zu bringen. In Dubai hätte ich genügend Zeit gehabt.

Zurück auf der anderen Seite löse ich nur das Seil. Mit einem Zischen rasselt es durch die Ratsche und schlägt klatschend unten in der Spalte gegen den Fels. Alles andere bleibt, wie es ist. Ganz abgesehen davon, dass es mehr als unwahrscheinlich ist, dass hier tatsächlich noch einmal jemand herkommen wird, werde ich ohnehin ein anderes Versteck für das Blut suchen. Sofern das überhaupt nötig sein wird.

Ohne das Seil und den Beutel komme ich auf dem Rückweg deutlich schneller voran. Jenseits der Spalte ist der Fels nass. Es muss tatsächlich geregnet haben, während ich im Innern war. Wie das Seil und das übrige Equipment lasse ich auch die Taschenlampe einfach in der Spalte zurück.

Der Abstieg gestaltet sich kaum schwieriger als der Aufstieg. Im Gegenteil. Eine dichte Wolkendecke hängt grau und drohend tief über dem Meer. Bei diesem Licht werde ich noch nicht einmal die Brille brauchen.

Das Boot wirft sich am Fuß der Wand unruhig auf den Wellen hin und her. Die Felsen haben den Fendern übel mitgespielt. Selbst von hier ist das nicht zu übersehen. Der Sturm lässt offenbar trotzdem noch auf sich warten. Gut.

Um an Bord zurückzugelangen, braucht es nicht mehr als einen Sprung und eine halbe Drehung in der Luft. Das Deck ist glatt. Die Sitze nass.

Ich zerre das Handy aus der Hosentasche, während ich noch die Taue löse. Die Nummer von di Ulderes Piloten habe ich im Kopf. Er geht nach dem zweiten Klingeln ran.

Ich werde Dawn nicht noch eine weitere Nacht mit ihren Albträumen allein lassen. »In spätestens zwei Stunden bin ich am Flughafen. Sorgen Sie bitte dafür, dass wir ohne Verzögerung starten können. – Egal wie das Wetter dann aussieht. Jeder Preis ist akzeptabel.« *Auch wenn ich nicht weiß, wie ich das Geld aufbringen soll, sollte es tatsächlich nötig sein.*

»Natürlich, Sir.« *Mehr braucht es nicht. Wir legen beinah gleichzeitig auf. Sie wird trinken müssen, wenn ich zurückkomme. Vielleicht ergibt sich in Marseille noch eine Gelegenheit zur Jagd. Ich könnte mein Glück im Panier versuchen. Nein. Zu weit. Eine der Kneipen direkt am Alten Hafen wird es tun. Der Wind zerrt an meinen Haaren und peitscht sie mir in die Augen. Draußen vor der Einfahrt in die Calanque ist das Meer dunkel. Die Wellen schlagen gefährlich hoch.*

Vielleicht können Legenden meinen Traum retten.

Der Wind trägt das Geräusch eines anderen Bootes zu mir. Ein Rennboot, dem Klang des Motors nach. Durchaus möglich, dass es ein paar PS mehr hat als dieses. Eine Witterung hängt daran. Unverkennbar. Mindestens einer davon hatte erst kürzlich direkten Kontakt mit Gérard. Wenigstens steht er im Moment günstig für mich. Sie fahren an der Calanque vorbei. Dummköpfe. – Trotzdem. Das kann kein Zufall sein. Woher wissen sie, dass ich hier bin? Der Bootsverleiher kennt nur einen falschen Namen und ein falsches Ziel. Es ist noch nicht einmal derselbe, unter dem ich eingereist bin. Di Uldere? Unwahrscheinlich. Er kennt auch nur das Flugziel. Aber nicht ausgeschlossen. Wir werden sehen.

Ich warte gerade lange genug, um sicher zu sein, dass auch sie den Motor meines Bootes nicht mehr hören können, ehe ich ihn starte. Selbst jetzt lasse ich ihn nur gedrosselt laufen, damit er möglichst wenig Lärm macht. Draußen auf dem Meer ist die Witterung verweht. Keine Spur mehr davon. Der Bug hebt sich aus dem Wasser, als ich den Gashebel bis zum Anschlag vorschiebe. Mein Boot schießt über die Wellen. Jede kracht bei dieser Geschwindigkeit mit einem dumpfen Schlag gegen den Rumpf.

Ich werde in Bangor jagen müssen. Oder direkt in Ashland Falls. Hier in Marseille könnte ich die Beute werden.

Bruderzwist

Adrien hatte mich töten wollen und ich war noch am Leben! Das war irgendwie schwer vorstellbar, eigentlich ein Widerspruch in sich. Wenn Adrien - oder Julien - jemanden töten wollte, dann überlebte man das nicht. Punkt. Und trotzdem lag ich auf meinem Bett und atmete. Finde den Fehler, Dawnie. Dummerweise verweigerte mein Gehirn die Zusammenarbeit.

Mein Hals brannte und meine Brust tat weh. Ich erinnerte mich daran, dass ich geschrien hatte, als er mir vollkommen unvermittelt das Kissen - Juliens Kissen - aufs Gesicht drückte, dass ich mich unter ihm wand, dass ich kämpfte, keine Luft mehr bekam. Und dass es dunkel um mich geworden war, als ich erstickte. Natürlich. Ich hatte niemals eine Chance gegen Adrien. Er war ungleich stärker als ich. Und schneller. Und wusste der Himmel was nicht noch alles. Immerhin war er kein Mensch. Er war ein Lamia! Ebenso wie sein Zwilling. Wer die Unterschiede nicht kannte, hätte sie und ihresgleichen vielleicht als *Vampire* bezeichnet. Tatsache war: Lamia wurden wie normale Menschen geboren und machten meist um ihr zwanzigstes, fünfundzwanzigstes Lebensjahr den Wechsel zu einem *richtigen* Lamia durch, in dessen Anschluss sie sich nur noch von Blut ernährten. *Vampire* wurden von ihnen geschaffen – und standen in der Hierarchie ihrer Welt offenbar deutlich unter ihren Erschaffern.

Ganz nebenbei gehörten Adrien und Julien zu den Vourdranj, jenen gefürchteten Killern, die für den Rat der Fürsten die Jäger und Henker spielten, wenn irgendeiner der übrigen Lamia und Vampire sich etwas zuschulden kommen ließ. Wenn er wollte, könnte er mir vermutlich mit einer Hand das Genick brechen, ohne dass ich es im ersten Augenblick überhaupt bemerkte. Er brauchte kein Kissen, um mich umzubringen. Wahrscheinlich rangierte das unter *Fingerübung*. Und trotzdem lag ich hier und atmete, war ich immer noch am Leben. Ich sollte Angst haben. Aber vielleicht war das in den letzten Wochen einfach ein bisschen zu viel für mich gewesen, denn seltsamerweise war da nur die dumpfe Frage *Warum?* – Warum hatte er mich töten wollen? Warum war ich noch am Leben? Und einmal mehr: Warum war er hier?

Ob er bei mir im Raum war? Ich konnte es nicht sagen. Und selbst wenn, würde tot stellen mir nicht viel nützen. Lamia waren nicht nur schneller und stärker als Menschen, sie verfügten auch über die feinen Sinne von Raubtieren. Vermutlich hatte er gehört, dass mein Atem anders ging oder mein Herzschlag seinen Rhythmus beschleunigt hatte. Abgesehen davon hatte ich mich, seit ich zu mir gekommen war, garantiert unbewusst bewegt oder irgendwelche Laute von mir gegeben.

Dennoch öffnete ich die Augen ziemlich zögerlich. Über mir war die Decke meines Zimmers. Dem Licht nach zu urteilen musste es später Nachmittag sein. Allzu lange war ich demnach wohl nicht bewusstlos gewesen. Es war still. Langsam wandte ich den Kopf. Adrien saß in meinem Rattan-

Schaukelstuhl und sah durch die Glastüren zum Balkon hinaus. Er schien mich überhaupt nicht zu beachten. Die dunkle Brille, die er in der Schule getragen hatte, baumelte an einem Bügel von seinem Finger. Ich lag wie erstarrt. Die Angst, auf die ich bis eben vergeblich gewartet hatte, war plötzlich da. Schnürte mir die Kehle zu, nahm mir den Atem und machte meine Hände feucht.

Als er irgendwann zu mir hersah, erstarrte ich ein Stück mehr – sofern das überhaupt möglich war. Dieses Mal war ich mir sicher, dass ich mich weder bewegt noch einen Laut von mir gegeben hatte. Fühlte sich so ein Kaninchen im Angesicht einer Kobra? Doch sein Blick ruhte nicht auf mir, sondern auf meinem Nachttisch. Genauer gesagt auf meiner Ausgabe von Oscar Wildes *Das Bildnis des Dorian Gray*, die ich – nachdem ich heute Morgen an ihrer Stelle Melvilles *Moby Dick* in meine Tasche gestopft hatte – achtlos dort liegen gelassen hatte. Sehr, sehr vorsichtig wagte ich es, mich aufzusetzen.

»Er hat ihr immer vorgelesen. – *Dorian Gray* war ihr Lieblingsbuch.« Seine Stimme klang, als würde er nicht mit mir sprechen. Ich krallte die Finger in meine Decke. Er, Julien, und *ihr* konnte nur Cathérine sein. »Poe, Dumas, Wilde, Dunsany, Stevenson, Verne, Zola, Hugo, Barrie ... Sie lagen eigentlich jeden Abend vor dem Kamin im privaten Salon und er hat ihr vorgelesen. Und immer wieder hat sie um den *Dorian Gray* gebettelt. – Er war ihr Held, ihr Ritter in weißer Rüstung. Egal was sie angestellt hat, wenn er konnte, hat er sie jedes Mal rausgehauen und obendrein noch gedeckt.« Adrien schüttelte den Kopf, als könne er es nach all der Zeit noch immer nicht glauben. »Hat er dir gesagt, dass er es war, der sie gefunden hat? Am Seil? Mit gebrochenem Genick? Lass mich raten: Hat er nicht. Natürlich. – Sie hatte seit Wochen kein Wort mehr mit ihm gesprochen. An diesem

Tag wollten Freunde von der Résistance uns aus Marseille schmuggeln. Alles war vorbereitet. Sie war ... seltsam. Schon seit Stunden. Hat Julien sogar die Hand an die Wange gelegt. Dann ist sie noch einmal auf den Dachboden. Sie wollte noch irgendetwas *erledigen*. Wir dachten, sie wolle sich von der Katze verabschieden, die sich dort oben versteckt hatte. Sie hat manchmal Stunden bei dem Tier verbracht. – Sie kam nicht zurück. Eigentlich wollte ich ihr hinterher, aber dann ... ist Julien gegangen.« Er sah wieder auf den Balkon hinaus.

Ich wagte nicht, mich zu rühren. *O lieber Gott, Julien.* Er hatte mir erzählt, dass seine Schwester ebenfalls Selbstmord begangen hatte, nachdem der junge Lamia – den Juilen zu einem Vampir gemacht hatte, um ihm das Leben zu retten – sich in der Sonne umgebracht hatte; aber nicht *das*.

»Ich habe meinen Bruder noch nie so schreien gehört. – Auch danach nie mehr. – Und dazwischen immer wieder: ›Cathérine! Nein! Nein! Nein!‹ Wieder und wieder. So laut, dass die Freunde, die uns versteckt hatten, fürchteten, er würde die Deutschen auf uns aufmerksam machen. Ich musste ihn mit Gewalt ruhigstellen. Wir konnten sie noch nicht einmal mehr begraben.« Adrien seufzte fast unhörbar. »Auf dem ganzen Weg nach Griechenland habe ich kaum ein Wort aus ihm herausbekommen. Ja, nein, ab und an ein Danke. Bei jedem Satz, der aus mehr als drei Worten bestand, habe ich ein bisschen Hoffnung geschöpft. – Ich habe erst ein paar Jahre später herausgefunden, dass er Papa versprochen hatte, auf Cathérine aufzupassen. Ebenso wie auch auf mich.« Erst jetzt richteten seine Augen sich auf mich. Sie waren genauso quecksilbern wie die seines Bruders – und im Moment ein Stück dunkler, als Juliens es normalerweise waren. Ich schluckte hart. »An diesem Tag ist etwas in meinem Bruder zerbrochen. Er war ... hart an der Grenze zum Wahnsinn. Sein Leben hat ihm nichts mehr bedeutet. In der ganzen Zeit seitdem gab es für ihn nur zwei Dinge: Rache an Gérard und wenigstens die zweite Hälfte seines Versprechens an Papa zu erfüllen, soweit es ihm möglich war.« Sein Mund verzog sich zu einer schmalen, harten Linie und sein Blick kehrte zu meinem *Dorian Gray* zurück. »Aus diesem Grund hat er auch die letzten Jahren in Dubai verbracht und nicht ich.« Er klemmte die Brille an die Hemdtasche.

»Was ...« Ich biss mir auf die Zunge. Zu spät. Für einen Sekundenbruchteil zuckten seine Augen zu mir, doch dann erhob er sich abrupt, trat an die Glastür zum Balkon hinaus und lehnte sich dagegen, den Ellbogen gegen die Laibung gestemmt, die Faust an den Lippen. Wie oft hatte ich Julien in den letzten Tagen in genau der gleichen Haltung dort stehen sehen? Ich wagte nicht, auch nur einen Ton von mir zu geben.

»Welchen Grund hat Julien dir genannt, dafür, dass er in Dubai war?« Adriens Züge spiegelten sich schwach in der Scheibe. Zu schwach, als dass ich in ihnen hätte lesen können – sofern er nicht die gleiche kühle Maske aufgesetzt hatte, wie Julien das bei solchen Gelegenheiten gern tat.

Ich schluckte erneut, ehe ich antwortete. »Ich weiß nur, dass er dorthin verbannt wurde. Warum, hat er mir nie gesagt.«

Einen Moment verharrte er reglos, dann nickte er, als hätte er nichts anderes erwartet. »Vor sieben Jahren, drei Monaten und elf Tagen wurde ich vor dem Rat des Mordes und Verrats angeklagt. Man warf mir vor, einen Lamia umgebracht zu haben, der Beweise dafür hatte, dass ich mich gegen einen der regierenden Fürsten verschworen hätte und einen Anschlag auf ihn plante. Ganz nebenbei sollte ich auch noch einen Menschen in die Sache hineingezogen und ihm so unsere Existenz preisgegeben haben. Ihre Indizien waren von ausgezeichneter Qualität, so gut hätte noch nicht einmal Julien sie zu fälschen vermocht.« Ich konnte in der

Glasscheibe sehen, wie er den Mund verzog. »Bastien war einer ihrer Hauptbelastungszeugen. Ich hatte weder ein Alibi noch konnte ich die Vorwürfe irgendwie entkräften.« Er senkte kurz den Kopf, bevor er weitersprach. »Für so etwas gibt es nur ein Urteil. Die Fürsten hatten schon abgestimmt. – Natürlich erst, nachdem sie sichergestellt hatten, dass Papa mich vor seinem Tod nicht doch zu seinem Nachfolger als Kideimon gemacht hatte.« Adrien lachte, leise und hart. »Sie mussten es nur noch verkünden, um es endgültig und offiziell zu machen, da tauchte Julien plötzlich auf und behauptete, er habe getan, was man mir vorwarf. – Er hatte bis zuletzt versucht meine Unschuld zu beweisen. Natürlich erfolglos. Eine Gegenaussage zu Bastien wagte keiner. Und wie sollte er Beweise finden, um etwas zu widerlegen, das nie geschehen war. – So gut ihre Indizien sein mochten, sie waren nicht gut genug, um Julien und mich darauf zu unterscheiden. Ich hatte die ganze Zeit alles abgestritten; Julien legte jetzt ein volles Geständnis ab. Als ich daraufhin ebenfalls gestand, glaubten sie mir nicht mehr. Vor allem, da Julien auch unter der Befragung bei seiner Behauptung blieb.«

Befragung? Er meinte doch wohl nicht etwa ... *Folter*? So gern ich mir eingeredet hätte, dass der Rat niemals so barbarisch wäre, es gelang mir nicht. Sie wollten mich ohne meine Zustimmung mit irgendeinem Unbekannten verheiraten; ich traute ihnen alles zu. Ich musste wohl irgendeinen Laut von mir gegeben haben, denn Adrien drehte sich um.

»Aber auch ich habe unserem Vater versprochen, auf meinen Bruder aufzupassen. Ich bin der Ältere, nach Papas Tod der Patriarch der Familie. Es war meine Pflicht ...« Er schüttelte den Kopf, holte einmal tief Luft. »Um Juliens Leben zu retten, habe ich sein Geheimnis verraten und dem Rat mitgeteilt, dass mein Bruder der Kideimon ist. Und dass seit der Hinrichtung unseres Vaters durch die Deutschen im Zweiten

Weltkrieg nur er allein weiß, wo das Blut der Ersten verborgen ist.« Die Hände in die Hosentaschen geschoben lehnte er sich mit der Schulter gegen den Rahmen. »Nachdem er ihnen selbst unter einer zweiten Befragung das Versteck nicht verraten wollte, haben sie das Todesurteil ausgesetzt und ihn stattdessen für den Rest seiner Existenz auf Ehrenwort nach Dubai verbannt.«

Ein Kloß saß in meiner Kehle. Julien hatte seine Freiheit geopfert, um seinen Bruder zu retten. Nein, eigentlich war er sehenden Auges in den Tod gegangen, denn dass er noch am Leben war, verdankte er letztlich ja nur Adriens *Verrat*.

»Was werden sie tun, wenn ...« Ich verstummte hilflos.

»... sie herausfinden, dass er nicht dort ist? – Sie werden Himmel und Hölle in Bewegung setzen, um ihn aufzuspüren. Und diesmal werden sie das Urteil vollstrecken. Aber davor werden sie ihn dazu bringen, ihnen zu sagen, wo das Blut ist. Egal wie lange sie brauchen und zu welchen Mitteln sie greifen müssen. Sie können es sich nicht leisten, ihn damit durchkommen zu lassen.«

Mein Magen zog sich zusammen. »Und warum bist du dann hier?«

Adriens Blick wurde schlagartig schmal. Mit derselben geschmeidigen Eleganz, die auch Julien zu eigen war, stieß er sich von der Tür zum Balkon ab und kam, ohne mich auch nur einen Sekundenbruchteil aus den Augen zu lassen, auf mich zu, um direkt vor dem Bett stehen zu bleiben. »Täusche dich nicht, Mädchen. Ich sehe für den Moment davon ab, dich zu töten, weil ich es nicht riskiere, dass auch der Rest in meinem Bruder zerbricht, wenn er dich so findet wie unsere Schwester. Aber ich werde nicht zulassen, dass Julien deinetwegen das Legat unseres Vaters verrät.«

Ich war ein Stück vor ihm zurückgewichen. Jetzt starrte ich ihn an. Eine scharfe Falte erschien zwischen seinen Brauen.

»Hat er dir nicht gesagt, wohin er gegangen ist? Und was er zu tun beabsichtigt?« Er beugte sich ein Stück zu mir herab.

Ich schüttelte den Kopf und brachte möglichst unauffällig ein wenig mehr Abstand zwischen uns. Hinter mir rutschte ein Kissen vom Bett.

»Mein Bruder ist in diesem Augenblick in Marseille und holt das Blut der Ersten aus seinem Versteck, in der unsinnigen Hoffnung, dir damit das Leben zu retten.«

»Marseille? Aber wenn Gérard ...« Erst jetzt sickerte über dem Schrecken, dass Julien ausgerechnet in *Marseille* war, die Bedeutung des zweiten Teils von Adriens Satz in mein Gehirn. »W-was?«

Die Linie zwischen seinen Brauen vertiefte sich.

»Um das Blut der Ersten ranken sich alle möglichen Legenden. Offenbar ist Julien auf die wahnwitzige Idee verfallen, es könnte möglicherweise auch verhindern, dass du stirbst.« Also wusste Adrien, was der vorzeitig erzwungene Wechsel mit meinem Körper angerichtet hatte. »Er will es versuchsweise als *Heilmittel* für dich benutzen.« Mit einem Kopfschütteln richtete er sich auf. »So leid es mir für dich tut, Mädchen, aber einen solchen Frevel werde ich nicht gestatten.«

»Und deshalb wolltest du mich töten?« Ich brachte die Worte kaum heraus.

Er hob die Schultern. »Um den Grund dafür aus der Welt zu schaffen, dass mein Bruder sich genötigt sieht, das Legat unseres Vaters zu verraten und mit Füßen zu treten, was von der Ehre unserer Familie übrig ist, ja.«

Die Ehre ihrer Familie. Natürlich. Ich blickte zur Seite und schlang die Arme um mich.

Sie hatten sich am Telefon gestritten. Vor drei Tagen. Ich hatte mal wieder einen meiner Anfälle gehabt. Einen der schlimmsten bisher. In meinem Magen war nichts als ein bisschen Brühe gewesen. – Fast zwei Stunden und eine Engelsgeduld hatte Julien gebraucht, um sie in mich hineinzulöffeln. – An diesem Nachmittag hatte ich zum ersten Mal Blut gespuckt. Julien hatte mich festgehalten, bis es endlich vorbei war, mich anschließend in mein Bett gebracht und danach Stunde um Stunde für mich Geige gespielt. Irgendwann musste er wohl angenommen haben, dass ich eingeschlafen war, und ging aus aus meinem Zimmer. Die Tür ließ er offen. Ich schloss die Augen. Adrien hatte ab einem gewissen Punkt laut genug gebrüllt, dass ich ihn noch aus dem Flur heraus gehört hatte – allerdings ohne ein Wort zu verstehen, da beide Französisch gesprochen hatten. Und das viel zu schnell für meine begrenzten – oder besser: so gut wie nicht existenten – Kenntnisse. Als Julien schließlich auflegte, hatte er sich nicht verabschiedet. Hatte er gewusst, dass Adrien hierherkommen würde? Dann hätte er mich wohl kaum allein gelassen. Es sei denn, er hatte nicht damit gerechnet, dass sein Zwilling sich mit Mordgedanken gegen mich tragen könnte. Oder hatte er schlicht vorgehabt, wieder zurück zu sein *und* seine Pläne in die Tat umgesetzt zu haben, bevor Adrien hier auftauchte? – Pläne, die er nicht mit mir besprochen hatte. Er hatte einfach eine Entscheidung getroffen. Über meinen Kopf hinweg. Wie er es immer tat. Obwohl ich mehr als einmal versucht hatte ihm klarzumachen, dass ich genug davon hatte, dass andere über mich bestimmten, nachdem Samuel genau das mein ganzes Leben getan hatte. Und nun war er in Marseille – Marseille! – und holte dieses Blut, um ... um ... *Ach, verdammt, Julien. Warum konntest du mir nicht sagen, was du vorhast?* Ein Teil von mir wollte wütend auf ihn sein. Der andere hatte einfach nur Angst.

»Und was tun wir jetzt?«, fragte ich irgendwann in die Stille hinein, als ich es nicht mehr aushielt.

»Wir warten auf meinen Bruder.« Adrien hatte sich wieder in meinem Schaukelstuhl niedergelassen und fuhr mit den Fingerspitzen die Linien des Rattans an der Armlehne nach. »Du kannst ganz beruhigt sein. Dich töten zu wollen war eine Kurzschlussreaktion. Eine Verzweiflungstat. Wie ich schon sagte: Ich will nicht, dass Julien noch einmal einen solchen emotionalen Schock erleidet wie damals. Das werde ich ihm nicht antun. Das Risiko ist zu groß, dass er dieses Mal endgültig zerbricht.«

Ich lachte bitter. »Dafür lässt du ihn dabei zusehen, wie ich sterbe.«

Abermals erschien die Linie zwischen seinen Brauen. »Das ist etwas anderes. Er kann sich darauf vorbereiten. Er kann ... Abschied nehmen.«

»Und du bist fein raus!« Ich klang ätzender, als ich vorgehabt hatte. In meinen Eingeweiden brannte wieder dieser nur zu bekannte dünne Schmerz. Manchmal hatten meine Anfälle tatsächlich die Güte, sich vorher anzukündigen. Manchmal erwiesen die Anzeichen sich aber auch als falscher Alarm. Im Augenblick hoffte ich auf Letzteres, während ich die Hand auf meinen Bauch drückte. Das Letzte, was ich wollte, war, mich noch einmal vor Adrien in ein spuckendes Bündel Elend zu verwandeln. Einmal war genug. Danke.

»Musst du ins Bad?« Adriens Stimme erschreckte mich. Er hatte sich halb aus meinem Schaukelstuhl erhoben. Anscheinend rechnete er damit, mich im nächsten Moment vom Bett und nach nebenan zur Toilette schleppen zu müssen. Bei jedem anderen hätte ich das Bad jetzt vielleicht als Ausrede benutzt und versucht zu fliehen, aber bei Adrien – und in meinem Zustand – war das sinnlos. Ich würde es vermutlich noch nicht einmal bis auf das Dach der Veranda schaffen, die im Erdgeschoss um das ganze Haus lief, ehe er mich wieder eingefangen hatte. Die Lippen zusammengepresst schüttelte ich den Kopf. Er sank auf den Sitz zurück, sah mich aber weiter aufmerksam an.

»Brauchst du etwas zu essen?«

Hatte er nicht mitbekommen, wie meine Innereien auf ein paar Schlucke Cola reagierten? Offenbar hatte ich ein leises Schnauben von mir gegeben, denn sein Blick veränderte sich. Er musterte mich eindringlicher, seine Nasenflügel blähten sich einmal kurz, als er deutlich tiefer als zuvor die Luft einsog.

»Du trinkst von meinem Bruder.«

War in seinem scheinbar so beherrschten Ton eben nicht doch so etwas wie Widerwille gewesen? Offensichtlich blieb ich ihm die Antwort zu lang schuldig, denn einen Moment später nickte er.

»So weit ist es also schon.«

Ich biss die Zähne zusammen. Er hatte ja keine Ahnung.

Als Bastien in der Lagerhalle beim Industriedock von Ashland Falls diesen jungen Vampir auf Julien losgelassen hatte, um ihn zu demütigen und zu quälen, hatte er gesagt, man könne süchtig nach dem Blut eines Lamia werden. – Jedes Mal, wenn ich von ihm trank, wuchs meine Angst, dass ich es inzwischen tatsächlich sein könnte. Allein bei dem Gedanken daran erwachte in meinem Inneren ein Zittern, eine ... Gier, die ich nur schwer beschreiben konnte. Wenn ich zusah, wie er sich selbst den Arm aufriss und sein Blut rot und warm über seine Haut quoll, wurde mir heiß und kalt zugleich; und wenn ich meinen Mund über die Wunde legte und trank ... war es für mich endgültig nicht mehr in Worte zu fassen. Ich konnte mich in diesem dunklen, leicht kupfernen und gleichzeitig irgendwie süßen Geschmack verlieren.

Dabei hatte mich beim ersten Mal, als er sich die Zähne in den Arm geschlagen und ihn mir mit einem eindringlichen »Trink!« unter die Nase gehalten hatte, noch das blanke Grauen befallen, hatte allein der Anblick seines Blutes genügt, um die Erinnerung an das zu wecken, was *Onkel Sa-*

muel in dem Keller meines alten zu Hauses mit mir – und Julien – angestellt hatte. – Inzwischen erwachte nach einer gewissen Zeit die Angst in mir, dass er mich möglicherweise nicht noch einmal von sich trinken lassen würde – zusammen mit einem nagenden Hunger. Und die Spanne wurde mit jedem Mal kürzer.

Ich hob den Kopf und sah Adrien voll hilflosem Ärger an. »Ja, so weit ist es schon.«

Hatte ich erwartet, dass er noch irgendetwas sagen würde? Was war ich doch für ein dummes Schaf. Adrien gab meinen Blick nur kühl – und wortlos – zurück.

Ich ertrug ihn ungefähr eine Minute, dann schob ich mich von meinem Bett hinunter und ging zur Tür. Zumindest wollte ich das, doch Adrien stand neben mir, noch ehe ich mehr als einen Schritt getan hatte, und hielt mich am Arm zurück. Nicht so fest, dass er mir wehgetan hätte, aber fest genug, um mir zu sagen, dass ich nirgendwohin ging, solange er es mir nicht erlaubte.

»Wo willst du hin?«

»Dass ich sterbe, bedeutet nicht, dass ich den ganzen Tag nur noch im Bett liege und mir selbst leidtue. Ich will noch ein bisschen was von meinem Leben haben. Dazu gehört die Schule. Und zu der gehören nun mal Hausaufgaben.« Mit einem Ruck versuchte ich mich loszumachen. Mit dem zu erwartenden Erfolg. Inzwischen sollte ich es wirklich besser wissen. Unvermittelt war Galle in meinem Mund. Ich schluckte sie unter, sah ihn wütend an und zerrte erneut an seinem Griff. »Wo ist meine Tasche?« Hier in meinem Zimmer hatte ich sie zumindest bisher nicht entdeckt.

Mit ein paar Sekunden Verzögerung gab Adrien mich frei und trat zurück. »Draußen. Im Auto. Ich hatte die Hände voll, als ich dich hier heraufgetragen habe.«

Ich ignorierte seine zynische Bemerkung. »Holst du sie

mir oder darf deine Gefangene selbst hinausgehen?«, erkundigte ich mich stattdessen bissig.

Adrien hob eine Braue. »Sprichst du so auch mit meinem Bruder? Dann wundert es mich, dass du noch am Leben bist.«

»Du bist nicht dein Bruder«, schnappte ich dagegen.

»Also, was ist?«

»Ich hole sie dir.« Diesmal war der Ärger in seinem Ton nicht zu überhören.

Ich verkniff mir jede weitere Bemerkung und folgte ihm die Treppe hinunter, eine Hand fest am Geländer, um nicht bei einem unvermittelten Schwindelanfall zu stolpern und mir am Ende bei einem Sturz noch das Genick zu brechen. Für einen kurzen Moment kam mir erneut der Gedanke an Flucht, als er sich zur Haustür wandte, doch ich verwarf ihn gleich wieder und durchquerte die kleine Halle mit den dunkel getäfelten Wänden in die andere Richtung, zum hinteren Teil des Hauses, in das zweite, größere Wohnzimmer, das Julien und ich dem kleineren gegenüber der Küche im vorderen Bereich vorzogen.

Ich breitete mich mit meinen Büchern großzügig auf dem schweren Ledersofa und dem flachen Glastisch davor aus und versuchte meine Hausaufgaben zu erledigen. Die Decke, unter der ich den gestrigen Abend und die halbe Nacht hier unten auf dem Sofa verbracht hatte, lag noch immer zusammengeschoben an einem Ende. Der Schmerz in meinem Magen hatte sich wieder in ein vages, halbwegs erträgliches Ziehen verwandelt. Adrien hatte sich auf der anderen Seite des Tisches in dem dazugehörigen Sessel niedergelassen und sah mir, ein Bein entspannt über einer Armlehne, schweigend dabei zu, wie ich mich abmühte.

Den Aufsatz für Spanisch legte ich nach einer Seite weg, obwohl er nicht mal annähernd zur Hälfte fertig war. Bei Chemie und Geschichte kapitulierte ich noch schneller. Es gelang mir nicht, mich länger als ein paar Minuten am Stück zu konzentrieren, ehe meine Gedanken abschweiften. Zu Julien, zu dem, was er vorhatte, zu dem, was Adrien mir erzählt hatte. Mehr als einmal hatte ich eine Frage schon auf der Zunge – nur um sie wieder unterzuschlucken. Für später. Für Julien.

Irgendwann gab ich es auf, räumte meine Sachen weg und begann mich durch das Fernsehprogramm zu zappen. Unglücklicherweise schien es heute nichts anderes als kitschige Soaps und grausige Talkshows zu geben. Schließlich blieb ich bei einer Doku über die Savannen Afrikas hängen. – Bisher hatte ich nicht allzu viel von der Welt gesehen außer den Orten – in der Regel verschlafene Kleinstädte, weit ab von jeglichem Leben –, an die *Onkel* Samuel mich und unsere Haushälterin Ella immer wieder umgezogen hatte, um mich vor den anderen Lamia zu verstecken. Weil ich ein Bastard war: halb Mensch, halb Lamia. Und weil ich ein Mädchen war! – Was bedeutete, dass ich nach meinem Wechsel zur Lamia vermutlich die nächste Princessa Strigoja geworden wäre. Eine *Königin der Nachtwesen*, der man alle möglichen mystischen Fähigkeiten nachsagte. Eine Missgeburt, die die Lamia fürchteten, weil die letzte offenbar einen Krieg unter den Lamia und Vampiren heraufbeschworen hatte, der ihre Art um ein Haar ausgelöscht hatte. Auch wenn das schon Hunderte von Jahren her war: Noch einmal wollten die Fürsten so etwas nicht zulassen. Deshalb hatten sie einen ihrer Vourdranj, Adrien, geschickt, um mich zu töten, bevor mein Wechsel einsetzte. Wie sie von meiner Existenz erfahren hatten, konnten wir bis heute nicht sagen. Ebenso wenig wie wir die wahren Zusammenhänge kannten. Immerhin wussten wir erst seit unserem Zusammenstoß mit Bastien, dass Samuel wohl in irgendeiner Weise im Dienste dessen Adoptivvaters Gérard gestanden – und zugleich sein eigenes Spiel gespielt – hatte. Denn anscheinend hatte Samuel – der, so alt er auch gewesen sein mochte, als Vampir in der Hierarchie immer unter den Lamia stehen würde – geplant, mich bei meinem Wechsel an sich zu binden, um so die Kontrolle über mich und meine Fähigkeiten zu erlangen und sich damit über seine *Herren* zu erheben. Doch als Adrien und kurz darauf Julien in Ashland Falls aufgetaucht waren, hatte er beschlossen nicht zu warten, bis ich alt genug war, dass mein Wechsel von selbst einsetzte, sondern – in dem Wissen, dass ich ihn in diesem Alter möglicherweise nicht unbeschadet überstehen würde – ihn schon jetzt zu erzwingen. Damit hatte er mich getötet.

Müde legte ich den Kopf gegen die Rückenlehne des Sofas. Mir war kalt, mein Magen brannte und meine Finger fühlten sich taub an. In meinem Inneren saß schon eine ganze Weile dieses mir inzwischen so vertraute Zittern, das mir unmissverständlich klarmachte, dass ich sehr bald wieder Juliens Blut brauchte. Auch eine Tasse seiner speziellen *Suppe* würde daran nichts ändern. Zudem saß Adrien noch immer in seinem Sessel und beobachtete mich schweigend. Ich wickelte mich in meine Decke und kauerte mich mit der Fernbedienung in einer Ecke meines Sofas zusammen. Und wartete, dass Julien kam und diesem Albtraum ein Ende bereitete.

Vor den Fenstern war es schon dunkel, als das Grollen eines Motors endlich Juliens Rückkehr ankündigte. Unruhig sah ich zu Adrien. Vermutlich hatte er den Wagen schon lange vor mir gehört. Und erkannt; immerhin war die schwarze Corvette Sting Ray eigentlich sein Eigentum. Julien fuhr sie, seit seine geliebte Maschine, eine hochgetunte Fireblade, bei einer Verfolgungsjagd durch *Onkel* Samuels Handlanger geschrottet worden war. Und nachdem unter den Lamia durchaus bekannt war, welcher der Du-Cranier-Zwillinge welchen fahrbaren Untersatz bevorzugte, hatte er es auch noch nicht gewagt, sich eine neue Blade anzuschaffen.

Der Schlüssel schabte im Schloss der Haustür, dann ein leises Scharren und ein Klappen, als sie wieder zufiel. Schritte erklangen im Flur. Offenbar wollte Julien, dass wir ihn hörten. Trotzdem blieb es in der Halle dunkel. Adrien hatte sich von seinem Sessel erhoben. Ich befreite mich aus meiner Decke und schob mich vom Sofa. Einen Moment später erschien Julien im Türrahmen – und blieb darunter stehen. Seine Arme hingen locker an seinen Seiten, die rechte Hand hielt er sehr nah an seinem Bein, beinah hinter dem Oberschenkel verborgen. Wachsam glitten seine Augen durch den Raum, über Adrien, zu mir. Quecksilbern, überraschend hell. Er wirkte müde. Und angespannt.

Sein Blick kehrte zu Adrien zurück. »Du bist allein?« Kein Lächeln, keine Begrüßung, einfach nur diese kühle, reservierte Frage.

»Ja.« Adrien nickte.

»Gut.« Juliens Hand kam neben seinem Bein zum Vorschein. »Hat er dir etwas getan?« Ich brauchte eine Sekunde, um zu begreifen, dass diese Frage *mir* galt und nicht Adrien, da Julien seinen Bruder nach wie vor unverwandt ansah. Woher wusste er ... Als ich merkte, dass ich die Luft angehalten hatte, stieß ich sie wieder aus und brachte irgendwie ein Kopfschütteln zustande.

Noch immer ohne Adrien aus den Augen zu lassen, neigte Julien ein ganz klein wenig den Kopf. »Sicher? Du riechst nach Angst.«

Beinah hätte ich abermals die Luft angehalten. Ich schluckte. Das da in der Tür war Julien; aber der *andere* Julien, der Vourdranj, die Seite an ihm, die er sich bemühte, mich nicht sehen zu lassen. Oder zumindest nicht allzu oft.

»Er hat mir nichts getan.« Ich versuchte überzeugend zu klingen, obwohl meine Stimme nicht mehr als ein Flüstern war. Ob Julien mir glaubte, konnte ich nicht abschätzen. Seine Miene gab nichts preis. Zumindest beließ er es für den Moment dabei und kam – jetzt scheinbar vollkommen entspannt – weiter in den Raum. Den Blick nach wie vor auf seinem Zwilling.

»Was willst du hier, Bruder?« Er sprach noch immer erschreckend kalt.

»Verhindern, dass du etwas tust, was du später mit Sicherheit bereust.« Adriens Ton war weich, so als versuche er ein bockiges Kind zur Vernunft zu bringen.

Julien schnaubte spöttisch. »Dann verschwendest du deine Zeit.« Er wies mit dem Kopf hinter sich. »Da ist die Tür.«

Mir blieb der Mund offen stehen. Als die beiden sich das letzte Mal gesehen hatten, hatte Julien sich an seinen Bruder geklammert, als wolle er ihn nie wieder loslassen, und nun ... warf er ihn regelrecht raus?

»Julien ...« Adrien machte einen Schritt auf ihn zu, doch dessen brüskes Kopfschütteln stoppte ihn.

»Nein. Es ist alles gesagt, was es zu sagen gab. Dass du hier bist, ändert nichts an meinem Entschluss. – Geh wieder.«

»Komm zur Vernunft, Kleiner. – Ich weiß, wie es sich anfühlt ...«

»Gar nichts weißt du!«, zischte Julien dazwischen und ballte die Fäuste. »Und jetzt geh!«

An Adriens Kiefer zuckte es. »Das werde ich nicht erlauben.«

»Ach? Nein?« In geheuchelter Überraschung hob Julien eine Braue. Es sah genauso aus wie bei seinem Bruder.

»Nein!« Allmählich wurde Adriens Ton schärfer. »Ich werde nicht zulassen, dass du Papas Legat verrätst, mit Füßen trittst, was unserer Familie seit Jahrhunderten heilig ist, und unsere Ehre besudelst.«

»Ach so, ja, unsere kostbare Familienehre ... Ich vergaß.« Julien schnalzte mit der Zunge, als wolle er sich selbst tadeln.

Er klang trügerisch sanft. Auch als er weitersprach. »Weißt du, was mir unsere kostbare Ehre im Moment bedeutet? Oder das hier?« Er zog seine goldene Kette unter dem Kragen des Hemdes hervor. Adrien schnappte nach Luft. Neben dem St.-Georgs-Medaillon hing ein schmaler goldener Zylinder. »Nichts! *Gar* nichts!« Die Worte waren ein Fauchen, bei dem man seine Eckzähne sehen konnte.

»Es war also tatsächlich die ganze Zeit in Marseille.« Wie hypnotisiert machte Adrien erneut einen Schritt auf ihn zu.

»In einer der Calanques.« Julien ließ die Kette los. Sie fiel mit dem leisen Klingen von Gold gegen Gold auf seine Brust zurück. »Und jetzt verschwinde. Du bist hier nicht willkommen.«

»Julien ...« Meine Stimme versagte. Das konnte er doch nicht tun! Er liebte seinen Bruder.

Keiner der beiden beachtete mich.

Adrien riss seinen Blick von Juliens Brust los, sah ihn wieder an. »Du weißt, dass ich das nicht gestatten kann, Kleiner.«

»Du kannst mich, Adrien. Hau endlich ab. Ich habe nicht die Zeit, mich mit dir zu streiten.«

»Julien, bitte, denk nach. Komm zur Vernunft.« Die Hände halb erhoben und nach seinem Bruder ausgestreckt, trat Adrien weiter auf ihn zu. »Sie haben uns Marseille genommen. Willst du das auch noch aufgeben? Einfach ... wegwerfen? Es ist alles, was uns geblieben ist.«

Julien verfolgte jede Bewegung seines Zwillings mit schmalen Augen, reglos, feindselig. An seinen Seiten hatte er die Fäuste geballt. Sie zitterten.

»Auch ich habe schon geliebt. Ich verstehe, wie es sich anfühlt, etwas zu verlieren, das einem so teuer ist.« Adriens Stimme war wieder zu einem sanften Schmeicheln geworden. Ein weiterer Schritt brachte ihn noch näher an Julien heran.

»Aber du kannst das nicht alles aufgeben, bloß auf eine vage Hoffnung hin. Wir kennen nur die Legenden. Kannst du sagen, ob sie wahr sind? Keiner kann das.« Mit einem bedauernden Kopfschütteln hob er die Rechte ein wenig mehr. »Du weißt ja nicht einmal, ob es irgendetwas *bewirkt*. Ist dir denn nicht klar, dass du sie damit auch töten könntest?«

Für einen Sekundenbruchteil zuckte Juliens Blick zu mir, huschte wieder zu seinem Bruder. Er machte einen Schritt zurück.

»Dieses Risiko kannst du doch nicht eingehen.« Adrien folgte ihm, hob die Hände noch ein Stückchen weiter. »Papa hat dir vertraut, als er dich zum Hüter machte. Einen größeren Beweis seines Vertrauens konnte er dir gar nicht geben. Du willst sein Vertrauen nicht auf diese Weise enttäuschen, oder? Julien, du hast ihm dein Wort verpfändet.« Sein Ton wurde mit jedem Satz beschwörender. »Unsere Blutlinie stellt den Hüter seit Anbeginn.« Noch ein Schritt. »Als du Papa dein Wort gegeben hast, hast du die Verantwortung dafür übernommen. Hast geschworen, es vor den Begehrlichkeiten der anderen zu verbergen und zu schützen. Wenn nötig mit deinem Leben. Aber es gehört dir nicht. Du bist nur sein Hüter. Du hast kein Recht, es nach deinen eigenen Wünschen zu benutzen.« Wieder ein Kopfschütteln. Er hatte Julien beinah erreicht. »Was du vorhast, ist ein Frevel an allem, was uns heilig ist. Das Erbe von Jahrhunderten, Jahrtausenden für ein Leben opfern? Julien? Wo ist da die Relation? Sosehr du sie liebst, das kann sie nicht wert sein.« Kaum mehr als eine halbe Armlänge trennte die beiden voneinander. Adrien sah seinem Bruder jetzt direkt in die Augen. Julien blinzelte. »Ich kann das nicht zulassen, Kleiner.« Er streckte die Hand aus. Julien schlug sie weg – und stürzte sich auf ihn. Mit einem Wutschrei, der wie ein Fluch klang. Adrien versuchte auszuweichen, doch sein Zwilling war schneller. Der Couchtisch ging krachend unter ihnen zu Bruch. Fassungslos wich ich zurück. Juliens Faust traf Adrien am Kinn, riss seinen Kopf zurück. Sie rollten durch die Scherben. Knurrend. Ich flüchtete auf das Sofa, über dessen Lehne und gegen die Wand, drückte mich in die Ecke.

»Aufhören! Julien, nicht! Hört auf!« Meine Stimme ging in ihrem Fauchen und Grollen unter.

Adrien schaffte es auf die Knie, doch Julien brachte ihn erneut zu Fall. Ich sah seine Reißzähne. Seine Augen waren schwarz. Die Hände zu Klauen gekrümmt. Wieder schlug er zu. Hart. Unerbittlich. Wütend.

»Nicht!«

Adrien brüllte etwas. Juliens Antwort war ein Heulen, ein weiterer Hieb. Ein gefährlich langer Dolch segelte durch die Luft und landete klappernd auf dem Boden. Sie kamen halb in die Höhe. Juliens Lippe war aufgeplatzt. Adrien blutete aus der Nase. Einer versuchte den anderen zu fassen zu bekommen. Abermals langte Adrien nach der Kehle seines Zwillings. Abermals schlug Julien seine Hand weg, drosch wieder zu, schmetterte seinen Bruder gegen die Kamineinfassung. Die Scheiben klirrten.

»Hört doch auf! Bitte!«

Sie fielen ein weiteres Mal übereinander her. Knurrend und keuchend.

Und dann lag Adrien plötzlich unter seinem Bruder, Juliens Knie zwischen seinen Schulterblättern, das Gesicht auf den Boden gedrückt, den einen Arm in Juliens Griff irgendwie nach hinten verdreht, den anderen unter Juliens Bein gefangen. Schwer atmend kniete Julien über ihm, hielt ihn scheinbar mit seinem ganzen Gewicht nieder.

»Hol mir etwas, womit ich ihn fesseln kann!«

Ich starrte auf die beiden hinab. Adrien bäumte sich auf, bockte wie ein Pferd in dem Versuch seinen Bruder abzuschütteln. Zischend stemmte der ihm das Knie fester zwischen die Schultern, verdrehte seinen Arm noch weiter. Adrien ächzte.

»DAWN!«

Ich machte einen erschrockenen Satz, blinzelte. Julien sah zu mir auf. Seine Eckzähne schimmerten viel zu lang hinter seinen Lippen.

»W-was?« Es war eher ein Wimmern.

»Ich brauche etwas, womit ich ihn fesseln kann.«

Ich starrte ihn noch immer benommen an.

»Deine Schals! Hol mir deine Schals!«

Ich stand einfach nur da. Wieder bäumte Adrien sich auf.

Julien fluchte, fletschte die Zähne, drückte ihn fester auf den Boden. »Geh schon!«, zischte er ungeduldig.

Ich schrak zusammen. Irgendetwas in mir schien endlich zu begreifen, was er wollte, und ich drehte mich um, flüchtete aus dem Raum und stürzte die Treppe hinauf. In meinem Zimmer riss ich die Türen meines Kleiderschranks auf, zerrte hektisch Schubladen heraus. Eine halbe römische Edelboutique quoll mir entgegen. Unterwäsche, Nachthemden, Pyjamas, T-Shirts, die Einkäufe meines Großvaters Radu. Edel, teuer und nicht mein Stil. Ich warf alles auf den Boden, wühlte, bis ich endlich die Richtige gefunden hatte, packte, was mir an Schals unter die Finger kam, und hetzte wieder hinunter.

In der Tür zum Wohnzimmer stockte ich. Jetzt war auch der riesige Flachbildfernseher zerschlagen. Der Sessel umgekippt. An Juliens Wange klaffte ein tiefer Riss. Adrien lag erneut unter ihm und versuchte seinen Zwilling nach wie vor abzuschütteln. Und wie zuvor war sein Arm nach hinten verdreht und nach oben zu seinem Kopf hin gestreckt. Sie waren ein gutes Stück näher beim Kamin und keuchten beide, als hätten sie einen Marathonlauf hinter sich. Zögernd wagte ich mich weiter heran, ließ die Schals neben Julien fallen, flüsterte hilflos: »Das kannst du nicht tun.«

Nur ganz kurz streifte mich sein Blick, dann zerrte er einen Schal aus dem Bündel, schüttelte ihn aus. Seide. Ockerfarben. Crushoptik. Eigentlich ganz hübsch.

»Julien ...«, flehte ich noch einmal.

Wortlos fesselte er seinem Bruder die Hände auf den Rücken. Es ging schnell. Und trotzdem hätte Adrien sich um ein Haar losgerissen. Ich zuckte zusammen, als Julien den Knoten festzurrte. Erst jetzt nahm er sein Gewicht vom Rücken seines Bruders.

Sofort drehte Adrien sich halb auf die Seite. »Komm endlich zu dir!«, versuchte er es abermals. »Du kannst nicht wirklich den Schwur brechen wollen, den du Papa geleistet hast. Das kann nicht dein Ernst sein.«

»Tais-toi!« Julien fasste ihn beim Arm und zog ihn auf die Knie.

»Er war immer stolz auf dich. Er hat die alten Traditionen gebrochen, indem er dich zum Hüter gemacht hat und nicht mich.«

»Arrête!«

»Wenn er wüsste –« Ein weiterer meiner Schals als Knebel brachte ihn zum Schweigen. Fassungslos beobachtete ich, wie Julien ihn in Adriens Nacken verknotete.

»Debout!«, befahl er dann, zerrte seinen Bruder endgültig auf die Beine und schob ihn – eine Hand an Adriens Arm, in der anderen das Bündel Schals – an mir vorbei zur Tür. Dass Adrien sich gegen seinen Griff stemmte und unverständliche Laute hinter dem Knebel hervordrangen, ignorierte er.

»Was hast du vor?« Das konnte doch nicht Juliens Ernst sein?

»Im Keller wird er uns keine Schwierigkeiten machen. – Ich bin gleich wieder da.«

Benommen schaute ich ihnen nach. Dann wandte ich mich um und starrte auf das Chaos, das vor keiner halben Stunde noch ein Wohnzimmer gewesen war. Meine Knie zitterten. Das hier war ein Albtraum. Ich schlang die Arme um mich. Das Zittern breitete sich immer weiter in meinem Körper aus. Ich musste etwas tun. Irgendetwas. Wenn ich nichts tat, würde ich in der nächsten Minute anfangen hysterisch zu kreischen. Auf dem Boden war Blut. In meinem Magen erwachte das Brennen wieder. Ich schluckte mühsam dagegen an, riss den Blick davon los, zwang meine Beine sich zu bewegen, tappte zu dem Sessel hinüber, stellte ihn umständlich auf. Daneben glänzte etwas Kleines, Goldenes zwischen einigen Splittern. Vorsichtig hob ich es auf. Juliens St.-Georgs-Medaillon. Die Kette hing noch daran. Direkt neben dem Verschluss war sie gerissen. Plötzlich bebte meine Hand. Beinah panisch sah ich mich um. Mein Herz schlug viel zu schnell, meine Kehle war wie zugeschnürt. Ich machte unwillkürlich einen Schritt zurück, als es unter meinen Füßen krachte. Hektisch drehte ich mich um mich selbst. Scherben knirschten. Meine Finger hatten sich so fest um Kette und Amulett geschlossen, dass dessen Rand sich in meine Haut grub.

Ich entdeckte es zwischen den Trümmern des Fernsehers. Von einem Atemzug zum nächsten waren meine Handflächen schweißnass. Ohne es wirklich zu merken, wischte ich sie an meiner Hose ab, während ich den Raum durchquerte und stockend davor in die Knie ging. Sekundenlang starrte ich es einfach nur an, ehe ich so vorsichtig danach griff, als könnte es mich unvermittelt beißen, und es endlich zögernd zwischen bunten Platinen hervorzog. Es war verblüffend schwer, vollkommen zerkratzt – und anscheinend sehr alt. Befand sich in seinem Innern tatsächlich das Blut der allerersten Lamia? Jener libyschen Prinzessin, die der Legende nach so schön gewesen sein sollte, dass Zeus persönlich sich in sie verliebt und mit ihr Kinder gezeugt hatte? Und die durch einen Fluch seiner eifersüchtigen Gemahlin Hera zu einem wahnsinnigen, bluttrinkenden Ungeheuer geworden war, das letztlich von seinen eigenen Söhnen, die seinen Fluch geerbt hatten, getötet worden war? Es musste jahrtausendealt sein. Und sein Hüter war der Junge, den ich liebte. Mein Mund war trocken.

Das Blut der Ersten

Als Julien zurückkam, saß ich auf dem Sofa und drehte es in den Händen. Ich sah zu ihm auf. Selbst wenn ich gewollt hätte, hätte ich keinen Ton hervorgebracht. Einen Augenblick hatte er an der Tür gezögert, jetzt kam er wortlos durch den Raum, schob die Bruchstücke des Tisches und die Scherben der Glasplatte mit dem Fuß beiseite und kniete sich vor mich auf den Boden. Minutenlang starrten wir beide stumm auf das Röhrchen, ehe er mir, noch immer wortlos, die Hand entgegenstreckte. – Und dann drehte er es in den Händen. Sein St-Georgs-Amulett baumelte daneben. Sekunden gerannen zu einer Ewigkeit. Ich glaubte, mein eigenes Herz viel zu laut in meinen Ohren pochen zu hören.

An seiner Lippe hatte er das Blut weggewischt, doch unter dem Riss an seiner Wange klebte noch ein Rest. Meine Finger zitterten, als ich sie zu seinem Gesicht hob. Julien hielt sie auf, ehe ich ihn berühren konnte. Seine Augen waren noch nicht ganz zu ihrem üblichen Quecksilberton zurückgekehrt und auch seine Eckzähne wirkten noch ein wenig zu lang für den Rest seines ebenmäßigen Gebisses.

»Das ist nichts. Wir haben beide schon schlimmere Prügel bezogen.«

Ich ließ meine Hand in meinen Schoß zurückfallen. Ja.

Vor gar nicht allzu langer Zeit. Und auch meinetwegen. Beide.

»Und Adrien?«

Julien zog die Schultern hoch. »Wie gesagt: Wir haben beide schon schlimmere Prügel bezogen. – Er hat es dort unten halbwegs bequem. Mach dir um ihn keine Sorgen.«

Das konnte doch alles nicht sein Ernst sein. »Hast du ihm wenigstens den Knebel ...«

»Er wird nicht lange brauchen, um ihn allein loszuwerden.«

Ich schluckte. »Was ... hast du jetzt vor? Mit Adrien.«

»Ich lasse ihn gehen, sobald alles vorbei ist. Zuvor ...« Er rieb mit dem Daumen über das Gold. »Adrien würde weiter alles daransetzen, um zu verhindern, was wir tun werden, oder es an sich zu bringen, wenn ihm das nicht gelingt.«

Erneut sahen wir beide auf das Röhrchen in seinen Händen. Das Schweigen zwischen uns hatte etwas Erstickendes, dehnte sich ins Unendliche.

»Julien ...«, setzte ich irgendwann leise an, doch er schüttelte den Kopf.

»Er hat recht, weißt du.« Seine Stimme klang ebenso leise wie meine.

»Wer? Adrien?«

Julien nickte. »Ich könnte dich damit töten.« Erst jetzt blickte er von dem goldenen Zylinder auf. »Es ranken sich unzählige Legenden darum, eine unwahrscheinlicher als die andere, aber was es wirklich *vermag* ...«, er schüttelte abermals den Kopf, »... das weiß niemand mit Sicherheit.« Seine Augen suchten in meinen. »Ich könnte dich damit töten, Dawn.«

»Hatte er mit dem anderen auch recht?«

Fragend neigte er den Kopf.

»Brichst du wirklich das Versprechen, das du deinem Vater gegeben hast?«

Er holte einmal tief Atem. Es klang wie ein Seufzen. »Alles, was er gesagt hat, ist wahr«, sagte er endlich kaum hörbar. »Ich breche nicht nur mein Versprechen gegen Papa, ich breche jedes Gesetz, das sich auf das Blut bezieht, und versündige mich gegen alles, was meiner Art heilig ist.«

»Julien, das darfst du nicht tun.« Diesmal ließ er mich gewähren, als ich die Hand nach ihm ausstreckte. Behutsam legte ich sie an seine Wange. »Du kannst nicht alles aufgeben, was dir bisher etwas bedeutet hat. Nicht nur meinetwegen.«

»*Nur* deinetwegen, Dawn?« Sein Mund verzog sich für einen kurzen Moment in einem Anflug von trauriger Amüsiertheit. »Die Fürsten, unsere Gesetze, das Blut ... das alles bedeutet mir nichts. Du aber schon.« Er wandte den Kopf ein klein wenig und küsste meine Handfläche. Ich spürte, wie er kurz zusammenzuckte. »›Si notre amour est un rêve, ne me réveille jamais.‹ – Erinnerst du dich?«

Im ersten Moment konnte ich nur nicken, denn mein Hals war mit einem Mal wie zugeschnürt. *Wenn unsere Liebe ein Traum ist, weck mich niemals auf.* Das hatte er im *Bohemien* zu mir gesagt, als er dort kurz vor Halloween auf der Geige für mich gespielt hatte. Er war sogar noch weiter gegangen: Er hatte gesagt, *ich* sei dieser Traum.

»Ja. Natürlich«, brachte ich endlich hervor.

Julien lächelte. »Ich werde um diesen Traum kämpfen. Mit allem, was ich habe; mit allem, was ich kann, und mit allem, was ich bin. Ganz gleich, wie hoch der Preis ist: Ich zahle ihn.« Abermals streiften seine Lippen meine Handfläche. »Und das Versprechen, das ich meinem Vater gegeben habe ...«, er zögerte eine Sekunde. »Er würde vielleicht nicht gutheißen, was ich tue, aber er würde es verstehen. Er hat uns gelehrt, die Traditionen zu respektieren und dass Ehre manchmal das Einzige ist, das einem bleibt; aber er hat uns auch gelehrt, unserem Herzen zu folgen. – Ich bin sicher, er würde verstehen, dass ich tun muss, was ich tue.« Er schmiegte sein Gesicht ein wenig fester an meine Hand.

»Aber Adrien versteht es nicht«, wandte ich leise ein.

»Das ist Adriens Problem. Ihm habe ich keine Versprechen gegeben.«

Ich zog die Hand zurück und ließ sie in meinen Schoß sinken. »Es tut mir so leid.«

»Was? Dass Samuel die nächste Princessa Strigoja kontrollieren wollte und deshalb versucht hat deinen Wechsel vorzeitig zu erzwingen?« Ich schwieg, senkte den Kopf und biss mir auf die Lippe, bis ich Blut schmeckte. Was hätte ich auch sagen sollen? Julien lehnte sich ein klein wenig vor, verschränkte seine Finger mit meinen. »Die Letzte, die an irgendetwas Schuld hat, bist du, Dawn. Die Allerletzte.« Einen Moment betrachtete er unsere Hände, ehe er »Vielleicht wäre es besser gewesen, wenn ich es zugelassen hätte« flüsterte.

Erschrocken sah ich auf. »Nein! Das ... das kannst du ... du ... nein ...« Allein der Gedanke war so entsetzlich, dass ich die Worte nur hervorstammelte.

»Schsch.« Diesmal war es Julien, der mir die Hand an die Wange legte. »Was geschehen ist, ist geschehen. Vergiss, was ich gesagt habe.« Er lächelte reumütig. »Ich hatte im Flugzeug einfach zu viel Zeit zum Nachdenken.«

Im Flugzeug. – Auf dem Weg nach Marseille.

Ich holte langsam Luft. Trotzdem klang meine Stimme immer noch dünn, als ich sprach. »Warum hast du mir nichts gesagt? Als Adrien sagte, du wärst in Marseille, da ... Ich hatte wahnsinnige Angst. Was, wenn Gérard davon erfahren hätte?« Ich zögerte eine Sekunde. »Warum hast du mir nicht gesagt, was du vorhast?«

Er senkte den Blick und zog die Hand zurück. Wie zuvor sahen wir beide stumm auf das Röhrchen zwischen seinen Fingern.

»Julien?«, fragte ich irgendwann vorsichtig, als die Stille zu unerträglich wurde.

Für einen Moment presste er die Lippen zu einem dünnen Strich zusammen. »Weil ich nicht wollte, dass du dir Sorgen machst. Weil ich dir keine falschen Hoffnungen machen wollte.« Mit einer abrupten Bewegung kämmte er sich mit den Fingern durch die Haare und schaute endlich wieder auf. »Und weil ich ein egoistischer Idiot bin, der geglaubt hat, eine Entscheidung für dich treffen zu können, die nur du treffen kannst.« Erneut fuhr er sich mit dieser mir inzwischen nur zu vertrauten Geste durchs Haar. »Verstehst du? Ich meine, es war gut versteckt. Die Gefahr, dass es jemand durch Zufall findet, war eigentlich gleich null, aber es ... es hätte nicht mehr da sein können. Es lag seit Anfang des letzten Jahrhunderts dort. In einer so langen Zeit kann viel passieren. Auch wenn der, der es gefunden hätte, niemals hätte wissen können, was er da in den Händen hält, das Röhrchen ist aus massivem Gold ... Verstehst du? Ich wollte es nicht riskieren, dir Hoffnungen zu machen und sie dann nicht erfüllen zu können. Und ich wollte nicht, dass du noch mehr grübelst, während ich weg bin, als du es ohnehin schon tust.« Er drehte den Zylinder einmal mehr in den Händen. »Aber es ist deine Entscheidung. Immerhin ist es ja dein Leben. Ich habe nicht das Recht ...« Mit einem irgendwie zittrigen Atemzug sah er für eine halbe Sekunde zur Seite, ehe seine Augen zu mir zurückkehrten. Diesmal klang seine Stimme fester. »Es ist dein Leben. Du musst entscheiden, ob du es versuchen willst. Ich ...« Er schluckte hart. Das Röhrchen gab ein schrilles Kreischen von sich, als er es aufschraubte. Eine Glasphiole kam zum Vorschein, in deren Inneren sich ein dunkles Pulver befand. Julien hielt sie mir hin. »Ich kann es dir nur anbieten.«

Ich starrte darauf. Stumm. Seltsam ... betäubt. Das Blut der ersten Lamia; der Urmutter seiner Art. *O mein Gott.* Ich konnte mich nicht bewegen. Selbst meine Hände gehorchten mir nicht. Ich konnte es nur anstarren.

»Man sagt ihm nach, es könne jede Krankheit heilen.« Julien kippte sie langsam auf die andere Seite, den Zeigefinger fest auf die eine Spitze gepresst. Gebannt beobachtete ich, wie das Pulver der Bewegung folgte. »Ungeahnte Macht verleihen. Selbst über Tiere, das Wetter, den Verstand jedes beliebigen Lebewesens. Wer nur ein einziges Körnchen davon kostet, kann sich in Rauch und Wind verwandeln. Oder in ein Tier. Keine Waffe, kein Element kann ihm mehr etwas anhaben.« Ebenso langsam wie zuvor kippte er sie wieder in die andere Richtung. Das Pulver rieselte zurück. »Zur Zeit der Inquisition soll es eine ganze Gruppe Lamia vor den Hexenjägern verborgen haben. Sie sollen einfach an ihrem Haus vorbeigegangen sein, ohne es zu sehen. Ein andermal heißt es, eine Sturmflut habe allein jenes Haus verschont, in dem sich eine junge Lamia mit ihrem Geliebten aufhielt, die mit ihm in Berührung gekommen war.« Er verzog den Mund. »Das Einzige, was es den Erzählungen zufolge offenbar nicht kann, ist Tote zum Leben erwecken.« In einer fast spöttischen Bewegung hob er die Schultern. »Die Legenden über das Blut der Ersten füllen zig Regalmeter in den Bibliotheken in Griechenland. Nur: Wenn es all das getan hätte, was man ihm nachsagt, wäre schon seit sehr langer Zeit nichts mehr davon übrig.«

»Du glaubst nicht daran?«

»Ich *habe* nicht daran geglaubt. Jetzt ist es die einzige Hoffnung, die mir geblieben ist.« Die Bewegung endete. Abermals suchte Juliens Blick in meinem. »Sollen wir es versuchen, Dawn? Wie Adrien sagte: Ich könnte dich damit töten. Möglicherweise bewirkt es auch überhaupt nichts. Aber vielleicht ...«, er führte den Satz nicht zu Ende.

Aber vielleicht würde es mich wieder gesund machen.

Hatte ich irgendetwas zu verlieren? Im schlimmsten Fall kam das Ende einfach nur schneller. – Was vielleicht ohnehin eine Gnade für uns beide wäre. – Und auch wenn die Chance, dass an all diesen Legenden nur ein Funken Wahrheit war; dass dieses unscheinbare dunkelbraune Pulver tatsächlich verhindern konnte, dass ich starb, unendlich gering war, war es nicht zumindest einen Versuch wert? Ich riss meinen Blick von der Phiole los und sah Julien an. Er erwiderte ihn mit leicht schief gelegtem Kopf. Mein Herz krampfte sich zusammen. Ich wollte leben, ja. Aber doch nicht zu diesem Preis. Ein Leben gegen ein anderes? Nur auf ein vages *Vielleicht* hin?

»Ich kann nicht«, flüsterte ich hilflos.

Julien neigte den Kopf ein wenig weiter. »Nennst du mir den Grund?« Sein Ton verriet nicht, was in ihm vorging.

»Ich kann dein Leben doch nicht ruinieren.«

Einen sehr langen Moment schaute er mich einfach nur still an. »Ohne dich habe ich kein Leben, das man ruinieren kann, Dawn«, sagte er endlich schlicht.

Ich sah abermals auf die Phiole, schlagartig brannten meine Augen und ich musste mehrmals blinzeln, bis es – zusammen mit den Schleiern davor – wieder vergangen war. Trotzdem wartete ich noch ein paar Sekunden, ehe ich es wagte, den Blick wieder zu Julien zu heben.

»Und wie ... Ich meine, wie ...« Ich räusperte mich unsicher.

Er zögerte.

»Julien?«

»Ich weiß es nicht mit Sicherheit«, gestand er mir dann nach einem weiteren Augenblick.

Der Laut, der aus meiner Kehle kam, war mehr ein überraschtes Keuchen als ein vernünftiges Wort. Julien verstand es dennoch.

»Dawn, was wir zu tun beabsichtigen, hat noch nie jemand vor uns getan. Oder zumindest hat er niemandem davon berichtet.«

Mit einem tiefen Atemzug rieb ich mit den Händen über meinen Oberschenkel, ehe ich die Finger ineinanderschlang. Natürlich. Wir planten – wie hatte Julien gesagt? – jedes Gesetz zu brechen, das es bezüglich des Blutes der Ersten gab. Wenn es tatsächlich schon vor uns jemanden gegeben haben sollte, der das gewagt hatte, hatte er es garantiert nicht aller Welt – zumindest der der Lamia – erzählt. Erst als Julien seine Hand über meine legte, wurde mir bewusst, dass ich mir die Fingernägel in die Knöchel grub.

»Ich habe auf dem Weg hierher darüber nachgedacht. Ich schätze, wir haben nur eine Möglichkeit: Wir vermischen es mit meinem Blut und du trinkst es.« Seine Finger strichen über meine. »Was meinst du?«

Ich sog die Unterlippe zwischen die Zähne. »Du hast eine vergessen.«

»Und die wäre?«

»Wir besorgen uns eine Spritze, vermischen etwas davon mit deinem Blut und ....« Die Art, wie er mich ansah – so als würde er an meinem Verstand zweifeln –, ließ mich den Rest des Satzes unterschlucken.

»Selbst wenn mein Blut wie das eines Menschen wäre ... Du erwartest nicht ernsthaft von mir, dass ich etwas in deine Adern spritze, von dem wir nicht mal annähernd wissen, was es bewirkt, geschweige denn wie verunreinigt es ist?« Er schüttelte den Kopf. »Das Risiko ist auch so schon groß genug. Wir müssen es nicht auf diese Weise noch zusätzlich potenzieren. Nein, Dawn, ich will kein Russisch Roulette mit deinem Leben spielen.«

Wo er recht hatte, hatte er recht. Ich kam mir vor wie ein Idiot. Dabei wollte ich nur eins: dass es wirkte.

»In Ordnung. Also nur eine Möglichkeit.« Ich atmete tief ein und beäugte die Phiole. »Was glaubst du, wie viel wir nehmen müssen?«

»Gute Frage. Nächste Frage!«

Verwirrt schaute ich ihn an.

»Ich weiß es nicht, Dawn.«

Nur mit Mühe verbiss ich mir ein Stöhnen. Fühlte sich so eine Ratte im Versuchslabor?

Abermals holte ich tief Luft, rieb mit den Handflächen über meine Oberschenkel und rang mir ein möglichst tapferes Lächeln ab. »Dann lass es uns versuchen.«

Mit der ihm eigenen raubtierhaften Eleganz stand er vom Boden auf.

»Hier oder oben?«

»Was spricht gegen hier?« Dieses Experiment in meinem Zimmer – und damit viel zu nah an meinem Bett – durchzuführen, hatte für meinen Geschmack einfach zu viel von *todkrank*.

»Nichts.« Nonchalant hob Julien die Schultern. Ich zuckte ein bisschen zusammen, als er mir die Phiole hinstreckte. »Hältst du eben? – Und bitte nicht umkippen.«

Meine Finger bebten, als ich sie ihm abnahm. Das Glas fühlte sich glatt und kühl an. Ein letzter prüfender Blick und er ließ mich allein. Ich hörte seine Schritte in der Halle, gleich darauf rauschte in der Küche Wasser, gefolgt von dem Klappen von Schranktüren und Schubladen. Kaum eine Minute später war er zurück, ein Glas, eine Tasse und ein Geschirrtuch in der Hand. An seinen Fingern hing noch ein Rest Nässe, als er mir wortlos die Phiole abnahm und sie aufrecht in die Tasse stellte, die er so neben dem Sofa platziert hatte, dass keiner von uns sie versehentlich umstoßen konnte. Glas und Tuch ließ er – zusammen mit einem kleinen Löffel, den ich zuvor nicht gesehen hatte – bei mir auf dem Sofa, ehe er den

Raum durchquerte und sich nach etwas auf dem Boden bückte. Erst nachdem er sich wieder zu mir umdrehte, erkannte ich, was er in den Händen hielt: den Dolch, den ich zuvor bei seinem Kampf mit Adrien kurz gesehen hatte.

Mit einem seltsamen Gefühl in meinem Inneren beobachtete ich, wie er wieder herüberkam, sich neben mich setzte. Das Glas zwischen seine Knie klemmte. Die Dolchklinge mit dem Geschirrtuch abwischte. Das Tuch scheinbar achtlos neben sich legte. – Und sich die Schneide mit einer kurzen, schnellen Bewegung schräg über die Innenseite seines Handgelenks zog. Der Schnitt klaffte auseinander. Blut quoll heraus. Unendlich dunkel auf seiner unmenschlich hellen Haut. In meinem Magen saß ein Flattern, das nichts mit meinen Anfällen zu tun hatte. Ich sog die Luft mit einem leisen Keuchen ein, zwang mich zum Atmen. – Und starrte zugleich weiter wie gebannt auf die roten Linien, die sich über seinen Arm zogen, in das Glas rannen, sich auf dessen Boden sammelten, ihn bedeckte, an den Seiten in die Höhe kroch, weiter, weiter … Das Flattern wurde zu einem ungeduldigen Ziehen. Ich schluckte mühsam dagegen an.

Meine Hände zitterten. Ich presste sie zwischen die Knie, wollte nicht, dass er es sah. Es wurde nicht besser, als Julien unvermittelt den Arm hob und über den Schnitt leckte, damit der sich schloss. Eine neue rote Linie zwischen den Spuren, die jedes Mal auf seiner Haut zurückblieben, wenn er sich ein weiteres Mal die Fänge in den Arm geschlagen und ihn für mich aufgerissen hatte, damit ich trinken konnte. Spuren, von denen er behauptete, dass sie mit ein bisschen Zeit vergehen würden. Mir war heiß und kalt zugleich. Ich starrte auf das Glas, drückte die Knie noch fester gegeneinander. Es war ungefähr zu einem Drittel mit Juliens Blut gefüllt.

»Dawn?«

Ich fuhr zusammen, hob den Blick und begegnete Juliens.

Er hatte die dunklen Brauen zusammengezogen, musterte mich besorgt. »Alles in Ordnung?«

Hastig nickte ich. Vielleicht etwas zu hastig, denn die Falten auf seiner Stirn vertieften sich. »Sicher?« Ich hätte geschworen, dass er sich noch mehr anspannte.

»Ja.« Ich wollte nicht, dass er es merkte; merkte, dass allein der Anblick seines Blutes diesen ... Hunger, diese ... Gier in mir weckte, dass ich mich kaum beherrschen konnte, seinen Arm zu packen und ihm die Reste seines Blutes von der Haut zu lecken, ehe sie endgültig getrocknet waren oder er sie achtlos wegwischte ...

Er schaute mich immer noch an.

»Es ist nichts. Wirklich.«

Julien hob eine Braue, sagte aber nichts mehr, sondern bückte sich nach der Phiole und entfernte bedächtig den gläsernen Pfropfen, der sie verschloss, während er sich wieder aufrichtete. Seine Hand bebte kaum merklich, als er nach dem kleinen Löffel neben sich griff, ihn über das Glas hielt und vorsichtig winzige Mengen des roten Pulvers auf seine Spitze zu klopfen begann.

Der Hunger in meinem Inneren wollte nur langsam nachlassen.

Als Julien die Phiole schließlich wieder senkte, konnte es nicht viel mehr als eine Messerspitze vom Blut der ersten Lamia sein, das in der Kuhle des Löffels lag. In einem letzten Zögern schwebte er noch einen Augenblick über dem Glas, ehe Julien ihn abrupt umkippte. Die Bewegungen, mit denen er die Phiole wieder verschloss und zurück in die Tasse stellte, waren abgehackt und verrieten seine Anspannung. Selbst als er umrührte, klirrte der Löffel erschreckend heftig gegen das Glas. Dass er einmal tief durchatmete, ehe er mich schließlich wieder ansah, änderte anscheinend auch nichts daran. Ich schluckte hart. Es war also so weit. In meinem Magen verstärkte sich das Flattern. Er streifte den Löffel ab und hielt mir das Glas hin. »Hier. Vielleicht solltest du es schnell trinken, bevor es sich wieder absetzt.« Die Worte klangen gepresst.

Ich nahm es ihm ab. Diesmal zitterte meine Hand. Ich konnte die Wärme von Juliens Blut an meiner Handfläche spüren. Einen Moment sah ich ihm über das Glas hinweg in die Augen, dann setzte ich an und trank. Doch schon nach dem ersten Schluck krampfte Ekel meine Eingeweide zusammen. Was meinen Mund füllte und zäh meine Kehle hinabrann, hatte nicht diesen leicht erdigen, süßen und zugleich irgendwie kupfernen Geschmack, den ich von seinem Blut gewohnt war. Es war bitter, seltsam ... abgestanden und ... tot. Sekundenlang kämpfte ich gegen den Brechreiz. Julien wollte mir das Glas abnehmen, ich schlug seine Hand weg, zwang mich zu schlucken, wieder und wieder; unterdrückte das Würgen, um mich nicht zu übergeben und es sofort wieder auszuspucken. Ich wollte doch leben! Das hier war vielleicht meine einzige Hoffnung. Ich musste es unten behalten! Ich musste! Musste ...

Ich nahm nur vage wahr, dass Julien das Glas aus meinen verkrampften Händen löste und beiseitestellte. Wie lange ich letztlich vornübergekrümmt auf dem Sofa saß, die Arme auf den Bauch gepresst, konnte ich nicht abschätzen. Es kam mir vor wie eine Ewigkeit. Julien hielt mich fest, während ich mich einzig darauf konzentrierte, das, was ich eben mühsam hinuntergewürgt hatte, nicht direkt wieder von mir zu geben. So sehr, dass ich im ersten Moment gar nicht begriff, was er von mir wollte, als er mir sein Handgelenk hinhielt und »Trink!« sagte. Bis er es mir gegen die Lippen drückte und sein Blut irgendwie auf meine Zunge gelangte. Der Hunger erwachte von einer Sekunde zur anderen wieder mit einer solchen Gier, dass selbst das Gefühl, mich übergeben zu müssen, neben ihm unbedeutend wurde. Ich umklammerte Juliens Arm, presste meinen Mund auf die Wunde, schloss die Augen und trank. Sein Blut schmeckte wieder genau so, wie ich es kannte: warm und süß, kupfern und zugleich seltsam dunkel und erdig. Und *lebendig*.

Die Übelkeit verging mit jedem Schluck mehr, verschwand ganz, und ich schaffte es, mich an Julien zu lehnen. Es war wie damals in Samuels Keller. Das Ungeheuer in meinem Inneren zog seine Klauen aus mir und rollte sich zufrieden zusammen.

Als Julien mir seinen Arm irgendwann mit sanfter Gewalt entwand, gab ich ein enttäuschtes Maunzen von mir – den Laut zurückzuhalten gelang mir nicht mehr – und biss mir vor Scham auf die Lippe. Ich wehrte mich nicht dagegen, dass er mir half, mich auf dem Sofa auszustrecken, und die Decke über mich breitete. Ich fühlte mich schläfrig. Und zugleich irgendwie sehr wohl. – Wie ein Junkie sich nach einem Schuss seiner Droge fühlen mochte. Unter der Decke verborgen schlang ich die Arme um mich selbst und grub mir die Fingernägel in die Handflächen. Es war falsch, so falsch!

»Alles wieder in Ordnung?« Julien war ganz dicht neben mir. Ich nickte, ohne die Augen zu öffnen. Er schien zu zögern, doch dann knirschte das Leder und ich fühlte, wie er sich vorbeugte. Ein hohes Kreischen verriet, dass er die Phiole mit dem Blut der ersten Lamia wieder in ihrer goldenen Hülle verbarg. Gleich darauf bewegte sich das Sofa unter mir, als er aufstand. Das Klirren von Glas gegen Porzellan, seine Schritte, die sich entfernten, nach einem Moment der Stille zurückkamen. Schweigend bewegte er sich durch den Raum. Ich lauschte auf die Geräusche, die mir verrieten, wo er sich gerade befand. Klacken, Scharren, ein neuerliches Klirren, immer wieder ein Rascheln – und mehr als einmal schien er sekundenlang direkt vor dem Sofa zu stehen.

Vielleicht war ich eingenickt, denn ich zuckte zusammen,

als Julien sich unvermittelt mit der Hand an der Rückenlehne über mir abstützte und zu mir beugte. »Ich denke, ich bringe dich in dein Bett, Dawn«, sagte er direkt neben mir.

Schläfrig öffnete ich die Augen. »Meinst du, ich könnte morgen von der Schule zu Hause bleiben?«

Er hielt in der Bewegung inne, die Arme schon halb unter mir. »Sag nicht, dass du heute dort warst.«

»Doch. Ich wollte einfach nicht allein sein.« Ich lehnte den Kopf gegen seine Schulter und ließ mich hochheben. »Ich kann alleine gehen, weißt du?« Auch wenn der Einwand ein bisschen spät kam: Ich musste ihn einfach loswerden.

»Ich weiß. Aber ich genieße es, dich auf den Armen zu haben. Gönn mir einfach das Vergnügen.«

Waren das eben gerade seine Lippen auf meinem Haar gewesen? »Na dann«, ich schmiegte mich ein wenig fester an ihn, »tu dir keinen Zwang an. – Adrien ist übrigens auch dort aufgetaucht, und natürlich dachten alle, er sei du. Nur damit du Bescheid weißt.« Julien brummte. »Ach, und ich soll dir etwas von Neal ausrichten.«

»Und was?« Er war tatsächlich in der Lage, aus diesen beiden Worten ein Knurren zu machen.

»Du bist im Fechten für den Vorentscheid im County-Schulwettkampf in einem Monat mit aufgestellt. Ab Montag hat der Coach dreimal in der Woche Training angesetzt.«

»Schön für ihn.« Julien stieß ein Schnauben aus, während er mit mir die Treppe hinaufstieg, als hätte ich keinerlei Gewicht. Zugegeben: Viel hatte ich ja tatsächlich nicht mehr. »Ich werde garantiert keine Zeit mit solchem Blödsinn vergeuden.« *... wenn ich sie mit dir verbringen kann.* Er sprach es nicht aus, aber ich glaubte es dennoch in seinem Ton zu hören. Im ersten Stock stieß ich die Tür zu meinem Zimmer mit der Hand auf, ehe er sie aufkicken konnte.

»Das kannst du nicht. Du wirst Ärger kriegen. Erinnerst

du dich? Arrons hat gedroht, dich nach der Sache mit dem Jungsklo von der Schule zu werfen. Und dich obendrein auch noch anzuzeigen und den Schaden bezahlen zu lassen.«

Julien setzte mich auf meinem Bett ab. Ob ich ihm wohl erzählen musste, dass ich ihn zuvor belogen und sein Zwilling versucht hatte mich mit einem Kissen zu ersticken? Für den Moment entschied ich mich dagegen.

Unwillig sah er auf mich hinab. »Meinetwegen. Soll er. Alles, was sie tun können, ist, mir eine Geldstrafe aufbrummen. – Allerdings würde ich mir das Geld dafür vermutlich von dir borgen müssen.«

»Du bist pleite?« Ich wusste, dass Julien in letzter Zeit Unsummen für jeden noch so kleinen Hinweis auf den Verbleib seines Bruders ausgegeben hatte, aber irgendwie war ich wohl dem Mythos des unerschöpflich reichen Vampirs – in diesem Falle Lamia – aufgesessen. Offenbar zu Unrecht.

Er fuhr sich durchs Haar. »Noch nicht ganz, aber weit ist es nicht mehr hin. – Und eine Bank auszurauben kommt im Moment ja nicht infrage.« Was auch immer gerade in meinem Gesicht stand, es brachte ihn dazu, den Kopf zu schütteln. »Du bist also tatsächlich bereit, das Schlimmste von mir anzunehmen, was? – Das war ein Scherz, Dawn. Mach den Mund wieder zu.«

Ich brauchte einen Moment, um genau das zu tun. Vorsichtig räusperte ich mich. »Das Geld kann ich dir leihen, aber willst du es wirklich riskieren, dass er dich von der Schule wirft?«

Julien stieß ein Seufzen aus, das einen Stein hätte erweichen können. »Das ist der einzige Grund, weshalb ich dieses Spielchen mitspiele. – Wie auch immer: Für den Augenblick bin ich offiziell krank und sie können sich das Training abschminken, was mich angeht.« Sein Blick wurde von einer Sekunde zur nächsten prüfend. »Wie fühlst du dich?«

Ich wusste sofort, was er meinte – und lauschte in mich hinein. »Keine Veränderung«, sagte ich dann leise. »Was meinst du, wie lange es dauert, bis ...« Ich brachte den Satz nicht zu Ende.

»Ich weiß es nicht. Morgen Früh vielleicht?« Er beugte sich zu mir und strich mir eine Haarsträhne hinters Ohr. »Gehst du zuerst ins Bad? Ich will noch einmal nach Adrien sehen und dann muss ich ganz dringend ausgiebig duschen.«

»Natürlich.« Ich fischte meinen Pyjama unter dem Kopfkissen hervor, schob mich vom Bett und tappte ins Bad, während Julien nach einem letzten Zögern und einem prüfenden Blick zu mir die Treppe wieder hinunterging.

Waschen, Zähneputzen, Umziehen – ich vermied es, dabei in den Spiegel zu sehen. Mein Anblick heute Morgen in der Schule hatte mir gereicht und ich bezweifelte, dass er sich im Laufe des Tages verbessert hatte. Nachdem ich fertig war, warf ich meine Sachen in den Wäschekorb und schlüpfte in mein Zimmer zurück. Schon halb im Bett hielt ich inne. Der *Dorian Gray* lag noch immer auf dem Nachttisch. Entschlossen schlug ich die Decke noch mal zurück, packte das Buch und stopfte es zwischen die anderen in dem Regal neben meinem Schreibtisch. Ich stieg gerade erneut ins Bett, als ich Julien im Gang hörte, dann klappte die Badezimmertür und gleich darauf plätscherte Wasser. Die Arme um mein Kissen geschlungen lauschte ich auf das Rauschen der Dusche – bis es irgendwann endete.

Als Julien kurz darauf in mein Zimmer kam, setzte ich mich überrascht auf. Ich hatte angenommen, dass er sich wie jede Nacht zu mir legen würde, aber er hatte sich wieder angezogen. Zwar trug er nur frische Jeans und ein einfaches schwarzes T-Shirt, aber der Umstand, *dass* er sie trug, verunsicherte mich dennoch.

»Was ist los?« Beunruhigt beobachtete ich, wie er das Deckenlicht löschte, mein Zimmer durchquerte und die Tür zum Balkon kontrollierte. Daran war an sich nichts Ungewöhnliches. Dieses Haus hatte ein Sicherheitssystem, das selbst Julien das ein oder andere Problem bereiten könnte, und sämtliche Fenster und Türen sowohl im Erdgeschoss als auch im ersten Stock waren abschließbar und obendrein – so zumindest meine Vermutung – aus Spezialglas. Dennoch machte Julien jeden Abend und wann immer er mich allein lassen musste, um zu jagen, seine Runde. Dieses Mal allerdings hing sein Blick ein paar Sekunden zu lang in der Dunkelheit jenseits der Scheibe.

»Julien? Was ist?«

Er kehrte der Balkontür den Rücken und kam zu mir ins Bett. *Auf* der Decke. »Nichts. Mach dir keine Sorgen.« Seine Haare waren noch nass, die Feuchtigkeit hatte den Ausschnitt seines T-Shirts ein wenig dunkler gefärbt.

Zu jeder anderen Zeit hätte ich ihm mit ziemlicher Sicherheit geglaubt, aber im Moment? Nein. Vor allem weil er nicht zu mir *unter* die Decke kam, um mich in den Arm zu nehmen, so als rechnete er damit, sehr schnell wieder aus dem Bett zu müssen. – Und auch wenn meine Anfälle in der letzten Zeit genau das immer häufiger nötig gemacht hatten: Heute war irgendetwas anders.

»Bitte sag mir, was los ist.« Ich ließ mich von ihm auf die Kissen zurück und an seine Brust ziehen.

Wortlos griff Julien über mich hinweg und knipste die Leuchte auf dem Nachttisch aus. Sein Arm blieb über mir liegen. Ich spürte seinen Atem an meinem Ohr.

»Julien, bitte.«

Er verhinderte, dass ich mich zu ihm umdrehte, drückte mich stattdessen fester gegen seine Brust.

»Es kann sein, dass Gérard weiß, dass ich – oder zumindest einer der Du-Cranier-Zwillinge – in Marseille war.«

»Was? Aber ... wie ...?« Erneut ließ er es nicht zu, dass ich mich mehr als ein paar Zentimeter zu ihm umwandte.

»Glaub mir: Wenn ich das wüsste, wäre mir selbst bedeutend wohler. Ich habe jede nur erdenkliche Vorkehrung getroffen, um es zu verhindern. - Aber letztlich ist es auch nur ein Verdacht. Mit absoluter Sicherheit kann ich es nicht sagen.« Seine Fingerspitze malte Kreise auf meinem Handrücken.

Falls Gérard wusste, dass einer der Zwillinge in Marseille gewesen war, würde er dann versuchen in Erfahrung zu bringen, um welchen es sich gehandelt hatte? Was, wenn er auch in Dubai Erkundigungen einholte? Ausgerechnet jetzt, wo keiner der beiden dort war. »Und was nun?« Warum nur hatte ich seine Anspannung nicht sofort bemerkt, als er zurückgekommen war? - Doch selbst wenn ich sie bemerkt hätte, hätte ich sie dann nicht ohnehin nur seiner Sorge um mich und dem Streit mit Adrien zugeschrieben? Vermutlich.

Er rückte sich hinter mir auf der Decke zurecht.

»Wir warten ab und tun so, als sei alles in Ordnung.«

Wie bitte? Ich verrenkte mir den Hals, um ihn anzusehen. »Wir warten ab? - Soll ich morgen schon mal das silberne Tablett besorgen, um ihm deinen Kopf darauf übergeben zu können, wenn er demnächst an die Tür klopft? Er muss ja noch nicht einmal nach uns suchen.«

»Gérard wird es nicht wagen, an diese Tür zu klopfen. Dieses Haus gehört dir, zumindest, sobald du alt genug bist. Und bis dahin bist du das Mündel deines Großvaters. Damit ist das Anwesen und alles, was dazugehört, sein *Territorium*. Dir hier etwas anzutun käme einer Kriegserklärung gegen die Basarabs gleich. Und jeder weiß, dass weder Vlad noch Radu - und am allerwenigsten Mircea - so etwas einfach hinnehmen.«

»Das hat Bastien auch nicht daran gehindert, hier seine

Spielchen zu spielen. Und du kannst mir nicht erzählen, dass Gérard nichts davon wusste«, hielt ich dagegen.

»Aber er hat sich eine blutige Nase dabei geholt.«

Okaaay, das war jetzt eine sehr harmlose Umschreibung für all die Leichen – inklusive Bastiens –, die das Resultat dessen gewesen waren, was sich in der Halloween-Nacht am Industriedock von Ashland Falls zugetragen hatte.

Die Berührung, mit der er unendlich langsam vom meiner Hand zu meinem Ellbogen und zurück strich, war kaum mehr als ein Hauch. Und dennoch ungemein beruhigend, ja beinah hypnotisch.

»Vertrau mir, Dawn, und hör auf, dir Sorgen zu machen. Du bist hier sicher. Ich verspreche es dir.«

Und was ist mit dir? Ich biss mir auf die Zunge, um die Frage nicht laut zu stellen. Selbst wenn er in Gefahr gewesen wäre, hätte Julien das mir gegenüber niemals zugegeben. – Dabei war ich davon überzeugt, dass Gérard weiterhin alles daransetzen würde, Julien in die Finger zu bekommen.

Eine ganze Weile starrte ich schweigend in die Dunkelheit. Auf der Anzeige meines Weckers sprangen die Minuten um. Eine nach der anderen. Auch wenn er sich nicht bewegte, spürte ich, dass Julien noch immer wach war. Für einen Moment zog ich die Decke ein wenig fester an mich.

»Julien?«, sagte ich dann leise in die Stille vor mich hinein.

»Mhm?«

»Warum haben wir uns eigentlich nicht einfach noch mal eine Dosis von dem Zeug besorgt, das Samuel mir damals gespritzt hat, und versuchen meinen Wechsel nicht doch noch zu erzwingen?« Ich hatte versucht diese Frage aus meinen Gedanken zu verbannen. Es war mir nicht gelungen.

»Mal ganz abgesehen davon, dass selbst ich nicht weiß, wie ich auf die Schnelle da dran kommen sollte«, Julien stemmte sich hinter mir halb in die Höhe und lehnte sich ein wenig über mich, »ich will dich bei gesundem Verstand und nicht als wahnsinniges Wrack, das stumpfsinnig vor sich hin vegetiert oder allem an die Kehle geht, was sich bewegt.«

»Das sind die beiden Möglichkeiten?« Ich schauderte.

»Dazwischen gibt es noch ein paar Abstufungen, aber das ändert nichts an dem eigentlichen Ergebnis. – Und ich will dich so behalten, wie du bist: bei klarem Verstand; stur und manchmal ein bisschen zickig.«

»Ich bin nicht stur. Und zickig schon gar nicht«, murrte ich scheinbar indigniert und drehte mich ein Stückchen, um ihn besser anschauen zu können.

»Natürlich nicht, mein Schatz.« Er klang todernst. Trotzdem sah ich so dicht bei ihm das winzige Zucken in seinem Mundwinkel.

»Wage es nicht, über mich zu lachen, Julien Du Cranier«, empörte ich mich, wobei ich seinen Namen so aussprach, wie es sich eigentlich gehörte: Französisch.

»Niemals«, versicherte er mir in dem gleichen Ton wie zuvor.

»Pft«, schnaubte ich, rollte mich wieder in meine alte Position zurück und versetzte meiner Decke ein paar Schläge, bis sie wieder so zusammengeknäult war, wie ich sie haben wollte. Hinter mir ließ Julien sich ein wenig zurücksinken, blieb aber weiter auf den Ellbogen gestemmt, den Kopf auf die Hand gestützt. Seine Finger malten versonnen Ornamente auf meinem Arm. Ich beobachtete, wie die Minuten auf meinem Wecker weiterwanderten. Die Bewegung auf meinem Arm wurde mit jeder langsamer, endete schließlich. Aber die Berührung blieb.

»Julien?«

»Schlaf jetzt.«

»Falls das Blut der Ersten mir auch nicht hilft, bist du

dann damit einverstanden, mich zu einem Vampir zu machen?« *Wie damals bei Raoul?*

»Dawn ...«

»Wenn es tatsächlich keine andere Hoffnung mehr für mich gibt?«

Er schwieg hinter mir.

»Julien ...«

»Dawn, sich jetzt darüber Sorgen zu machen ist müßig und führt zu nichts.«

»Bitte, Julien, ich ... Würdest du?« Ich legte die Hand über seine auf meinem Arm.

Einen sehr langen Moment schwieg er erneut, dann glaubte ich sein Nicken zu spüren. »Wenn es keinen anderen Weg mehr gibt und du das wirklich wünschst, dann werde ich dich zu Vlad bringen. Er ist älter, sein Gift ist stärker als meines. Bei ihm sind deine Chancen besser. Und du würdest weiter unter seinem Schutz stehen.« Da war etwas in seinem Ton – etwas, das mir verriet, dass er mir nicht alles sagte; etwas, das mir Angst machte.

»Und du?«

Abermals Schweigen, dann: »Lass uns darüber reden, wenn es ... tatsächlich so weit kommen sollte, ja?« Seine Fingerspitzen strichen von Neuem meinen Arm entlang. Langsam. Zart. Sehnsüchtig.

Eine eisige Faust legte sich um mein Herz, drückte unbarmherzig zu.

»Schlaf«, murmelte er ganz dicht bei meinem Ohr. Ich glaubte seinen Atem an meinem Hals zu spüren. »Vielleicht sieht die Welt morgen schon ganz anders aus.«

Ich krallte die Finger in meine Decke und schloss die Augen. Sie würden ihn nicht mehr in meiner Nähe dulden. Mochte mein Großonkel Vlad dem, was zwischen Julien und mir war, im Moment noch halbwegs wohlwollend gegenüberstehen – dann wäre alles anders. Sie würden mich ihm wegnehmen. Sie würden *ihn mir* wegnehmen. Ich würde »leben« – aber ohne Julien. Wollte ich das?

Ich hatte meinen nächsten Anfall ziemlich genau bei Sonnenaufgang. Keuchend und würgend zugleich fuhr ich aus dem Schlaf hoch. Galle füllte meinen Mund. Julien war den Bruchteil einer Sekunde schneller und schaffte es gerade noch, mir die Plastikschüssel unters Kinn zu halten.

Es war wie immer: Ich spuckte und hustete, Schmerz wühlte in meinem Inneren, meine Glieder waren zu schwer, um sie zu bewegen, alles um mich herum wankte und tanzte, und der Raum war voller Schatten, die sich immer weiter um mich zusammenzogen, während ich mich nicht entscheiden konnte, ob ich bei Bewusstsein blieb oder doch lieber ohnmächtig wurde. Nur dass es sich dieses Mal obendrein anfühlte, als hätte ich statt Blut flüssiges Feuer in den Adern. In meinem Kopf war die ganze Zeit nur ein Gedanke: Es hat nicht gewirkt!

Als es vorbei war, brachte Julien mir ein Glas Wasser, damit ich mir den Mund ausspülen konnte, und ein feuchtes Tuch, um mir das Gesicht und die Lippen abzuwischen. Ich tat alles mechanisch. Er trug die Plastikschüssel hinaus. Kam mit ihr ausgespült zurück. Brachte eine Wärmflasche mit, die er mir unter die Decke schob.

Ich lag einfach nur da und ließ alles geschehen, zu matt, um mich zu bewegen. Selbst die Augen zu öffnen überstieg in diesem Moment meine Kräfte – auch wenn ich den Willen dazu gefunden hätte.

Julien setzte sich still auf den Bettrand und ich tastete nach seiner Hand, die Lider weiter fest geschlossen. Seine Finger fanden meine, legten sich um sie. Fest. Kühl. Sanft.

»Geht es oder willst du trinken?« Auch wenn die Worte ruhig, ja fast gleichgültig klangen, war da etwas in seinem Ton, das mir sagte: Er fühlte sich ebenso hilflos wie ich.

»Lass es uns noch einmal versuchen!«, flüsterte ich statt einer Antwort.

Julien zögerte. Dann spürte ich sein Kopfschütteln durch unsere Hände. »Du hast es gestern kaum unten behalten können.«

»Aber letztlich *habe* ich es unten behalten. – Vielleicht ... vielleicht genügt ein Mal ja nicht ... oder es braucht eine höhere Dosis ...« Ich umschloss seine Hand fester. »Bitte, Julien, noch ein Versuch.«

Er schwieg. Ich öffnete die Augen. Und ertappte ihn dabei, wie er auf mich herabschaute. Mein Herz zog sich zusammen. So viel Verzweiflung und Elend hatte ich noch nie in seinem Blick gesehen. Ein Blinzeln und es war verschwunden. Ich hatte es nie sehen *sollen*.

»Julien, bitte«, sagte ich noch einmal leise, kaum hörbar.

Endlich – nach einer Ewigkeit, wie es mir schien – nickte er abrupt und stand auf. »Also gut.« Ohne sich noch einmal umzudrehen, verließ er mein Zimmer. Seine Schritte auf der Treppe klangen müde.

Ich starrte ins Leere, während ich darauf wartete, dass er zurückkam.

Seine Miene war maskenhaft starr, als er sich wieder neben mich auf die Bettkante setzte.

Mit der gleichen kalten Effizienz wie beim ersten Mal zog er sich den Dolch über den Arm und ließ sein Blut in das Glas tropfen.

Langsam, zögernd setzte ich mich auf und versuchte zugleich vor ihm zu verbergen, was allein der Anblick seines Blutes in mir auslöste.

Als er die Phiole diesmal in die Tasse zurückstellte, war nur noch knapp die Hälfte von ihrem früheren Inhalt übrig.

Und wie beim letzten Mal verharrte der Löffel über dem Glas; lag sein Blick auf mir, als versuche er abzuschätzen, ob die Menge diesmal ausreichen würde oder ob sie mich womöglich umbrachte, ehe er ihn kippte und das Blut der Ersten mit seinem verrührte.

»Vielleicht ...« Ich schluckte. »Vielleicht sollten wir es danach nicht wieder mit deinem Blut verdünnen.« Ich konnte kaum glauben, dass ich das gerade gesagt hatte, war es doch bei unserem ersten Versuch einzig Juliens Blut gewesen, das die Schmerzen gelindert hatte.

Sekundenlang sah Julien mich an, ehe er endlich nickte. Ich nahm ihm das Glas ab, setzte an und trank – und versuchte nicht zu schmecken. Erfolglos.

Zäh und bitter und tot. Der Brechreiz war sofort da. Ich schluckte weiter, gegen das Würgen an. Die Bestie erwachte brüllend, hieb ihre Klauen in mein Inneres und zerfetzte es. Langsam und genüsslich. Und trotzdem trank ich weiter, zwang ich mich dazu. Bis das Glas leer war. Es wäre mir aus der Hand gefallen, hätte Julien nicht blitzschnell zugegriffen.

Hilflos sank ich gegen ihn, rutschte tiefer, auf das Bett zurück, krümmte mich und stöhnte, presste mir die Fäuste in den Leib und versuchte gegen den Schmerz zu atmen, kämpfte gegen die Tränen. Ich hatte es so gewollt. Es war meine Entscheidung gewesen. Auch wenn das hier schlimmer war als meine Anfälle: Es war den Preis wert! Ich wollte leben! Bei Julien bleiben. Wollte es mit aller Kraft ...

Die Fotos waren leicht unscharf. Eben die schlechte Qualität, die man von den Urlaubsbildern eines Touristen erwartete. Der Vieux Port. Offenbar von irgendeinem Hotelzimmer aus aufgenommen. Das Wasser glitzerte in der Sonne. Boote spiegelten sich auf seiner Oberfläche. Allerdings kündigten die Wolken am Horizont bereits den Wetterumschwung an. Er zog die Vergrößerung heran. Grobkörnig, aber das Wichtige darauf gut auszumachen: ein junger Mann, der eines der Verleih-Rennboote vom Steg losmachte. Schlank, groß, schwarzes Haar, das ein Stück zu lang war, dunkle Jacke und ebensolche Hosen. Offenbar wusste er sehr genau, was er tat. Die Züge waren unverkennbar.

»Er ist euch also entwischt, Jérôme.« Er schob die Abzüge auf der Platte des Ebenholzschreibtisches von sich. Die schweren Vorhänge waren vor die Fenster gezogen, um das Sonnenlicht auszusperren. Heute war wieder einer der Tage, an denen er gezwungen war, wie ein elender Vampir im Dunkeln dahinzuvegetieren.

Auch die letzte Testreihe hatte sich als unbrauchbar erwiesen. Und nachdem Bastien so jämmerlich versagt hatte, hatte er es noch nicht einmal wagen können, seine Pläne bezüglich der Kleinen weiter voranzutreiben. Solange er nicht wusste, ob Vlad oder einer seiner Brüder über die Geschehnisse in der Nacht zu Allerheiligen informiert war, konnte er nichts unternehmen. Dabei lief ihm die Zeit davon. Doch das Risiko, dass Vlad sie nach Paris bringen ließ, war zu groß. War sie erst einmal dort, war sie endgültig außerhalb seines Zugriffs. Dabei war ihr Blut möglicherweise der Schlüssel, um die Krankheit zu bekämpfen, die ihn – und unzählige andere Lamia aus den alten Blutlinien – bei lebendigem Leib allmählich zerfraß. *Verflucht sollst du sein, Julien.*

Der Mann auf der anderen Seite seines Schreibtisches nickte. »Als Thierry mit den Abzügen zu mir kam, hatte er bereits einiges an Vorsprung. Dem Bootsverleiher hatte er ein falsches Ziel genannt. Und einen Namen, den er noch nie zuvor benutzt hat. Wir haben seine Witterung zwar kurzfristig draußen in einer der Calanques gefunden, sie aber wieder verloren. Ich nehme an, dass er Marseille bereits wieder verlassen hat, genau weiß ich es allerdings nicht. – Leider kann ich nicht sagen, welcher der beiden es war.«

Er schnaubte. »Julien würde die Kleine nicht allein lassen. Vor allem jetzt nicht mehr, da er dank Bastien weiß, dass ich schon zu Samuels Zeiten in die ganze Sache verwickelt war.«

»Also Adrien. – Meinst du, er spinnt wieder eine seiner Intrigen?«

Mit einem leisen Schnalzen schüttelte er den Kopf. »Er hat nie damit aufgehört, Jérôme. – Ich frage mich, wer sein Spitzel hier in Marseille ist. Und was so wichtig ist, dass er hierherkommen und sich persönlich mit ihm treffen musste.«

»Ich finde es heraus, Doamne. Und ich treibe ihn aus seinem Versteck, falls er wider Erwarten doch noch in Marseille sein sollte.«

Er neigte den Kopf. Nicht umsonst war Jérôme seine rechte Hand. Schon damals, als die Deutschen in der Stadt waren, hatte er sich auf ihn verlassen können.

Der andere räusperte sich. »Wirst du den Rat darüber in Kenntnis setzen, dass er die Bannung gebrochen hat?«

»Und riskieren, dass sie sich in die Sache einmischen? Nein.«

Jérôme nickte, als habe er nichts anderes erwartet. Natürlich nicht. Er kannte seine Pläne mit Sebastiens Zwillingen. Der Rat spielte darin keine Rolle.

Hoffnung ...

Ich musste ohnmächtig geworden sein, denn als sich meine Gedanken allmählich wieder aus dem Dunkel lösten, prasselte Regen gegen die Scheiben. Der Himmel war grau und verhangen. Von meinem Bett aus konnte ich die Bäume sehen, die das Hale-Anwesen und den Zufahrtsweg als kleines Wäldchen umgaben. Sie wirkten düster und bedrohlich. Die Spuren unseres zweiten Versuchs waren verschwunden. Julien saß auf meinem Schaukelstuhl, vornübergebeugt, die Ellbogen auf die Knie gestützt, den Kopf in den Händen vergraben. Doch kaum dass ich mich regte, fuhr er hoch, kam zu mir herüber und kauerte sich vor mein Bett, nichts als Sorge im Blick.

»Wie lange war ich weggetreten?«, murmelte ich, noch immer irgendwie groggy.

»Ungefähr eine Dreiviertelstunde.« Doch nicht so lange, wie ich vermutet hatte. Seine Augen glitten über mich, als suche er nach irgendwelchen Hinweisen darauf, dass es mir besser ging – oder schlechter. »Wie fühlst du dich?«

Einen Moment horchte ich in mich hinein. »Okay«, antwortete ich schließlich. Der Schmerz in meinem Inneren war einem dumpfen Brennen gewichen. In meinem Mund war ein fauliger Geschmack. Meine Zunge fühlte sich pelzig an. Aber ansonsten ... »Müde.« Was allerdings nichts Neues war. *Müde* war ja zusammen mit *etwas schwindlig* und *leichten Magenschmerzen und/oder Übelkeit* mein aktueller Dauerzustand. Die nächsten Worte fielen mir deutlich schwerer. »Nicht anders als vorher.« Zumindest nicht im Sinne von *besser*.

Für eine Sekunde presste Julien die Lippen zu einem harten, schmalen Strich zusammen, doch schon in der nächsten war ihm nicht mehr anzusehen, was er davon hielt. Offenbar erhofften wir uns beide zu schnell zu viel.

»Brauchst du irgendetwas?« Er maß mich wieder mit diesem forschenden Blick.

»Nein. – Oder doch: ein Bad.« Wenn es mir gar zu schlecht ging, hatte ein heißes Bad mit ein paar Tropfen Zitronen- und Minzöl zuweilen geholfen.

Julien hob eine Braue.

»Keine Sorge, ich werde nicht in der Wanne ertrinken«, versuchte ich ihn mit einem kleinen Lächeln zu beruhigen. Anscheinend wirkte es nicht ganz, aber zumindest nickte er nach einem kurzen zweifelnden Zögern dann doch.

»Aber warte bitte, bis ich wieder da bin.« Er erhob sich, während ich mich gleichzeitig aufsetzte. Langsam. Ich musste den Raum nicht schon wieder zum Schwanken bringen.

»Wo gehst du hin?«

»Ich will Adrien nicht ewig im Keller festhalten.« Auch wenn er versuchte locker zu klingen, die Art, wie er sich durchs Haar fuhr, verriet seine Anspannung. »Und er kann ohnehin nichts mehr verhindern …«

Ich nickte. Natürlich. Adrien würde wütend genug sein. Ihn länger als nötig dort unten schmoren zu lassen, war seiner Laune sicher nicht förderlich. »Glaubst du, er weiß, dass du dein Versprechen schon gehalten hast?« Ein Versprechen, das Julien seinem Zwilling am Flughafen von Bangor gegeben hatte, als der nach Dubai geflogen war, um dort seine Stelle als Julien Du Cranier einzunehmen: den Mistkerl zur Stecke zu bringen, der ein Stück südlich von Ashland Falls mehrere junge Frauen vergewaltigt und umgebracht hatte. Die Polizei hatte ihn ein paar Tage später dank eines anonymen Tipps in einem Waldstück gefunden. Erhängt – auch wenn die Autopsie ergeben hatte, dass sein Genick nicht gebrochen gewesen war, sondern dass er sehr langsam erstickt sein musste. Unter einem Stein hatten die Ermittler sein Geständnis gefunden. Auch Kate, eigentlich Kathleen, wäre beinah zu einem seiner Opfer geworden, hätte Adrien sie nicht vor ihm gerettet. Zum Dank hatte sie wiederum ihm geholfen und war so letztlich in Bastiens Rachespielchen mit hineingezogen worden – und hatte auf diese Weise erfahren müssen, dass es Vampire wirklich gab und dass Adrien nicht einfach nur an der Wahnvorstellung litt, einer zu sein – anders hatte sie es sich nicht erklären können, dass er sie irgendwann halb verrückt vor Hunger angefallen und ihr Blut getrunken hatte –, sondern tatsächlich einer war. Ob er ihr darüber hinaus den Unterschied zwischen Vampiren und Lamia erklärt hatte, wusste ich nicht. Was ich allerdings mit ziemlicher Sicherheit wusste, war, dass er sich in sie verliebt hatte – und sie damit für Bastien zu einer Waffe gegen Adrien geworden war. Bei Kates Gefühlen Adrien gegenüber war ich mir jedoch nicht sicher. Sie hatte ihn nicht nach Dubai begleiten wollen und sich zudem Bedenkzeit ausgebeten.

Julien hob die Schultern.

»Dann sag es ihm. – Und dass Kate zu ihren Eltern nach Boston zurück ist.«

Der Blick, den er mir zuwarf, war bestenfalls zweifelnd, doch dann nickte er erneut. »Und du wartest, bis ich wieder oben bin.«

Erst nachdem ich »Ja« und »versprochen« gesagt hatte, ließ er mich allein.

Einen Moment blickte ich noch auf die halb offene Tür, ehe ich die Decke zurückschlug, bedächtig die Beine über die Bettkante schob und in Zeitlupe aufstand. Auch wenn Julien mich durch das ganze Haus rufen hören würde, hatte ich kein Bedürfnis nach einem Schwindelanfall oder Schlimmerem. Aber sowohl mein Kopf als auch meine Innereien hatten wohl beschlossen sich manierlich zu verhalten. Zumindest für jetzt. Mein Bademantel war nirgends zu sehen, demnach war er wohl in meinem Kleiderschrank.

Mich traf fast der Schlag bei dem Anblick, der sich mir bot, als ich die Lamellentüren öffnete. Ein Wirbelsturm hätte kaum ein größeres Chaos anrichten können. Mir war nicht bewusst gewesen, dass ich bei meiner Suche nach den Schals ein solches Durcheinander hinterlassen hatte.

Zwischen T-Shirts, Blusen und einer mit einem dezenten Strass-Ornament verzierten Jeans fand ich meinen Bademantel endlich, schlüpfte hinein und machte mich auf den Weg ins Bad. Auch wenn ich Julien versprochen hatte, nicht in der Wanne zu ertrinken – zumindest nicht, bevor er wieder da war –, konnte ich doch schon einmal das Wasser einlaufen lassen. Nebenbei hatte der Gedanke, Zähne zu putzen, etwas Verlockendes.

Ich erreichte gerade die Treppe, als ich Julien und seinen Bruder hörte. Eine Sekunde lang zögerte ich, dann stieg ich die Stufen hinunter, nur um mit klopfendem Herzen auf der vorletzten stehen zu bleiben. Sie kamen aus der Küche. Demnach hatte Adrien die Nacht nicht einfach nur im Keller verbracht, sondern in dem geheimen Kellerraum, den man über eine Treppe erreichen konnte, die hinter einem deckenhohen eingebauten Regal in der Vorratskammer versteckt war. Genau in dem Raum, in dem er – und später auch Julien – sich verborgen hatten, als sie nach Ashland Falls gekommen waren.

Sie sprachen zu leise, als dass ich ihre Unterhaltung tatsächlich hätte verstehen können, doch sie waren laut genug, dass ich den Ärger und die Verbitterung in ihren Stimmen hörte.

Adrien massierte sich die Handgelenke. Selbst von hier aus konnte ich die Streifen sehen, die mein Schal auf ihnen hinterlassen hatte. Gerade drehte er sich um, sodass seine Worte deutlicher zu mir klangen. »... noch etwas übrig?« Er musste mich am Fuß der Stufen bemerkt haben, denn er schaute zu mir her.

»Nein.« Julien folgte dem Blick seines Bruders, runzelte kurz die Stirn, als auch er mich entdeckte, und wandte sich wieder Adrien zu, wobei er sich unmissverständlich zwischen ihn und den Durchgang zur Halle schob.

Ich zog den Bademantel enger um mich, als Adrien mich einen Moment lang ansah, ehe er sich umdrehte. Was er dabei zu Julien sagte, konnte ich erneut nicht verstehen. Juliens Antwort jedoch schon. Sie war hart und kalt. »Dann soll es so sein.« Ich schauderte bei seinem Ton. Adrien nickte nur und ging zur Haustür. Julien zögerte einen Augenblick, doch schließlich machte er kehrt und kam auf mich zu.

»Alles in Ordnung mit dir?« Die Kälte war aus seiner Stimme verschwunden – auch wenn ich unter seiner Sorge noch immer Anspannung hören konnte.

»Ja. – Wovon ist nichts mehr übrig?«

Die Haustür fiel ins Schloss.

»Vom Blut der Ersten.«

Ich sog scharf die Luft ein. Hätte ich mir das nicht denken können? »Du hast ihn belogen?«

Julien hob nur die Schultern.

»Was hat Adrien noch gesagt? Was ›soll so sein‹?«

»Er hat gesagt, dass wir geschiedene Leute sind.«

Geschockt starrte ich ihn an. »Aber ... ihr habt doch nur noch einander.«

Um seinen Mund zuckte es. »Ich habe dich, Dawn«, erklärte er schlicht.

Meine Kehle wurde eng. *Aber wie lange noch?!* Es konnte doch nicht sein, dass Julien sein ganzes Leben meinetwegen über Bord warf. Das konnte ich nicht zulassen, niemals! Er liebte seinen Bruder! Kopfschüttelnd stieg ich die letzte Stufe hinab, auf ihn zu – und ignorierte das leichte Wanken um mich herum. »Geh ihm nach. Rede mit ihm.« Julien blickte den Korridor entlang, rührte sich aber nicht. »Bitte, tu's für mich ...« Das Aufheulen eines Automotors ließ mich verstummen. Zu spät.

»Wir haben beide unsere Entscheidungen getroffen.« Abermals hob Julien die Schultern, doch der Bewegung fehlte die übliche Nonchalance. »Wir werden beide damit leben. Es ist gut, wie es ist.« Er wandte sich mir wieder zu. »Und es ist *nicht* deine Schuld, Dawn.«

Nein? Wessen dann? Ich biss mir auf die Zunge, um es nicht laut zu sagen. Was würde ich noch alles ruinieren, nur durch meine bloße Existenz?

»Was tust du eigentlich hier unten?«

»Ich habe euch reden gehört und da ...«, ich räusperte mich – schon Ella hatte mir eingebläut, dass Lauschen eine Untugend war – und gab ein erschrockenes Quietschen von mir, als Julien mich ohne Vorwarnung hochhob und mit einem trockenen »Aha« die Treppe hinaufzusteigen begann. Meinem Magen gefiel die plötzliche Haltungsänderung nicht wirklich. Ich schluckte die Ansätze seines Protestes wieder unter und legte Julien einen Arm um den Hals. Mit der freien Hand versuchte ich zu verhindern, dass mein Bademantel noch weiter auseinanderklaffte, als er es ohnehin schon tat.

»Wird das jetzt zur Gewohnheit, dass du mich wie einen Mehlsack durch die Gegend schleppst?«, erkundigte ich mich nach der Hälfte der Stufen. Es fiel mir ein bisschen schwer, spöttisch zu klingen.

»Einen Mehlsack würde ich anders durch die Gegend schleppen. – Aber ich habe nichts dagegen, es zur Gewohnheit zu machen. Du musst es mir nur sagen, falls du solche Wünsche hegst.« Er sprach, als seien er und sein Zwillingsbruder nicht gerade erst im Streit auseinandergegangen. Ich lehnte den Kopf gegen seine Schulter.

»Julien.«

»Hm?« Ich war nicht schnell genug, um im ersten Stock

die Badezimmertür mit der Hand aufzudrücken, bevor er ihr einen kleinen Tritt versetzte, damit sie aufschwang. Darauf bedacht, nirgends mit mir anzustoßen, trug er mich hindurch.

»Ich kenne dich inzwischen lange genug: Du musst nicht versuchen, mir irgendetwas vorzumachen.«

Ich konnte spüren, wie er langsam Atem holte. »Wenn du mich schon so gut kennst, dann lass es auf sich beruhen – und hör vor allem auf, dir selbst darüber Gedanken zu machen.« Er stellte mich vor der frei im Raum stehenden Wanne auf die Füße und sah auf mich herab. »Und auch keine Vorwürfe!«

»Julien ...«

»Nein! Adrien trifft seine Entscheidungen und ich treffe meine. Wenn er mit meinen nicht leben kann, ist das sein Problem und nicht meines – und deines schon gar nicht. Und jetzt lass es gut sein. Bitte.«

Es war dieses letzte ›Bitte‹, das mir endgültig klarmachte, dass die Wunde bereits tief genug war – auch ohne dass ich weiter in ihr bohrte. Also beschränkte ich mich auf ein halblautes »In Ordnung« und beugte mich über die Wanne, um den Stöpsel in ihren Boden zu stecken. Für den Bruchteil einer Sekunde wurde mir schwarz vor Augen. Ich erwischte den gegenüberliegenden Rand im letzten Moment und biss die Zähne zusammen. Nein, ich würde die Hilfe meines Freundes nicht benötigen, um Wasser in diese Wanne einzulassen!

Hatte ich tatsächlich angenommen, Julien würde mein hastiger Griff an die andere Wannenseite entgehen? Dann war ich ein noch größeres Schaf, als ich bislang geglaubt hatte.

Er wollte mir den Arm um die Mitte legen, doch ich stieß knurrend seine Hand fort, zwang den Stöpsel mit mehr Gewalt als nötig in den Ablauf, langte nach der Mischbatterie und drehte energisch das Wasser auf. *Zu* heiß. Natürlich. Ich regulierte noch eine halbe Minute daran herum, bis ich mit der Temperatur zufrieden war, und richtete mich schließlich auf. Julien war ein wenig in Richtung der halbrunden Duschkabine in der Ecke zurückgetreten, um mir mehr Platz zu lassen – noch immer bereit, jederzeit zuzufassen. Er sagte nichts. *Noch* nicht. Aber so, wie er mich ansah, würde ich um die Standpauke nicht herumkommen. Immerhin *hätte* ich ja das Gleichgewicht verlieren und kopfüber in die Wanne stürzen *können*.

Mein Handy rettete mich, da es genau in diesem Augenblick in meinem Zimmer losbimmelte.

»Gehst du schnell?« Ich setzte meine allerbeste Bitte-bitte-Miene auf.

Juliens Knurren war weitaus beeindruckender als meines. Doch er machte kehrt und stürmte aus dem Bad. Dass er mir über die Schulter »Rühr dich nicht!«, zuzischte, überhörte ich schlicht. Das Handy gab immer energischer Laute von sich und ich überlegte, wo ich es zuletzt gesehen hatte, während ich das Fläschchen mit dem Zitronen-Minze-Badeöl aus meiner Hälfte des Badezimmerregals nahm und ein paar Tropfen ins Wasser goss. Sofort erfüllte sein frisches Aroma den Raum. In meinem Zimmer verstummte das Handy. Ich hörte Julien sich mit seinem üblichen »Ja« melden. Doch abgesehen davon, dass er ein paarmal kurz dazu ansetzte, etwas zu sagen, schwieg er. Wer auch immer am anderen Ende war, ließ ihn offenbar nicht zu Wort kommen.

Ich drehte das Wasser ab, ließ den Bademantel von den Schultern gleiten, hängte ihn an den Haken hinter der Tür und entledigte mich meines Pyjamas, der den Weg in den Wäschekorb nahm. In meinem Zimmer kam Julien noch immer nicht über Satzanfänge hinaus.

Mein Blick streifte den Spiegel über dem Waschbecken

nur flüchtig. Dennoch fuhr ich zurück. Wie hatte Neal gestern gesagt? Ich sähe aus wie eine Leiche auf Urlaub? – Das wäre heute eine glatte Untertreibung gewesen. Meine Haut war bleich wie Kalk, dafür waren meine Augen rot gerändert. Den Zustand meiner Haare weigerte ich mich überhaupt wahrzunehmen.

Die Hände zu beiden Seiten um den Rand geklammert, stieg ich in die Wanne. Julien würde nicht begeistert sein, dass ich nicht gewartet hatte, aber ich hatte nicht vor, mich wie eine gebrechliche alte Frau behandeln zu lassen. Ganz langsam sank ich in das heiße Wasser. Es war wunderbar – auch wenn es für einen kurzen Moment den Schwindel verschlimmerte.

Juliens Stimme drang jetzt immer lauter aus meinem Zimmer. Inzwischen schaffte er sogar schon ganze Sätze. Es gab nur wenige Personen, die ihn dazu bringen konnten, den Ton zu heben. In diesem Fall tippte ich auf Beth.

»...eiß nicht, was dich auf die Idee gebracht hat, ich könnte Dawn zu irgendetwas zwingen, was sie nicht zu hundert Prozent selbst will. ... Nein, ich werde mich vor dir nicht dafür rechtfertigen, dass ich Dawn in dieser Nacht im *Ruthvens* habe ›stehen lassen‹ und sie sich deinen Käfer geliehen hat, um nach Hause zu kommen.«

Oje.

»... Jetzt halt aber mal die Luft an. ... Du wirst nicht vorbeikommen. ... Weil ich dich nicht reinlassen werde. ... Woher willst du das wissen? Vielleicht sind wir ja beide ansteckend. ... Die haben anderes zu tun, als sich den abstrusen Ideen eines Highschool-Teenagers zu widmen.«

Die? Beth drohte Julien doch wohl nicht gerade mit den Cops? Lieber Himmel!

»... Wenn du auf Ärger mit mir gebürstet bist – kannst du ...«

»Julien!«

Stille, dann »Warte mal« und schnelle Schritte – obwohl ich nun wirklich nicht nach *Hilfe, ich ertrinke!* geklungen hatte.

Gleich darauf streckte Julien den Kopf durch den Türspalt. Sein Blick fiel auf mich. Sofort erschien eine steile Falte zwischen seinen Brauen. »Was machst du in der Wanne?« Ich verdrehte die Augen. »Baden! – Gib mir Beth!« Mit der nassen Hand wedelte ich über dem Wannenrand herum und verteilte Tropfen auf Fußbodenfliesen und Badematte. Dampf stieg von meiner Haut auf. Zugleich versuchte ich möglichst unauffällig, das Wenige an Schaum, das mein Badeöl produzierte, mit der anderen an den notwendigen Stellen zusammenzuschieben.

Er rührte sich keinen Zentimeter von der Tür weg, maß mich stattdessen nur mit diesem Blick, als versuche er abzuschätzen, ob das Telefonat mit Beth mich zu sehr aufregen könnte.

»Jetzt gib schon!« Ich spritzte das bisschen Wasser, das noch an meinen Fingern hing in seine Richtung. Diesmal kam er meiner Forderung nach. Wenn auch deutlich langsamer als nötig. Ich rutschte ein Stück tiefer in die Wanne und nahm ihm das Handy mit spitzen Fingern ab. Ein letzter unwillig-warnend-besorgter Blick an meine Adresse und Julien ließ mich wieder allein. Die Tür blieb einen Spalt offen. Nicht um zu lauschen – *das* hätte er bei seinen Sinnen auch durch die geschlossene Tür gekonnt –, sondern um sicherzustellen, dass ihm auch nicht das kleinste Anzeichen entging, falls etwas nicht in Ordnung wäre.

Auf das Schlimmste gefasst nahm ich das Handy ans Ohr. »Beth?«

»Dawn? – Gott sein Dank.« Sie war anscheinend mehr als erleichtert. »Julien sagte, es würde dir nicht gut gehen ...«

»Ich bin krank, Beth. Da geht es einem nicht gut.« Ich bemühte mich locker zu klingen.

»Ist es sehr schlimm?« Offenbar hatte ich mit meiner Taktik keinen Erfolg. In ihrem Ton war die Sorge nicht zu überhören. *Na ja, ich sterbe?* »Was hast du überhaupt?« *Ich bin eine Halb-Lamia und dass mein Onkel versucht hat, meinen Wechsel vorzeitig zu erzwingen, erweist sich jetzt als tödlich?*

»Wahrscheinlich irgendein Virus ...«

»Und Julien ist auch krank? Er klang gar nicht so. – Und er sah gestern auch nicht krank aus.«

Da war es wieder: das Misstrauen Julien gegenüber. Ausgerechnet von ihr. Wie sehr ich es hasste. Ich konnte es nicht verhindern, meine nächsten Worte kamen ziemlich scharf über meine Lippen. »Er hatte über Nacht einen Rückfall. Auch wenn es ihm etwas besser geht ...«

»Steht er gerade neben dir?«

Nein, ich kann ihn in seinem Zimmer rumoren hören. Möglicherweise wandert er gerade darin auf und ab und trägt sich mit dem Gedanken, meiner besten Freundin den Hals umzudrehen. Und dabei waren die beiden am Anfang unserer Beziehung wunderbar miteinander ausgekommen. Aber irgendwann war das Ganze gekippt. Ich konnte es sogar beinah verstehen – aber eben nur *beinah*.

Ich seufzte. Sollte sie ruhig hören, was ich von dieser Frage hielt. »Beth, ich weiß, was du denkst, aber das ist Blödsinn. Riesengroßer. Julien, er ... trägt mich auf Händen. Er ist der Letzte, der Allerletzte, der mir irgendetwas tun würde ...«

»Dawn, er ist ... er hat dich im *Ruthvens* einfach sitzen gelassen. Er lässt dich keinen Schritt ohne ihn machen ...«

»Weil ich keinen Schritt ohne ihn machen *will*.« Wieder war mehr Schärfe in meinem Ton als beabsichtigt.

»Das ist krank, Dawn. Susan hat recht: Du kannst dich doch nicht so von ihm ... bevormunden ...«

Wie oft würde ich diese Diskussion eigentlich noch führen? »Nein, Beth! Das hat nichts mit bevormunden zu tun. Gar nichts. Julien liebt mich und ich liebe ihn. Warum ... Ach, verdammt, Beth. Ich bin es leid, immer zwischen der Clique und Julien zu stehen. Ganz besonders wenn du es bist. Kannst du es nicht einfach so akzeptieren, wie es ist?«
»Ich will doch nur, dass ...«
»Dann hör auf, Julien irgendwelche an den Haaren herbeigezogenen Dinge zu unterstellen«, ließ ich sie nicht ausreden. »Ich habe es schon einmal gesagt – du hast daneben gesessen: Julien sperrt mich weder in einen Käfig noch schlägt er mich oder zwingt mich zu irgendetwas, was ich nicht tun will. – Entweder du glaubst mir das endlich oder du lässt es, aber dann«, ich holte tief Luft, »weiß ich nicht, was unsere Freundschaft noch wert ist.«
Sekundenlang herrschte am anderen Ende Stille. »Das ist nicht dein Ernst.«
»Doch, das ist es. Julien ist das Beste, was mir in meinem ganzen Leben passiert ist, Beth, bitte akzeptier es endlich.«
Wieder Schweigen, dann: »Wie du meinst.« Sie legte auf.
Einen Moment starrte ich das Handy an und dachte ernsthaft darüber nach, es in der Badewanne zu ersäufen, verwarf den Gedanken aber und quetschte es zur Seife in deren Schale – wobei ich mir nicht ganz sicher war, wie gut ihm *dieser* Platz bekommen würde. Hatte ich gerade eben meine beste Freundin zum Teufel geschickt? Ich wusste es nicht. Auch wenn ich von ganzem Herzen hoffte, dass es nicht so war. Beth war nach Julien einer der wichtigsten Menschen in meinem Leben. Wir hatten immer miteinander reden können, waren immer füreinander da gewesen, seit ich in Ashland Falls wohnte – ganz egal worum es ging. Ich schloss die Augen und glitt bis zum Kinn ins Wasser. Das alles war nicht fair. Beth machte sich schlicht Sorgen. Immerhin hatte

Julien in der Vergangenheit einen eindeutigen Ruf gepflegt. Aber im Moment hatte ich einfach andere Probleme, als mich mit Beths Paranoia – oder der von irgendjemandem aus der Clique – herumzuschlagen. Nicht in der kurzen Zeit, die mir mit Julien vielleicht noch blieb. Ich hielt die Luft an und tauchte ganz ab. Und wenn ich eine Entscheidung treffen musste, wusste ich jetzt schon, wie sie ausfallen würde. Nein, ich würde mir jetzt nicht den Kopf über Beth und unsere Freundschaft zerbrechen. Wenn ich das hier – wie auch immer – überlebte, würde ich mir darüber Gedanken machen und retten, was dann – hoffentlich – noch zu retten war. Bis dahin hatte ich andere Prioritäten.

Erst als ich keine Luft mehr hatte, kam ich wieder hoch – und sah mich meinem Freund gegenüber, der mich offenbar gerade aus dem Wasser ziehen wollte.

»W...«, erschrocken rutschte ich wieder tiefer hinein. Der Schrecken in seinem Blick wandelte sich schlagartig in ein wütendes Funkeln. Es war nicht mehr wirklich viel Schaum übrig, den ich hätte über mich raffen können. Trotzdem nahm ich, was ich kriegen konnte.

»Wolltest du, dass ich einen Herzanfall bekomme?«, fuhr er mich an und ignorierte meine Bemühungen. Er hatte sich rechts und links von mir auf dem Wannenrand abgestützt und zu mir gelehnt. Alles, was sich unterhalb meines Halses abspielte, schien ihn gar nicht zu interessieren. »Ich höre dich telefonieren und plötzlich ist es still. Auf mein Klopfen keine Antwort, und als ich hereinkomme, du unter Wasser ...«

Ich hob die Hand aus der Wanne und legte sie gegen seine Wange, nass, wie sie war. »Ich liebe dich, Julien Du Cranier.«

Seine Tirade endete. Übergangslos. Für ein paar Sekunden starrte er mich einfach nur an, dann lachte er, leise, irgendwie verzweifelt, und schüttelte den Kopf. »Du kostest mich noch mein letztes bisschen Verstand, Dawn Warden. –

Tu das nie wieder, mir so einen Schrecken einzujagen.« Er stieß sich vom Rand ab. »Hörst du?«

»Versprochen!« Ich versuchte mir selbst das Lächeln zu verbeißen. »Können Lamia das wirklich? An einem Herzanfall sterben, meine ich?«

Julien – schon wieder halb an der Tür – blieb stehen.

»Nein. Aber seit ich dich kenne, denke ich manchmal, es wäre ein ziemlich gnädiges Ende.«

Ich schnaufte indigniert und bespritzte ihn mit Wasser. Zu spät. Er war bereits endgültig aus dem Bad.

Ich blieb noch eine ganze Weile in der Wanne und ließ ein paarmal heißes Wasser nachlaufen. Nur einmal schreckte mich das Klingeln von Juliens Handy aus meinem wohlig-trägen Vor-mich-hin-Dösen, ansonsten war es im Haus geradezu gespenstisch still.

Erst als die Haut an meinen Fingern immer mehr Trockenpflaumen-Qualitäten annahm, rang ich mich dazu durch, meinen Standort zu verlassen, und zog den Stöpsel aus dem Ablauf. Nur um festzustellen, dass ich vergessen hatte Handtücher in Griffweite zu legen. Also tappte ich tropfend – und vor allem bibbernd – quer durchs Bad zu dem entsprechenden Regal und trocknete mich hastig ab. Ein weiteres Handtuch um meine frisch gewaschenen Haare, das Handy in der Bademanteltasche machte ich mich auf den Weg in mein Zimmer. Ich fühlte mich – zumindest für meine derzeitigen Verhältnisse – ausgesprochen wohl und kräftig. Die üblichen Schmerzen waren zu einem vagen Ziehen herabgesunken, auf das ich mich schon beinah konzentrieren musste, um es wahrzunehmen. Es ging mir gut!

Ein leises schnappendes Geräusch ließ mich die Richtung ändern, zu Juliens Zimmer. Die Tür stand offen. Er kniete vor seinem Kleiderschrank. Zuerst dachte ich, er suche irgendetwas, doch dann erkannte ich, was er da in den

Händen hielt. Seine Beretta. Die Pistole war sein zweites *Mordwerkzeug*, auch wenn er seinen Compound-Bogen – zumindest was die Jagd auf Lamia und Vampire anging – bevorzugte. Sein Finger lag auf dem Abzug. Von einer Sekunde zur nächsten war das Hochgefühl, das eben noch in mir gewesen war, verpufft.

»Julien?« Ich brachte kaum mehr als ein Flüstern zustande. Meine Beine weigerten sich, mich auch nur einen Schritt weiter durch den Türrahmen und in den Raum zu tragen.

Ohne sich von den Knien zu erheben, sah er auf.

»Ist ... irgendetwas?« Selbst diese einfachen Worte fielen mir schwer.

»Was sollte sein?« Sein Tonfall war absolut ruhig und gelassen.

»Der Anruf vorhin ... ich meine ...«

»Es ist nichts. Mach dir keine Sorgen, Dawn.«

Aber auch wenn etwas wäre, würde er es mir nicht sagen. Zögernd nickte ich, doch ich schaffte es einfach nicht, von der Waffe in seinen Händen fortzuschauen. Da war schon seit einigen Tagen ein Gedanke – nein, eine Angst: »Du ...« Ich zog den Kragen meines Bademantels enger zusammen. »Du machst keine Dummheiten, wenn das hier ... du weißt schon. – Versprich es mir!«

Julien senkte den Blick ebenfalls wieder auf die Pistole, bewegte die Finger seltsam zärtlich an ihrem Griff, drehte sie hin und her, betrachtete sie, als sähe er sie zum ersten Mal, bis er schließlich den Abzug losließ, in der Andeutung einer Bewegung die Schultern hob und sie in die Metallkassette zurücklegte. »Streng dich einfach an, das hier zu überleben.« Der Deckel schnappte mit einem leisen Klacken zu.

Ich umklammerte den Kragen meines Bademantels fester, während ich zusah, wie er die Kassette wieder in den Tiefen seines Kleiderschrankes verschwinden ließ. Nur mit Mühe widerstand ich dem Drang, die Augen zu schließen. Er hatte es mir nicht versprochen. Und nachdem Adrien sich von ihm losgesagt hatte, würde es niemanden geben, der auf Julien achtgab, sollte ich trotz allem in absehbarer Zeit nicht mehr da sein. *Bitte, lieber Gott, das darf nicht geschehen.*

Julien stand geschmeidig vom Boden auf und kam auf mich zu. Ich wich vor ihm zurück, bis ich auf dem Korridor stand. Dabei war er scheinbar vollkommen entspannt. *Bedrohlich* sah bei ihm anders aus.

»Und was steht heute noch auf deiner Agenda?« Er schloss die Tür hinter sich.

Mit einem noch immer unbehaglichen Gefühl versuchte ich in seinen Augen zu lesen, irgendetwas in ihnen zu entdecken – nichts. Quecksilbern, kühl und wunderschön. Sie gaben nichts preis. Vielleicht war diese eine spezielle Angst ja gänzlich unbegründet? Julien war so alt, ich war sicher nicht der erste Mensch, der ihm etwas bedeutete und den er verlor. So gern ich darauf hoffen *wollte* – ein Teil von mir tat es nicht. – Aber nachdem es mir nach unserem zweiten Versuch unleugbar besser ging, würde es vielleicht gar nicht zum Äußersten kommen? Wenn ich in dieser Sache auch nur den Hauch eines Mitspracherechtes hatte, würde ich alles dafür tun.

Ich räusperte mich, nicht sicher, ob meine Stimme mir sonst gehorcht hätte. Nein, ich würde ihn nicht merken lassen, was in mir vorging. Ich würde diesen Tag genießen!

»Wie spät ist es?«

»Kurz nach zwei.«

»Um ins *Ruthvens* zu gehen, ist es demnach eindeutig zu früh, aber vielleicht ...«

Julien starrte mich an, als hätte ich den Verstand verloren.

»Was?« Ich wollte mich nicht von meinen Sorgen und Ängsten hinunterziehen lassen und ich fühlte mich stark genug, um ein paar Stunden außerhalb dieses Hauses zu verbringen. – Auch wenn das *Ruthvens* meine Kräfte eventuell doch ein wenig überfordert hätte.

»Ganz abgesehen davon, dass di Uldere sicherlich nicht begeistert darüber sein dürfte, wenn es zur Gewohnheit wird, dass ich dich von seiner Tanzfläche tragen muss –«

»Das war *ein* Mal.«

»– bezog sich meine Frage nur auf Aktivitäten, die dich nicht über Gebühr anstrengen. – Und falls es dir entgangen ist: Es regnet. Noch immer. Ich werde mit dir bei diesem Wetter nicht um die Häuser ziehen.«

Das mit dem Regen war mir tatsächlich entgangen. »In der Mall ist es trocken.«

»Das ist kein Grund, um mich von dir zum Shoppen schleifen zu lassen.«

Wobei ich den Verdacht hegte, dass seine Abneigung gegen Einkaufstrips in der Mall eher auf die vielen Überwachungskameras zurückzuführen war, die dort an jeder nur erdenklichen Ecke saßen.

Ich seufzte theatralisch. »Was schwebt dir vor?«

»Entspannt auf dem Sofa fernsehen?« Er hob die Schultern. »Wenn du nett zu mir bist, lasse ich dich mal wieder eine Partie Schach gewinnen.«

»Pft«, machte ich nur abfällig. Allerdings: Ich hatte gar nicht gewusst, dass es in diesem Haus ein Schachspiel gab.

»Oder wir könnten zusammen etwas für dich kochen. – Bist du hungrig?«

Auch wenn ein Lamia nach seinem Wechsel keine normale Nahrung mehr zu sich nehmen konnte, sie zuzubereiten, dazu war Julien durchaus in der Lage. Überraschenderweise bereitete mir der Gedanke an etwas zu essen ausnahmsweise keine Übelkeit. Dennoch wollte ich mein Wohlbefinden nicht durch Experimente riskieren und schüttelte den Kopf.

Die Art, wie Julien mich ansah, wurde prüfend – und besorgt.
»Musst du trinken?«
Ich wollte erneut den Kopf schütteln. Ich wollte es! Es ging mir gut. Gut genug, dass ich Juliens Blut nicht brauchte, um zu verhindern, dass ich im nächsten Moment zusammenbrach; dass ich es nicht brauchte, um die ewigen Schmerzen zu lindern – und trotzdem war die Gier wie immer unterschwellig da. – Offenbar zögerte ich zu lange, denn Julien drehte mich mit einem einfachen »Komm« um und schob mich vor sich her in mein Zimmer. Ich biss mir auf die Lippe, während ich mich wie eine Marionette vorwärtsbewegte. Ich *hatte* den Kopf schütteln wollen!

Als ich wenig später neben ihm auf meinem Bett saß, den Mund auf der Wunde, die er sich diesmal an seinem anderen Arm gerissen hatte, und sein Blut warm und süß meine Kehle hinunterrann, fühlte ich mich elend. Mit jedem weiteren Mal, das ich von ihm trank, verstand ich besser, warum er sich bisher stets geweigert hatte, dasselbe bei mir zu tun. Es war, als entweihe ich etwas unsagbar Schönes; als reduziere ich den Jungen, den ich liebte, zu bloßem Futter. – Ich war froh, dass er mich danach allein ließ, damit ich mich in Ruhe anziehen konnte.

Als ich schließlich in Jogginghosen, Schlabberpulli und Wollsocken – Sachen, die in meinem Römische-Edelboutique-Kleiderschrank regelrechten Seltenheitswert hatten – nach unten kam, hatte er auf dem Sofa im vorderen Wohnzimmer ein bequemes Nest aus Decken und Kissen für mich gebaut. Hilflosigkeit hing wie ein nicht wahrnehmbarer Schatten im Raum.

Ihm konnte das Zögern nicht entgehen, mit dem ich es mir zwischen den Decken bequem machte – ebenso wenig wie das gezwungene Lächeln, das ich mir abrang –, und für eine Sekunde hatte ich den Eindruck, als widerstand er nur schwer dem Wunsch, irgendetwas gegen die nächste Wand zu pfeffern.

Beim Anblick der Fernbedienung auf dem Glastisch wurde mir dann endgültig ... anders. Nein, ich hatte keine Lust auf diese Nachmittagstalkshows, in denen Leute sich gegenseitig beschuldigten fremdzugehen und sich irgendwann vor einer johlenden Menge kreischend in den Haaren hingen, oder Mütter ihren Töchtern vorwarfen, ihre Kinder – beziehungsweise Enkelkinder – wahlweise zu vernachlässigen oder zu unerträglichen Snobs zu erziehen. Und dass um diese Uhrzeit etwas anderes lief, war kaum anzunehmen.

»Steht das Angebot mit dem Schachspielen noch?«, fragte ich.

»Natürlich.« Klang da Erleichterung mit? Nun ja, hatte ich ernsthaft angenommen, dass Julien sich für *so etwas* interessieren würde? Wohl kaum.

Er holte das Spiel und baute es routiniert auf. Weiß – und damit der erste Zug – wie stets für mich und Rot für ihn. Den Tisch hatte er so nah an das Sofa herangerückt, dass ich nur den Arm ausstrecken musste, um das Brett mit seinen weißen und roten Quadraten zu erreichen. Und wenn ich mich ein wenig vorbeugte, könnte ich auch die Figuren auf der gegenüberliegenden Seite ziehen. Bewundernd nahm ich einen Springer in die Hand. Er war aus matt glänzendem Stein und überraschend schwer. Selbst kleinste Details wie Zaumzeug und Mähne oder der Harnisch des Reiters waren herausgearbeitet und man sah ihm an, dass er oft benutzt worden sein musste.

»Es war auf dem Dachboden. In einer der Kisten, in der auch die Tagebücher deiner Mutter waren. Auf dem Verschluss sind die Initialen A. T. A. und ein B.«, sagte Julien gedämpft und setzte sich mir gegenüber.

A. T. A. Die Initialen meines Vaters – Alexej Tepjani Andrejew. Er war derjenige, dem ich meine Lamia-Hälfte verdankte. Das B. stand mit ziemlicher Sicherheit für ›Basarab‹, seine – oder besser unsere – Blutlinie. Leicht beklommen stellte ich das Pferd auf sein Feld zurück. Mit den Kisten dort oben hatte ich mich auch noch den einen oder anderen Nachmittag beschäftigen wollen, um mehr über ihn und meine Mutter zu erfahren. Doch ich hatte bisher keine Zeit dazu gefunden. Dabei wusste ich so gut wie nichts über sie, nachdem *Onkel* Samuel mich mein ganzes Leben das Lügenmärchen hatte glauben lassen, sie seien kurz nach meiner Geburt bei einem Raubüberfall in New York getötet worden. Tatsächlich hatte er sie ermordet. – Wenn man es genau nahm, konnte ich noch nicht einmal sicher sein, ob das wenige, *was* ich wusste, wirklich der Wahrheit entsprach oder auch nur eine weitere Lüge war.

Ich atmete einmal tief durch und machte meinen ersten Zug. Früher hatte ich mir einiges darauf eingebildet, was mir Simon – mein letzter Leibwächter, Chauffeur und Mädchen für alles in meinem alten Zuhause – beim Spiel der Könige beigebracht hatte. Julien hatte meine Selbsteinschätzung gehörig zurechtgerückt. Ich verstand allerdings genug vom Schach, um zu erkennen, dass mein Freund für seine Verhältnisse sehr verhalten und wenig aggressiv spielte. Vielmehr hatte ich den Eindruck, dass er die Partie mit Absicht in die Länge zog. Er baute mir Fallen – in die ich in neun von zehn Fällen auch prompt hineintappte –, ließ mir aber immer die Chance, mit den richtigen Zügen noch einmal daraus zu entkommen. Nur um in die nächste hineinzustolpern. Ich war selbst erstaunt, wie viel Spaß mir dieses Katz-und-Maus-Spiel machte, das er mit mir trieb.

Jenseits des Verandadaches hing der Nieselregen wie ein grauer Schleier.

Wir waren bei unserer dritten Partie - meiner zweiten Revanche -, als Juliens Handy lossummte. Ich registrierte mit Genugtuung, dass er bei dem plötzlichen Geräusch beinah ebenso zusammenzuckte wie ich, so sehr war er in unser Spiel vertieft.

Er sah auf das Display, runzelte die Stirn und ging ran. Sein »Ja« klang sehr kühl und distanziert. Die Linie zwischen seinen Brauen vertiefte sich und er formte lautlos ›Vlad‹. Ich schob die Hände zwischen die Knie. Nachdem er mir damals Bastien als meinen ersten Heiratskandidaten angekündigt hatte - und auch die letzten rechtlichen Punkte bezüglich meines Erbes und der Vormundschaft bis zu meinem achtzehnten Geburtstag geklärt waren -, war mein Großonkel Vlad nach Paris zurückgekehrt und hatte mich in der Obhut meines Vourdranj-Leibwächters *Adrien* Du Cranier zurückgelassen. - Nicht, dass er nicht gewusst hätte, um wen es sich bei dem Du-Cranier-Zwilling tatsächlich handelte, der bei mir war. - Ich war erleichtert gewesen. In den letzten Tagen mehr als zuvor. Paris war weit genug weg, dass er von dem, was hier vor sich ging, nichts mitbekam. Dass Vlad sich jetzt bei Julien meldete, konnte kein gutes Zeichen sein. Die Lippe zwischen die Zähne gezogen neigte ich fragend den Kopf. Julien hob in einer Geste, die Warnung und Bitte um Geduld zugleich war, die Hand.

»Es ist alles in Ordnung.« Da war nicht der Hauch eines Zögerns oder Schwankens in seiner Stimme.

Ich grub mir die Zähne ein weniger fester in die Lippe. Er hatte seinem Bruder eiskalt ins Gesicht gelogen. Warum sollte er da Probleme damit haben, das Gleiche bei meinem Großonkel zu tun? Obendrein am Telefon.

Juliens Miene verdüsterte sich. »Das halte ich derzeit für keine gute Idee.« *Jetzt* war da doch der Hauch eines Stockens. »... Sie ist unpässlich.« Ich hielt die Luft an.

»... Nein, ich meine diese vierwöchentliche Unpässlichkeit, die junge Frauen in ihrem Alter nun einmal befällt.«

Es dauerte ungefähr zwei Sekunden, bis in meinen Verstand sickerte, was er meinte. Mir schoss das Blut in die Wangen.

»... Ja, genau. Nicht bei einem ersten Treffen. ... Vier oder fünf Tage. Sechs, wenn sie jegliches Unbehagen vermeiden wollen. Auf beiden Seiten. ... Natürlich. – Ist mir die Frage erlaubt, wer es diesmal sein soll?« Ich war mir nicht sicher, ob er diese gestelzte Formulierung ironisch meinte oder ob sie irgendeiner Etikette entsprach.

Julien spielte mit seinem König. »... Eine deutlich bessere Wahl als Bastien d'Orané.« Seine Hand spannte sich für eine Sekunde um das Handy. »... Das ist mir durchaus bewusst. ... Nein, ich weiß nicht, wo Bastien d'Orané sich zurzeit aufhält.«

Ich krallte die Finger in den Stoff meiner Jogginghose. Wenn jemand das wusste, dann Julien – und Adrien. Noch nicht einmal mir hatte er bisher verraten, wo – und wie – sie die Leichen von Bastien und seinen Begleitern *entsorgt* hatten.

»Wünschen Sie Dawn noch ... Nein, kein Problem. Ich werde es ihr ausrichten. Bis dann.« Er klappte sein Handy zu und schob es in seine Jeans zurück. »Grüße und gute Besserung von Vlad«, teilte er mir sehr geschäftsmäßig mit, stellte den König wieder an seinen Platz.

»Ich bin also ›unpässlich‹?«, erkundigte ich mich behutsam. Mein Gesicht brannte noch immer.

»Etwas Besseres fiel mir auf die Schnelle nicht ein.« Es klang wie eine Entschuldigung. Ich für meinen Teil fand diese Ausrede ziemlich gut – und ziemlich peinlich. Aber wahrscheinlich waren das die besten. Nur: Was würde Onkel Vlad sagen, falls wir demnächst vor seiner Tür standen, weil es doch keinen anderen Ausweg mehr für mich gab, und er erfuhr, was tatsächlich mit mir los war? Ich mochte es mir nicht vorstellen.

Übertrieben behutsam zog ich die Hände wieder zwischen meinen Knien hervor. »Und was wollte er sonst?«

»Dir mitteilen, dass der Rat den nächsten Kandidaten für ihre Heiratspläne ausgewählt hat.«

Nur mit Mühe unterdrückte ich ein Stöhnen. Ich hatte es geahnt! Sie wollten die *möglicherweise* nächste Princessa Strigoja nach wie vor mit Hochdruck unter die Haube bringen, ehe sich gewisse Befürchtungen bewahrheiteten und sich endgültig herausstellte, dass es für mich keinen Wechsel geben und ich für den Rest meiner Existenz nur ein *wertloses* Halbblut bleiben würde. – Ich war eine Zuchtstute, die sie an den Meistbietenden – den, der ihnen für ihre politischen Bündnisse als der Geeignetste erschien – verschacherten, solange sie es noch konnten. Und es interessierte sie dabei nicht einen Cent, dass ich keinen außer Julien wollte. Doch dessen Bitte, mir den Hof machen zu dürfen, würde man überhaupt nicht in Erwägung ziehen, da er aufgrund seiner Stellung in der Gesellschaft der Lamia als Heiratskandidat für mich offenbar gar nicht infrage kam. – Auch wenn ich mehr und mehr den Verdacht hegte, dass selbst das nur ein Teil der Wahrheit war. Immerhin hatte ich bis vor Kurzem auch nichts davon gewusst, dass er der *Kideimon*, der Hüter des Blutes der Ersten, war.

Onkel Vlad hatte mir einen alten Gesetzeskodex zugespielt, in dem wir gehofft hatten, einen Hinweis zu finden, wie wir ihre Pläne möglicherweise mit ihren eigenen Waffen durchkreuzen konnten. Julien hatte ihn wiederum Adrien anvertraut, da der sich besser mit den Gesetzen der Lamia auskannte. Adrien mochte nicht davon begeistert gewesen sein, dass sein Bruder sich ausgerechnet in mich verliebt hatte; bisher hatte ich allerdings darauf gesetzt, dass er bereit war, Julien diesbezüglich zu helfen, wenn er es schon nicht für mich tat. Doch nach dem, was inzwischen geschehen war, fürchtete ich, dass wir auch darauf nicht mehr hoffen konnten.

Juliens Hand schwebte einen Moment über seinem Läufer, doch dann zog er mit seiner Königin, ehe er vom Brett aufblickte. »Eigentlich wollte Vlad ihn dir morgen vorbeischicken.«

»Oh.«

»Genau. - Wir haben also fünf, vielleicht auch sechs Tage Zeit, uns eine neue Ausrede einfallen zu lassen. Oder du musst ihn empfangen.«

»Hat er dir gesagt, wie der Glückliche dieses Mal heißt?« Ich brachte meinen eigenen verbliebenen Läufer vor seiner Königin in Sicherheit.

»Olek Nareszky.«

»Klingt russisch oder tschechisch? - Weißt du etwas über ihn?«

»Seine Familie herrscht seit ungefähr fünfzig Jahren über Genf. Unabhängig davon hat er es aus eigener Kraft schon ziemlich weit geschafft. Er ist ein knappes halbes Jahrzehnt älter als ich. Soweit ich das beurteilen kann, integer und loyal. Steht zu seiner Familie, auch wenn er sich von seinem Vater - beziehungsweise seinem Großvater, der ist noch der Patriarch der Nareszkys - nichts vorschreiben lässt. Und von anderer Seite kamen meines Wissens bisher auch keine Klagen über ihn.«

»Von anderer Seite?«

Er hob eine Braue. »Weiblicher Seite.«

Ich versuchte diesmal nicht wieder rot zu werden. »Das klingt, als würdest du ihn mögen.«

»Sagen wir so: Ich kann ihn respektieren.«

Bei meiner nächsten Frage war mir ein wenig unbehaglich. »Könnte er etwas mit Gérard zu tun haben?« Gérard, der irgendwelche Pläne mit mir hatte.

»Mehr als unwahrscheinlich. Die Nareszkys sind Gérard in der Vergangenheit im Rat bei mehr als einer Gelegenheit böse in die Parade gefahren. Wer einmal gegen ihn ist, ist immer gegen ihn. Ganz davon abgesehen wäre ihm ihre Blutlinie vermutlich auch nicht alt genug.« Julien platzierte seinen Turm neben einem meiner Bauern. »Du bist übrigens in vier Zügen matt, wenn du nicht aufpasst.«

Es war irgendwie beruhigend zu wissen, dass dieser Heiratskandidat – zumindest mit großer Wahrscheinlichkeit – nicht wieder ähnliche Spielchen im Sinn haben würde wie Bastien. Nicht dass es von Bedeutung gewesen wäre, da ich diesem Olek vermutlich ohnehin niemals persönlich gegenüberstehen würde.

Verwirrt blickte ich auf das Brett. Matt? In vier Zügen? In welche Falle war ich ihm dieses Mal getappt? Ich konnte es beim besten Willen nicht sehen.

»Wo?«

Julien gönnte mir ein süffisantes Lächeln, schwieg aber. – Wie er es vorausgesagt hatte, war ich vier Züge später matt.

Mit einem resignierten Laut legte ich meinen König um.

»Noch eine Revanche?«

»Willst du jetzt auch noch den letzten Rest meines Selbstbewusstseins zunichtemachen?« Ich funkelte ihn in gespieltem Ärger an. Nicht dass ich auch nur den Hauch einer Hoffnung hegen konnte, ihn jemals auch nur ansatzweise einschüchtern zu können.

Abwehrend hob er die Hände. Doch dann war Juliens gute Laune schlagartig wie weggewischt und sein Blick wurde prüfend, während er sich daranmachte, die übrigen Figuren vom Brett zu stellen, damit er es umdrehen und sie in es hineinräumen konnte. »Jetzt hungrig?«, erkundigte er sich nach einem weiteren Moment.

Diesmal brachte der Gedanke an Essen wieder das nur zu bekannte Unwohlsein mit sich. Ich schüttelte den Kopf.

»Etwas dagegen, wenn ich mir etwas zu trinken mache?«

Erschrocken sah ich ihn an. Nicht weil ich fürchtete, er könne seinen Hunger von einer Sekunde zur anderen nicht mehr kontrollieren und über mich herfallen, sondern weil sich mein schlechtes Gewissen regte: Jeder Augenblick in meiner Gegenwart stellte Juliens Selbstbeherrschung auf eine harte Probe. Je länger er nicht trank, umso schlimmer wurde es für ihn. Ein Grund, weshalb er, seit er mit mir zusammen war, deutlich häufiger auf die Jagd ging, als er normalerweise musste – und nach den Gesetzen der Lamia eigentlich durfte. Doch seit meine Anfälle immer öfter und vollkommen unvorhersehbar kamen, wagte er es immer seltener, mich allein zu lassen. Und obendrein gab er mir von seinem Blut, um mich zumindest halbwegs bei Kräften zu halten. – Wann hatte er selbst das letzte Mal getrunken? Vor seinem Aufbruch nach Marseille? Dort? Nach seiner Rückkehr? Ich wusste es nicht.

»Natürlich nicht. Geh.« Ich zog das Schachbrett zu mir herüber. »Ich schaffe das hier auch, weißt du?«

Abermals musterte er mich auf diese prüfend-nachdenkliche Art, doch dann nickte er, stand auf und ging in die Küche.

Die Innenseite des Schachbretts war mit schwarzem Samt ausgeschlagen, für jede Figur gab es eine kleine Vertiefung, damit sie in ihm nicht hin und her rutschten, wenn es verschlossen war, und am Ende beschädigt wurden. In der Küche hörte ich Julien hantieren. Wasser rauschte, das Geräusch, das der Wasserkessel verursachte, wenn man ihn auf die Herdplatte stellte, eine Schranktür klackte, die Besteckschublade klirrte ... Ich brauchte einen Moment, um herauszufinden, wie man die beiden Zwischenböden, die die Figuren voneinander trennten, wieder an dem für sie vorgesehenen Ort festmachte. Schließlich klappte ich die beiden Hälften zusammen und hakte den zierlichen Riegel in die Öse der Längsseite. Für einen Augenblick verharrten meine Finger auf den eingravierten Initialen. Mein Vater war Onkel Vlads Lieblingsneffe gewesen, der jüngste Sohn seines jüngeren Bruders Radu. Das bedeutete, dass ich außer ihm, meinem Großvater und meinem zweiten Großonkel, Mircea, noch andere Verwandtschaft haben musste, oder? Zumindest einen weiteren Onkel musste es geben. Bisher hatte allerdings noch niemand von ihm gesprochen. Warum wohl? Hatte er irgendetwas getan, um zum schwarzen Schaf der Familie zu werden? Bei den Lamia mit ihren wohl teilweise etwas ... antiquierten ... Ansichten und Ehrvorstellungen war das vermutlich nicht schwer. Vielleicht ergab sich ja irgendwann – sofern ich *irgendwann* erleben würde – einmal die Gelegenheit, Vlad nach ihm zu fragen. Das Pfeifen des Wasserkessels schreckte mich aus meinen Gedanken. Ich zuckte zusammen, als ich Julien in der Tür bemerkte. Er lehnte im Rahmen und beobachtete mich schweigend – zumindest hatte er das bis eben getan, denn nun drehte er sich um und kehrte in die Küche zurück. Hatte ich tatsächlich so lange gedankenverloren auf das Kästchen des Schachspiels gestarrt? Ich schüttelte über mich selbst den Kopf, doch als ich brüsk aufstand, wankte der Raum. Die Zähne zusammengebissen holte ich einmal tief – und zugleich ein wenig zittrig – Atem, machte mich entschlossen zum Schrank auf und verstaute das Schachspiel wieder in seiner Schublade. Ich schaffte es eben noch wieder auf das Sofa, bevor der Schwindel zu stark wurde – gerade rechtzeitig, ehe Julien zurückkam. Eine dieser bauchigen Milchkaffee-Tassen in der Hand zögerte er bei der Tür. Über ihren Inhalt gab es für mich keinerlei Zweifel: seine spezielle *Suppe*, mit der er gewöhnlich die schlimmsten Anzeichen seines Hungers bekämpfte – vor allem wenn er nicht damit rechnete, in der nächsten Zeit auf die Jagd gehen zu können. Zu Anfang hatte mir dieses Gemisch – von dem ich nach wie vor nicht genau wusste, was es außer konzentriertem Blut enthielt – geholfen, den Schwindel, die Übelkeit und die Krämpfe wenigstens halbwegs erträglich zu halten, doch inzwischen brachte es nicht einmal mehr für ein paar Minuten ein wenig Erleichterung.

Als er noch immer zögerte, legte ich die Hand neben mich auf das Sofa. »Kommst du zu mir?« Selbst ich hörte die Anspannung in meiner Stimme.

Julien sah mich noch eine Sekunde weiter an, dann folgte er wortlos meiner Bitte.

Es dauerte ein paar Momente, bis wir es uns mit meiner Decke und den Kissen bequem gemacht hatten, doch schließlich lehnte Julien in der Sofaecke, die Füße auf dem Tisch, seinen freien Arm um meine Schultern, während ich mich an seine Seite schmiegte. Auch wenn seine Haltung scheinbar vollkommen entspannt war, merkte ich, wie er sich sekundenlang anspannte, als ich den Kopf auf seine Brust legte.

Das Schweigen, das für einen Augenblick über uns hing, hatte etwas Unbeholfenes.

»Und was jetzt?«, erkundigte Julien sich nach einem weiteren Moment leise und nahm einen Schluck aus seiner Tasse.

Ausgezeichnete Frage. Vielleicht hätte ich mir früher darüber Gedanken machen sollen? Andererseits: Was konnte man an einem verregneten Novembernachmittag schon groß tun, wenn man das Haus nicht verlassen wollte – sah man von solchen Dingen wie Putz-, Wäsche- oder Bügelorgien ab? Ließ man Hausaufgaben ebenfalls außer Acht, fielen mir nur zwei Dinge ein: lesen oder fernsehen. Ersteres kam nicht infrage, vor allem da es zu zweit schwer zu bewerkstelligen war, sofern man einander nicht vorlas – und ich würde garantiert nicht in alten Wunden bohren und schmerzhafte Erinnerungen an seine Schwester wecken, indem ich Julien einen solchen Vorschlag machte. Zudem hätte es bedeutet, dass einer von uns aufstehen musste, um ein Buch zu holen. Also blieb nur das Zweite. Julien schien meine Gedanken gelesen zu haben, denn er zog die Fernsehzeitschrift – inklusive der Fernbedienung darauf – mit der Ferse so weit an den Rand des Tisches, dass ich sie erreichen konnte. Ich angelte beides zu uns herüber und nahm mir nach einem kurzen Blick auf seine Armbanduhr die entsprechenden Seiten vor. Um ein Haar hätte ich ein genervtes Seufzen ausgestoßen. Es war genau so, wie ich befürchtet hatte: Talkshow. Talkshow. Politik. Talkshow. Soap. Soap. Talkshow. Kinderprogramm. Talkshow ...

»Warte mal!« Julien hinderte mich daran, umzublättern. Sein Finger lag neben einer Musiksendung. Offenbar eine Berichterstattung über irgendwelche Independent-Bands, deren Namen mir nichts sagten. Ihm dafür aber wohl umso mehr. Sie lief zwar schon eine gute Viertelstunde, sollte aber noch über eine weitere volle dauern. Wenn Julien ausnahmsweise Interesse am Fernsehprogramm zeigte, war die Entscheidung damit natürlich gefallen. Ich schaltete den Fernseher ein, wählte den Sender und machte es mir an meinem Freund ein wenig bequemer.

Zu meinem eigenen Erstaunen gefiel mir die Musik der Bands ziemlich gut. Es war – überwiegend zumindest – eine Mischung aus Rock und Klassik. Mitschnitte aus Konzerten wechselten sich mit Interviews und Berichterstattung ab, wobei der Schwerpunkt eindeutig auf den Live-Auftritten lag – ergänzt durch Kommentare von dem wandelnden Musiklexikon, an dessen Brust mein Kopf ruhte. Dazwischen bekam ich immer wieder einen Stups und die Tasse erschien vor meiner Nase. Zu Anfang hatte ich versucht, mich mit Brummen, Murren und quengelndem »Nein, mag nicht« herauszuwinden, gab irgendwann aber auf und ließ mich von meinem sturen Freund zu winzigen Schlückchen nötigen – bis ich die leere Tasse schließlich auf den Tisch zurückbugsieren durfte.

Ich merkte, dass etwas nicht stimmte, als Juliens Kommentare nach einem ziemlich langen Konzertmitschnitt ausblieben, blickte zu ihm auf – und erstarrte in der Bewegung, während ich gleichzeitig die Bemerkung unterschluckte, die ich auf der Zunge hatte. Juliens Kopf war nach hinten, gegen die Lehne gesunken, seine Lider geschlossen. Er schlief!

Ich sog die Unterlippe zwischen die Zähne. Hatte ich ihn jemals schlafen gesehen? – Nein, noch nie. Oder zumindest noch nie wirklich tief und fest. So wie jetzt. Oh, ich war mir sicher, dass auch er schlief, wenn ich in seine Arme geschmiegt mit ihm zusammen in meinem Bett lag, aber bisher war ich stets vor ihm eingeschlafen und nach ihm wieder aufgewacht.

Im Schlaf wirkte er verblüffend jung – und unendlich viel verletzlicher. Zugleich schienen seine hohen Wangenknochen noch ein wenig schärfer hervorzustehen, als sie es gewöhnlich taten, seine Wimpern dunklere Schatten unter seine Augen zu malen; Spuren von Anspannung und Müdigkeit. Seine Brust hob und senkte sich langsam. Hob und senkte sich. Das Haar hing ihm halb in der Stirn. Wie gern hätte ich die Hand ausgestreckt und mit den Fingerspitzen die Linien seiner dunklen Brauen nachgezeichnet oder die seiner Lippen. Aber ich wagte es nicht, mich zu rühren, ja noch nicht einmal tiefer zu atmen, da ich sicher war, dass er dann sofort aufwachen würde.

Also lag ich einfach nur reglos da und sah ihm beim Schlafen zu – und wünschte mir die Zeit anhalten zu können. Für ihn und für mich.

Der Inhalt meines Magens war plötzlich in meinem Mund. Keuchend taumelte ich vom Sofa hoch, schaffte es gerade noch in die Küche und über den Spülstein – dann brach Schwärze über mir zusammen.

Er starrte auf die Berichte. Die vorherigen Testreihen waren einfach nur wirkungslos gewesen. Diese hier war tödlich. Er ballte die Faust. Die Haut über seinen Knöcheln riss. Fahles Blut – mehr Wasser als Blut – sickerte über die pergamentene Haut. Zwei Tage hatten sie unter Qualen zum Sterben gebraucht. Dass es sich bei den Versuchsobjekten um Lamia gehandelt hatte, die noch immer Sebastien die Treue hielten, machte den Verlust akzeptabel. Ihr Tod aber bedeutete, dass sie mit diesen Ergebnissen nicht weiterarbeiten konnten, ja, dass sie genau genommen noch einmal bei null anfangen mussten. Verdammt! Er brauchte das Halbblut. Ob die Kleine ihren Wechsel nun durchgemacht hatte oder nicht. Samuel, dieser Narr! Vielleicht war ihr Blut ja dennoch zu irgendetwas zu gebrauchen.

Auf ein scharfes Klopfen hob er den Kopf. Jérôme hatte die Tür geöffnet, noch ehe er »Herein« gesagt hatte.

»Wir waren auf der falschen Fährte. Unser junger Freund ist nicht von Marseille Provence geflogen, sondern von Aix-en-Provence«, teilte er ihm grimmig mit. Auf dem kleinen Sportflugplatz von Aix-en-Provence stand sein eigener Jet. Jérôme war noch nicht fertig. »Er ist am selben Tag zurückgeflogen, an dem er in den Calanques war. – Mit einer Gulfstream, die einer Firma gehört, hinter der wiederum ein gewisser Timoteo Riccardo di Uldere steht. Flugziel war ein Flughafen in den Staaten: der *Bangor International Airport* in Maine.«

Einen Moment starrte er Jérôme an. Dann fluchte er. Julien! Dieser kleine Mistkerl. Er hatte die Kleine tatsächlich allein gelassen. Eine solche Gelegenheit würde er nie wieder bekommen. Aber warum? – Musste er das tatsächlich fragen? Er war hier gewesen, um das Blut der Ersten aus seinem Versteck zu holen. Bastien musste ihn aufgescheucht haben. – Dann war es also die ganze Zeit in Marseille verborgen gewesen! Oder draußen in jener Calanque, in der Jérôme und seine Leute seine Spur gefunden hatten. Der kleine Mistkerl hatte es damals bei der Befragung durch den Rat um keinen Preis verraten wollen. Und nachdem sie es nach Sebastiens Tod offenbar schon verloren geglaubt hatten, waren diese Schlappschwänze natürlich vor dem allerletzten Schritt zurückgeschreckt. Er ballte die Fäuste. Seit er wusste, dass ausgerechnet Sebastien und nach ihm Julien der Kideimon gewesen war, hatte er seine Leute immer wieder danach suchen lassen. Die Haut riss noch weiter auf.

Jérôme holte scharf Luft. »Doamne …!«

Er beachtete Jérômes besorgten Ausruf gar nicht. Das Blut der Ersten, die Kleine … Raouls Mörder … alles befand sich demnach an einem Ort.

»Nimm deine Leute und flieg nach Amerika. Bring mir die Kleine und Sebastiens dreimal verfluchte Brut. Egal wie, egal um welchen Preis. Lebend!«

Sein Gegenüber riss den Blick von seiner Hand los. »Di Uldere ist der Sovrani von Ashland Falls. Er wird nicht begeistert sein …«

Ja, und er hatte erst vor Kurzem mit ihm telefoniert, weil er gehofft hatte, di Uldere könnte ihm irgendwelche Hinweise darauf liefern, was in jener Nacht geschehen war, in der sein Adoptivsohn spurlos verschwunden war. Di Uldere hatte vorgegeben, nichts davon zu wissen, ja sogar behauptet, Bastien hätte noch nicht einmal den Anstand gehabt, ihm – als Sovrani der Stadt – seine Aufwartung zu machen, wie es die Form gebot. Nachdem er Julien sogar seinen Jet überlassen hatte, konnte das alles nur eine Lüge gewesen sein.

»Sorg dafür, dass er sich nicht in meine Geschäfte einmischt. Wenn er es nicht im Guten begreift, mach es ihm auf anderem Wege klar. Jeder hat eine Schwachstelle. Ich will den Burschen und das Mädchen hierhaben. Umgehend!«

Ohne ein weiteres Wort verließ Jérôme nach einem knappen Nicken sein Arbeitszimmer. Einen Moment starrte er noch die Tür an. Der kleine Mistkerl würde ihm sagen, wo das Blut war. ›Und bist du nicht willig, so brauch ich Gewalt‹, hieß es in Goethes Erlkönig. Er hoffte, dass Julien ›nicht willig‹ war.

... *Verloren*

Ich lag in meinem Bett, als ich wieder zu mir kam. Auf der Seite. Die Beine an den Leib gezogen. Regen prasselte gegen die Scheiben. Julien saß auf dem Boden, mit der Schulter an den Rand meines Bettes gelehnt. Ich musste nicht die Augen öffnen, um das zu wissen. Jedes Mal, wenn ich nach einem Anfall wieder aus einer Bewusstlosigkeit erwacht war, hatte er auf genau dieselbe Art neben meinem Bett gesessen. Ich konnte ihn dort spüren. Manchmal lag die Geige dann in seinem Schoß.

Er hatte mich bis auf die Unterwäsche ausgezogen. In meinem Magen saß noch immer ein dünner Schmerz. Diesmal war sogar das Gewicht der Wärmflasche unangenehm. Vorsichtig streckte ich die Beine und schob sie von meinem Bauch herunter. Ich fühlte mich zu müde, um die Lider zu heben. Trotzdem tat ich es schließlich doch.

Julien wandte den Kopf und sah mich direkt an. Die Lampe auf meinem Schreibtisch brannte, das Licht gegen die Wand gedreht. Sorge stand in seinen Quecksilberaugen. Die Erleichterung, die gewöhnlich in diesen Momenten dazukam, blieb diesmal aus. Er sagte nichts, sparte sich jedes ›*Du bist wieder wach. Wie geht es dir?*‹ So schlimm wie dieser war noch keiner meiner Anfälle gewesen. Auf meinem Nachttisch wartete die Plastikschüssel auf meinen nächsten. Jenseits der Fenster war der Himmel grau und dunkel. Ich erwiderte seinen Blick schweigend, schob die Hand unter der Decke hervor, an den Bettrand. In meinem Mund hing noch immer ein bitterer Geschmack. Julien verschränkte seine Finger mit meinen, streichelte mit dem Daumen ganz leicht die Seite meines Zeigefingers. Mein Hals tat weh. Und war zugleich wie zugeschnürt. Auch unser zweiter Versuch war gescheitert. Es war vorbei. Ich lag einfach nur da. Stumm. Sah Julien an. In mir war nichts als Verzweiflung und Hilflosigkeit – und ein irgendwie seltsames Gefühl der ... Leere. Betäubend. Lähmend. Wie ein Sog, ein Strudel, der alles mit sich zerrte, was in seine Nähe kam. In die Tiefe. Immer weiter. Wo nichts mehr war. Gar nichts mehr außer Dunkelheit.

Noch immer strich Julien über die Seite meines Fingers, über die empfindsame Kuhle zwischen Daumen und Zeigefinger. Unendlich zart. Meine Kehle war so eng, dass ich kaum noch schlucken konnte. Wir mussten es beide akzeptieren. Es war nicht fair. Und es tat weh.

Behutsam entzog ich ihm meine Hand, gerade weit genug, dass meine Finger aus seinen glitten. Er ließ es geschehen. Sah mich einfach nur weiter an. Ich schloss die Lider und grub mir die Zähne in die Lippe. Selbst das Atmen fiel mir schwer.

»Warum?«, sagte ich irgendwann leise in die Stille zwischen uns hinein.

Ich konnte hören, wie Julien sich neben meinem Bett bewegte. »Warum was?«, fragte er ebenso leise zurück.

»Warum ... bleibst du bei mir? Ich ... Warum gehst du nicht einfach? Ich meine ... Du kannst jede haben. Jede. Und ich ... Schau mich an, ich ...« Ich kämpfte mit der Enge in meiner Kehle. »Warum ... warum liebst du ausgerechnet mich?« Meine Stimme erstarb. Die Stille kam zurück. Als sie zu lange dauerte, öffnete ich zögernd die Augen. Julien hatte eine Braue gehoben, maß mich mit einem Blick, den ich nicht deuten konnte.

»Warum sollte ich eine andere nehmen, wenn ich dich will?« Behutsam legte er seine Fingerspitzen gegen meine, drückte sie mit seinen sacht in die Höhe, bis unsere Finger ein kleines Dach bildeten. »Und warum ich dich liebe?« Er betrachtete unsere Hände. »Ich weiß es nicht.« Ganz leicht hob er die Schultern. »Es ist so. Ich habe mich in dich verliebt und ... tja, das war's. Das ist alles, was ich sagen kann. – Für mich ist das genug.« Langsam hob er den Blick zu mir. Das Quecksilber seiner Iris war gefährlich dunkel. »Mehr als genug.«

»Aber ... warum?« Ich klang so hilflos, wie ich mich fühlte.

Er spreizte seine Finger zusammen mit meinen. »Ich kann es nicht erklären. – Ich will es aber auch nicht.« Sein Kopfschütteln war kaum wahrzunehmen. »Du bist an diesem Tag in mich hineingelaufen und – wie gesagt – voilà.«

»Wann bin ich in dich ›hineingelaufen‹?« Der Schmerz in meinem Inneren meldet sich mit einem heißen Stich zurück. Mit einem hastigen Atemzug biss ich die Zähne zusammen und zog die Beine wieder ein bisschen mehr an. Für Sekunden wurden Juliens Augen schmal. Ich versuchte ihn mit einem Lächeln zu beruhigen, wiederholte »Wann bin ich in dich ›hineingelaufen‹?« und verfluchte mich selbst dafür, dass die Worte so gepresst klangen. Wie er mich ansah, verriet mir, dass er wusste, was los war. Trotzdem antwortete er mir nach einem kurzen Zögern.

»An meinem vierten Tag an der Montgomery. In der Pause zwischen der zweiten und dritten Stunde. Du hattest es ziemlich eilig, als du um die Ecke kamst. Ich hatte den Arm voller Bücher. Nun ja, zumindest bis zu diesem Augenblick. Du hast ein ›Tut mir leid‹ gemurmelt und mich nur eine Sekunde angeschaut – ohne mich wirklich zu *sehen*. Für mich war es genug. Es fühlte sich beinah so an wie damals, als ich vom Seil gefallen bin. Und zugleich wieder ganz anders. Unbeschreiblich. Ich wusste nur eins: Ich wollte dich! Haben. Beschützen. Lieben. Vor der Welt verstecken, damit kein anderer Mann dir jemals nahe-, dich jemals wieder zu Gesicht bekommt. Niemand dir jemals wehtun kann.« Er schob seine Hand vor, bis unsere Handflächen sich berührten. »Ich muss dir nachgestarrt haben wie ein schwindsüchtiges Mondkalb. April war gar nicht erbaut darüber. Und ich nicht wirklich sanft, als ich sie in den nächsten offenen Klassensaal gezerrt und von ihr getrunken habe.« Abermals spreizte er die Finger. Meine folgten der Bewegung. »Woher hätte ich sonst so genau wissen sollen, welche Farbe deine Augen hatten?«

April war seine erste Freundin an der Montgomery gewesen. Ziemlich genau drei Tage lang. Und an jenem DVD-Abend bei Neal hatte er »*die Dunkelblonde mit den graubraunen Augen*« zu mir gesagt.

»Und trotzdem hast du mich auf dem Peak damals einfach stehen lassen?«

»Dass du mich nicht gesehen hast, bedeutet nicht, dass ich nicht da war. Wenn auch in sicherer Distanz. – Und glaub mir, es war besser so. Obwohl ich erst von Beth getrunken hatte, war dein hübscher kleiner Hals in dem Augenblick eine beängstigend große Versuchung. – Und ich war mir nicht wirklich sicher, ob ich ihr widerstehen könnte.«

»Du warst ... da?«

»Die ganze Zeit. Und ich gestehe: sehr über dein Vokabular erstaunt.«

Ich schloss die Augen und spürte die Hitze in meinen Wangen.

»Wenn es das nicht schon zuvor gewesen wäre: Spätestens da wäre es um mich geschehen gewesen. – Ich lasse dich mitten in der Nacht im Nirgendwo stehen und du ... kein ›Bitte, bitte, komm zurück‹. Nein, du fluchst mir hinterher, dass mir die Ohren klingeln.«

Er hatte tatsächlich jedes Wort gehört? - O weh.

»Ich habe versucht mich von dir fernzuhalten. Ich schwöre bei allem, was von der Ehre meiner Familie übrig ist: Ich habe es *wirklich* versucht. Aber du warst - wie Licht für eine Motte.« Erneut schüttelte er mit jener kleinen Bewegung den Kopf. »Ich habe dich beobachtet. Heimlich. - Mein Gott, ich kam mir so ... armselig dabei vor, so erbärmlich. - Aber ich konnte nicht anders. Ich durfte dich nicht haben. Gleichzeitig wollte ich ein Teil von deinem Leben sein. Wenn auch nur für eine kurze Zeit. Ich wollte ... irgendetwas von dir. Dass du mich wahrnimmst. Mit mir sprichst. Ein paar Augenblicke, die nur mir gehören würden, an die ich mich erinnern könnte ... Und zugleich habe ich mir die ganze Zeit gesagt, dass ich wieder fortgehen muss, zurück nach Dubai, wenn alles vorbei wäre; dass ich dir nur wehtun würde, wenn ich etwas mit dir anfange, nur um dann ohne eine Erklärung zu verschwinden; dass es für dich in meiner Welt keinen Platz gibt; dass ich dich in Gefahr bringe ...« Ein weiteres Kopfschütteln. »Letztlich war ich nicht halb so stark, wie ich geglaubt, und nicht einen Bruchteil so ehrenhaft, wie ich gehofft hatte.«

Genau das hatte er - beinah wortwörtlich - zu mir gesagt, als er mich damals im Computerraum - zum zweiten Mal - geküsst hatte.

»Oder ich war zu stur für dich. - Zu einer Beziehung gehören ja immerhin nach wie vor zwei, oder?«, wandte ich leise ein.

Er bedachte mich mit einem dünnen Lächeln.

»Julien?«

»Hm?«

»Nach dieser Nacht im *Bohemien*, du weißt schon ...«

»... als du mich beim Geigespielen überrascht hast, ich dich an die Wand gedrückt und dir fast den Hals gebrochen hätte?«

»Ja. – Warst du in der Nacht noch in meinem Zimmer?« Ich hatte ihm diese Frage schon so oft stellen wollen, aber irgendwie nie den richtigen Zeitpunkt gefunden.

Julien zögerte – dann nickte er und senkte den Kopf. »Ja.«

»Warum? – Und wie bist du ins Haus gekommen? Die Alarmanlage ...«

»Die Alarmanlage war nicht schlecht, mehr aber auch nicht. – Und das ›Warum‹ ...« Er holte einmal tief Atem und stieß ihn wieder aus. »In der Nacht habe ich Adriens St.-Georgs-Medaillon bei einem Pfandleiher gefunden. Irgendwie wurde die Angst, dass er vielleicht tatsächlich nicht nur verschwunden sein könnte, plötzlich sehr ... real. Ich war kurz davor, durchzudrehen. Ich brauchte etwas, woran ich mich ... festhalten konnte. Nur du bist mir eingefallen. Also bin ich bei euch eingebrochen. Dir beim Schlafen zuzusehen hat geholfen.«

»Du bist danach aber immer wieder gekommen, oder?«

Der Druck seiner Fingerspitzen an meinen verstärkte sich für einen kurzen Moment, ehe er erneut nickte und mich über unsere Hände hinweg wieder ansah.

»Du hast ziemlich unruhig geschlafen. Ich hatte das Gefühl, dass meine Anwesenheit es besser machen würde. Der Gedanke, dass dich irgendetwas in deinen Träumen quält, obwohl ich es verhindern kann, war mir unerträglich. Also bin ich wiedergekommen, wann immer es mir möglich war – und ich mir selbst über den Weg getraut habe.«

Ich beobachtete, wie er weiter mit meinen Fingern spielte. Auf – zu – auf – zu ...

»Hattest du mich nie in Verdacht, dass ich diejenige sein könnte, die du ... suchst.«

»Zuerst schon, immerhin hattest du das richtige Alter, aber dann ... Nein, nie.«

»Warum?«

»Du hast dich mir nicht an den Hals geworfen.«

Verwirrt runzelte ich die Stirn. In seinem Mundwinkel schien für eine Sekunde ein Zucken zu nisten.

»In der Zeit zwischen dem, was die Menschen ›Pubertät‹ nennen, und ihrem Wechsel sind junge weibliche Lamia sehr ... hm ... sagen wir«, er räusperte sich, »... sexuell aggressiv.«

»Du meinst ...«

»... sie flirten, was das Zeug hält – mindestens. Der Albtraum aller älteren Brüder und Väter. Was ihre Partner angeht ... Nun, ein Biologe würde sagen, dass ihre Wahl normalerweise dabei auf das dominanteste Männchen in ihrer Umgebung fällt. Wobei aus diesen Flirts in den meisten Fällen später feste Verbindungen hervorgehen. – Ich habe darauf gesetzt, dass es sich bei einer Halb-Lamia genauso verhält.«

Es fiel mir schwer, das Glucksen unterzuschlucken. »Und nachdem es an der ganzen Schule vermutlich kaum ein ›dominanteres Männchen‹ als dich gab ...«

Diesmal war das Zucken nicht zu übersehen. »Du hast es erkannt.«

»... hast du dich ihnen selbst als Köder angeboten und dann ... irgendwie herausgefunden, dass sie jeweils nicht diejenigen waren, die du gesucht hast. Wie eigentlich?«

»Ich war der Meinung, dass ich es in ihrem Blut schmecken müsste.«

Das Kichern war einfach da, doch es gelang mir gerade noch, es aus meinem Ton herauszuhalten. »Du hattest eigentlich überhaupt keinen Plan, wie du Adriens Auftrag zu Ende bringen solltest, oder?«

Julien bedachte mich mit einem unwilligen Blick aus dem Augenwinkel und ich war froh, dass ich mich weit genug unter Kontrolle hatte, um keine Miene zu verziehen. Schließlich stieß er einen genervten Seufzer aus.

»Nachdem es in der Vergangenheit nur einmal so etwas wie dich gegeben hat – zumindest soweit man weiß – und da Adrien mir nicht wirklich viel über seinen Auftrag erzählt hat ... – Nein, als ich nach Ashland Falls kam, hatte ich keinen echten Plan, wie ich das Ganze durchziehen sollte.«

Ich biss mir innen auf die Wangen, um nicht doch herauszuplatzen. »Und da ich zumindest kein offensichtliches Interesse an dir gezeigt habe, bin ich durch dein Raster gefallen.«

»Richtig.«

Er ließ unsere Finger abermals ineinandergleiten und sah mich an. Nachdenklich. Ernst. Das Schweigen kam zurück. Als er nach einem Moment wieder sprach, vertrieben seine Worte den letzten Rest Heiterkeit in mir.

»Ich liebe dich, Dawn Warden«, sagte er leise. »Ich liebe es, wie du den Kopf hältst, wenn du über etwas nachdenkst, wenn du mich ansiehst; wie du das Kinn vorschiebst und die Lippen kräuselst, wenn dir etwas missfällt oder du dich nicht entscheiden kannst, ob du dich jetzt mit mir streiten willst oder nicht; das Gefühl, wenn du nachts in meinem Arm liegst, dich im Schlaf bewegst, dich fester an mich schmiegst, ohne es selbst zu merken. Ich liebe den Duft deiner Haare, deiner Haut, die kleinen Laute, die du von dir gibst, wenn du dir ein Lachen verbeißen willst. Ich liebe sogar die Art, wie du dich an der Beifahrertür der Vette festklammerst, wenn ich wieder mal zu schnell fahre, und dich trotzdem weigerst mir zu zeigen, wie unwohl dir dabei ist. Ich liebe deine Sturheit; dass du mir vertraust, auch wenn ich dir manchmal alles andere als einen Grund dafür gebe; dass du mich nimmst, wie ich bin, mit all meiner Arroganz, meiner Härte und der Dunkelheit in mir.« Er blickte erneut auf unsere Hände. »Wenn ich an einen Gott glauben würde, wäre ich davon

überzeugt, dass er dich nur für mich geschaffen hat, und ich würde ihm auf den Knien für all das danken, was geschehen ist, einzig aus dem Grund, weil es mich *zu dir* gebracht hat.«
Er beugte sich vor und berührte meine Fingerknöchel ganz leicht mit seinen Lippen, sah mir wieder in die Augen. »Ich liebe dich, Dawn Warden. Mit allem, was ich bin, und mit allem, was ich kann. Wenn mich das schwach macht, dann soll es so sein. Aber du kannst mir eins glauben: Du wirst mich nur wieder los, wenn du mich wegschickst. – Und ich hoffe von ganzem Herzen, dass du das nie tun wirst.«

Ich schüttelte den Kopf, unfähig, auch nur einen vernünftigen Laut an dem Kloß in meinem Hals vorbeizuquetschen, und blinzelte gegen die Tränen, die in meinen Augen brannten. Eine seiner dunklen Brauen hob sich. »Dir ist klar, dass ich dir so etwas nie wieder sagen werde, wenn ich dich damit zum Weinen bringe, ja?«

Hastig nickte ich – und grub meine andere Hand unter der Decke aus, um mir über die Wangen zu wischen. Und biss die Zähne zusammen, als etwas wie verzweifelter Trotz in mir aufstieg. – Nein! Nein, ich weigerte mich, es hinzunehmen, es einfach so zu akzeptieren, dass ich starb. Ich weigerte mich aufzugeben. Ich wollte leben! Bei Julien bleiben!

»Lass es uns noch einmal versuchen!« Die Worte brachen aus mir heraus.

Julien erstarrte. Der Ausdruck in seinen Augen wechselte von Bestürzung zu ... was? Unwillen? Entsetzen? Ablehnung? Ich umklammerte seine Hand. Er entzog sie mir.

»Nein, Dawn. Das ist ... Nein!« Heftig stand er auf, machte einen Schritt zurück.

Ich setzte mich auf. »Julien, bitte, nur noch ein einziges Mal.« Von einer Sekunde zur anderen schien mir die Decke zu warm und zu schwer. Ungeduldig schob ich sie von mir. In meinem Kopf meldete sich einmal mehr der Schwindel.

»Dawn, nein ...«

»Warum nicht? Ein letztes Mal, Julien. Bitte.«

»Hör auf, Dawn!« Er schrie mich fast an.

»Nur noch ein Vers-«

»Und was, wenn der ebenso endet wie dieser? Dann noch einer? Und noch einer?« Er stieß die Worte hart und heftig hervor, fuhr sich mit beiden Händen durchs Haar. »Wie lange, Dawn? Bis nichts mehr da ist? Oder bis es dich umgebracht hat? – Himmelherrgott, du hast es beim ersten Mal kaum unten behalten. Beim zweiten Mal war es sogar noch schlimmer. Du bist ohnmächtig geworden.« Er presste den Handballen gegen die Stirn, schüttelte den Kopf. Wieder und wieder. »Die ganze Idee war Wahnsinn. Ich ... ich hätte es niemals aus seinem Versteck holen dürfen; dir niemals damit Hoffnungen machen dürfen. Das Ganze konnte nicht gut gehen. Es konnte einfach nicht.«

Ich stand auf, tappte auf ihn zu. »Julien ...«

»Nein!« Er nahm die Hand herunter, wich mir aus, bis er rücklings an den Schreibtisch stieß. »Die nächste Dosis bringt dich vielleicht um. Das ... Ich werde das nicht riskieren.« Er schien sich selbst zur Ruhe zu zwingen. »Es war ein Fehler. Ein gottverdammter Fehler.« Sein Ton war beinah wieder ruhig – aber noch immer voller Anspannung. »Ich ... es tut mir leid. Verzeih mir. Ich ...« Er holte tief Atem. »Ich bringe dich nach Paris zu Vlad. Morgen. Vielleicht ... hat er ja noch eine Idee. Und wenn nicht ... Dann kann er dich zu einem Vampir machen. Solange du noch nicht zu schwach bist, um selbst diesen Wechsel nicht mehr zu überstehen. Wenn du das dann noch immer willst. – Aber das hier ... das hier bringt nichts mehr.« Wieder ein Atemzug und dann, sehr viel leiser, »Ich gebe auf.«

»W-was?«

»Ich ...« Wieder fuhr er sich mit der Hand durchs Haar.

»Ich gebe auf. Ich kann nicht mehr. Es zerreißt mich, zu sehen, wie du leidest, zu sehen, wie es dir immer schlechter geht. Ich kann nicht mehr. Ich ertrage es nicht mehr. Es ist vorbei. Ich gebe auf.« Seine Stimme wurde zu einem Flüstern. »Es tut mir leid. Das war's.«

Ich starrte ihn an. Fassungslos. Das ... konnte nicht sein Ernst sein? »Das war's?«, echote ich. Das meinte er nicht ernst! Er konnte es nicht ernst meinen! Er sah mich nur an. Sagte nichts. Ich ballte die Fäuste. Sie zitterten. Es war sein Ernst. Er gab tatsächlich auf. Überließ mich einfach meinem Schicksal. ›Ich liebe dich, Dawn Warden‹, hatte er eben noch gesagt. Und jetzt ... ließ er mich einfach im Stich! Verriet mich! Nein! NEIN!

»Dawn ...«

Etwas in mir zerbrach. Ich schlug zu. Mit aller Kraft. Er nahm den Schlag hin. Ebenso wie den nächsten. Und den übernächsten. Und den danach. Und den *danach*. Stand einfach nur da. Sah mich einfach nur weiter an. Nahm es einfach hin, dass ich zuschlug. Wieder. Wieder. Wieder. Dass ich ihn anschrie, ihn beschimpfte; ließ es einfach geschehen. Einfach so. Einfach so ...

Irgendwann wurden aus meinen Worten Schluchzer; hart, trocken; schlugen meine Hände nur noch schwach gegen seine Brust; krallten sich schließlich in sein Hemd; klammerte ich mich an ihn. Ich wusste nicht, warum wir plötzlich auf dem Boden waren, auf den Knien lagen. Julien hielt mich in seinen Armen, barg meinen Kopf an seiner Brust, wiegte sich mit mir hin und her. Hin und her. Murmelte in mein Haar. Französische Worte, die ich nicht verstand. Und dazwischen immer wieder: »Schsch. Es ist gut. Schsch. Wein', soviel du willst. Wein' nur. Wein'.« Ich tat es. Hilflos. Unfähig die Tränen aufzuhalten. Er hielt mich weiter fest, wiegte sich mit mir. Seine Hände streichelten meinen Rücken, meine Arme. Manchmal spürte ich sein Kinn auf meinem Scheitel. Und ich klammerte mich an ihn und weinte, bis mein Hals vom Schluchzen wehtat und ich kaum noch Luft bekam. Die ganze Zeit saß Julien mit mir auf dem Boden und drückte mich an sich. Sein Hemd war nass unter meiner Wange, als ich irgendwann zu weinen aufhörte – weil ich schlicht keine Kraft mehr dazu hatte. Und auch als es vorbei war, blieben seine Arme, wo sie waren. Ich war ihm dankbar dafür, lehnte mich schniefend fester an ihn und hielt die Augen geschlossen, so als könne ich damit die Welt aussperren und leugnen, was nicht zu leugnen war: Er hatte recht. Es war vorbei. Ich hatte mir Hoffnung gemacht, wo es keine gab. Und dann hatte ich mich geweigert es einzusehen – und war in meiner Hilflosigkeit auf Julien losgegangen. Weil ich es nicht ertragen hatte. Ich presste die Lider ein klein wenig fester aufeinander. Beinah war ich dankbar für den dünnen brennenden Schmerz, der wieder in meinem Magen saß und sich langsam, aber unaufhaltsam weiter in meinem Inneren ausbreitete und mir die Möglichkeit gab, mich auf ihn zu konzentrieren, und mich – zumindest ein winziges Stück weit – dem würgenden Schuldgefühl entkommen ließ, das sich mit scharfen Krallen um mein Herz geschlossen hatte. Eine ganze Zeit war das Prasseln des Regens an der Scheibe das einzige Geräusch.

»Besser?«

Ich zuckte bei Juliens Frage ein wenig zusammen, obwohl er sehr leise gesprochen hatte, und hob schließlich mit einem schwachen Nicken den Kopf.

Er sah mich an, traurig und zärtlich zugleich, während er mit den Daumen sacht die Tränen von meinen Wangen wischte. An seiner Lippe klebte Blut. Beinah an derselben Stelle, an der einer vom Adriens Hieben sie aufgerissen hatte. Und ich war schuld daran.

»Es tut mir leid.« Mehr brachte ich nicht heraus.

»Das muss es nicht.« Julien zog meinen Kopf zurück an seine Brust. »Und eigentlich muss ich dich um Verzeihung bitten.« Er schloss die Arme fester um mich, ließ nicht zu, dass ich mich abermals von ihm löste. »Es war grausam, dir Hoffnung zu machen, ohne zu wissen, ob es sie überhaupt gibt.« Ich spürte seine Lippen an meiner Schläfe, gleich darauf seine Wange auf meinem Haar. Und wie er tief und irgendwie bebend Atem holte, ehe er weitersprach. »Aber, Dawn, ich werde meine Meinung nicht ändern: Es wird keinen weiteren Versuch geben.«

»Julien ...«

»Nein, Dawn, bitte hör mich erst zu Ende an. – Es hilft dir nicht. Im Gegenteil. Es verschlechtert deinen Zustand. So schnell, dass ich beinah dabei zusehen kann.« Seine Stimme sank zu einem Flüstern herab. »Ich habe Angst, dass ein weiterer Versuch dich vielleicht ... tötet.«

Ich presste die Lider zusammen und biss mir auf die Lippe, um den hilflosen Schrei zurückzuhalten, der mit einem Mal in meiner Kehle saß. »Und was wird jetzt?« Meine Worte brachen.

Julien zögerte – sehr lange. »Wir haben nur noch eine Möglichkeit«, sagte er dann leise in mein Haar.

Ich grub mir die Zähne fester in die Lippe.

»Du würdest nie wieder die Sonne sehen, nie wieder ihre Wärme auf der Haut spüren können. Ewige Nacht, Dawn.« Seine Hand strich meinen Rücken auf und ab. »Man sagt, der Hunger ist in der ersten Zeit qualvoller als alles, was du dir vorstellen kannst. Vielleicht sogar qualvoller als deine Anfälle jetzt. Für manche existiert nur noch die Gier nach Blut.« Zitterte sie tatsächlich? »Du wärst eine Vampirin, eine Geschaffene, und du weißt, welche Stellung sie bei vielen Lamia einnehmen. Vlad würde dich zwar beschützen, aber du wärst ihm auch zu absolutem Gehorsam verpflichtet. – Bist du sicher, dass du das willst? Für den Rest einer Existenz, die jahrhundertelang sein kann? Willst du um diesen Preis leben?«

»Warum sagst du mir das?« Ich krallte meine Finger fester in sein Hemd. Allein der Gedanke, nie mehr die Sonne sehen zu dürfen, war für mich unerträglich, und die Vorstellung, Vlad auf Gedeih und Verderb ausgeliefert zu sein, erfüllte mich mit Angst.

»Weil ich will, dass du den Preis kennst. – Willst du das, Dawn?«

Nein! Nein, das wollte ich nicht. Es gab nur eins, das ich wollte. »Werden sie mich bei dir bleiben lassen?«

Wieder schwieg er für eine Sekunde, zögerte. »Ich glaube ... nein«, flüsterte er dann. »Aber ganz egal ob sie es erlauben oder nicht: Ich werde in deiner Nähe sein. Du wirst mich vielleicht nicht sehen, aber ich bin da. Immer. Ich verspreche es.«

Mehr wollte ich nicht! Langsam holte ich Atem und nickte an seiner Brust. »Bring mich nach Paris.«

Julien zog mich fester an sich und ich spürte, wie er nach einem Augenblick ebenfalls nickte.

Ich schloss die Augen. Dies war also unsere letzte gemeinsame Nacht. Und ob wir es wollten oder nicht: Danach würde alles anders sein.

In meinem Inneren saß ein harter, qualvoller, brennender Knoten, der selbst den Schmerz in meinem Magen unbedeutend werden ließ. Julien hatte die Wange gegen mein Haar gelehnt. Hilflos schluckte ich gegen das würgende Gefühl in meiner Kehle an – es blieb. Der Regen klatschte gegen die Scheiben. Keiner von uns sprach.

»Spielst du für mich?«, fragte ich leise, als ich das Schweigen nicht mehr ertrug.

Einen Moment lang rührte Julien sich nicht. »Natürlich. Wenn du das möchtest«, murmelte er schließlich doch. Seine Stimme klang rau. Behutsam schob er die Arme unter mich und stand mit mir auf.

Doch als er sich anschickte, mich zum Bett hinüberzutragen, schüttelte ich den Kopf. »Bitte nicht.« Ich würde es nicht ertragen. Nicht jetzt. Irgendwie würde es das Ganze noch schlimmer machen, als es ohnehin schon war.

Julien sah auf mich herab, nickte und wechselte die Richtung. Zu meinem Schaukelstuhl.

»Hier?«

Erst auf mein leises »Ja« setzte er mich darauf ab. Sein Blick glitt über mich, als würde ihm jetzt erst bewusst, dass ich nur meine Unterwäsche am Leib trug. Das Quecksilber seiner Augen war noch immer gefährlich dunkel. Wortlos nahm er die Decke von der Rückenlehne, die dort stets hing, und hüllte mich darin ein. Dann ging er ebenso wortlos die Geige aus seinem Zimmer holen. Ich zog die Beine unter mich, versuchte es mir trotz des dumpfen Ziehens in meinem Inneren halbwegs bequem zu machen und starrte dabei unverwandt die Tür an, als könnte ich ihn so schneller zurückbringen. Die Minute, die er fort war, kam mir dennoch vor wie eine kleine Ewigkeit.

Ich sah ihm dabei zu, wie er den Instrumentenkasten auf meinem Schreibtisch abstellte, die Geige zusammen mit dem Bogen herausnahm, den Bezug des Bogens spannte, sie unters Kinn setzte und stimmte. Er brauchte dazu keine Stimmgabel oder irgendein anderes Hilfsmittel. Ebenso wenig wie er Noten brauchte, um einen Song spielen zu können.

Ich schüttelte den Kopf, als er mich nach irgendwelchen besonderen Wünschen fragte.

Ohne den Blick aus meinem zu lösen, setzte er den Bogen auf die Saiten. Die Töne kamen zuerst leise, gerade eben noch hörbar – bis sie sich mit jedem Strich, jedem Takt steigerten.

Er stand da, wiegte sich in der Musik, erweckte sie zum Leben, verwandelte jedes der Stücke zu etwas Eigenem, ließ gerade noch so viel, dass ich das ein oder andere erkennen konnte. Der Schein meiner Schreibtischlampe glänzte auf dem Lack der Geige, ließ Spiegel aus Licht darauf tanzen. Er jagte mir Schauer über die Haut, trieb mir Tränen in die Augen und zwang mich und die Geige im nächsten Moment zum Lachen. Er ließ mich ebenso das Atmen vergessen wie den Rest der Welt. Lockte mich und nahm mich gefangen. Verbannte die Zeit aus meinem Zimmer und hielt die Ewigkeit für mich an. Es war wie jedes Mal – und doch war etwas anders; etwas, das ich nicht in Worte fassen konnte.

Julien spielte mit all der Leidenschaft, die ich von ihm kannte, jeder Bogenstrich voll von jener dunklen Magie, mit der er mich stets in seinen Bann zog – doch zugleich war es, als würde er einen letzen Schritt nicht tun, als wäre da eine letzte Tür, die er mit aller Gewalt geschlossen hielt. Ich hatte den Teufelsgeiger vor mir – und doch schien er diesmal seine Seele nicht gänzlich an den Teufel verkauft zu haben.

Seine Augen ließen meine keine Sekunde los, hielten sich an mir fest. Selbst als er von mir zurückwich. Sie blieben. Und mit einem Mal wünschte ich uns zurück ins *Bohemien*, zurück an jenen Abend, an dem Julien dort für mich gespielt hatte; als er das alte Varieté-Theater für mich im Kerzenlicht mit seiner Musik gefüllt hatte. Wo er um mich herumgeschritten war, ohne seinen Blick – wie jetzt – auch nur einen einzigen Moment aus meinem zu nehmen. Wo ich mich seinem Zauber ebenso wenig hatte entziehen können, wie ich es jetzt konnte – und wo ich es ebenso wenig gewollt hätte. Und dann wusste ich plötzlich, was anders war: Damals hatte er sich in seiner Musik verloren. Dieses Mal nicht.

Als hätte er gespürt, dass ich – selbst für diesen winzigen Augenblick – abgelenkt gewesen war, neigte Julien den Kopf und hob fragend eine Braue – ohne sein Spiel zu unterbrechen.

»*Who Wants To Live Forever?*«, flüsterte ich. »Bitte.«

Seine Augen weiteten sich nur einen Atemzug lang – und trotzdem sah ich in seinem Blick, dass er sich in dieser Sekunde ebenso an den Abend im *Bohemien* erinnerte wie ich. Er nickte. Und dann war es – obwohl die Tür noch immer fest geschlossen blieb – plötzlich doch wie damals. Wie im *Bohemien* erfüllte die Queen-Melodie unendlich süß und sehnsuchtsvoll und zugleich unendlich traurig mein Zimmer. Wie im *Bohemien* streckte ich die Hand nach Julien aus. Und wie damals kam er mir schließlich mit jedem Bogenstrich näher, beugte sich schließlich zu mir, senkte die Geige, lehnte sich noch weiter vor, verharrte reglos, während sein Atem wie damals mein Gesicht streifte. Und wie damals glitten seine Lippen dann über meine. Sacht und zärtlich. Wie damals lehnte er behutsam die Stirn gegen meine, als er ihn schließlich brach. Ohne mich sonst zu berühren. Geige und Bogen noch immer in den Händen.

In jener Nacht im Bohemien hatte er zu mir ›*Si notre amour est un rêve, ne me réveille jamais*‹, gesagt und mir das Versprechen abgenommen, ihn niemals aus diesem Traum zu wecken. Diesmal schwieg er, streifte stattdessen nach einer Sekunde erneut zart meine Lippen mit seinen, ehe er seine Stirn wieder ganz leicht an meine legte.

Ich schloss die Augen. »Schlaf mit mir.«

Er erstarrte. Ich spürte, wie er sich zurückziehen wollte. Hastig sprach ich weiter. »Bitte, Julien. Ich wollte noch ... so vieles tun. Und das ist das Einzige, was ... was ich noch kann.« In meiner Stimme war ein Schluchzen und ich hasste mich dafür.

»Dawn ...« Er sprach meinen Namen so sanft aus, dass es mir beinah die Tränen in die Augen trieb. Ich ließ ihn nicht ausreden.

»Bitte.« Ich brachte nur noch ein Flüstern zustande. »Ich will es wenigstens ein Mal. Mit dir.« *Solange ich noch ein Mensch bin.*

»Du weißt nicht ...«, setzte er erneut an. Heftig schüttelte ich den Kopf, meine Stirn immer noch an seiner. Seine Augen waren unendlich nah – und unendlich dunkel.

»Es ist mir egal. Bitte, Julien. Ich weiß, dass du Angst hast, die Kontrolle zu verlieren. Aber es ist mir egal. Ich ... ich habe doch nichts mehr zu verlieren ...«

Er schwieg.

»Bitte, Julien«, flüsterte ich hilflos. »Lass mich nicht betteln.«

Ich zuckte zusammen, als er sich abrupt von mir löste. Er sagte noch immer nichts, ging stumm zu meinem Schreibtisch hinüber. Beinah hätte ich aufgeschluchzt. Sorgsam verstaute er Geige und Bogen wieder in ihrem Kasten. Ließ fast übertrieben vorsichtig den Riegel zuschnappen. Das Schweigen blieb, auch als er sich mit beiden Händen auf der Tischplatte abstützte. Den Kopf gesenkt, das Haar halb im Gesicht. Ich wagte nicht zu atmen oder irgendetwas zu sagen. Nur eine Stimme in mir flehte weiter. *Bitte. Julien, bitte.*

»Gib mir zwei Stunden.«

Ich starrte ihn an.

Ganz langsam wandte er den Kopf, blickte zu mir her.

»Du ... tust es?«

Er nickte – wie gegen seinen Willen. »Aber ich muss vorher jagen. – Zwei Stunden. Dann bin ich wieder da. Vielleicht auch früher, aber ... ich denke, eher nicht.«

»Na- natürlich.«

Wieder nickte er. Dann stieß er sich brüsk von meinem

Schreibtisch ab – und kam zu mir herüber. Um ein Haar wäre ich zurückgewichen, ohne zu wissen warum. Es gelang mir gerade noch, mich nicht gegen die Rückenlehne zu drücken. Direkt vor mir blieb er stehen. Seine Augen verrieten nichts, als er sich zu mir herabbeugte.

»Auch wenn ich auf der Jagd bin: Mein Handy ist an. Versprich mir anzurufen, solltest du dich schlechter fühlen.«

Ich atmete langsam ein. »Versprochen.«

»Und bevor ich gehe, will ich, dass du noch einmal von mir trinkst.«

Die Gier erwachte schlagartig, wie ein Hund, der aus dem Schlaf hochzuckt, sobald man ihm einen Burger vor die Nase hält, verwandelte den Schmerz in meinem Inneren zu etwas anderem. Julien wartete nicht auf eine Antwort, sondern biss sich einfach – wusste der Himmel zum wievielten Mal, seit er aus Marseille zurück war – das Handgelenk auf und hielt es mir entgegen. Und obwohl ich mich dabei entsetzlich elend fühlte, umfasste ich seinen Arm mit beiden Händen und drückte meinen Mund auf die Wunde. Warm und unendlich süß rann es meine Kehle hinab. Mit jedem Schluck rollten sich Gier und Schmerz ein wenig mehr zusammen.

Früher, als ich erwartete hatte, befreite Julien sich aus meinem Griff und machte einen Schritt zurück – und wankte für den Bruchteil einer Sekunde. Erschrocken richtete ich mich auf, doch er hielt mich mit einer scharfen Geste an meinem Platz, ehe er das Handgelenk an seinen eigenen Mund hob und über die Wunde leckte, damit sie sich schloss.

Besorgt lehnte ich mich dennoch ein kleines Stück vor, streckte die Hand nach ihm aus. »Bist du ...«

Sein Blick huschte von meinem Gesicht zu meinem Arm. »Alles in Ordnung.« Seine Stimme war rau, irgendwie gepresst – und seltsam knurrend. Unter meiner Haut waren die Adern als dünne bläuliche Linien zu sehen. Ich schluckte. Seine Augen fuhren zu meiner Kehle, seine Oberlippe zuckte in der Andeutung einer Bewegung. Dahinter schimmerten seine Eckzähne gefährlich lang. Julien wich einen weiteren Schritt zurück, strich sich mit jener abrupten Bewegung durchs Haar. Seine Hand zitterte mit einem Mal. Wie erstarrt saß ich da und wagte es nicht, mich nur einen Millimeter zu rühren.

»Zwei Stunden.« Die Worte klangen, als spräche er durch zusammengebissene Zähne. Ehe ich etwas sagen oder auch nur nicken konnte, machte er kehrt und stürmte aus meinem Zimmer. Gleich darauf knallte die Haustür.

Ich wusste nicht, wie lange ich ihm hinterherstarrte – selbst nachdem ich gehört hatte, wie der Motor der Vette röhrend zum Leben erwachte und Julien weggefahren war.

Die Haut unter meinen Lippen schmeckt nach altem Schweiß. Wie lange hat der Typ sich nicht gewaschen? Egal. Sein Blut ist so gut wie das jedes anderen. Heute Nacht kann ich nicht wählerisch sein.

›Schlaf mit mir.‹ Welcher Mann wünscht sich nicht, das von der Liebe seines Lebens zu hören? Sie hat keine Vorstellung davon, wie sehr ich mir wünsche mit ihr zu schlafen. Seit ich sie zum ersten Mal in meinen Armen hatte. – Und sie hat keine Ahnung, was sie in ihr Bett eingeladen hat. Sie glaubt noch immer, dass ich mich die ganze Zeit geweigert habe mehr zuzulassen, weil ich Angst habe, die Kontrolle zu verlieren und sie zu beißen. Fakt ist: Ich weiß, dass ich die Kontrolle verliere.

Der Typ wird in meinem Griff immer schwerer. Ich muss aufpassen, dass ich nicht zu viel nehme. Zumindest nicht zu viel von einem Einzigen. Er ist mein drittes Opfer. Innerhalb einer guten Stunde. Damit bin ich weit jenseits jedes Gesetzes. Und es ist mir sogar noch gleichgültiger, als es das an dem Tag war, an dem ich hierherkam. Ich ziehe die Zähne aus seinem Hals und lecke über die Wunde. Trotz meines Ekels. In den Clubs zu suchen hätte zu viel Zeit gekostet. Also muss es diese Gegend sein. Wie sagt man so schön: Alles hat seinen Preis. Für Dawn bin ich bereit, jeden zu bezahlen. Ein ungewaschener Clochard ist da ohne Belang.

Sein Verstand ist ein Chaos aus Alkohol, Selbstmitleid und Hass. Ich lasse ihn hinter seinem Pappversteck zu Boden gleiten, arrangiere noch ein paar Kartons über ihm, zum Schutz vor der Kälte. Immerhin haben wir schon November. Er wird sich nur daran erinnern, sich mit seiner leeren Flasche hingelegt zu haben.

Ich muss noch zu einem Drugstore, bevor ich zu Dawn zurückfahre.

Lautlos verlasse ich den Hinterhof, horche in mich hinein. Sind drei Opfer genug? Genug, damit ich eine Chance habe, gegen das Unvermeidliche anzukämpfen? Genug, damit sie sicher ist? Nein! Eines noch – besser zwei. Dabei widerstrebt es mir mit jeder Sekunde mehr, Dawn noch länger allein zu lassen. Vor allem nach di Ulderes Anruf und der Nachricht, dass Gérard sich bei ihm gemeldet und Fragen über Bastiens Verbleib gestellt hat. Aber warum erst jetzt? Sein Erbe ist verschwunden und er unternimmt wochenlang nichts? Seine Pläne bezüglich Dawn – und ganz nebenbei auch Adrien und mir – sind gescheitert und er nimmt es hin? Warum? Worauf wartet er? Aufgegeben hat er nicht. Nicht nachdem er offenbar schon mit Samuel unter einer Decke steckte. Um das zu wissen, kenne ich ihn zu gut. Warum also hat er nicht versucht ein zweites Mal zuzuschlagen? Besonders nachdem es ihm anscheinend ja nicht entgangen ist, dass ich – oder zumindest einer von uns – in Marseille war. Dass er sich so ruhig verhält, macht mich ... nervös.

Vor allem aber ist da die Angst, dass ich nach Hause kommen könnte und sie kalt und tot am Boden oder in ihrem Bett finde. Umso mehr, seit ich ihr dank des Bluts der Ersten geradezu beim Sterben zusehen kann. Jedes Mal, wenn sie zusammenbricht, bleibt mir das Herz stehen. Als sie mich mit der Beretta überrascht hat, hat sie genau die richtigen Schlüsse gezogen. Wie hätte ich ihr versprechen sollen, dass ich keine ›Dummheiten‹ mache, wenn sie es nicht schafft? Keine Dawn, kein Julien. Die Rechnung ist ganz einfach.

Ein Pärchen kommt aus einem Haus, ein Stück weiter die Davis Street hinauf. Sie steigt in einen am Straßenrand geparkten Wagen. Er bleibt zurück, sieht ihr nach, wie sie davonfährt. Ich wechsle die Richtung, gehe auf ihn zu. Er dreht sich um, schaut mich an. – Nummer vier!

Desaster

Julien wird mit mir schlafen! Und ich hatte keine Ahnung, ob ich mich schuldig fühlen sollte, weil ich ihn darum gebeten hatte.

Seit wir uns kannten, hatte er sich geweigert, mit mir bis zum Äußeren zu gehen. Um mich nicht in Gefahr zu bringen, weil er fürchtete, dabei die Kontrolle zu verlieren. Warum er jetzt eingewilligt hatte ... ich wusste es nicht. Der Gedanke, dass er es möglicherweise nur aus Mitleid tat, war mir unerträglich. Aber ergab es dann überhaupt Sinn, dass er bisher nicht bereit gewesen war, den letzten Schritt zu tun? Ich holte tief Atem. Nein! Ich hatte in der ganzen Zeit keine Fragen gestellt. Ich würde es auch heute Nacht nicht tun, wenn ich bekam, was ich wollte.

In der vergangenen halben Stunde hatte ich mein Bett frisch bezogen – dunkelgrüner Seidensatin erschien mir für das, was wir vorhatten, passender als orangegelber Seersucker. Dabei musste ich allerdings immer wieder innehalten und mich sogar einmal hastig setzen, weil das Wanken in meinem Kopf völlig unberechenbar kam und ging. Jedoch ohne wieder gänzlich zu verschwinden.

Die Plastikschüssel von meinem Nachttisch hatte ich unters Bett geschoben, als könne ich so auch den permanent anwesenden dünnen Schmerz in meinen Eingeweiden darunter verbannen, und hoffte dabei inständig, dass ich währenddessen von einem meiner Anfälle verschont bleiben würde. Anschließend war ich auf die Suche nach Kerzen gegangen. Mein ›erstes Mal‹ hatte ich mir immer bei romantisch gedämpftem Licht vorgestellt, und die Lampe auf meinem Nachttisch oder die auf dem Schreibtisch wollte da so gar nicht als Leuchtquelle passen – von der an der Decke ganz zu schweigen. In der Vorratskammer hatte ich einen Beutel Teelichter gefunden – mehr, als ich brauchte. Für ein halbes Dutzend gab es in meinem Zimmer passende Steinschälchen, für ein weiteres beschloss ich einen Satz Gläser zweckzuentfremden. Doch auf dem Weg die Treppe zurück nach oben wären sie mir um ein Haar aus den Händen gefallen, als mich auf halber Höhe eine Schmerzattacke in die Knie zwang und mit einem Schlag beinah jedes Gefühl aus meinen Händen wich. Es hatte ungefähr zehn Minuten gedauert, bis ich wieder von der Stufe aufstehen und die restlichen in den ersten Stock bewältigen konnte. Die Teelichter danach in meinem Zimmer zu verteilen war dagegen fast ein Kinderspiel. Aber seitdem war in meinen Eingeweiden ein dumpfes Feuer, das sich langsam, aber unaufhaltsam immer weiter durch meine Adern fraß.

Das Badlicht brannte unerträglich grell in meinen Augen, während ich mit beiden Händen den Waschbeckenrand umklammerte und mein Gesicht im Spiegel darüber anstarrte. Über dem Kragen meines Bademantels zeichnete sich die knapp handtellergroße Narbe ab, die Samuels Biss an meinem Hals hinterlassen hatte. Und auch wenn sich Juliens Vorhersage bewahrheitet hatte und sie allmählich zu verblassen begann: Sie war immer noch da! Zwar nicht mehr ganz so schrumplig und rot wie zu Anfang, dennoch schnürte ihr Anblick mir nach wie vor regelmäßig die Kehle zu.

Ich zwang mich den Blick von ihr loszureißen. War es möglich, dass die violetten Ringe unter meinen Augen noch ein Stück dunkler waren als heute Morgen? – Ich wollte es nicht wissen. Sollte ich versuchen sie mit Make-up abzudecken? Sollte ich überhaupt welches auflegen? Mascara? Kajal? Lidschatten? Lippenstift? – Nein, Lippenstift auf gar keinen Fall. Aber vielleicht ein wenig Lipgloss. – Später! Jetzt wollte ich noch einmal schnell unter die Dusche. Dieses Mal dachte ich daran, mir Handtücher in Griffweite zu legen, und stieg in die Duschkabine. Wenn ich gehofft hatte, das warme Wasser würde helfen, die Schmetterlingsinvasion in meinem Magen ein wenig zu beruhigen, hatte ich mich getäuscht.

Julien wird mit mir schlafen. Der Gedanke kam immer wieder. Und jedes Mal klopfte mein Herz schneller.

Eine gute Viertelstunde später stand ich vor meinem Kleiderschrank und wusste nicht, was ich anziehen sollte. Was fast schon ein wenig lächerlich war, schließlich ging es nicht darum, mich zum Ausgehen in Schale zu werfen – und obendrein würde ich vermutlich auch nicht allzu lange anhaben, worauf auch immer meine Wahl fiel. Einer meiner üblichen – züchtigen – Pyjamas kam nicht infrage. Die Kombination sexy Unterwäsche und seidener Morgenmantel hatte ich ebenso verworfen. Das eine war ... nun ja, zu züchtig eben und das andere ... *zu* aufreizend. Nachdem ich mich weitere zehn Minuten durch den Inhalt diverser Schubladen gegraben hatte, waren zwei seidene Nachthemden übrig geblieben, die jetzt vor mir an der Lamellentür hingen. Das eine war dunkelblau, endete knapp über meinen Knien und hatte einen Rückenausschnitt, der ungefähr bis in die Höhe meines ersten Lendenwirbels reichte – und das damit, was die Rückentiefe anging, dem Seidenkleid Konkurrenz machte, das Julien für mich zum Halloween-Ball hatte anfertigen lassen. Der vordere Ausschnitt war mit einer dünnen, gedrehten Seidenschnur eingefasst, die einen Farbton heller war und die als Träger über die Schultern nach hinten lief, wo sie als kunstvolle Schnürung dafür sorgte, dass das Ganze – zumindest weitestgehend – an Ort und Stelle blieb. Ich hielt es vor dem Spiegel an. – Und entschied mich für das zweite. Der Rückenausschnitt war nur ein kleines bisschen weniger tief und zusammen mit dem Dekolleté mit schwarzer, weicher Spitze eingefasst. Die cremefarbene Seide endete gut zwei Handbreit über meinen Knöcheln. In der Taille war es schmal geschnitten, der Rock aber nach unten weit ausgestellt – und an der einen Seite, leicht nach vorne versetzt, war ein ebenfalls mit Spitze eingefasster Schlitz, der bis zum Ansatz meines Oberschenkels reichte. Doppelte Spaghettiträger hielten es über den Schultern.

Meine Hände kribbelten und fühlten sich gleichzeitig abermals seltsam taub an, während ich sie langsam über den ganz leicht schimmernden Stoff gleiten ließ. Ich konnte nicht erklären, warum es mir besser gefiel als das blaue. Vielleicht weil es länger war? Vielleicht weil der Kontrast zwischen der hellen Seide und meiner bleichen Haut nicht ganz so hart war – trotz der dunklen Spitze? Vielleicht weil ich das Gefühl hatte, dass es meinen Körper nicht ganz so knochig erscheinen ließ, wie er es im Augenblick nun einmal war? – Letztlich war es einerlei.

Ich konnte nur hoffen, dass es Julien ebenfalls gefiel.

Entschieden schloss ich die Schranktüren – verbarg damit gnädig das Chaos, das ich im Inneren hinterlassen hatte – und machte mich wieder auf ins Bad. Unterwegs klaubte ich meinen Bademantel vom Bett und zog ihn über. Immerhin war Julien erst etwas mehr als eine Stunde fort, warum sollte ich also eine knappe weitere frieren, während ich auf seine Rückkehr wartete? Wir hatten November. Und so traumhaft das Nachthemd war – warm war es nicht.

Im Bad legte ich nur einen Hauch Make-up auf: Mascara, Kajal und eine winzige Spur dunkelgrünen Lidschatten. Und ein wenig Puder, um die violetten Schatten unter meinen Augen zumindest ein bisschen zu überdecken. Das Badlicht erschien mir beinah greller als zuvor und tat mehr und mehr in den Augen weh, je länger ich vor dem Spiegel stand. Schließlich begannen sie sogar zu tränen und ich musste das Kajal zweimal neu ziehen, um den Schaden zu beheben. Den Abschluss bildete mein dunkles Lipgloss.

Einen letzten Versuch, die Bissnarbe an meinem Hals mit meinen Haaren zu verdecken, gab ich nach einigen weiteren Minuten entnervt auf. Ich mochte sie an der Seite so viel nach vorne bürsten, wie ich wollte: Eine Bewegung und sie fielen wieder nach hinten.

Mit klopfendem Herzen begutachtete ich mich schließlich erneut im Spiegel. Die Schatten unter meinen Augen waren immer noch da, aber nicht mehr ganz so dunkel. – Ansonsten ... hübsch. Genau genommen eigentlich gar nicht schlecht. Die Wimpern und die äußeren Winkel der Lider durch Mascara, Kajal und Lidschatten dramatisch dunkel; die Lippen schimmerten; meine Haut wirkte in ihrer Blässe daneben beinah wie Porzellan. Und gleichzeitig war alles dezent genug, um nicht lauthals *Verführung* zu schreien. Hoffentlich gefiel ich Julien so.

Parfum! Am besten mein Lieblingsduft. Ein oder zwei Tupfen auf Hals und Handgelenk, nicht mehr! Ich hatte den Flakon schon in der Hand und war eben dabei, ihn aufzuschrauben, hielt dann aber inne. Oder besser doch nicht? Julien hatte die scharfen Sinne eines Raubtieres. Vielleicht würde es ihn ja stören? – Und hatte er nicht erst vor ein paar Stunden gesagt, er liebe den Duft meiner Haut? Damit hatte sich die Frage geklärt: kein Parfum!

Ich hatte den Flakon fast schon auf das Bord zurückgestellt, als meine Hand sich verkrampfte. Ein Kribbeln schoss meinen Arm herauf, wie von Milliarden Ameisen unter der Haut, während ich schlagartig – abgesehen von einem hohen Stechen – kein Gefühl mehr in den Fingern hatte. Der Flakon prallte gegen den Waschbeckenrand und zerschellte auf dem Boden. Die goldene Flüssigkeit spritzte zusammen mit glitzernden Scherbensplittern in alle Richtungen über die Fliesen.

Die schmerzende Hand an die Brust gepresst starrte ich auf die Bescherung und versuchte zugleich vorsichtig die Finger zu bewegen, um den Krampf daraus zu vertreiben. Der leicht rauchig-süße Parfum-Duft erfüllte das Bad. Das Stechen und Kribbeln ließ nur ganz langsam nach, ein vages Gefühl von Taubheit jedoch blieb in den Fingerspitzen; ich konnte schütteln und reiben, so viel ich wollte. Schließlich gab ich auf in der Hoffnung, dass es in ein paar Minuten doch wieder von selbst vergehen würde, und blickte auf die Bescherung zu meinen Füßen. Na, wunderbar. Darauf bedacht, nicht in einen Splitter oder einen Ausläufer der Parfum-Lache zu treten, schob ich mich zum Fenster, entriegelte es und öffnete es bis zum Anschlag. Regen schlug mir entgegen und landete mit dicken, schweren Tropfen auf der Fensterbank. In der Dunkelheit draußen zeichnete sich der Wald als schwarzer Schattenriss vor dem Nachthimmel ab. Der Mond war nur als schwacher Schein hinter der Wolkendecke zu erahnen. Sterne? Fehlanzeige. Nicht ein einziger war zu sehen.

Vorsichtig sammelte ich die Flakon-Scherben auf – sogar auf die Bademate waren welche gespritzt, wie mir ein Glitzern verriet – und entsorgte sie in den Bad-Müll, wobei ich hoffte, dass ich sie alle hatte. Dass ich – oder Julien – noch den einen oder anderen durch Hineintreten *fanden*, war absolut unnötig. Vielleicht sollte ich später einfach noch einmal mit dem Staubsauger auf Nummer sicher gehen. Schließlich machte ich mich mit zusammengeknülltem Toilettenpapier daran, den Parfum-See aufzuwischen. Ich wollte gerade das letzte Knäuel in die Kanalisation spülen, als ein nur allzu bekanntes Motorengrollen mich erstarren ließ. Julien! Erschrocken warf ich einen Blick auf die Uhr des Badezimmerradios, während ich gleichzeitig den Papierball ins Abflussnirwana schickte. Er war gut zwanzig Minuten zu früh! Verdammt! Ich schlug den Toilettensitz zu, dass es knallte, und hastete in mein Zimmer hinüber. Ein schneller Blick – alles so weit in Ordnung, nur ... Feuer! Ich brauchte Feuer! Hektisch wühlte ich in meiner Nachttischschublade. Nichts! Unten ging die Haustür. Weiter zum Schreibtisch! Ich fand das Feuerzeug in der zweiten Lade. Ganz hinten. Rasch wandte ich mich dem ersten Teelicht zu und ignorierte das leicht schwummrige Gefühl in meinem Kopf. Ich hörte das Klirren von Juliens

Schlüsselbund. Das zweite. Ich knipste die Schreibtischlampe aus. Meine Hand zitterte und brachte die Feuerzeugflamme zum Flackern. Das dritte und vierte. Er musste schon auf der Treppe sein. Weiter zu fünf und sechs. Im Bad klappte das Fenster. Ich hastete zum siebten Teelicht.

»Was ist im Bad ...« Als seine Stimme unvermittelt hinter mir erklang, wäre mir fast das Glas aus der Hand gerutscht. Bei seinem deutlich leiseren – und mehr als überraschten – »... mon Dieu«, drehte ich mich um. – Im selben Moment wurde mir bewusst, dass ich immer noch meinen Bademantel anhatte. So war das nicht geplant gewesen. Auch nicht, dass ich mir gerade ganz nebenbei die Finger an der Feuerzeugflamme verbrannte. Mit einem unterdrückten Zischen ließ ich sie ausgehen.

Julien stand im Halbdunkel bei der Tür meines Schlafzimmers und sah zu mir her. Das Licht der Kerzen spiegelte sich in seinen Augen.

»Ich ... mir ist Parfum runtergefallen.« Ich ließ das Feuerzeug in die Bademanteltasche gleiten. »Und ...«

»... deshalb hast du das Fenster sperrangelweit aufgerissen. Während du allein warst.« Der Tadel war in seinem Tonfall nicht zu überhören.

Ich nickte nur.

»Aha.« Sein Blick schien durch den Raum zu gleiten.

»Du bist zu früh«, murmelte ich irgendwie hilflos.

»Soll ich wieder gehen?« Diesmal klang seine Stimme sanft.

»Nein!« Hastig schüttelte ich den Kopf. »Es ist nur ...« Ich biss mir auf die Lippe, während ich gleichzeitig das Teelicht auf das Regal zurückstellte und auf ihn zutrat. Meine Hände bebten leicht, als ich nach dem Gürtel meines Bademantels griff. Juliens »Nicht!« ließ mich innehalten. Unsicher schaute ich zu ihm hin. Mein Herz klopfte wie verrückt. Langsam kam Julien auf mich zu, ins Licht der Kerzen – und ich schnappte nach Luft: Er sah aus wie achtzehn. Allerhöchstens neunzehn.

Mit einem irgendwie reumütigen Lächeln blieb er vor mir stehen. »Ich hätte dich vielleicht vorwarnen sollen, wie?«

»Was hast du gemacht?« Ich hob eine Hand zu seinem Gesicht, wagte es aber nicht, ihn zu berühren. Auch wenn ich selbst nicht verstand, warum.

»Je mehr ich trinke, umso jünger wirke ich – oder umgekehrt. Zumindest innerhalb eines gewissen Rahmens. Und wenn ich ein bestimmtes Maß überschreite.« Sein Lächeln wurde gefährlich. »Deshalb konnten Adrien und ich auch in der Vergangenheit immer wieder die Plätze tauschen, obwohl ich meinen Wechsel ein paar Jahre vor ihm hatte.«

»Wie viele ...?« Das Wort *Opfer* brachte ich nicht heraus. Es war auch nicht nötig.

»Fünf. – Aber das ist nicht von Bedeutung. Was allein zählt, ist, dass ich nicht die Kontrolle verliere.« Abermals nahm seine Stimme diesen sanften Klang an. »Lass mich. Bitte.« Erst als er nach dem Gürtel meines Bademantels griff, wurde mir klar, was er meinte. Ich brauchte einen etwas zittrigen Atemzug, ehe ich nickte und die Hände sinken ließ.

Unendlich bedächtig zog er ihn auf – Zentimeter für Zentimeter. Sein quecksilberner Blick in meinem, unverwandt, zärtlich. Ich stand einfach nur da und wagte kaum zu atmen. Mein Mund war ausgedörrt. In meinem Inneren wirbelten die Schmetterlinge. Endlich klaffte mein Bademantel auseinander. Ich schluckte, hart und trocken. Juliens Hände hoben sich zu meinen Schultern, schoben den Kragen über ihnen geradezu quälend langsam auseinander, ließen ihn abwärtsrutschen, zu Boden fallen. Kehrten zu meinem Hals zurück, strichen über die kleine Kuhle unter meiner Kehle, das Schlüsselbein, streiften die Spaghettiträger auf dem Weg zu meinen Armen und zogen sich zurück.

»Wunderschön«, murmelte er, noch immer, ohne die Augen aus meinen zu lösen. Er klang geradezu ehrfürchtig. »Dreh dich einmal. Für mich. Bitte.« Meine Wangen wurden heiß. Für den Bruchteil einer Sekunde zögerte ich, bevor ich tat, worum er gebeten hatte. Wandte den Kopf, um ihn weiter anschauen zu können. Die Seide strich kühl über meine Haut. Sein Blick glitt über mich, abwärts, zu meinen Knöcheln, wieder empor, kehrte zu meinem Gesicht zurück.

»Eh bien, qui es-tu et qu'est-ce que tu as fait avec ma Dawn?«, flüsterte er nach einem tiefen Atemzug. Meine Verwirrung musste mir ins Gesicht geschrieben sein, denn ein kurzes Lächeln huschte über Juliens Lippen. »Wer bist du und was hast du mit meiner Dawn gemacht?«, übersetzte er mir, ehe er meine Hand ergriff, mich ganz dicht zu sich zog und einen Kuss auf meine Knöchel hauchte. »Du bist unbeschreiblich schön.«

Wenn mir das Blut noch heißer in die Wangen steigen konnte, dann tat es das in diesem Moment. »Und du hast eindeutig zu viel an.« Lieber Himmel, hatte ich das eben tatsächlich gesagt? Wo war das nächste Mauseloch? Oder vielleicht könnte sich kurz bitte der Boden unter mir auftun, damit ich in ihm verschwinden konnte. Ich wagte es kaum, zu Julien aufzusehen. In seinem Mundwinkel schien wieder dieses Zucken zu sitzen.

»Wenn du das sagst ...« Aufreizend langsam hob er die Hände zum obersten Knopf seines Hemdes.

»Nein!« Sagte man nicht: Angriff ist die beste Verteidigung? Vielleicht merkte er dann nicht, *wie* nervös ich wirklich war. Julien hatte fragend eine Braue gehoben. »Ich bin dran!«

Gehorsam nahm er die Hände wieder herunter, überließ es mir, sein Hemd aufzuknöpfen. Ich spürte den Blick, mit dem er meine Bemühungen verfolgte. Meine Finger bebten so sehr, dass ich es kaum schaffte, den Knopf durch das Loch zu zwängen. Der nächste. Das Flattern in meinem Magen nahm weiter zu, breitete sich immer mehr in mir aus. Dieses Loch war noch enger als das erste. Konnte man an akuter Nervosität sterben?

»Dawn.«

Verbissen hielt ich meine Augen auf Juliens Brust gerichtet, kämpfte weiter mit dem Knopf. Wie viele waren es noch? Vier? Fünf? Wenn ich so weitermachte, würde ich die ganze Nacht dazu brauchen.

»Dawn!« Ich zuckte zusammen, als Julien meinen Kopf sanft in beide Hände nahm und mich dazu brachte, ihn anzuschauen. »Ganz ruhig, Dawn.« Sein Blick fand meinen, hielt ihn erneut fest, quecksilbern und unergründlich. Ich hätte in ihm ertrinken können. Behutsam schoben seine Finger sich in mein Haar, während er sich vorbeugte – und mich küsste. Zart und zugleich seltsam träge, als hätten wir alle Zeit der Welt. Die Mauer, die er nach jenem Vorfall im Jungsklo der Montgomery zwischen uns errichtet hatte, was Berührungen und Zärtlichkeiten anging – und die er seitdem immer nur um Winzigkeiten gesenkt hatte –, schien nicht mehr da zu sein.

Meine Hände vergaßen ihre Aufgabe, während er an meinen Lippen knabberte, seine Zunge mit meiner spielte. Ich nahm nur am Rande wahr, dass seine Finger sich aus meinem Haar zurückzogen, sich über meine legten, mit ihnen zusammen die Knöpfe lösten; einen nach dem anderen. Ohne eine Spur von Hast. Und die ganze Zeit küsste er mich weiter – selbst als wir es geschafft hatten und ich ihm die Hände unter das Hemd schob, meine Handflächen über seine Brust hinaufgleiten ließ und es ihm von den Schultern streifte, abwärts über die Arme ... Selbst als er es mit plötzlich schnellen Bewegungen aus dem Bund seiner Hose zerrte und es endgültig abschüttelte. Er unterbrach ihn noch nicht einmal, während er mich auf die Arme nahm, zum Bett hinübertrug und darauf absetzte. Ein Knie auf der Matratze strichen seine Hände federleicht über meine Arme, die Seiten abwärts über die Taille bis zu meiner Hüfte, schoben die Seide des Nachthemds im einen Moment zusammen und ließen sie im nächsten wieder auseinanderrutschen. Für ein paar Sekunden verschwand seine Linke, schien er irgendetwas aus seiner Jeanstasche zu zerren, knisterte es, als er es unter mein Kopfkissen schob, dann war auch sie wieder zurück. Und noch immer küsste er mich.

Wir waren beide außer Atem, als er seine Lippen schließlich doch von meinen nahm, sich ein kleines Stück zurückzog und auf mich herabsah. Das Kerzenlicht schimmerte in seine Augen, malte Schatten auf seine Haut und ließ sein Haar endgültig tiefschwarz wirken.

Und plötzlich war der Kloß in meiner Kehle da, brannten meine Augen. Morgen würde er mich zu Vlad bringen. Wenn ich ein Vampir war, würden sie ihn nicht mehr in meiner Nähe dulden. Sie würden mich ihm wegnehmen. Meine Hand zitterte, als ich sie an Juliens Wange legte.

»Ich liebe dich«, flüsterte ich erstickt. »Ich wünschte, ich ... Warum kann es nicht ...« Seine Fingerspitzen auf meinen Lippen brachten mich zum Schweigen, ehe ich den Kampf gegen die Tränen verlieren konnte.

»Schsch. Nicht.« Er lehnte die Stirn sacht gegen meine. Mit einem bebenden Atemzug schloss ich die Augen. »Nicht, Dawn. Wir haben heute Nacht. Lass uns einfach die Zeit anhalten. Nur sein. Du und ich.« Es war, als hätte er meine Gedanken gelesen. Die Berührung verschwand. »Ich liebe dich, Dawn Warden.« Sein Mund streifte meine Lider, »mon rêve ...«, meine Lippen, »mon coeur ...«, meine Kehle, »mon âme.« Ich öffnete die Augen, als er sich wieder ein kleines Stück zurückzog. »Vergiss alles andere.« Sein Blick lag unverwandt in meinem.

Ich schluckte, nickte zittrig.

Sacht strich er mir mit den Fingerspitzen über die Wangen, als würde er unsichtbare Tränen wegwischen. Für etwas, das mir wie eine kleine Ewigkeit erschien, betrachtete er mich zärtlich, ehe er sich wieder näher zu mir lehnte. Seine Lippen glitten abermals über meine. »Du entscheidest«, murmelte er. »Was wir tun. Wie weit wir gehen. – Du entscheidest. Nur du.« Die Berührung strich sacht von meinem Mundwinkel zu der empfindsamen Stelle direkt unter meinem Ohr. Ein Zupfen an meinem Ohrläppchen. Für eine Sekunde glaubte ich die Spitze seiner Zunge zu spüren. »Wenn du willst, dass ich mit etwas aufhöre, dann sag es!« Sein Atem streifte meine Haut, während er einen der Spaghettiträger quälend langsam von meiner Schulter schob. Eine Gänsehaut rann über meinen Körper. Mir war heiß und kalt zugleich. Er küsste die Seite meiner Kehle, folgte ihrer Linie abwärts über die Schulter, zog sich wieder zurück, um mir in die Augen zu sehen. »In Ordnung?«

Wie zuvor konnte ich nur nicken. Meine Hände lagen an seinen Schultern. Mein Hals war zu eng, als dass ich auch nur ein vernünftiges Wort hervorgebracht hätte. Er beugte sich wieder zu mir und küsste abermals die Seite meiner Kehle. Seine Hand bewegte sich an meiner Taille abwärts, über meine Hüfte, zum Oberschenkel, berührte nackte Haut. Ich sog unwillkürlich den Atem ein. Sofort hielt Julien inne.

»Zu schnell?«

»N-nein.«

»Was dann?« Er küsste meine Schulter. »Sag's mir, Dawn. Was ist es?« Seine Hand war auf die Seide zurückgekehrt, verharrte reglos auf meiner Hüfte.

»Ich ... ich hatte noch nie ... Samuel hat nicht erlaubt, dass ich ...«, hilflos verstummte ich, setzte erneut an. »Jungs waren immer ...«, wieder schaffte ich es nicht, den Satz zu Ende zu bringen. Meine Wangen brannten.

»... tabu?«, half Julien mir schließlich.

Ich nickte schwach. »Ich weiß nicht, wie ... wie ich dich ...?« Ich biss mir auf die Lippe. *Du bist der Erste! Nicht nur was das Miteinanderschlafen angeht, sondern auch in allem anderen. Alles, was ich weiß, weiß ich aus Zeitschriften, Büchern und dem, was ich bei anderen aufgeschnappt habe. Und das, obwohl ich siebzehn bin.*

Juliens Mund kam zu meinem zurück. »... berühren soll?«

Wieder nickte ich – und erstarrte, als Julien meine Hand zu seiner Brust zog, genau über sein Herz. »Du ehrst mich, Dawn Warden. Mehr, als du dir vorstellen kannst«, sagte er leise. Seine Hand lag noch immer über meiner. »Und du kannst mich berühren, wie auch immer du magst.« Ohne Vorwarnung rollte er sich auf den Rücken und nahm mich in der Bewegung mit. Ich quietschte erschrocken auf. »Tu mit mir, was du willst.«

Scheinbar entspannt streckte er sich unter mir aus, die eine Hand locker an der Seite, die andere noch immer auf meiner Hüfte.

»Alles, was ich will?« Ich warf einen schnellen verstohlenen Blick abwärts. Okay, nicht *ganz* entspannt. Wann hatte er die Schuhe abgestreift? Und wie hatte er es geschafft, dass wir eben nicht zusammen vom Bett gefallen waren, so nah, wie wir zuvor am Rand gewesen waren?

»Alles.« Er schenkte mir ein irgendwie reumütiges Lächeln. »Solange du für den Moment noch über meiner Gürtellinie bleibst.« Mein Blick war ihm also nicht entgangen. Wie hatte ich nur etwas anderes annehmen können.

Unschlüssig schaute ich auf ihn hinab. Meine Hand lag noch immer auf seiner Brust. Im Kerzenschein wirkte seine Haut nicht ganz so bleich. Julien hatte keinen dieser Work-out-Waschbrettbäuche, und dennoch war an ihm kein Gramm Fett, nur glatte, elegante Muskeln. Ich spreizte die Finger, ließ sie behutsam aufwärtsgleiten. Er fühlte sich kühl und hart an, wie mit Seide überzogener Marmor. Und zugleich wärmer als sonst. Unter meinen Fingern spannten seine Muskeln sich, zeichneten sich für einen kurzen Moment deutlicher unter seiner Haut ab, als sie es gewöhnlich taten. Mit einem leisen Keuchen sog er die Luft ein. Unsicher sah ich auf. Julien hob den Blick mit deutlicher Verzögerung von meiner Hand – und ließ die Luft wieder entweichen. Das Lächeln, das er mir zusammen mit einem Nicken schenkte, wirkte angespannt – und erst nach einer weiteren Sekunde lockerten sich seine Muskeln wieder. Er ließ mich nicht aus den Augen.

Wie er sich eben an meinem Hals abwärtsgeküsst hatte, küsste ich mich jetzt aufwärts. Zögernd zuerst. Bei meiner Berührung wurde sein Bauch noch ein wenig flacher, sein Atem abgehackter. Als ich die Kuhle unter seiner Kehle erreichte, entfuhr ihm ein Stöhnen. Seine Hand drückte fester auf meine Hüfte. Er bog den Kopf zurück, jeder Muskel wieder gespannt. Ich stützte mich neben ihm ab, beugte mich über ihn, liebkoste seinen Mund mit meinem, knabberte an seiner Unterlippe und ließ meine Zunge mit seiner spielen, so wie er es vorhin bei mir getan hatte; glitt gleichzeitig mit den Fingerspitzen meiner freien Hand an seiner Seite abwärts, langsam, Rippe für Rippe, federleicht – und streifte dabei mehr aus Versehen die Innenseite seines Handgelenks: Julien bog den Rücken durch, als hätte ich ihm unvermittelt einen Stromschlag versetzt. Abrupt entzog er mir seinen Mund; seine Hände kamen hoch, als wolle er nach mir greifen, schlossen sich für eine Sekunde in der Luft, ehe er sie zu beiden Seiten in das Bettzeug krallte. Sein Stöhnen endete in einem Zischen.

»Dawn ...« Er klang, als würde er ersticken.

Ich versuchte mir meinen Schrecken nicht anmerken zu lassen, legte ihm den Finger auf die Lippen, küsste mich die Linie seines Kiefers abwärts. Juliens Atemzüge beschleunigten sich noch mehr, wurden endgültig zu einem flachen Keuchen. Ich glaubte ein leises Knurren zu hören. Spielerisch biss ich ihn ganz zart in den Hals – und fand mich übergangslos unter ihm. Sein Knie drückte zwischen meine Beine. Seine Hand schloss sich um meinen Hals, zwang meinen Kopf zur Seite und entblößte meine Kehle. Mit schwarzen Augen starrte er mich den Bruchteil einer Sekunde an, die Lippen in einem Fauchen zurückgezogen, die Eckzähne unübersehbar viel zu lang, in der nächsten zuckte sein Kopf auf mich herab, glaubte ich seine Fänge an meinem Hals zu spüren – und dann war er fort. Die Badezimmertür knallte. Ich lag wie erstarrt da und versuchte mich daran zu erinnern, wie man atmete. Mein Herz raste. Hatte es eben tatsächlich für eine Sekunde vor Schreck zu schlagen aufgehört? Ich hob die Hand zu meinem Hals. Kein Blut.

Im Bad krachte es. Erschrocken schob ich mich vom Bett und lief Julien nach. Die Badezimmertür war nicht abgeschlossen. Dem Himmel sei Dank! Ich stieß sie auf. Julien stand in der Dusche. Die Glastür war offen. Wasser prasselte auf ihn herab. Es spritzte bis zu mir. Und war eiskalt. Eine Hand hatte er gegen die Wand gestemmt. Die andere zur Faust geballt, halb erhoben. Das Blut an seinen Knöcheln und die Reste davon an den zerbrochenen Fliesen machten nur zu deutlich, was geschehen war. Er hielt den Kopf gesenkt, sodass ich zuerst dachte, er hätte das Gesicht in die Ellenbeuge gedrückt – doch als er ihn hob, waren da zwei Löcher in seinem Oberarm, aus denen ein rotes Rinnsal lief. Fassungslos beobachtete ich, wie es auf den Boden der Dusche tropfte und vom Wasser davongespült wurde.

»Geh weg!« Er sah nicht zu mir her.

»Julien ...«

»Lass mich ...«

»Bitte, Julien, was auch immer ...«

Knurrend fuhr er zu mir herum. Seine Augen waren noch immer schwarz, die Eckzähne dolchspitze Fänge. Ich stand wie erstarrt. »Kapierst du es denn nicht?«, schrie er mich an. »Ich dachte, ich könnte mich beherrschen. Wenn ich nur genug trinke. Aber ich komme gegen meinen Instinkt nicht an. Es ist stärker als ich.« Seine Stimme kippte. »Es ist nun mal so. Wir beißen, wenn wir mit jemandem schlafen. Ich kann es nicht kontrollieren. Ich kann einfach nicht.«

Ich starrte ihn an. Mit einem angewiderten Laut wandte er sich abrupt wieder von mir ab. Unter dem kalten Wasser rann immer noch Blut aus den Bissmalen. Er hatte sich selbst die Zähne in den Arm geschlagen, um nicht mich zu verletzen. – Deshalb hatte er sich die ganze Zeit geweigert, mit mir zu schlafen.

»Julien ...«, setzte ich erneut hilflos an, doch er unterbrach mich abermals.

»Geh, Dawn! Geh!!« Seine Faust traf einmal mehr die Wand. Die Fliesen brachen. »Ich hätte dich um ein Haar gebissen. Ich hatte meine Zähne schon an deiner Kehle. Zum zweiten Mal. Und wenn du nicht bald verschwindest, gibt es vielleicht ein drittes Mal.« Wieder ein Schlag. Fliesensplitter regneten in die Duschwanne.

Ich stand da. Das Wasser prasselte weiter auf ihn herab, floss in glitzernden Strömen über seinen Rücken. Klebte ihm die Jeans auf die Haut. Jetzt tropfte auch von seinen Fingerknöcheln Blut auf den Boden der Dusche.

»GEH!«, brüllte er noch einmal. Stumm drehte ich mich um und floh in mein Zimmer zurück. Setzte mich mitten auf mein Bett. Zog die Beine an. Schlang die Arme darum. Drückte die Stirn auf meine Knie. Das Wasser rauschte weiter. In meinen Augen brannten Tränen. Ein Schluchzen stieg in meiner Kehle auf. Ich würgte es hinunter. Wann ich angefangen hatte, mich vor und zurück zu wiegen, wusste ich nicht. Auch nicht, wie lange das Wasser weiterrauschte. Es hätten Ewigkeiten sein können. Irgendwann endete es. In meinem Inneren hatte jener nur zu vertraute Schmerz das Flattern der Schmetterlinge ersetzt. Ich spürte Julien im Dunkeln vor meiner Tür. Hörte seine Schritte auf der Treppe. Ich rührte mich nicht. Drückte nur die Stirn noch fester gegen meine Knie – und hob erschrocken den Kopf, als keine Minute später die Haustür schlug. Nein! Wenn Julien jetzt ging, würde möglicherweise ein Unglück geschehen, falls er irgendjemandem begegnete.

So schnell ich konnte, krabbelte ich von meinem Bett, rannte aus meinem Zimmer und die Treppe hinunter. »Julien, nicht!« Er würde mich hören! Er *musste* mich hören! Vor dem Haus erwachte der Motor der Vette mit einem Heulen. Der Treppenabsatz. Ich prallte an die gegenüberliegende Wand. »Julien! Nein! Bleib hier!« Draußen spritzte Kies unter durchdrehenden Reifen. Ich stieß mich ab, hetzte weiter, verpasste einen Tritt – und fiel. Die Kante einer Stufe kollidierte schmerzhaft mit meinem Schienbein. Ich jaulte auf, versuchte mich noch mit den Händen abzufangen, prallte gegen das Geländer, schlug mir den Ellbogen an seinem Sockel und landete hart auf dem Boden der Halle. Draußen war es still. Mein Ellbogen und Schienbein pochten. Schwer atmend blieb ich am Fuß der Treppe liegen. Ich hatte es nicht geschafft. Julien war fort. Ich konnte nur beten, dass nichts Schlimmes geschah.

Der Schmerz kam, als ich mich mühsam auf Hände und Knie aufrappelte, bohrte sich wie ein glühendes Eisen in mein Inneres, nahm mir den Atem und zwang mich dazu, mich zusammenzukrümmen. Zum Schreien hatte ich keine Luft. Alles, was über meine Lippen kam, war ein Wimmern. Die Bestie in meinem Bauch war mächtiger als jemals zuvor zum Leben erwacht und grub sich mit ihren Klauen durch meinen Körper. Meine Haut schien in Flammen zu stehen, während ich gleichzeitig erfror. Das Blut brannte in meinen Adern, als wäre es pure Säure. Julien! Ich musste Julien erreichen! Mein Handy war in meinem Zimmer. Die Treppe hinauf. Unendlich weit weg. Ich wollte mich an der Wand entlang in die Höhe schieben – meine Glieder verweigerten mir den Dienst. Die nächste Schmerzwelle. Diesmal brachte ich ein abgehacktes Keuchen zustande. Ich musste nach oben. Ich brauchte Julien! Ich brauchte sein Blut! Auf Hände und Knie! Irgendwie! Es dauerte eine Ewigkeit. Der nächste Krampf. Ich taumelte, prallte gegen den geschnitzten Pfosten neben der letzten Stufe, klammerte mich daran fest. Mein Inneres zog sich zusammen. Ich würgte trocken. Es kam noch nicht einmal Galle. Meine Glieder waren taub. Vornübergekrümmt tastete ich nach dem nächsten Geländerpfosten. Zog mich an ihm empor. Die nächste Stufe. Ich zitterte am ganzen Körper. Eine neue Welle aus Schmerz. Beinah wäre ich in die Knie gegangen. Noch eine Stufe. Und noch eine. Irgendwie. Bis ich oben war. Der nächste Krampf. Ich fiel. Mein Gesicht war nass. Mein Handy! Ich brauchte Julien! Ich krallte mich in den Teppich des Flurs, zog mich vorwärts, schaffte es in mein Zimmer. Irgendwie. Zu meinem Bademantel auf dem Boden. Irgendwie. Mein Handy. Ich fand kaum die richtigen Tasten. Dann das Freizeichen.

»Dawn?« Juliens Stimme.

»Julien. Julien, bitte ...« Ich schluchzte hilflos. Das Handy entglitt meinen Fingern. Die Krämpfe zerrissen mein Inneres. Ich krümmte mich auf dem Boden vor meinem Bett zusammen. Das Licht der Kerzen war unerträglich grell. Die Bestie tobte und heulte. In meinem Kiefer wütete Schmerz. Ich konnte nicht mehr atmen, nicht mehr denken. Meine Welt schrumpfte immer mehr zu Schatten und Qual. Irgendwo schrie irgendjemand einen Namen ... – Dann nach einer

Unendlichkeit Geräusche und Bewegung. Ich war nicht mehr allein. Süß, dunkel und erdig. Die Witterung des Blutes ließ den Schmerz in meinem Oberkiefer explodieren. Die Gier erwachte brüllend, jagte heiße Schauer durch meine Adern. Süß und dunkel. »Dawn.« Die Witterung kam näher. Noch näher. Ich packte zu. Weiches, seidiges Haar. Nass. Ich zog. Ein Keuchen. Hände. Ich knurrte und fauchte. Zog fester. Eine abrupte Bewegung. Taumeln. Ich fiel. Ein dumpfer Schlag, dann ein harter Aufprall. Der süße, dunkle Geruch wurde stärker, überschwemmte meine Sinne. Ein Stöhnen. Die Hände waren wieder da. Drückten gegen meine Schultern. Fahrig. Ich schlug sie weg, biss zu, grub meine Zähne so tief ich konnte in das weiche Fleisch. Das Blut sprudelte in meinen Mund, füllte ihn. Dunkel und erdig. Und so unendlich süß. Ich schluckte. Mehr! Die Hände waren in meinem Haar, zerrten daran. Schwach. »Dawn.« Ich ignorierte sie, riss an dem Fleisch. Knurrte. Mehr Blut! Ich saugte und biss. Drückte meine Lippen auf die Haut. Mehr! Viel mehr! ALLES!

Vampir

Die Bestie in meinem Inneren war noch immer da. Ich konnte sie spüren. Doch sie hatte sich zurückgezogen, sich zusammengerollt wie ein zufriedenes Kätzchen und schlief. Mir war ... schwindlig. Aber auf eine seltsam andere, ungekannte Art. Mein Mund war trocken. In meinem Oberkiefer saß ein vages Ziehen.

Zusammen mit meinem Bewusstsein meldete sich auch mein Verstand zurück, wenn auch nur widerwillig. Ich lag auf meinem Bett. Ohne zu wissen, wie ich darauf gekommen war. Zusammengekauert wie ein Fötus. So absolut verkrampft, dass es wehtat. Das Brennen saß noch immer in meinen Adern. Wenn auch ungleich schwächer als zuvor. Alles an mir schmerzte wie ein unvorstellbarer Muskelkater. Die Bettdecke klebte an meiner Wange und an meinen Händen. Ich lag mit dem Gesicht zur Wand. Ganz langsam versuchte ich mich auszustrecken. Meine Glieder brauchten einen Augenblick, um dem Befehl meines Gehirns nachzukommen, als müssten sie sich zuerst einmal daran erinnern, dass sie zu meinem Körper gehörten, und als sie mir endlich gehorchten, war es, als stemme ich mich gegen einen unsichtbaren Widerstand – der sich mit dem Gefühl von Brennnesseln gegen meine Haut drückte. In meinem Zimmer war es verwirrend hell, obwohl ich – auch wenn ich mir nicht erklären konnte warum – wusste, dass die Sonne erst in etwas mehr als zwei Stunden aufgehen würde. In der Luft hing der Geruch nach ausgebrannten Kerzen. Zusammen mit einer anderen Witterung ... Das Ziehen in meinem Oberkiefer war übergangslos ein dünner Schmerz ... ein Geruch, süß, dunkel und erdig.

Ich fuhr in die Höhe, drehte mich um – der Raum um mich wurde grau, unscharf, wankte, schrumpfte von den Rändern her zusammen, wurde wieder klar – und von einer Sekunde zur nächsten war mir eiskalt ...

Nein! Nein, nein, nein! Ich schob mich hastig vom Bett hinunter, landete auf den Knien, als meine Beine die Zusammenarbeit verweigerten. *Nein! Julien!* Auf allen vieren krabbelte ich, so schnell ich konnte, zu ihm.

»Julien! Nein!«

Er lag vor meinem Schreibtisch. Halb auf der Seite. Das Gesicht auf dem Boden. Reglos. Er atmete nicht; zumindest nicht, soweit ich das erkennen konnte. *NEIN!* Seine Haut hatte die Farbe von Wachs. – Unter ihm war der Teppich rot ... An seinem Hinterkopf waren seine Haare verklebt, darunter war eine Beule. Lieber Gott, was war hier passiert? Was? Ich drehte ihn auf den Rücken. Sein Kopf fiel zur Seite. - Und ich starrte auf die Wunde, die an seinem Hals klaffte. Tief und ausgefranst. Die Haut darum mit getrocknetem Blut verschmiert. Die durchtrennten Adern in dem zerfetzten Fleisch unübersehbar. Ein dünnes rotes Rinnsal suchte sich seinen Weg über die Ränder abwärts ... Mit einem Schlag brachen meine Eckzähne aus meinem Kiefer. Bodenlose Gier und ein ebensolcher Hunger explodierten in meinem Verstand. Die Bestie in meinem Inneren hob ihren entsetzlichen Schädel und grub mir in genüsslicher Vorfreude die Krallen in die Eingeweide. Ich konnte den Blick nicht von der feinen roten Linie nehmen, die von Juliens Hals rann ... sich zu einem dunkel glänzenden Tropfen sammelte ... zu Boden fiel - fiel - fiel ...

Ich hörte mich selbst knurren. Meine Hand war in Juliens Nacken, hatte ihn ein Stück vom Boden hochgezogen, mein Mund schwebte nur Zentimeter über der Wunde an seinem Hals. Mit einem Keuchen fuhr ich zurück, stieß Julien regelrecht von mir. Schlaff fiel er auf den Teppich. Sein Kopf schlug mit einem dumpfen Laut auf dem Boden auf. Ich wich zurück, zurück, bis die Bettkante in meinem Rücken mich stoppte. Der Duft seines Blutes war noch immer in meinen Sinnen. Süß, unendlich süß ... Ich presste mir die Hand vor den Mund, konnte meine Eckzähne unter meiner Lippe spüren. In blankem Entsetzen schloss ich die Augen. Mein Wechsel! Und Julien war mein erstes Opfer gewesen. Ich hatte ihn angerufen und er war gekommen. O Gott! O großer Gott. Ich hatte ihn umgebracht. Den Jungen, den ich liebte. Ich hatte ihn umgebracht. Nein! Nein! Nein! Ich ballte die Faust vor meinen Lippen. Drückte sie noch fester gegen meinen Mund. Das konnte nicht sein. Das konnte einfach nicht sein! Nicht Julien. Nein! Nicht Julien. Das konnte nicht sein. Meine Eckzähne ragten noch immer viel zu lang aus meinem Kiefer. Nicht Julien. Das konnte nicht sein. Ich weigerte mich, das zu glauben. Ich hatte nicht gut genug hingesehen. Nicht genug nach Lebenszeichen gesucht. Lebenszeichen. Lebenszeichen. Irgendetwas. Irgendetwas. Nur weil ich nicht sehen konnte, ob er atmete, bedeutete das noch lange nicht, dass er es nicht doch tat. Und sagte man nicht, solange noch Blut floss, schlug das Herz noch? Und ... und die Wunde an seinem Hals blutete noch. Also musste auch sein Herz noch schlagen. Wenn das Herz noch schlug, lebte man noch. DANN LEBTE MAN NOCH!

So schnell ich konnte, kroch ich wieder zu Julien hin. Er lag noch immer reglos in der gleichen Haltung da, wie er zu Boden gefallen war. Das Rinnsal war fast versiegt – und verstärkte trotzdem erneut den Hunger. Ich schluckte hart und trocken, versuchte ihn zurückzudrängen – zumindest so weit, dass ich an noch etwas anderes denken konnte ... Meine Hände bebten, als ich sie nach Julien ausstreckte, eine in seinen Nacken schob, seinen Kopf in meine Armbeuge bettete. In meinem Kiefer pochte die Gier als dumpfes Ziehen. Ich musste nur den Kopf senken, nur den Mund auf seinen Hals legen ... Nein! Nein! Nein! Julien musste leben! Er musste bei mir bleiben! Ich schluchzte auf und schlug mir die Zähne ins Handgelenk, ignorierte den sauren Geschmack, der plötzlich in meinem Mund war. Der Schmerz trieb mir die Tränen in die Augen. Träge quoll Blut aus den Bisslöchern. Bisher hatte sein Blut mich am Leben gehalten. Dann musste meines das Gleiche bei ihm bewirken. Oder? ODER? Ich presste die Wunde an seinen Mund. Seine Lippen lagen schlaff und kalt an meiner Haut.

»Trink doch! Bitte, trink doch!«, flehte ich hilflos. Nichts. War der schwache Hauch, den ich zu spüren glaubte, unendlich langsame und unendlich flache Atemzüge? Ich drückte meinen Arm fester auf seinen Mund. Bewegte ihn ein wenig hin und her. Keine Reaktion. Ich wusste noch nicht einmal, ob auch nur ein kleines bisschen von meinem Blut hineingelangt war. Vielleicht, wenn ich die Löcher in meiner Haut ein Stück größer riss? Ich zog meinen Arm zurück, hob ihn – und starrte darauf. Die Male hatten sich beinah schon wieder gänzlich geschlossen. Bei Julien war das nie so schnell gegangen. Im Gegenteil. Er hatte sie genauso lecken müssen wie jede andere Wunde auch, damit sie zu bluten aufhörten und sich schlossen. Wie sollte ich so überhaupt etwas in Juliens Mund bekommen – geschweige denn genug, damit er bei mir blieb? Nein! Es musste eine Möglichkeit geben. Er musste bei mir bleiben. Er musste leben. Irgendwie! *Bitte, lieber Gott, hilf mir!*

Abermals schlug ich mir die Zähne in mein Handgelenk. Tiefer als zuvor, riss die Wunde weit auf. Mein Blut sprudelte mir in den Mund, weicher als Juliens, weniger süß und selbst das wurde von dem saurem Geschmack beinah ganz überdeckt. Ich blinzelte die Tränen weg. Der Gedanke war plötzlich da. Für eine Sekunde zögerte ich, doch dann beugte ich mich über Julien, drückte meine Lippen auf seine und ließ das Blut zwischen ihnen hindurch von meinem Mund in seinen laufen. Wieder und wieder. Wann immer sich die Wunde an meinem Arm schloss, schlug ich erneut die Zähne hinein und riss sie wieder weiter auf. Der saure Geschmack in meinen Mund wurde mit jedem Mal stärker. Ich spürte den Schmerz kaum noch. In meinem Kopf gab es nur noch einen Gedanken: *Lebe! Bleib bei mir!* Ich wiederholte es wie ein Mantra, ertappte mich dabei, wie ich die Worte vor mich hin flüsterte, wenn mein Mund gerade leer war und ich ängstlich darauf wartete, dass Julien schluckte. Er tat es nicht. Ein paar rote Tropfen quollen aus seinem Mundwinkel. Ich fing sie mit den Fingern auf und strich sie zwischen seine Lippen zurück.

»Bitte! Bleib bei mir. Du musst leben! Bleib bei mir.«
Irgendwo hatte ich einmal gehört, dass man den Schluckreflex auslösen konnte, wenn man der betreffenden Person vorsichtig die Kehle rieb. Ich tat es, behutsam, ohne sicher zu sein, ob ich es richtig machte ... – Die Bewegung war ein kaum wahrnehmbares Zucken unter meinen Fingerspitzen. Ich konnte das erleichterte Schluchzen nicht zurückhalten. Hastig schlug ich mir die Zähne erneut ins Handgelenk, füllte meinen Mund mit Blut, beugte mich wieder über Julien und fütterte ihn erneut damit. Wie zuvor schluckte er erst, als ich ihm behutsam die Kehle rieb. Drei, vier Mal wiederholte ich die Prozedur noch; beim fünften Mal fuhr ein Schaudern durch Juliens Körper. Er gab einen schwachen Laut von sich, halb Japsen, halb Würgen, ehe er einen zittrigen Atemzug tat und hart zu husten begann. Das Blut, das ich ihm eben eingegeben hatte, spritzte aus seinem Mund, wie bei jemandem, der etwas in die falsche Kehle bekommen hatte. Erschrocken drehte ich ihn auf die Seite – sein Körper war noch immer vollkommen schlaff – und sah ängstlich zu, wie er auch noch den letzten Rest davon auswürgte, bevor es vorbei war. Danach lag er wieder ebenso leblos da wie zuvor; nur seine Brust hob und senkte sich jetzt unter deutlich sichtbaren Atemzügen – auch wenn sie noch immer langsam und schwach waren. Ich hätte weinen können vor Erleichterung. Stattdessen biss ich mir abermals in mein Handgelenk, füllte meinen Mund mit Blut und flößte es Julien ein – und diesmal glaubte ich zu spüren, wie seine Lippen sich ganz leicht unter meinen ein winziges Stück öffneten und er ohne meine Hilfe schluckte. Als er es beim nächsten Mal auch noch tat, riss ich mir das Handgelenk noch einmal tief auf und legte es an seinen Mund. Ein paar endlose Sekunden geschah gar nichts, doch dann bewegten Juliens Lippen sich auf meiner Haut. Entsetzlich schwach nur, noch immer kaum merklich

und offenbar mehr aus Reflex. Er biss mich nicht, wie ich gehofft hatte, aber er schluckte zumindest weiter von selbst, was in seinen Mund rann. Also sorgte ich dafür, dass das Blut weiterfloss – und Julien schluckte.

Mir war selbst ein wenig schwindlig, als ich schließlich meinen Arm von seinem Mund nahm. Der Hunger rumorte in mir. Die Bestie in meinem Inneren grub schon seit einigen Minuten erneut ihre Krallen in meine Eingeweide. Ein seltsames Zittern, wie Schüttelfrost, saß in meinen Gliedern. Meine Adern schmerzten. Zu allem Überfluss hatte die Wunde an Juliens Hals wieder stärker zu bluten begonnen. Wenn ich sie nicht schloss, würde er – trotz all meiner Bemühungen – dennoch sterben, einfach verbluten. Es gab eine simple Methode – hoffte ich –, doch das würde bedeuten, dass ich mit meinem Mund noch einmal sehr, sehr nah an seinen Hals musste: um sie zu lecken. Wenn es bei mir genauso funktionierte wie bei ihm, würde sie zu bluten aufhören und sich schließen. Auf eben diese Weise hatte er mir damals auf der Auffahrt meines alten Zuhauses das Leben gerettet. Ich hatte nicht sterben wollen, hatte ihn angefleht – und jetzt konnte ich nachvollziehen, was es ihn gekostet haben musste, es zu tun. Denn allein bei dem Gedanken an sein Blut, so dicht an meinem Mund, erwachte die Gier in mir noch stärker. Aber wenn ich es nicht tat ... die Wunde würde sicher nicht von selbst aufhören zu bluten und sich schließen.

Letztlich blieb mir nur eines, was ich tun konnte: Mir selbst noch einmal die Zähne in mein Handgelenk schlagen und mein eigenes Blut trinken in der Hoffnung, dass Julien dann vor mir sicher war. – Es kam mir vor wie ein Wunder, doch der Hunger und der Schmerz in meinen Adern ließen nach und auch die Bestie gab Ruhe. Zumindest für den Augenblick. Nur das Zittern blieb. Und dennoch starrte ich noch eine weitere geschlagene Minute auf das Loch in Juliens Hals, ehe ich mich selbst weit genug im Griff zu haben glaubte, um das, was von meinem Hunger übrig war, tatsächlich beherrschen zu können.

Ganz zart fuhr ich mit der Zunge über die Wunde. Julien rührte sich nicht. Die Süße seines Blutes wurde fast gänzlich von jenem sauren Geschmack überdeckt, den ich die ganze Zeit im Mund gehabt hatte. Und trotzdem erwachte wieder jener Schmerz in meinem Kiefer. Ich zwang mich dazu, ihn zu ignorieren – zumindest versuchte ich es. Beinah ohne Erfolg. Umso erleichterter war ich, als das Loch schon nach zwei weiteren Strichen mit meiner Zunge zu bluten aufhörte und sich zu schließen begann. Hastig richtete ich mich auf, wich sogar ein kleines Stück zurück, bis Gier und Hunger wieder nachgelassen hatten. Dann erst wagte ich mich an Juliens Seite zurück und zog ihn behutsam in meine Arme.

In der nächsten halben Stunde versuchte ich immer wieder Julien von meinem Blut zu geben. Manchmal trank er nach ein paar Sekunden von selbst, manchmal musste ich es ihm einflößen und sacht seine Kehle massieren, damit er schluckte. Jedes Mal kehrte der saure Geschmack zurück. Die ganze Zeit flehte ich ihn an, bei mir zu bleiben, zu leben. – Und dann begann er sich in Krämpfen zu winden. Von einer Sekunde zur anderen waren seine Muskeln bis zum Zerreißen gespannt; in einem Moment bog sein Körper sich durch, dass sein Rücken sich vom Boden wölbte, im nächsten lag er auf der Seite und krümmte sich zusammen, zog die Beine an, stieß sie wieder von sich und krallte dabei immer wieder nach seinem Bauch, seiner Brust und seiner Kehle; im nächsten lag er ebenso reglos und schlaff wie zuvor – und die ganze Zeit quälte ihn ein mörderisches Zittern.

Im ersten Augenblick war ich zu erschrocken, um zu reagieren, doch dann versuchte ich ihn festzuhalten, zu verhindern, dass er sich selbst verletzte. Es gelang mir kaum. Als der erste Anfall vorbei war, zerrte ich die Decke vom Bett und breitete sie über ihn. Er trug immer noch seine durchweichten Jeans. Doch ehe ich auch nur versuchen konnte, sie ihm auszuziehen, schüttelten ihn die nächsten Krämpfe. Ich konnte nichts anderes tun, als ihn im Arm zu halten.

Für die nächste Zeit saß ich auf dem Boden vor meinem Schreibtisch, Juliens Kopf in meinem Schoß, streichelte seine Stirn und zog ihn fester an mich, wenn ein neuer Anfall ihn quälte – während mich zugleich selbst immer wieder ein brennender Schmerz in meinem Inneren wie eine Welle überrollte und mich hilflos stöhnend vornüberkrümmen ließ. Ich wagte es noch nicht einmal, ihn gerade so lange allein zu lassen, um einen kalten Waschlappen für die Beule an seinem Hinterkopf aus dem Badezimmer zu holen oder das blutverschmierte seidene Nachthemd gegen etwas anderes zum Anziehen zu tauschen. Irgendwann hatte ich nur meinen Bademantel zu mir hergezogen und ihn mir um die Schultern gelegt.

Schließlich begann der Himmel sich draußen ganz allmählich grau zu färben. In den vergangenen Stunden waren die verbliebenen Teelichter eines nach dem anderen ausgegangen. Wenn das überhaupt möglich war, schien Juliens Körper noch schwerer und schlaffer zu werden als zuvor. Wann hatte es aufgehört zu regnen? Ich wusste es nicht. Juliens Anfälle hatten in der letzten halben Stunde in ihrer Wucht ein wenig nachgelassen, aber noch immer wechselten sich Krampfphasen mit solchen ab, in denen er vollkommen reglos – ja geradezu leblos – dalag, sah man einmal von dem Zittern ab, das ihn die ganze Zeit schüttelte. Wahrscheinlich war es eine Gnade für ihn, dass er noch immer bewusstlos war.

Je heller es draußen wurde und je weiter das Sonnenlicht in mein Zimmer kroch, umso mehr begannen meine Augen zu tränen und meine Haut zu jucken. Und wie zum Hohn wandelte sich das Grau nach und nach zu Violett und dann zu Orange. Meine Augen tränten immer stärker und auch das Jucken wurde schlimmer. Julien hatte gesagt, dass Lamia direkt nach ihrem Wechsel das Sonnenlicht ähnlich schlecht ertragen konnten wie Vampire. Ich biss die Zähne zusammen und wischte in einer brüsken Bewegung über meine Wangen. Egal wie weh es tat: Ich würde Julien nicht alleinlassen.

Als das fahle Morgenlicht immer näher über den Boden herankroch, rutschte ich, soweit ich das mit Julien im Arm konnte, in den Schatten des Schreibtisches. Juliens Hand glitt unter der Decke hervor. Übergangslos wurde seine Haut feuerrot. Blasen bildeten sich auf seinem Handrücken, seinen Arm hinauf. Ich starrte darauf. Ein Teil von mir weigerte sich zu begreifen, was das bedeutete. Der andere wimmerte hysterisch immer wieder nur ein Wort: *Nein!* Erst Juliens leises Stöhnen riss mich aus meiner Erstarrung. So schnell ich konnte, zerrte ich den Bademantel von meinen Schultern und warf ihn über ihn, verbarg ihn vollständig vor der Sonne. Er musste hier weg! Weg! Ins Dunkle! *Was hab ich getan?* Es gab nur einen Ort in diesem Haus, an den garantiert kein Sonnenlicht dringen würde. Aber zuerst musste ich verhindern, dass die Sonne ihn *hier* erreichte! Hastig zog ich die Beine unter ihm heraus und kam auf die Füße. Wenn ich die Läden schließen könnte ... Das Licht brannte in meinen Augen – dass ich die Hand davorhob, half nichts. Dafür fühlte es sich an, als würde ich meinen Arm auf eine heiße Herdplatte legen. *Was hab ich getan?*

Ich schaffte es bis einen, vielleicht auch zwei Meter vor der Glastür zum Balkon hinaus, dann tränten meine Augen so stark, dass ich nur noch verschwommen sah; meine Haut schien in Flammen zu stehen. Mit einem hilflosen Laut – halb Schmerz, halb Frustration – wich ich wieder bis zu Julien zurück. *Was hab ich getan?* Es wurde beständig heller in meinem Zimmer. Ich musste ihn hier raus und ins Dunkle schaffen.

Angespannt darauf bedacht, dass Julien weiter vollständig unter meinem Bademantel und der Bettdecke verborgen blieb, packte ich ihn bei den Achseln und zog ihn hinaus auf den Flur, wo ich ihn zu Boden gleiten ließ und hastig die Tür zu meinem Zimmer schloss. Sofort herrschte dämmriges Halblicht um uns herum. Auch meine Haut schien von einer Sekunde zur anderen nicht mehr zu brennen. Ich konnte das erleichterte Seufzen nicht unterdrücken.

Julien regte sich noch immer nicht, auch als ich mich neben ihn kniete und den Bademantel von seinem Oberkörper hob. Auch in seinem Gesicht war die Haut gerötet, doch zum Glück waren hier noch keine wassergefüllten Blasen zu sehen, wie sie seine Hand und den halben Arm bedeckten.

Ich setzte mich auf die Fersen zurück und warf einen unsicheren Blick zur Treppe. Ich würde ihn nicht nach unten tragen können – dazu war ich nach wie vor zu schwach. – Oder hatten wir vielleicht doch eine Chance, ohne gebrochene Knochen oder Schlimmeres die Treppe hinunterzukommen? Denn auch wenn die Lichtverhältnisse hier im Moment noch erträglich waren: Sie würden es nicht mehr lange bleiben. Nun, letztlich hatte ich keine andere Wahl, als es zu versuchen und das Beste zu hoffen!

Entschlossen schlüpfte ich in meinen Bademantel, um im Ernstfall nicht mit zwei rutschenden Stoffmassen kämpfen zu müssen, zog Julien in mehreren Etappen etwas umständlich vom Boden hoch und schaffte es schließlich, ihn aufrecht zu halten, mich unter seine Achsel zu stemmen und mir seinen Arm um die Schulter zu legen und obendrein auch noch die Bettdecke über ihn – und damit auch über mich – zu hängen. Selbst jetzt war er in seinem Zustand für mich noch schwer wie Blei.

Sah man davon ab, dass ich Julien eigentlich mehr wie einen aufgerollten Teppich neben mir herzerrte, schafften wir es erstaunlich gut bis zur Treppe. Auch die ersten Stufen bewältigten wir noch halbwegs senkrecht, doch dass er mitten auf der oberen Hälfte einen weiteren seiner Anfälle hatte, ließ uns die übrigen schneller hinter uns bringen als beabsichtigt. Wie ein paar Stunden zuvor bei mir bremste die gegenüberliegende Wand des Treppenabsatzes unser Taumeln und ich landete gemeinsam mit Julien unsanft auf den Knien.

Außer Atem – und mit einer Schmerzwelle meinerseits – wartete ich, bis der Krampf Julien aus seinen Krallen entließ und nur noch das Zittern blieb, ehe ich uns an der Wand entlang erneut in die Höhe stemmte und die übrigen Treppen hinuntersteuerte. Auf den letzten beiden Stufen wären wir um ein Haar über Juliens achtlos hingeworfene Jacke gefallen.

In der Halle unten erwartete uns dämmriges Morgenlicht, das mich beinah hätte zurückzucken lassen. Aber nachdem ich es mit Julien zusammen niemals wieder die Treppe hinauf geschafft hätte, gab es für uns nur einen Weg: durch die Küche, in den Vorratsraum und von dort noch einmal eine Treppe hinunter zu dem verborgenen Kellerraum. Die Zähne zusammengebissen schleppte ich Julien weiter.

Auch durch das Küchenfenster drang inzwischen die Morgensonne. Es würde ein wunderschöner Spätherbsttag werden. *Was hab ich getan?*

Wir schafften auch die zweite Treppe vom Vorratsraum in den Keller – irgendwie – und weiter in den kleinen Raum an ihrem Ende, wo ich Julien auf die alte Matratze rollen ließ und kraftlos neben ihm auf die Knie sank. Die Beinah-Dunkelheit hier unten war eine Gnade. Neben dem Kopfende lagen meine Schals achtlos zusammengeknäuelt. An der Wand dahinter war an einigen Stellen der Putz abgeplatzt. Julien hatte wieder begonnen sich unruhig hin und her zu wälzen.

Ich breitete die Decke über ihn und versuchte es ihm so bequem wie möglich zu machen. Doch ich war nicht wirklich erfolgreich. Mit einem Gefühl der Benommenheit kauerte ich neben ihm und sah ihm dabei zu, wie er die Beine anzog und wieder von sich stieß; wie seine Hände rastlos über die Decke strichen, nur um sich gleich darauf in seinen Leib zu pressen. Und jetzt, hier unten, in relativer Sicherheit vor dem Sonnenlicht, kroch das Entsetzen eisig meinen Nacken hinauf. Was hatte ich getan? Großer Gott, ich hatte Julien zu einem Vampir gemacht. Einem *Vampir*! Wie hatte ich ihm das antun können? – Dass ich nicht wusste wann, geschweige denn wie, spielte keine Rolle. Es war meine Schuld. Irgendwie. Eine andere Erklärung gab es nicht. Warum sonst sollte das Sonnenlicht plötzlich seine Haut verbrennen, wenn es ihm zuvor nie etwas ausgemacht hatte? Hilflos schlang ich die Arme um mich selbst. *Was hab ich getan?* Ich mochte nun vielleicht leben, aber ich hatte Juliens Leben zerstört. Möglicherweise endgültig. *Was hab ich getan?* Aber vielleicht war es ja noch nicht zu spät? Vielleicht konnte man es ja ... aufhalten ... wieder rückgängig machen? Plötzlich zitterten meine Hände. Es gab nur einen, den ich fragen konnte, ohne Julien noch mehr in Schwierigkeiten – oder am Ende in Gefahr – zu bringen: Adrien!

Ohne nachzudenken, griff ich in die Tasche meines Bademantels. Mein Handy war nicht da. – Aber ... ich hatte es nach dem Bad in die Tasche gesteckt! Ich war mir absolut sicher ... Nein! Ich hatte danach noch Julien angerufen ... es war mir aus der Hand gerutscht ... oben in meinem Zimmer ... – oben in meinem Zimmer, in das gerade die Sonne schien. Wohin genau es gefallen war, wusste ich nicht. Neben mir krümmte Julien sich unvermittelt in einem weiteren Krampf und wälzte sich stöhnend auf die Seite. Hastig beugte ich mich über ihn, versuchte ihm zu sagen, dass ich da war. Er reagierte nicht. Selbst als ich ihm sacht über die Stirn strich. Sie war schweißnass und eiskalt. Das Zittern war wieder schlimmer geworden. *Was hab ich getan?*

Erst als der Anfall vorbei war und Julien erneut wie leblos auf der Matratze lag, setzte ich mich wieder ein wenig zurück. Auch wenn es mir nicht gefiel: Ich musste ihn für ein paar Minuten allein lassen. Ich hatte keine andere Wahl. Irgendwie musste ich Adrien erreichen. Wir brauchten seine Hilfe. Und es war mir gleich, ob er und Julien ›geschiedene Leute‹ waren oder nicht. Sie waren immer noch Brüder. Allerdings ... vielleicht musste ich ihn ja gar nicht allein lassen, denn weder kannte ich Adriens Nummer auswendig noch hatte ich sie in meinem Telefonbuch gespeichert. Mein Handy würde mir demnach gar nichts nutzen. Ich brauchte Juliens! Rasch beugte ich mich über ihn und ließ meine Hände über seine Taschen gleiten. Doch ich wurde enttäuscht. Nichts! – Mal ganz abgesehen davon, dass es so viel Feuchtigkeit wahrscheinlich auch gar nicht überlebt hätte. Wenn er sein Handy nicht in der Hosentasche bei sich trug, steckte es zusammen mit Schlüsseln und Geldbeutel in seiner Jacke. Die lag auf den untersten Stufen der Treppe. Also blieb mir doch nichts anderes übrig: Ich musste nach oben!

In der Küche begrüßte mich das Sonnenlicht. Vorsichtig darauf bedacht, nicht in direkten Kontakt mit ihm zu kommen, drückte ich mich am Rand der Küchenzeile entlang, wo noch ein schmaler Streifen existierte, den es noch nicht gänzlich erreicht hatte, duckte mich in dem Schlagschatten vor den Schränken unter dem Fenster vorbei, hastete durch die Tür in den noch immer vergleichsweise dämmrigen Korridor und zur Treppe. In der Ecke des Treppenabsatzes waren die Schatten noch am tiefsten. Dorthin verkroch ich mich mit Juliens Jacke.

Es fühlte sich seltsam an, seine Taschen zu durchwühlen,

doch zum Glück fand ich sein Handy schon in der zweiten. Zu meiner Erleichterung war es an, sonst wäre ich an Juliens PIN gescheitert. Doch als ich sein Telefonbuch aufrief, war es ... *leer.* Es gelang mir kaum, einen frustrierten Laut zu unterdrücken. Warum hatte ich nicht damit gerechnet? Julien war ein Zahlengenie. Hatte ich tatsächlich angenommen, dass ausgerechnet *er* so etwas Verräterisches wie Telefonnummern in seinem Handy abspeichern würde, wenn er sie sich ebenso gut merken konnte? Nein! Natürlich nicht. Ich biss mir auf die Lippe. Und zuckte zusammen, als sich meine Eckzähne – die immer noch nicht wieder gänzlich zu ihrer normalen Länge zurückgekehrt waren – schmerzhaft in sie bohrten. Frustriert starrte ich auf das Display. Die Icons darauf brachten mich auf eine Idee: Vielleicht stand Adriens Nummer noch in der Anrufliste? Rasch klickte ich mich durch das Menü ... *Nichts!* Diesmal stieß ich ein Zischen aus. Entweder hatte Julien diese Funktion irgendwie deaktiviert oder löschte die Liste jedes Mal. Verfluchte Du-Cranier'sche Paranoia. In einem Gefühl, das hilflosem Zorn am nächsten kam, warf ich das Handy neben mich auf Juliens Lederjacke. Was nun? Ich konnte nicht abwarten und hoffen, dass Julien in nächster Zeit zumindest so weit wieder zu sich kam, um mir Adriens Nummer sagen zu können. *Wenn* er zu sich kam, war es vermutlich zu spät, um noch irgendetwas aufzuhalten oder rückgängig zu machen. Und außerdem: Dann könnte *er* mir selbst sagen, ob wir noch irgendetwas tun konnten, um das Schlimmste zu verhindern. – Aber die Gefahr, dass dann auch die allerletzte Gnadenfrist abgelaufen war ... Ich konnte nicht warten. Das Handy war zwischen die Falten von Juliens Jacke gerutscht. Ich starrte darauf, ohne es wirklich zu sehen.

Außer Adrien fiel mir nur noch eine Person ein. – Nein, zwei: Vlad – und Timoteo Riccardo di Uldere, der Sovrani von Ashland Falls. Julien hatte ihm damals weit genug vertraut, um mich unter seinem Schutz im *Ruthvens* zurückzulassen, als er sich nach Bastiens unseligem Hinweis auf die Jagd nach Adrien – und Bastien – gemacht hatte. Di Uldere wusste, um welchen der Zwillinge es sich bei meinem Leibwächter handelte. Aber konnte ich – konnten *wir* – ihm immer noch trauen? Jetzt, da Julien mit allergrößter Wahrscheinlichkeit nur noch ein Vampir war? Nicht mehr der ihm weitestgehend gleichgestellte Lamia, den er respektierte – und zu einem gewissen Grad auch fürchtete. Ich wusste nicht, wie di Uldere ihm *jetzt* gegenüberstehen würde. – Und ich konnte ihn wohl kaum anrufen, um vorgeblich bei einem netten kleinen Schwatz mehr über die Geschichte und Eigenarten der Lamia zu erfahren und dann irgendwann – ganz beiläufig natürlich – zu fragen, wie genau man einen Lamia zum Vampir machte und vor allem: ob – und, wenn ja, *wie* – man es wieder rückgängig machen konnte ... Nein. Di Uldere war vermutlich ziemlich viel, dumm aber sicher nicht! Dann könnte ich ihm direkt alles erzählen. Aber nachdem ich mir nicht absolut sicher war, dass ich ihm auch jetzt noch wirklich vertrauen konnte ... Nein. Das Risiko war zu groß. Letztlich spielte ich mit nichts Geringerem als Juliens Leben.

Also blieb mir nur Vlad. *Er* war zumindest *Familie*. Und ich hegte immer noch die Hoffnung, dass er mich – und Julien – genug mochte, um uns zu helfen. Immerhin *deckte* er auch Juliens Anwesenheit bei mir. – Also Vlad. Ich stieß ein bitteres Schnauben aus. Vlad, der glaubte, ich sei gerade wegen eines gewissen monatlichen Frauenleidens *unpässlich*. Was würde er dazu sagen, wenn ich ihm erzählte, dass ich – nachdem wir, also Julien und ich, angenommen hatten, dass ich sterben würde – offenbar doch wider Erwarten meinen Wechsel hinter mich gebracht hatte? – Und ich ganz nebenbei meinen Freund und Leibwächter dabei wohl zum Vampir gemacht hatte? – Zum Glück war Paris weit weg. So hätte ich ein paar Stunden Zeit, ehe er hier vor der Tür stehen und mir persönlich und nicht nur via Telefon sagen konnte, was er davon hielt, von uns getäuscht worden zu sein. Aber egal welche Konsequenzen es für mich haben mochte: Julien war es wert.

Den Bademantel eng um mich geschlungen und die Kapuze über den Kopf gezogen schob ich mich – immer in den Schatten oder zumindest möglichst dort, wo keine Sonne hinfiel – die Treppe hinauf und den Flur im ersten Stock entlang zu meinem Zimmer. Als könne ich mich an ihr verbrennen, stieß ich die Tür mit spitzen Fingern auf – und drückte mich sofort wieder an die Wand und in den nächsten Schatten. Die Helligkeit, die in den Flur strömte, ließ meine Augen tränen. Für eine Sekunde zögerte ich noch, dann biss ich die Zähne zusammen und spähte vorsichtig um die Ecke, während ich zugleich gegen die Tränen anblinzelte. Es war, als würde ich direkt in die Sonne blicken: grell und schmerzhaft. Mein Gesicht fühlte sich an, als hätte ich schlagartig einen Stunden-in-der-Sonne-geschlafen-Sonnenbrand. Dass ich die Hand gegen das Licht hob, um zumindest meine Augen davor zu schützen, nutzte nicht viel – außer dass mir auch die Hand wehtat. Doch zumindest einmal innerhalb der letzten zwölf Stunden war mir das Glück hold: Mein Handy lag auf dem Boden, am Fußende meines Bettes. Im Schatten des Bettgestells! Einen, vielleicht auch anderthalb Meter von der Tür entfernt.

Ich dachte nicht lange nach, machte drei hastige Schritte in mein Zimmer hinein, hob es auf, floh wieder auf den Gang hinaus und schlug dabei die Tür hinter mir zu. Draußen musste ich mich an der Wand abstützen. Ich war völlig außer Atem. Lieber Himmel, dabei waren es nur ein paar Schritte gewesen! Mein Gesicht und meine Hände schienen endgültig in Flammen zu stehen. Hatten wir irgendwo

Brandsalbe? Ich hatte keine Ahnung. Und ich würde mich sicher nicht auf gut Glück auf die Suche danach begeben – auch wenn die Erinnerung an Juliens Arm mich zweimal darüber nachdenken ließ. Aber ich würde ihn nicht länger allein lassen, als ich unbedingt musste. Allerdings hatten wir im Keller so gut wie gar keinen Empfang – wenn überhaupt. Ich musste also mit Vlad telefonieren, ehe ich wieder zu Julien zurückkehrte. Und der beste Platz dafür war die Ecke auf dem Treppenabsatz.

Den Weg dorthin bewältigte ich ebenso, wie ich den zu meinem Zimmer bewältigt hatte: vorsichtig darauf bedacht, nicht in die Sonne zu geraten. Wie zuvor kauerte ich mich in die relativ dunklen Schatten. Das Brennen auf meinem Gesicht und den Händen wollte nur allmählich nachlassen. Dafür war das Ziehen wieder in meinem Oberkiefer und die Bestie in meinem Inneren regte sich erneut in meinen Eingeweiden – schmerzhaft, ja, aber bei Weitem nicht so qualvoll wie früher.

Rasch klickte ich mich in meine Telefonbuch – es gab ein paar Nummern, die ich auswendig kannte, Vlads gehörte nicht dazu –, rief sie auf und drückte auf die Wahltaste. Ein Dreiklang verkündete, dass die Verbindung aufgebaut wurde, dann hörte ich das Freizeichen, einmal, zweimal, dreimal, beim vierten Mal meldete sich eine mir fremde Stimme. Ich erkannte zwar die Sprache der Lamia und Vampire, verstand aber kein Wort. Unbehaglich räusperte ich mich.

»Ist mein Onkel, Fürst Vlad, zu sprechen?« Meine Hand zitterte.

Sofort wechselte die Stimme ins Amerikanische. »Ich bitte um Vergebung, Princessa, aber Seine Gnaden befindet sich derzeit in einer Ratssitzung, in der er unter gar keinen Umständen gestört werden kann. – Darf ich ihm etwas von Ihnen bestellen?«

Beinah hätte ich aufgestöhnt. Eine Sitzung des Rats der Fürsten. Ausgerechnet. Ich unterdrückte den Laut und holte stattdessen tief Luft, um ein Beben aus meinen nächsten Worten zu verbannen. »Wie lange wird diese Sitzung noch dauern? – Und wer sind Sie?«

»Verzeihung, Princessa, ich hatte noch nicht die Ehre: Ich bin Michail, der Privatsekretär und Majordomus Ihres Großonkels. – Noch zwei oder drei Stunden sicherlich. – Ich kann ihm gerne bestellen, dass er Sie zurückrufen soll, sobald sie beendet ist.«

Ich sog die Lippe zwischen die Zähne, erinnerte mich aber im letzten Moment, warum es besser war, nicht darauf zu beißen.

»Nein ... nein danke. Das ist nicht nötig. Es war nicht wichtig. Bis dann.« Ehe Michail auch nur *auf Wiedersehen* sagen konnte, hatte ich schon aufgelegt. Sekundenlang starrte ich auf mein Handy. Die Helligkeit kroch immer weiter die Stufen herauf und auf mich zu. Ich zog die Beine an und legte die Bademantelzipfel über meine Füße. Damit blieb mir tatsächlich nur noch di Uldere. Konnte ich das Risiko eingehen, ihn anzurufen, ohne *wirklich* zu wissen, ob ich ihm trauen konnte? – Hatte ich eine Wahl? Ich packte mein Handy fester und wählte die Nummer der Auskunft. Er war meine einzige Chance.

Die junge Frau am anderen Ende konnte mir zwar nicht die Privatnummer von Timoteo Riccardo di Uldere geben, aber die des *Ruthvens* – und war auch gerne bereit, mich direkt zu verbinden. Wozu sollte ich mir die Nummer aufschreiben – abgesehen davon, dass ich weder Zettel noch Stift in greifbarer Nähe hatte –, wenn ich letztlich nur diesen einen Versuch für einen Anruf hatte.

Beim zweiten Klingeln ließ ein anderer Laut mich zusammenzucken. Ein Schrei. Qualvoll. Und entsetzt. Julien! Er war zu sich gekommen! Lieber Himmel, und ausgerechnet jetzt war er allein.

Ich drückte die Verbindung weg, rappelte mich, so schnell ich konnte, vom Boden auf und rannte die Treppe hinunter, durch den Korridor und die Küche und auch diese Treppe hinunter – immer im Schatten oder zumindest in dem Versuch, die Helligkeit zu meiden, wo ich konnte.

In der Tür zum Kellerraum kam ich stolpernd zum Stehen. Julien war auf den Beinen, wankend, vornübergekrümmt, stützte sich mit einer Hand an der Wand ab, als könne er sich ohne sie gar nicht aufrecht halten. Er zitterte am ganzen Körper; beinah schlimmer als zuvor. Sein Anblick zog mir die Kehle zusammen.

»Julien ...«

Er schnellte mit dem Kopf in die Höhe und herum, starrte mich an, die Augen weit aufgerissen, seltsam ... wild. Und vollkommen schwarz. »Qu'est-ce que ... qu'est-ce que tu as ...?« Seine Stimme klang so erstickt, dass ich ihn kaum verstehen konnte. Die Fassungslosigkeit, das Entsetzen darin, lähmte mich für einen Moment.

»Julien, bitte, ich ... es tut mir so leid ... ich ...« Hilflos streckte ich die Hand nach ihm aus, ging auf ihn zu.

Er starrte mich immer noch an.

»Julien ...« Ich machte noch einen Schritt.

Mit einem Laut, den ich nicht deuten konnte, schob er sich weiter von mir fort, taumelte, wäre beinah gefallen. Eine Hand und die Schulter an der Wand fing er sich im letzten Moment. Die andere hob er abwehrend hinter sich, mir entgegen. Sie bebte.

»Non! Ne ... ne me touche ... ne me touche pas!«

Ich blieb stehen, als hätte er mich geschlagen. Auch wenn ich nicht verstand, was er sagte, war die Aussage doch nur zu deutlich. *Was hab ich getan?*

Im nächsten Moment sank er mit einem würgenden Keuchen auf die Knie, krümmte sich erneut, den Arm, der mich eben noch zurückgehalten hatte, jetzt auf den Bauch gepresst.

»Julien!« Hastig machte ich einen weiteren Schritt auf ihn zu. Ich wollte etwas für ihn tun, irgendetwas ... Er hob abermals den Kopf, die Züge vor Schmerz verzerrt, und scheuchte mich mit einem gezischten »N'approche pas!« wieder zurück.

Ich stand da – und sah ohnmächtig dabei zu, wie Julien sich noch weiter zusammenkrümmte, nach Luft rang, die Stirn auf den rissigen alten Boden drückte, stöhnend – bis ich es nicht mehr ertrug.

»Julien! Bitte ... sprich mit mir! Sag mir ... sag ... kann ich etwas tun? Kann man ... kann man es irgendwie ... irgendwie rückgängig machen?« Ich kniete mich hin, wo ich stand, beugte mich vor, versuchte ihm ins Gesicht zu sehen. »Oder wenigstens aufhalten? – Kann ... kann man?« Keine Antwort. »Bitte, Julien, sprich mit mir!« Ich wagte es nicht, abermals die Hand nach ihm auszustrecken. Beide Arme um sich geschlungen wiegte er sich vor und zurück, die Stirn beinah wieder am Boden.

»Non! Non ... c'est pas ... pas possible ...«, flüsterte er irgendwann. »Non!« immer wieder: »Non!« Hilflos. Entsetzt. Ungläubig.

Mein Herz zog sich zusammen. *Was hab ich getan!*

Jetzt streckte ich doch wieder die Hand nach ihm aus, berührte ihn sogar.

Sein Kopf flog hoch. »Laisse-moi!« Er fletschte die Fänge, schlug meinen Arm weg, kroch von mir fort, so weit er konnte, drückte sich in die Ecke, schüttelte abermals den Kopf. »Laisse ... laisse-moi!«, diesmal waren die Worte nur ein schwaches Ächzen.

Meine Kehle war wie zugeschnürt. *Bitte, Julien, hass mich*

nicht. Ich brachte die Worte nicht heraus. Stattdessen zog ich mich an die gegenüberliegende Wand zurück, kauerte mich zusammen, schlang den Bademantel um mich und die Arme um die Knie – und versuchte nicht daran zu denken, dass Julien mir gegenübersaß. Und mich nicht in seine Nähe lassen wollte. Daran, dass ich ihn zu einem Vampir gemacht hatte. Dass man es nicht wieder rückgängig machen konnte. – Aber irgendwie schien es in meinem Verstand nichts anderes mehr zu geben, und obwohl ich es zu vermeiden suchte: Zuweilen blickte ich zu Julien hin. Manchmal sah auch er zu mir her, doch wenn er meine Augen auf sich spürte – oder ihnen am Ende sogar mit seinen begegnete –, wandte er hastig das Gesicht ab. Jedes Mal kämpfte ich dann mit dem würgenden Kloß in meiner Kehle.

Die Zeit verging wie zum Hohn quälend langsam, als wäre es ein Naturgesetz, dass Minuten sich zu Ewigkeiten ausdehnten, wenn man sich wünschte, sie würden vergehen, und Stunden zu Sekunden schrumpften, wünschte man sich, sie anhalten zu können.

Es war still wie in einem Grab.

Gelegentlich sog ich scharf die Luft ein, wenn die Bestie in meinem Inneren einmal mehr ihre Klauen in mich grub oder sich meine Eingeweide in einem Krampf zusammenzogen. Hunger brannte in meinen Adern und nagte in meinem Oberkiefer, wobei der Geruch von Juliens Blut und das – entsetzlich berechnende – Wissen, dass er mir, nachdem die Sonne außerhalb unserer Zuflucht noch immer am Himmel stand, nicht würde entkommen können, wenn ich ihn wirklich *wollte*, es nicht angenehmer machten.

Doch es war nichts im Vergleich zu den Anfällen, die Julien immer wieder schüttelten. Und sosehr er auch die Zähne zusammenbiss: Von Zeit zu Zeit mischte sich ein Stöhnen in sein hartes Keuchen. Jedes Mal wurde der Wunsch in mir größer, davonzulaufen oder zumindest die Augen zu schließen und mir die Hände auf die Ohren zu pressen. - Ich konnte weder das eine noch das andere.

Also saß ich einfach nur da. Wartete. Hoffte, dass es bald Abend wurde. Dass Juliens Qualen endlich nachließen. Dass ich meinen Hunger weiter beherrschen konnte. Und wusste auf unerklärliche Weise, ohne auf die Uhr zu sehen, wie spät es war.

Zu Anfang war es nur eine leichte Mattheit gewesen, doch je mehr es auf Mittag zuging, umso deutlicher *spürte* ich den Stand der Sonne. Ich war ... müde. Irgendwie ... lethargisch. Schon am späten Vormittag, als die Helligkeit, die die Treppe herunterdrang, mich gezwungen hatte, die Tür zu unserem Keller endgültig zu schließen, hatte ich mich dazu aufraffen müssen, mich vom Boden hochzustemmen. - Julien mochte in beinah absoluter Dunkelheit perfekt sehen können, meine *neuen* Sinne waren noch nicht ganz so zuverlässig; sie kamen und gingen, sodass die Lichtverhältnisse manchmal von einer Sekunde zur anderen für mich wieder die eines Menschen waren. Deshalb hatte ich den schwachen Lichtschein, der von oben durch die spaltbreit offene Tür hereinfiel, so lange ertragen, wie ich konnte und es auch Julien nichts auszumachen schien. Jetzt aber, da die Sonne den Zenit erreicht hatte ... Jede Bewegung schien mir viel zu mühsam, um sie überhaupt ausführen zu wollen. Wie verlockend war da im Gegenteil der Gedanke, mich einfach in irgendeiner Ecke zusammenzurollen und bis zum Abend zu schlafen oder zumindest vor mich hin zu dösen. Selbst der Hunger verlor daneben an Bedeutung. Julien schien es ähnlich zu gehen - wenn nicht sogar schlimmer. Doch wenigstens ließen seine Anfälle nach - oder schienen zumindest immer seltener zu werden.

Als die Sonne draußen endlich zu sinken begann, entließ die Lethargie nicht nur mich aus ihren Klauen, sondern auch

Julien – und auch mein Hunger rief sich mir immer quälender in Erinnerung. Mein Oberkiefer schien in Flammen zu stehen. In seiner Ecke wurde Julien immer unruhiger. Bis er schließlich abrupt aufsprang und an der gegenüberliegenden Wand auf und ab zu tigern begann. Wie ein Raubtier in seinem Käfig. Auf und ab. Auf und ab. Die Hände zu Fäusten geballt, die Schultern verkrampft hochgezogen. Auf und ab. Immer darauf bedacht, mir nicht zu nahe zu kommen; noch nicht einmal zu mir herzusehen. Ein paarmal sog er unvermittelt mit einem Keuchen die Luft ein, blieb – eine Hand an die Wand gestützt – stehen und presste den anderen Arm auf den Leib, nur um seine Wanderung nach einigen Augenblicken wieder aufzunehmen. Irgendwann jedoch veränderte sich etwas. Er hatte den Kopf gehoben, als würde er auf etwas lauschen, sein Blick zuckte zu mir – und er marschierte weiter auf und ab. In der nächsten halben Stunde wiederholte sich dieses Stehenbleiben-Lauschen-Zumirhersehen-Weitertigern in einem nervenaufreibenden Fast-Minutentakt, dass ich mir selbst die Fingernägel in die Handflächen grub, während ich gegen den Drang ankämpfte, Julien anzuschreien, er solle sich endlich wieder hinsetzen oder zumindest für mehr als ein paar Minuten irgendwo stehen bleiben.

In dem Moment, in dem ich spürte, dass die Sonne draußen endgültig untergegangen und auch der letzte Rest Sonnenlicht verblasst war, stürmte Julien zur Tür.

Hastig sprang ich auf. »Julien ...«

Beinah ebenso wild wie vor einigen Stunden, als er gerade erst wieder zu sich gekommen war, fuhr er zu mir herum; die Augen noch immer schwarz und ... seltsam. Er starrte mich an, eine Sekunde, zwei, drei ... Ich streckte einmal mehr die Hand nach ihm aus, machte einen vorsichtigen Schritt auf ihn zu. Seine Nasenflügel blähten sich. Heftig schüttelte er den Kopf. »Ich ... ich muss ... kann nicht ...« Er riss die Tür so hart auf, dass sie gegen die Wand krachte, und floh stolpernd die Treppe hinauf.

»Julien! Nein ...« Ich rannte ihm nach.

Er war in der Halle, hatte die Jacke schon in der Hand, zerrte gerade den Schlüssel der Vette aus der Tasche, bereits auf dem Weg zur Haustür.

Ich stand da, rang die Hände und wusste nicht, wie ich sagen sollte, was ich ihm sagen wollte.

»Julien, bitte ...«, war alles, was ich herausbrachte. *Bitte komm wieder. Bitte hass mich nicht!* Nichts davon wollte über meine Lippen. Er schob sich an mir vorbei. Auf der anderen Seite des Flures. Den Rücken zur Wand. *Was hab ich getan?* Zur Haustür.

»Julien ...«

Abermals schüttelte er den Kopf, während er sie beinah ebenso heftig aufriss wie die Tür des Kellerraums. Doch dann blieb er im Rahmen stehen, zögernd, zitternd.

»Bleib hier, wenn du kannst«, presste er hervor. Er sah mich nicht an. Damit war er hinaus.

Ich starrte die Tür an. Draußen röhrte der Motor der Vette auf, ich konnte den Kies unter den Reifen spritzen hören. Ich starrte weiter die Tür an, wie gelähmt. Selbst als es auf ihrer anderen Seite schon wieder still war. In meinem Kopf waren nur zwei Gedanken: *Bitte komm wieder, Julien!* und *Bitte hass mich nicht!*

Zuerst kam der Schmerz. Dann die Gier. Alles verzehrender Hunger. Und dann ... Es wird keine Sonne mehr für mich geben. – Genau das, was Gérard mir dafür versprochen hat, dass ich Raoul zu einem Vampir gemacht habe: ein Dasein als Vampir. Blut für Blut. Nach den alten Gesetzen. Nun muss er sich noch nicht einmal selbst die Hände schmutzig machen. Dawn hat ihm die Arbeit abgenommen. Welch ein köstlicher Spaß für ihn. Vielleicht kann ich ja hoffen, dass er sich totlacht? – Nein, den Gefallen wird er mir sicher nicht erweisen.

Ich zittere wie ein Junkie auf Entzug. Am ganzen Körper. Meine Adern stehen in Flammen und fühlen sich gleichzeitig an, als seien sie vollkommen ausgedörrt. Kaum dass ich einen klaren Gedanken fassen kann. Von zusammenhängend reden wir besser gar nicht. Immer wieder schweifen sie ab. Dazu, wie es sich anfühlt, einem Menschen die Zähne in den Hals zu schlagen, der Geschmack von Blut, wie es die Kehle hinabrinnt ... Selbst kurz nach meinem Wechsel hat es sich nicht so angefühlt. Vielleicht weil Adrien da war? Der Boden unter meinen Füßen vibriert im Takt der Bässe.

Die Stunden mit Dawn in diesem Keller ... die absolute Hölle. Sie so nah. Die Witterung ihres Blutes. Das Blut einer Princessa Strigoja. So süß. Purer Sirenengesang. Die Gier, die mit jedem Atemzug schlimmer wird. Und keine Chance, mehr Distanz zwischen uns zu bringen als ein paar magere Schritte. Weil die Sonne am Ende der Treppe durch die Fenster scheint.

Die Sonne ... Ich kann sie bei Tag nicht mehr beschützen. Wenn ich zu Vlad gehe, nimmt er sie mir weg. Nur ein bisschen Zeit noch. Nur ein paar Tage, bis mein Verstand wieder richtig funktioniert, bis ich in ihrer Nähe wieder an etwas anderes denken kann als daran, wie ihr Blut jetzt schmecken mag – nur bis ich ihr ohne diese Gedanken nahe genug kommen kann, um leb wohl zu sagen. Bis ich mir wieder weit genug traue, für einen einzigen, letzten Kuss. Deshalb brauche ich di Ulderes Hilfe. Nur ein paar Tage. Adrien vertraut ihm. Vielleicht kann ich es auch.

Ich biege um die Ecke und die Witterung von Blut zieht meine Eingeweide zusammen, dass ich mich beinah vornüberkrümme. Gérard würde sich die Hände reiben, wenn er mich so sehen könnte. Wie soll ich an den Menschen vorbeikommen, die sich mal wieder vor dem Ruthvens drängeln? Und erst im Club selbst? Zumindest hatte ich noch so viel Verstand, die Vette diesmal einen Block weiter stehen zu lassen. Alles an mir ist verkrampft, als ich die restliche Strecke hinter mich bringe, mich an ihnen vorbeibewege, die empörten Rufe wie immer zu ignorieren versuche, die Hand auf jene bestimmte Art hebe. Ich bemühe mich nicht zu atmen. Der Türsteher nickt mir zu, stutzt, winkt mich dann aber durch. Hat er bemerkt, dass etwas an mir anders ist? In meinem Oberkiefer wütet die nackte Gier. Meine Eckzähne sind so lang, dass sie gegen meinen Unterkiefer drücken. Die Qual wird jenseits der schweren Metalltür des Ruthvens noch schlimmer. Wenn ich kein Blutbad anrichten will, muss ich mich umdrehen und schnellstens hier verschwinden – und mir ein Opfer suchen, das niemand vermissen wird, falls ich tatsächlich die Kontrolle verliere. Ich habe keine andere Wahl. Ich kann Dawn bei Tag nicht mehr beschützen. Ich muss zu di Uldere. Wie lange bin ich in der Lage, den Atem anzuhalten?

Es ist wie gegen einen Sog anwaten. Die Menschen um mich herum verschwimmen. Manche starren mich an. Dabei hat mein Hirn noch weit genug funktioniert, dass ich die durchweichten Jeans gegen das Paar trockene aus dem Kofferraum der Vette getauscht und den Pullover daraus übergezogen habe. Ob es Sinn macht, überhaupt wieder frische Sachen hineinzulegen? Wer mir im Weg steht, weicht aus. Keiner spricht mich an. Zum Glück. Mein Gesicht ist mindestens so bleich, wie sie ihre geschminkt haben. Selbst das bläuliche Licht der Neonröhren, die direkt über dem Boden in die Betonwände eingelassen sind, schmerzt in meinen Augen. Das Dröhnen der Musik scheint mein Trommelfell zu zerreißen. Ich muss mich mit der Hand an dem Rohr festklammern, das an der Stahlgittertreppe als Geländer dient, um den Weg nach unten zu schaffen.

Hier, so nah an der Tanzfläche, ist der Geruch nach Blut noch unerträglicher. Stroboskoplicht zuckt über meinem Kopf.

Unter der Galerie erstreckt sich die Bar von einer Seite des Raumes über seine ganze Länge bis zur anderen. Verglichen mit dem Rest des Clubs ist sie geradezu grausam grell erleuchtet. So weit wie möglich halte ich mich am Rand des Lichtscheins. Überall Menschen. Dicht! Viel zu dicht! Ich kann das Zittern kaum kontrollieren. Hoffentlich hat Beth heute Nacht keinen Dienst. Der Pullover klebt mir auf dem Rücken. Eine Geste lenkt die Aufmerksamkeit einer zierlichen jungen Frau auf mich. Ihre Blässe hat nichts mit Make-up zu tun. Wie immer trägt sie hauteng, elegante schwarze Spitze. Und wie immer ist sie umlagert von menschlichen Verehrern. Dass sie sie stehen lässt, kaum dass sie mich bemerkt hat, bringt mir tödliche Blicke ein. Ein kurzes Stück von mir entfernt bleibt sie stehen, mustert mich.

»Alles in Ordnung, Vourdranj?« Sie spart sich die Begrüßung. Ich muss wirklich erbärmlich aussehen. Trotzdem nicke ich.

»Ich muss mit deinem Herrn sprechen. Umgehend.« Beim Anblick meiner Fänge weicht sie ein wenig zurück. Dennoch ist sie erstaunlich mutig. Schwarze Augen, die Reißzähne unübersehbar ... andere wären einfach davongelaufen. Und sie wagt es sogar, den Kopf zu schütteln.

»Das geht nicht, Vourdranj. Mein Herr hat Anweisung gegeben, dass er nicht gestört werden will.« Mit der Hand streicht sie unsicher über ihr Kleid. Die Spitze raschelt. Ihr Blick zuckt den verspiegelten Tresen entlang. »Er hat einen Gast.« Ich folge dem Blick – und weiß, wer dieser ›Gast‹ sein muss. Und in wessen Auftrag er hier ist. Ein paar Meter weiter dreht Simeon Zambou sich um, als hätte er etwas gehört. Ich mache einen Schritt zurück, um weiter zwischen den Menschen zu verschwinden. Verdammt! Nicht schnell genug. Simeons hellbraune Augen werden schmal. Das Licht über der Bar lässt sein blondes Haar schimmern.

Ohne meinen Blick von ihm zu nehmen, nicke ich der jungen

Frau zu. »Mein Anliegen hat sich erledigt. Du musst ihm nicht sagen, dass ich hier war und ihn sprechen wollte.« *Ich lasse ihr nicht die Chance, irgendetwas zu erwidern, sondern mache kehrt und schiebe mich durch die Menschen in Richtung Ausgang. Die Gier brüllt in meinem Inneren. Auch wenn ich sicher bin, dass Simeon mich gesehen hat: Ich muss hier raus! Wo Simeon ist, ist auch Jérôme Tarolle. Und Jérôme ist Gérards rechte Hand. Offenbar ist Gérard das Warten leid. Diesmal geht er auf Nummer sicher, schickt nicht irgendeinen Stümper. – Und Dawn ist allein im Anwesen.*

Verdammt! Warum ausgerechnet jetzt!

Die kalte Nachtluft trifft mich wie ein Schlag. Zumindest lässt die erstickende Blutwitterung nach. Wenn auch nur, bis mir der Wind die der Menschen vor der Tür des Ruthvens entgegenschlägt. Der Türsteher dreht sich zu mir um. Habe ich irgendeinen Laut von mir gegeben? Ich kann es nicht sagen. Mit einem Nicken schiebe ich mich an ihm vorbei, als ob ich nichts bemerkt habe. Scheinbar ohne Hast halte ich auf die Ecke zu. Als ich sie erreiche, weiß ich, dass sie hinter mir sind. Zu zweit. Ein Lamia und ein Vampir. Simeon. Und wer noch? Keine Ahnung. Letztlich ist es auch egal. Ich habe nichts anderes erwartet. Genau genommen habe ich darauf gesetzt. Folgt Simeon mir, kann er Jérôme nicht erzählen, dass er mich gesehen hat.

Hinter der Ecke gebe ich ihnen die Chance, noch weiter aufzuholen, mich zu erreichen, als ich die Vette erreiche.

»Sieh an, habe ich mich doch nicht getäuscht.« *Simeon klingt so jovial, wie ich ihn in Erinnerung habe. Er spricht immer noch mit dem gleichen Akzent wie damals. Heute kann ich ihn einordnen. New Orleans.* »Julien.« *Dass er weiß, dass er mich vor sich hat und nicht Adrien, kann nur bedeuten, dass Gérard tatsächlich dahintergekommen ist, dass ich in Marseille war.* »Lange nicht gesehen. Auf der Jagd? Heißt das, du hast deinen Schützling tatsächlich allein gelassen? Ts ... wie verantwortungslos.« *Ich drehe mich um. Simeon macht einen Schritt zurück. Starrt mich an. Seine Nasenflügel* blähen sich. Er sieht von mir zu dem rothaarigen Vampir neben ihm. Versucht das Unbegreifliche zu begreifen: Dass ich wie der Rotschopf bin. Auch wenn das Zittern immer noch in meinem Körper ist, bin ich schnell. Wie durch Zauberei halte ich den Dolch in der Hand, stoße ihn dem Vampir ins Herz, ramme Simeon in der gleichen Bewegung den Ballen der anderen Hand von unten gegen die Nase. Er taumelt zurück. Der Vampir sackt zu Boden. Ohne sich zu verändern. Es kann noch nicht besonders lange her sein, dass er geschaffen wurde. Ob es bei mir genauso aussehen würde? Blut spritzt. In meinem Oberkiefer tobt Gier. Ich bin über Simeon, noch ehe der sein Gleichgewicht wiedergefunden hat, schlage meine Zähne in seinen Hals. Breche ihm das Genick, während sein Blut meinen Mund füllt. Alles, was er von sich geben kann, ist ein überraschtes Keuchen. Er wird in meinem Arm leblos und schwer. Und dabei ist es mir egal, dass sein Blut schal wird, nachdem sein Herz nicht mehr schlägt. Ich gehe mit ihm zusammen in die Knie, lasse ihn zu Boden gleiten. Erst als sein Blut schon bitter ist, schaffe ich es, die Zähne aus seinem Hals zu nehmen.

›Ein Geschaffener, der die Hand gegen einen Lamia erhebt, ist des Todes.‹ Nun gut. So sei es.

Ich ziehe meinen Dolch aus dem Herz des Vampirs, wische die Klinge an ihm sauber, stecke sie in die Scheide zurück. Dann breche ich auch ihm noch das Genick. Nur um sicherzugehen. Jérôme wird die beiden vermissen, wenn er sich von di Uldere verabschiedet. Ein rascher Blick nach beiden Seiten die Straße entlang. Nur um sicherzugehen. Verlassen. Simeons Blut hat den Hunger nicht wirklich gestillt. Ihn vielleicht ein klein wenig gemildert, aber gestillt ... nein. Alles in mir schreit immer noch nach Blut. Ich muss jagen. Dafür ist keine Zeit. Ebenso wenig wie dafür, die Leichen zu entsorgen. Die leer stehende Lagerhalle auf der anderen Straßenseite muss genügen. Zumindest für den Augenblick ist das Glück mir hold genug – niemand kommt die Straße herunter, als ich die beiden Körper hinüberschaffe. Über kurz oder lang wird man sie dort finden. Es ist mir *egal. Ich muss Dawn hier wegbringen. Ehe Jérôme dem Anwesen einen Besuch abstattet.*

Meine Hände sind schweißnass und zittern, als ich den Schlüssel in der Zündung drehe, sie um das Lenkrad der Vette lege. Sosehr ich sie in das Leder des Bezugs krampfe: Es hört nicht auf. Warum ausgerechnet jetzt!

Flucht

Sie waren da! Ich konnte sie spüren – zumindest manchmal. Das Gefühl kam und ging. Ebenso wie meine Sinne mal schärfer waren, nur um im nächsten Moment zu Menschenmaß zurückzukehren. Vier oder fünf Lamia; möglicherweise auch Vampire. Ganz sicher war ich mir in dieser Beziehung nicht.

Nachdem Julien fort war, hatte ich noch minutenlang die Tür angestarrt. Bis ein kleiner Teil in meinem Gehirn angefangen hatte sich einzureden, dass sein ›Bleib hier, wenn du kannst‹ bedeuten musste, dass er zurückkommen würde. An diesen Gedanken hatte ich mich geklammert, während ich mich dazu zwang, in den ersten Stock hinaufzugehen, den Bademantel und das von getrocknetem Blut steife Seidennachthemd auszuziehen, und unter die geradezu schmerzhaft heiße Dusche stieg. Überraschenderweise hatte mein Hunger nachgelassen, als Julien aus dem Haus und die Witterung seines Blutes verflogen war. Meine Erleichterung darüber hielt nicht lange an, denn er kam nur wenig schwächer zurück, als ich noch unter dem dampfenden Wasserstrahl stand. Von einer Sekunde zur nächsten zogen sich meine Eingeweide zu einem See aus kochendem Magma zusammen, und in meinen Adern war wahlweise flüssiges Feuer oder die bösartigste Säure, die man sich vorstellen konnte. Minutenlang stand ich vornübergekrümmt, beide Hände auf den Leib gepresst und mit der Schulter an die Fliesen gelehnt da. Ich schmeckte weder das Wasser, das mir in den Mund lief, weil ich japsend nach Luft rang, noch spürte ich das Brennen, als mir das Shampoo in die Augen rann. Es existierten nur noch der Schmerz und die Gier, das Gefühl, von innen heraus zu verdorren, zusammen mit dem wütenden Pochen in meinem Oberkiefer. Alles andere war seltsam bedeutungslos. Dann musste mein Verstand ausgesetzt haben, denn als Nächstes fand ich mich in der Küche vor dem offenen Kühlschrank wieder, klatschnass, frierend, damit beschäftigt, den Inhalt der Edelstahldose – Juliens *Instantsuppe* – mit den Fingern in meinen Mund zu schaufeln. – Und stellte fest, dass das Wissen darüber, *dass* man etwas tat, nicht zwingend bedeutete, auch damit aufhören zu können: Ich stopfte die Masse weiter in mich hinein, kratzte selbst die Rille am Rand des Dosenbodens mit den Fingernägeln bis auf das Metall hinunter noch aus. Bis absolut nichts mehr übrig war.

Danach schlich ich mit einem Gefühl der Scham ins Bad zurück, wusch mir Gesicht und Hände – beides verschmiert wie bei einem kleinen Kind, das man mit einer ausgepackten Tafel Schokolade allein gelassen hatte – und stieg wieder in die Dusche, um mir wenigstens die Shampoo-Reste aus den Haaren zu spülen. Auch wenn die schlimmste Gier vergangen war: Der Hunger rumorte noch immer in meinen Eingeweiden und auch das dünne, hohe Ziehen in meinem Kiefer war weiterhin da.

Die Vorstellung, dass das von nun an möglicherweise *Normalität* für mich sein würde, ließ mich schaudern. Wie sollte ich mich so in die Schule wagen? Geschweige denn wenn die Gier wieder stärker würde. – War das für Julien die ganze Zeit über so gewesen? ... So nah bei mir ... ich hatte mich an ihn geschmiegt ...? Nein! Ich mochte gar nicht darüber nachdenken. Es mussten Höllenqualen gewesen sein. Lieber Himmel, wie sollte ich so ein zumindest halbwegs normales Leben führen können? Auch wenn Julien es geschafft hatte: Für mich war das schlicht unmöglich! Vielleicht würde es einen Tag gut gehen, möglicherweise auch zwei oder drei, aber über kurz oder lang ... würde ich ein Blutbad anrichten. Was für ein dummes Stück ich gewesen war zu glauben, ein Dasein als Lamia würde sich nicht besonders von dem eines Menschen unterscheiden. Und was, wenn Julien zurückkam? Wäre die Gier nach seinem Blut genauso stark wie während der Tagesstunden, die wir nur ein paar Meter voneinander entfernt in diesem Kellerraum zugebracht hatten? – Wenn Julien überhaupt zurückkam.

Ich hatte versucht diesen Gedanken zusammen mit der Angst vor dem Hunger aus meinem Kopf zu bekommen – irgendwie. Mir war nichts Besseres eingefallen, als das Haus zu putzen. Nachdem ich die erstbesten Sachen, die mir unter die Hände kamen, angezogen hatte, hatte ich mir als Erstes mein Zimmer vorgenommen. Obwohl ich nur die Schreibtischlampe angeknipst hatte, war es für mich – zumindest die meiste Zeit – beinah taghell erleuchtet gewesen. Die Deckenlampe hatte sich als deutlich zu grell erwiesen. Ich würde also in Zukunft wie Julien eine getönte Brille brauchen. Hatte es daran jemals einen Zweifel gegeben?

Mit einem Gefühl der Hilflosigkeit und Wut hatte ich die Kerzen in den Mülleimer entsorgt und anschließend den dunkelgrünen Seidensatin vom Bett gezogen, nicht sicher, ob ich ihn nur in die Wäsche stecken oder gleich im Kamin verbrennen sollte. Dabei hatte ich das entdeckt, was Julien so knisternd unter meinem Kopfkissen versteckt hatte: kleine quadratische, glänzende Zellophantütchen. Zwei Stück. – Kondome! Mir waren Tränen in die Augen geschossen. Halb blind hatte ich sie den Kerzen hinterher in den Müll geworfen, hatte mein Zimmer Zimmer sein lassen und mich mit Gummihandschuhen, heißem Wasser und Reiniger auf die Fliesen des Badezimmerbodens gestürzt. Dass ich wie eine Besessene schrubbte und mir einzureden versuchte, dass die Nässe auf meinem Gesicht kondensierter Putzwasserdampf war, änderte nichts daran, dass ein riesiger Kloß meine Kehle zuschnürte, ich binnen Kurzem keine Luft mehr durch die Nase bekam und mir der *Dampf* in Strömen über die Wangen rann.

Irgendwann – nach Dusche, Badewanne, Waschbecken und Toilette – hatte ich in der Hoffnung, ein wenig frische Nachtluft würde mir helfen zumindest wieder atmen zu können, das Badezimmerfenster geöffnet –, wobei ich mich bemühte nicht daran zu denken, was auf das letzte Mal gefolgt war, als ich es sperrangelweit aufgerissen hatte. – Und hatte sie ganz plötzlich gespürt: Lamia! Es war nicht nur ein Gefühl gewesen, wie man es manchmal einfach hat, wenn man beobachtet wird; ich hatte gewusst, dass sie da waren. Einfach so. Vermutlich hätte ich mir selbst nicht geglaubt, aber für einen kleinen Moment sah ich zwei Gestalten kurz vor den Bäumen des Wäldchens, das das Anwesen umgab. Wäre es nur einer gewesen, hätte ich vielleicht angenommen, es sei Julien, aber zwei ... Nein. Zudem war ich mir auf diese unerklärliche Art sicher, dass diese beiden nicht allein waren. Gleich darauf waren sie verschwunden. Ein paar Sekunden später war auch das *Wissen* wieder fort. Aber ich hatte sie gesehen! – Und zu wem sonst sollten die Gestalten da draußen gehören, wenn nicht zu Gérard d'Orané? Immerhin: Er wollte mich und er wollte Julien – auch wenn er ihn wahrscheinlich immer noch für Adrien hielt. Nur: Warum versuchten sie nicht ins Haus zu kommen? Wussten sie, dass *Adrien* nicht bei mir war, und warteten darauf, dass er zurückkam, um zwei Fliegen mit einer Klappe zu schlagen?

Woher? Wäre es nicht einfacher, meiner habhaft zu werden, wenn mein Vourdranj-Leibwächter nicht bei mir war? Oder war es tatsächlich so, dass sie sich nicht hereinwagten, weil das Anwesen eigentlich – wie Julien gesagt hatte – zum Territorium meiner Familie gehörte und es sich als ungesund für sie erweisen könnte, hier etwas gegen mich zu unternehmen? Aber wer sollte Vlad, Mircea oder meinem Großvater Radu erzählen, dass sie sich nicht an die Spielregeln gehalten hatten, wenn sie mich erst zu Gérard gebracht hatten?

Ich hatte das Fenster betont langsam wieder geschlossen und es äußerst sorgfältig verriegelt, war aus dem Bad gegangen und hatte das Licht gelöscht – und war anschließend wie eine Besessene durch das ganze Haus gehetzt, um zu kontrollieren, ob auch alle übrigen Fenster und Türen zu, abgeschlossen und gesichert waren. Alles im Dunkeln in der Hoffnung, ihnen so mein Tun nicht zu verraten. Dass meine *neuen* Sinne währenddessen die ganze Zeit funktionierten, hatte mich wahrscheinlich vor unzähligen blauen Flecken bewahrt. Erst als ich die Alarmanlage *scharf* geschaltet hatte, wagte ich es, ein klein wenig tiefer zu atmen.

Auf das Sofa im hinteren Wohnzimmer gekauert hatte ich dann versucht Julien anzurufen. – Sein Handy hatte auf dem Treppenabsatz geklingelt. Als er nach Sonnenuntergang vor mir geflohen war, musste es aus den Falten seiner Jacke zu Boden gerutscht sein, ohne dass er es bemerkt hatte. Seitdem hockte ich ohne Licht auf der Treppe, starrte auf das grüne *on*-Lämpchen der Alarmanlage, lauschte angestrengt auf jedes Geräusch und hoffte in einem Moment darauf, dass Julien zurückkommen würde, und betete im nächsten, dass er die Falle bemerkte und es nicht tat. Wie durch ein Wunder sah die Bestie in meinem Inneren davon ab, ausgerechnet jetzt in meinen Eingeweiden zu wühlen. Ob die Überdosis Adrenalin in meinem Blut beruhigend auf sie wirkte?

Ich hielt den Atem an, als der kleine grüne Lichtpunkt irgendwann unvermittelt erlosch – und dunkel blieb. Seltsam zittrig stand ich von der Stufe auf. Sie hatten die Alarmanlage lahmgelegt! Und jetzt? Auch wenn ich vermutlich keine Chance gegen sie hatte: Es widerstrebte mir, einfach brav darauf zu warten, dass sie mich holen kamen. Ich brauchte eine Waffe! Den Gedanken, mir Juliens Beretta aus seinem Schrank zu holen, verwarf ich sofort wieder. Ich hatte keine Ahnung, wie ich mit einer Pistole umgehen musste, und wahrscheinlich war sie noch nicht einmal geladen. Dass ich einmal gesehen hatte, wie Julien Patronen in die Magazine gedrückt hatte, bedeutete nicht, dass ich wusste, wie das tatsächlich funktionierte. Nein, etwas Einfaches wäre bestimmt am besten. Eines dieser langen Mordwerkzeuge aus dem Messerblock vielleicht?

So leise ich konnte, schlich ich die restlichen Stufen hinunter, den Korridor entlang und in die Küche. Es war totenstill. Ich hätte noch nicht einmal sagen können, ob Gérards Handlanger bereits im Haus waren oder nicht. – Ausgerechnet jetzt ließen meine neuen Sinne mich im Stich.

Ich hatte die Finger schon um den Griff des langen, spitzen Schinkenmessers, als ich zögerte. Ein Messer würde bedeuten, dass ich sie bis auf Armlänge an mich herankommen lassen musste – was entschieden zu nah war für meinen Geschmack. Nein, ich brauchte eine andere Waffe. Die erste Alternative, die mir einfiel, war die Bratpfanne. Zumindest ein wenig länger als ein Messer, außerdem musste man damit nur zuschlagen. Noch immer darauf bedacht, kein Geräusch zu machen, holte ich die größte unserer Bratpfannen aus ihrem Gestell. Sie war schwer. Damit wusste ich aber immer noch nicht, wo sie hereinkommen würden. Vielleicht an mehreren Stellen zugleich? Ich warf einen Blick aus dem Küchenfenster. Keine Spur von Gérards Leuten ...

Eine Hand schloss sich wie aus dem Nichts über meinem

Mund, verhinderte, dass ich schrie, während sich gleichzeitig eine zweite über den Griff der Bratpfanne legte, ehe ich auch nur eine Chance hatte, sie zu heben – oder sie vor Schreck fallen lassen konnte. Die Witterung so dicht bei mir ließ meine Eckzähne schlagartig aus meinem Kiefer brechen. Julien! Von einer Sekunde zur anderen waren meine Knie weich – und der Hunger und die Gier wieder da. Hilflos schluckte ich dagegen an, versuchte beides zurückzudrängen, zu beherrschen. Es gelang mir nicht ganz, selbst als ich mir mit aller Kraft die Fingernägel der freien Hand in die Handfläche grub.

»Scht! Ich bin's, Julien. Kein Laut, wenn ich dich loslasse!« Das Flüstern war direkt neben meinem Ohr. Ich brachte ein Nicken zustande. Himmel, er musste gespürt haben, wie meine Eckzähne gewachsen waren.

Er nahm mir die Bratpfanne ab und seine Hand verschwand von meinem Mund, jedoch nur, um sich um meine Mitte zu legen und nicht zuzulassen, dass ich mich zu ihm umdrehte.

»Kein Mucks! Keine Fragen! Tu genau, was ich dir sage!« Sein Atem streifte die empfindliche Stelle unter meinem Ohr. Er sprach noch immer so leise, dass ich die Worte kaum verstehen konnte. »Wir verschwinden. – Geh nach oben, zieh dich um. Dunkle Sachen. Dunkelgrau oder schwarz. Am besten Jeans, ein Shirt mit Kapuze. Kein Glitzer. Schuhe, in denen du laufen kannst, die aber keinen Lärm machen. Weiche Sohlen. Leg Minas Rubine an, aber bind ein Tuch darüber; dunkel. So leise du kannst. – Hast du verstanden?«

Ich nickte erneut. In meinem Magen saß ein Zittern.

»Gut. – Weißt du ...«

»Die Alarmanlage ...«, setzte ich an, doch ein Zischen brachte mich zum Schweigen.

»Das war ich. – Weißt du, wo mein Handy ist?« Weder seine Lautstärke noch sein Ton änderten sich.

Anstelle eines Nickens fummelte ich es aus meiner Hosentasche, in die ich es zuvor gesteckt hatte, tastete damit hinter mich, bis ich seine fand und schob es ihm hinein. Seine Jeans fühlten sich erstaunlich trocken an. Meine Finger streiften den Saum eines Pullovers. Offenbar hatte er irgendwo ein paar Sachen zum Anziehen aufgetrieben. »Danke! Ich warte in der Halle auf dich! Du hast fünf Minuten!« Jetzt löste er auch den Arm um meine Taille. »Geh! Beeil dich! Und kein Licht! Auf gar keinen Fall!«

Ich gehorchte. Wenn einem vor Erleichterung schwindlig sein konnte, dann war das bei mir gerade der Fall. Julien war wieder da. Mal ganz abgesehen davon, dass er nicht zulassen würde, dass mir irgendetwas geschah: *Er war wieder da!*

Groteskerweise kam die Angst mit zitternden Händen und einem Knoten im Magen auf der Hälfte der Treppe zurück.

In meinem Zimmer tastete ich mich, so schnell ich konnte, durch meinen Kleiderschrank, stieg in dunkle Jeans und fand sogar ein Sweatshirt mit Kapuze in etwas, von dem ich nicht sicher sagen konnte, ob es Schwarz oder Dunkelblau war. Die Schuhe erwiesen sich als Problem. Entweder waren sie hell oder hatten Absätze. Schließlich entschied ich mich für ein Paar weinrote Laufschuhe und hoffte, dass die Farbe dunkel genug war. Nachdem ich Julien vor zwei Tagen – waren es tatsächlich erst zwei Tage gewesen? – meine Schals überlassen hatte, entpuppte sich auch die Sache mit dem *Tuch* als nicht ganz so einfach. Tücher – wie in quadratisch und nicht übermäßig groß – existierten in meiner Garderobe nicht. Letztendlich fand ich einen dünnen Fleece-Schal, der für deutlich kältere Jahreszeiten gedacht sein musste.

Was *Minas Rubine* betraf – ein Schmuckhalsband aus geschwärztem Silber und tiefroten Rubinen, die ich ursprünglich für Swarovski-Kristalle gehalten hatte, das mein Großonkel Vlad mir zum Halloween-Ball geschenkt und das vor sehr langer Zeit seiner menschlichen Geliebten Wilhelmina Harker gehört hatte –, benötigte ich nur einen Griff, da es bisher das einzige Stück in meiner Schmuckschatulle war. Allerdings bebten meine Finger so sehr, dass ich mehrere Versuche brauchte, bis ich es in meinem Nacken geschlossen hatte.

Ob ich mehr als fünf Minuten benötigt hatte? Ich hätte es beim besten Willen nicht sagen können, als ich mich wieder auf den Weg hinunter machte. Und obwohl ich wusste, dass Julien mich in der Halle erwartete, fuhr ich mit einem Keuchen herum, als er sich dann lautlos aus der Schwärze unter der Treppe löste, in der sich die Tür zum eigentlichen großen Keller verbarg.

Wie zuvor trat er ganz dicht hinter mich. – Und prompt weckte ihn so nah bei mir zu haben die Gier nach seinem Blut in mir. Ich konnte spüren, wie meine Eckzähne weiter aus meinem Kiefer drangen.

»Sie sind zu fünft. Zwei im Auto, bei der Auffahrt. Drei ums Haus. Die Seite zum See ist frei. Für den Moment. Ich schätze, sie merken es schneller, als uns lieb ist.« Ich spürte, wie Julien gepresst direkt neben meinem Hals Atem holte. »Wenn ich sage: ›Renn‹, dann rennst du. Dreh dich nicht um. Egal was du hörst, egal ob du das Gefühl hast, ich bin hinter dir, oder nicht. Die Vette steht Lincoln, Ecke Harring. Der Ersatzschlüssel liegt auf dem Hinterrad, Fahrerseite. Falls wir getrennt werden, treffen wir uns da. Bin ich nicht da, warte nicht. Nimm die Vette und fahr zu Susan. Von da rufst du Vlad an. Er soll dich holen. Persönlich. Bleib bei Susan, bis er kommt. Geh nur mit ihm mit.«

»Und du ...«

»Ich komme zu Susan.«

... *wenn ich kann.* Ich glaubte die Worte zu hören, ohne dass er sie aussprach.

Ehe ich noch etwas sagen konnte, flüsterte er: »Komm jetzt. Und kein Laut«, kam um mich herum, legte noch einmal nachdrücklich den Finger auf die Lippen und bedeutete mir, ihm zu folgen – zu den Glastüren, die vom hinteren Wohnzimmer auf die Veranda hinausführten.

Für einen Augenblick spähte er hinaus, wobei er gleichzeitig auf jedes Geräusch zu lauschen schien. Die Dunkelheit jenseits der Scheibe war auch für mich wieder ein sanftes Halblicht; nicht taghell, aber hell genug, dass ich sogar Details noch gut erkennen konnte.

Abgesehen von den ersten Bäumen, dort, wo ein Stück weit hinter der Veranda das kleine Wäldchen begann, war nichts zu sehen. Selbst zwischen den Bäumen bewegte sich nichts. Das Mondlicht glänzte auf dem nassen Gras und schimmerte in den Pfützen, die der Regen auf dem Boden hinterlassen hatte. Offenbar konnte auch Julien nicht mehr erkennen, denn er gab mir noch einmal mit einer Geste zu verstehen, leise zu sein, dann entriegelte und öffnete er einen der beiden Türflügel, ergriff mich am Arm und führte mich lautlos und angespannt – und schnell – über die hölzernen Verandadielen, die beiden Stufen hinunter auf den Wald zu. Dabei blickte er sich immer wieder nach allen Seiten um. Schon nach wenigen Schritten waren meine Schuhe vom feuchten Gras durchweicht. Ich wagte kaum zu atmen.

Als wir die ersten Bäume erreichten, nahm Juliens Anspannung keineswegs ab. Im Gegenteil. Er blieb sogar mit mir stehen, lehnte sich abermals ganz dicht zu mir und flüsterte mir »Pass auf, wo du hintrittst. Ein Ast und sie haben uns« zu. Ich konnte nur nicken. Die Hand an meinem Arm zog er mich erneut vorwärts – wenn auch langsamer als zuvor.

Doch schon nach wenigen Schritten zögerte ich, blieb

schließlich stehen. In der Luft hing ein Geruch, den ich nicht einzuordnen vermochte; stechend, düster, kalt. – Bis ich den Körper am Boden, direkt neben einem halb umgestürzten Baum entdeckte: tot. Ein bleiches, junges Gesicht. Hellblonde Locken. Die Augen standen offen. Der Kopf hing irgendwie verdreht zur Seite.

Auch Julien war gezwungenermaßen stehen geblieben. Ein Ruck an meinem Arm brachte mich dazu, mich zu ihm umzudrehen. »Hast du ernsthaft angenommen, sie würden ausgerechnet diese Seite unbewacht lassen?«, zischte er. »Komm weiter!« Ich starrte ihn an, ohne mich zu rühren. Julien knurrte etwas kaum hörbar auf Französisch und hob ungeduldig die Schultern. »Ich konnte nicht riskieren, dass er zu schnell wieder aufwacht und uns verrät. – Jetzt komm schon. Es wird ihnen bald auffallen, dass er verschwunden ist.«

Er machte kehrt, zog mich weiter mit sich. Ich folgte seinem Griff, schluckte beklommen. Das hier war nicht mein Freund, der mich durch den Wald führte. Ich hatte es mit dem Vourdranj zu tun, dem Killer; jener dunklen, gefährlichen Seite des Jungen, den ich liebte. Ich holte bebend Luft und machte gehorsam einen großen Schritt über einen Ast am Boden, auf den Julien mit einem leisen Laut wies. Hatte ich tatsächlich angenommen, Gérards Handlanger würden eine Seite des Anwesens unbewacht lassen? Hatte ich tatsächlich angenommen, das hier würde ohne *Verluste* ablaufen? – Offenbar hatte ich die Regeln dieses Spiels, so wie es die Lamia spielten, noch immer nicht begriffen. Julien hatte schon mehrmals getötet, um mich zu beschützen. Hatte töten müssen! Wie hatte ich annehmen können, dass es diesmal anders war? Ich zuckte zusammen, als etwas knapp über unseren Köpfen hinwegflatterte. – Irgendein Nachtvogel. Mehr nicht! Lamia – oder Vampire – konnten sich weder in Fledermäuse noch in Wölfe und schon gar nicht in

Nebel verwandeln, auch wenn diverse Bücher und Filme das behaupteten. Trotzdem brauchte mein Herz mehrere Sekunden, ehe sein Rhythmus wieder halbwegs normal war.

Wir waren keine zehn Meter weit gekommen, als Julien unvermittelt stehen blieb und mir die Hand auf den Mund drückte, bis er sicher war, dass ich keinen Laut von mir geben würde. Reglos standen wir nebeneinander und lauschten angestrengt. Das Mondlicht tauchte die Bäume um uns herum für meine neuen Lamia-Sinne in kühles Dämmerlicht. Dazwischen rührte sich nichts. Irgendwo hinter uns schlug eine Autotür. Auch wenn ich das Wo nicht genau einordnen konnte, schien mir das Geräusch viel zu gedämpft – als hätte sich jemand Mühe gegeben, möglichst keinen Lärm zu machen. Erschrocken schaute ich zu Julien. Meine Handflächen fühlten sich feucht an. Unwillkürlich rieb ich sie an meinen Jeans. Er hatte gesagt, zwei säßen in einem Auto bei der Auffahrt. Hatte er zuvor die andere Tür gehört? Noch immer starrte er mit schmalen Augen, den Kopf leicht zur Seite geneigt, angestrengt lauschend in das Halblicht. Seine Züge waren angespannt. Im nächsten Moment presste er die Lippen zu einem harten Strich zusammen, sah mich an und bedeutete mir mit einem abrupten Nicken weiterzugehen, ehe er sich selbst wieder in Bewegung setzte, die Hand noch immer fest an meinem Arm – deutlich schneller als zuvor. Ich folgte ihm, fieberhaft darauf bedacht, kein Geräusch zu machen.

Meine Sinne verloren ihre Schärfe, kurz nachdem wir die Richtung gewechselt hatten und in einem Bogen, einen alten, halb überwucherten Wirtschaftsweg entlang, wieder auf die Stadt zuhielten. Ich dankte stumm dem Himmel dafür, dass sie mich erst jetzt im Stich ließen, denn sonst hätte ich es auf unserem Marsch quer durch den Wald wohl kaum geschafft, Julien halbwegs leise zu folgen.

Julien ließ mich erst los, als wir einen schmalen Betonpfad erreichten, der zwischen zwei Häuserreihen verlief. Doch auch jetzt verlangsamte er sein Tempo nicht. Im Gegenteil, er beschleunigte seine Schritte sogar noch, nachdem der Boden hier – abgesehen von der einen oder anderen achtlos weggeworfenen Dose, Rissen im Beton und vereinzelt darin wachsenden Grasbüscheln – keine Hindernisse oder verborgenen Stolperfallen aufwies. Ich musste fast rennen, um mit ihm mithalten zu können. – Und wie auf dem ganzen Weg bis hierher glitten seine Augen unablässig über unsere Umgebung, sah er immer wieder über die Schulter zurück.

Der dunkle Rollkragenpullover und die schwarzen Jeans, die er unter der Lederjacke trug, passten perfekt. Waren es seine eigenen Sachen? Woher hatte er sie? Immerhin hatte er sie schon getragen, als er vorhin in der Küche so plötzlich hinter mir gestanden hatte. Ob Gérards Leute unser Verschwinden schon bemerkt hatten? Ich wusste es nicht – aber ich wagte auch nicht, Julien danach zu fragen. Vielleicht weil er die ganze Zeit über kein Wort mehr gesprochen hatte?

Die Vette stand genau da, wo Julien gesagt hatte. Noch immer schweigend ließ er die Zentralverriegelung schon aufblinken, als wir noch ein paar Schritte entfernt waren, öffnete mir die Beifahrertür, ließ mich einsteigen, während er selbst wachsam die Straße hinauf- und hinunterblickte und schloss sie erstaunlich leise wieder, nachdem ich saß. Sekundenlang fummelte ich mit dem Gurt herum. Meine Hände waren eiskalt. Und zitterten. Im Rückspiegel bewegte sich ein Schatten. Julien, der hinter der Vette herumgegangen war. Ich warf einen hastigen Blick über die Schulter und sah gerade noch, wie er sich auf der Höhe des Hinterrads kurz vorbeugte, ehe er die Fahrertür öffnete und ebenfalls auf seinen Sitz glitt. Einen Moment später erwachte der Motor der Corvette auch schon mit einem dunklen Schnurrgrollen zum

Leben. Noch immer unübersehbar angespannt fuhr Julien los. Ich hielt die Hände zwischen die Knie geklemmt – bis ich es nicht mehr ertrug.

»Julien, bitte, wir müssen ... rede mit mir.« Ich wusste nicht, was ich sonst sagen sollte. In meinem Kopf herrschte Chaos. Bebend holte ich Luft. Ich wollte ihm sagen, wie leid mir tat, was geschehen war, dass ich alles geben würde, um es ungeschehen zu machen, ihn fragen, ob es ihm gut ging – welch ein Hohn, ich hatte ihn zu einem Dasein als Vampir verdammt! Die rot verschorfte Wunde an seinem Hals, die auch der Rollkragen seines Pullovers nicht ganz verdecken konnte, war ein überdeutlicher Beweis dafür. – Wollte einfach nur seine Stimme hören, selbst wenn er mich anschreien und verfluchen würde ... Statt einer Antwort zerrte er sein Handy aus der Hosentasche, klappte es auf und tippte mit dem Daumen eine Nummer ein, ehe er es ans Ohr hielt. Seine Augen gingen immer wieder zum Rückspiegel, offenbar auf der Suche nach irgendwelchen Hinweisen darauf, dass Gérards Leute inzwischen wussten, wo wir waren, und uns verfolgten. Ich starrte ihn fassungslos an.

»Julien ...«

Mit einem scharfen »Jetzt nicht!« brachte er mich zum Schweigen. Ich biss mir auf die Lippe und schmeckte Blut, als sich die Spitzen meiner Eckzähne schmerzhaft hineingruben. Juliens Blick zuckte zu mir. Seine Hand schloss sich fester um das Lenkrad. Ich hörte, wie sich jemand meldete. Julien fuhr zusammen. Für einen Sekundenbruchteil schien etwas wie ein Zittern durch seinen Körper zu rinnen, doch als er antwortete, klang seine Stimme absolut beherrscht, ja geradezu geschäftsmäßig kühl.

»Du Cranier hier.« Wenn er sich mit der *richtigen* Variante seines Namens, der französischen, meldete, musste der andere ein Lamia sein. Auf Anhieb fiel mir nur einer ein:

di Uldere. »Sind Sie allein? ... Ich brauche Ihre Hilfe. ... Sie müssen mir noch einmal Ihren Jet leihen. ... Das sage ich dem Piloten, sobald wir in der Luft sind. ... Dann geben Sie meinetwegen wieder Marseille an. ... Ja, es wäre vermutlich tatsächlich das Beste, wenn Ihr Pilot volltankt. ... Gut, an der gleichen Stelle. ... Ich bin unterwegs. ... Ja, wie beim letzten Mal. ... Das erfahren Sie dann. ... Nicht länger als vierundzwanzig Stunden. ... Ja, bis dann.«

Er legte auf und steckte das Handy weg. Diesmal in die Jackentasche. Meine Kehle war wie zugeschnürt. Er wollte mich wieder allein lassen. Einfach ... so. Nur dass er mich anscheinend diesmal wieder direkt unter di Ulderes Aufsicht geben wollte. In meinem Inneren stieg ein Wimmern empor. Er ging weg! Er ließ mich allein. Lieber Gott, nein, bitte, nein! Er durfte nicht gehen!

»Wohin ...« Ich musste mich räuspern, um die nächsten Worte halbwegs verständlich herauszubringen. »... fliegst du?«

»Wir!«

Verständnislos sah ich ihn an. »Du hast die ganze Zeit nur ›ich‹ gesagt ...«

»Di Uldere muss nicht wissen, dass du bei mir bist. Ebenso wenig, wie er das Ziel vorab kennen muss.« Julien hielt den Blick starr auf die Straße vor uns gerichtet. Seine Hände umklammerten das Lenkrad so fest, dass seine Knöchel sich unter der Haut abzeichneten. »Ich bringe dich zu Vlad nach Paris.«

»Paris?« Es fühlte sich an, als hätte er mir von einer Sekunde zur nächsten den Boden unter den Füßen weggerissen. »Nein, ich ...« *Ich will nicht nach Paris. Was ist, wenn Vlad dich mir wegnimmt? Was, wenn ...* Ich grub mir die Fingernägel in die Handflächen. »Warum nach Paris?« Nein, kein *Was, wenn*. War ich einmal in Paris, brauchte ich keinen Leibwächter mehr. Sie würden Julien wegschicken. »Weg aus Ashland Falls, ja, aber ... lass uns irgendwo anders hin-«

Er ließ mich nicht ausreden. »Wir haben keine andere Wahl! Wir müssen nach Paris. Ich kann ...« Unter seinem Griff knirschte das Leder des Lenkradbezugs. »Himmel, Dawn, verstehst du denn nicht? Ich bin ein Vampir. Ich kann nicht mehr in die Sonne. Wie soll ich dich da bei Tag beschützen? Ich ... Du bist nur bei Vlad sicher.«

Ich schluckte.

»Julien, ich ...«

»Wir reden später, Dawn. Bitte! Es sind über sechs Stunden von Bangor nach Paris. Wir haben ... dann ist genug Zeit. Jetzt ist ... es ist ... Ich kann ja noch nicht einmal ... dein Blut ...« Er schüttelte den Kopf. »Lass mich dich für den Moment einfach ... hier raus- und in Sicherheit bringen, ja?« Nur für eine Sekunde nahm er den Blick von der Straße und sah zu mir her. »In Ordnung?«

Erst nach einem Augenblick brachte ich ein Nicken zustande. Meine Hände zitterten. Für einen weiteren Moment sah ich vor uns auf die Straße, ehe ich mich abwandte und stumm in meinen Sitz verkroch. Was hätte ich auch sonst sagen – oder tun – sollen? Hilflos starrte ich aus dem Fenster. In meinem Oberkiefer pochte die Gier. Die Witterung von Juliens Blut, so nah, schürte sie mit geradezu schmerzhafter Intensität. Draußen hatten sich wenigstens noch unzählige Gerüche mit ihr vermischt, sie – zumindest ein klein wenig – gedämpft, aber hier im Inneren der Vette war sie kaum auszuhalten; nicht zuletzt weil sich zu allem Überfluss auch meine anderen Sinne wieder zurückgemeldet hatten und sie mich noch deutlicher wahrnehmen ließen. Ich grub mir die Nägel fester in die Handfläche. In Paris würde es vorbei sein. Es würde vorbei sein. Vlad würde es beenden. Ob wir wollten oder nicht. War Julien das denn nicht klar? Hoffte er vielleicht, dass Vlad uns genug mochte, um ihn bei mir bleiben zu lassen? Auch als Vampir? Oder verfügte Julien noch über irgendeinen Trumpf, den er gegen meine Familie ausspielen konnte? Einen, von dem ich nichts wusste? War er deshalb bereit, nach Paris zu gehen? Oder hasste er mich nach dem, was ich ihm angetan hatte, so sehr, dass er mich nur noch loswerden wollte? Würde er mich bei Vlad abliefern und dann einfach gehen? Einfach aus meinem Leben verschwinden? Ich drückte die Knie fester zusammen. Warum konnte das hier kein Albtraum sein? Warum konnte ich nicht morgen Früh, wenn die Sonne aufging, daraus erwachen und alles wäre wieder normal?

Wir fuhren über die Kreuzung, an der es linker Hand zur Mall ging. Ich riss den Blick aus der Dunkelheit los und schaute Julien an. »Das ist nicht der Weg zur Interstate.«

»Ich weiß.« Er sagte es vollkommen ruhig.

»Ich dachte, wir fahren zum Flughafen von Bangor.« Ich versuchte erst gar nicht meine Verwirrung zu verbergen.

Abermals sah Julien nur ganz kurz zu mir her, während er zugleich in eine Seitenstraße abbog. »Wir brauchen einen anderen Wagen. Die Vette ist zu auffällig. Nach ihr werden sie suchen.«

Sie, Gérards Leute, und möglicherweise noch ein Rudel menschlicher Handlanger, zu denen vielleicht sogar der ein oder andere Cop zählte. Wissentlich oder nicht. »Und wo, glaubst du, kannst du jetzt noch einen Wagen leihen?«

Julien bog erneut ab, diesmal nach links, und schräg gegenüber direkt wieder nach rechts, tiefer in das Wohngebiet hinein. »Ich habe nicht vor einen zu *leihen*. Zumindest nicht offiziell.«

Mir blieb der Mund offen stehen. Doch noch ehe ich etwas sagen konnte, fuhr Julien an den Straßenrand, hielt ein kurzes Stück hinter einem nicht mehr ganz neuen Mercury und drehte den Schlüssel im Zündschloss. Der Motor der Vette erstarb.

»Den Rest gehen wir zu Fuß. Ich will nicht, dass der Verdacht direkt auf uns fällt, nur weil die Corvette zu offensichtlich in der Nähe steht.« Einmal mehr huschte sein Blick zu mir, dann zog er den Schlüssel ab, stieg aus und schloss die Tür nahezu lautlos.

Sekundenlang saß ich einfach nur da. Schließlich gab ich mir einen Ruck und folgte Julien. Er hatte sich in den Kofferraum der Vette gebeugt.

»Du willst ein Auto stehlen?«, stellte ich noch immer irgendwie ungläubig flüsternd fest, als ich ihn erreichte. Auch wenn es mehr als unwahrscheinlich war, dass irgendjemand in diesen Häusern über sein so gutes Gehör verfügte, dass er verstehen konnte, was wir hier draußen auf der Straße sprachen – ganz abgesehen davon, dass um uns herum alle Fenster dunkel waren und die Bewohner vermutlich friedlich in ihren Betten lagen und schliefen –, wagte ich es nicht, lauter zu reden. In der Luft hing ein verwirrender Geruch, der das Pochen in meinem Oberkiefer verstärkte. Mit einem Schaudern schlang ich die Arme um mich.

Julien richtete sich auf, schob etwas in die Innentasche seiner Jacke und drückte den Kofferraumdeckel zu. »Wenn du das so hart ausdrücken willst: ja.« In seinem Mundwinkel zuckte es. »Aber vielleicht können wir uns ja auf *borgen ohne Wissen des Besitzers* einigen?« Für kaum mehr als den Bruchteil eines Augenblicks vertiefte sich das Zucken zu einem schiefen – und so schmerzlich vertrauten – Lächeln. Mein Herz zog sich zusammen. *Ich liebe dich, Julien Du Cranier.* Die Zentralverriegelung und die Alarmanlage gaben ein Blinken von sich, dann ließ er den Schlüssel in die Hosentasche gleiten und streckte mir die Hand hin. »Komm. Wir müssen in der Luft sein, ehe die Sonne aufgeht.«

In meiner Kehle saß ein Knoten. Ich sah auf seine Hand, zögerte, nicht sicher, ob ich es wagen konnte, ihm so nah zu kommen, ja ihn zu berühren, ohne die Kontrolle zu verlieren. Aber als ich schließlich doch weiter auf ihn zutrat und sie ergreifen wollte, ballte er seine unvermittelt zur Faust, ließ sie an seine Seite fallen und machte einen Schritt zurück. Hätte er mir eine Ohrfeige gegeben, hätte er mich kaum mehr überraschen können – allerdings hätte es vermutlich weniger wehgetan. Mit ziemlicher Verspätung ließ auch ich die Hand sinken. Julien öffnete den Mund, wie um etwas zu sagen, schloss ihn jedoch direkt wieder und nickte die Straße hinunter, während er sich zugleich mit einer abrupten Bewegung durch die Haare fuhr. »Da entlang. Lass uns gehen.«

Wir hätten Fremde sein können, die nur aus Zufall mitten in der Nacht nebeneinanderher den Bürgersteig entlanggingen. – Warum konnte das hier kein Albtraum sein?

Nachdem wir fünf Straßen weiter und noch dreimal abgebogen waren, hatte ich allmählich einen Verdacht, wo Julien das Auto *borgen* wollte – der sich bestätigte, als wir uns hinter der nächsten Kreuzung nach rechts wandten: Der Wagen stand vor dem dritten Haus auf der linken Seite. Dunkelrot. – Von der Auffahrt ein paar Schritte hinter dem Auto hatte Julien mich damals zu einer Spritztour auf seiner Fireblade mitgenommen. Mitten in der Nacht; hinauf zum Peak. Ich blieb abrupt stehen. Julien hielt ebenfalls inne und drehte sich zu mir um, eine Braue fragend gehoben.

»Du willst Neals Mustang stehlen?«, zischte ich fassungslos.

»Borgen«, korrigierte er mich leise und ungerührt.

Ich schüttelte den Kopf. »Er ist in dieses Auto genauso vernarrt, wie Adrien in die Vette oder du es in die Blade warst. Er bringt dich um.«

Julien schnaubte. »Da muss er sich hinten anstellen.« Er wollte weitergehen, doch ich hielt ihn am Arm zurück.

»Das kannst du nicht machen!«

»Wetten?« Mit einem Ruck befreite er sich aus meinem Griff.

»Julien ...«

Er stieß einen genervten Laut aus. »Dem Wagen wird nichts passieren. Wir stellen ihn in Bangor auf einen Parkplatz beim Flughafen, Hallern wird ihn morgen, wenn er sein Verschwinden bemerkt, als gestohlen melden, die Cops werden ihn dort finden und er bekommt ihn wieder zurück. – Wo ist dein Problem?«

Wo mein Problem war? – Es war Neals Auto. So wütend ich in letzter Zeit auf ihn gewesen sein mochte: Er war einmal ein Freund gewesen – und der Gedanke, ausgerechnet seinen Mustang zu stehlen, war einfach ... Nein!

»Lass uns einen anderen nehmen, Julien.«

Diesmal schüttelte er den Kopf. »Bestimmt nicht. Von Hallerns Mustang weiß ich, dass er läuft. Bei irgendeiner anderen Karre kann ich nicht sicher sein. Und wir können es uns nicht leisten, irgendwo auf der Strecke liegen zu bleiben.«

»Und wenn er eine Alarmanlage eingebaut hat?«

Julien verzog den Mund. »Hat er nicht. Noch nicht. Ihm fehlen noch ein paar Teile. – Glaub mir.« Damit ließ er mich stehen und ging endgültig zu Neals Wagen hinüber. Ich blieb, wo ich war, und sah beklommen dabei zu, wie er neben die Fahrertür trat, den Blick noch einmal die Straße hinauf- und hinunterwandern ließ, während er in seine Jacke griff und ein längliches schwarzes Etui hervorzog. Unsicher schaute ich mich ebenfalls nach allen Seiten um. Mein Blick blieb an dem Haus der Hallerns hängen. Neals Zimmer lag nach hinten, zum Garten hin, ebenso wie das Schlafzimmer seiner Mutter. Nur das seines Vaters ging auf die Straße. Soweit ich wusste, war der allerdings ziemlich häufig auf Geschäftsreise. Hoffentlich auch heute Nacht. In der sauber gestutzten Hecke, die die Auffahrt der Hallerns von der ihrer Nachbarn trennte, raschelte es. Unwillkürlich ging mein Blick in Richtung des Geräusches. Wieder ein Rascheln, etwas bewegte sich darunter, gleich darauf ein kaum hörbares Quieken und ein Knacken. Die Witterung, die von einer Sekunde zur anderen in der Luft hing, traf mich wie ein Schlag. Meine Eckzähne brachen ohne Vorwarnung aus meinem Kiefer. Wieder ein Rascheln unter der Hecke, eine Bewegung, dann flitzte ein schlanker, schmaler Körper darunter hervor: eine Katze. Eine tote Maus im Maul. Plötzlich wusste ich, was jener seltsame Geruch war, der schon die ganze Zeit an meinen Sinnen gezerrt hatte: Blut! Das Blut der Menschen, die um uns herum ahnungslos in ihren Betten schliefen. Mit einem Mal zitterte ich. Am ganzen Körper. Meine Eingeweide brannten. Langsam und tief atmete ich ein, schmeckte die Luft. Ein Hauch von Süße, der von schräg hinter mir kam, dort, wo Julien war, der Rest ... salzig, herber. In meinem Oberkiefer wühlte der Schmerz stärker. Blut. So viel davon. Es würde den Hunger endlich stillen. Schwer und salzig und lockend. Nur ein bisschen, ein paar Schluck würden ihnen nicht schaden. Sie hatten so viel in sich. Und ich brauchte so wenig ... so wenig ... wenig ... Unvermittelt war eine Hand an meinem Arm, zerrte daran. Ich fuhr herum, fletschte die Zähne – meins! –, zischte. Julien fauchte zurück, packte auch meinen anderen Arm, schüttelte mich, zeigte mir seine eigenen Fänge ... Ich starrte ihn an – und begriff eine halbe Sekunde später, dass ich nicht mehr auf der Auffahrt der Hallerns war. Sondern auf der Rückseite eines Hauses in einem Garten. Nicht der Garten, der zu Neals Zuhause gehörte. Über mir stand ein Fenster offen. Die Hauswand war direkt vor mir. Die Hauswand mit einem Spalier, an dem sich irgendwelches Grünzeug emporrankte.

O mein Gott. Ich machte einen Schritt zurück, schlang die Arme um mich. Oder hätte es getan, wenn Julien mich losgelassen hätte, doch er gab nur einen frei. An dem anderen zerrte er mich hinter sich her – wortlos –, an dem Haus und der Hecke vorbei, zurück auf die Straße. Der Duft seines Blutes so nah machte mich schwindlig. Ich versuchte nicht zu atmen, an etwas anderes zu denken. Das Zittern in meinem Inneren verstärkte sich. Ich wehrte mich nicht, als er mich nachdrücklich gegen die Beifahrerseite des Mustang schob. Das Entsetzen darüber, was ich beinah getan hätte, lag lähmend über meinem Verstand. Ich registrierte den Blick, mit dem er mich bedachte, ohne ihn wirklich wahrzunehmen. Spürte, wie er mich nach einem Zögern losließ, hörte seine Schritte, während er um die Schnauze des Mustang herumging ... als ich aufsah, begegnete ich seinen Augen. Sie waren schwarz. Er beobachtete mich, schien beinah damit zu rechnen, dass er im nächsten Moment abermals hinter mir herlaufen musste; mich wieder einfangen und daran hindern musste, einem wehrlosen Menschen an die Kehle zu gehen. Jetzt schlang ich doch die Arme um mich, legte den Kopf in den Nacken und schluckte hilflos gegen den Hunger an. Ohne Erfolg.

Julien hatte sich von Neuem dem Schloss des Mustang zugewandt. Ich zuckte zusammen, als ein leises Knacken zu mir herüberdrang, und schaute hastig wieder zu Julien hin. Gerade war er dabei, irgendetwas in das Etui zurückzustecken, ehe er mir über das Wagendach hinweg zunickte einzusteigen und selbst auf den Fahrersitz glitt. Bis ich mich vorgebeugt hatte und nach dem Griff langte, hatte er mir die Tür schon von innen geöffnet. Das Etui lag auf dem Sitz. Ich hob es auf, sank mit einem äußerst mulmigen Gefühl neben ihn und schloss die Tür wieder, so leise ich konnte. Der Duft von Juliens Blut drang mir erneut in die Nase. So nah und süß ... Um ein Haar hätte ich gestöhnt. Ich biss die Zähne zusammen. Julien hantierte mit zwei schmalen, matt glänzenden Metallstücken im Zündschloss herum – und gleich darauf erwachte der Motor zum Leben.

Ohne mich anzusehen, zog er die Tür auf seiner Seite zu – ich warf einen hastigen Blick zum Haus hin, nirgendwo ging das Licht an – und fuhr los. Langsam. Leise. Bis zur nächsten Kreuzung. Erst dort gab er Gas. Die Tachonadel schnellte in die Höhe und der Mustang machte einen Satz. Ich drehte mich auf meinem Sitz um und sah noch einmal zum Haus der Hallerns zurück. Nach wie vor war dort alles dunkel. Doch erst als wir um die nächste Ecke gebogen waren, wagte ich es, mich ein klein wenig zu entspannen. – Lieber Himmel, wir hatten gerade Neals Auto gestohlen! Julien nahm mir das Etui ab und ließ es in seiner Jacke verschwinden. Wie zuvor in der Vette kauerte ich mich in meine Ecke, rieb mir übers Gesicht. – Wir hatten Neal Hallerns Mustang gestohlen! – Ich konnte nur hoffen, dass wir nicht ausgerechnet heute Nacht in eine Polizeikontrolle gerieten. Aber bei dem Hunger, der in mir brannte, war das im Augenblick mein kleinstes Problem. Julien war so nah ... so nah ... Ich drängte mich fester gegen die Tür, presste das Gesicht gegen die Scheibe und versuchte mich auf den Geruch des Glases zu konzentrieren – bis Julien direkt hinter der Stadtgrenze von Ashland Falls in einen Waldweg einbog, den Mustang nach ein paar Metern zum Stehen brachte. Erstaunt drehte ich mich zu ihm um. Ich hatte die Bewegung noch nicht ganz zu Ende geführt, da hielt er mir schon seinen Arm hin, die Innenseite nach oben. Mit der anderen Hand umklammerte er das Lenkrad.

»Trink!« Das Wort war ein Befehl. Er blickte starr geradeaus.

Hatten meine Eckzähne sich zuvor zumindest ein kleines

Stück in meinen Kiefer zurückgezogen, schoben sie sich jetzt wieder weiter daraus hervor. Ich konnte das Blut in den Adern an seinem Handgelenk pochen sehen. Beinah glaubte ich, seinen Geschmack schon auf der Zunge zu haben ...

»Mach schon!«

Ich schrak zusammen, riss meine Hände zurück, die sich schon halb nach seinem Arm ausgestreckt hatten, und drückte mich erneut in meine Ecke.

»Nein.« Ich schüttelte den Kopf. »Nein, ich will das nicht, Julien.«

»Mit wollen oder nicht wollen hat das hier nichts mehr zu tun.« Er sprach hart und kalt. »Du kannst den Hunger nicht beherrschen. Im Flughafen von Bangor sind Hunderte Menschen. Ich will nicht, dass du dort die Kontrolle verlierst und am Ende ein Blutbad anrichtest. Ich bin nämlich nicht sicher, ob ich dich daran hindern könnte.«

»Nein. Bitte, Julien, ich ... ich will das nicht.« Ich zog die Beine an und drückte mir die Fäuste in den Bauch; kauerte auf meinem Sitz und zitterte wie ein Junkie, der dringend seinen nächsten Schuss brauchte. Wäre von dieser *Sucht* ein Entzug möglich, ich würde ihn sofort machen – so qualvoll er auch sein mochte. »Ich werde die Kontrolle nicht verlieren.«

Er wandte den Kopf, sah mich an. An seiner Wange zuckte es. »Und das glaubst du tatsächlich?« Waren seine Worte bisher nur hart gewesen, jetzt waren sie brutal.

Ich schluckte, wollte »Ja!« sagen – und konnte es nicht. »Dann lass uns bis kurz vor Bangor warten«, brachte ich schließlich hilflos hervor.

»Nein! Jetzt!« Julien hielt mir seinen Arm energischer hin. »Je länger wir warten, umso mehr brauchst du. – Und ich habe auf der Fahrt wenigstens die Möglichkeit, mich ein bisschen zu erholen.« Er blickte wieder nach vorne. »Nun mach!«

Mir war zum Heulen zumute. Das hier war ein Albtraum! Es konnte nur ein Albtraum sein. Ich saß nicht in Neals gestohlenem Auto und diskutierte mit dem Jungen, den ich liebte, ob ich sein Blut trinken sollte oder nicht, als wäre es ... als würde er mir absolut nichts bedeuten!

Offenbar zögerte ich Julien zu lange, denn er zog den Arm zurück, riss sich wie schon so oft in den letzten Tagen selbst das Handgelenk auf und hielt es mir abermals hin.

»Mach endlich!« Seine Stimme klang gepresst.

Blut rann über seine Haut, tropfte von seinem Arm und in meinen Schoß. Rot, dunkel, süß ... Meine Hände schoben sich wie von selbst darunter, fingen die Tropfen auf, hoben sich, schlossen sich um seinen Arm und seine Hand ... Es war, als stünde ich neben mir, beobachtete etwas, das eine Fremde tat. Seine Haut fühlte sich noch immer heiß und geschwollen an. Mein Griff musste ihm wehtun. Ich wollte ihn lockern – und schaffte es nicht. Irgendwo in mir schrie eine Stimme immer wieder hilflos und verzweifelt »Nein!«

Ich zog seinen Arm näher heran, beugte mich vor, grub meine Zähne in die Wunde. Julien zuckte, als hätte ich ihm einen Stromschlag verpasst. Ansonsten rührte er sich nicht. Süß und dunkel füllte sein Blut meinen Mund. Ich schluckte, hörte mich selbst gegen sein Handgelenk stöhnen. Tränen traten mir in die Augen – und trotzdem konnte ich nicht aufhören zu trinken.

Ich merkte es im ersten Moment gar nicht, als Julien sich irgendwann gegen meinen Griff zu wehren begann. Doch dann schaffte er es, mir seinen Arm zu entreißen, stieß die Autotür mit Wucht auf und taumelte aus dem Wagen. Eine Sekunde sah ich ihn noch im Licht der Scheinwerfer, in der nächsten war er aus ihrem Kegel verschwunden.

»Julien!« Erschrocken riss ich meinerseits die Tür auf und hastete hinter ihm her. Ich fand ihn nur ein paar Meter weiter auf den Knien, die Schulter an einem Baum, die Arme auf den Leib gepresst, ebenso unkontrolliert zitternd wie ich gerade eben noch.

»Julien ...«

Ich wollte zu ihm, mich neben ihn knien, ihm etwas von *meinem* Blut geben ... Es war wie schon im Kellerraum des Anwesens: Er jagte mich mit einer harten Geste fort. »Geh weg! Mach dich sauber! Sieh zu, dass kein Blut auf den Sitz kommt! Wenn die Cops den Wagen untersuchen, dürfen sie nichts finden. – Ich Vollidiot ...« Was auch immer er noch hatte sagen wollen, ging in einem Keuchen unter, das in einem Stöhnen endete.

Die Hände zu Fäusten geballt machte ich erneut einen Schritt auf ihn zu. Was Julien diesmal sagte – nein, eher zischte –, konnte ich nicht verstehen, da es Französisch war. Doch ich blieb stehen, als er sich auf die Beine kämpfte und ein Stück weiter den Weg entlangtaumelte – fort von mir –, ehe er abermals auf die Knie fiel und sich zusammenkrümmte.

Ich versuchte nicht noch einmal, mich ihm zu nähern. Doch erst nach etwas, das sich wie eine kleine Ewigkeit anfühlte, ging ich zum Mustang zurück und tat, was Julien verlangt hatte. Zum Glück hatte Neal Taschentücher in seinem Handschuhfach. – Wie durch ein Wunder war kein Blut auf dem Sitz. Und das, obwohl meine Hände damit vollkommen verschmiert waren. Meine Eckzähne hatten sich in meinen Oberkiefer zurückgezogen.

Es dauerte eine gute Viertelstunde, bis Julien endlich wieder zum Auto zurückkam. Jede Minute davon war mir wie eine Stunde erschienen. Er sagte nichts, durchquerte die Lichtkegel der Scheinwerfer, trat an die Fahrerseite, bedeutete mir einzusteigen und glitt selbst auf seinen Sitz.

Wie zuvor drückte ich mich in meine Ecke. Diesmal allerdings aus Scham und nicht, weil ich fürchtete, der Geruch seines Blutes würde den Hunger und die Gier in mir zu sehr schüren: Julien war totenblass und zitterte wie im Fieber. – Und ich war schuld daran.

Noch immer schweigend setzte er zurück, bis wir die Straße erreicht hatten, bog rücklings auf die Fahrbahn ein und gab Gas. Doch er hielt sich erstaunlicherweise an das Tempolimit; selbst als wir wenig später auf die weitestgehend verlassene Interstate nach Bangor auffuhren. Und immer wieder ging sein Blick in den Rückspiegel, während seine Hände die ganze Zeit das Lenkrad umklammerten.

Juliens Zittern blieb – zusammen mit den Krämpfen, die seinen Körper wieder und wieder unvermittelt spannten und mich jedes Mal hilflos die Zähne zusammenbeißen ließen, weil ich nichts tun konnte, um ihm zu helfen. Oder es ungeschehen zu machen.

Meile um Meile dauerte die Stille zwischen uns an; die ganze Strecke von Ashland Falls bis zum Flughafen. Nur einmal, kurz hinter der Auffahrt der Interstate, hatte ich versucht noch einmal mit ihm zu sprechen. Er hatte mich mit einem schroffen »Nicht jetzt. Wir reden im Flugzeug.« zum Schweigen gebracht. Es war, als würde er seine ganze Konzentration für den Wagen und die Fahrbahn brauchen. – Julien! Für den Tempolimit ein Fremdwort und Geschwindigkeit eine Leidenschaft war ... und der meinen Atem regelmäßig zum Stocken brachte, wenn er bei mörderisch überhöhter Geschwindigkeit meine Hand ergriff, um meine Handfläche zu küssen.

Selbst als wir kurz vor dem Terminal von der Zufahrtsstraße in eine Art kleines Industriegebiet abbogen, das sich offenbar an das Flughafengelände anschloss, sagte er noch immer nichts.

Deutlich langsamer als erlaubt fuhren wir an den flachen

Bürogebäuden und Lagerhallen vorbei, hinter denen sich – soweit ich erkennen konnte – ein Hangar und ein weiteres Vorfeld befanden, auf dem mehrere kleine Flugzeuge standen; vermutlich Privatmaschinen. Wann immer sich eine Lücke zwischen den Gebäuden öffnete, ging Juliens Blick zum Flughafen. – Bis er offenbar entdeckte, wonach er die ganze Zeit gesucht hatte, denn er beschleunigte auf *normale* Geschwindigkeit, passierte ein paar weitere Hallen und bog dann auf einen Parkplatz auf der gegenüberliegenden Straßenseite ab, wo er den Mustang neben ein paar anderen Autos parkte, die hier über Nacht abgestellt waren, den Motor abwürgte, Lenkrad und Schaltknüppel mit seinem Ärmel abwischte und ausstieg. Auch wenn ich mir vermutlich keine Gedanken darüber machen musste, dass die Polizei meine Fingerabdrücke in Neals Wagen finden könnte – immerhin war ich in der Vergangenheit trotz Chauffeur und Samuels Verbot ein- oder zweimal mit ihm mitgefahren –, tat ich es ihm nach, ehe ich ebenfalls ausstieg. Allerdings benutzte ich eines der Taschentücher aus Neals Handschuhfach und war – wie die ganze Fahrt über – darauf bedacht, mit meinen Kleidern nirgendwo irgendwelche Spuren von Juliens Blut zu hinterlassen. Ich schlug die Tür zu. Julien hatte seine bereits geschlossen und rieb gerade mit dem Ärmel über den Türgriff. Erneut folgte ich seinem Beispiel, doch als ich um das Heck des Mustang herum zu ihm gehen wollte, nickte er zur Einfahrt des Parkplatzes hinüber. Ich verstand, machte kehrt und strebte in die Richtung, in die er gewiesen hatte. Mit ein paar schnellen Schritten hatte er mich eingeholt. Nur aus dem Augenwinkel registrierte ich, wie er sein Handy aus der Jacken- in die Hosentasche schob, dann warf er mir seine Jacke über die Schultern; vermutlich um das Blut auf meinen Kleidern zu verbergen, sollten wir wirklich um diese Uhrzeit irgendjemandem begegnen. Im

Schein der Straßenlaternen hätte man tatsächlich auf die Idee kommen können, ich hätte einen Mord begangen. Noch immer sagte er nichts; auch als wir die Straße zurück auf die Seite des Flugplatzgeländes überquerten und er mich nach einem raschen Blick über die Schulter näher zu den Bürogebäuden und Frachthallen dirigierte. Ein übermannshoher, von Stacheldraht gekrönter Zaun erstreckte sich dazwischen, offenbar dazu gedacht, ungebetene Besucher davon abzuhalten, das Flughafengelände von dieser Seite zu betreten. Davor schimmerte beinah gänzlich zugewuchert das rötlich überzogene Metall von Bahngleisen.

Julien legte den Arm um meine Schultern. Sein Zittern zu spüren war schlimmer, als es nur zu sehen. Besorgt schaute ich zu ihm auf. Sein Gesicht war maskenhaft starr und doch konnte ich sehen, wie hart er die Kiefer aufeinanderpresste. Ich streifte seine Hand mit meiner: Sie war eiskalt und feucht von Schweiß. Er schwieg noch immer.

Scheinbar harmlos schlenderten wir dicht beieinander an dem nächsten Schuppen vorbei. Ich hätte um ein Haar vor Schreck aufgequietscht, als Julien mich von einer Sekunde zur nächsten um dessen Ecke und in den Schatten dahinter zog. Schräg gegenüber leuchtete die weiß verputzte Mauer eines Frachtbüros. Seine Fenster waren dunkel. Und dann ging alles Schlag auf Schlag: Julien nahm den Arm von meiner Schulter, zischte »Komm!«, während er mir zugleich die Jacke abstreifte und im Schutz des Schuppens auf den Zaun zuhastete. Mit einer gekonnten Bewegung warf er sie über den Stacheldraht, lehnte sich mit dem Rücken gegen die Maschen, verschränkte die Hände vor sich zu einem Tritt und nickte mir zu. »Na los! Rüber mit dir. Mach schon!« Das hier war etwas anderes als ein Einbruch im *Bohemien*. Er ließ mir keine Zeit zum Nachdenken. Mehr aus Reflex setzte ich meinen Fuß in seine Hände, hielt mich an seinen Schultern fest und stieß mich ab. Julien gab mir zusätzlich Schwung, ich rutschte beinah Kopf voran über seine Jacke auf die andere Seite, bekam gerade noch die Zaunmaschen zu fassen, sodass ich irgendwie die Drehung schaffte und mit den Füßen zuerst landete. Ungeschickt kam ich auf, stolperte und setzte mich unsanft auf mein Hinterteil.

»Weg da!«, hörte ich Julien von der anderen Seite und krabbelte, so schnell ich konnte, rücklings von den Maschen fort. Im nächsten Moment raschelte der Zaun, dann kauerte Julien plötzlich auf dieser Seite, richtete sich sofort wieder auf, pflückte seine Jacke von oben herunter – ohne auf das Ratschen von Stoff zu achten –, packte meinen Arm, zog mich vom Boden hoch und gegen die Rückwand des Schuppens. Lauschend hockten wir nebeneinander im Dunkeln. – Ich für meinen Teil ziemlich atemlos. Das Ganze hatte nicht mehr als eine, allerhöchstens zwei Minuten gedauert.

Als nirgendwo eine Sirene losplärrte oder jemand aus einem der Büros gestürmt kam und nach der Polizei oder dem Sicherheitsdienst brüllte, wagte ich schließlich, mich ein wenig zu entspannen. Julien rückte ein kleines Stück von mir ab und stand auf, während er sich zugleich weiter wachsam umsah. Nur sehr zögernd richtete ich mich ebenfalls auf. Rechts von uns waren mehrere Kisten aufeinandergestapelt. Die darüber gebreitete Plane flappte gelegentlich in den leichten Böen, die über den dunklen Asphaltboden strichen. Ein paar Meter weiter stand etwas, das für mich wie ein Tankwagen aussah. Dahinter erhob sich eine ziemlich große Halle – vermutlich ein Hangar –, auf dessen anderer Seite ich ein weiteres, flaches Gebäude erkennen konnte. Links davon und ein gutes Stück entfernt erstreckte sich der hell erleuchtete Bangor International Airport. Eine riesige Verkehrsmaschine rollte eben langsam vom Vorfeld auf die Startbahn hinaus. Eine andere hob gerade ab. Das Dröhnen ihrer gigantischen Motoren drang beinah unvermindert bis zu uns, als der Pilot Schub gab, und ich duckte mich unwillkürlich ganz leicht, als sie gleich darauf über unsere Köpfe hinwegdonnerte.

Julien warf mir die Jacke erneut über und berührte mich am Arm. Ich sah ihn an. »Da drüben, die Gulfstream, da müssen wir hin.« Er wies auf einen elegant aussehenden Jet, der, die Schnauze schon Richtung Rollbahn gerichtet, gut hundert Meter oder mehr von uns entfernt auf der gegenüberliegenden Seite des Vorfeldes stand – und hielt mich mit einem Kopfschütteln zurück, als ich quer über das Feld darauf zugehen wollte.

»Außen herum«, flüsterte er und nickte in Richtung der Kisten und des Tankwagens.

Verständnislos sah ich ihn an. Dass wir uns heimlich aufs Flughafengelände geschlichen hatten, um die Sicherheitskontrollen zu umgehen und nicht von irgendwelchen Überwachungskameras gefilmt zu werden, konnte ich noch nachvollziehen, aber ... »Sie wissen, dass wir kommen«, zischte ich zurück. Und sie erwarteten uns bereits. Dafür zumindest sprachen das hell erleuchtete Innere des Jets, die offene Tür und die heruntergeklappte Treppe.

Ein Schnauben. »Das bedeutet nicht, dass sie früher als unbedingt nötig wissen müssen, dass wir da sind.« Noch immer sprach er so leise, dass ich ihn gerade noch verstehen konnte.

»Ich dachte, du traust di Uldere.« Ich glitt in die Ärmel seiner Jacke.

»Nur so weit, wie ich muss. Auch wenn ich ihm damit vermutlich unrecht tue. – Sobald der Jet in der Luft ist, bist du in Sicherheit. Ich werde auf den letzten Metern kein Risiko eingehen. Vor allem nachdem wir auf dem Weg hierher einiges an Zeit verloren haben.« Er wies mit dem Kinn abermals in Richtung der Kisten. »Gehen wir.« Wie zuvor ergriff er meinen Arm und zog mich vorwärts, bis an die Ecke des Schuppens. Ein rascher, sichernder Blick auf die andere Seite des Zauns, über den wir eben gerade geklettert waren, dann ein knappes Nicken und wir hasteten daran entlang bis in den Schutz des Bürogebäudes. Wie zuvor verharrten wir nebeneinander dicht an der Wand und lauschten mehrere Sekunden, ehe Julien mir mit einem neuerlichen Nicken bedeutete weiterzugehen, immer im Schatten, direkt an der Mauer entlang, wieder bis zur Ecke. Abermals blieben wir stehen. Diesmal huschte Juliens Blick nicht nur zum Zaun hin, sondern auch zum Hangar hinüber und zurück. Dann wieder ein Nicken und wir brachten schnell und lautlos die Strecke zum Tankwagen hinter uns. Und kauerten uns abermals nebeneinander in den Schatten. Jetzt konnte ich auch das andere Gebäude besser sehen, das sich ein Stück hinter dem Hangar erhob; flach und viereckig. Hinter den Fenstern brannte Licht. In einem bewegten sich Schatten. Julien stupste mich an, um meine Aufmerksamkeit wieder auf sich zu lenken, und wies zuerst auf ein paar Fässer, die ein paar Meter weiter vor dem Tankwagen standen, dann auf eine Art Wellblechschuppen und schließlich auf zwei kleine altmodische Propellerflugzeuge, die sich ungefähr auf halber Strecke zwischen dem Schuppen und di Ulderes Jet befanden. Zwischen ihnen und der Maschine gab es keinerlei Deckung mehr. Das würde unser Weg zu unserem Flieger und damit in Sicherheit sein.

Ich wollte mich gerade zu den Fässern hinüber in Bewegung setzen, als Julien mich unvermittelt in den Schutz des Tankwagens zurückkriss. An dem Gebäude hinter dem Hangar hatte sich eine Tür geöffnet. Zwei Männer kamen heraus, blieben davor stehen, die Flamme eines Feuerzeugs flackerte auf, gleich darauf noch einmal und dann wehte Zigarettenrauch zu uns herüber – zusammen mit dem Geruch nach ihrem Blut. Hastig kauerte ich mich abermals neben Julien in den Schatten und dankte zugleich dem Himmel dafür, dass er mich zuvor dazu genötigt hatte, von ihm zu trinken. Einer der beiden lachte, die Zigarettenspitze glühte für eine Sekunde heller, wurde wieder dunkler. Wir hockten da und warteten, während die zwei sich über irgendwelche Flugdetails unterhielten. Der eine schnippte seine Zigarette weg, zündete sich eine neue an. Ich sah zu Julien. Gerade eben erhob sich eine weitere der mächtigen Verkehrsmaschinen auf der Startbahn hinter uns mit dröhnenden Motoren in den Himmel. Seine Augen lagen auf mir. Plötzlich war meine Kehle eng, ohne dass ich wusste warum. Ich brachte keinen Ton heraus. Gleich darauf ließ mich das Klacken einer Tür zusammenfahren. Eine Sekunde später hatte Julien mich schon von Neuem am Arm ergriffen, in die Höhe gezogen und lief mit mir zu den Fässern hinüber. Kaum hatten wir uns in ihren Schutz geduckt, trieb Julien mich auch schon weiter.

Nur noch zwei oder drei Meter trennten uns von dem Wellblechschuppen, als sich plötzlich eine Gestalt aus seinem Schatten löste. Mit einem Zischen blieb Julien jäh stehen, schob mich hinter sich und hielt in der gleichen Bewegung unvermittelt wie durch Zauberei seinen Dolch in der Hand. Auch die Gestalt vor uns hatte innegehalten.

»Ich will nicht behaupten, ich sei unbewaffnet, Signore Du Cranier, aber ich habe nicht vor, diese Waffe gegen Sie zu benutzen.« Die Hände ganz leicht vor sich gehoben, sodass Julien sie sehen konnte, trat der Sovrani von Ashland Falls endgültig aus dem Schatten des Schuppens. »Principessa«, begrüßte er mich mit einem höflichen Nicken. Ich versuchte ein Lächeln als Antwort. Vor mir ließ Julien den Dolch keinen einzigen Millimeter sinken – oder entspannte sich auch nur einen Hauch.

»Was tun Sie hier?«, verlangte er stattdessen zu wissen.

Di Uldere musterte ihn – und mich – mit leicht geneigtem Kopf. »Cecile hat mir berichtet, dass Sie im Club waren und mich sprechen wollten, Vourdranj. Und dass sie gleich wieder gegangen seien, als sie einen der Begleiter meines ... Gastes an der Bar gesehen haben. Sie sagte, Sie hätten ... angespannt gewirkt. – Da ich Sie, wie wir beide wissen, wegen besagtem Besucher nicht empfangen konnte, wollte ich sicherstellen, dass Sie meinen Jet unbeschadet erreichen und ungehindert starten können.« Ich hörte, wie er langsam Luft holte. – Und sie hart wieder ausstieß. Er starrte Julien an. »Was zum ...«

Sie fuhren beide zu dem Gebäude auf der anderen Seite des Hangars herum. Mehrere Gestalten kamen eben von der Zufahrt dahinter auf das Vorfeld – und hielten auf unsere Maschine zu. Gérards Handlanger!

Julien zischte etwas auf Französisch, sah di Uldere an und fletschte knurrend mit zusammengekniffenen Augen seine plötzlich wieder sehr langen Fänge. Der machte einen hastigen Schritt zurück. »Sie müssen mir hierhergefolgt sein, ohne dass ich es bemerkt habe. Oder dieser Jérôme hat eins und eins zusammengezählt. Ich habe Sie nicht verraten, Du Cranier. Sul mio sangue.«

Juliens Blick wurde noch ein Stück schmaler, doch dann nickte er abrupt, für eine Sekunde zuckten seine Augen ein weiteres Mal zu den Herankommenden, ehe er sich plötzlich zu mir umdrehte und meine Hände fasste. Der Rand von etwas Hartem biss in meine Handfläche. Er schloss meine Finger darum und beugte sich so dicht zu mir, als wolle er mich küssen. »Keiner darf davon wissen! Oder was wir getan haben. Keiner! Niemals! – Ich liebe dich!«, sagte er direkt neben meinem Ohr, so leise, dass selbst di Uldere ihn unmöglich verstehen konnte – und schob mich im nächsten

Moment gegen ihn. »Bringen Sie sie zur Maschine. Der Pilot soll die Startgenehmigung einholen.« Erst jetzt ließ er meine Hände los. Sein Blick hing noch einen Atemzug länger in meinem, dann wandte er sich mit einem Ruck um und ging auf unsere Verfolger zu. Entschlossen, schnell, jedoch zugleich scheinbar ohne Hast. Offenbar um ihnen den Weg zu di Ulderes Jet abzuschneiden.

»Was? – Julien, nein!«

Di Uldere fasste mich am Arm und zog mich vorwärts, in Richtung seines Jets, zwang mich dazu, halb rennend mit ihm Schritt zu halten. Ich stemmte mich gegen den Griff, drehte mich zugleich zu Julien um. Alles, was er mir noch gönnte, war ein kurzer Blick über die Schulter – und eines jener kleinen, schiefen Lächeln.

Ich stolperte neben di Uldere her, fassungslos, sah mich immer wieder nach Julien um. Natürlich hatten die Lamia ihn auch bemerkt. Vielleicht waren sie der Meinung, wir würden nicht ohne ihn starten – womit sie recht hatten –, denn sie verlangsamten ihr Tempo. Zwei von ihnen lösten sich von den anderen, kamen Julien entgegen. Er rammte dem Ersten, der ihn erreichte, die Hand von unten gegen die Nase. Der Kerl brüllte und brach in die Knie, die Hände vorm Gesicht, fiel endgültig vornüber. Der Zweite lief genau in Juliens Dolch hinein, sackte schreiend ebenfalls zu Boden. Julien ging einfach weiter, auf die anderen zu. Eiskalt.

Ein Ruck an meinem Arm ließ mich gegen di Uldere taumeln. »Schneller, Principessa! Er kann uns nicht mehr als ein paar Augenblicke verschaffen.«

»Nein! Lassen Sie mich los!« Ich versuchte die Finger unter seine zu zwängen und mich irgendwie zu befreien, während ich zugleich weiter zu Julien sah. Er hatte die übrigen Lamia erreicht. Einer lag bereits am Boden. Reglos. In den

Händen von zwei weiteren glaubte ich jetzt ebenfalls Messer zu sehen. Der dritte ... Wieder ein Ruck an meinem Arm. Ich fing mich im letzten Moment, schaute hastig nach vorne – wir hatten ungefähr die Hälfte der Strecke zum Jet hinter uns gebracht –, blickte von Neuem zurück. Einer der beiden mit den Messern krümmte sich vornüber, die Hände auf den Leib gepresst. Eben gingen Julien und der dritte aufeinander los. Auch die anderen stürzten sich auf ihn. Sekundenlang waren da nur Bewegungen und aneinandergeklammerte Gestalten. Dann entdeckte ich Julien wieder, sah ihn wanken, halb in die Knie gehen.

»Julien!« Meine Stimme überschlug sich. Ich grub die Fersen in den Boden, bohrte di Uldere die Fingernägel in den Handrücken. Er zischte, legte den Arm um meine Taille und hob mich einfach hoch – wie Bastien damals. Ich heulte, trommelte auf seine Arme, entlockte ihm nicht mehr als ein Grunzen. Hilflos sah ich abermals zurück. Julien stand wieder, ließ einen seiner Gegner gerade über seine Schulter hinweg auf den Asphalt krachen. Die anderen drangen weiter auf ihn ein.

Ich zerrte noch immer an di Ulderes Umklammerung, hörte ihn irgendetwas auf Italienisch knurren. Dann duckte er sich unvermittelt unter einer Tragfläche hindurch. Wir hatten den Jet erreicht. Ich stemmte mich verzweifelter gegen seine Arme.

»Julien!« Er musste uns nachkommen! Worauf wartete er? »Julien!«

Noch immer den Arm um meine Mitte schleppte di Uldere mich rücklings die kleine Treppe hinauf – ohne darauf zu achten, dass ich jetzt wie eine Besessene um mich schlug. Erst im Inneren der Maschine gab er mich frei, hielt mein Handgelenk aber weiter eisern fest, während er auf die Taste der Bordsprechanlage direkt neben der Tür hieb.

»Startklar machen, Marcus!«, befahl er knapp.

Ich zerrte an seinem Griff, bis ich wieder auf der Treppe war. Der Pilot antwortete etwas Unverständliches durch den Lautsprecher. So weit ich konnte, lehnte ich mich vor, wand meinen Arm, versuchte mich loszureißen. – Auch wenn er Mühe hatte, mich zu halten, kam ich nicht frei. Di Uldere fluchte. Die Triebwerke des Jets erwachten mit schrillem Pfeifen zum Leben. Warum kam Julien uns nicht nach? Er musste uns nachkommen!

Zwei der Lamia lösten sich aus dem Knäuel der Kämpfenden, sprinteten auf den Jet zu. Julien fuhr zu ihnen herum, sein Dolch wirbelte durch die Luft. Einer der beiden schlug lang hin, der andere rannte weiter, zerrte ein schwarzes Ding aus dem Bund seiner Hose. Eine Pistole. Julien brüllte etwas, ein einziges Wort, das ich nicht verstand. Di Uldere aber offenbar schon. »Starten!«, bellte er über die Schulter zum Cockpit hin und zog mich gleichzeitig von der Tür weg – zumindest versuchte er es. Mit aller Kraft klammerte ich mich mit der freien Hand an der Öffnung fest. Die Motoren dröhnten auf. Der Jet setzte sich Richtung Rollbahn in Bewegung.

»Nein!« Ich würde nicht zulassen, dass wir ohne Julien starteten! Niemals! »Julien!« Der Wind riss den Schrei von meinen Lippen, peitschte mir die Haare ins Gesicht, als wir schneller wurden. Der Asphalt huschte unter uns dahin. »Julien!« Die Nase der Maschine drehte sich weiter auf die Startbahn zu. Ein riesiger Verkehrsflieger donnerte über uns hinweg. Die Stimme des Piloten erklang aus dem Lautsprecher, drängend. Er gab noch mehr Gas. Die Motoren jaulten auf.

»Julien! Nein! Nicht starten!«

Einer der Lamia trat Julien von hinten in die Kniekehlen. Er knickte ein, stürzte zu Boden. Sofort waren sie über ihm.

Einer taumelte zurück, warf sich gleich wieder auf ihn. Julien kam nicht wieder hoch!

Der Wind zerrte immer stärker an mir, di Uldere drosch mir die Faust auf die Hand, ich schrie, kreischte, als meine Finger sich gegen meinen Willen unter dem Hieb öffneten. Er riss mich von der Tür weg, schleuderte mich hinter sich, ich prallte mit der Schulter gegen einen Sitz, spürte den Schmerz kaum. Wieder die Stimme des Piloten. Draußen wurde die Mittellinie der Startbahn zu einem einzigen weißen Streifen. Di Uldere zog die Treppe mit einem Ruck in die Höhe. Gleich darauf krachte die Tür zu, rastete mit einem entsetzlichen Laut ein.

»Nein!«

Wankend kam ich auf die Füße, warf mich wieder in Richtung Tür. Er fing mich ab, abermals mit dem Arm um meine Mitte, hielt mich mit Gewalt zurück. »Nein, Principessa, nein! Wollen Sie uns alle umbringen?«

Die Motoren dröhnten lauter. Ich würde Julien nicht zurücklassen! Kreischend fuhr ich ihm mit den Fingernägeln durchs Gesicht. Er brüllte, ich riss mich los und stürzte zur Tür. Verriegelt! Ich bekam sie nicht auf. Sosehr ich auch daran rüttelte. Ich taumelte zum Fenster. Sie hatten Julien endgültig am Boden. Er sah zu mir her. Als wisse er genau, wo ich war. Die Nase des Jets hob sich.

»Julien!« Ich drückte die Hände gegen das Sicherheitsglas. Die eine noch immer zur Faust geschlossen. Schrie hilflos seinen Namen. Einer trat ihm in die Seite. Er krümmte sich – und blickte weiter zu mir her.

Ein Beben, ich wurde gegen das Fenster gestoßen. Die Startbahn sackte unter uns weg. Die Gestalten auf dem Vorfeld wurden kleiner, kleiner, kleiner.

»JULIEN!«

Die Maschine legte sich in eine Kurve. Ich stolperte zu

dem Fenster auf der gegenüberliegenden Seite. Das Vorfeld war nur noch ein grauer Fleck am Boden. Schon zu weit, um noch irgendetwas tatsächlich erkennen zu können.

»Julien.« Diesmal flüsterte ich seinen Namen nur noch. Gérard würde ihn umbringen! Ich rutschte an der Wand entlang zu Boden.

Erst jetzt wurde mir wirklich bewusst, *was* er mir zuvor in die Hand gedrückt hatte. – Und was es bedeutete, dass ich es hier in den Händen hielt.

O Gott, Julien.

Er starrte auf den Hörer und wusste nicht, ob er in Gelächter ausbrechen oder fluchen sollte. Gerade war er aus Griechenland zurückgekommen und dann diese Nachricht: Die Kleine war ihnen entwischt. Zusammen mit di Uldere irgendwo in der Luft. Vermutlich auf direktem Weg nach Paris. Dafür hatten sie Julien. Und zwar eindeutig *Julien*.

Er verzog den Mund, ignorierte, dass seine Lippe dabei aufriss und etwas warm an seinem Kinn hinabsickerte. Welch Ironie, dass es anscheinend ausgerechnet die Kleine gewesen war, die ihn um einen Teil seiner Rache gebracht hatte. Das Lachen stieg jetzt doch in ihm auf. Er wählte eine Nummer, ehe es endgültig aus ihm herausbrechen konnte. Eine Männerstimme meldete sich am anderen Ende der Leitung, einer der Lamia, die für ihn nach einem Mittel gegen die Krankheit forschten – und ganz nebenbei sein Leibarzt.

»Ja, Doamne?« Er musste im Zeitalter der Rufnummererkennung noch nicht einmal seinen Namen nennen.

»Ich erwarte, dass du für mich einen Vampir zum Sprechen bringst, mein Freund. Besorg dir, was du brauchst. Du hast sechs Stunden Zeit. Und du musst keine Rücksicht nehmen. Gar keine.«

»Ich verstehe. Es wird alles bereit sein.«

»Sehr gut.« Er legte auf. – Und brach in Gelächter aus.

Vlad

Ich verbrachte den Flug nach Paris auf dem Boden. Vor den Sitz gekauert, den Rücken gegen die Wand unter dem Fenster gedrückt. Die Hände – so fest um Juliens St.-Georgs-Medaillon und das Röhrchen mit dem Blut der Ersten geklammert, dass meine Finger irgendwann taub waren – eng an mich gepresst. Darauf bedacht, dass di Uldere es nicht zu Gesicht bekam.

Dessen Versuche, mich wenigstens vom Boden hoch auf einen der Sitze zu komplimentieren, endeten damit, dass ich die Zähne gegen ihn fletschte und fauchte.

Er hatte sich gleich nach dem Start bei mir für die grobe Behandlung entschuldigt, mir erklären wollen, warum *wir* – er hatte doch tatsächlich die Grausamkeit, *wir* zu sagen – keine andere Wahl gehabt hatten ... Ich hatte mir nicht mal die Mühe gemacht, die Stirn von den Knien zu heben, um ihn anzusehen. Wie viele hunderttausend Gründe es auch geben mochte, für mich zählte nur eins: Wir hatten Julien zurückgelassen! In den Händen von Gérards Handlangern. Sie würden ihn zu ihrem Herrn bringen. Und der ... Ich mochte es mir gar nicht vorstellen. Gérard hasste Julien so sehr. Dabei hatte er ihm bisher nur vorgeworfen, seinen Sohn Raoul zum Vampir gemacht zu haben – jetzt kam noch Bastiens Tod hinzu.

Und dank meiner Dummheit und Panik wusste Gérard auch, welchen der Zwillinge er in den Händen hatte. Ich hatte Juliens Namen ja oft und laut genug gebrüllt. Seine Handlanger hätten schon taub und dämlich zugleich sein müssen, um das nicht mitzubekommen.

Ich hatte di Uldere nicht gebeten umzukehren. Welchen Sinn hätte es gehabt? Letztlich hatte ich nur eine Chance: Vlad musste uns helfen. Der war in Paris. Genau dahin flogen wir. Es war mir egal, welchen Preis ich zahlen musste, damit Vlad und die anderen Fürsten meiner Familie ihre Macht in die Waagschale warfen, um Julien zu retten und ihn möglichst schnell aus Gérards Gewalt zu befreien. – Auch wenn ich tief in meinem Inneren ahnte – und mich davor fürchtete –, was dieser Preis sein würde. Vor allem jetzt, da ich meinen Wechsel hinter mich gebracht hatte.

Aber selbst wenn es so sein sollte: Julien war jeden Preis wert.

Irgendwann war die Sonne aufgegangen. Schneller, als ich erwartet hatte, doch wenn man bedachte, dass wir ihr entgegenflogen, durchaus nachvollziehbar. Wie am vergangenen Morgen hatte sie diese entsetzliche Lethargie mit sich gebracht, das Gefühl, Blei statt Knochen in den Gliedern zu haben. Sobald die ersten Spuren ihres Lichts in die Kabine gedrungen waren, hatte ich Juliens Jacke abgestreift, mich halb unter dem Sitz zusammengerollt und sie mir über den Kopf gezogen. Und auf einmal gehört, wie di Uldere sich schnell durch die Kabine bewegte. Immer wieder verstummten seine Schritte, doch dann erklang jedes Mal ein leises Zischen. Ich konnte beinah spüren, wie es nach und nach um mich herum dämmriger wurde, bis es nach einem Moment Stille, in dem di Uldere dicht neben mir stand, endgültig dunkel war. Ich blieb einfach liegen und rührte mich nicht. Auch nicht, als er seltsam gedämpft über mir »Sie können beruhigt schlafen, Principessa. Ich habe die Rollos geschlossen und zusätzlich eine Decke über die Sitze gehängt. Das Licht wird Sie nicht erreichen. Sie sind sicher«, sagte. – Als wisse er nur zu genau, wie die Sonne sich auf meiner Haut anfühlte und wie sehr die Müdigkeit den Wunsch in mir weckte, genau das zu tun, was er gesagt hatte: schlafen.

Trotzdem war ich geblieben, wo ich war – und wie ich war: zusammengekauert halb unter dem Sitz, Juliens Jacke über dem Kopf. Jene schwarze Lederjacke, die er eigentlich immer trug; in der sein Geruch hing.

Irgendwann kehrte der Hunger nach Blut in meine Eingeweide zurück, und als meine Adern immer mehr in Flammen zu stehen und gleichzeitig zu verdorren schienen, war ich dankbar dafür, dass di Uldere sich ans andere Ende der Kabine – vielleicht sogar ins Cockpit – zurückgezogen hatte und mich mir selbst überließ. So schürten seine Nähe und die Witterung seines Blutes meine Gier nicht noch zusätzlich. Ich drückte mein Gesicht fester in Juliens Jacke, presste mir die Fäuste in den Leib und betete, dass wir bald in Paris waren. Die ganze Zeit gab es nur einen Gedanken: *Bitte, Julien, halte durch!*

Ich schreckte aus meinem elenden Dahindämmern, als der Jet mit einem Ruck landete. Dennoch blieb ich liegen, weitestgehend reglos. Juliens Jacke noch immer über mich gezogen. Nach wie vor müde und ohne den Willen, mich zu bewegen. Obendrein verirrt ob des Umstandes, dass mein Körper darauf bestand, dass wir gerade erst Morgen oder kurz danach hatten, während mein Gefühl mir sagte, dass die Sonne schon sehr viel höher als am Morgen stand. Selbst als Geräusche verkündeten, dass die Tür geöffnet und die kleine Treppe ausgeklappt wurde, rührte ich mich nicht. Stimmen erklangen kurz, dann kamen Schritte näher. Aber ich fuhr in die Höhe, als Arme sich plötzlich um mich legten. Zumindest versuchte ich in die Höhe zu kommen, doch eine Hand packte mich im Nacken und hielt mich fest – wie ein kleines Kätzchen in einem Sack. Der Griff war unerbittlich. Ehe ich mehr tun konnte, als ein beinah wimmerndes Keuchen von mir zu geben, veränderte er sich.

»Ganz ruhig, Mädchen, ich bin es, Vlad.« Mein Schrecken wich schlagartig Erleichterung. Er gab mir nicht die Chance, irgendetwas zu sagen, sondern sprach einfach weiter: »Halt den Kopf unten, draußen ist es noch zu hell für dich. Ich trage dich jetzt in diese Decke gewickelt aus dem Flugzeug und zu meiner Limousine. Sie steht nur ein paar Schritte von Signore di Ulderes Jet entfernt. Die Scheiben sind getönt. In ihr bist du sicher vor der Sonne. Dort können wir reden. – Hast du das verstanden, Mädchen?«

»Ja.« Da ich nicht sicher war, ob er mich verstanden hatte, so leise, wie das Wort über meine Lippen gekommen war, nickte ich.

»Gut. Dann komm!« Die Arme kehrten zurück und hoben mich mühelos hoch. Ich ließ es geschehen. Auf dem Weg zur Tür wechselte mein Onkel noch einige Worte mit di Uldere, dann berührte eine Hand – die nur zu di Uldere gehören konnte – mich an der Schulter.

»Alles Gute, Principessa. – Und viel Glück«, sagte er überraschend sanft.

Mein »Danke!« wurde halb von der Decke erstickt, im nächsten Moment ging es bereits die Treppe hinab ins Freie – ich spürte den Wind – und gleich darauf beugte Vlad sich mit mir schon vornüber. Ich wurde auf etwas Weichem abgesetzt, dann schlug eine Autotür. Mit ein wenig Verzögerung begann ich mich unter der Decke hervorzuarbeiten. Vlad half mir dabei, indem er sie einfach mit einem Ruck von mir herunterriss. Es gelang mir gerade noch, zu verhindern, dass auch Juliens Jacke auf dem Boden landete. Hastig schlang ich sie mir wieder um die Schultern. In meinem Oberkiefer saß schon seit ein paar Minuten erneut jener dünne, hohe Schmerz. Trotz aller Lethargie weckte die Nähe meines Onkels den Hunger in meinem Inneren stärker. Verstohlen sah ich mich in der Limousine um. Sie erinnerte mich an den Rolls, mit dem ich früher immer zur Schule gefahren worden war. Helles Leder. Holz, das nur ein wenig dunkler war. Weicher Teppich auf dem Boden. Die Scheiben rundherum dunkel, sodass man nicht hereinsehen konnte und auch die Sonne nicht ins Innere drang. Zum Fahrer hin mit einer ebenso dunklen Trennscheibe ausgestattet.

Vlad hatte sich auf der Sitzbank mir gegenüber mit dem Rücken zum Fahrer niedergelassen und betrachtete mich prüfend. Der Blick seiner großen grünen Augen hatte etwas

Abschätzendes. »Du hast also deinen Wechsel hinter dich gebracht«, stellte er dann scheinbar vollkommen gelassen fest.

Ich nickte beklommen und schob die Hände zwischen die Knie. »Onkel Vlad ...« Weiter kam ich nicht.

»Bist du hungrig?«, erkundigte er sich und musterte mich weiter.

Hastig schüttelte ich den Kopf – was ihm ein leises Lachen entlockte. »Mädchen, das war eine Frage, die nur der Höflichkeit geschuldet war. Deine Augen sind schwarz. Es ist unübersehbar, dass du hungrig bist. Wie lange liegt dein Wechsel zurück, einen Tag? Zwei ...?«

»Zwei.« War es tatsächlich schon so lange her? Es fühlte sich nicht so an.

Vlad nickte. »... da ist es ganz natürlich, dass dein Hunger kaum zu stillen ist. – Und auch dass du die Sonne noch nicht oder nur schwer ertragen kannst; ebenso wie du bei Tag schläfrig und lethargisch bist.« Er drückte auf einen Knopf auf der hölzernen Mittelkonsole neben sich und sagte etwas – soweit ich es erkannte, in der Sprache der Lamia und damit für mich unverständlich. Eine Stimme – vermutlich der Fahrer – antwortete und er ließ den Knopf wieder los. Obwohl er schlank und nur mittelgroß war, strahlte alles an ihm Macht aus.

»Onkel Vlad ...«

»Von wem hast du während deines Wechsels getrunken?« Die Frage klang vollkommen harmlos und dennoch zog irgendetwas in seinem Tonfall mir die Kehle zusammen.

Ich drückte die Knie fester gegeneinander. »Von Julien«, brachte ich schließlich leise hervor und schickte dann rasch »Ich brauche deine Hilfe, Onkel Vlad«, hinterher, ehe er mich erneut unterbrechen konnte.

Seine Miene änderte sich nicht. »Nach dem, was Signore

di Uldere sagte, als er mir von seinem Jet aus euer Kommen ankündigte, habe ich nichts anderes erwartet.«

»Was ...«, ich schluckte, »was hat er dir erzählt?«

Vlad lehnte sich zurück. Sein heller Anzug spannte für einen winzigen Moment um seine breiten Schultern, während er einen Arm auf den Rand der Rückenlehne legte. »Nur dass es auf dem Flughafen von Bangor einen Übergriff durch einige Lamia und Vampire auf euch gab, als ihr auf dem Weg zu Signore di Uldere Flugzeug wart, die mit ziemlicher Sicherheit zu den Männern von Gérard d'Orané gehörten. Und dass dabei dein Leibwächter von euren Angreifern überwältigt wurde und in Bangor zurückgeblieben ist.«

Ich nickte. »Gérard weiß, dass Julien bei mir war und nicht Adrien.«

Mein Onkel sah mich ungerührt an.

»Er hasst Julien so sehr ...« Hilflos verstummte ich, ballte die Fäuste zwischen den Knien. »Bitte, du musst mir helfen, damit er ihn wieder gehen lässt!«, flüsterte ich endlich.

»Und wie soll ich das machen?« Seine Züge blieben nach wie vor unbewegt.

»Ich ... ich weiß nicht«, gestand ich nach einem weiteren Moment. »Ich hatte gehofft, du ... du wüsstest, was man tun kann.« Ich biss mir auf die Lippe. »Bitte, Onkel Vlad, ich tue, was du willst, nur hilf Julien.«

Er neigte den Kopf ein klein wenig. Sein schwarzes, welliges Haar streifte den Kragen seines Anzugs. »Ich an deiner Stelle wäre nicht so schnell bei der Hand mit solchen Versprechungen, Mädchen.«

Ich schloss die Fäuste ein wenig fester. »Bitte, Onkel Vlad.«

Diesmal stieß er ein kleines Seufzen aus. »Der junge Du Cranier hat ein gefährliches Spiel gespielt. Das macht die

Sache nicht einfacher.« Scheinbar nachdenklich trommelte er mit den Fingern auf die Sitzlehne. Zum ersten Mal fiel mir auf, dass seine Nägel perfekt maniküRt waren. Beinah hätte ich die Hände zwischen meinen Knien hervorgezogen, um meine eigenen zu betrachten. Doch ich ließ sie, wo sie waren. Ich wusste ohnehin, wie sie aussahen: abgekaut, die Nagelbetten eingerissen und rot.

»Offenbar bleibt uns nur eine Möglichkeit: Wir werden vor dem Rat eine offizielle Klage anstrengen, dass Gérard d'Orané diesen Übergriff auf dem Flughafen von Bangor auf euch – beziehungsweise dich – gewagt hat, und auf demselben Weg die Herausgabe deines Leibwächters fordern, der dabei in Ausübung seiner Pflicht von Gérards Männern gefangen genommen und entführt wurde.«

»Du willst ... der Rat?« Das Zittern in meiner Stimme konnte ihm nicht entgehen. »Muss das denn sein? Ich meine: Gibt es wirklich keine andere Möglichkeit?«

Zwischen Vlads Brauen erschien eine tiefe, senkrechte Falte. »Ich werde den Vornamen deines ... Freundes nicht nennen, wenn es das ist, was dich beunruhigt. – Und ob es tatsächlich keine andere Möglichkeit gibt ... Wenn du eine weißt, ich bin ganz Ohr.«

Ich zog die Schultern hoch. »Könntest du nicht direkt bei Gérard ...«

Mit etwas, das beinah ein Lachen war, schüttelte er den Kopf. »Du meinst, ich soll den Rat außen vor lassen und direkt bei Gérard die Freilassung des jungen Du Cranier fordern? – Nachdem du so besorgt um den jungen Burschen bist, nehme ich an, du weißt um die Fehde zwischen den Familien Du Cranier und d'Orané, und du weißt auch, was Gérard d'Orané dem zweitgeborenen Zwilling von Sebastien Du Cranier bezüglich dieser unseligen Geschichte mit seinem erstgeborenen Raoul vorwirft?«

Unglücklich nickte ich.

»Und dann glaubst du tatsächlich, dass Gérard d'Orané ihn so einfach wieder laufen lässt? Ich bitte dich, Mädchen, *das* halte ich für mehr als ausgeschlossen.« Er hob in einer halb unwilligen, halb ergebenen Geste die Hand von der Rückenlehne. »Ganz abgesehen davon duldet es der Rat – bereits seit etlichen hundert Jahren schon – nicht mehr, dass Fürsten solche Zwistigkeiten untereinander ausmachen. In der Vergangenheit hat das zu viele unserer Art das Leben gekostet.«

»Aber ich dachte, du gehörst auch zum Rat?«

»Deshalb kann ich in eigenen Angelegenheiten noch lange keine Alleingänge in meiner Funktion als Mitglied des Rates unternehmen. So etwas wird von den anderen äußerst ungern gesehen. Und den Rat zu verärgern wäre zurzeit ein höchst ungeschickter Schachzug von uns. Im Gegenteil sollten wir alles tun, um ihn uns gewogen zu halten.« Seine Hand sank auf die Lehne zurück. »Ob er dir gefällt oder nicht – wenn ich tun soll, was du von mir verlangst, bleibt uns nur der offizielle Weg.« Einen langen Moment musterte er mich durchdringend. »Eines muss dir allerdings klar sein, Mädchen ...«, obwohl er leise sprach, war sein Ton umso nachdrücklicher, »auch wenn ich alles daransetzen werde, um den Vornamen deines Freundes nicht zu nennen: Erfährt der Rat, dass es sich bei deinem Leibwächter nicht um Adrien, sondern um dessen jüngeren Zwilling Julien Du Cranier handelt und dass der demzufolge ohne Erlaubnis des Rates Dubai verlassen ...«

»Adrien ist an seiner Stelle dort.« Sein Blick brachte mich abrupt zum Schweigen. Man unterbrach meinen Großonkel nicht so einfach. Zumindest nicht, wenn man wusste, was gut für einen war.

»... dass der demzufolge ohne Erlaubnis des Rates Dubai

verlassen hat, werden sie ein Exempel statuieren wollen. Niemand widersetzt sich dem Rat auf eine so dreiste Weise und kommt ungestraft damit durch. - Es kann gut sein, dass sie dieses Mal ein Todesurteil aussprechen. Und es auch *vollstrecken*!« Er nahm den Arm von der Lehne und beugte sich ein kleines Stück vor. »Das Risiko, dass sie es tatsächlich erfahren, ist meines Erachtens ziemlich groß. - Bist du bereit, dieses Risiko einzugehen?«

Ich grub mir die Zähne in die Unterlippe. Gérard würde Julien auf jeden Fall umbringen. Nachdem er ihm zuvor wahrscheinlich noch weit Schlimmeres angetan hatte. Wenn auch nur der Hauch einer Chance bestand, dass der Rat nichts von seiner wahren Identität erfuhr ... Und solange sie keine Ahnung hatten, dass nicht mehr nur er allein um das Versteck des Blutes der Ersten wusste ... Ein Zittern zog meinen Magen zusammen, kroch würgend meine Kehle hinauf. Ich versuchte es zurückzudrängen, zumindest zu ignorieren - und nickte.

»Ja. - Bitte tu, was du kannst, um Julien aus Gérards Gewalt zu befreien. Und bitte schnell.«

Abermals stieß er etwas aus, das fast wie ein Lachen klang. »Du erwartest aber nicht von mir, jetzt sofort eines der anderen Ratsmitglieder zu kontaktieren?«

Dass ich mir die Zähne erneut - und diesmal ein wenig fester - in die Lippe grub, war für ihn wohl Antwort genug. Aus seiner scheinbaren Erheiterung wurde Härte. »Du erwartest es tatsächlich.« Er maß mich mit missbilligend verzogenem Mund. »Ich bedaure es, dich enttäuschen zu müssen, Mädchen, aber ich werde den Rat sicherlich nicht jetzt, per Handy, belästigen.«

»Aber ...«

Eine knappe Geste brachte mich zum Schweigen.

»Ein Anruf über ein Handy würde bedeuten, dass wir es

besonders eilig mit unserem Anliegen haben. Ihnen zu zeigen, wie wichtig *uns* der junge Du Cranier ist, würde unsere Position schwächen. Du wirst dich gedulden, bis wir in meinem Stadthaus sind und ich den Anruf von meinem Schreibtisch aus führen kann. – Und darüber diskutiere ich nicht.« Seine nächsten Worte waren ein wenig versöhnlicher. »Wenn es dich beruhigt, wir werden gleich da sein. Zudem solltet ihr einen kleinen zeitlichen Vorsprung bei deiner Ankunft hier in Paris gegenüber der deines ... Freundes in Marseille haben. Immerhin war Signore di Ulderes Jet bereits startklar. Ich bezweifle, dass d'Oranés Männer Hand an den jungen Du Cranier gelegt haben – zumindest solange er ihnen keinen Anlass geboten hat. Ihr Herr wird ihnen deutlich gemacht haben, dass er sich seiner persönlich annehmen will. Bis er in Marseille ist, sollte er sicher sein.«

Ich konnte nicht behaupten, dass mich das besonders beruhigte. Aber ebenso wenig wie es *uns* nutzte, den Rat zu verärgern, nutzte es mir, meinen Onkel zu verärgern. Ich brauchte seine Hilfe. Er war der Einzige, der Julien retten konnte. Obendrein kannte ich mich nicht wirklich mit den Gesetzen der Lamia aus. – Etwas, wofür ich mich im Nachhinein selbst ohrfeigen wollte. Ich hätte in den letzten Wochen zumindest *versuchen* können, Julien ein paar Fragen mehr zu stellen. – Ich hatte keine andere Wahl, als Vlad zu vertrauen und zu tun, was er verlangte. Mit deutlicher Verspätung rang ich mir ein Nicken ab, kauerte mich ein wenig mehr in die Sitzecke und zog gleichzeitig Juliens Jacke enger um mich – das Einzige, was mir im Moment von ihm geblieben war. Nein, nicht das Einzige. Vorsichtig tastete ich unter ihr nach dem goldenen Röhrchen in meiner Hosentasche. *Bitte, Julien, halte durch!*

Kurz darauf bogen wir von der Straße in eine Einfahrt ab, der Wagen wurde langsamer, kam für ein paar Sekunden beinah ganz zum Stehen, ehe der Fahrer wieder etwas mehr Gas gab und es sacht abwärtsging. Eine Tiefgarage. Der Wagen hielt endgültig. Vlad rutschte auf seinem Sitz ein Stück zur Tür und lehnte sich zu mir.

»Michail, mein Privatsekretär und Majordomus, wird sich um dich kümmern. Für's Erste bringen wir dich in einer der Gästesuiten im Souterrain unter, auch wenn ich eigentlich Zimmer im zweiten Stock für dich eingerichtet hatte, als ich erfuhr, dass es dich gibt. Vielleicht wäre es am besten, wenn du dich zunächst einmal säubern würdest. Du siehst aus, als hättest du bei einem Schlachtfest den Blutkessel umgerührt. Und das äußerst ungeschickt. – Wir sehen uns danach.«

Ich öffnete den Mund, doch er war schneller. »Ja, ich werde jetzt direkt in mein Arbeitszimmer gehen und mich mit dem Rat in Verbindung setzen. Sei unbesorgt.« Unvermittelt beugte er sich weiter vor und zog den Fleece-Schal an meinem Hals ein Stück nach unten. »Du trägst Minas Rubine. Hat dir das der junge Du Cranier geraten?«

»Ja.« Das Wort klang schrecklich dünn.

Er nickte. »Sie stehen dir. – Wir sehen uns später, Mädchen.« Die Tür schwang auf und er duckte sich hinaus. Ich saß noch einen Augenblick länger in meiner Ecke, bis sich jemand räusperte und »Möchten Sie nicht auch aussteigen, Princessa?« sagte. Ich erkannte die Stimme. Es war der gleiche Mann, mit dem ich bei meinem Versuch, Vlad zu erreichen, telefoniert hatte: Michail. Ein wenig zittrig holte ich Atem – nur um gleich darauf die Zähne zusammenzubeißen, weil der Geruch seines Blutes meinen Hunger noch etwas mehr anstachelte – und brauchte eine weitere Sekunde, ehe ich mich wieder so weit im Griff zu haben glaubte, um seine Hand zu ergreifen und mir aus der Limousine helfen zu lassen. Draußen ließ ich sie sofort wieder los und zog Juliens Jacke enger um mich.

Wie ich angenommen hatte, befanden wir uns in einer

Tiefgarage. Außer der Limousine standen da noch zwei ähnlich elegante und seriöse Wagen – neben einem tiefschwarzen Ferrari, der irgendwie nicht in dieses Bild passen wollte. Erst mit ein wenig Verspätung sah ich Michail an. Er war wie mein Onkel nur mittelgroß und hatte die gleiche scharf gebogene Nase, allerdings fehlten ihm die breiten Schultern und sein Haar war blond, seine Augen von einem hellen Wasserblau. Sein Lächeln hatte etwas, das mich unwillkürlich an Ella erinnerte.

»Willkommen in Paris, Princessa.« Er verbeugte sich andeutungsweise, ohne mir dabei auch nur einen Zentimeter näher zu kommen – als wisse er, was die Witterung seines Blutes bei mir auslöste – und wies dabei auf eine offen stehende Metalltür hinter sich. »Wenn Sie mich begleiten wollen, werde ich Ihnen Ihre Zimmer zeigen, damit Sie sich erfrischen und ein wenig ausruhen können. Mein Herr hat mich über Ihren derzeitigen Zustand informiert und ich erinnere mich noch gut daran, wie es sich anfühlt, bei Tag nichts anderes zu kennen als diese unsägliche Lethargie. Ein Bad und ein paar Stunden Schlaf, bis die Sonne untergeht ...« Er ließ den Satz unvollendet.

Und auch wenn die Vorstellung mich beinah vor Müdigkeit wanken ließ, schüttelte ich den Kopf. »Ich würde nur gerne duschen und mich umziehen. Dann will ich wieder zu meinem Onkel.« Die Worte klangen unhöflicher, als ich beabsichtigt hatte, deshalb schickte ich ein etwas unsicheres »Bitte« hinterher.

Michail betrachtete mich zwar einen Moment mit leicht geneigtem Kopf, doch dann nickte er.

»Ganz wie Sie wünschen, Princessa.« Sein Lächeln war unverändert freundlich. »Hier entlang.« Abermals wies er auf die Tür, ließ mir aber den Vortritt. Irgendwie schaffte ich es sogar, seiner Geste zu folgen.

Hinter der Stahltür führte eine Betontreppe in die Höhe. Ein rundes Eisenrohr diente als Handlauf. Dankbar für seine Existenz klammerte ich mich daran. Das Blei in meinen Beinen nahm mit jedem Schritt an Gewicht zu. Obwohl die Stufen noch ein Stockwerk weiter hinaufreichten, dirigierte Michail mich eine Etage darunter in einen kurzen Gang, der auf einem Absatz nach rechts abzweigte, weiter zu einer zweiten Metalltür und hindurch. Ein Korridor öffnete sich vor uns: der Boden mit dicken Teppichen belegt, die getäfelten Wände mit Gemälden unterschiedlichster Größe geschmückt, von denen ich einige schon mal irgendwo gesehen zu haben glaubte. Geschickt hinter geschnitzten Panelen verborgene Lampen sorgten für sanftes Licht. Die Tür, die Michail hinter uns schloss, war auf dieser Seite mit demselben schimmernden Holz verkleidet.

»Nur noch ein kurzes Stück, Princessa.« Abermals wies Michail an mir vorbei und bedeutete mir weiterzugehen. Ich gehorchte stumm. Die ganze Zeit blieb er hinter mir und ich hatte den Eindruck, als wäre er bei jedem Schritt bereit, mich aufzufangen, sollte ich taumeln oder sogar stolpern.

Mit einem »Hier ist es« brachte er mich schließlich ein paar Meter weiter zum Stehen, glitt an mir vorbei, stieß die Tür vor mir auf und betrat den Raum dahinter, während er mich zugleich mit einer einladenden Geste in die elegante kleine Suite hineinwinkte. Zögernd folgte ich ihm. Wie auf dem Korridor empfing mich auch hier gedämpftes Licht. Im Gegensatz zu draußen waren die Wände nicht getäfelt, sondern mit dezent gemusterten, hellen Stofftapeten bespannt, auf denen wiederum weitere Gemälde geschmackvoll arrangiert waren. Die Füße eines weißen Ledersofas und eines passenden Sessels, die, durch einen flachen Couchtisch aus dunklem Holz getrennt, mitten im Raum standen, versanken in einem orientalisch wirkenden Teppich. Die Wand dahinter teilten sich ein Sekretär und eine Art Anrichte. Fenster gab es keine. Durch eine Tür zur Linken konnte ich in das angrenzende Schlafzimmer sehen.

»Ich vermute, die Einrichtung ist nicht ganz nach Ihrem Geschmack, Princessa. Die Gäste, die Seine Gnaden normalerweise in diesen Räumlichkeiten beherbergt, zählen in der Regel zu den ältesten und mächtigsten Vampiren und sind meist dementsprechend *antiquiert* in ihren Vorstellungen. Aber ich bin sicher, dass die Zimmerflucht, die für Sie im zweiten Stock eingerichtet ist, mehr dem Geschmack einer jungen Frau dieses Jahrhunderts entspricht. – Kommen Sie weiter.« Abermals ging Michail voran. Die Teppiche waren – sofern das überhaupt möglich war – im Schlafzimmer noch flauschiger als in dem kleinen Salon. Ein riesiges Bett, in dem mühelos drei, wenn nicht sogar vier Personen Platz gefunden hätten, nahm beinah die gesamte hintere Hälfte des Raumes ein. Die Bettdecke war auf einer Seite einladend zurückgeschlagen. Auf der anderen Seite lagen ein paar langärmelige, moderne Shirts und zwei Paar Jeans – das eine hell und an einem Bein mit einem schimmernden Ornament verziert, das andere dunkel und verglichen mit dem ersten geradezu schlicht – zur Auswahl bereit. Eine ganze Längswand bestand nur aus Lamellentüren, hinter denen sich wohl ein Kleiderschrank verbarg. In der Ecke daneben reflektierte ein Ankleidespiegel das Licht. Auch hier gab es keine Fenster. Und auch hier waren Weiß und Creme die vorherrschenden Farben.

Michail hatte das Schlafzimmer vor mir durchquert und öffnete eben eine Tür in der dem Schrank gegenüberliegenden Wand. Diesmal griff er nur in den Raum hinein und ließ das Licht im Inneren aufflammen.

»Das Bad, Princessa. Ich habe mir erlaubt, Ihnen einen Bademantel und Handtücher bereitzulegen.« Er trat beiseite, um mich vorbeizulassen. Ich hatte mein altes Bad in Samuels

Haus oder das des Hale-Anwesens für elegant gehalten, aber dieses hier setzte neue Maßstäbe: ein Waschbecken, das in eine Marmorplatte eingelassen war, die einen Ton dunkler war als die Fliesen aus cremefarbenem Marmor an Boden und Wänden; eine Duschkabine, in der man vermutlich zu zweit duschen konnte, ohne sich dabei zu berühren; ein halbrunde Badewanne, in der jemand, der nur ein bisschen kleiner war als ich, ertrinken konnte; und ein mannshoher, glitzernder Spiegel, der in der Wand gegenüber bis zur Decke reichte. Ich rieb die Handfläche an meinen Jeans. Nein, wenn ich es genau bedachte, traf elegant es nicht wirklich; eher dekadent. Und nach meiner ehrlichen Meinung gefragt hätte ich zugeben müssen, dass ich das Bad des Anwesens diesem hier bei Weitem vorzog.

»Darf ich Ihnen die Jacke abnehmen, Princessa?« Ohne meine Antwort abzuwarten, griff Michail nach Juliens Lederjacke.

»Nein!« Hastig entzog ich mich seinen Händen.

»Wie Sie wünschen, Princessa.« Michail deutete eine kleine Verbeugung an.

»Ich wollte nicht ... Entschuldigen Sie, ...«

»Michail, Princessa. Nur Michail. Bei meinem Nachnamen bricht sich jeder Nicht-Russe die Zunge.« Abermals die Andeutung einer Verbeugung zusammen mit einem kurzen Lächeln.

»Ich wollte nicht unhöflich sein, Michail. – Und bitte, sagen Sie Dawn zu mir.«

»Ich habe Sie auch nicht als unhöflich empfunden, Dawn. – Dann lasse ich Sie nun allein, damit Sie sich ein wenig frisch machen können.« Er neigte den Kopf etwas zur Seite. »Es sei denn, von den Kleidern, die ich für Sie aus den Schränken in dem Zimmer oben herausgesucht habe, entspricht nichts Ihrem Stil ...«

»Nein.« Ich warf einen raschen Blick an ihm vorbei zum Bett. »Das ist schon in Ordnung.«

Sein Nicken war eher eine erneute kleine Verbeugung. »Kann ich sonst noch etwas für Sie tun, Dawn?«

Das »Nein danke« war schon fast heraus, als mir etwas einfiel. »Könnten Sie mir vielleicht eine Kette besorgen? Meine ist ... zerrissen und ich würde gerne ...« Ich verstummte ein wenig hilflos. *... das Blut der Ersten und das St.-Georgs-Amulett meines Freundes, der vielleicht gerade von Gérard d'Orané umgebracht wird, daran tragen.*

»Natürlich, Princessa. – Silber oder Gold? Darf sie kurz oder etwas länger sein?«

»Etwas länger bitte und ...« Silber oder Gold war mir eigentlich vollkommen egal. Ich wollte beides nur direkt bei mir haben und nicht riskieren, dass es in irgendwelchen Taschen abhandenkam. »... Gold.« Immerhin war Juliens Amulett auch aus Gold. Wenn ich beides als mein Eigentum ausgeben wollte, war es vielleicht besser, wenn auch die Kette dazu passte. Michail verneigte sich ein weiteres Mal und ließ mich allein. Ich wartete, bis ich hörte, wie er die Eingangstür zur Suite geschlossen hatte, dann sank ich auf den Rand der Badewanne. Der Gedanke an ein heißes Bad war äußerst verlockend, doch ich war unendlich müde. Und ich hatte keine Zeit. Ich wollte zurück zu Vlad. Vielleicht hatte er ja schon etwas erreicht oder wusste zumindest, wie es Julien ging; ob er noch am Leben war.

Trotzdem brauchte ich einige Sekunden, bis ich so weit war, mich wieder vom Wannenrand hochzustemmen und aus meinen Kleidern zu schlüpfen. Außer Juliens Jacke, die ich vorsichtig neben den flauschigen weißen Bademantel an einen der silbrigen Haken an der Badezimmertür hängte, ließ ich sie nur nachlässig zusammengefaltet neben dem Waschbecken liegen. Mal abgesehen davon, dass ich nichts entdecken konnte, was nach einem Behälter für schmutzige Wäsche aussah, bezweifelte ich, dass man das Blut – Juliens Blut – jemals wieder herausbekommen könnte. Die Sachen waren ein Fall für den Müll. Die zerrissene Kette mit Juliens Medaillon und dem Röhrchen mit dem Blut hatte ich aus der Hosentasche genommen und schob sie jetzt – nach einem unschlüssigen Zögern und einem raschen Blick durch den Raum – in die Falten des untersten der Handtücher, die über dem Rand der Wanne hingen, und legte den ganzen Stapel näher an die Dusche. Auch wenn es vermutlich mehr als unwahrscheinlich war, dass jemand hereinplatzte, während ich unter der Dusche stand. Offenbar war Juliens Paranoia auf mich abgefärbt. Den Schal knüllte ich achtlos zusammen – und hielt inne. Im Licht der beiden Lampen, oberhalb eines zweiten Spiegels längs über dem Waschbecken, funkelten die Rubine des Halsbandes, das einmal der sterblichen Geliebten meines Onkels, Wilhelmina Harker, gehört hatte, am Hals meines Spiegelbildes. Juliens Hände waren so sanft und sicher gewesen, als er es mir an jenem Abend vor dem Halloween-Ball umgelegt hatte ... Von einer Sekunde zur nächsten saß ein Brennen in meiner Brust. Meine Finger bebten, während ich den Verschluss hastig aufhakte und es in eine kleine Kristallschale neben dem Waschbecken gleiten ließ, die offenbar genau dafür gedacht war.

Ehe mein Blick zu meinem Spiegelbild zurückkehren konnte, wandte ich mich ab, stieg in die Duschkabine, schloss die Tür hinter mir und drehte das Wasser auf. Heiß, aber nicht zu heiß. Als hätte jemand die Temperatur zuvor schon passend eingestellt. Die Hände gegen die marmorgeflieste Wand gestützt ließ ich den Strahl über mich prasseln und versuchte nicht an das zu denken, was Gérard vielleicht gerade Julien antat.

Es war die bleierne Müdigkeit, die mich irgendwann unter

dem Wasser heraustrieb. Ich war alles andere als sicher auf den Beinen, als ich mich abtrocknete, in den Bademantel schlüpfte – die Kette mit dem Medaillon und dem Blut schob ich in die Tasche – und schließlich ins angrenzende Schlafzimmer zurückschlurfte. Das Bett sah unendlich einladend aus. Nur einen kurzen Moment darauf ausstrecken und die Augen schließen musste der Himmel sein. Ich biss die Zähen zusammen und zog mich an, hölzern und ungeschickt: die dunklen Jeans und das schlichtere der Shirts. Doch ich stockte mitten in meinen Bemühungen, als ich das Kästchen auf dem Nachttisch aus Glas und hellem Holz bemerkte – und die goldene Kette darin. Wie hatte Michail das geschafft? Vorsichtig nahm ich sie heraus. So lange hatte ich nun wirklich nicht unter der Dusche gestanden? Oder doch? Ich konnte es beim besten Willen nicht sagen. Anscheinend hatte ich mein Zeitgefühl verloren. Andererseits: Ich hatte keine Ahnung, wo genau sich Onkel Vlads *Stadthaus* eigentlich befand. Vielleicht lag ein Juwelier nur quer über die Straße? Oder war die Kette gar nicht so neu, wie sie aussah, und befand sich schon länger im Haus?

Ich musste mich setzen, um Juliens St.-Georgs-Medaillon und das Röhrchen von der alten auf die neue Kette fassen zu können, und brauchte eine weitere halbe Minute, bis ich sie endlich in meinem Nacken geschlossen hatte und sie unter mein Shirt gleiten lassen konnte. Angespannt warf ich einen Blick in den Ankleidespiegel mir gegenüber. Nein! Man konnte die Kette selbst zwar in meinem Nacken sehen, aber sie war lang genug, dass man nicht erkennen konnte, was daran hing. Die Lippen zusammengepresst drückte ich die Hände auf meine Brust, dort, wo ich das Gold von Medaillon und Röhrchen auf der Haut spüren konnte. Julien hatte es ebenso getragen. Ich schluckte gegen den Kloß an, der mir unvermittelt zum unzähligsten Mal die Kehle zuschnürte. *Bitte, Julien, du musst durchhalten!*

Das Licht tut weh. Der Schmerz ist seltsam anders. Aber deshalb nicht weniger real. Er geht tiefer, bleibt nicht auf der Haut. Dabei fällt durch den Luftschacht oben, unter der Decke, nur ein schmaler Streifen Helligkeit, der noch nicht einmal den Boden erreicht. Die Öffnung ist kaum größer als eine Faust. Am anderen Ende doppelt verglast. Schreien vollkommen nutzlos. Als ob ich das tatsächlich versuchen würde. Das Anwesen ist viel zu groß. Das Haus viel zu weit von der Straße entfernt.

Früher war das hier der Keller für die weniger teuren Weine. Die, die man Gästen vorsetzte, für die man keine Zigtausend-Franc-Flasche öffnete. Zuletzt hatten diese Weine dazu gedient, irgendwelche deutschen Besatzer zu bestechen. Heute ist es eine Zelle. Glatte Wände. Kalt in meinem Rücken. Eine massive Tür. Nichts sonst. Dass Gérard so etwas in seinem Domizil nötig hat, ist mehr als aufschlussreich – für mich aber ohne Bedeutung.

Auch wenn die Helligkeit nicht hereinfallen würde, könnte ich sagen, ob wir Tag oder Nacht haben: Die Tag-Lethargie der Vampire sitzt mir in den Knochen. Macht mich langsam. Matt. Stiehlt mir einen Teil meiner Kraft. Einen zu großen Teil. – Zusammen mit dem Hunger. Ebenso wie die Sonne brennt er in den Adern, in meinem Oberkiefer. Meine Eckzähne ragen viel zu weit über die anderen hinaus. Ein Blick und jeder weiß, was Sache ist. Nicht dass Gérard daran etwas ändern wird.

Es muss fast Mittag sein.

Schritte vor der Tür verraten, dass ich Besuch bekomme. Natürlich. Wann sonst? Die Witterung ist unverkennbar. Erstaunlich. Macht die Krankheit einen Lamia nicht extrem lichtempfindlich? Beinah wie einen Vampir?

Er ist nicht allein. Drei weitere Lamia. Einer davon ist Jérôme. Er war auch an Bord des Bootes, das ich vor der Calanque gehört habe.

Die Tür öffnet sich ebenso geräuschlos wie zuvor, als sie mich hier hereingestoßen haben. Der Sack, den sie mir über den Kopf *gezogen hatten, liegt immer noch auf dem Boden. Aber wie hätte ich dieses Haus nicht wiedererkennen können.*

Er kommt allein herein. Seine Wachhunde bleiben im Gang. Wie immer, wenn ich ihn sehe, kochen Erinnerungen hoch.

Einen Moment lang mustert er mich. Ja, deine Handlanger waren nicht gerade sanft auf dem Weg hierher.

»Hallo, Onkel.«

Aus seiner Befriedigung wird Ärger.

»Wage es nicht, mich so zu nennen, du Missgeburt. – Vor allem jetzt nicht mehr. – Und steh auf, wenn du mit mir sprichst, oder sollen Jérôme und Thierry nachhelfen?«

Ich bleibe noch ein paar Sekunden länger in meiner Ecke sitzen, ehe ich mich vom Boden hochdrücke. Ja, dass Jérôme nicht gut auf mich zu sprechen ist, hat er mir schon auf dem Flug gezeigt. Etwas anderes war aber auch nicht zu erwarten. Immerhin waren er und Simeon schon damals mehr als nur Freunde. Im Augenblick ist mein Bedarf an seinen Zuwendungen gedeckt, danke. »Ich war mir nicht bewusst, dass du in einer solchen Situation tatsächlich gute Manieren von mir erwartest, Onkel. – Verzeihung, Gérard.«

»Für dich immer noch Doamne d'Orané.«

Nur über meine Leiche. »Nach den Gesetzen der Höflichkeit müsste ich jetzt eigentlich sagen: ›Du siehst gut aus‹, aber das wäre eine Lüge. Du verzeihst also, wenn ich es lasse.« *Er ist gealtert. Wirkt wie ein Mann weit jenseits der vierzig. Abgemagert. Hohlwangig. Haut wie Pergament. Rissig. Seine Augen sind trüb. Selbst in diesem Licht. Die Krankheit. Noch nicht im Endstadium, aber auch nicht mehr allzu weit davon entfernt. Ihm läuft die Zeit davon. – War er deshalb hinter Dawn her? Verspricht er sich dieselbe Hilfe von ihrem Blut – beziehungsweise dem der Princessa Strigoja – wie ich mir bei ihr von dem der Ersten? Fast kann ich ihn verstehen. Aber auch nur fast.*

»Welchem Umstand verdanke ich das Vergnügen, dass du mich von deinen Hampelmännern hast nach Hause holen lassen? Willst *du meine ganzen* Verbrechen *aufdecken und mich dem* Rat *übergeben?«*

»Genügt es nicht als Grund, dass du meinen Sohn umgebracht hast?«

»Ich habe ihn zum Vampir gemacht. In den Tod hast du ihn getrieben, mit deinem Gerede über die Schande.«

Gérard schnalzt mit der Zunge. »Zum Vampir, ja. Zu Abschaum. – Und jetzt sieh dich an. Dank dieses kleinen Halbbluts bist du jetzt genauso wie er. Welch eine Ironie. Sie hat mir die Arbeit abgenommen. – Und mich um einen Teil meiner Rache gebracht. – Ich wollte dich selbst zu einem machen und dir anschließend dein altes Zimmer zurückgeben. Ob du die hohen Fenster dann immer noch so geschätzt hättest?« Er kommt einen Schritt näher und atmet langsam ein. »Wann ist es passiert? Wann hat die Kleine dich zu einem Vampir gemacht? Während ihres Wechsels oder erst danach?« Rein rhetorische Fragen. Er weiß, dass er von mir darauf keine Antwort zu erwarten hat. »Als sie dich zum Vampir gemacht hat, hat sie dich doch von ihrem Blut trinken lassen.« Ohne mich aus den Augen zu lassen, geht er zur Tür, öffnet sie, tritt beiseite, lässt Jérôme und einen zweiten Lamia – Thierry? – herein. Was auch immer er vorhat: Hatte ich wirklich angenommen, er würde sich selbst die Hände schmutzig machen? »Nun kann ich sie ja nach wie vor nicht haben. Du hast es ja ein weiteres Mal erfolgreich verhindert. Aber auch wenn ich mich ungern mit dem Zweitbesten zufriedengebe, werde ich wohl für's Erste mit dem Blut ihrer Kreatur vorliebnehmen müssen.« Er nickt den beiden zu. Es geht schnell. Sie haben nicht den Tag und den Hunger gegen sich. Gérard hält sich außer Reichweite, bis sie mich auf den Knien haben, mein Kopf in Jérômes Armbeuge wie in einem Schraubstock, zur Seite gedrückt, die Kehle ungeschützt, mein Arm überstreckt und verbogen auf seinem Oberschenkel. Wenn er ihn nur einen Hauch weiter hinunterdrückt, bricht er mir den Ellbogen oder die Schulter. Oder beides. Thierry hat meinen anderen Arm hinter meinem Rücken verdreht. Sein Fuß *steht in meinen Kniekehlen. Alles Kämpfen ist sinnlos. Trotzdem fällt es schwer, damit aufzuhören.*

Nur aus den Augenwinkeln sehe ich Gérard herankommen, sich vorbeugen. Ich versuche nicht zusammenzuzucken, als er die Zähne schmerzhaft langsam in meinen Hals gräbt. An derselben Stelle, die Dawn aufgerissen hat, als sie mich zum Vampir gemacht hat. Das gepeinigte Keuchen ist über meine Lippen, ehe ich es verhindern kann. Sein Mund ist rau und kalt auf meiner Haut. Toter Fisch. Mit jedem Schluck scheinen meine Adern ein Stück mehr zu verdorren. Mein Atem kommt viel zu schnell. Ich kann mich selbst stöhnen hören, glaube zu spüren, wie Gérard an meiner Kehle lächelt. Meine Adern brennen. Er beißt tiefer. Unwillkürlich bäume ich mich auf. Jérôme hält meinen Kopf erbarmungslos fest, drückt meinen Arm weiter abwärts. Die Mauer vor mir hat plötzlich trübe Flecken. Inzwischen sind es Jérôme und Thierry, die verhindern, dass ich zu Boden gehe. Mit jedem weiteren Schluck tragen sie mehr von meinem Gewicht.

Die Wand ist grau und verschwimmt vor meinem Blick, als Gérard endlich die Zähne aus meinem Hals nimmt. Schweiß klebt mir die Kleider auf die Haut. Ein scharfer Stich in meinem Hals. Dünn, wie von einer Nadel. Ich zucke zurück.

»Haltet ihn ruhig!« Gérard.

Thierry drückt meinen Arm zwischen meinen Schultern weiter nach oben. Seit wann ist ein dritter von seinen Handlangern in meiner Zelle? Ein Klappern wie von Metall auf Metall – und Plastik auf Metall. Er reicht ein durchsichtiges Röhrchen an mir vorbei; gefüllt mit meinem Blut. Tauscht es gegen ein leeres. Diesmal scheint die Nadel sich in meinem Hals zu bewegen. Gleich darauf wechselt er wieder eine volles gegen ein leeres Röhrchen. Verdammt: Er lässt mich tatsächlich zur Ader wie ein elendes Versuchstier. Und Jérôme und Thierry haben mich so wirkungsvoll in der Zange, dass ich nichts dagegen tun kann. Es scheint Ewigkeiten zu dauern, bis sie endlich genug haben. Gérard beugt sich wieder zu mir, murmelt etwas wie »nichts vergeuden«, ehe er über die Löcher leckt, die er hinterlassen hat. Toter Fisch. Ekel schüttelt mich. Selbst als die Wunden geschlossen sind, fühlen sie sich noch riesig an. Jérôme und Thierry halten mich weiter fest. Nicht gut. Jérômes Hand auf meiner Stirn drückt meinen Kopf ein Stück nach hinten, zwingt mich zu Gérard aufzusehen. Der dritte Lamia bewegt sich hinter ihm vorbei. Auf Jérômes andere Seite. Seine Haut ist noch immer grau und rissig. Nur seine Lippen sind blutrot. Er streicht mir das Haar aus der Stirn. Es ist schweißnass wie der Rest von mir. Sieht mir in die Augen.

»Kommen wir gleich zur Sache: Ich weiß, warum du vor ein paar Tagen in Marseille warst. Ich werde dich nicht fragen, wo du das Blut der Ersten jetzt versteckt hast. Du würdest es mir ohnehin nicht sagen.« Etwas legt sich um den Arm, den Jérôme noch immer unerbittlich in seinem Griff hat. Knapp über dem Ellbogen. Wird zugezogen. Es fühlt sich an wie ... nein! Mit einem Fauchen bäume ich mich auf, versuche an Jérôme vorbeizusehen. Ich kann nicht. Gérard lässt ein Glucksen hören. Mein Blick zuckt zu ihm zurück. Nein! »Das werde ich erst tun, wenn die Droge wirkt, die Noël dir ...« Mit einem Schrei werfe ich mich gegen Jérôme. Thierry hinter mir renkt mir beinah den Arm aus. Ihn bringe ich aus dem Gleichgewicht. Jérôme macht nur einen Schritt zur Seite und zurück. Ich kämpfe weiter, versuche ihre Griffe zu brechen. Koste es, was es wolle. Etwas bohrt sich in meine Armbeuge. Eine Injektionsnadel. Ich spüre den Druck, mit dem etwas in meine Vene gespritzt wird. Nein! Nein, das darf nicht sein! Jeder Herzschlag trägt es weiter durch meine Adern. War ich zuvor der Meinung, mein Blut würde brennen? Das hier ist tausendmal schlimmer. Mein Körper ist taub und steht gleichzeitig in Flammen. Sie lassen mich los. Ich falle ... scheinbar endlos, bis der Boden plötzlich hart und erbarmungslos unter mir ist.

»In seinem Zustand wird die Wirkung schon in ein paar Minuten einsetzen.« Ich kenne die Stimme nicht, also muss sie wohl zu

Noël gehören. Ein paar Minuten und ich werde Gérard jede Frage beantworten. Ihm fügsam erzählen, was er wissen will. Jérôme lacht.

Es ist verboten – und eigentlich unmöglich –, einen Lamia unter Drogen zu verhören, weil man zu viel von dem Teufelszeug braucht und man den Betreffenden in der Regel schon umgebracht hat, ehe es zu wirken beginnt. Aber bei einem Vampir wirkt es schneller, braucht es weniger. Und ich bin jetzt ein Vampir. Warum habe ich daran nicht gedacht. Großer Gott, ich werde ihm sagen, was ich mit dem Blut der Ersten getan habe, und damit Dawn noch mehr in Gefahr bringen. Das darf nicht sein.

Gérard ist so plötzlich vor mir, dass ich vor ihm zurückschrecke. Es beginnt schon zu wirken. Er fasst mein Kinn und dreht mein Gesicht zu sich, lächelt. Hinter ihm verschwimmen Jérôme, Thierry und Noël. Ich blinzle, bis sie wieder klar sind. Konzentrier dich, Julien! Auf irgendwas. Du bist nicht umsonst ein Vourdranj. Ich beiße die Zähne zusammen. Darauf muss ich mich wirklich konzentrieren.

In nova fert animus mutatas dicere formas corpora; di, coeptis – nam vos mutastis et illas –

Sein Lächeln gefriert. Ahnt er, was ich tue?

adspirate meis primaque ab origine mundi ad mea perpetuum deducite tempora carmen!

»*Offenbar war die Dosis nicht hoch genug.*« *Sichtlich ärgerlich dreht er sich um. Beinah hätte ich den Anschluss verloren.*

Ante mare et terras et quod tegit omnia caelum

Noël kniet sich vor mich, leuchtet mir mit irgendetwas entsetzlich Grellem in die Augen.

unus erat toto naturae vultus in orbe,

Sind die ›paar Minuten‹ tatsächlich schon um? Diesmal der andere Arm. Ich wehre mich nicht. Nicht mehr.

quem dixere chaos: rudis

Es gibt für mich nur einen Ausweg.

indi-indigestaque mo-moles

Das Brennen in meinen Adern wird zu kochender Lava.

nec quicquam nisi ... nisi pon-pondus iners congesta-congestaque eodem

Das Atmen tut weh. Die einzelnen Züge kommen viel zu hastig, viel zu hart. Ich brenne.

con-conges-congestaque eo-eodem Konzentrier dich, Julien! non bene ... bene i-iuncta-iunctarum ... iunctarum ... iunctarum dis-discor-cordia ... cordia sem-semina re-rerum.

Ich fahre hoch, als Gérard mich erneut am Kinn packt. »Was brabbelst du, Freundchen?«

Meine Zunge erinnert sich an das, was sie gerade ›gebrabbelt‹ hat. Ich nicht. Mechanisch wiederholt sie es.

»in ma-mare perve-veni-veniunt«

Er reißt die Augen auf, zischt »Was zum ... Ovid?« *Hinter ihm ist alles grau und verschwommen. Er auch.* »Verdammt noch mal! Gib ihm mehr! Wir haben nicht ewig Zeit.« *Gérard.*

»Die Dosis war schon so hoch genug. Noch eine ist zu viel! Ihr bringt ihn um.« *Noël.*

Ich muss mir das Kichern verbeißen. Aber genau das will ich ja.

»partim cam-«

Die Nadel ist wie ein heißes Eisen in meinem Arm. Ein Eisen, das bis auf den Knochen geht. Und hindurch. Ich keuche. Wimmere. Würge. Wie steigert man Feuer? In meinem Kopf ist nur noch zähklebrig. Grau drückend. Ich schüttle ihn, wieder und wieder. Meine Zunge bewegt sich in meinem Mund. Wälzt sich sinnlos hin und her.

»par-par-«

Ein Schlag ins Gesicht. »Schluss damit!« *Heiß und klebrig läuft es aus meiner Nase. Ich habe den Faden verloren.*

»In no-nova ... nova ... In nova ... nova ... nova«

Ein Fluch. Dann eine Stimme. Sie sagt etwas ganz dicht neben meinem Ohr. Eine Frage. Ich höre mich antworten. Nein! Wieder eine Frage. Konzen-konzentrier dich, Julien!

»adspi-spirate me-meis«
Wieder ein Schlag. Mein Kopf kracht gegen die Wand. Ich schmecke mein eigenes Blut. Grau. Schwarz. Schwarz ...
»Könnt Ihr mich hören?« *Fremde Stimme ... immer Schwarz. Lider gehorchen nicht. Berührung am Gesicht. Kein Schlagen. Tätscheln? Konzen-* ... »Könnt Ihr verstehen, was ich sage?«
»-a«
Blinzeln. Verschwommene Schatten.
»Wisst Ihr, wo Ihr seid?«
»-seille.«
»Könnt Ihr mir Euren Namen sagen?«
»Jul- Ale-ndre Du-anie« *Schwärze.*

Radu

Vollkommen orientierungslos fuhr ich in die Höhe. Mein Blick zuckte panisch durch den Raum: weiße Lamellentüren, ein Ankleidespiegel, ein riesiges Bett ... Erst eine Sekunde später erinnerte ich mich wieder, wo ich war: im Stadthaus Onkel Vlads in Paris. – Lieber Himmel, ich war eingeschlafen! In meinen Kleidern. Und offenbar fest genug, um nicht zu merken, dass jemand hereingekommen war und die Bettdecke über mich gezogen hatte. Erschrocken griff ich nach der Kette. Blut und Medaillon waren noch unverändert unter meinem Shirt verborgen. Julien! Was war mit Julien? – Wie spät war es? Ich hatte keine Ahnung. Dass die lähmende Müdigkeit mich aus ihren Klauen entlassen hatte, deutete allerdings darauf hin, dass es inzwischen Nacht war. Ich musste zu Onkel Vlad und herausfinden, ob er schon etwas von Julien gehört hatte. Hastig schob ich die Decke von mir und schwang die Beine über den Bettrand. Der Hunger brannte in meinem Inneren, war zu einem qualvoll ziehenden Schmerz in meinem Oberkiefer geworden.

Meine Schuhe standen nebeneinander vor dem Ankleidespiegel. Ich hatte sie im Bad ausgezogen und auch liegen gelassen ... Schnell schlüpfte ich hinein, warf eher beiläufig einen Blick in den Spiegel. Meine Haare waren inzwischen getrocknet – und wirr. Den Versuch, sie mit den Fingern zu glätten, gab ich rasch wieder auf. Wozu auch? Onkel Vlad hatte mich im Krankenhaus gesehen, nachdem Samuel mir den Hals aufgerissen hatte und mein altes Zuhause in die Luft geflogen war. Da hatte ich vermutlich einen weit schlimmeren Anblick geboten. Und ich war nicht hier, um einen Schönheitswettbewerb zu gewinnen. Ich wollte meinen Freund zurück. Lebendig! Und möglichst unverletzt! Und der Mann, der mir dabei helfen konnte, war irgendwo in dem Gebäude über mir. Entschlossen machte ich mich auf die Suche nach meinem Onkel.

Auf dem Korridor vor der Suite zögerte ich eine Sekunde. Onkel Vlad würde es seinen Gästen vermutlich nicht zumuten, jedes Mal die Treppe von der Tiefgarage ins Haus zu benutzen. Ich kannte aber nur den Weg, auf dem Michail mich bei meiner Ankunft hierhergebracht hatte. Mir blieb nichts anderes, als ihn zurück zu nehmen. Nur auf der Betontreppe wandte ich mich nach oben.

Hinter den schweren Flügeln einer eleganten Holztür blieb ich jedoch erneut stehen und drehte mich irgendwie beklommen einmal um mich selbst: Zu beiden Seiten führte ein breiter Korridor wohl in die Seitenflügel des Hauses, und hinter mir – oberhalb der Tür in das Souterrain und die Tiefgarage, die von dieser Seite in der Täfelung auf den ersten Blick so gut wie nicht zu erkennen war – ging eine doppelte Freitreppe rechts und links von mir in den ersten Stock. Ein gigantischer Kronleuchter hing von der Mitte der

Decke. – Überall um mich herum war poliertes Holz, Teppiche, in denen man versank, kostbare Gemälde und andere Kunstwerke. Und das Ganze so gekonnt arrangiert, dass es weder protzig noch aufdringlich wirkte – sondern einfach nur stilvoll und edel. Die Einrichtung im Untergeschoss war schon beeindruckend gewesen, aber das hier stellte alles, was ich an Luxus kannte, in den Schatten. Andererseits: Dies hier war das Stadthaus eines alten und mächtigen Lamia-Fürsten. Hatte ich so etwas nicht erwarten müssen? Dass es sich bei diesem Stadthaus eher um einen kleinen Palast handelte, würde es mir allerdings nicht gerade leichter machen, Onkel Vlad zu finden.

Die Witterung nach Blut war plötzlich da und ließ mich herumfahren. Michail! Er stand nur ein paar Meter hinter mir, die Hand an einer weiteren – diesmal in der Tapete verborgenen – Tür. Meine heftige Reaktion konnte ihm nicht entgangen sein, dennoch begrüßte er mich mit jenem Lächeln.

»Wie schön, dass Sie wach sind, Dawn. – Ihr Onkel hat angeordnet, Sie umgehend zu ihm zu führen, sobald Sie sich ein wenig ausgeruht haben.«

Ich verbiss mir die Bemerkung, dass ich eigentlich nicht vorgehabt hatte, überhaupt zu schlafen. Aber vermutlich hatte Vlad mit nichts anderem gerechnet und ihn angewiesen, mich nicht zu wecken.

Michail wies zur Treppe. »Darf ich Ihnen den Weg zeigen?« Ohne mein Nicken abzuwarten, ging er an mir vorbei und stieg die Stufen hinauf. Nach einem letzten unsicheren Blick in die Runde folgte ich ihm in einem gewissen Abstand – ich wollte meinen Hunger nicht noch mehr anfachen.

»Woher wussten Sie, dass ich wach bin?«

Über die Schulter sah er zu mir zurück. »Im Korridor vor

den Gästesuiten und auf der Treppe zur Tiefgarage gibt es Bewegungsmelder.«

Natürlich. Onkel Vlad würde erfahren wollen, wenn seine Gäste ihre Zimmer verließen und durch sein Haus wanderten.

Die Treppe endete in einem weiteren Korridor, der wie der untere in beide Richtungen verlief. Michail nickte mir kurz zu und wandte sich nach rechts. Auch der erste Stock war ein Beispiel an Eleganz und Stil: kostbare Möbel, Gemälde, Kunstschätze – zum Teil hinter Glas – und dazwischen immer wieder die eine oder andere mit Blumen gefüllte Bodenvase.

Vor einer Tür beinah am Ende des Korridors blieb er stehen, wartete, bis ich zu ihm aufgeschlossen hatte, dann klopfte er zweimal kurz an, öffnete sie auf ein knappes Wort von der anderen Seite hin und ließ mich mit einem einfachen »Eure Großnichte, die Princessa Strigoja, Doamne« an sich vorbei in den Raum dahinter treten, ehe er die Tür wieder hinter mir schloss.

Vlad saß hinter einem Schreibtisch aus hellem Holz, blickte mir entgegen, während er zugleich ein paar Papiere beiseitelegte. Er winkte mich vorwärts, als ich ihm wohl zu lange bei der Tür zögerte. Ein dunkler Teppich dämpfte meine Schritte. Ungefähr in der Mitte des eleganten Raumes blieb ich wieder stehen. Bücherregale nahmen die gesamte Wand zu meiner Linken ein. Neben der Tür gab es eine kleine Sitzgruppe – Sessel und kurzes Sofa – aus blassem Leder und einem orientalisch anmutenden Tischchen. Die Wände waren bis zur Hälfte mit honigfarbenem Holz getäfelt, darüber mit einer hellen Tapete bespannt. Allerdings gab es nur ein Bild im Raum. Es stand auf einer Staffelei: das Porträt einer schlanken jungen Frau in einem fast streng geschnittenen tiefroten Kleid, das der Mode eines vergangenen Jahrhunderts entsprochen haben musste, die dem Betrachter mit einem kleinen Lächeln entgegensah. Ihr helles Haar war hochgesteckt und ließ ihr schmales Gesicht noch anmutiger erscheinen, als es ohnehin schon war. Um ihren Hals schmiegte sich genau jenes Rubinhalsband, das ich bei meiner Ankunft hier getragen und in der Kristallschale neben dem Waschbecken zwei Stockwerke tiefer vergessen hatte. Wilhelmina Harker.

»Sie ist wunderschön.« Wie so oft war mein Mundwerk schneller als mein Verstand.

Vlad schaute ebenfalls zu dem Porträt. »Ja, das war sie«, stimmte er mir nach einem Moment zu. Dann kehrten seine Augen zu mir zurück, hingen für eine Sekunde auf meiner – bloßen – Kehle, bevor sie sich endgültig zu meinem Gesicht hoben. »Aber sie war nicht nur schön. Für eine Frau ihrer Zeit war sie verblüffend stark und eigenwillig. Und was ihr Herz anging, ließ sie sich nichts vorschreiben. Sie entschied sich für mich, aber gegen eine Ewigkeit als Vampirin an meiner Seite.« Um seinen Mund spielte kurz ein Ausdruck, von dem ich nicht sagen konnte, ob er schmerzlich oder spöttisch war. »Wir haben damals für ziemliches Aufsehen im Rat gesorgt.« Etwas an der Art, wie er mich ansah, trieb mir das Blut in die Wangen. Hastig richtete ich meinen Blick auf etwas anderes: Das nächtliche Paris, das sich mit unzähligen Lichtern hinter fast deckenhohen Glastüren erstreckte – die sich anscheinend auf einen Balkon hinaus öffneten. Mit einem feinen Lächeln sah Vlad seinerseits auf die Stadt. »Das da vorne ist der Obelisk von Luxor auf dem Place de la Concorde, ein Geschenk von Muhammad Ali Pascha an Louis Philippe. Und von meiner Seite des Schreibtisches aus kannst du gerade noch die Seine und Notre Dame ausmachen«, erklärte er überraschend freundlich. »Ich empfinde den Ausblick bei Nacht deutlich ansprechender als bei Tag.« Er verschränkte die Hände auf der Schreibtischplatte.

Ich räusperte mich. »Julien wollte mich damals zu dir schicken ... als Samuel ...« Mit einer vagen Handbewegung wies ich zu meiner Kehle hin. »Er sagte, ich solle zum Place Denfert-Rock-«

»Rochereau.«

»Denfert-Rochereau gehen und dort nach einem bestimmten Fremdenführer suchen ...«

»Und jetzt fragst du dich, warum er dir nicht direkt diese Adresse genannt hat? – Ganz einfach: Er kannte sie nicht.« Diesmal war sein Lächeln eindeutig belustigt. »Ich bin ein alter Wolf, Mädchen, der die Lage seiner Höhle nicht leichtfertig und jedem Beliebigen preisgibt. – Aber du willst doch eigentlich etwas ganz anderes von mir wissen, nicht wahr?«

Ich nickte.

»Es tut mir leid, dich enttäuschen zu müssen. Ich habe dem Rat unser Anliegen beziehungsweise unsere Forderung bezüglich deines ... Leibwächters unterbreitet, aber bisher keine Antwort erhalten.« Vlads Blick war tatsächlich ein wenig bedauernd.

Meine Kehle wurde eng. Ich öffnete den Mund, schloss ihn aber wieder, weil ich nicht wusste, was ich hätte sagen sollen.

»Es ist vermutlich ein schwacher Trost, aber ich denke, wir werden nicht mehr allzu lange auf eine Antwort warten müssen. Wie auch immer sie ausfallen mag.«

Ich schluckte hart und zwang mich zu einem neuerlichen Nicken. Deutlich beklommener diesmal. Jede Sekunde, die Julien sich in Gérards Hand befand, wurde die Gefahr größer, dass der ihm etwas Entsetzliches antat – oder ihn tötete.

»Aber solange wir warten, können wir uns dringlicheren Problemen zuwenden.«

Verblüfft blinzelte ich. Was konnte dringlicher sein als Juliens Leben?

Hinter seinem Schreibtisch erhob Vlad sich und kam um ihn herum auf mich zu. Dicht vor mir blieb er stehen. Der Schmerz in meinem Oberkiefer wurde schlimmer. Beim Geruch seines Blutes, so entsetzlich nah, zog Gier meine Eingeweide zusammen. Beinah hätte ich aufgestöhnt, stattdessen machte ich einen hastigen Schritt zurück.

Vlad nickte, als habe er keine andere Reaktion von mir erwartet. »Es ist erstaunlich, dass du noch aufrecht hier vor mir stehst und nicht auf den Knien liegst und um Blut bettelst.« Er hob die Hand, als wolle er sie nach meinem Gesicht ausstrecken, ließ sie dann aber wieder sinken. »Ich nehme an, deine Eckzähne sind im Moment deutlich länger, als sie bis eben schon waren. Deine Augen sind jedenfalls so tiefschwarz, dass jeder, der bei Verstand ist und weiß, was das bedeutet, einen sehr großen Bogen um dich machen dürfte.« Beinah flüchtig sah er auf seine Uhr. »Du hast sehr lange gebraucht, um dich von deinem Flug hierher und den Geschehnissen in Bangor zu erholen. – Es ist alles für dich arrangiert. Und er sollte auch noch ein oder zwei Stündchen schlafen.«

Er? Der Gedanke, der sich mir aufdrängte, verursachte mir Unbehagen. Vlad gab mir nicht die Chance, ihn zu fragen, was er meinte, sondern wies zur Tür.

»Komm. Ich bringe dich zu ...«

Ein kurzes Klopfen unterbrach ihn, doch wer auch immer der Urheber war, wartete nicht auf ein »Herein«. Mein Onkel sah über mich hinweg, als jemand hinter mir den Raum betrat. Der Luftzug trug den Geruch von Blut zu mir. Der Hunger krallte sich noch stärker in meine Adern. Ich fuhr mit einem kleinen Fauchen herum – und fand mich dem schönsten Mann gegenüber, den ich je gesehen hatte: schlank und mittelgroß, im Vergleich zu Vlad eher schmal; schwarzes

Haar, das im Nacken zu einem Pferdeschwanz zusammengebunden war; helle grüne Augen, die mich aus dem Antlitz eines Engels heraus musterten. Nachlässig warf er das Sportsakko, das er über der Schulter getragen hatte, auf den Sessel neben der Tür. Das dunkelgrüne Seidenhemd war Maßarbeit. Er mochte nicht älter als Mitte zwanzig sein, allerhöchstens knapp an die dreißig. Und er stellte mit seinem Aussehen selbst Julien in den Schatten.

»Hat Michail dich also erreicht.« Vlad legte mir von hinten die Hand auf die Schulter. »Dawn, darf ich dir meinen Bruder Radu vorstellen? Deinen Großvater.«

Mein ...? Ich schloss mit einiger Verspätung den Mund. Julien hatte behauptet, ich sähe meinem Großvater ähnlich. Lieber Himmel, nie im Leben. Da glich eine Schildkröte schon eher einem Schmetterling.

Ich brauchte einen sehr langen Moment, bis ich zumindest ein schwaches »Hallo« herausbrachte.

Radu nickte mir zu. »Vlad hat mir von dir erzählt. Ich wollte dich in den letzten Wochen schon mehrfach in den Staaten besuchen, um endlich die Tochter meines Sohnes kennenzulernen. Aber leider haben es mir meine Geschäfte nicht erlaubt. Ich hoffe, du verzeihst mir.« War ein Nicken eine passende Antwort? Ich versuchte es und wurde mit einem kleinen Lächeln bedacht. »Aber soweit ich aus der Ferne verfolgen konnte, hat Vlad sich gut um dich gekümmert.« Er musterte mich mit einem Blick, den ich nicht deuten konnte. »Ich glaube, eine Umarmung oder gar einen Kuss auf die Wange sparen wir uns für später, Mädchen. Du siehst aus, als würdest du mir jeden Moment die Zähne in den Hals schlagen.« Über meine Schulter hinweg sah er Vlad an. »Hat es irgendeinen Grund, dass du deine Großnichte verhungern lässt?« Die Worte klangen nicht nach einem Tadel, sondern eher belustigt.

Der schnalzte unwillig mit der Zunge. »Wir waren gerade

auf dem Weg. Du kannst dich uns gerne anschließen.« Mit einem Nicken bedeutete Vlad mir, ihm zu folgen, und verließ sein Arbeitszimmer. Radu trat beiseite, als ich an ihm vorbeiging. Mein Großvater ... bei seinem Anblick bekam das Wort einen absurden Klang. Er war so ... jung. – Und ich hatte so viele Fragen an ihn; über meinen Vater, ihn selbst, meine Großmutter; einfach alles ... Doch zugleich ließ der Hunger in meinem Inneren im Moment kaum einen anderen vernünftigen Gedanken zu – zumindest nicht für längere Zeit. Selbst meine Sorge um Julien drohte neben der Gier unbedeutend zu werden und ich hasste mich dafür. Ich drückte die Arme gegen meinen Bauch. Das alles würde warten müssen. Meine Schritte waren vielleicht ein wenig hastig, als ich Onkel Vlad hinterhereilte. Um zu wissen, dass mein Großvater nur knapp hinter mir war, musste ich mich nicht umdrehen.

Es ging nur ein kurzes Stück den Korridor hinunter, bis mein Onkel eine in der Täfelung verborgene Tür öffnete und mich in einen schmalen und deutlich schlichteren Gang führte, der wohl zu so etwas wie den Dienstbotenquartieren gehörte. Als Radu sie hinter uns wieder schloss, kroch ein Zittern in meine Glieder. Sie waren so nah ... so nah ... Ich krallte mir selbst die Fingernägel in die Handflächen.

Wir hatten gerade die erste von drei, vielleicht auch vier Türen passiert, die sich in unregelmäßigen Abständen auf der rechten Seite des Ganges befanden, als die an seinem Ende wieder geöffnet wurde.

»Doamne Vlad!«

Ich erkannte Michails Stimme. Vor mir blieb mein Onkel stehen und drehte sich um. »Was gibt es?«

»Ein Anruf. Der Rat.«

Vlads Blick zuckte zu mir, ehe er zu Michail zurückkehrte. »Ich komme.«

Hastig wich ich zur Seite hin aus, als er an mir vorbeiging.
»Kümmere dich um sie. Die vorletzte Tür«, wies er Radu noch an, dann strebte er auch schon mit schnellen Schritten auf Michail zu und verschwand mit ihm in den großen Korridor. Mit wild klopfendem Herzen sah ich ihm nach. *Alles wird gut, Julien. Bitte, halte durch.* Als mein Großvater sich räusperte, zuckte ich zusammen.

»Du hast ihn gehört. Die vorletzte Tür. – Wollen wir?« Er wies den Gang entlang. Ich schluckte, nickte und ging vor ihm her, bis wir besagte Tür erreichten, wo er an mir vorbeigriff und sie für mich aufstieß. Der Raum dahinter war einfach eingerichtet: gefliester Boden, weiße Raufaser an den Wänden, gedämpftes Licht, keine Fenster. Dazu ein Schrank, Stuhl und Tisch, auf dem eine Schale mit Obst und Gebäck, eine Flasche Wasser oder Limonade und ein Glas standen. Ein etwas breiteres Bett. Und darauf ... Der Geruch von Blut schlug mir entgegen. Ein junger Mann, schlank, beinah zu schlank, seine Jeans waren an den Enden ausgefranst, das T-Shirt hatte mehr als ein Loch. Er lag auf der Seite, scheinbar entspannt, hatte uns den Rücken zugedreht. Reglos. Doch alles, was ich sah, war das schwarze Haar, knapp schulterlang, zerzaust ... Ich stand im Türrahmen und konnte mich nicht rühren, nicht atmen. Mein Kiefer pochte. Feuer brannte in meinen Adern. *Julien ... Julien lag da. Bleich. Die Kehle aufgerissen. Unter ihm ein roter Fleck auf dem Teppich. Blut ... Blut, das aus dem Loch an seinem Hals lief. Über seine Haut rann. Herabtropfte. Auf den Teppich. Den Teppich mit dem roten Fleck. Rot. Rot ... und süß. So süß, dass ich nicht mehr aufhören konnte. Aufhören ... aufhören ...*

»Mädchen, was ...« Eine Hand an meiner Schulter. Mit einem wimmernden Schrei streifte ich sie ab, fuhr herum, flüchtete wieder gänzlich auf den Gang hinaus. Die Hand kehrte zurück, erwischte mich am Arm, verhinderte, dass ich mehr als zwei Schritte weit kam, drückte mich gegen die Wand. »Was zum ...« Radu. Mein Großvater. Er hielt mich fest. Atmen, ich musste atmen.

»Ich kann nicht«, brachte ich irgendwie heraus. *O Gott. O großer Gott.* Es war, als wäre ich wieder in meinem Zimmer in Ashland Falls. Mit Julien, blutend – verblutend – auf dem Boden, blinder Gier, in der ich die Zähne in seinen Hals gegraben hatte ...

Der Griff an meinem Arm war härter geworden. Ich blinzelte. Zwischen den schwarzen Brauen meines Großvaters stand eine tiefe, senkrechte Falte. »Was soll das heißen: ›*Ich kann nicht*‹«, fuhr er mich an. »Das da drin ist ein erbärmlicher kleiner Streuner. Wahrscheinlich hat er zugestimmt, Michail zu begleiten, weil er dachte, er verkauft seinen Körper für ein paar Francs, um irgendeinem Künstler nackt Modell zu sitzen. Er ist vollkommen bedeutungslos. Alles, was zählt, ist sein Blut. Das Blut eines gesunden, jungen Menschen; sauber, ohne Drogen oder Krankheiten. Nimm dir, was du brauchst, und vergiss ihn wieder.« Die Verachtung, mit der er von dem Jungen sprach, ließ einen Schauer über meinen Rücken kriechen. »Michail wird ihn dahin zurückbringen, wo er ihn herhat. Mit mehr Geld in der Tasche, als er sonst in einem Monat sein Eigen nennen kann.« In einer Geste, die unmissverständlich ›*Geh hinein und trink*‹ sagte, wies er zur Tür zurück.

Ich schüttelte den Kopf, wiederholte nur: »Ich kann nicht.«

»Und warum nicht?« Zu dem Ärger kam Ungeduld.

Weil ich auf dem Bett nicht irgendeinen unbekannten jungen Mann sehe, sondern meinen Freund, nachdem ich ihm die Kehle herausgerissen und ihn beinah umgebracht habe. Um ein Haar hätte ich die Unterlippe zwischen die Zähne gezogen, um daraufzubeißen. In letzter Sekunde erinnerte ich mich an meine derzeit geradezu qualvoll langen Eckzähne und presste stattdessen die Handflächen gegen meine Jeans. Radu deutete mein Zögern anders.

»Bedeutet das, du hast noch nie von einem Menschen getrunken?«

Nun, auch das war eine Tatsache. Ich presste die Lippen aufeinander und schüttelte erneut den Kopf. Einen Augenblick musterte er mich. »Hast du bisher nur das Blut deines Leibwächters getrunken?«, wollte er dann wissen. In seinen Worten war ein erschreckend harter Unterton.

Beklommen nickte ich. Für einen Atemzug wurden die Augen meines Großvaters schmal.

»Gibt es hier irgendwelche Probleme?« Vlads Stimme ließ mich zusammenzucken. Radu stieß den Atem mit einem Zischen aus und drehte sich zu ihm um.

»Wie man es nimmt«, meinte er sarkastisch.

Ich hatte mich aus seinem Griff befreit und hastete meinem Onkel entgegen.

»Was ist mit ... mit ...?« Wusste Radu, welcher der Du-Cranier-Zwillinge bei mir war? Hatte Vlad ihn ins Vertrauen gezogen? Ich konnte es nicht sagen.

»Was soll das heißen?« Vlad fasste mich am Arm, drehte mich um, ohne auch nur im Schritt zu stocken – oder auf meine Frage zu reagieren –, und führte mich zurück an Radu vorbei, wobei er mich mit einem Blick unter hochgezogenen Brauen bedachte, ehe er mich wieder losließ und in das Zimmer hineinschaute. Und nickte.

»Ich verstehe.« Seine Augen kehrten zu mir zurück. »Da hat Michail wohl eine etwas unglückliche Wahl getroffen.«

»Was ist mit ...?«, setzte ich erneut an, doch keiner von beiden gönnte mir auch nur den Hauch seiner Aufmerksamkeit. Meine Kehle zog sich zusammen. Warum sagte Vlad mir nicht, was er am Telefon erfahren hatte?

»Sie hat bisher nur von Du Cranier getrunken«, ließ mein Großvater sich verwirrend kühl vernehmen und verschränkte die Arme vor der Brust, während er sich gleichzeitig hinter uns nachlässig mit der Schulter gegen die Wand lehnte.

Etwas in der Art, wie Vlad mich anschaute, veränderte sich. »Ist das so?«

»Ja, aber was ist mit Jul...« Ich biss mir auf die Lippe. Und schmeckte mein eigenes Blut. Radu neigte fragend den Kopf.

»Jul...« wiederholte er, ehe er über mich hinweg Vlad ansah. »Gibt es da etwas, das ich wissen sollte?« Sein Ton war harmlos und sehr, sehr gütig.

Vlad warf mir einen kurzen unwilligen Blick zu. »Bei ihrem Leibwächter handelt es sich nicht um Adrien Du Cranier, sondern um Julien«, erklärte er dann mit einem Schulterzucken.

»Der Du Cranier, der eigentlich in Dubai sein soll? Der Heißsporn? Der im Bett jedes Mädchens war, das für ihn die Decke gehoben hat? Du hast sie *seiner* Obhut überlassen? Darf ich fragen warum?« Er klang noch immer unendlich freundlich, wenn auch ein Hauch Verwunderung in seiner Stimme mitschwang.

Ich schluckte. Julien? Im Bett jedes Mädchens, das für ihn *die Decke gehoben hatte?* – Aber ... Ich war niemals davon ausgegangen, dass ich die Erste in seinem Leben war ... Nur war es etwas anderes, es auf diese Weise von einem Dritten zu erfahren. Es tat weh. Und Radus Wortwahl machte es nicht besser.

Vlad zuckte erneut die Schultern. »Sie liebt ihn.«

Jetzt stieß mein Großvater ein kurzes, bellendes Lachen aus. »Sie ist die Princessa Strigoja. In ihrem Leben ist kein Platz für solchen Unfug.«

Ich starrte ihn an. Selbst wenn mir eingefallen wäre, was ich darauf hätte sagen können: Ich hätte keinen Ton herausgebracht.

Vielleicht war ihm mein Blick entgangen, zumindest sprach er ungerührt weiter. »Vor allem nicht mit jemandem wie ihm. Immerhin haben die Du-Cranier-Zwillinge in den letzten Jahrzehnten jeder auf seine Art mindestens die Hälfte der Fürsten vor den Kopf gestoßen.« Mein Mund war schlagartig trocken. Bedeutete das, Julien hatte keinen besonders guten Stand vor dem Rat, wenn es hart auf hart kam? Oh, bitte nicht!

Radu schüttelte den Kopf. »Du bist in diesen Dingen zu weich, Vlad. Mina hatte keinen guten Einfluss auf dich.«

Etwas wie ein Schatten huschte über die Züge meines Onkels.

Ich presste die Handflächen auf meine Oberschenkel. »Was ist mit Julien?«, fragte ich erneut und sprach diesmal seinen Namen ganz aus.

Vlad musterte mich eine Sekunde, ehe er mir endlich antwortete. »Er wird in dieser Minute nach Griechenland gebracht, um dem Rat der Fürsten überstellt zu werden.«

»Was? Warum?« Meine Hände waren mit einem Mal schweißfeucht.

»Das hat man mir nicht gesagt.« Er nickte seinem Bruder zu. »Der Rat wurde einberufen. Man erwartet unsere Anwesenheit. Umgehend. – Details hat man mir aufgrund unserer Beziehung zu Dawn allerdings nicht genannt.«

Hatten sie herausgefunden, dass Julien gar nicht Adrien war? Nein! Bitte, das durfte nicht sein. Nicht, wenn sie ihm ohnehin alles andere als wohlgesinnt waren. Warum hatte Vlad mir nichts davon gesagt, als ich ihn um seine Hilfe gebeten hatte?

Plötzlich war meine Kehle zu eng zum Schlucken. »Ich will zu ihm!«, verlangte ich heftig.

Radu hob die Brauen.

»Ich will zu Julien.«

Um Vlads Mund erschien ein harter Zug. »Hätte ich eine Wahl, würdest du hier in Paris bleiben, aber selbst wenn du nicht wolltest, müsstest du dorthin. – Man wünscht, dass du in Griechenland anwesend bist. Mag der Himmel wissen warum.« Schlagartig war mir übel. »Mach dir allerdings keine allzu großen Hoffnungen, dass man dich auch nur in die Nähe deines Freundes lassen wird.«

Ich schlang die Arme um meine Mitte und nickte stumm. Egal was mich in Griechenland erwartete: Hier wäre ich um keinen Preis der Welt geblieben.

»Der Pilot meines Jets ist bereits verständigt. Bis wir am Flughafen sind, ist die Maschine startklar. Wir können jederzeit aufbrechen.« Vlads Blick hing weiter an mir.

»Warum diese Hast?« Radu sah mich ebenfalls an, obwohl die Frage eindeutig seinem Bruder galt.

Mein Onkel zuckte scheinbar gleichgültig die Schultern. »Auch das hat Dathan mir nicht gesagt. Möglich, dass die meisten von uns nach der letzten Sitzung noch dort sind. Und ich denke, es ist auch in unserem Interesse, wenn wir das Ganze so rasch wie möglich abwickeln. Umso weniger Zeit haben gewisse Personen, ihre Nase zu tief in diese Angelegenheit zu stecken.« Etwas in seinem Blick änderte sich. »Gibt es Dinge, die *ich noch* wissen sollte, Mädchen?«

Ich konnte gerade noch verhindern, dass sich meine Hand zu dem Röhrchen unter meinem Shirt hob. *Keiner darf davon wissen! Oder was wir getan haben. Keiner! Niemals!*, hatte Julien gesagt.

Ich biss die Zähne zusammen und schüttelte den Kopf. Vielleicht war es ein Fehler, aber war Julien nicht in Sicherheit, solange der Rat dachte, dass er noch immer der Einzige war, der wusste, wo sich das Blut der Ersten befand? Hoffentlich.

Radu maß mich eine Sekunde länger, dann wies er zur

Tür – und damit zu meinem *Opfer* – hin. »Und was ist hiermit?«, erkundigte er sich in einem jetzt wieder so gleichgültigen Ton, dass es mir eine Gänsehaut über den Rücken jagte.

Mit einer unwilligen Geste gingen die Augen meines Onkels erneut zu mir. »Sie kann im Flugzeug von dir oder mir trinken. Du warst erst heute auf der Jagd, ich gestern. Es wird uns trotz ihres Hungers nicht schaden. Und vielleicht ist es in Anbetracht der Umstände sogar besser, wenn sie in der nächsten Zeit nur von Mitgliedern der Familie Blut nimmt.«

Umstände? Was hatte der ›Umstand‹, dass ich nach Griechenland *befohlen* worden war, damit zu tun, wessen Blut ich trank?

»Und solange …«, er verschwand in dem kleinen Zimmer; ich glaubte ein kurzes Scharren zu hören. Ein kaum wahrnehmbares Stöhnen verhinderte, dass ich in den Raum lugte. Plötzlich war der Geruch nach Blut sehr viel stärker. Mein Magen krampfte sich zusammen, dass ich scharf Luft holen musste. Kurz darauf war er wieder da, das Glas in der Hand, das ich zuvor auf dem Tisch gesehen hatte. Randvoll mit Blut. Ich starrte darauf … konnte den Blick nicht abwenden.

»Bis wir in der Maschine sind, wird das hier wohl genügen, um ihr über das Schlimmste hinwegzuhelfen.« Er hielt mir das Glas hin. »Trink!« Das Wort duldete keinen Widerspruch. Ich nahm es wie in einem Traum entgegen – einem schlechten Traum – und setzte es an die Lippen. Meine Eckzähne schlugen lautstark gegen den Rand. Sie zogen sich nicht in meinem Kiefer zurück. Wie sollte ich so trinken? – Irgendwie schaffte ich es, wenn ich auch nicht genau wusste wie.

Das Blut des Jungen schmeckte schal; schal und dünn und fade. Es kostete mich Überwindung, es zu schlucken. In meinem Inneren schlug die Gier ihre Klauen ein wenig tiefer in meine Eingeweide, schienen meine Adern ein bisschen mehr zu verdorren. Trotzdem trank ich weiter, bis das Glas leer war. Ich schloss die Augen und gab es zurück. Meine Hand zitterte leicht. Hätte das Blut des Jungen meinen Hunger stillen sollen? Es fühlte sich an, als hätte es ihn im Gegenteil nur noch mehr angefacht. Ich versuchte es mir nicht anmerken zu lassen, zwang mich dazu, möglichst ruhig zu atmen und die Lider zu öffnen. Vlad hatte die Tür zugezogen und das Glas achtlos daneben auf den Boden gestellt.

Radu, der mich offenbar die ganze Zeit nicht aus den Augen gelassen hatte, stieß sich von der Wand ab, als sein Bruder ihm zunickte, und ging vor uns her zum Ende des Ganges. Ich folgte ihm still. Vlad war so dicht hinter mir, dass mein Kiefer sich anfühlte, als stünde er in Flammen. Ich biss die Zähne ein wenig fester zusammen und grub mir selbst die Fingernägel in die Handfläche. *Bitte, Julien, halt durch! Nur noch ein kleines bisschen.*

Es war, wie mein Onkel gesagt hatte: Wir konnten jederzeit aufbrechen. In der Tiefgarage unter dem Haus wartete bereits die gleiche Limousine auf uns, die Vlad und mich erst vor wenigen Stunden hierhergebracht hatte. Sie ließen mir den Vortritt und ich verkroch mich in dieselbe Ecke wie auf der Herfahrt. Jemand – Michail? – hatte Juliens Lederjacke auf die Sitzbank gelegt. Obwohl meine Kehle sich bei ihrem Anblick zuzog, schlüpfte ich dankbar in die Ärmel. Radu und Vlad setzten sich mir gegenüber, offenbar darauf bedacht, mir möglichst viel Platz zu lassen. Dennoch wagte ich kaum, auch nur ein klein wenig tiefer zu atmen. Die Miene meines Großvaters ließ keinen Zweifel daran, was er davon hielt, mich in einer Lederjacke zu sehen, die augenscheinlich nicht mir gehörte. Ich glaubte das Klacken des Kofferraumdeckels zu hören, dann beugte Michail sich noch einmal kurz herein.

Was er zu meinem Onkel sagte, konnte ich nicht verstehen, doch es entlockte Radu ein leises Schnauben und wurde von Vlad mit einem Nicken quittiert. Nach einem raschen Blick und einem Nicken zu mir schloss er dann die Tür.

Gleich darauf setzte der Wagen sich nahezu lautlos in Bewegung, verließ die Tiefgarage und fädelte sich anscheinend in den übrigen Verkehr ein. Nur zu gern hätte ich die dunkle Scheibe auf meiner Seite heruntergelassen, um vielleicht einen weiteren Blick auf Paris zu erhaschen, doch ich ließ es – aus Angst, der Wind würde den Geruch nach Menschenblut mit sich tragen.

Mein Onkel und Großvater schwiegen die meiste Zeit. Vlad schien seinen eigenen Gedanken nachzuhängen, nur einmal durchbrach er die Stille, um mich zu fragen, wie es mir ginge, überließ mich dann aber wieder mir selbst, als ich nickte und mir ein gezwungenes Lächeln abrang. Radu machte ab und an eine Bemerkung, die ich nicht verstand – ich nahm an, es war auf Rumänisch – erhielt von Vlad allerdings nur knapp klingende Antworten. Dazwischen lagen seine Augen immer wieder auf mir, musterte er mich nachdenklich und versonnen.

Unsere Fahrt dauerte nicht allzu lange, eine knappe halbe Stunde höchstens. Zuerst hatte der Chauffeur sich wohl durch den Stadtverkehr von Paris schlängeln müssen, doch schließlich gelangten wir offenbar auf eine deutlich größere Ausfallstraße, denn der Wagen wurde spürbar schneller. Bis wir unser Ziel endlich erreicht hatten.

Die Limousine wurde langsamer, hielt schließlich ganz und setzte sich dann wieder in Bewegung, nur um kurz darauf endgültig zum Stehen zu kommen. Vlad und Radu stiegen aus, dann reichte mein Onkel mir die Hand, um mir aus dem Wagen zu helfen. Fröstelnd zog ich die Schultern hoch und raffte den Kragen von Juliens Jacke enger zusammen.

Hinter uns und einem zweiten, etwas weniger eleganten Wagen wurde gerade ein hohes Metalltor geschlossen. Im kalten Wind glaubte ich Vlads Blut noch besser wahrzunehmen – ebenso wie das der Vampire und Menschen um uns herum. Ich biss die Zähen fester zusammen. Im Flugzeug würde ich von ihm oder meinem Großvater trinken dürfen. Ich konnte nur hoffen, dass ihr Blut meinen Hunger besser stillte als das des jungen Mannes. Vlad maß mich mit einem prüfenden Blick, als er meine Hand losließ, dann nickte er mit einem »Hier entlang« nach rechts und ging vor mir her auf einen hell erleuchteten, eleganten Jet zu, der vor dem riesigen Betonhangar stand, der uns am nächsten war. Mein Großvater stieg gerade die Treppe hinauf ins Innere der Maschine. Links von uns erstreckten sich mehrere Start- und Landebahnen. Bei dem Klappen eines Kofferraumdeckels drehte ich mich um. Onkel Vlads Chauffeur, ein Mann mittleren Alters – offenbar ein Vampir – strebte zusammen mit einem weiteren, jüngeren Mann seinerseits auf den Jet zu, in den Händen mehrere Taschen. Hinter der Limousine ragte in einiger Entfernung ein weißes, scheinbar zweistöckiges, lang gestrecktes Gebäude auf, über dem sich der Tower erhob; vermutlich das Flughafenterminal. Allerdings war es im Vergleich zu dem Flughafen von Bangor bei Weitem nicht so grell erleuchtet und voller Leben. Im Gegenteil. Abgesehen von einigen Privatjets schien der Flughafen beinah wie ausgestorben. Wo waren die riesigen Verkehrsmaschinen, die in Bangor fast im Minutentakt gestartet und gelandet waren?

»Kommst du?«

Ich drehte mich wieder zu meinem Onkel um. Er stand neben der Treppe des Flugzeuges und sah mir entgegen, eine Hand halb gehoben. Mit einem Nicken folgte ich seiner Geste.

»Warum ist es hier so still?«, erkundigte ich mich über die

Schulter, als ich die vier oder fünf Stufen vor ihm hinaufstieg.

»Le Bourget wurde vor einigen Jahren für den internationalen Flugverkehr geschlossen. Seitdem wird er überwiegend von kleineren Maschinen oder Privatjets genutzt. Was es für mich deutlich einfacher macht, zu kommen und zu gehen, wie es mir beliebt«, erklärte er und folgte mir in den Flieger. Eine junge Frau in Uniform begrüßte uns mit einem Nicken.

»Es ist alles bereit, Monsieur. Wir haben alle Freigaben. Sobald Sie sitzen und angeschnallt sind, können wir starten.«

»Danke, Danielle.«

Die Frau nickte erneut, während Vlad mich mit einer Hand an der Schulter an ihr vorbei- und weiter in das Flugzeug hineindirigierte.

»Aber ... sie ist ein Mensch.« Das Geräusch der zuschlagenden und einrastenden Flugzeugtür ließ mich zusammenzucken. Plötzlich bebten meine Hände. Möglichst unauffällig drückte ich sie gegen meine Oberschenkel. Hinter uns erklangen weitere Stimmen, die sich aber anscheinend Richtung Cockpit bewegten. Natürlich: Vlad und Radu würden wohl kaum ohne Begleitung reisen.

»Und eine ausgezeichnete Pilotin.« Ich musste ihn ziemlich verwirrt angesehen haben, denn er schüttelte mit einem kleinen spöttischen Lächeln den Kopf. »Dachtest du, mein gesamter Haushalt mit allen Bediensteten bestünde nur aus Lamia und Geschaffenen?« Er ließ mich in die Passagierkabine vorangehen.

»Ja«, gestand ich irgendwie kleinlaut.

Sein Mund verzog sich ein wenig mehr. »Auch wenn das ein verlockender Gedanke wäre: So viele von uns gibt es nun auch wieder nicht. – Vor allem nicht von uns Lamia.« Seine

Heiterkeit war von einer Sekunde zur nächsten wie weggewischt. »Unsere Zahl schrumpft mit jedem Jahrzehnt.«

Ich blieb stehen und drehte mich zu ihm um. »Aber ich dachte ...«

»... dass es mehr als genug von uns gibt? Diese Zeiten sind vorbei. Unsere Art war noch nie besonders fruchtbar. Darüber hinaus sterben viele der Kinder schon in den ersten Stunden nach der Geburt – und nehmen nicht selten die Mütter mit in den Tod. Und beinah ebenso viele überleben ihren Wechsel nicht oder müssen danach getötet werden, weil sie ... dabei verrückt geworden sind.« Er neigte den Kopf. »Dachtest du, es sei die Regel, dass aus jeder Verbindung zweier Lamia Nachkommen hervorgehen? Nein. Beileibe nicht.« Wie selten mochte es dann sein, wenn es in einer Familie gleich drei Kinder gab – oder sogar Zwillinge? Es war, als hätte er meine Gedanken erraten. »Die Blutlinie aus der dein ... Freund stammt, war schon immer außergewöhnlich. Was vielleicht daran liegt, dass die Männer aus diesem Haus sich nie darum geschert haben, ob das Mädchen, das sie wollten, die Tochter eines Fürsten oder eines Henkers war.« Oder die Princessa Strigoja. »Und sie wurden bisher sogar von der *Krankheit* verschont, obwohl sie sich auf die dritten Söhne zurückführen können. – Trotzdem haben sie es geschafft, dass ihre Linie beinah vollkommen ausgelöscht ist.« Ich sah ihn bestürzt an. Ausgelöscht? Er beachtete meinen Blick nicht und bedeutete mir mit einer kleinen Geste, weiterzugehen. »Die Gründe, warum die Verbindung mit Menschen verboten ist, kennst du. – Nicht dass wir da fruchtbarer wären. – Und ganz nebenbei tun wir untereinander noch immer unser Möglichstes, um uns gegenseitig ins Jenseits zu befördern, sosehr der Rat das auch einzudämmen versucht.« Er zuckte die Schultern. »Vielleicht sind wir in ein paar hundert Jahren eine aussterbende Art.«

Eine aussterbende Art? Ich hatte in letzter Zeit so viele Lamia und Vampire getroffen, dass ich tatsächlich angenommen hatte, es gebe mehr als genug von ihnen – vielleicht nicht so zahlreich, wie es *normale* Menschen gab, aber dennoch genug.

Beklommen schluckte ich. »Und weiß sie, was du ... was wir sind?« Immerhin war ich es jetzt auch.

»Danielle? Nein. Für sie bin ich ein reicher Geschäftsmann, der ziemlich ... *spontan* ist und zuweilen eine Schwäche für ausgefallene Flugziele hat. – Nur den wenigsten Menschen kann man bedingungslos vertrauen. – Hier! Nimm Platz.«

Wir hatten die großzügig bemessene Vierer-Sitzgruppe erreicht, auf der Radu uns bereits erwartete. Der Sitz am Fenster in Flugrichtung war noch frei. Auf dem anderen Fensterplatz hatte mein Großvater es sich bequem gemacht. Ich setzte mich ihm schräg gegenüber an den Gang, was mir einen abschätzenden Blick einbrachte. Auch Vlad sah mich erstaunt an, doch dann trat er an mir vorbei und ließ sich auf dem Platz nieder, den ich soeben verschmäht hatte. Di Ulderes Jet war elegant gewesen, der meines Onkels war noch eine Spur eleganter. Und geräumiger. Wer auch immer den weichen cremefarbenen Teppich unter unseren Füßen oder die nur einen Ton dunkleren Ledersitze sauber halten musste, tat mir leid. Die Triebwerke der Maschine erwachten pfeifend zum Leben.

Radu schob gerade sein Blackberry zu und ließ es in seiner Hemdtasche verschwinden. »Mircea befindet sich ebenfalls auf dem Weg nach Griechenland.« Ohne wirklich hinzusehen griff er nach seinem Sicherheitsgurt und ließ ihn zuschnappen. »Du wirst in ein paar Stunden also auch deinen zweiten Großonkel kennenlernen, Mädchen.« Ich nickte, fummelte weiter mit zittrigen Fingern an meinem.

Vermutlich nicht ganz die Reaktion, die er erwartet hatte, doch mehr brachte ich nicht zuwege, während ich mit der Schließe kämpfte und gleichzeitig zu ignorieren versuchte, dass sie so entsetzlich NAH bei mir saßen. Mit einem kleinen Beben setzte der Jet sich in Bewegung und begann auf die Startbahn zuzurollen.

»Lass mich dir helfen ...« Vlad beugte sich zu mir und ich spritzte mit einem keuchenden Laut von meinem Platz auf. Die Hände schon nach mir ausgestreckt hielt er in der Bewegung inne.

»Nein ... ich ... ich ... Kann ich da drüben ...« Ich stolperte schon auf zwei Sitze auf der anderen Gangseite und ein Stück weiter zum Heck hin zu, ehe auch nur einer der beiden etwas sagte, und ließ mich auf den in Flugrichtung fallen. Vor dem Fenster huschten die Lichter der Startbahnbegrenzung immer schneller vorbei.

»Natürlich.« Vlad klang, als sei ich nicht gerade vor ihnen geflohen. »Brauchst du Hilfe mit dem Gurt?«

Hastig schüttelte ich den Kopf – und schaffte es tatsächlich, die Schnalle zu schließen. Im selben Moment hob sich die Nase des Jets in den Nachthimmel, ein weiterer Ruck und wir hatten keinen Bodenkontakt mehr. Ich drückte mich in meinen Sitz, presste die Lider zusammen und kämpfte gegen das Gefühl, innerlich zu verdorren und gleichzeitig in Flammen zu stehen. Nur wie aus weiter Ferne hörte ich die Stimmen meines Onkels und meines Großvaters. Und dann war Radus plötzlich ganz dicht bei mir. Erschrocken riss ich die Augen auf. Er stand direkt vor mir, eben gerade rutschte mein Gurt über meiner Taille auseinander. Ich hatte nicht gemerkt, wie er ihn geöffnet hatte. Unwillkürlich versuchte ich mehr Abstand zwischen uns zu bringen. Erfolglos.

»Kann es sein, dass das Blut des Jungen deinen Hunger nicht gestillt hat?«, erkundigte er sich verwirrend freundlich.

Ich presste die Handflächen gegeneinander. Offenbar war ihm das Antwort genug.

»Und warum sagst du uns das nicht?« Er ließ ein Schnalzen hören, das beinah wie ein unausgesprochenes ›Dummes Kind‹ klang. »Komm nach hinten. Da ist es bequemer«, sagte er dann und wies mit einem angedeuteten Nicken auf die sofaartige Sitzbank, die hinter seinem und Vlads Plätzen unterhalb der Fenster an der Wand entlang eingebaut war. Mein Onkel hatte seinen Gurt ebenfalls bereits gelöst und beobachtete uns. Nicht nur meine Beine zitterten, als ich Radu dorthin folgte.

Ohne ein weiteres Wort setzte er sich, schon damit beschäftigt, den Ärmel seines Hemdes aufzuknöpfen und in die Höhe zu rollen. Ich sank neben ihn, die Augen wie hypnotisiert auf sein Handgelenk gerichtet – und schluckte hart, als er es mir einen Moment später hinhielt.

»Trink.«

Mein Blick zuckte zu seinem Gesicht, kehrte zu seinem Arm zurück. In meinem Oberkiefer verstärkte sich abermals jener wütende Schmerz. Ich schluckte erneut, streckte schließlich die Hand nach seinem Arm aus, sah ihn wieder an – hilflos.

Radu stieß etwas aus, das wie ein Fluch klang, als ihm offenbar klar wurde, was mein Zögern bedeutete. »Heißt das, du hast noch nie jemanden gebissen?«

Elend schüttelte ich den Kopf. Nein, ich hatte noch nie jemandem die Zähne durch die Haut gebohrt, um an sein Blut zu kommen; abgesehen von meinem Wechsel, als ich Julien den Hals aufgerissen hatte. Doch daran konnte ich mich noch immer nicht erinnern.

Mit einem weiteren geknurrten Fluch schlug Radu sich selbst die unvermittelt langen Fänge in sein Handgelenk und hielt es mir erneut hin. Diesmal brauchte ich keine Aufforderung; wie von selbst schlossen meine Hände sich um seinen Arm, presste mein Mund sich auf die Wunde, schluckte ich sein Blut. Es schmeckte ... anders, säuerlicher, weniger erdig als Juliens. – Und diesmal ließen Hunger und Gier tatsächlich nach, wurden zu einem fernen Nachhall irgendwo in meinem Inneren. Fast hätte ich vor Erleichterung aufgestöhnt.

Auch wenn es mir schwerfiel, ließ ich seinen Arm sofort los, als er ihn mir schließlich wieder entzog, beobachtete, wie er die Wunde mit einem Strich seiner Zunge schloss, geradezu gleichgültig den Ärmel seines Hemdes wieder herunterrollte und zuknöpfte. Mit jeder Sekunde brannten meine Wangen mehr. Dann sah er mich an – spätestens jetzt standen sie in Flammen.

»Nachdem du nicht weißt, wie man richtig beißt, muss ich wohl davon ausgehen, dass der junge Du Cranier dir auch nicht beigebracht hat, wie man jagt?«, erkundigte er sich kühl.

Auf seinem Sessel ließ Vlad ein Schnauben hören. »Ihr Wechsel ist gerade mal zwei, inzwischen nicht ganz drei Tage her. Ungefähr anderthalb davon hat sie im Flugzeug oder bei mir in Paris verbracht. Wann bitte hätte er sie mit zur Jagd nehmen sollen?« Wie es schien, hatte er uns die ganze Zeit beobachtet. Irgendwie sehnte ich mich plötzlich nach einem Mauseloch. Ich zog Juliens Jacke enger um mich – was Radu dazu brachte, die Stirn zu runzeln. Einen Moment, der mir wie eine Ewigkeit vorkam, musterte er mich auf diese abschätzende Art, dann schüttelte er mit einem fast ergeben klingenden Seufzen den Kopf.

»Sei es, wie es sei. Fest steht: Du hast noch sehr viel zu lernen, Mädchen. Das mit dem Trinken sollte für den Augenblick unser größtes Problem sein, aber auch das können wir verbergen, wenn du vorerst nur von Vlad und mir Blut nimmst. Alles andere muss warten, bis wir wieder aus Griechenland zurück sind. Für die Zeit, die wir dort sind, gibt es bedeutend Wichtigeres.« Er griff mich am Kinn und drehte mein Gesicht zu sich, wie um sicherzustellen, dass meine ganze Aufmerksamkeit nur ihm galt. »Deshalb möchte ich, dass du mir jetzt sehr gut zuhörst: Du bist die Princessa Strigoja und so musst du dich auch verhalten. Keine Tränen. Kein Gebettel um das Leben dieses Burschen vor den anderen Fürsten. Er ist dein Leibwächter. Mehr darf er dir vor ihnen nicht bedeuten.« Ich starrte ihn an. Das war nicht sein Ernst. »Benimm dich nicht wie ein siebzehnjähriges Schulmädchen, sondern wie eine vernünftige junge Frau.«

»Radu ...«

»Du musst den Fürsten zwar mit Respekt, aber dennoch als eine ihnen Gleichgestellte begegnen. Ansonsten wirst du für sie nicht mehr als eine lästige kleine Unannehmlichkeit sein, mit der sie ihre Zeit vergeuden müssen. – Nur eine starke Princessa Strigoja hat eine Chance zu überleben.«

Meinte er das am Ende wörtlich?

»Radu ...«

»Vergiss das nie! Du magst drei Fürsten in deiner Familie haben, die nicht ohne Einfluss sind, aber das nützt dir nichts, wenn du selbst nicht auch stark bist ...«

»Radu, waren wir in den ersten Tagen und Nächten stark, als man uns in Egrigöz gefangen setzte?«, sagte Vlad fast sanft.

Die grünen Augen meines Großvaters zuckten zu seinem Bruder. »Du schon.«

»Du auch. Jeder von uns war es auf seine Art. Und sie wird es auch sein. Sie wird tun, was notwendig ist, weil sie diesen Burschen zu lieben glaubt. – Sofern du sie nicht vorher zu Tode ängstigst. Lass es gut sein. Sie wird ihnen nicht zeigen, was er ihr bedeutet, und ihnen so in die Hände spielen.« Jetzt sah Vlad mich an. »Nicht wahr?«

Alles, was ich zustande brachte, war ein Nicken. Das Lächeln, das mein Onkel mir gönnte, war milde.

»Na bitte. Und jetzt lass sie sich noch ein wenig ausruhen, bis wir in Griechenland sind. – Sie jetzt noch in Protokoll und Etikette unterweisen zu wollen, würde ohnehin zu nichts führen.«

»Warum nicht?« War das tatsächlich meine Stimme, die das fragte?

Vlad maß mich mit einem regelrecht belustigten Blick. »Weil du dir all die Feinheiten in so kurzer Zeit niemals merken könntest und ich es für viel gefährlicher halte, dir Dinge zu erklären, die du dann vielleicht vor Nervosität und in dem Versuch, es richtig zu machen, erst recht vertauschst und falsch machst. Ich denke, wir sind besser beraten, wenn du dich auf dein Gefühl verlässt. Für intelligent genug halte ich dich auf jeden Fall.« Damit wandte er sich seinem Bruder zu, der aufgestanden und zu seinem ursprünglichen Sitz zurückgekehrt war. Was er sagte, konnte ich auch diesmal nicht verstehen, da er wieder in jene mir fremde Sprache gewechselt hatte. Schon nach ein paar Sätzen hatte er Radu in ein Gespräch verwickelt. Ich kehrte ihnen den Rücken, zog die Füße auf den Sitz, ohne mich um den Schaden zu kümmern, den ich möglicherweise auf dem hellen Leder anrichtete, schlang die Arme um die Beine und starrte durch eines der Fenster in die Dunkelheit hinaus. Meine Kehle war eng vor Angst. Vlad hatte recht: Ich würde alles tun, um Julien zu helfen. Alles! *Bitte, Julien, du musst durchhalten!*

Gerechtigkeit!

Ungefähr vier Stunden nachdem wir Paris verlassen hatten, stand ich auf einem steinigen Plateau irgendwo in den Bergen Griechenlands und starrte auf die hohen weißen

Mauern, von denen an einigen Stellen der Putz bröckelte. Ein Kloster! Anscheinend ziemlich alt. Im Nirgendwo des Hinterlandes. - Warum hatte ich eigentlich erwartet, der Rat der Lamia-Fürsten würde in einer der großen Städte wie Athen zusammenkommen?

Über uns knatterte der Helikopter, der uns vor fünf, allerhöchstens zehn Minuten von einer holprigen Landepiste abgeholt hatte, gerade wieder in den Nachthimmel davon.

Kaum dass wir ihn verlassen hatten, war uns ein Rudel struppiger, magerer Hunde belfernd und knurrend entgegengestürmt. Eine Gestalt in einem dunklen Mönchsgewand hatte sie zurückgepfiffen und uns mit einem überraschend knappen Nicken begrüßt.

Der Wind, der von den Bergen herunterfegte, war beißend kalt. Vlads Hand auf meinem Rücken und Juliens Jacke eng um mich geschlungen ging ich auf das Kloster zu. Das Geröll knirschte unter meinen Schritten. Mein Onkel und Großvater bewegten sich dagegen nahezu lautlos. In einigem Abstand streunten die Hunde noch immer um uns herum.

Die Gestalt im Mönchsgewand wartete nicht auf uns, sondern verschwand wieder im Inneren der Mauern, noch ehe wir das hohe, zweiflügige Holztor - in dem allerdings nur eine darin eingelassene Tür normalen Ausmaßes offen stand - endgültig erreicht hatten. Weder Radu noch Vlad schienen dem irgendeine Bedeutung beizumessen.

Hinter dem Tor öffnete sich ein rechteckiger, mit hellem Kies bestreuter Hof. In einem Viereck aus dunkler Erde in seiner Mitte flankierten zwei knorrig aussehende, kleine Bäume eine Statue, von der die Zeit nicht mehr übrig gelassen hatte als vage Umrisse: eine sitzende oder kniende Gestalt - möglicherweise eine Frau -, die sich zu einer zweiten herabbeugte, die anscheinend quer über ihrem Schoß lag. An der

Außenmauer entlang reihten sich ein paar etwas ältere Jeeps neben einem deutlich neueren Modell und einer Geländemaschine, die schon weitaus bessere Zeiten gesehen hatte. Auf der anderen Seite erhob sich ein zweistöckiges Gebäude mit schmalen schießschartenartigen Fenstern. Unter dem vorspringenden Ziegeldach klebten Nester an der weißen Wand. Das unterste Stockwerk war ein paar Meter zurückgesetzt. Altertümlich anmutende Säulen trugen den darüber hinausragenden zweiten Stock, sodass eine Art Wandelgang entstand, der sich über die ganze Länge des Gebäudes von einem Ende des Hofes zum anderen erstreckte. Durch eine ebenfalls zweiflügige Tür ging es in das eigentliche Kloster. Hier erwartete uns halb im Schatten die Gestalt im Mönchsgewand – nur um erneut vorauszugehen, ehe wir sie einholt hatten.

Ein paar Schritte hinter dieser Tür jedoch wartete der Mönch diesmal in einem Korridor, der an seinen beiden Enden in jeweils einen weiteren Gang einmündete.

»Willkommen, Doamne Vlad und Doamne Radu.« Die Kapuze verbarg sein Gesicht nahezu vollkommen. Die Stimme war so betörend schön, dass mir ein kleiner Schauer über den Rücken rann. Sie gehörte eindeutig zu einem Mann, der eigentlich auch nur ein Lamia sein konnte. »Für Euch, Doamne Radu, wurde die übliche Suite hergerichtet. Auf Euch, Doamne Vlad, warten jene Räume, die Ihr bewohnt habt, wenn Ihr in Begleitung Eurer Sterblichen hier wart. Das Zimmer, das die Dame bewohnte, wurde für Eure Großnichte vorbereitet.« Er bedachte mich mit einem Nicken – das ich mit einem verspäteten Nicken meinerseits und einem Lächeln erwiderte. »Es wurde verfügt, innerhalb dieser Mauern in Anwesenheit Eurer Großnichte, beziehungsweise Eurer Enkeltochter, Doamne Radu, Englisch zu sprechen, damit sie uns versteht. Die Glocke wird schlagen, um den

Rat später zusammenzurufen, wenn es gilt, Recht zu sprechen. Die meisten der Fürsten haben sich bis dahin in ihre Räume zurückgezogen. Doamne Mircea ergeht sich meines Wissens im nördlichen Wandelgang und erwartet einen von Euch dort – gerne auch in Begleitung seiner Großnichte –, sobald es Euch angenehm ist.« Er neigte den Kopf. »Ihr werdet den Weg zu Euren Räumen sicherlich ohne meine Hilfe finden. – Ich nehme an, Eure übliche Entourage trifft mit einem der Wagen von der Landebahn ein?«

Vlad nickte.

Der Mönch neigte erneut den Kopf. »Einer der Minderen wird sie erwarten und einweisen. – Ihr entschuldigt mich.« Damit drehte er sich um und strebte den Korridor nach links hinunter, lautlos wie ein Geist.

Als wäre es vollkommen normal, dass man sie auf diese Weise stehen ließ, wandten Vlad und Radu sich mit mir in die andere Richtung, nach rechts. Die schmalen Fensterschlitze waren mit dunklem Glas verschlossen, und in regelmäßigen Abständen brannten in Nischen in der gegenüberliegenden Wand Wachsstöcke, die die weiß getünchten Mauern und den Boden aus matten Steinfliesen in unstetes goldenes Licht tauchten. Ich hatte das Gefühl, unversehens in einem früheren Jahrhundert gelandet zu sein, in dem es keine Elektrizität – und möglicherweise auch kein fließendes Wasser – gab.

Mein Onkel und mein Großvater schienen tatsächlich genau zu wissen, wohin sie sich wenden mussten. Keiner von beiden sprach. Zwei weitere Biegungen, vorbei an in die Wände eingelassenen hölzernen Türen, Durchgängen, in denen nach wenigen Metern die Dunkelheit für mich undurchdringlich wurde, und Treppen, schmale und breite, die nach oben oder unten führten ... Mit jeder Abzweigung ging es tiefer in das Kloster hinein – das ganz offensichtlich bei

Weitem nicht so klein war, wie es von außen den Anschein gehabt hatte. Bedeutete das, ein Teil davon war in den Berg hineingebaut? Die Vorstellung von Tonnen von Gestein über mir ließ mich schaudern.

Wir hatten das Ende des letzten Korridors noch nicht erreicht, als wütende Stimmen zu uns drangen. Vlad und Radu tauschten einen Blick, hielten aber weiter auf einen Durchgang zu – hinter dem die Stimmen immer lauter wurden. Abermals spürte ich Vlads Hand auf meinem Rücken.

Wie erstarrt blieb ich stehen, kaum dass ich um die Ecke gebogen war: Julien! Das dort war Julien, der sich mit mehreren Männern stritt. Offenbar wollten sie ihn daran hindern, tiefer in den nur spärlich erhellten Gang zu gelangen, an dessen Ende sich – soweit ich es erkennen konnte – eine Treppe befand, die in ein tiefer gelegenes Stockwerk führte. – Und ihn zugleich davon abhalten, einem weiteren Mann an die Kehle zu gehen, der anscheinend gerade aus einer Tür auf der rechten Seite getreten war. Von einer Sekunde zur anderen schlug mein Herz wie verrückt – bis er sich ein Stück weiter zu uns drehte. Und mir klar wurde, dass es sich bei der schlanken Gestalt in schwarzen Jeans, ebensolchem Pullover und Lederjacke nicht um den Jungen handelte, den ich liebte, sondern seinen Zwilling. Adrien! Es war, als hätte mir jemand die Faust in den Magen gerammt. Plötzlich war mir übel. Wenn Adrien hier war, bedeutete das, dass man auch ihn hierherbefohlen hatte? Warum? Hatten sie am Ende tatsächlich herausgefunden, welcher der Du-Cranier-Brüder bei mir gewesen war? Bitte nicht!

Was Adrien sagte, verstand ich nicht, nur dass er Französisch sprach – und dass sein Ton mit jedem Satz wütender wurde. Die Antworten des Mannes bei der Tür klangen dagegen geradezu verächtlich. Offenbar hatte er uns bemerkt, denn er schaute kurz in unsere Richtung – und gönnte uns seine Aufmerksamkeit noch einen Moment länger, als er uns wohl erkannte, während er zugleich mit einem beißenden Lachen auf etwas reagierte, das Adrien ihm gerade entgegenschleuderte.

Er schien deutlich älter als Adrien, oder sogar Onkel Vlad, und seine Haut war irgendwie fahl, spannte sich wie dünnes Pergament über sein Gesicht, das seltsam hager wirkte, ohne es tatsächlich zu sein. Auf der Wange hatte er einen rot verschorften Kratzer. Selbst bei diesem Licht konnte ich erkennen, dass sein dunkles Haar so schütter war, dass sein Schädel bleich darunter hindurchschimmerte.

Für den Bruchteil einer Sekunde hing sein Blick an mir, dann glitt etwas wie ein feines Lächeln über seine Lippen.

Seine nächsten Worte entlockten Adrien einen beinah wilden Schrei. Diesmal brauchte es die beiden anderen Männer tatsächlich - ebenfalls ganz in Schwarz gekleidet -, um ihn von dem dritten fernzuhalten. Aus der Dunkelheit eines Treppenaufgangs ein paar Meter weiter den Gang entlang machte jetzt auch ein junger Mann in hellen Jeans, Rollkragenpullover und Sportsakko - den ich zuvor nicht bemerkt hatte - ein paar Schritte auf die Streitenden zu, hielt dann aber inne, als er sah, dass sein Eingreifen unnötig war. Wieder sagte der Mann bei der Tür etwas - und mit einem Schlag war es totenstill. Ganz langsam sah Adrien zu mir.

»Du Miststück! Ich hätte dich umbringen sollen.« Der Hass in seinem Ton ließ mich unwillkürlich zurückweichen. Als rechne er damit, dass Adrien seine Worte vielleicht nachträglich in die Tat umsetzen würde, schob Vlad sich halb vor mich. Doch Adrien stand einfach da und maß mich mit einem Blick, unter dem ich hätte verbrennen können. Ich schluckte hilflos, war unfähig auch nur einen Laut hervorzubringen - und zuckte zusammen, als er abrupt kehrtmachte, einen scheinbar achtlos hingeworfenen Motorradhelm vom

Boden aufhob und an dem anderen jungen Mann vorbei die Treppe hinauf verschwand. Die beiden schwarz gekleideten Männer ließen ihn die ganze Zeit nicht aus den Augen. Der bei der Tür schaute ihm ein Sekunde mit jenem feinen Lächeln seinerseits nach, deutete dann gegen Vlad, Radu und mich eine kleine Verbeugung an und strebte schließlich den Korridor hinunter, den wir gerade entlanggekommen waren. Die beiden Schwarzgekleideten zögerten, verneigten sich schließlich ebenfalls gegen meinen Onkel und meinen Großvater, machten kehrt und bezogen am Ende des Ganges, bei den Stufen in die Tiefe, Stellung. Erst jetzt wurde mir bewusst, dass Radu mich ansah. Vlad hatte sich mit einem ganz ähnlichen Blick zu mir umgedreht; doch er wirkte obendrein ärgerlich. Und ich wusste noch immer nicht weshalb. Aber bevor ich irgendetwas sagen konnte, löste sich der junge Mann endgültig von dem Treppenaufgang und kam auf uns zu. Bisher hatte ich ihm keine wirkliche Beachtung geschenkt, jetzt aber ... er war betörend schön, mit hellen, fast himmelblauen Augen, die ihre Farbe ebenso zu wechseln schienen wie Juliens, sodass man glaubte Wolkenschleier in ihnen zu sehen. Sein dunkelblondes Haar war zu einem Pferdeschwanz zusammengebunden. Jeans und Sakko saßen wie angegossen – maßgeschneidert, was sonst –, ohne übertrieben edel oder teuer zu wirken. Verglichen mit Julien war er klein, nur ein paar Zentimeter größer als ich.

»Doamne Vlad, Doamne Radu«, grüßte er mit einer kleinen, nur halb ausgeführten Verbeugung. »Princessa.« Die gegen mich fiel ein Stückchen tiefer aus. Ich war nicht sicher, ob er von mir darauf einen Knicks erwartete oder dass ich ihm meine Hand zu einem Handkuss entgegenstreckte, also beschränkte ich mich auf ein Lächeln – das bei Onkel Vlads nächstem Satz auf meinen Lippen gefror.

»Und was tun Sie hier, Nareszky? Meines Wissens gehören

Sie noch nicht zum Rat. Oder sind Ihr Großvater und Ihr Vater innerhalb der letzten dreißig Stunden beide überraschend verstorben?«

Nareszky? Doch wohl nicht etwa *Olek* Nareszky? War er der nächste Heiratskandidat, den ich auf Anweisung des Rates kennenlernen sollte? Hier? Während sie Julien den Prozess machten? Das konnte nicht ihr Ernst sein.

»Nachdem die Princessa auch hier sein würde, hielt irgendjemand aus den Reihen des Rates es wohl für eine gute Idee, wenn ich auch anwesend sei, und hat meinen Vater und meinen Großvater davon überzeugt, mich ebenfalls hierherzuschleifen, damit ich ihr an diesem ... Ort der Stille ein wenig die Zeit vertreiben könnte.« Er musterte mich, als versuche er in meinem Gesicht zu lesen, was ich von der Sache hielt. - Wären wir allein gewesen, hätte ich es ihm nur zu gerne in aller Deutlichkeit mitgeteilt. - Seltsamerweise wirkte sein Blick weder unverschämt, noch löste er Widerwillen bei mir aus. - Lag es vielleicht daran, dass um seine Augen etwas wie ein Lächeln zu nisten schien? - Und trotzdem: Wer sagte mir, dass er nicht genauso eine Ratte wie Bastien war?

»Sie sehen nicht aus, als seien Sie mit besonderem Nachdruck hierhergeschleift worden, Nareszky.« Radu klang milde belustigt.

»Sie kennen doch meinen Großvater, Doamne, er ist durchaus in der Lage, jemanden auch rein verbal von A nach B zu befördern, egal ob dieser jemand will oder nicht. Da mein Großvater allerdings noch immer leidend ist, mein Vater ihn aber aus geschäftlichen Gründen in so kurzer Zeit nicht schon wieder hierherbegleiten konnte, gab er den Kelch an mich weiter, sodass Sie mich in jedem Fall hier angetroffen hätten. - Wobei ich diese Idee vonseiten des Rates nach wie vor für nicht besonders gut halte.« Er verneigte sich erneut leicht vor mir. »Ich bitte um Vergebung, Princessa, das hat nichts mit Ihnen persönlich zu tun. Ich finde den Anlass dieser Ratsversammlung nur äußerst unpassend als Hintergrund für ein erstes Kennenlernen.«

Wie recht er hatte.

»Sagen Sie uns, was hier gerade geschehen ist, Nareszky?« Vlad warf einen Blick in den Raum, aus dem der andere Lamia zuvor gekommen sein musste, ehe er und Adrien aneinandergeraten waren.

Mit einiger Verspätung wandte Olek seine Aufmerksamkeit von mir ab und meinem Onkel zu. »Es ist niemand mehr dort drin. D'Orané war der Letzte.«

Mein Herz verpasste seinen nächsten Schlag. *Das* war Gérard gewesen? O Gott. Ich spürte, wie Nareszky mich mit einem kurzen Blick aus dem Augenwinkel bedachte, ehe er weitersprach.

»Ich würde es als äußerst unglückliches Zusammentreffen bezeichnen. – Du Cranier kam gerade in dem Moment hier an, als man seinen Bruder nach dessen Befragung in eine der Zellen schaffen wollte. Sie wollten ihn dort die Wirkung der Drogen ausschlafen lassen, bevor man ihn für den eigentlichen Prozess wieder dem Rat vorführt.« Drogen? Von einer Sekunde zur nächsten war meine Kehle zugeschnürt. Ich konnte noch nicht einmal schlucken. Vlad blickte mich an. »Sein Bruder konnte sich nicht wirklich aus eigener Kraft auf den Beinen halten und die Vourdranj waren ... nicht besonders duldsam. Du Cranier wollte seinen Bruder stützen, damit sie ihn nicht wie ein halb totes Tier zwischen sich herschleifen würden, aber man verweigerte es ihm. In diesem Moment kam d'Orané aus dem Raum, in dem sie ihn befragt hatten, und teilte Du Cranier mit, sein Zwilling hätte gestanden. *Alles!*« Alles? Was alles? Da gab es so viel ... Solange er ihnen nicht seinen richtigen Namen gesagt hatte, war alles gut. In meinem Inneren saß plötzlich ein würgender Knoten. »Den Rest kennen Sie. – Vermutlich war es gar nicht schlecht, dass die anderen Ratsmitglieder, die bei der Befragung anwesend waren, den Raum schon verlassen hatten, bevor die Vourdranj Du Cranier fortbrachten. Die wenigsten sind erbaut darüber, dass der Rat in so kurzer Zeit schon wieder zusammentreten muss, und Du Craniers Auftritt hier hätte ihre Laune sicherlich nicht gebessert.« Wie bedauernd hob er die Schultern.

»Ja, das hätte er vermutlich nicht.« Vlad sah mich immer noch an. »Wenn Sie uns entschuldigen wollen, Nareszky.« Erst jetzt wandte er den Blick dem jungen Mann zu. »Ich würde meiner Nichte gerne ihre Suite zeigen, damit sie sich ein wenig ausruhen und erfrischen kann. Zudem werden wir im nördlichen Wandelgang erwartet.«

»Aber natürlich. Mein Großvater wird vermutlich auch schon ungeduldig nach mir Ausschau halten.« Er lächelte mich an. Sollte es ... aufmunternd sein?

»Bestellen Sie Doamne Constantin Grüße. Wir werden uns wohl in Kürze sehen.« Meine Verwirrung wurde bei Radus nächstem Satz zu Entsetzen. »Aber vielleicht möchten Sie der Princessa tatsächlich ein wenig die Zeit vertreiben, nachdem sie sich ausgeruht und erfrischt hat, und ihr das Kloster zeigen, wenn sie das wünscht?«

»Natürlich, sehr gerne.« Wie schon zuvor lagen seine blauen Augen forschend auf mir.

Nein, das wünscht sie nicht, wollte ich protestieren, doch Vlad schob mich schon mit einem knappen Nicken an Nareszky vorwärts und auf die Stufen hinter ihm zu. Sein Griff war unerbittlich – und verriet, was sein Blick nicht preisgegeben hatte: Zorn! Im letzten Moment schluckte ich die Worte unter. Ich brauchte seine Hilfe. Ihn noch mehr zu verärgern, würde Julien keinen Millimeter weiterbringen.

Radu verabschiedete sich deutlich weniger brüsk von Nareszky, folgte uns und schloss zu uns auf. Die Art, wie er mich ansah, machte mir klar, dass er ähnliche *Gefühle* wie Vlad hegte. Ich hing im Griff meines Onkels wie eine Marionette und ließ mich einfach in verbissenem Schweigen die Treppe hinaufdirigieren. Was auch immer mich an ihrem Ende erwartete: Es würde nicht angenehm werden.

Der Raum, der für mich vorbereitet worden war, war der letzte in einem schlicht weiß getünchten Korridor im ersten Stock. Vlad schob mich auf ein altmodisches Himmelbett in seiner Mitte und drückte die Tür hinter uns zu. Währenddessen hatte Radu das Zimmer durchquert, hinter den schweren Vorhang auf der anderen Seite gespäht und »Die Läden sind geschlossen« verkündet. Mit nachlässiger Anmut sank er jetzt in einen bequem aussehenden Sessel direkt daneben. Ich registrierte noch die Mäander eines Blattmusters, die sich unter der Decke entlangwanden, blasse, antik wirkende Malereien an den Wänden und eine Kommode auf der anderen Seite des Bettes, dann baute mein Onkel sich schon vor mir auf.

»Und wann wolltest du mir sagen, dass du deinen ... Freund zu einem Vampir gemacht hast?«, verlangte er ohne Übergang zu wissen. Er machte sich noch nicht einmal die Mühe, den Zorn in seiner Stimme zu unterdrücken. War es das gewesen, was Gérard Adrien gesagt hatte?

Ich schluckte, flüsterte »Ich dachte, es wäre nicht wichtig« und duckte mich unwillkürlich. Was hätte es sonst sein sollen?

Er stieß einen fauchenden Laut aus. »Nicht wichtig? Bist du von allen guten Geistern verlassen, Mädchen? Nicht wichtig? Das ändert alles. Wir können jetzt davon ausgehen, dass der Rat weiß, um welchen der beiden Du-Cranier-Zwillinge es sich bei deinem Leibwächter gehandelt ...«

»Julien hat ihnen bestimmt nichts gesagt.« Meine Worte kamen viel zu hoch.

»Ach? Und warum ist dann auch sein Zwilling hier?« Diesmal ließ er ein beißendes, hartes Lachen hören. »Mädchen, begreifst du es denn nicht? Sie haben ihn unter Drogen befragt. – Solange sie das nicht durften, weil er ein Lamia war, hatten wir die Chance, mit alldem durchzukommen, so gering sie auch war. Bei einem Lamia benötigt man zu viel von diesem Teufelszeug, bis es überhaupt zu wirken anfängt, weshalb das Ganze auf vorsätzlichen Mord hinauslaufen würde, aber jetzt ... Bei einem Vampir genügen geringere Dosen – auch wenn vermutlich keiner weiß, wie viel man davon bei einem Geschaffenen braucht, der bis vor Kurzem ein Lamia war. – Und selbst wenn ...« Er beendete den Satz nicht. Er musste es nicht.

»... wäre er nur noch ein Vampir.« Das Schluchzen erstickte meine Stimme fast. *Was hab ich getan?*

Vlad sah auf mich hinab. Ich konnte seinen Blick kaum ertragen, geschweige denn ihm begegnen. »Was wird er ihnen noch gesagt haben? Was können sie ihm darüber hinaus vorwerfen, außer dass er die Verbannung gebrochen und den Rat getäuscht hat? Denk nach, Mädchen. Wenn wir versuchen sollen, noch irgendeinen Ausweg aus dieser Sackgasse zu finden, dann sag mir jetzt die Wahrheit.«

Keiner darf davon wissen! Oder was wir getan haben. Keiner! Niemals!, glaubte ich Julien beinah direkt neben mir zu hören. Ich presste die Hände zwischen die Knie, um zu verhindern, dass ich nach dem goldenen Röhrchen unter meinem Shirt tastete. Aber hatte er es ihnen womöglich selbst schon gesagt? Wusste der Rat, dass sich das Blut in meinem Besitz befand? – Aber hätten sie es dann nicht schon in dem Augenblick von mir gefordert, als ich hier angekommen war? Vielleicht hatten sie ihn ja gar nicht danach gefragt? Wenn man unter Drogen verhört wurde, beantwortete man da nicht einzig und allein die Fragen, die man gestellt bekam? – Nein! Nein, er hatte es ihnen nicht gesagt. Er *durfte* es ihnen nicht gesagt haben! Bis man mir etwas anderes bewies, würde ich mich an genau diesen Gedanken klammern. Doch da war etwas anderes, das sie vielleicht wissen sollten: »Julien hat die Lamia und Vampire getötet, die zusammen mit Bastien in Ashland Falls waren.«

Vlad und Radu tauschten einen Blick.

Mein Großvater beugte sich in seinem Sessel vor. »Und der junge d'Orané selbst?«

Ich schüttelte den Kopf. »Das war Adrien. – Sie haben nur die Leichen gemeinsam ... verschwinden lassen. Aber ich weiß nicht wie oder wohin.«

»Wann war das?«

»An Halloween.«

»Die ganze Geschichte, Mädchen! Erzähl sie uns schon.«

Bei der Erinnerung an das, was in jener Nacht geschehen war, zog ich die Schultern hoch. Vlad und Radu hörten mir schweigend zu, während ich ihnen von Bastiens Erpressung und seinem Plan, mich und die Zwillinge zu Gérard nach Marseille zu bringen, berichtete. Und wie Julien – letztendlich zusammen mit Adrien – das vereitelt hatte. Als ich fertig war, schüttelte Radu den Kopf.

»Der junge d'Orané hätte es besser wissen müssen. Er kannte die beiden aus früheren Zeiten und er wusste um ihren Ruf als Vourdranj. – Gérard d'Orané kann diese Geschichte nicht vor den Rat bringen, wenn er sich nicht selbst in Misskredit bringen will.«

Vlad hatte sich in einem zweiten Sessel gegenüber dem Fußende meines Bettes niedergelassen. »Was er andererseits aber bereits getan hat. Immerhin hat er vor knapp vierundzwanzig Stunden zum zweiten Mal versucht sie in seine Gewalt zu bekommen.« Einen sehr langen Moment musterte er mich nachdenklich. »Hat der junge Du Cranier bei eurer Flucht aus Ashland Falls auch getötet? Am Ende sogar einen Lamia?«, fragte er dann.

Hat er dir nicht gesagt, was es für einen Geschaffenen bedeutet, wenn er Hand an einen Lamia legt?, hatte Julien den jungen Vampir damals in der Lagerhalle gefragt, als der ihn auf Bastiens Befehl in den Hals gebissen hatte. Ich versuchte zu schlucken, zu atmen – und konnte es nicht.

»Aber Julien ist ein Lamia«, brachte ich endlich doch hervor.

»Das war er bis zu dem Zeitpunkt, als du ihn mit deinem Gift verändert hast.« Mein Onkel sprach vollkommen gnadenlos. »Also? Hat er?«

Ich dachte an die Kerle, die Julien am Flughafen von Bangor niedergeschlagen hatte – waren sie ... tot gewesen? Waren es Lamia gewesen? Und was war mit dem hellblonden Mann im Wald hinter dem Anwesen? Sein Kopf hatte in einem unmöglichen Winkel zur Seite gehangen. Einen Lamia tötete man *endgültig*, indem man ihm das Genick brach ... *O mein Gott.*

»Ich ... ich weiß es nicht. Aber ... es könnte ... sein«, flüsterte ich hilflos.

Radu atmete einmal tief ein und aus und lehnte sich in seinem Sessel zurück. Über meinen Kopf hinweg tauschte er erneut einen Blick mit Vlad. »Das ist nicht gut.«

Mein Mund war schlagartig wie ausgedörrt.

Wenn die Fürsten gnädig sind, jagen sie dir nur einen Pflock durchs Herz. Ansonsten ketten sie dich kurz vor Morgengrauen im Freien an und warten darauf, dass die Sonne aufgeht und den Rest erledigt.

»Er hat mich doch nur beschützt! Und ... und ...«

Mit etwas, das beinah wie ein Seufzen klang, drückte Radu

sich aus seinem Sessel in die Höhe. »Wir werden sehen. Dein ... Freund hat einen ... Trumpf ...« Trumpf? Meinte er damit, dass Julien der Kideimon war? Woher ...? – Hatte Adrien nicht gesagt, er hätte dem Rat Juliens Geheimnis offenbart, um zu verhindern, dass sein Bruder hingerichtet wurde? Vlad und Radu gehörten zum Rat. Also mussten sie es wissen, oder? Aber sie nahmen an, dass *ich* es nicht wusste. Wieder ging der Blick meines Großvaters über mich hinweg zu Vlad. Ich hörte, wie auch er sich erhob. »Wie gesagt: Wir werden sehen. Für den Moment ist es vermutlich am besten, wenn du dich erst einmal ausruhst.«

»Was?« Ich starrte zuerst ihn, dann meinen Onkel an. Sie wollten mich hier allein zurücklassen?

Radu wies auf das Bett und zu einer zweiten Tür. »Ruh dich aus und dann mach dich ein wenig frisch. Und vor allem: Zieh dir etwas anderes an. Die Princessa Strigoja kann nicht in solchen Fetzen vor dem Rat erscheinen.« Fetzen? »Vor allem nicht mit dieser Jacke. – Michail hat dir etwas Passendes eingepackt. Ich erwarte, dass du angemessen gekleidet bist, wenn wir uns wieder sehen, Mädchen.« Er musterte mich einen Moment. »Musst du noch einmal trinken?«

Ich biss die Zähne zusammen und schüttelte den Kopf – obwohl der Hunger bereits wieder in meinem Inneren zu wühlen begann. Im Augenblick wollte ich nur eins: dass sie endlich gingen. Mein Großvater runzelte zwar kurz die Stirn, neigte dann aber den Kopf und durchquerte den Raum. Vlad stand schon bei der Tür, den Griff in der Hand. Er nickte mir ebenfalls zu, stieß sie auf und trat gleichzeitig einen Schritt zurück, um seinen Bruder vorbeizulassen. »Wir schicken jemanden zu dir, wenn es so weit ist.«

Wenn es so weit ist. – Wenn der Rat zusammentrat. Ich murmelte ein »Ja« und senkte fügsam den Kopf. Dennoch entging mir der Blick nicht, mit dem mein Onkel mich noch bedachte. Er sagte ganz eindeutig: Mach keine Dummheiten!

Auch als er die Tür schließlich wieder hinter sich zugezogen hatte, blieb ich auf dem Bett sitzen. Und zählte langsam bis hundert. Dann ein zweites Mal. Und dann noch einmal bis hundertfünfzig. Bald würde die Sonne aufgehen. Ich glaubte sie bereits in meinen Knochen zu spüren. Die ganze Zeit lauschte ich auf jedes Geräusch. Er war still wie in einem Grab.

Schließlich stand ich auf und ging ebenfalls zur Tür. Angespannt holte ich Atem – und öffnete sie sehr, sehr langsam. Der Gang davor war leer. Mein Herz klopfte wie verrückt. Niemand, der sicherstellen sollte, dass ich in meinem Zimmer blieb. Sie hatten mich tatsächlich allein gelassen. Ich holte noch einmal tief Luft, dann schob ich mich auf den Korridor hinaus und schloss die Tür hinter mir. Innerlich schüttelte ich den Kopf. Sie hatten tatsächlich angenommen, ich würde brav in meinem Zimmer bleiben, wenn ich wusste, dass Julien im gleichen Gebäude war? Dass es ihm mit ziemlicher Sicherheit alles andere als gut ging? – Das Donnerwetter, das über mich hereinbrechen würde, falls sie mich erwischten, würde mehr als unangenehm werden, aber das interessierte mich im Moment überhaupt nicht. Ich wollte nur eins: zu Julien! Die Hände zu Fäusten geballt setzte ich mich in Bewegung.

Als mir nach der zweiten Biegung noch immer niemand begegnet war, wurde ich mutiger. Sagte man nicht *Frechheit siegt*? Als hätte ich jedes Recht der Welt, hier zu sein, folgte ich weiter dem Weg zurück – immer in der Hoffnung, nicht doch irgendwo falsch abzubiegen und mich zu verlaufen.

Endlich erreichte ich jenen Korridor, an dessen Ende noch immer zwei schwarz gekleidete Vourdranj die Stufen bewachten, die in die Tiefe führten. Beinah hätte ich gezögert, wäre vielleicht sogar stehen geblieben ... ich zwang mich weiterzugehen. *Keine Schwäche! Ich darf sein, wo ich bin!* Als mir klar wurde, dass ich die Handflächen an den Seiten meiner Oberschenkel rieb, schob ich sie hastig in meine Hosentaschen.

Die beiden sahen mir ungerührt entgegen und lösten sich nicht eher von der Mauer, an der sie nachlässig lehnten, bis ich sie fast erreicht hatte. Jede ihrer Bewegungen kündete von derselben gefährlichen Eleganz, die ich auch bei Julien immer wieder bewundert hatte. Meine Kehle zog sich ein Stück weit zusammen. Natürlich. Sie waren Vourdranj wie er. Und ich war absolut keine Gefahr für sie. – Was vermutlich auch für die meisten der Fürsten galt.

Ich hatte einfach zwischen ihnen hindurchgehen wollen, doch der links von den Stufen stellte sich mir wortlos in den Weg.

»Ich will zu meinem Leibwächter.« Noch immer wagte ich es nicht, Juliens Namen zu nennen; nicht, solange ich nicht mit Sicherheit wusste, dass *sie* wussten, um welchen der Zwillinge es sich bei meinem *Leibwächter* handelte.

Der Vourdranj maß mich von oben bis unten. Er hatte warme braune Augen, deren Iris in jeder Farbnuance zwischen Bernstein und Mahagoni schimmerte. Im Moment war sein Blick jedoch eiskalt. Sein Haar war dunkel und geradezu militärisch kurz geschnitten. Verächtlich verzog er die Lippen. Für eine Sekunde konnte ich seine Reißzähne sehen.

»Nur die Mitglieder des Rates dürfen vor dem Prozess zu einem Angeklagten. Du bist kein Mitglied des Rates, *Princessa*.« Abgesehen davon, dass er mich duzte, sprach er meinen Titel aus, dass er wie eine Beleidigung klang. In dem Versuch, drohend zu wirken, machte ich einen Schritt auf ihn zu. Er rührte sich nicht. Einzig der Zug um seine Lippen wurde noch verächtlicher. So dicht vor ihm meldete sich mein Hunger noch etwas stärker. Ich widerstand dem Drang zurückzuweichen.

Der zweite Vourdranj, rotblond und einen halben Kopf kleiner als sein Kamerad, sagte etwas in der Sprache der Lamia. Es klang fast wie eine Warnung. Der Dunkelhaarige schnaubte nur.

Ihre höhnische Lässigkeit wich von einem Atemzug zum nächsten wachsamer Angespanntheit, als Schritte sich näherten.

»Da sind Sie ja, Princessa!« Die Stimme kam mir vage bekannt vor. »Ihr Großvater und Ihre beiden Großonkel sind schon in Sorge.« Ich presste die Lippen aufeinander. Hatten Vlad und Radu mein Verschwinden inzwischen also doch entdeckt. In einer Mischung aus Verwirrung und Ärger – und hilfloser Frustration – wandte ich mich um. Der blonde Engel, Olek Nareszky, kam auf uns zu. Unwillkürlich ballte ich die Fäuste. Konnten sie mich noch nicht einmal im Moment mit ihren Heiratsplänen in Ruhe lassen? Mussten sie ihn mir selbst jetzt noch auf den Hals schicken?

»Haben Sie sich auf dem Weg zu unserer Verabredung verlaufen?«, erkundigte er sich nonchalant, als er uns erreicht hatte. Ich spürte meine Fingernägel in meinen Handflächen. *Wir hatten keine Verabredung. Dass du mich herumführen sollst, war Radus Idee!* Bei seinem Lächeln wären jedem Mädchen die Knie weich geworden. Plötzlich erinnerte er mich unangenehm an Bastien – ungefähr so lange, bis es zu einem irgendwie schiefen Grinsen wurde, nachdem er über meinen Kopf hinweg dem rotblonden Vourdranj zugenickt hatte und sich dem dunkelhaarigen zuwandte. »Pádraig. Es ist lange her!«

Unvermittelt hatte der ein ganz ähnliches Grinsen auf dem Gesicht. »Was du nicht sagst? Wann hat dein Großvater dich nach Hause zurückbeordert? Vor fünfzig Jahren?« Der Handschlag, den die beiden tauschten, wirkte eher wie das Begrüßungsritual irgendwelcher Gangmitglieder. Fehlte nur noch, dass sie sich um den Hals fielen wie die allerbesten Freunde. ›*Nach Hause zurückbeordert*‹? Und wie hatte Nareszky es geschafft, zwischen mich und die beiden anderen Lamia zu gelangen, ohne dass ich es im ersten Moment bemerkt hatte? Solche *Spielchen* kannte ich nur von Julien.

Pádraigs Leutseligkeit war nicht von Dauer. »Verlaufen, sagst du? So nennt man das also neuerdings.« Er hob eine Braue. Sein Blick ging zu mir. »Dann bist du tatsächlich hier, um ihr den Hof zu machen.« Sein Ton verriet nur zu deutlich, was er davon hielt.

»Für den Moment geht es nur darum, einander kennenzulernen.« Nareszky drehte sich mit einem neuerlichen Lächeln halb zu mir um und ergriff gleichzeitig meine Hand, um sich in einem eleganten Kuss darüberzubeugen, ehe er wieder Pádraig ansah – ohne sie wieder loszulassen. »Das Übrige wird sich zeigen.« Er schob meine Hand in seine Armbeuge – und hielt sie dort fest, als ich sie ihm mit einem Ruck entziehen wollte. Es war mir egal, was die Vourdranj von mir denken mochten. Pádraigs Meinung über mich kannte ich ja schon. Olek schien es gar nicht zu bemerken, aber es gelang mir auch nicht, mich zu befreien.

Pádraigs Brauen zogen sich zusammen. »Hältst du das für eine so gute Idee? Julien ...«

Mein Herz setzte einen Schlag aus. Das ärgerliche Zischen, mit dem ich Nareszky hatte anfauchen wollen, mich loszulassen, blieb mir im Halse stecken. Also wussten sie, welcher der Zwillinge bei mir gewesen war.

»... war einer der Besten. Und jetzt schau dir an, wohin es ihn gebracht hat, sich mit ... den falschen Leuten einzulassen.«

... mit ihr *einzulassen*. Er musste es nicht aussprechen. Der Blick, den er mir zuwarf, sagte es nur zu deutlich. Ich presste die Lippen zusammen. Aber wenn man es genau nahm: Hatte er nicht recht? Ohne mich würde Julien nicht irgendwo am Ende dieser Treppe gefangen gehalten.

Nareszky zuckte die Schultern und wandte sich mir erneut zu. »Wollen wir? Ich hatte versprochen, Ihnen das Kloster zu zeigen.« Er wartete meine Antwort nicht ab, sondern nickte den beiden Vourdranj noch einmal zu, drehte sich um und schlenderte – mich an seiner Seite – den Korridor in der Richtung davon, aus der er zuvor gekommen war. Sein »Wir sehen uns noch, Párdaig« wurde mit einem »Sorg lieber dafür, dass sie sich nicht wieder *verläuft*« beantwortet. Da meine Hand noch immer unverrückbar in seiner Armbeuge gefangen war, ließ ich mich mitziehen – die Chance, auf diesem Weg zu Julien zu gelangen, war ohnehin gleich null –, allerdings nur bis hinter die nächste Ecke. Kaum waren wir außer Sicht der beiden Vourdranj, befreite ich mich unwillig. Zu meiner Überraschung tat Nareszky diesmal nichts, um es zu verhindern.

Ungeschickterweise hätte mich die heftige Bewegung beinah mein Gleichgewicht gekostet. Ich machte einen hastigen Schritt zur Seite und hielt mich an der Mauer fest. Die Sonne musste bald aufgehen. Ich spürte sie in den Knochen – ebenso wie der Hunger immer stärker in meinem Oberkiefer brannte. Nareszky beobachtete mich, ohne sich zu rühren. Trotzdem wurde ich das Gefühl nicht los, dass er bereit war, jederzeit vorzuspringen, um mich zu stützen, oder im schlimmsten Fall zu verhindern, dass ich fiel.

Störrisch reckte ich das Kinn vor, sah ihn an. »Mein Großvater und meine beiden Onkel sind also in Sorge um mich, ja?«, erkundigte ich mich feindselig. »Bedeutet das, sie haben Sie zu meinem Wachhund ernannt?« Warum musste sich ausgerechnet jetzt dieses Zittern wieder in meinen Gliedern einnisten? Machte mir der Sonnenaufgang nicht schon genug zu schaffen?

Etwas wie Mitgefühl huschte über Nareszkys Engelszüge und er kam einen Schritt auf mich zu. Ich fauchte ihn an, um ihn auf Abstand zu halten. Gehorsam blieb er stehen, schob die Hände in die Taschen seiner Designerjeans.

»Was den *Wachhund* angeht, lautet die Antwort: definitiv nein!« Für eine Sekunde glitt ein Lächeln über seine Lippen, verschmitzt und spöttisch-schuldbewusst zugleich. Er neigte den Kopf ein klein wenig zur Seite und seine himmelblauen Augen waren von einem Blinzeln zum nächsten der Inbegriff des Wortes *Hundeblick*. »Aber was die Frage angeht, ob die Fürsten Ihrer Familien sich um Sie sorgen ...« Er zuckte die Schultern. »Ich weiß es nicht. Ich habe sie nicht gesehen seit unserer Begegnung bei Eurer Ankunft.«

Verständnislos starrte ich ihn an. »Aber Sie haben doch ...«

Übertrieben verlegen hüstelte Nareszky. »Eine kleine Notlüge. Ebenso wie das *Verlaufen*.«

»Das Ihnen Ihr Freund Pádraig keine Sekunde abgekauft hat.«

Sein Mundwinkel hob sich ein winziges Stück zu der Andeutung eines schiefen Grinsens. Er wirkte nicht einen Hauch weit schuldbewusst. Im Gegenteil.

»Aber warum ... Ich meine ...« Ich schüttelte den Kopf. Und bereute es prompt, als mir schlagartig schwindlig wurde. Sonnenaufgang! Meine Knochen schienen sich von einer Sekunde zur nächsten in Blei verwandelt zu haben. Sofort war Nareszky bei mir und hatte seine Hand um meinen Ellbogen gelegt. Auch der zittrige Atemzug, mit dem ich gegen das Wanken des Bodens ankämpfte, erwies sich als Fehler. Bei dem Geruch seines Blutes drangen meine Eckzähne aus meinem Kiefer. Ich glaubte seinen Blick auf mir zu fühlen.

»Kommen Sie, hier ...« Die eine Hand immer noch an meinem Ellbogen, die andere jetzt in meinem Rücken schob er mich vorwärts auf einen Durchgang zu, hinter dem Stufen in den ersten Stock führten, und bugsierte mich auf den vorletzten Tritt. Jenseits jeder Eleganz ließ ich mich einfach darauffallen. Ich war mit einem Mal so unendlich müde. Nareszky kauerte sich vor mich, legte mir die Hand in den Nacken. »Kopf zwischen die Knie.« Sein Griff hätte mir gar keine andere Wahl gelassen. Ich schloss die Augen und konzentrierte mich darauf, zu atmen und gleichzeitig den Geruch seines Blutes zu ignorieren. Und wach zu bleiben! Mehrere Minuten tat ich nichts anderes. Er kniete noch immer vor mir, als das Gefühl, alles um mich herum würde sich drehen, endlich nachließ und ich den Kopf wieder heben konnte, ohne dass mir sofort erneut schwindlig wurde.

»Besser?« Besorgt musterte er mich. Wieso durfte ein Mann nur solche Augen haben? Sehr, sehr vorsichtig riskierte ich ein Nicken. Die Welt blieb, wie - und vor allem wo - sie sein sollte. Ich spürte, wie die Sonne sich jenseits der Mauern Stück für Stück über den Horizont schob. »Sie müssen trinken, Princessa«, sagte er sanft, während er mich weiter beobachtete.

Leugnen war vermutlich zwecklos, nachdem ich meine Eckzähne selbst viel zu lang aus meinem Oberkiefer ragen fühlen konnte, und ich war mir auch ziemlich sicher, dass meine Augen gerade tiefschwarz waren. Wie gern hätte ich mich auf der Stufe zusammengerollt.

»Es wäre mir eine Ehre, Ihnen zu Diensten sein zu dürfen.«

Übergangslos hielt er einen kleinen Dolch in der Hand. Ich erstarrte, sah die schimmernde Klinge an, sah Nareszky an, blickte in die Richtung, in der ich die Vourdranj wusste. Sein Großvater hatte ihn *nach Hause zurückbeordert* ... mit einem Mal machte das Ganze Sinn. »Sie sind ein Vourdranj«, platzte ich heraus.

Diesmal war sein Lächeln tatsächlich aufrichtig schuldbewusst. »Nicht mehr. Seit mein Großvater der Fürst von Genf wurde.« Die Art, wie er mich anschaute, veränderte sich, wurde forschend. »Spricht dieser Umstand in irgendeiner Form gegen mich?«

»Nein!« Hätte ich es gewagt, hätte ich hastig und heftig den Kopf geschüttelt. Meinte er diese Frage tatsächlich ernst? Julien war auch ein Vourdranj – er war es immer *noch*.

Er nickte, schob den Ärmel in die Höhe und legte die Schneide gegen sein Handgelenk. Jetzt war sein Blick eindeutig eine Frage. In meinem Oberkiefer wühlte der Hunger immer stärker. Unter seiner Haut konnte ich das Blut pulsieren sehen – und ertappte mich dabei, dass ich mich fragte, wie es wohl schmeckte. Ich schluckte hart, zwang mich die Augen abzuwenden.

»Ich ... ich glaube nicht, dass Radu und Vlad damit einverstanden wären«, meine Stimme war heiser. »*Vielleicht ist es in Anbetracht der Umstände sogar besser, wenn sie in der nächsten Zeit nur von Mitgliedern der Familie Blut nimmt*«, hatte Vlad gesagt. Ich konnte mir nicht erlauben, ihn und Radu zu verärgern. Ich brauchte sie, ihre Macht und ihren Einfluss im Rat. Ich riskierte schon genug, indem ich mich außerhalb meines Zimmers aufhielt. Und zudem: Ich kannte diesen Mann, der da vor mir auf dem Boden kniete, nicht. Wer sagte mir, dass er nicht auch – auf seine Art – ein falsches Spiel spielte? So wie Bastien es getan hatte. Dass er nicht gut mit Gérard stand, musste nicht heißen, dass er nicht doch eigene Ziele verfolgte.

Nareszky nickte. »Es ehrt Sie, dass Sie die Wünsche von Fürst Radu und Fürst Vlad respektieren. Sollten Sie Ihre Meinung ändern, wäre es mir ein Vergnügen, Ihnen zur Verfügung stehen zu dürfen. Jederzeit.« Erst jetzt nahm er die Klinge von seiner Haut und ließ sie im Ärmel seines Jacketts verschwinden.

»Warum tun Sie das?« Ich wünschte, ich hätte mir auf die Zunge beißen können, aber meine Eckzähne ragten noch immer viel zu weit über die übrigen hinaus. Nicht dass es etwas genutzt hätte: Die Worte waren heraus.

Fragend hob er eine Braue.

»Sie bieten mir Ihr Blut an, Sie lügen vor den Vourdranj für mich ...« In einer hilflosen Geste hob ich die Hand. An meinem Arm schienen Tonnengewichte zu hängen. »Warum haben Sie behauptet, mein Großvater und mein Onkel seien in Sorge um mich, wenn Sie sie gar nicht gesehen haben?«

»Jeder Lamia, der auch nur einen Funken Ehre im Leib hat, würde Ihnen anbieten, von seinem Blut zu trinken. Sie sind eine junge Lamia, die ganz offensichtlich erst vor wenigen Tagen ihren Wechsel hinter sich gebracht hat. Entsprechend ist anzunehmen, dass Sie noch unter dem ersten Hunger und der Sonne leiden. Und - bitte verstehen Sie mich nicht falsch - in Ihrem Fall ist es mehr als offensichtlich.« Sein Schulterzucken war reine Nonchalance. »Es ist schlicht ein Gebot der Höflichkeit, einer jungen Frau in Ihrer Situation zu Diensten zu sein.« Geschmeidig erhob er sich vom Boden. Und zwinkerte mir mit einem plötzlich verschmitzten Grinsen zu. »Und wenn der Betreffende dann auch noch Verstand hat, wird er es sowieso tun. Sie sind die Princessa Strigoja. Die Fürsten Ihrer Familie alt und mächtig - und für ihr Temperament bekannt. Sie sich gewogen zu machen, wäre ein geschickter Schachzug. Immerhin weiß man nie, was die Zukunft bringt. - Darf ich?« Er wies neben mich auf die unterste Stufe. Als ich nickte, setzte er sich zu mir. - An ihr gegenüberliegendes Ende.

»Und das andere ...« Von einer Sekunde zur nächsten war

das Verschmitzte wie weggeblasen. »Ich habe den Ausdruck in Ihrem Gesicht gesehen, als ich Ihrem Großvater und Ihrem Onkel berichtete, was der Grund für den Trubel in diesem Korridor war. Ich denke, ich ahne, wie Sie tatsächlich zu Julien stehen.«

Erschrocken sah ich ihn an. Er schien es nicht zu bemerken – oder gab es wenigstens vor. Zumindest sprach er ungerührt weiter. »Seitdem bin ich noch viel mehr der Meinung, dass es alles andere als eine gute Idee war, uns beide hier zusammenbringen zu wollen.« Das Lächeln, das er mir zuwarf, hatte etwas Reumütiges. »Dummerweise war mein Großvater der Meinung, eine Verbindung unserer Blutlinien würde der unsrigen zum Vorteil gereichen. Deshalb zeigte er sich von dieser Idee äußerst angetan. Und ich fürchte, ihm widersetzt man sich ebenso wenig, wie man es bei den Fürsten Ihrer Familie tut, wenn man bei gesundem Verstand ist. Zumindest nicht ohne einen guten Grund.«

Ich nickte. Ihm hatte man also ebenso wenig eine Wahl gelassen wie mir. »Aber warum haben Sie vor den Vourdranj behauptet, ich hätte mich auf dem Weg zu unserer Verabredung *verlaufen*?« Es gelang mir gerade noch, ein Gähnen zu unterdrücken.

»Ich wollte verhindern, dass Sie Ärger bekommen. – Bevor ein Gerichtstribunal zusammentritt, dürfen nur die Mitglieder des Rates zu dem Angeklagten. Versucht jemand anderes, zu ihm vorgelassen zu werden, müssen die Vourdranj, die zu seiner Bewachung abgestellt sind, die Person dem Rat melden.«

Das bedeutete, Vlad und Radu würden von meinem *Ausflug* erfahren. Verdammt!

»Nur hat Ihr Freund Pádraig Ihnen kein Wort geglaubt. – Und er mag mich offenbar nicht.«

»Aber er kennt *mich*. – Ich denke, sie werden Ihr *Verlau-*

fen nicht melden.« Erneut zuckte er auf diese lässige Art die Schultern. Bedeutete das, er hatte mich in gewisser Weise ... beschützt?

»Und woher wussten Sie, dass ich ...« ... *zu Julien wollte* »... was ich vorhatte?«

Er räusperte sich. »Ich hatte vor, Ihnen das Kloster zu zeigen, so wie Fürst Radu vorgeschlagen hatte«, gestand er dann. »Da ich keine Antwort bekam, als ich an Ihre Tür klopfte, habe ich mich auf die Suche gemacht – wie gesagt: Ich habe den Ausdruck in Ihrem Gesicht gesehen, als Sie hörten, was geschehen war – und hatte einen entsprechenden Verdacht, was Sie möglicherweise zu tun beabsichtigten. Leider war ich ein paar Minuten zu spät, um Sie noch abfangen zu können, aber letztlich ja trotzdem noch rechtzeitig.« Nur aus dem Augenwinkel sah er mich an. »Ich wollte Sie einfach nur ein wenig von Ihren sicherlich trüben Gedanken ablenken. – Ich hoffe, Sie können mir meine ... Aufdringlichkeit verzeihen?«

Julien hatte gesagt, er respektiere Olek Nareszky. Ich konnte ihn gut verstehen. – Nun, nein, genau genommen nicht nur verstehen. So verrückt es mir selbst erschien – immerhin war er einer der vom Rat auserkorenen Heiratskandidaten für mich: Ich mochte ihn. Ich konnte es nicht ändern. Ich mochte Olek Nareszky. Spontan streckte ich ihm die Hand hin. Die Bewegung war alles andere als anmutig. »Ich weiß nicht, ob sich so etwas schickt, aber mein Vorname ist Dawn.«

Ein wenig verblüfft schaute er eine Sekunde auf meine Hand. Als er sie ergriff, war wieder dieses verschmitzte Grinsen auf seinen Zügen. »Ich weiß. – Olek.« Doch anstatt sie zu schütteln, hob er sie zu einem perfekten Handkuss an seine Lippen.

»Ich weiß.« Ich versuchte sein Lächeln zu erwidern. Es gelang mir nicht ganz.

»Bedeutet das, du verzeihst mir, *Dawn*?« Er gab meine Hand wieder frei und neigte den Kopf.

»Ich denke, ich sollte viel eher *Danke* sagen, nicht wahr, *Olek*? Und besonders nett war ich auch nicht ...«

»In Anbetracht der Umstände durchaus verständlich. – Aber vielleicht erlaubst du mir jetzt doch, dich ein wenig herumzuführen? Natürlich nur, wenn es dir wieder gut genug ...« Er verstumme abrupt, als ein klarer und zugleich durchdringender Glockenton durch die Gänge hallte. Seine Miene wurde hart.

»Was ist?« Plötzlich saß in meinem Inneren wieder ein Zittern.

»Sie rufen den Rat zum Tribunal zusammen. Der Prozess gegen Julien beginnt.« Sein Blick war nicht zu deuten.

Einen Moment lang starrte ich ihn einfach nur an. Natürlich. Der Mönch hatte ja zu Vlad und Radu gesagt, dass ein Glockenschlag den Rat später zusammenrufen würde. In der nächsten Sekunde kam der Schrecken.

»Jetzt? Die Sonne ist aufgegangen. Julien ist ...« Das *Vampir* wollte nicht über meine Lippen.

Olek nickte dennoch. »Das ist für die Fürsten ohne Bedeutung. Deswegen werden sie nicht warten, bis sie wieder untergegangen ist.«

Ich presste die Handflächen gegeneinander. Hatte ich etwas anderes erwartet? Das Wohlergehen eines Vampirs war ihnen gleichgültig. Allmählich begann ich sie zu hassen. Dann wurde mir klar, was das bedeutete: Sie würden Julien aus seinem Gefängnis holen! Ich würde ihn sehen können, vielleicht sogar mit ihm reden können – und wenn es nur ein paar wenige Worte waren –, bevor sie ihn den Fürsten vorführten. So rasch ich es wagte, stand ich auf. Kein Schwindelanfall. Olek war schneller auf den Beinen als ich und hielt mich am Arm fest.

»Das ist sinnlos. Es gibt im unteren Geschoss einen Gang, der von den Zellen zu einer Treppe führt, die in dem Korridor endet, an dem auch der Ratssaal liegt.« Er schien meine Gedanken erraten zu haben.

Das Zittern in meinem Inneren verstärkte sich. Olek ließ mich los und ich schlang die Arme um mich selbst. »Ich will zum Ratssaal! Du kennst den Weg, oder? Bring mich hin!«

»Ich kann dich hinbringen, aber sie werden nicht erlauben, dass du den Saal betrittst. Du bist kein Fürst.« Er schüttelte den Kopf.

»Ich werde Julien bestimmt nicht alleinlassen!«, zischte ich. »Notfalls finde ich den Weg auch ohne deine Hilfe.« Hatte ich mich am Ende doch in ihm getäuscht? Er verhinderte, dass ich mich an ihm vorbeidrückte, musterte mich sekundenlang. Mit geballten Fäusten gab ich seinen Blick zurück. Nach einem letzten Zögern und einem weiteren Kopfschütteln ergriff er mich am Ellbogen und marschierte los.

Als er schließlich in eine kleine, halbrunde Halle einbog, hatte ich das Gefühl, dass über uns endgültig nur noch Felsen war. Ein gutes Dutzend mannshoher Kandelaber, die aussahen, als seien sie aus purem Gold, erhellte den Raum. Waren Boden und Wände bisher aus gewöhnlichem, hellem Stein und einfach weiß getüncht gewesen, spiegelten sich die Kerzenflammen hier auf schimmerndem, blassem Marmor, der von feinen roten Adern durchzogen war. Olek wirkte mit jedem Schritt angespannter, während er auf das fast deckenhohe zweiflügelige Portal zuging, das die eine Längsseite der Halle beinah vollständig einnahm und das von jeweils zwei schwarz gekleideten Vourdranj zu beiden Seiten flankiert wurde. Der Bogen der gegenüberliegenden Hallenwand war von Nischen durchbrochen, in denen sich antike Statuen mit marmornen Bänken abwechselten. Oleks Hand hielt meinen

Ellbogen noch immer fest umschlossen. Abgesehen von den vier Vourdranj war die Halle leer. Doch aus dem Raum hinter den weit offen stehenden Portalhälften drangen Stimmen.

Die Vourdranj ließen uns bis auf wenige Schritt herankommen, dann erst erwachten sie aus ihrer Reglosigkeit. Zwei von ihnen vertraten uns den Weg. Für Olek hatten sie ein Nicken, mich musterten sie kalt und zugleich ... wachsam.

»Ihr kennt das Gesetz, Nareszky. Ihr seid weder ein Fürst noch gehört Ihr zum Tribunal. Ebenso wenig seid Ihr als Zeuge hierherbefohlen. – Und selbst wenn, dürften wir Euch nur hineinlassen, nachdem die Fürsten Euch rufen. – Geht wieder, bevor wir gezwungen sind, Euch zu melden.« Es war der zu unserer Rechten, der sprach. Sein Haar war schwarz, seine Züge wirkten südländisch. Ein Stück seines Ohrläppchens fehlte.

Ehe Olek irgendetwas sagen konnte, machte ich mich von ihm los und trat einen Schritt weiter auf die Vourdranj zu. Der zu meiner Linken warf seinem Kameraden einen hastigen Blick zu. Die beiden anderen schienen sich ein wenig mehr zu spannen.

»Ihr wisst, wer ich bin?«, zischte ich ihn an. Seine Augen wanderten einmal über mich, kehrten zu meinem Gesicht zurück.

»Ja, Princessa.« Auch wenn er nicht mit derselben Verachtung sprach, die in Pádraigs Stimme gewesen war, war sein Ton trotzdem ein gutes Stück von *respektvoll* entfernt. Ich ballte die Fäuste und trat noch näher an ihn heran. Er rührte sich nicht. Hatte ich tatsächlich geglaubt, einen Vourdranj einschüchtern zu können? Was war ich doch für ein Schaf. Aber ich würde den Saal hinter ihm betreten. Koste es, was es wolle!

»Gut! Dann werdet Ihr mich jetzt vorbeilassen!« Ohne ihm auch nur die Chance einer Antwort zu lassen, marschierte ich an ihm vorbei. Oder versuchte es. Er packte mich am Arm. Die beiden anderen, die die ganze Zeit rechts und links des Portals gestanden hatten, waren plötzlich vor mir.

»Hände weg!«, verlangte ich heftig und riss an seinem Griff. Es war mir egal, ob mich jemand im Saal hörte. Natürlich kam ich nicht frei. Hinter mir stieß Olek ein Knurren aus. »Loslassen hab ich gesagt!« Abermals zerrte ich an der Hand, die mich hielt. »Nehmt die ...«

»Was geht hier vor?«, erklang es scharf hinter den Vourdranj.

Ich verstummte abrupt. Radu. Der Griff an meinem Arm verschwand, als hätte ich mich schlagartig in irgendetwas Giftiges verwandelt.

Mit einer Geste scheuchte mein Großvater die Vourdranj auf ihre Posten. »Ich kümmere mich darum.« Olek machte einen Schritt zurück. Jetzt packte Radu mich am Arm. »Was glaubst du, was du hier tust?«, fuhr er mich an, während er mich gleichzeitig von dem Portal wegzerren wollte. Ich stemmte mich dagegen. Zu meinem eigenen Erstaunen blieb er schon nach zwei Schritten wieder stehen. Nicht dass irgendetwas an seiner Haltung freundlicher geworden wäre. Doch zumindest ließ er mich los, als ich mich diesmal mit einem Ruck zu befreien suchte. Dass ich mein Gleichgewicht nur durch einen Schritt zurück bewahren konnte, ignorierte er.

»Ich will hinein! - Vlad hat versprochen, ihr würdet jemanden schicken, um mich zu holen ...«

»Du warst nicht in deinem Zimmer.« Sein Ton verriet mir, dass darüber ohnehin noch nicht das letzte Wort gesprochen war. »Und hatte ich nicht gesagt, ich will dich nicht mehr in diesen Fetzen sehen?« Sein Unwille war nicht mehr zu überhören.

Störrisch presste ich die Lippen zusammen. »Ich will dabei sein, wenn ihr Julien den Prozess macht.«

Radu stieß ein Schnauben aus. »Das wirst du sicher nicht. Du gehst auf dein Zimmer zurück und ...

»Ich denke nicht daran!« Meine Fäuste ballten sich wie von selbst.

»Was war das?« Plötzlich war seine Stimme gefährlich leise.

»Du hast mich verstanden: Ich denke nicht daran!« Auch wenn es nichts gab, was ich lieber tun würde. Die Sonne stieg am Himmel unaufhaltsam weiter empor. Ich musste sie nicht sehen, um es zu wissen.

Seine Augen wurden schmal. »Du wirst hier keine Szene machen.«

»Lass es darauf ankommen.« War ich von allen guten Geistern verlassen? Was tat ich hier? Ich - Julien - wir brauchten Radu auf unserer Seite.

Radus Blick zuckte hinter mich. Beinah in derselben Sekunde drehte eine Hand auf meiner Schulter mich abrupt um. Ich fauchte. Erst dann erkannte ich Vlad. Er schaute mich ebenso ärgerlich an wie sein Bruder. »Wo warst du ...?« Mit einem scharfen Luftholen brach er ab. »Legst du es darauf an, jemandem an die Kehle zu gehen? Du musst trinken.« Rasch sah er zur Tür des Ratssaales zurück - offenbar erregten wir tatsächlich schon Aufmerksamkeit -, fluchte leise und nickte zu einer der Nischen hin. »Dort. - Auch wenn es sich in der Öffentlichkeit absolut nicht schickt. Und danach gehst du in dein Zimmer zurück.«

»Nein!« Ich rührte mich nicht. Wenn sie wollten, dass ich mich bewegte - oder irgendetwas anderes tat -, würden sie mich dazu zwingen müssen. Und irgendwie bezweifelte ich, dass sie es hier - inzwischen vor ziemlich vielen Augen - tun würden.

»Nein? - Was soll das? Du musst trinken.«

»Ich werde trinken, aber nur wenn ihr mir erlaubt bei dem Prozess dabei zu sein!« Ich war hierherbeordert worden.

Warum wollten Vlad und Radu jetzt verhindern, dass ich dabei war?

Vlad knurrte. »Versuchst du uns zu erpressen, Mädchen?«

Ja, genau das tat ich. Es war Wahnsinn und ich war mir nicht sicher, was mich gerade ritt, geschweige denn dass ich auch nur den Hauch einer Hoffnung hegte, damit durchzukommen, aber ich tat es. Und ich hoffte, dass Julien nicht den Preis dafür bezahlen musste. Hart verzog Vlad die Lippen. »Ich fürchte, du verkennst deine Situation. Über kurz oder lang hast du gar keine andere Wahl, als zu trinken.«

Als ob mir das nicht klar wäre. Zwischen ihm und Radu zu stehen machte den Hunger allmählich zur Qual. »Aber nicht zwingend von euch.« Ich schob das Kinn vor.

»Warum lasst Ihr sie nicht dabei sein, Doamne Radu, Doamne Vlad?« Wir drehten uns nahezu gleichzeitig nach der Stimme um. »Wenn sie unbedingt darauf besteht ...« Unter dem Portal breitete Gérard d'Orané in einer nachlässigen Bewegung die Hände aus. Hinter ihm standen zwei weitere Fürsten und musterten mich seltsam ... interessiert.

Etwas in meinem Magen zog sich zusammen.

»Ich wäre Ihnen verbunden, wenn Sie das unsere Sache sein ließen, Doamne«, knurre Radu dagegen.

»Nun, in gewisser Weise ist sie ja betroffen. Immerhin geht es um ihren *Leibwächter*.« Es klang eher wie *Liebhaber*. »Und nachdem sie schon einmal hier ist ...« Sein Lächeln sollte wohl gütig sein, auf mich wirkte es – falsch. Bei jeder anderen Gelegenheit wäre seine Freundlichkeit ein Grund gewesen, mein Vorhaben einfach aufzugeben. Diesmal würgte ich das mulmige Gefühl hinunter und sah Vlad herausfordernd an. Einen sehr langen Moment gab er meinen Blick zornig zurück, doch dann nickte er Radu hinter mir zu. »Sie hat schon genug Aufsehen erregt. – Kümmere du dich hierum«, er wies mit dem Kopf auf mich, »ich rede mit Dathan.«

Damit ließ er uns stehen, schob sich mit schnellen Schritten an Gérard und seinen Begleitern vorbei – die alle drei eine höfliche Verbeugung gegen ihn andeuteten, als er auf gleicher Höhe mit ihnen war – und verschwand im Saal. Wie zuvor ergriff Radu mich am Arm, zog mich zu einer der Nischen – der, die am weitesten vom Eingang in den Ratssaal entfernt war – und drückte mich auf die Bank. Nur aus dem Augenwinkel erhaschte ich einen Blick auf Olek, der sich mit einer der Vourdranj-Wachen unterhielt. Kurz lächelte er zu mir herüber, dann stand Radu vor mir und nahm mir die Sicht. Und versperrte gleichzeitig den anderen den Blick auf das, was wir taten. Mit einer schnellen Bewegung hatte er sich das Handgelenk aufgebissen und hielt es mir hin.

»Trink!«, verlangte er unwillig. Der Geruch seines Blutes traf mich wie ein Schlag. Selbst wenn ich gewollt hätte: Ich hätte nicht anders gekonnt. Ich schaffte es ja kaum, mir meine Gier nicht anmerken zu lassen, während ich gehorsam meinen Mund auf die Wunde legte. Für eine Sekunde schien mein Oberkiefer zu explodieren – und dann verebbte der Schmerz allmählich; mit jedem Schluck ein wenig mehr, während sein Blut meine Kehle hinabrann und die Bestie in meinem Inneren sich wieder einmal ein kleines Stück weit zusammenrollte.

Beinah viel zu schnell entzog er mir seinen Arm wieder. Ein leises protestierendes Maunzen entwich mir. Wollte er mich damit für meinen Ungehorsam bestrafen? Mich gefügig halten, indem er meinen Hunger kontrollierte? Er war mein Großvater! Erst als er sich regelrecht gleichgültig die beiden kleinen Wunden leckte und sich halb umdrehte, entdeckte ich Vlad hinter ihm. Hatte ich doch mehr getrunken, als ich gedacht hatte? Die Gier und der Hunger waren noch immer weit davon entfernt, wirklich befriedigt zu sein. Von Gérard und den beiden anderen Fürsten war nichts mehr zu sehen.

»Dathan hat sein Einverständnis gegeben.« Vlads Miene sagte nur zu deutlich, dass er mich im Moment sehr viel lieber irgendwo bei lebendigem Leibe eingemauert hätte. Radu wirkte ähnlich begeistert, nickte aber, trat einen Schritt weiter zurück und streckte mir gleichzeitig die Hand hin.

»Danke!« Ich stand auf - und musste seine Hand fester fassen, als ich vorgehabt hatte, da der Boden unter mir eine Sekunde wankte. Verfluchte Sonne. Wie lange mochte es dauern, bis ich sie endlich ebenso ertragen konnte wie Julien? Meine Kehle zog sich zusammen. Nein, nicht wie Julien - *nicht mehr.* Und ich war schuld. *Verzeih mir, Julien.*

Vlad brummte zur Antwort. Ob er meinen kurzen Schwindelanfall bemerkt hatte, konnte ich nicht sagen. Mein Großvater hatte eine Braue gehoben. Ihm konnte er unmöglich entgangen sein.

Meine Hand auf seiner, so wie ein Herr seine Dame im letzten oder vorletzten Jahrhundert vielleicht in einen Saal - oder auf eine Tanzfläche - geführt haben mochte, steuerte er mit mir auf das Portal zu. Diesmal schenkten die Wachen uns keinerlei Beachtung. Olek stand noch immer bei dem Vourdranj. Er nickte mir zu, als ich an ihnen vorbeiging. Ich riskierte ein schwaches Lächeln und hoffte, er sah meine Dankbarkeit darin.

Der Saal, der sich hinter den Türen öffnete, erinnerte mich an eine riesige Kathedrale. Wände und Boden waren aus demselben Marmor wie in der Halle draußen. Antik wirkende Säulen mit kunstvollen Verzierungen an ihren oberen Enden reihten sich in einigen Metern Abstand zueinander an den Wänden entlang, ohne dass ich hätte sagen können, ob sie nur zur Zierde dienten oder tatsächlich die Decke über unseren Köpfen stützen sollten. Dazwischen standen ähnlich hohe Kandelaber wie draußen, nur dass diese hier ungleich kostbarer wirkten. Unter unseren Füßen durchbrachen verschlungene Ornamente aus Gold den beinah spiegelnden Glanz des Bodens.

Vor dieser Pracht wirkte das zum Portal hin offene Halbrund aus schwarzem Holz geradezu einfach – und zugleich seltsam düster und ... bedrohlich. Ein massiver eiserner Ring war davor in den Boden eingelassen. Eine schwere Kette war daran festgemacht.

Radu führte mich nach rechts, hinter den Rücken der dunklen, hochlehnigen Stühle vorbei, die den Tisch hier an der Außenseite umstanden. In der Luft lag ein herber Duft, der mich verrückterweise an Beths Räucherstäbchen erinnerte. Ein Teil der Fürsten hatte bereits Platz genommen, andere standen noch zu zweit oder dritt zusammen und diskutierten halblaut miteinander. Ich konnte den Blick jedes Einzelnen auf mir spüren. Radu räusperte sich vernehmlich. Die beiden Fürsten direkt vor uns, die bis eben in ein Gespräch vertieft gewesen waren, unterbrachen es und wandten sich uns zu. Erst jetzt erkannte ich, dass es sich bei einem um eine Frau handelte. Sie war schlank und nur ein paar Zentimeter größer als ich. Silberblondes, kurz geschnittenes Haar umrahmte engelsgleiche Züge, die selbst Radus Schönheit in den Schatten stellten. – Züge, die mir seltsam vertraut vorkamen, obwohl ich sicher war, dass ich ihr noch nie begegnet war. Und dann wusste ich es wieder: das Foto, das ich damals in Adriens Kiste im Keller des Hale-Anwesens gefunden hatte! *Für A. Ich liebe dich. L.* hatte quer über einer der Ecken gestanden ... Ich schrak zusammen, als Vlad einen weiteren der hochlehnigen Stühle direkt neben mir am Tisch platzierte – so dicht bei dem zweiten auf dieser Seite, dass sich die Armlehnen beinah berührten. Für einen Sekundenbruchteil begegnete ich ihren Augen, wunderschön: grün mit goldenen Flecken, die mich an Blätter erinnerten, zwischen denen man die Sonne blitzen sah – und die mal heller, mal dunkler wurden, je nachdem, wie der Wind sie an den Ästen der Bäume bewegte. Sie nickte mir höflich zu, berührte den Fürsten, mit dem sie sich bis eben unterhalten hatte, am Arm und verabschiedete sich mit einem »Ich danke für Eure Auskunft, Doamne« von ihm. Ihre Stimme war ebenso atemberaubend wie ihr Aussehen. Ein weiteres Nicken zu Radu und Vlad hin, dann ging sie davon.

»Wer ... wer war das?« Ich wollte mich zu meinem Großvater umdrehen, doch mein Blick blieb an dem anderen Fürsten hängen. Die Art, wie seine Augen starr ins Nichts gerichtet waren, schien seltsam. So als ... Mit einem scharfen Laut sog ich den Atem ein. Er war tatsächlich blind!

»Die Fürstin Lasja. - Ich muss sagen, sie hat Stockholm nach nur vier Jahren erstaunlich gut im Griff.« Der fremde Fürst neigte den Kopf ein klein wenig. Sein Haar war tiefschwarz und ähnlich wie Radus im Nacken zu einem Pferdeschwanz zusammengebunden. Seine Züge erinnerten mich an Vlad ... Mir wurde im selben Moment klar, wen ich vor mir hatte, als er es aussprach. »Ich bin Mircea.« Mein zweiter Großonkel! Er musste spüren, dass ich ihn anstarrte. Seine Lippen verzogen sich spöttisch. »Offenbar haben dir weder Vlad noch Radu von meiner ... Behinderung erzählt?«

Ich schüttelte den Kopf. Erst dann fiel mir ein, dass er es nicht sehen konnte. »Nein. - Was ...« Radus Zischen brachte mich zum Verstummen. Mircea ließ ein tadelndes Schnalzen hören.

»Wenn ihr dem Mädchen nichts hiervon«, er wies auf sein Gesicht, »sagt, ist es nicht verwunderlich, dass sie Fragen stellt. - Ich wurde 1447 von Bojaren mit rot glühenden Schüreisen geblendet und anschließend lebendig begraben.« Sein spöttischer Ton verwandelte sich zu etwas anderem, Bösem. »Aber wie du inzwischen - hoffentlich - weißt, ist unsere Art nur schwer zu töten. - Ich höre, du bist ebenso starrsinnig wie dein Vater Alexej?« Die Gefahr, die eben noch in seiner Stimme gewesen war, war wieder vollständig daraus verschwunden. Er gab mir nicht die Chance zu antworten, sondern hob die Hand und streckte sie nach mir aus. Nur ein paar Zentimeter vor meinem Gesicht verharrte sie. »Du erlaubst? Vlad und Radu haben dich mir zwar beschrieben, aber ich würde dich gerne selbst sehen.«

»Ja ... ja natürlich ...« Ich brachte nicht mehr als ein Stottern zustande. Geblendet? Lebendig begraben? O mein Gott.

Seine Fingerspitzen fuhren federleicht über mein Gesicht, folgten meinen Brauen, den Wangenknochen, dem Nasenrücken, den Lippen, glitten über meine Stirn und die Schläfen, strichen über mein Kinn und den Kiefer, tauchten schließlich in mein Haar. Der Geruch seines Blutes machte es mir schwer, stillzuhalten. Würde der Hunger irgendwann einmal ganz vergehen? Hoffentlich! Bald! Ich sehnte mich danach.

»Ich danke dir.«

Ich versuchte mir meine Erleichterung nicht anmerken zu lassen, als Mircea schließlich zurücktrat. Vlad und Radu hätten sie garantiert falsch gedeutet.

»Bitte.« Meine Stimme klang dünn.

»Sie haben recht. Du siehst Alexej tatsächlich ähnlich.« Abermals neigte er den Kopf. »Aber ich glaube, du schlägst auch ein Stück weit nach Radu. – Laufen dir die jungen Menschenburschen nach?«

»N-nein.« Zumindest nicht, dass es mir bewusst war. Und seit Julien bei mir war, interessierte es mich auch nicht mehr.

Wieder dieses spöttische Lächeln. »Ihr Glück.« Er wurde ernst. »Wenn diese Sache hier vorbei ist, werden wir beide uns in Ruhe unterhalten.« Mit erschreckender Sicherheit fand seine Hand mein Kinn. »Aber für den Moment solltest du lernen, zu gehorchen.« Seine Freundlichkeit war wie weggeblasen. »Dass Vlad diesen Fehler, was dich und deinen Leibwächter angeht, begangen hat, ist unverzeihlich genug. Ich werde nicht zulassen, dass du unsere Familie weiter ins Gerede oder am Ende sogar Schande über dich und damit unsere Blutlinie bringst.« Wie lauschend hob er den Kopf, holte langsam und tief Luft. Für einen Sekundenbruchteil schien seine Aufmerksamkeit nicht mir zu gelten – doch sie kehrte zu mir zurück. »Hast du das verstanden, Mädchen?«

Ich nickte beklommen.

»Gut. – Akretos ist da. Wir sollten unsere Plätze einnehmen, damit wir diese unselige Geschichte endlich hinter uns bringen.« Ohne ein weiteres Wort ließ er uns stehen und ging davon, so als wäre er überhaupt nicht blind. Ich schaute ihm hilflos nach.

Schweigend zog Radu den Stuhl zurück und sah mich auffordernd an. Ich sank auf das weiche tiefblaue Polster, froh, endlich sitzen zu dürfen. Mein Großvater rückte ihn mir noch zurecht, dann ließ er sich neben mir nieder. Vlad bedachte mich noch mit einem warnenden Blick, sagte etwas zu Radu, das ich nicht verstand, und begab sich ebenfalls zu seinem Platz – an dem gegenüberliegenden Tisch – auf gleicher Höhe mit Radu. Mircea saß weiter zu seiner Linken.

Verstohlen ließ ich den Blick durch den Raum wandern. Außer der Fürstin Lasja – deren Platz links von Vlad war – gab es nur noch eine weitere Frau im Rat, eine zierliche Asiatin, die sich gerade auf dem letzten Platz auf unserer Seite des Saales niederließ. Ich zuckte ein wenig zusammen, als die Glocke erneut erklang. Diesmal waren es zwei Schläge. Ein dunkelhäutiger Fürst in einem arabisch wirkenden Gewand verneigte sich vor mir, nickte Radu zu und setzte sich dann auf meine andere Seite. Mit einem zaghaften Lächeln neigte ich meinerseits den Kopf, dann sah ich mich weiter um. Vor Radu – wie vor jedem der anderen Fürsten – lag ein Dolch.

Verglichen mit dem Mordwerkzeug, das ich bei Julien gesehen hatte, war er klein. Der Griff schien aus Silber zu sein. In den Knauf war ein glitzernder schwarzer Stein von der Größe einer Eichel eingelassen. So wie das Kerzenlicht sich in ihm brach, hätte man denken können, es sei ein Diamant. Die Klinge war blutrot. Als ich danach greifen wollte, hinderte Radu mich daran.

»Damit wird später über das Urteil abgestimmt. Zeigt die Klinge zum Angeklagten, bedeutet das *schuldig*. – Nur Dathan hat das Recht, ihn vorher zu benutzen, um für Ruhe zu sorgen.« Er neigte den Kopf in Richtung eines weiteren dunkelhäutigen Fürsten, der einen Arm locker auf die Lehne des Stuhls gelegt hatte, der sich in der Mitte des kurzen, quer stehenden Tisches befand. »Er führt den Vorsitz.«

Ich lehnte mich auf meinem Sitz ein klein wenig vor und musterte ihn vorsichtig in der Hoffnung, dass es niemand auffiel. Er wirkte entspannt, gar nicht so, als würde er gleich einen Prozess leiten. Es konnte nichts Gutes bedeuten, dass Gérards Platz anscheinend direkt neben ihm war.

Uns schräg gegenüber hatte sich eine Gestalt in Mönchsgewändern auf einem der letzten Plätze der Längsseite niedergelassen. Nur der Stuhl ganz am Ende war noch frei.

»Warum gibt es nur so wenige Frauen unter den Fürsten?«

Radu hob die Schultern. »Es ist nun einmal so. – Takako sagt man nach, sie habe ihren Gemahl ermorden lassen, um seinen Platz einzunehmen – etwas, das nie bewiesen werden konnte. Und auch Lasja hat man erst nach einem harten Kampf erlaubt, die Nachfolge ihres Gatten als Fürst und im Rat für sich zu beanspruchen, als Bengt vor vier Jahren an der Krankheit gestorben ist.«

Um ein Haar hätte ich meinen Großvater verblüfft angesehen. Die wunderschöne Lamia, die Adrien eine Liebeserklärung auf einem Foto gemacht hatte, war mit einem anderen verheiratet gewesen? Wie konnte das sein? Was war geschehen?

Um meinen Schrecken zu überspielen, ließ ich den Blick von einem zum anderen gleiten. Hinter meiner Stirn saß ein leises Pochen. Ich hatte es schon zuvor vage gespürt, aber nun wurde es mir richtig bewusst. Meine Hände zitterten. Möglichst unauffällig presste ich sie auf die Armlehnen. Warum war sie mit einem anderen verheiratet gewesen, wenn sie Adrien liebte? Was war geschehen?

»Der Rat besteht aus vierzehn Fürsten. Und dem Panaos.« Radus Stimme riss mich aus meinen Gedanken. Offenbar war ihm nicht entgangen, dass ich meinen Blick durch den Raum hatte schweifen lassen – er hatte nur andere Gründe vermutet.

»Panaos?« Meine Knochen fühlten sich immer mehr an, als wären sie aus Blei gegossen. Schlafen! Der Wunsch war allmählich schier übermächtig. Wie gern hätte ich die Augen geschlossen und mich in irgendeiner Ecke zusammengekauert. Vielleicht sollte ich froh sein, dass es in diesem Teil des Klosters anscheinend kein einziges Fenster gab, durch das die Sonne hätte hereindringen können. Der Hunger, der schon wieder in meinem Inneren wütete, machte es nicht besser. Ob Olek noch immer vor der Tür des Saals bei den Vourdranj war? Wahrscheinlich hätte Radu mich von ihm nur zu gerne in mein Zimmer zurückbegleiten lassen. Aber den Gefallen würde ich ihm nicht tun. Ich würde hierbleiben. Ich würde dabei sein, wenn sie Julien den Prozess machten. Ich würde ihn nicht noch einmal alleinlassen. Egal um welchen Preis. Ich konnte vielleicht nichts tun, um ihm zu helfen, aber ich würde hiersitzen, um bei ihm zu sein.

Radu beugte sich etwas weiter zu mir und nickte zu der Gestalt in den Mönchsgewändern hin. »Man könnte sagen, Akretos ist der Abt dieses Klosters. Aber das trifft es nicht ganz. Er hat deutlich mehr Macht, als ein gewöhnlicher Abt jemals haben könnte. Er *herrscht* sozusagen über all das Wissen, das diese Mauern beherbergen. Was die Auslegung unserer Gesetze angeht, ist er die letzte Instanz. Keiner kennt sie besser als er. Während jeder der Fürsten, egal ob er zum Inneren Rat – also den *alten* Fürsten – gehört oder nicht, nur eine Stimme hat, zählt die des Panaos doppelt. Allerdings ist es seit Ewigkeiten nicht mehr vorgekommen, dass er sich in die Entscheidungen des Rates eingemischt hat.«

Ich schaute zu der Gestalt in dem dunklen Mönchsgewand hinüber und sog die Unterlippe zwischen die Zähne. Keiner der Fürsten richtete das Wort an sie. Selbst wenn sie hinter ihr vorbeigingen, um zu ihren Sitzen zu gelangen, neigten sie die Köpfe. Radus Hand auf meinem Arm lenkte meinen Blick wieder zu ihm. Er maß mich aus schmalen Augen. »Du denkst besser nicht darüber nach, ob du ihn beeinflussen kannst, Mädchen. Akretos gilt als absolut unparteiisch. Alles, was für ihn zählt, ist, dass die Gesetze eingehalten und die Traditionen respektiert werden. Dein ... Leibwächter hat diese Gesetze gebrochen. Akretos ist der Letzte, von dem er sich Unterstützung erhoffen darf. Allein der Versuch würde euch *beide* in Teufels Küche bringen.« So wie er mich weiter ansah, erwartete er eine Reaktion von mir.

Ich nickte ergeben und bemühte mich, dabei nicht zu sehr auf meinem Sitz zusammenzusinken. »*Ich erwarte eine starke Princessa Strigoja an meiner Seite. Eine, die ihrer Blutlinie Ehre macht*«, hatte er gesagt. Im Moment fühlte ich mich alles andere als *stark* – und daran war nicht nur die immer höher steigende Sonne schuld. Diese Männer und Frauen würden über Juliens Schicksal entscheiden, und es gab anscheinend nichts, was ich tun konnte, um ihre Entscheidung in irgendeiner Weise zu seinen Gunsten zu beeinflussen. Mir blieb nur eins: Mich an den Gedanken klammern, dass sie Julien nicht töten lassen konnten, solange sie glaubten, er sei der Einzige, der wusste, wo sich das Blut der Ersten befand. - Das Schlimmste, was sie tun konnten, war, ihn zurück nach Dubai zu schicken, oder? Ich würde einfach mit ihm gehen. Selbst dort wurde es Nacht.

Erneut erklang die Glocke zweimal. Auch die letzten Fürsten nahmen ihre Plätze ein. Ich rieb mir mit der freien Hand übers Gesicht und versuchte die Müdigkeit zurückzudrängen. Eine seltsame Stille breitete sich aus.

Als sie Julien hereinführten, zog sich mein Herz zusammen. Seine Haut wirkte grau, Schweiß glänzte darauf. Waren die Schatten auf seiner Wange und an seiner Kehle Blutergüsse? *O Gott.* Pádraig und ein weiterer Vourdranj hielten ihn zwischen sich, hatten ihn an den Oberarmen gepackt, und trotzdem wirkten seine Schritte ... schleppend, unsicher. Schwere Handschellen fesselten seine Handgelenke aneinander. Bei dem in den Boden eingelassenen Ring blieben sie mit ihm stehen. Wankte Julien tatsächlich kaum merklich in ihrem Griff? Radu legte die Hand fester auf meinen Arm. Einer der beiden Vourdranj bückte sich, hob die Kette vom Boden auf und schloss sie an Juliens Fesseln, während der zweite, Pádraig, ihn weiter festhielt - bis der andere ihm mit einem Nicken zu verstehen gab, dass Julien nirgendwohin mehr gehen würde. Erst dann traten sie zurück und nahmen hinter ihm Aufstellung.

Julien blinzelte ein paarmal wie jemand, der versucht aus einem Traum zu erwachen, presste die Lider wieder und wieder kurz und fest zusammen, als könne er nicht klar sehen, versuche einen Schleier vor seinen Augen zu vertreiben. Seine Finger tasteten die obersten Glieder der Ketten entlang, abwärts, schlossen sich um sie. Jetzt spannte sie sich straff zwischen seinen Händen und dem Boden. Beinah schien es, er würde sie als Gegengewicht benutzen, um sich besser aufrecht halten zu können. War sein Blick bisher irgendwie unscharf ins Leere gegangen, glitt er jetzt über die Ratsmitglieder. Seine Augen waren schwarz. An einigen blieben sie hängen, musternd, nachdenklich, so als versuche er, sich an irgendetwas zu erinnern, nur um dann weiterzuwandern. Auf mir verharrten sie eine Sekunde länger, und auch wenn sein Gesicht vollkommen ausdruckslos blieb, glaubte ich in ihnen Verblüffung zu sehen, darüber, dass ich hier war – und einen Moment später Ärger. Er wollte mich nicht hierhaben! Noch nicht einmal jetzt. Wann hatte er zuletzt getrunken? Hatten sie ihn überhaupt trinken lassen? Gérard sicher nicht. Und hier, in Griechenland? Falls nicht, musste er halb verhungert sein. Bitte nicht! Das Schwarz seiner Augen musste einen anderen Grund haben. Ich klammerte die Finger um die Armlehnen meines Stuhles. Radu warf mir einen scharfen Blick zu. Julien starrte jetzt wieder einfach nur geradeaus über die Köpfe der Ratsmitglieder hinweg. Angespanntes Schweigen hing im Saal. Warnend drückte mein Großvater noch einmal meinen Arm, dann lockerte er seinen Griff, jedoch ohne die Hand gänzlich fortzunehmen. Der dunkelhäutige Fürst, Dathan, klopfte mit dem Griff seines Dolches vor sich auf das Holz – wohl um die Aufmerksamkeit aller auf sich zu lenken und zugleich endgültig Ruhe zu fordern – und erhob sich. Falls er etwas hatte sagen wollen, kam er nicht dazu. Die Tür wurde aufgerissen. Alle Blicke zuckten herum.

»Nimm die Hände weg, Ramon, es ist mein Recht, hier zu sein!« Adrien stieß gerade eine der Vourdranj-Wachen zurück, die ihn daran hindern wollte, den Saal zu betreten. Es war der Gleiche, der auch mir den Weg versperrt hatte. Ein Zweiter und ein Dritter erschienen hinter ihm, packten ihn auf ähnliche Weise an den Armen wie die beiden anderen zuvor Julien und wollten ihn zurückhalten. Unwilliges Gemurmel erklang.

»Schafft ihn raus!«, verlangte jemand aufgebracht.

Juliens Wachen hatten sich ebenfalls umgedreht. Pádraig war näher an ihn herangetreten, der andere hatte sich zwischen ihn und die Tür – und damit zwischen ihn und seinen Zwilling – geschoben, als rechneten sie damit, dass Adrien mit Gewalt versuchen würde zu seinem Bruder zu gelangen. In ihren Händen glänzten jene mörderisch langen Dolche, die ich zuvor schon bei Julien gesehen hatte. Auch der hatte sich halb umgewandt. Einen Augenblicklang sah es so aus, als würde die Bewegung ihn sein Gleichgewicht kosten, doch dann hatte er sich wieder gefangen.

»Verdammt, Adrien, du gehörst nicht zum Rat ...« Der Vourdranj namens Ramon hatte ihm eine Hand auf die Brust gesetzt, um ihn mithilfe der beiden anderen aus dem Raum zu drängen, während er zugleich mit der zweiten nach der Tür langte, um sie wieder zu schließen. Adrien stemmte sich mit gefletschten Fängen gegen ihn.

»Er ist mein Bruder! Es ist mein Recht ...«

»Aufhören!«

Schlagartig war es still. Der Mönch hatte gerade laut genug gesprochen, um über dem Trubel gehört zu werden. Trotzdem ließen die Vourdranj von Adrien ab, als stünde er plötzlich in Flammen. Keiner rührte sich. Sekundenlang schienen Adriens heftige Atemzüge das einzige Geräusch im Saal zu sein.

»Panaos ...«, setzte einer der Fürsten an, doch eine knappe Geste der Gestalt in dem dunklen Gewand hieß ihn schweigen.

»Steht einer vor Gericht, ist es das Recht eines Blutsverwandten, bei der Verhandlung anwesend zu sein, damit er vor den anderen ihrer Blutlinie bezeugen kann, dass das Gericht nach dem Gesetz geurteilt hat.« Die Worte klangen wie ein Zitat aus einem Gesetzeskodex.

Jemand schnaubte.

Der Mönch beachtete es nicht, sondern wies zu Adrien hin. »Er hat das Recht, anwesend zu sein, wenn dieses Tribunal über seinen Bruder richtet.«

Niemand widersprach. Wie auf einen unausgesprochenen Befehl zogen sich die Vourdranj-Wachen zurück. Ramon nickte Adrien noch einmal zu und schloss die Tür. Verblüfft beobachtete ich, wie sich die Fürsten unter Scharren und Räuspern wieder auf ihren Plätzen niederließen. Kein Murren. Nicht eine Silbe des Protestes. Adrien hatte sich mit einem Murmeln vor dem Mönch verneigt und setzte sich gerade auf den Stuhl ganz am Ende des gegenüberliegenden Tisches. Sein Blick begegnete meinem quer durch den Raum. Kalt. Zornig. Ich schluckte und wandte die Augen ab.

Dathan klopfte erneut mit dem Dolch vor sich auf die Tischplatte. Das Geräusch verstärkte das Pochen in meinem Schädel noch. Ich presste die Lider zusammen und betete, dass es nachlassen würde. – Auch wenn ich nicht wirklich darauf hoffte.

»Dieses Tribunal hat sich heute hier versammelt, um Recht zu sprechen. Als Angeklagter steht vor uns Doamnej Jul-«

»Der Angeklagte hat kein Recht, diesen Titel zu tragen«, fiel Gérard ihm empört ins Wort.

»Mein Bruder ist ein Prinz durch Geburt und nicht durch Mord!« Adrien war mit einem Wutschrei aufgesprungen.

»Ruhe!«, verlangte Dathan aufgebracht.

»Schon wieder diese alten, haltlosen Verleumdungen!« Gérard stand seinerseits auf und beugte sich drohend vor.

»Prinz?« Entgeistert sah ich zwischen den beiden hin und her – und dann zu Julien. Seine Miene war absolut reglos. Ich musste das Wort vor Schreck laut ausgesprochen haben – zumindest laut genug, dass Radu mich hatte hören können, denn er beugte sich zu mir.

»Dein Leibwächter und sein Zwillingsbruder sind Prinzen, Doamnej, durch Geburtsrecht – wenn auch jetzt im Exil. Gérard versucht schon lange ihnen dieses Recht aberkennen zu lassen. Bisher ohne Erfolg. – Adrien ist der Erstgeborene. Ihr Vater, Sebastien, war der Fürst von Marseille. Hat dir das niemand gesagt?« Irritiert schaute ich ihn an. Und schüttelte den Kopf. Julien, ein Prinz? Von Marseille? Ich blickte wieder zu ihm hin. Jetzt machte seine Besessenheit bezüglich dieser Stadt, seine Wut auf die Fürsten, weil sie ihnen nicht gegen die Deutschen geholfen hatten, noch viel mehr Sinn ... Lieber Himmel, was wusste ich noch alles nicht über ihn? Am Ende gab es noch irgendwo eine wunderschöne Lamia, mit der er verlobt oder zumindest – wie nannte man das, ach ja – versprochen war. Innerlich zog ich die Schultern in die Höhe. Nein! Nein, das hätte er mir gesagt.

Es gelang mir trotzdem nicht, mir die Frage zu verbeißen. »Gab es jemand, den er ... heiraten sollte?«

Radu runzelte unwillig die Stirn. »Für Julien existierte kein Kontrakt. Er hat sich geweigert. – Adrien war mit Lasja verlobt.« Er neigte den Kopf zu der silberblonden Fürstin hinüber, die – als hätte sie Radus Bewegung bemerkt – genau in diesem Moment zu uns herübersah. »Die Verbindung wurde jedoch gelöst, als die Zwillinge Marseille verloren und sich den Vourdranj anschlossen. Die beiden sind nicht im Frieden auseinandergegangen.« *O mein Gott. Armer Adrien.* »Und jetzt still!«

Adrien und Gérard gifteten sich inzwischen quer durch den Saal auf Französisch an. Ich hatte nicht mitbekommen, wie sie die Sprache gewechselt hatten. *Konzentrier dich, Dawn!*

»Ruhe!« Dathan tauschte gerade den Dolch gegen seine Faust. Ich zuckte zusammen.

»Adrien.« Julien starrte noch immer geradeaus und doch war ich sicher, über dem Geschrei seine Stimme gehört zu haben. »Adrien!« Was Dathan nicht geschafft hatte, brachte er zustande. Sein Bruder brach mitten im Satz ab. Auch Gérard hielt inne – vermutlich allerdings eher aus Verwirrung, weil Adrien so unvermittelt schwieg.

»Lass es gut sein, Adrien.« Julien hatte den Kopf zwar ein wenig gesenkt, drehte sich aber nicht nach seinem Zwilling um. »Wir wissen, wer den letzten rechtmäßigen Fürsten von Marseille ermordet hat. Er weiß es. Sie wissen es auch, selbst wenn sie es nach wie vor nicht zugeben wollen.« Seine Worte kamen seltsam ... schleppend, als fiele es ihm schwer, sie überhaupt halbwegs verständlich hervorzubringen. »Du wirfst Perlen vor die Säue.« Er ignorierte das vereinzelte empörte Gemurmel, leckte sich über die Lippen. »Spar dir den Atem.« Jetzt erst wanderte sein Blick zu Gérard. »Wir sind, was wir sind. Daran kann niemand etwas ändern.«

Der schnaubte verächtlich. »Du bist zuallererst einmal nur noch ein erbärmlicher Geschaffener, Bürschchen.«

»Besser das als eine erbärmliche Kanaille, die Menschen dazu braucht, um die Drecksarbeit für sie zu machen, weil sie selbst nicht genug Rückgrat hat.« Juliens Stimme war zuckersüß und zugleich noch immer irgendwie ... rau.

»Genug jetzt!« Dathan donnerte mit der Faust auf den Tisch. Ich widerstand gerade noch dem Drang, den Kopf in den Händen zu vergraben. »Und das gilt für alle!«

Knurrend sank Gérard auf seinen Platz zurück.

Die Blicke, mit denen Dathan sowohl ihn als auch Adrien bedachte, waren unübersehbar ärgerlich. »Die Anschuldigungen, die Doamnej Adrien vorgebracht hat, sind altbekannt, aber sie sind nicht der Grund, warum dieses Tribunal zusammengetreten ist. Wer sie dennoch dazu zu machen versucht, verlässt den Saal und kommt nicht zurück. Seine Stimme wird bei dem Urteil, das wir sprechen, nicht gehört werden.« Warnend sah er ein weiteres Mal in die Runde, dann griff er erneut nach dem Dolch und schlug abermals auf die Tischplatte. Auch Adrien setzte sich wieder – sichtlich widerstrebend.

»Dieses Tribunal hat sich heute hier versammelt, um Recht zu sprechen. Als Angeklagter steht vor uns Doamnej Julien Alexandre« – Alexandre? Ich drückte meine *freie* Handfläche ein wenig fester gegen das gebogene Ende der Armlehne. Nun ja, ein zweiter Vorname war kein ganz so großer Schock wie der *Prinz*. – »Du Cranier, zweitgeborener Erbe der Korastaídes-Blutlinie.« Dathan richtete den Blick auf Julien. »Angeklagter, erkennt Ihr dieses Tribunal an?«

»Hab ich eine andre Wahl?« Juliens Antwort entlockte Dathan ein Knurren. Einige der Fürsten schüttelten missbilligend den Kopf, andere murmelten unwillig. Ich presste meine Hand härter auf die Lehne. War er wahnsinnig? Sie würden später das Urteil über ihn sprechen.

»Angeklagter, erkennt Ihr dieses Tribunal an?« Dathans Stimme klang um einiges schärfer als zuvor.

Bitte, Julien, hör auf, sie zu reizen! Ich betete, dass er mein stummes Flehen hörte.

Julien holte übertrieben tief Atem und stieß ihn ebenso wieder aus. »Ja, ich erkenne dieses Tribunal an«, antwortete er dann. Seine Augen gingen von Neuem geradeaus ins Leere.

Offenbar war damit wohl den Formalitäten Genüge getan, denn Dathan nickte und setzte sich nun wie die anderen Fürsten. Erst jetzt wurde mir bewusst, dass ich meinerseits die Luft angehalten hatte. Unauffällig entließ ich sie wieder aus meinen Lungen. Meine Handflächen waren schweißnass.

Für einen Moment herrschte Schweigen, dann beugte Dathan sich auf seinem Platz ein wenig vor.

»Julien Du Cranier«, ich war nicht sicher, ob es gut oder schlecht war, dass Dathan Juliens Titel wegließ, »Euch wird vorgeworfen, die von diesem Tribunal verhängte Verbannung nach Dubai absichtlich gebrochen zu haben. – Was sagt Ihr dazu?«

»Wenn Ihr erlaubt, Dathan«, Gérard deutete im Sitzen eine höfliche Verbeugung an. »Er hat auch die von mir verhängte Bannung aus Marseille gebrochen.«

Der dunkelhäutige Fürst schüttelte den Kopf. »Wie Ihr sagt, Doamne: Die Bannung aus Marseille wurde durch Euch ausgesprochen und nicht durch den Rat. Daher ist sie heute vor diesem Tribunal des Rates weder angeklagt noch wird sie verhandelt.«

Ärger glitt über Gérards Züge. Dathan ignorierte es und wandte seine Aufmerksamkeit wieder Julien zu. »Julien Du Cranier, was sagt Ihr zu dem Vorwurf?«

Für eine Sekunde presste der einmal mehr die Lider aufeinander, ehe er geradezu beleidigend gleichgültig die Schultern zuckte. Die Kette knirschte leise. »Da Monsieur d'Orané ...«

»Doamne«, fauchte der dazwischen.

Erst jetzt nahm Julien den Blick aus dem Nichts und richtete ihn auf Gérard. Sein Mundwinkel hob sich in einem verächtlichen Lächeln. »... Monsieur Gérards Handlanger mich auf dem Flughafen von Bangor abgefangen haben und es wohl auch Beweise für eine erst kürzliche Anwesenheit meiner Person in Marseille gibt«, seine Augen wanderten weiter zu Dathan, wieder ein Schulterzucken, »wird dem wohl so sein.«

Ich schloss die Lider. *Hör auf damit, Julien, bitte!* Als ich sie wieder öffnete, stand auf Dathans Stirn eine scharfe Falte. Eben beugte er sich noch weiter vor. »Vielleicht wäre dem Angeklagten etwas mehr Respekt gegenüber den Anwesenden angeraten«, schlug er frostig vor. Seine Eckzähne schienen ein Stück länger als zuvor.

Julien neigte in einer nichtssagenden Geste den Kopf. Seine Finger verkrampften sich für den Bruchteil einer Sekunde um die Kettenglieder.

Einen Moment lang maß Dathan ihn noch kalt, dann richtete er sich wieder auf und verschränkte die Hände vor sich auf dem Tisch. »Wer wusste davon, dass Ihr und nicht Euer Bruder, wie Ihr den Rat habt glauben machen, in Ashland Falls bei der Princessa Strigoja sowohl vor ihrem Wechsel zur Lamia als auch danach wart?«

»Niemand.« Julien musste sich räuspern, ehe er das Wort herausbrachte.

»Euer Bruder muss es gewusst haben, immerhin hat er offenbar für einige Zeit Euren Platz in Dubai eingenommen«, hielt Dathan milde dagegen.

»Er ja, gezwungenermaßen.« Er fuhr sich mit der Zungenspitze erneut über die Lippen.

»Die Männer, die Euch am Flughafen von Bangor aufgegriffen haben, haben nach dem Bericht Doamne Gérards angegeben, dass die Princessa den Namen *Julien* rief und nicht *Adrien*, als sie Euch daran hinderten, ihr zu folgen. Und das mehrfach.«

Alles sah zu mir her. Ich bemühte mich die Blicke gleichgültig zu erwidern. Mein Mund war ausgedörrt. Sollte mich irgendjemand etwas fragen, würde ich keinen Ton herausbringen. Ich war so müde. In meinem Oberkiefer zog der Hunger.

Julien schaute ebenfalls kurz zu mir her, ehe er knapp nickte. »Ja, sie kannte meinen richtigen Namen auch.«

»Warum?«

Verriet das Netz aus feinen Fältchen um seine Augen den Fürsten ebenso seine Anspannung wie mir?

Ein spöttisches Grinsen erschien auf seinen Lippen. »Mir war nicht danach, den Namen meines Bruders von ihr zu hören, wenn *ich* bei ihr im Bett war.«

Es gelang mir gerade noch, ein Keuchen unterzuschlucken.

»Heißt das, du hast Hand an meine Großnichte gelegt?« Jetzt war es Vlad, der sich vorbeugte. Sehr abrupt. Sein Ton verhieß alle Qualen der Hölle. Radus Hand hatte sich von einer Sekunde zur nächsten in eine Stahlklammer verwandelt. Mit gefährlich schmalen Augen drehte er sich halb zu mir um.

Ich wich auf meinem Sitz vor ihm zurück. »So war das nicht ...«, stotterte ich erschrocken.

»Da hört Ihr es. Und nein, so war das tatsächlich nicht. Sie war viel zu prüde. Mehr als *Kuscheln* wollte sie nicht. Und ich habe es nicht nötig, mich einem halben Kind aufzuzwingen.« Juliens Grinsen war noch eine Spur arroganter geworden.

Was? Fassungslos starrte ich ihn an. Kuscheln? Aufzwingen?

»Wenn die Princessa noch unberührt war, als ich nach Ashland Falls kam, dann war sie es auch noch, als wir auf dem Flughafen von Bangor getrennt wurden. Über die Zeit davor und danach kann ich nichts sagen.«

Das Blut schoss mir in die Wangen. Radu holte neben mir scharf Luft und rückte ein Stück von mir ab. Der Fürst auf meiner anderen Seite tat es ihm hastig nach.

»Wusste sie auch von der Verbannung?« Dathan stellte die Frage scheinbar ungerührt.

»Natürlich. Ich musste doch dafür sorgen, dass sie vor ihrer Familie nicht meinen richtigen Namen nennt.« Julien hob erneut die Schultern. Wieder schlossen seine Finger sich für einen kurzen Moment fester um die Kette.

»Kannte sie die Hintergründe der Verbannung?«

»Nein. Ich habe ihr etwas von Intrigen und Verschwörungen gegen mich und meinen Bruder erzählt. Sie hat jedes Wort geglaubt.« Sein Ton troff vor Hohn, obwohl die

Worte nach wie vor rau und irgendwie undeutlich aus seinem Mund kamen. Sogar rauer und undeutlicher als zuvor. Wahrscheinlich spürte er die Sonne ebenso in den Knochen wie ich – mit dem Unterschied, dass ich sitzen durfte und er stehen musste. Und sein Hunger ihn obendrein vermutlich weitaus schärfer quälte.

Dathan nickte. »Wünschen die Mitglieder dieses Tribunals ein Kreuzverhör zu dieser Anschuldigung?«, fragte er nach einem weiteren Moment in die Runde. Es war ausgerechnet Lasja, die das Wort ergriff. Ein rascher Blick zu Adrien zeigte mir, dass er die Zähne zusammenbiss. Offenbar rechnete er mit dem Schlimmsten.

»Doamnej Julien, warum seid Ihr aus der Verbannung nach Dubai zurückgekehrt?« Ihre Stimme war weich und sanft und wunderschön. »Würdet Ihr uns die Gründe dafür nennen?«

»Es waren keine, die dieses Tribunal gelten lassen würde.«

»Wir hören trotzdem.«

Julien runzelte kurz die Stirn, blinzelte abermals. »Mein Bruder hatte den Auftrag erhalten, das Halbblut, das möglicherweise die nächste Princessa Strigoja sein könnte, zu töten. Dabei war er, wie es schien, verschwunden. Ich wollte herausfinden, was geschehen war. – Und notfalls seinen Tod rächen.«

»Danke, Doamnej.« Sie neigte den Kopf. »Ich habe im Moment keine Fragen mehr.«

Doch die hatten andere.

»Da Euer Bruder heute hier anwesend ist, müsst Ihr ihn irgendwann gefunden haben. Ganz offensichtlich lebend.« Der dunkelblonde Fürst neben Gérard – dessen dünne Pergamenthaut ahnen ließ, dass er ebenfalls die Krankheit hatte – betrachtete Julien wie ein interessantes Insekt. »Warum ist er an Eurer Stelle nach Dubai zurückgekehrt?«

»Er hatte Skrupel.« Mit dem Kinn wies er zu mir. »Ihretwegen.« Diesmal brauchten seine Hände länger, ehe sie ihren Griff wieder ein wenig von der Kette lockerten.

Ein anderer Fürst neben Radu lachte spöttisch. »Skrupel? Adrien Du Cranier? Der nicht davor zurückschreckt, ein Mordkomplott gegen einen regierenden Fürsten zu planen? Das ist absurd.«

Dathan klopfte mit dem Dolch warnend auf den Tisch.

»Skrupel welcher Art?«, wollte jetzt der Fürst zwischen Vlad und Mircea wissen.

»Samuel hatte versucht ihren Wechsel vorzeitig zu erzwingen, um sie an sich zu binden, und ist gescheitert. Adrien hatte Skrupel, das Gleiche noch einmal zu versuchen. Er fürchtete entweder ein Monster zu erschaffen, das er nicht kontrollieren konnte, oder sie dabei zu töten und damit ihren Großvater und ihre beiden Großonkel gegen sich aufzubringen. – Immerhin hatte Doamne Vlad sie ja *seinem* Schutz anvertraut.« Fahle Schweißtropfen rannen an Juliens Schläfe abwärts, verschwanden in seinem Kragen. Glaubten sie ihm das tatsächlich? Großer Gott, er log ihnen, ohne rot zu werden, ins Gesicht und sie merkten es noch nicht einmal.

»Und Ihr hattet diese Skrupel nicht?«

»Nein. Ich hatte nichts zu verlieren.« Er schluckte einige Male trocken, seine Finger schienen sich erneut fester um die Kettenglieder zu schließen. »Wenn es mir gelungen wäre, sie an mich zu binden, hätte ich endlich den Mord an meiner Familie rächen können. – Und das kleine Unschuldslamm hatte mir ja schon angeboten, mir dabei zu helfen, damit mir endlich *Gerechtigkeit widerfährt*. Sie hat mir blind vertraut, das dumme Stück.« Wieder verzog sein Mund sich zu einem verächtlichen Grinsen.

Ich saß einfach da und hörte fassungslos zu, wie Julien über mich sprach. Die Ratsmitglieder stellten ihm Frage um

Frage. Einige dieselben, nur anders formuliert, als wollten sie ihn dazu bringen, sich selbst in Widersprüche zu verwickeln. Manchmal ging sein Blick kurz zu mir – spöttisch, arrogant, verletzend –, ehe er eine Frage beantwortete. Es war wie in der Lagerhalle am Hafen von Ashland Falls. Er spielte ihnen vor, ich sei nichts als ein Opfer gewesen. Leichte Beute für jemanden wie ihn. Und er spielte diesen Part so gut, dass ich mich ein paarmal dabei ertappte, wie ich in meiner Erinnerung nach einem Hinweis suchte, ob er mich vielleicht tatsächlich getäuscht hatte und dass das, was er hier gerade sagte, nicht vielleicht doch die Wahrheit war. – Nur um mich ein ums andere Mal selbst daran zu erinnern, dass er ihnen nur etwas vormachte. Um mich – wie damals bei Bastien – zu beschützen. »*Ich liebe dich! Alles andere war gelogen. Glaub kein Wort davon. Versprich es mir!*«, hatte er mich damals im Schutz eines Pfeilers zwischen verzweifelten Küssen angefleht, während Adrien Bastien den Garaus gemacht hatte. Ich hatte ihm geglaubt. Ich tat es immer noch. Und daran würde nichts, gar nichts etwas ändern! – Dass er die Wahrheit so verdrehte, musste bedeuten, dass er einen Plan hatte, oder? Natürlich. Es konnte gar nicht anders sein. Alles würde gut werden. – Trotzdem waren meine Hände nach wie vor schweißfeucht.

Und allmählich fiel es mir immer schwerer, dem zu folgen, was gesprochen wurde. Die Sonne stieg unaufhaltsam höher. Etwas wie ein zäher grauer Nebel drohte meine Gedanken mehr und mehr zu ersticken. Die Abstände zwischen Dathans Fragen und Juliens Antworten darauf schienen größer zu werden. Einige musste er sogar wiederholen, ehe Julien antwortete. Immer wieder fielen die Worte »an sich binden«, »Macht« und »Rache«. Immer öfter setzte Julien zwei oder drei Mal an, um eine Frage zu beantworten. Oder er brach mitten im Satz ab, als wisse er plötzlich nicht mehr, was er eigentlich hatte sagen wollen. Sah es nur so aus oder umklammerte er die Kette tatsächlich härter als zuvor? Zumindest presste er wieder und wieder die Lider fest aufeinander und schüttelte mit einer kleinen, abrupten Bewegung den Kopf wie jemand, der gegen ein Schwindelgefühl ankämpft – oder versucht sich mit aller Kraft wach zu halten und zu konzentrieren. Als er unvermittelt wankte, mussten seine Bewacher hastig zufassen, um zu verhindern, dass er in die Knie ging. Adrien sprang auf, wurde aber mit einer knappen Geste von Pádraig zurückgewinkt. Dathan wartete zwar, bis Julien wieder ohne Hilfe aufrecht stand, doch dann stellte er seine Fragen weiter. Ich schloss die Augen. Nein, sie würden keine Rücksicht darauf nehmen, dass die Sonne am Himmel stand. Er war nur noch ein Vampir, ein Geschaffener. Wie es ihm ging, interessierte sie nicht.

In meinem Kopf hatte sich das Pochen zu einem Dröhnen gesteigert.

»Julien Du Cranier, Euch wird weiterhin vorgeworfen, in Eurem Amt als Kideimon versagt und das Blut der Ersten verloren zu haben.« Von einer Sekunde zur nächsten saß ich senkrecht. Sonne und Hunger existierten nicht mehr. »Was habt Ihr dazu zu sagen?« Radus Griff an meinem Arm war wie ein Schraubstock. Ich spürte es kaum, ebenso wenig wie ich die schockierten und aufgebrachten Rufe der anderen Fürsten wirklich wahrnahm. Das konnte nicht sein. Ich starrte Dathan an, sah zu Julien. Woher wussten sie davon? Meine freie Hand stahl sich zu der Kette um meinen Hals. Und wieso ... verloren? Das konnte nicht sein ...

»Schuldig.«

Mein entsetztes Keuchen ging in dem mehrstimmigen Aufschrei der Fürsten unter. Um ein Haar wäre ich – ebenso wie die meisten der Fürsten – aufgesprungen. Einzig Radus Griff hielt mich auf meinem Platz. Nein! Was tat er da? Warum gab er es so einfach zu? Sie würden ihn umbringen! Juliens Augen waren starr auf Dathan gerichtet. Ich schaute zu Adrien. Er war ebenfalls von seinem Stuhl emporgefahren. Blanke Fassungslosigkeit stand auf seinen Zügen.

»Ruhe!« Dathan hieb mit dem Dolchgriff auf die Tischplatte.

»Schafft ihn jetzt gleich in die Sonne!«, brüllte der Fürst zwischen Vlad und Mircea. Die beiden Ratsmitglieder links von mir schienen genau das vorzuhaben.

»Nein!« Ich sprang auf. Radu knurrte und riss mich grob wieder auf meinen Sitz.

»Ihr könnt ihn nicht ohne Urteil hinrichten!«, begehrte Adrien auf und stieß seinen Stuhl zurück. Juliens Wachen hatten unversehens erneut ihre Dolche in den Händen, fletschten die Fänge. Als hätte ihnen jemand den Befehl erteilt, waren die anderen vier Vourdranj auf einmal ebenfalls im Saal. Olek stand in der Tür. Julien starrte weiter geradeaus.

»Hinsetzen!«, donnerte Dathan. »Oder Ihr verlasst dieses Tribunal!«

Einen Augenblick lang war es beinah vollkommen still. Niemand rührte sich. Es war den Fürsten anzusehen, wie sehr es ihnen widerstrebte, dem Befehl nachzukommen, als sie es schließlich doch taten. Als Letzter sank auch Juliens Bruder wieder auf seinen Platz. Auch die anderen Vourdranj kehrten auf ein Nicken von Dathan auf ihre Posten vor der Tür zurück und selbst Pádraig und Juliens zweiter Bewacher steckten ihre Waffen weg.

Unübersehbar ärgerlich ließ der dunkelhäutige Fürst den Blick über die Anwesenden wandern, ehe er sich endlich wieder Julien zuwandte.

»Erklärt Ihr uns, wie es dazu kommen konnte, dass Ihr das Blut der Ersten verloren habt?« Dathan stellte seine Frage so gelassen, als habe der Tumult eben niemals stattgefunden – als habe Julien nicht behauptet, das Blut ihrer Ur-Mutter einfach so *verloren* zu haben. Radus Hand lang weiter unerbittlich um meinen Arm.

Julien blinzelte mehrmals, beinah als müsse er erst in die Wirklichkeit zurückfinden. »Ich wollte ...« Er leckte sich die Lippen. »Ich wollte ... es aus seinem Versteck holen und es war nicht mehr da.«

»Wo war dieses Versteck und warum wolltet Ihr es holen?«

Ich umklammerte die Armlehnen meines Stuhles mit aller Kraft.

»In einer Calanque bei Marseille ...«

»Habt Ihr deshalb die Bannung gebrochen, die Doamne Gérard verhängt hat?«

»Ja.«

»Warum wolltet Ihr es aus seinem Versteck holen?«

Abermals fuhr Julien sich mit der Zunge über die Lippen. »Sie ...« Er neigte den Kopf ganz leicht in meine Richtung; die Bewegung genügte, um ihn wanken und halb in die Knie gehen zu lassen. Pádraig fasste zu, bis Julien wieder aufrecht stand. Er räusperte sich. »Sie starb. Nachdem Samuel ihren Wechsel zu früh hatte erzwingen wollen, versagte ihr Körper. Das konnte ich nicht zulassen.«

Neben mir drehte Radu sich zu mir um. Vlad lehnte sich vor, musterte mich, als versuche er jetzt noch irgendwelche Anzeichen dafür zu finden, dass Julien die Wahrheit sagte.

Keiner darf davon wissen! Oder was wir getan haben. Keiner! Niemals! Ich krallte die Fingernägel in das Holz. Einer brach. Noch einer. Er musste einen Plan haben, wenn er es ihnen erzählte. Er musste einfach! Auch Gérard sah zu mir her.

Julien räusperte sich erneut. »Ich hatte schon zu viel riskiert. Sie war der Schlüssel zu allem. Wenn ich sie an mich binden konnte, würde ich endlich den Mord an meinen

Eltern rächen können.« Der Atem blieb mir in der Kehle stecken. Was? Aber ... »Ich musste dafür sorgen, dass sie am Leben blieb. Irgendwie. Mir fiel nur das Blut ein.« Erbostes Gemurmel erhob sich. Ich saß da und starrte Julien an. Warum tat er das? Er musste einen Plan haben. Irgendeinen. Für den Bruchteil einer Sekunde rann ein Zittern durch seinen Körper. Als es vorbei war, sah er zu mir her. »Es war aus seinem Versteck verschwunden. – Wie und wohin kann ich nicht sagen.« Einer der Fürsten zischte einen Fluch. Ich glaubte Gérards Blick noch immer auf mir zu spüren. Juliens Lippen verzogen sich bitter. »Als ich nach Ashland Falls zurückkam, hatte der Wechsel der Princessa eingesetzt. Sie fiel im ersten Blutrausch über mich her. Irgendwann wurde ihr wohl klar, dass sie mich beinah umgebracht hatte. Dann hat sie mich zu einem Vampir gemacht.« Bei den letzten Worten sprach Hass aus seinem Ton. Ich öffnete den Mund. Und schloss ihn gleich wieder. Was hätte ich auch sagen sollen? Er log. Um mich zu schützen. Es war wie zuvor. Genauso hatte er auch bei Bastien über mich gesprochen. Es musste so sein. Er konnte mich nicht hassen. Oder doch? Er würde nicht für mich lügen, wenn er mich hassen würde. Warum sollte er das tun? Ich sah ihn an, versuchte in seinen Augen zu lesen, bettelte stumm um ein Zeichen, irgendeines ... Er wandte den Blick ab und richtete ihn wieder auf Dathan. Ich sank auf meinem Stuhl zusammen, meine Hände rutschten von den Armlehnen. Radu gab mich frei. *Bitte, lieber Gott, er muss einen Plan haben. – Er darf mich nicht hassen!*

Dathan schaute zu mir her, nachdenklich. »Warum habt Ihr trotz allem noch versucht, sie vor Doamne Gérards Zugriff zu schützen und sie mithilfe des Sovrani von Ashland Falls nach Paris zu ihrem Großonkel, Doamne Vlad, zu bringen?«, fragte er schließlich und entließ mich aus seiner Musterung.

»Gérard wollte sie mir wegnehmen ...«

Der bleckte die Fänge. »Lüge! Ich wollte das Mädchen vor ihm und seinen infamen Plänen schützen.« Dathans erhobene Hand brachte ihn zum Schweigen.

Julien zuckte die Schultern. Die Kette knirschte unter seinem Griff. Er sprach einfach weiter. »... das konnte ich nicht zulassen. Sie war die Princessa Strigoja. Als Vampir konnte ich sie aber bei Tag nicht mehr beschützen. Also blieb mir nur eins, um sie Gérards Zugriff zu entziehen: Sie zu Vlad nach Paris bringen. Ich hatte darauf gehofft, er wäre mir für die Rettung seiner Großnichte dankbar genug, um sich in meiner Schuld zu fühlen.« Auf seinem Platz schüttelte mein Großonkel abfällig den Kopf. Irgendjemand schnaubte verächtlich.

Dathan nickte. Beinah wirkte es nachsichtig. »Ihr gebt also zu, bereits ein Geschaffener gewesen zu sein, als ihr Hand an die Lamia Simeon Zambou, Noah Laurens und Donatien Arrenne gelegt und sie ermordet habt?«, fragte er dann weiter. Mit einem leisen Keuchen sog ich den Atem ein.

»Ja.«

Abermals ging ein Aufschrei von Mund zu Mund. Abermals forderte Dathan Ruhe. Dann beugte er sich vor.

»Julien Du Cranier, wart Ihr Euch der Konsequenzen Eures Handelns bewusst?«

Julien blickte zu mir her.

Auf meinem Schoß presste ich die Handflächen gegeneinander. *Bitte sag Nein*, flehte ich lautlos.

»Julien Du Cranier, wart Ihr Euch ...«

»Ja.« Julien schaute mich weiter unverwandt an. »Ja, ich war mir der Konsequenz meines Handelns in vollem Umfang bewusst.« Ein kleines Lächeln stahl sich in seinen Mundwinkel. Julien hatte einen Plan! Er *musste* einen Plan haben. Tränen saßen in meiner Kehle. Mir gegenüber schüttelte Adrien nur fassungslos den Kopf.

Die Fürsten zischten und knurrten. Zumindest sahen sie

davon ab, Julien abermals direkt lynchen zu wollen. Mit einem tiefen Atemzug richtete Dathan sich wieder auf, sein Blick glitt über die Anwesenden, während er sich gänzlich von seinem Stuhl erhob. »Der Angeklagte hat ein volles Geständnis abgelegt. Er ist schuldig in allen Punkten der Anklage. – Wünscht dieses Tribunal sich zur Beratung zurückzuziehen?« Abermals sah er in die Runde. Einer nach dem anderen schüttelten die Fürsten die Köpfe.

Dathan nickte, als habe er nichts anderes erwartet. »Angeklagter, habt Ihr noch etwas vorzubringen, bevor dieses Tribunal das Urteil über Euch fällt?«

»Nein.«

»Dann mag dieses Tribunal hier und jetzt das Urteil über den Angeklagten fällen.«

Einer nach dem anderen griffen die Fürsten nach den Dolchen. Drehten sie um. *Er muss einen Plan haben! Er muss einfach!* Wie gelähmt saß ich auf meinem Stuhl. Beobachtete sie dabei. Kaum einer zögerte. Im Gegenteil. *Er hat mich doch nur beschützt!* Ich saß einfach nur da. Selbst als Radu den Dolch umdrehte. Einer nach dem anderen. Vlad war zusammen mit Lasja und Dathan der Letzte. – Jede einzelne Spitze wies auf Julien. *Nein!* Er schaute wieder starr geradeaus ins Leere. *Nein!* Nur der Dolch des Mönchs lag unangetastet.

Für eine schiere Ewigkeit herrschte tödliches Schweigen. Schließlich erhob Dathan sich erneut. Seine Stimme war ohne jede Regung, als er endlich sprach.

»Julien Alexandre Du Cranier. Dieses Tribunal verurteilt Euch zum Tod durch die Sonne. Aufgrund Eurer Taten werden Euch jegliche Titel und Rechte aberkannt. Gnade ist Euch versagt. Die Hinrichtung wird beim nächsten Sonnenaufgang vollstreckt.«

»Nein!« Mein Protest ging in seinen nächsten Worten unter.

»Vourdranj: führt ihn bis zum Morgen in seine Zelle zurück!«

»Nein!« Ich sprang auf. Mein Stuhl kippte, krachte auf den Marmor. Julien musste einen Plan haben. Es konnte nicht sein, dass sie ihn einfach so zum Tod verurteilten. Dass er sich einfach so wieder in seine Zelle bringen ließ. Es konnte nicht!

Pádraig hatte Julien am Ellbogen ergriffen. Der zweite seiner Wächter löste die Kette von seinen Handfesseln. Rasselnd fiel sie zu Boden. Er sah nicht zu mir her.

»Nein! Julien!« Pádraigs Blick streifte mich für einen Sekundenbruchteil. Radu packte mich am Arm, verhinderte, dass ich über den Tisch hinweg zu ihm zu gelangen versuchte. Die beiden Vourdranj drehten ihn um. Er taumelte, wäre um ein Haar in die Knie gegangen. Seine Bewacher verhinderten es im letzen Moment. Adrien stand da, anscheinend unfähig sich zu rühren, selbst als sie Julien an ihm vorbeiführten.

»Juilen!« Ich stemmte mich mit aller Kraft gegen Radus Griff. Eisern hielt er mich fest. »Julien!« Er wandte sich nicht zu mir um. Als seine Wachen mit ihm in der Vorhalle verschwanden, sank ich auf den nächstbesten Stuhl.

Endlich ließ Radu mich los. Mit einem Schluchzen sprang ich auf, drängte ich mich an dem Fürsten neben mir vorbei, hastete in die Vorhalle hinaus. Niemand – auch mein Großvater nicht – versuchte mich aufzuhalten. Ramon und die übrigen Vourdranj, die vor dem Portal Wache gestanden hatten, sahen mich an, verließen ihre Posten aber nicht. Olek trat zögernd aus einer der Nischen auf mich zu, blieb jedoch gleich wieder stehen. Abgesehen von ihnen war die Halle leer. Ich war zu spät.

»Was keiner, noch nicht einmal Gérard, bisher geschafft hat, du schaffst es. Bravo. Ich hoffe, du bist zufrieden mit dir.« Die Worte waren kalt und ätzend. Adrien. In seinem Blick stand nichts als Hass, als ich seinen Augen begegnete.

»Du musst etwas tun, bitte ...« Das Schluchzen in meiner Kehle drohte mich zu ersticken. Ich verstummte hilflos.

»Ich soll ...?« Er lachte auf, hart, beißend. »Was denn? Hinuntergehen und zu den Wachen sagen, sie sollen mal kurz die Tür aufmachen und wegsehen?« Abfällig wies er zum Ratssaal, aus dem gerade nach und nach die ersten Fürsten kamen. Ich spürte ihre Blicke. »Da hineingehen und sie nett fragen, ob sie sich das mit dem Todesurteil vielleicht nicht doch noch einmal überlegen wollen?« Den Mund böse verzogen schüttelte er den Kopf. »Mein Bruder wird diesen verfluchten Ort nicht mehr lebend verlassen. Dank dir.«

Ich schloss für einen Moment die Augen. Es gab keinen Plan. Hatte nie einen gegeben. Weder von Juliens noch von Adriens Seite. Ich schlang die Arme um mich. »Ich wünschte, du hättest mich in Ashland Falls getötet. Dann wäre es nie so weit gekommen«, flüsterte ich.

»Täusch dich nicht. Du bist nur deshalb noch am Leben, weil es auf dasselbe hinausgelaufen wäre.« Adrien stieß ein bitteres Schnauben aus. »Er hätte ohne dich nicht weiterleben wollen.«

»Und ohne ihn will ich nicht weiterleben.«

Ehe ich reagieren konnte, packte er mich am Ellbogen. Sein Griff war schmerzhaft.

»Ich warne dich! Lass meinen Bruder in dem Glauben, dass er diesen Preis nicht umsonst bezahlt hat. – Was du *danach* tust, ist mir einerlei.«

Ich starrte ihn an. – Und plötzlich wurde mir klar, was der Ausdruck in seinen Augen zu bedeuten hatte: *Danach* würde er den Tod seines Bruders rächen. Wie das für ihn enden würde, daran gab es keinen Zweifel. Ein paar Sekunden erwiderte er meinen Blick noch kalt, dann stieß er mich von sich, machte kehrt und marschierte davon.

Ich stand einfach nur da, wie betäubt. Ein Brennen war in meinen Augen, rann über meine Wangen.

»Princessa, darf ich ...«

Eine Stimme dicht vor mir schreckte mich auf. »Was?« Ich starrte den Lamia an. Durch die Tränen konnte ich ihn nicht richtig sehen.

»Das ist jetzt weder die Zeit noch der Ort, ihr Avancen zu machen, Juan. Lassen Sie sie in Ruhe.« Oleks Stimme, scharf und ... ärgerlich. Juans Antwort war in der Sprache der Lamia und klang nicht minder ärgerlich. Einer der beiden knurrte.

Wie eine Schlafwandlerin taumelte ich zur nächsten Bank, fiel darauf.

»Er ist weg.« Nur am Rande nahm ich wahr, dass Olek sich vor mich kauerte.

Ich nickte. Alles in mir schrie. Und zugleich war da nichts als eine dumpfe Leere. Ich starrte vor mich hin. – Bis eine Hand sich um meinen Arm schloss und mich auf die Beine zerrte.

»Was soll das? Was hockst du hier und heulst?«

Ich blinzelte. Radu stand vor mir. Mein Arm war noch immer in seinem Griff. »Bist du von allen guten Geistern ...«

»Du hast ihn umgebracht!« Die Worte kamen nur als Flüstern über meine Lippen.

»Was ...?«

»Er hat mich nur beschützt.« Ich hob den Kopf, sah ihn an.

»Mädchen, was zum ...«

»Er hat mich nur beschützt und du hast gegen ihn gestimmt.« Mit jedem Wort wurde ich lauter. »Wie alle anderen. Du wolltest, dass er stirbt. Du wolltest, dass er aus meinem Leben verschwindet. Weil im Leben der Princessa Strigoja kein Platz für solchen Unfug wie *Liebe* ist.« Um uns herum herrschte von einem Augenblick zum nächsten Stille.

»Du hast ihn umgebracht.« Meine Stimme klang schrill und hoch in dem plötzlichen Schweigen. Ich riss mich los, wich vor ihm zurück. Die Worte erstickten in meiner Kehle. Mit einem Schluchzen warf ich mich herum und flüchtete. Wohin, wusste ich nicht.

Ich rannte, bis ich irgendwann hinter einer Ecke auf die Knie fiel und über meinen Tränen keine Luft mehr bekam. Wie lange ich da hockte, heulte und schrie, konnte ich nicht sagen. Irgendwann war Olek neben mir und wischte mir das Gesicht ab, ehe er mir das Taschentuch hinhielt, damit ich mir die Nase putzte. Dann zog er mich vom Boden hoch.

»Komm«, sagte er sanft.

Ich schüttelte den Kopf. Noch immer brannten die Tränen in meinen Augen, machten mich blind.

Behutsam nahm er meine Hand in seine. »Komm, lass mich dich an einen Ort bringen, an dem du ungestört bist. Ich lasse dich dort allein, wenn du das dann immer noch willst. Versprochen!« Er wartete mein Nicken nicht ab, sondern zog mich einfach vorwärts. Ich ließ es geschehen, folgte ihm durch mehrere Gänge, eine Treppe hinauf. Warum sollte ich gegen irgendetwas ankämpfen, was mit mir geschah? Es war vorbei.

Ich sträubte mich auch nicht, als er mich schließlich dazu brachte, mich auf eine marmorne Bank zu setzen. Ein Rauschen und Plätschern erfüllte die Luft. In meinem Oberkiefer war der Hunger einmal mehr erwacht. Ich versuchte ihn zu ignorieren. Nur am Rande nahm ich meine Umgebung wahr: Ein kleiner Hof, umschlossen von einem Wandelgang hinter einer niedrigen Mauer, aus der gedrehte Säulen aufragten, die sein Gewölbe stützten. Über uns nichts als Gestein. Neben dem Durchgang zum Korridor brannten zu beiden Seiten Feuerbecken. Der Boden feiner, heller Sand, durchbrochen von schwarzen, quadratischen Steinplatten. Hinter der Bank ragte ein Felsen in die Höhe, von dessen Spitze Wasser in ein steinernes Becken floss.

»Soll ich gehen?« Olek beugte sich zu mir. Das Gurgeln und Rauschen des Wassers verschluckte seine Worte beinah. Ich sah ihn an, sah wieder auf meine Hände, die schlaff in meinem Schoß lagen, zuckte die Schultern.

»Auf ein Wort, Mademoiselle.« Wir schauten beide abrupt auf. Gérard. Übergangslos saß ich stocksteif. Olek ließ ein warnendes Knurren hören.

»Was wollen Sie?« Meine Stimme klang immer noch rau, doch zu meinem eigenen Erstaunen zitterte sie nicht.

»Mit Ihnen reden, Mademoiselle.« Gérard nickte zu Olek hin. »Ohne Monsieur Nareszky.«

Der stieß ein Schnauben aus. »Ich lasse Sie bestimmt nicht mit Dawn allein, d'Orané.«

»Ah ... *Dawn?* – Schon so vertraut?« Gérard ließ ein Schnalzen hören. »Haben Sie den einen ... *Leibwächter* so schnell gegen einen anderen ausgetauscht, meine Liebe? – Bedeutet das, ich habe mir umsonst Gedanken um Ihr Wohlergehen gemacht?«

Schlagartig klopfte mein Herz in meiner Kehle. Wollte Gérard etwa wegen Julien mit mir reden? Das konnte nicht sein. Oder? Es gab nur einen Weg, das herauszufinden. Zögernd nickte ich Olek zu. »Es ist in Ordnung.«

Die Stirn in scharfe Falten gelegt musterte der mich. »Sicher?«

»Ja.« Ich nickte erneut.

»Also gut. Wie du willst.« Er wirkte alles andere als einverstanden mit meiner Entscheidung. Mit dem Kinn wies er auf eine Bank, die neben dem Durchgang zum Korridor stand. »Ich warte dort drüben.« Ein letzter, warnender Blick an Gérards Adresse, dann ging er hinüber.

Gérard setzte sich neben mich. Ich rückte ein Stück von ihm ab.

»Was wollen Sie?«

»Zuerst einmal, dass du dir etwas anhörst, meine Liebe«, gelassen zog er etwas aus der Tasche seines Jacketts. Ein Diktiergerät. Nach einem kurzen Blick zu Olek hielt er es mir hin und drückte auf *Play*. Juliens Stimme erklang. Seltsam ... schleppend und ... undeutlich, ja lallend. So als fiele es ihm schwer, die Worte überhaupt verständlich zu formen. Immer wieder schien er zu stocken. Und immer wieder war Gérard zu hören. Gérard, der ihm anscheinend irgendwelche Fragen stellte. Ich presste die Hände gegeneinander. – Die Julien stammelnd beantwortete. Ein paarmal glaubte ich meinen Namen zu hören, war mir aber nicht sicher, da Julien Französisch sprach. Aber selbst wenn ich überhaupt nennenswerte Französischkenntnisse besessen hätte: Ich hätte Julien beim besten Willen nicht verstanden.

Offenbar begriff das auch Gérard d'Orané irgendwann, denn er schaltete das Diktiergerät ab. »Du sprichst kein Französisch, meine Liebe?«, erkundigte er sich höflich.

Ich schüttelte den Kopf.

»Ich verstehe. – Auf diesem Band erzählt mir unser lieber Julien, was er tatsächlich mit dem Blut der Ersten getan hat.« In meinem Inneren zog sich etwas zusammen. Er hob die Hand, als wollte er verhindern, dass ich ihn unterbrach. »Ich rede nicht von dieser Lügengeschichte, die er dem Rat aufgetischt hat, o nein. – Ich meine, dass das Blut der Ersten gar nicht verloren ist, wie er behauptet hat, und dass er es dazu benutzt hat, um seiner sterbenden Geliebten das Leben zu retten.« Er lächelte mich freundlich an. »Und dass noch immer etwas davon übrig ist.«

Meine Hand ging zu dem Röhrchen an meiner Kette. Es war zu spät, als es mir bewusst wurde. Ich nahm sie dennoch herunter und schob mein Kinn vor. »Wenn er es dem Rat nicht erzählt hat, warum sollte er es Ihnen erzählt haben? Und wann?«

Gérards Lächeln wich keine Sekunde. »Nachdem die Vourdranj ihn im Anschluss an sein Verhör durch den Rat in seine Zelle gebracht hatten. – Zu einem Zeitpunkt, als die Drogen, die sie ihm zuvor gegeben hatten, tatsächlich wirkten.«

Mit einem langsamen Atemzug nickte ich. Und Julien hatte vermutlich keine Ahnung, was er Gérard gesagt hatte.

»Und warum kommen Sie damit zu mir? Um mir zu sagen, dass Sie den anderen Fürsten berichten werden, auf welche Weise ... durch welchen Frevel ich ... entstanden bin, falls ich nicht tue, was Sie von mir verlangen? – Bitte schön! Gehen Sie! Oder noch besser: Wir gehen zusammen!« Die Worte waren heraus und mir wurde klar, dass ich sie genauso meinte. Wenn der Rat wusste, dass ich nur dank des Blutes der Ersten existierte, würden sie mir vielleicht den Gefallen tun und mich ebenso zum Tode verurteilen wie Julien.

Beschwichtigend hob Gérard die Hände. »Nicht doch, meine Liebe. Das klingt, als wollte ich dich erpressen.« Er schob das Diktiergerät in seine Tasche zurück.

Ich verzog spöttisch den Mund. »Wollen Sie das etwa nicht?« Jetzt, da mir alles egal war, fühlte ich mich seltsam ... befreit. Es würde vorbei sein.

Gérard schüttelte den Kopf. »Nein, das will ich nicht. Vielmehr möchte ich dir einen Handel vorschlagen. – Einen Handel, der dem armen Julien zugutekommen würde.«

Alles in mir krampfte sich zusammen. Mein Herz schlug plötzlich schmerzhaft in meiner Kehle. Ich saß wie erstarrt. »Was ... was für einen Handel?«

»Bei lebendigem Leibe zu verbrennen ist ein grausamer Tod. Je stärker oder jünger ein Vampir ist, umso länger dauert es, bis es endgültig vorbei ist. Und wie lange es bei einem gerade erst Geschaffenen braucht, der bis vor wenigen Tagen sogar noch ein Lamia war, kann keiner sagen.« Er zuckte die Schultern. »Ich war selbst entsetzt, als Dathan sagte, Julien würde die Gnade versagt, dass ihm ein Vourdranj das Genick bricht, wenn seine Haut Feuer fängt ... nun, wie auch immer. Der Handel, den ich dir vorschlagen möchte, Dawn, ist folgender: Ich beschaffe dir ein schnell wirkendes Gift, mit dem du verhindern kannst, dass der arme Julien noch am Leben ist, wenn er verbrennt. Im Gegenzug gibst du mir das, was vom Blut der Ersten übrig ist, und überlässt mir außerdem etwas von deinem eigenen Blut für meine Forschungen.«

Ich presste meine Handflächen gegeneinander, um zu verhindern, dass sie sich erneut zu dem Röhrchen stahlen – und um zu vermeiden, dass Gérard sah, wie sehr meine Hände zitterten. »Forschungen?«

»Ich suche nach einem Heilmittel gegen die Krankheit, die immer mehr Lamia befällt. – Nicht ganz uneigennützig, wie dir unschwer entgangen sein dürfte. – Also? Kommen wir ins Geschäft?«

Ich zögerte, schluckte hart. O Gott, was tat ich hier? »Wie soll ich ihm das Gift bringen? Ich wollte schon einmal zu ihm, aber die Wachen haben mich daran gehindert.«

Gérard neigte den Kopf. »Ich werde dafür sorgen, dass du zu ihm gelassen wirst. – Nun?«

Ein Gift, das Julien ein grausames Ende ersparte, gegen etwas, das mir rein gar nichts bedeutete, und eine Probe von meinem Blut? Und ich würde die Chance bekommen, ihn noch einmal zu sehen?

Ich holte langsam Luft. Vor mir saß Gérard d'Orané. Der

Lamia, der Juliens Eltern auf dem Gewissen hatte. Der ihn und seinen Bruder hasste; sie seit Jahrzehnten verfolgte. Hatte ich wirklich vor, ausgerechnet *ihm* zu trauen? – Die Antwort war einfach: Ja! Wenn ich Julien damit helfen konnte, würde ich genau das tun.

In meinem Magen saß ein würgender Knoten, als ich nickte. »Einverstanden. Eine Probe von meinem Blut und was vom Blut der Ersten übrig ist, gegen ein Gift, das dafür sorgt, dass Julien nicht mehr lebt, wenn ... wenn ...«

»... er verbrennt.« Gérard lächelte. »Sehr schön. – Ich denke, wir verzichten besser darauf, unseren Handel mit einem Handschlag zu besiegeln, nicht dass der gute Olek noch argwöhnisch wird.« Er neigte den Kopf. »Ich hoffe, du bist dir im Klaren darüber, dass das, was wir vorhaben, in der Regel mit dem Tod bestraft wird, wenn es ans Licht kommt. Du solltest unsere Pläne also besser für dich behalten.« Er erhob sich.

»Aber ...?« Verwirrt sah ich ihn an.

Sein Lächeln wurde spöttisch. »Du hast doch nicht etwa erwartet, dass ich das Gift bereits bei mir habe?« Er schnalzte mit der Zunge. »Ich muss es erst aus Marseille bringen lassen. – Sei eine Stunde nach Mitternacht wieder hier, dann kannst du es haben.«

Ich öffnete den Mund, wollte ihn fragen, ob er es mir nicht schon früher beschaffen konnte, damit mir mehr Zeit mit Julien blieb. – Doch ehe ich noch irgendetwas sagen konnte, hatte er mir noch einmal zugenickt, strebte mit langen Schritten auf den Durchgang zum Korridor zu und verschwand dahinter.

Ich saß da und sah ihm nach. Meine Kehle war wie zugeschnürt. Ich hatte vor, Gérard d'Orané zu vertrauen. Es fühlte sich an, als hätte ich gerade einen Pakt mit dem Teufel geschlossen. Ich schlang die Arme um mich und schloss die

Augen. Aber ich konnte doch nicht tatenlos zusehen, wie Julien langsam und elendig bei lebendigem Leibe verbrannte.

... zum Morgenlicht

Olek kam zurück, kaum dass Gérard fort war, und saß eine Weile still neben mir auf der Bank. Irgendwann bat ich ihn, mich allein zu lassen, und er tat es. Jedoch nicht, ohne mich mit einem sehr langen besorgten Blick zu betrachten. Dann stand Vlad vor mir; ich wünschte ihn zum Teufel, verlangte »Ich will allein sein« – und er ging tatsächlich. Und danach ... Ich muss noch eine Zeitlang auf der Bank gesessen haben, irgendwann ruhelos durch Gänge und Korridore gestreift sein. Dumpf. In dem verzweifelten Versuch, nicht zu denken. – Mir nicht vorzustellen, was bei Sonnenaufgang geschehen würde ...

Pünktlich eine Stunde nach Mitternacht stand ich bei dem Felsen, einige Minuten früher sogar, weil ich fürchtete, Gérard würde einfach wieder gehen, wenn ich nicht da war. – Er ließ mich warten. Sekunden, die sich wie Stunden anfühlten, aus denen Minuten wurden, die ebenso gut Ewigkeiten hätten sein können. Mit jedem Augenblick, der verging, zog sich etwas in meinem Inneren enger zusammen.

Irgendwann erschien er dann doch – und schien alle Zeit der Welt zu haben. Er machte sich nicht die Mühe, sicherzustellen, dass wir allein waren – offenbar erwartete er, dass ich das getan hatte –, sondern winkte mich in eine Ecke des Wandelganges, die nicht sofort einsehbar war, sollte doch jemand ausgerechnet jetzt hierherkommen. Ich folgte seiner Geste und hoffte, er würde nicht bemerken, wie sehr ich innerlich zitterte. Ohne eine Begrüßung griff er in die Tasche seines Jacketts, holte ein kleines Fläschchen hervor und hielt es mir hin.

»Voilà, meine Liebe, wie ausgemacht.«

Meine Finger bebten, als ich es ihm abnahm. Ich hielt Juliens Tod in den Händen. Plötzlich fühlte ich mich hilflos. Gérard schloss meine Finger darum. Seine Berührung ließ mich schaudern. Etwas wie ein kaltes Lächeln schien für einen Sekundenbruchteil um seine Lippen zu zucken, doch ehe ich mir sicher sein konnte, war es schon wieder fort. Ich schluckte hart. Konnte ich ihm wirklich vertrauen? – Aber hatte ich eine andere Wahl, wenn ich verhindern wollte, dass Julien bei Sonnenaufgang bei lebendigem Leibe verbrannte? – Auch wenn sich das hier noch immer anfühlte, als hätte ich dem Teufel meine Seele verkauft: Es gab keinen anderen Ausweg!

»Vielleicht solltest du es in die Tasche stecken, ehe es tatsächlich noch jemand sieht. Immerhin beabsichtigst du ja, ein Urteil des Rates zu hintertreiben«, schlug er vor – und neigte den Kopf in einem wortlosen *brav*, als ich es tat. Das Fläschchen schien sich durch die Tasche meiner Hose bis auf meine Haut zu brennen. »Er muss den ganzen Inhalt trinken. Es wirkt relativ schnell, also nimmt er es am besten erst, wenn sie ihn holen kommen, damit niemand Verdacht schöpft.«

Ich nickte stumm.

»Es schmeckt ein wenig bitter, aber das vergeht.« Er musterte mich.

»Tut es ... weh?« Irgendwie fiel es mir schwer, allein den Gedanken in Worte zu fassen.

Gérard hob die Schultern. »Wir reden von Gift, meine Liebe. Einen Tod, der nicht *wehtut*, gibt es nicht.« Sein Blick wurde für einen winzigen Moment schmal, ehe er weitersprach. »Wenn du willst, dass es weniger schmerzhaft ist und noch schneller wirkt, lässt du ihn von dir trinken, nachdem er es genommen hat.« Er musterte mich erneut sekundenlang. »Und vielleicht wäre es klug, ihm nicht zu sagen, von wem du es hast. Er würde es sonst wohl kaum schlucken.«

Ich nickte abermals. Er hatte recht. – Aber auch wenn ich es hasste, Julien so zu hintergehen: Ich konnte den Gedanken nicht ertragen, dass ihn sonst ein langsamer, entsetzlicher Tod erwartete. »Was ist mit den Wachen? Werden sie mich zu ihm lassen?«

»Wie versprochen, meine Liebe. Es ist alles geregelt.« Gérard klang wie ein freundlicher Onkel, der einen heimlichen Besuch im Zirkus arrangiert hatte. Konnte man einen Menschen allein dafür hassen? Ich tat es.

»War es das?«

»Abgesehen von der Kleinigkeit meiner Bezahlung?«

Meine Hand ging zu der Kette. Ich machte einen Schritt zurück.

»Ich gebe es Ihnen, wenn ... alles vorbei ist.«

Sein Blick wurde eine Sekunde lang erneut schmal.

»So misstrauisch? – Nun ja, es sollte mich nicht erstaunen, bedenkt man, mit wem du in den letzten Wochen zusammen warst.« Er trat wieder näher an mich heran. »Solange du nicht vergisst, dass du deine Hälfte unseres Handels noch erfüllen musst, will ich mich für den Moment mit einer kleinen ... Anzahlung zufriedengeben. – Ein paar Schluck von deinem Blut und ich gedulde mich mit dem Rest meiner Entlohnung, bis der liebe Julien tot ist.«

Nur die Vorstellung, seinen Mund an meinem Hals zu haben, weckte in mir Übelkeit – während eine kleine gehässige Stimme mich zugleich daran erinnerte, dass er in irgendeiner Verbindung zu Samuel gestanden hatte.

»Und was, wenn ich mich weigere?« In dem Versuch, entschlossen zu wirken, schob ich das Kinn vor. Und hoffte, dass er das Beben in meiner Stimme nicht hörte.

»Nichts.« Beinah gleichgültig hob er die Schultern. »Allerdings denke ich nicht, dass es dir besonders zupasskommen dürfte, wenn einer deiner Großonkel oder dein Großvater in den nächsten Stunden nach dir suchen sollte.«

Vlad hatte mir versprochen, dass sie mich bis Sonnenaufgang in Frieden lassen würden – aber wer sagte mir, dass eine entsprechende Bemerkung Gérards sie nicht vielleicht trotzdem auf die Suche nach mir schickte? Hilflos ballte ich die Fäuste. Hatte ich eine andere Wahl? Die Antwort war klar.

»Das nennt man Erpressung.« Meine Fingernägel gruben sich in meine Handfläche.

»Welch unschönes Wort. – Nun, Princessa?«

Was tat ich hier eigentlich? Ich wollte zu Julien. – Das änderte nichts daran, dass meine Kehle wie zugeschnürt war, als ich nach einem letzen Zögern mein Haar zurückstrich und den Kopf zur Seite legte. Diesmal ließ er seine Augen doch wie sichernd durch den halbdunklen Wandelgang und den nur wenig helleren Hof gleiten, ehe sie schließlich zu mir zurückkehrten. Wieder glaubte ich dieses Lächeln zu sehen. Seine Hand umschloss meinen Hinterkopf, zog mich näher zu ihm heran, sein Atem schlug gegen meine Haut. Ich versuchte zu schlucken und konnte es nicht, krallte mir die Nägel tiefer in die Handfläche, kämpfte mit dem Wimmern ... Und zuckte zusammen, als er mir dann die Zähne in den Hals grub. Es tat weh. Zwei Punkte flüssigen Feuers, die sich zu einem Krater aus ziehendem Schmerz zusammenballten, der sich immer tiefer zu graben schien. Es war wie damals bei Samuel. Ich schaffte es nicht, den hohen Laut aus Schreck, Schmerz und Entsetzen ganz zu unterdrücken. Konnte man von jemandem trinken und dabei lächeln? Das Zittern in meinem Inneren verstärkte sich zu etwas, das sich fast wie Schüttelfrost anfühlte. Ich biss die Zähne zusammen, damit sie nicht klapperten, und betete, dass es schnell vorbei sein möge. Mit jedem Schluck schienen meine Adern ein wenig mehr zu verdorren, ein wenig mehr in Flammen zu stehen. In meinem Oberkiefer erwachte der nur zu vertraute Schmerz, der seit meinem Wechsel beinah zu meinem ständigen Begleiter geworden war, wieder stärker. Mir wurde schwindlig. Ein paar Schluck! Ich drückte gegen Gérards Schultern. Er hatte ein paar Schluck gesagt!

»Aufhören!« Ich stemmte mich fester gegen ihn. Meine Arme und Beine wurden schwer ...

Ich war mir nicht sicher, ob ich seine Zunge an meinem Hals gespürt hatte, doch ich taumelte mir einem Keuchen von ihm fort, als er mich endlich losließ. Mit einer Hand fing ich mich an der nächsten Säule ab, mit der anderen tastete ich nach meiner Kehle. Kein Blut. – Trotzdem tat die Stelle, an der er mich gebissen hatte, noch immer weh. Hatte ich ihn eben wirklich »delikat« murmeln gehört? Er hielt mir ein Taschentuch hin. Schneeweiß. Mit eingesticktem Monogramm. Ich riss es ihm aus den Fingern, drückte es gegen die schmerzende Stelle, nahm es wieder weg, suchte nach Blutflecken ... Nichts. Nur ein paar schwache rosige Schatten. Ich spuckte darauf, um auch noch die allerletzten Spuren zu beseitigen. Julien musste nicht sehen, dass jemand von mir getrunken hatte. Julien. Könnte er mir verzeihen, dass ich ausgerechnet Gérard erlaubt hatte von mir zu trinken? Dem Lamia, der ihm alles genommen hatte? Auch wenn ich es für ihn getan hatte? Ich wusste es nicht. Wenn ich es verhindern konnte, würde er es nie erfahren. – Noch mehr Lügen in unseren letzten Stunden? *Ich liebe dich, Julien Du Cranier.*

Ich spürte Gérards Blick auf mir und sah ihn an. Er hatte das Gesicht verzogen. »Du kannst es behalten«, die Geste, mit der er auf das Taschentuch wies, wirkte angewidert.

Die Hand immer noch an dem kalten Stein der Säule schob ich wie schon einmal das Kinn vor. »War es das jetzt?«

Zu meiner eigenen Verblüffung schaffte ich es tatsächlich, kalt und fest zu klingen. Doch anscheinend ließ Gérard sich nicht täuschen, denn ein kurzes, unübersehbar spöttisches Lächeln erschien auf seinen Lippen.

»Den Rest meiner Entlohnung hole ich mir, wenn das Ganze vorbei ist, Princessa.« Er deutete eine perfekte Verbeugung an. »Wir sehen uns später.«

Ich stand da und schaute ihm nach, wie er entspannt davonschlenderte, im Schatten des Durchgangs verschwand, schrubbte hektisch mit seinem Taschentuch an meinem Hals, lauschte auf seine kaum hörbaren Schritte, bis auch sie verklungen waren ... Plötzlich zitterte ich am ganzen Körper. Ich warf das Taschentuch von mir, sank gegen die Säule, während es noch träge zu Boden segelte, rutschte an ihr entlang abwärts. Aus Gründen, die ich selbst nicht verstand, schlug ich die Hände vors Gesicht. Mir war ... übel. Und das nicht nur, weil Gérard mehr genommen hatte als nur ein paar Schluck. Nein, diese Übelkeit hatte einen anderen Grund: Ich ekelte mich vor mir selbst, fühlte mich wie ... besudelt, wollte nichts mehr, als in mein Zimmer gehen und mich waschen, das Gefühl seiner Berührung, seiner Lippen an meinem Hals von meiner Haut schrubben. – Ich tat es nicht, denn jede Sekunde, die ich damit zubrachte, war eine Sekunde, die ich von der Zeit verlor, die mir mit Julien blieb. Stattdessen hockte ich einfach nur da, ballte die Hände zu Fäusten, zwang mich dazu, tief und langsam zu atmen, bis ich endlich meinen Ekel unterschlucken konnte, aufstand, meine Kleider glatt strich und mich auf den Weg in die Verliese des Klosters machte.

Zwei schwarz gekleidete Vourdranj, einer rothaarig, der andere blond, beide etwas über mittelgroß und schlank und von der betörenden Schönheit der Lamia, sahen mir ohne eine Spur Überraschung entgegen, als ich schließlich die

Treppe hinunterstieg. Natürlich. Gérard hatte ja gesagt, es sei *alles geregelt*.

»Ich will zu Julien Du Cranier.« Ich verlangsamte meine Schritte nicht wirklich. Der Gang, der zu den anderen Zellen führte, war dunkel. Nur hier brannte eine Fackel. Durch die schwere Tür drang die leise Musik einer Geige. Meine Kehle zog sich zusammen.

»Wir müssen Euch durchsuchen.« Der Rothaarige versperrte mir mit dem ausgestreckten Arm den Weg. Ich drehte mich um und sah ihn so giftig an, wie es mir im Moment möglich war.

»Nur zu, meine beiden Großonkel und mein Großvater werden begeistert sein, wenn sie davon erfahren.« Sie tauschten Blicke über meinen Kopf hinweg. Der Blonde hob beinah bedauernd die Schultern.

»Sie werden verstehen, dass wir unsere Befehle haben. Ich hoffe, auch Ihr versteht, dass wir ... verhindern müssen, dass er in den letzten Stunden noch irgendwie eine Waffe in die Hände bekommt.« Er kniete vor mir nieder – mein Herz setzte einen Schlag aus *Nein! Bitte nicht!* – und ließ die Hände zu beiden Seiten meiner Beine aufwärtsgleiten, rechts und links, außen über meine Hüfte – ich zwang mich weiterzuatmen *Bitte nicht!* –, die Seiten, ich hob die Arme ein wenig, seine Hände strichen von den Schultern abwärts zu den Handgelenken. Mit einem Nicken trat er schließlich zurück. Sein Kamerad entriegelte die Tür für mich und ließ mich hindurch. Mein Mut schwand, als sie sie hinter mir wieder schlossen. Das Geigespiel war verstummt.

Ich registrierte das Innere der Zelle nur am Rande: kahle, nackte Wände, Decke und Boden, die wie aus Beton gegossen wirkten. Vielleicht zweieinhalb auf anderthalb Meter. Ein quadratischer Steinblock, entlang einer der beiden Längswände, gerade breit genug, dass man darauf liegen konnte. Noch nicht einmal eine Wolldecke. *Ist ihm kalt?* Ein engmaschig vergitterter Luftschacht weit oberhalb des *Bettes*, eine zweite ebenso verschlossene Öffnung, durch die ein schwacher Lichtschein in die Zelle drang.

Es gab nur eines, was für mich zählte: Julien. Er lehnte an der gegenüberliegenden Schmalseite, Bogen und Geige hatte er sinken lassen. Müdigkeit und Erschöpfung zeichneten sein Gesicht. Er hatte tatsächlich blaue Flecken auf der Wange und am Hals! Ich wollte nichts anderes mehr, als ihn in den Arm nehmen. Ihm sagen, dass alles gut werden würde ...

Ein paar Sekunden sah er mir kühl und wortlos, mit undeutbarer Miene entgegen, dann: »Warum bist du hier? Ich habe Vlad doch gesagt, dass ich dich nicht sehen will.«

Seine Worte waren wie Ohrfeigen. Es brauchte zwei bebende Atemzüge, bis ich halbwegs sicher war, dass meine Stimme nicht zerbrach. »Ich bin Vlad seit Stunden nicht mehr begegnet.« Ich versuchte den Kloß in meiner Kehle hinunterzuwürgen. Erfolglos. »Warum willst du mich nicht hierhaben?« *Ich liebe dich, Julien.*

»Dawn ...«

»Hasst du mich so sehr?« Ich konnte die Worte nicht mehr als flüstern. Stille. Entsetzliche, erdrückende Stille. Ich schlang die Arme um mich, mied seinen Blick.

Schließlich hörte ich, wie er langsam Luft holte. »Hassen? Ich hasse dich nicht. Ich könnte dich niemals hassen, Dawn.« Er klang verwirrend ... ergeben.

Ich wagte noch immer nicht, seinen Augen zu begegnen. »Aber warum ... willst du mich dann nicht mehr in deiner Nähe haben? Seit ... seit ich dir das angetan habe.« Die Sätze wollten nicht über meine Lippen.

Ich spürte Juliens Blick auf mir, schaffte es endlich, ihn zu erwidern. Sekundenlang sah er mich weiter stumm an. An seiner Kehle zuckte es, als er mehrmals hart schluckte. »Hassen?«, wiederholte er noch einmal, kaum hörbar, während er mich immer noch unverwandt ansah. Mit der Hand, die den Geigenbogen hielt, fuhr er sich in jener so vertrauten, abrupten Geste durchs Haar. Mein Herz zog sich bei dem Anblick zusammen. Anscheinend wurde Julien erst jetzt bewusst, dass er Bogen und Geige nach wie vor in den Händen hielt, denn er starrte einen Moment irritiert darauf – und legte beides auf das Ende des *Bettes*, ehe seine Augen zu mir zurückkehrten. »In Ashland Falls ... Ich war verrückt vor Hunger. Allein der Gedanke an dich. Du, so nah. Die ganzen Stunden. Während der Hunger immer schärfer wurde, die Gier immer mehr wuchs. Ich hatte Angst, die Kontrolle zu verlieren; dir wehzutun.« Abermals strich er sich abrupt durchs Haar, schüttelte den Kopf. »Ich hätte es nicht ertragen können, dir wehzutun.« Er streckte die Hand nach mir aus. »Dawn, egal was geschehen ist oder noch geschieht: Ich könnte dich niemals hassen.«

Ich rührte mich nicht, schlang die Arme nur noch fester um mich. »Ich habe dich zu einem Vampir gemacht. Ich habe dir dein Leben gestohlen.« Wenn ich mir selbst die Luft nahm, konnte ich vielleicht das Schluchzen ersticken, das immer mehr in meinem Inneren emporkroch.

»Ich könnte dich niemals hassen.«

»Sie bringen dich meinetwegen um.«

»Ich liebe dich, Dawn Warden. Nichts wird daran jemals etwas ändern.«

»Wolltest du mich jetzt auch nicht hierhaben, weil dein Hunger zu groß ist?« Ich würde ihm mit Freuden meinen letzten Tropfen Blut geben, wenn er mich nur bei sich bleiben ließ.

»Als er mir die Geige brachte, hat Vlad mir erlaubt von ihm zu trinken. – Auch wenn ich nicht sicher bin, ob das eine so gute Idee war.« Ein kleines, irgendwie müdes und zugleich trauriges Lächeln glitt über seine Lippen. »Ich dachte, es wäre für dich schon hart genug ... Ich dachte, wenn ich dir von Vlad ziemlich rüde sagen lasse, dass ich dich nicht sehen will, würdest *du* vielleicht ... vielleicht *mich* hassen und es wäre einfacher für dich.«

Das Schluchzen in meiner Brust wurde schlagartig zu einem Brennen. Ich drückte mir die Hand vor den Mund.

Julien neigte den Kopf ganz leicht zur Seite, seine Augen glitten über mich. »Aber nachdem Vlad die Botschaft ja nicht überbringen konnte«, er hob die Hand ein wenig mehr, »erlaubst du mir, dich noch einmal zu halten?«

Ich konnte nur nicken. Wieder dieses Lächeln. Eindeutig schmerzlich dieses Mal, und dennoch glaubte ich einen Hauch von Spott darin zu sehen.

»Ich fürchte, du wirst zu mir kommen müssen. – Näher lassen sie mich nicht an die Tür heran.« Er bewegte sich ein Stück zur Seite und ich hörte ein leises Scharren. Mein Blick zuckte nach unten. Um seinen Knöchel lag ein eiserner Ring. Die Kette, die daran hing, war hinter ihm in der Wand verankert. Sie mochte nicht straff gespannt ein, würde ihm aber keinen weiteren Schritt in meine Richtung erlauben. *O mein Gott.* Seine Füße waren nackt. Er hob eine Braue. »Vielleicht sollte ich mich geschmeichelt fühlen, dass sie noch immer so viel Angst vor mir haben, was meinst du?«

Ich hatte keine Ahnung, was ich darauf sagen sollte, also tat ich das Erste, was mir einfiel: Ich überwand den Abstand zwischen uns und drückte mich an Juliens Brust. Er legte die Arme um mich und zog mich an sich. Fest. Ich glaubte seine Verzweiflung zu spüren, als wäre es meine eigene, und schloss die Augen. Er murmelte etwas in mein Haar, das ich nicht verstand, weil er zu leise sprach – und weil es Französisch war –, fühlte seine Lippen auf meinem Scheitel. So nah ... In meinem Oberkiefer brannte der Hunger ein wenig mehr. Nein! Nein, ich würde ihn ignorieren, während ich bei Julien war. Irgendwie. Ich würde es schaffen. Wenn ich mich danach in ein Monstrum verwandelte, das allem an die Kehle ging, das Blut in den Adern hatte, sollte es meinetwegen so sein, aber solange ich bei ihm war, würde ich die Gier in dem entferntesten Winkel meines Verstandes einschließen und vergessen, dass es sie gab. Ich würde es schaffen. Für Julien. Und für mich.

Wir standen einfach nur da. Hielten einander umschlungen. Die Tränen saßen wieder in meiner Kehle. Ich senkte den Kopf, drückte mein Gesicht gegen seine Brust. Ich würde nicht weinen! Nicht, solange ich bei Julien war!

Viel zu schnell schob er mich von sich fort. Zumindest wollte er es, doch ich klammerte mich an ihn. Behutsam fasste er mein Kinn, hob es an, damit ich ihn ansah. Die blauen Flecken an seinem Hals und seiner Wange wirkten aus der Nähe beinahe schwarz. »Geh!«, sagte er leise.

Störrisch schüttelte ich den Kopf. »Ich bleibe.«

Seine Augen, Augen aus dunklem Quecksilber, ruhten zärtlich in meinen.

»Dawn, bitte ...«

Abermals schüttelte ich den Kopf. »Ich bleibe. Bis ...« *zum Ende* »... die Sonne aufgeht.«

Er gab mein Kinn frei, strich mir mit den Fingerspitzen ein paar Haarsträhnen aus der Stirn, folgte mit seinem Blick der Bewegung, ehe er mir erneut in die Augen sah. Eine kleine Ewigkeit schwieg er, dann erschien wieder jenes kleine, traurige Lächeln in seinem Mundwinkel. »Ich sollte dich fortschicken. Ich sollte nach den Wachen rufen und dafür sorgen, dass sie dich zu Vlad bringen.« *Sollte!* Er sagte *sollte*. Ich wagte nicht zu atmen, nicht zu protestieren. »Aber ich bin ein selbstsüchtiger Mistkerl.« Seine Hand schob sich in meinen Nacken, während seine Lippen sich auf meine senkten. Er küsste mich zart und hungrig und verzweifelt zugleich. »Ich bin froh, dass du bei mir bleibst«, flüsterte er, als er seinen Mund schließlich von meinem löste. Ich legte mein Gesicht zurück an seine Brust. Meine Knie waren weich.

Die Stille kam wieder.

»Möchtest du, dass ich für dich spiele?«, fragte er irgendwann in sie hinein. Ich spürte die Bewegung, mit der er zur Geige hin nickte. Sosehr ich seine Musik liebte – diesmal hatte ich keinen Sinn dafür. »Halt mich einfach nur weiter fest«, bat ich leise. Anstelle einer Antwort hob er mich hoch – ich glaubte zu hören, wie er kurz und scharf den Atem einsog –, nur um mich gleich darauf wieder auf dem *Bett* abzusetzen. Dann kam er an meine Seite und legte den Arm um meine Schultern. Bei dem Scharren seiner Kette über den Boden hatte ich die Augen geschlossen. Ich öffnete sie nicht, als ich wie zuvor den Kopf an seine Brust lehnte. Sein Körper war kalt. Es war ungerecht! So entsetzlich ungerecht!

Erst als er seine Fingerspitzen abermals unter mein Kinn legte und es sacht nach oben drückte, hob ich die Lider. Julien betrachtete mich, den Kopf leicht geneigt. Eine feine Falte erschien auf seiner Stirn. »Musst du trinken?«

Hastig schüttelte ich den Kopf. »Nein.«

»Deine Augen sind schwarz.«

Ich schluckte. »Ich ... ich weiß nicht warum. Aber ich ... ich habe erst von ... von meinem Großvater getrunken.« Wie oft würde ich ihn heute Nacht noch anlügen? »Es geht mir gut.«

Sekundenlang musterte er mich weiter prüfend, doch schließlich nickte er und zog mich zurück an seine Brust.

Verzeih mir, Julien.

»Warum hast du dieses Geständnis abgelegt? Warum hast du zugelassen, dass sie dich verurteilen. Du bist der Kideimon ...« Ich hörte die Hilflosigkeit in meiner Stimme.

Julien legte die Hand auf mein Haar, ließ sie daruntergleiten, streichelte mir den Nacken, wie er es so oft getan hatte, wenn wir gemeinsam in meinem Bett in Ashland Falls gelegen hatten. Ich presste die Lider erneut zusammen, fester als zuvor. *Ich liebe dich so sehr, Julien Du Cranier.*

»Ich hatte keine andere Wahl. Ich musste ihnen sagen, dass ich das Blut nicht mehr habe.« Seine Lippen streiften mein Haar. Ich erstarrte in seinem Arm, doch er sprach schon weiter. »Ich wäre aus der Sache nicht mehr herausgekommen. Egal wie man es gedreht hätte. Von dem Augenblick, als ich Simeon hinter dem *Ruthvens* getötet hatte, war es vorbei. Ein Vampir, der einen Lamia tötet, stirbt. Daran gibt es nichts zu deuten.« Seine Finger verharrten einen Moment lang, ehe sie weiter über meine Haut strichen. »Ich kann nicht sagen woher, aber als ich hier ankam, wusste der Rat, wer ich wirklich war und dass ich kurz zuvor auch die Bannung bezüglich Marseille gebrochen hatte. Sie haben mir die Anklagepunkte eher beiläufig aufgezählt. Viel mehr interessierte sie, wo das Blut war. Sie waren davon überzeugt, dass ich es aus seinem Versteck geholt hatte. Ich weiß nicht wieso. Und als sie mich dann befragt haben ...«

»Aber das haben sie schon einmal getan ...«

Er seufzte leise. »Diesmal war es anders. Diesmal durften sie mich unter Drogen befragen. Bei einem Lamia ist es verboten, aber bei einem Vampir ...«

Genau das hatte Vlad auch gesagt.

»Sie boten mir einen Handel an: Ich sagte ihnen, wo das Blut war, und legte ein Geständnis ab, und sie verzichteten auf die Befragung unter Drogen.« Julien lehnte die Wange an meinen Scheitel. »Unter Drogen hätte ich ihnen alles gesagt. Ausnahmslos. Auch was wir mit dem Blut getan haben. Eine Princessa Strigoja – entstanden durch das Blut der ersten Lamia. Für sie wäre das ein unverzeihlicher Frevel gewesen. Ich konnte nicht riskieren, dich auch noch in Gefahr zu bringen.« Zuckte er tatsächlich die Schultern? »Ich brauchte sehr schnell eine Geschichte, die notfalls auch einer Überprüfung standgehalten hätte. Dummerweise war ich noch immer irgendwie von den Drogen benommen, die Gérard mir in Marseille gegeben hatte. Mir fiel nichts anderes ein, als zuzugeben, dass ich das Blut aus seinem Versteck hatte holen wollen, um deinen Wechsel doch noch einzuleiten, ihnen dann aber zu erzählen, dass es nicht mehr an jenem Ort war, an dem ich es damals verborgen hatte. Als ich unverrichteter Dinge zu dir zurückkehrte, hatte dein Wechsel bereits eingesetzt. Und ich wurde dein erstes Opfer.«

Ich hob den Kopf von seiner Brust, um ihn anzusehen. Er hatte behauptet, als Kideimon versagt zu haben, hatte das Einzige aufgegeben, was sein Leben vielleicht hätte retten können, nur um mich zu schützen. *O mein Gott.* Julien atmete einmal tief durch. »Aber sie haben die Spielregeln geändert.«

»Was ...«, setzte ich erschrocken an, wagte dann jedoch nicht weiterzufragen. Wie zuvor strich er mir mit den Fingerspitzen über die Stirn, hakte schließlich ein paar Haarsträhnen hinter mein Ohr. »Nachdem ich ihnen alles gesagt hatte, erklärten sie unseren Handel für gegenstandslos und jagten mir das Dreckszeug doch in die Adern.«

»Das heißt, sie wissen ...«

»Nein.« Julien schüttelte den Kopf. »Ich habe ihnen vorgegaukelt, die Drogen würden schon wirken, als sie es noch nicht getan haben, und ihnen die ganze Geschichte noch einmal erzählt.« Mit einem kleinen, irgendwie selbstgefälligen Lächeln küsste er meine Nasenspitze. »Da sie bisher darauf verzichtet haben, dich ebenfalls zu der Sache zu befragen und auch noch keinen Scheiterhaufen für dich errichtet haben, war ich wohl überzeugend genug.«

Ich rang mir ebenfalls ein Lächeln ab und bettete meinen

Kopf wieder auf seine Brust, damit er mein Gesicht nicht sah. – Der Rat mochte ihm geglaubt haben. Aber Gérard nicht. Gérard war später noch einmal bei ihm gewesen, als die Drogen dann tatsächlich gewirkt hatten, und hatte ihm genau jene Antworten entlockt, bei denen er zuvor den Rat getäuscht hatte. Und Julien konnte sich nicht daran erinnern. – Von mir würde er es nicht erfahren.

Ich legte meine Hand über sein Herz und spürte seinem Pochen nach. Wenn die Sonne aufging, würde es aufhören zu schlagen. Ich biss die Zähne zusammen. Seine Berührung in meinem Nacken hatte etwas unendlich Tröstliches und ließ zugleich jenen würgenden Kloß in meiner Kehle nach und nach immer größer werden. »Warum hast du mir nie gesagt, dass du ein Lamia-Prinz bist?«

»Weil es nicht von Bedeutung war. Nicht mehr. Zumindest nicht für mich. Es ist ein leerer Titel geworden. Und letztlich ... ich war ohnehin immer nur der Zweitgeborene. Für mich ging es nie darum, dass ich irgendwann einmal Papas Platz einnehmen sollte.«

Seine Worte zogen meine Kehle noch mehr zusammen. »Du hast ihn sehr geliebt.«

»Ja. – Und es würde ihn zerreißen, wenn er wüsste, was aus mir geworden ist.«

Ich schluckte. Falsches Stichwort. »Wie war deine Mutter?«

»Wunderschön. Freundlich. Sanft. Voll Feuer. – Und so stur wie du.« Seine Stimme klang zärtlich. »Die beiden waren unter den Lamia das Skandalpaar des Jahrhunderts. Er: der einzige Sohn und Erbe eines mächtigen Fürsten. Sie: eine Tsíngane, wie man bei uns jene nennt, die in keinem Territorium ein festes Zuhause haben, eine undenkbare Partie für ihn. – Ich weiß nur, dass er sie abgöttisch geliebt hat und sie ihn ebenso. Und dabei war es ihr egal, dass er der nächste Fürst von Marseille war.«

Seine Lippen streiften mein Haar. Ich schloss die Augen, lauschte seinem Herzschlag, während er sekundenlang schwieg – bis sich seine Brust unter einem tiefen Atemzug dehnte. »Adrien klammert sich noch daran, aber ich ... Dass ich Marseille geliebt habe, hatte nichts damit zu tun, dass unser Vater sein Fürst war. Und dass ich Rache für den Mord an Maman und Papa wollte, hatte noch viel weniger damit zu tun.« Ich spürte sein Zögern. »Hätte ich es dir sagen sollen? Wäre es für dich wichtig gewesen?«, fragte er nach einem weiteren Moment.

»Nein.« Ich musste über die Antwort nicht nachdenken. »Es fühlt sich nur seltsam an, immer nur in Bruchstücken zu erfahren, wer du wirklich bist; wieder und wieder festzustellen, dass es so vieles gibt, was ich nicht über dich weiß.« *Und was ich nun vermutlich auch nie mehr erfahren werde.*

Er beugte sich ein klein wenig vor. Seine Finger strichen wie ein Hauch über meine Wange, während er mir in die Augen sah.

»Ich bin Julien Alexandre Du Cranier. Und ich liebe dich. – Musst du mehr wissen?«

Ich schluckte die Tränen unter, die plötzlich in meiner Kehle brannten, und erinnerte mich an das Versprechen, das ich mir selbst gegeben hatte: Ich würde in Juliens Gegenwart nicht weinen. »Nein«, flüsterte ich. Mit jenem kleinen Lächeln lehnte er sich noch näher zu mir und küsste mich abermals zart. Ein Schaudern rann durch meine Glieder. Julien gab meinen Mund frei, brachte, ohne mich wirklich loszulassen, ein bisschen Distanz zwischen uns und musterte mich.

»Dir ist kalt. Deine Lippen sind ganz blau. – Hier.« Er schob mich ein kleines Stück weiter von sich fort, setzte sich gleichzeitig ein wenig auf – bei der Bewegung klirrte die Kette an seinem Bein – und streifte seinen Pullover über den

Kopf. Dunkle Flecken kamen über seinen Rippen zum Vorschein – auf beiden Seiten seiner Brust. *O mein Gott.* Ich streckte die Hand danach aus. Jetzt war mir wirklich kalt. Und dann hatte er mich vorhin noch hochgehoben? Er hatte gesagt, Vlad hätte ihn trinken lassen, als er ihm die Geige gebracht hatte – allein dafür war ich bereit, meinem Großonkel noch einmal eine Chance zu geben –, warum waren die Verletzungen dann noch nicht vollständig geheilt? Wie schwer waren sie *davor* gewesen? Julien fing meine Hand ab, ehe ich ihn berühren konnte.

»Nicht. Das ist nicht mehr von Bedeutung.«

Nicht mehr von Bedeutung. Ich sah ihn an, ohne einen Laut hervorzubringen.

»Hier.« Er zog mir seinen Pullover an, wie man es bei einem kleinen Kind tat; schob mir eine Hand nach der anderen durch die Ärmel, meinen Kopf durch den Halsausschnitt, zog den Stoff herunter und zurecht. Ich saß einfach da, ließ alles geschehen. Auch als er sich wieder gegen die kalte Betonwand hinter uns lehnte und mich in seine Arme zurückholte. Seine Wärme umgab mich, hüllte mich ein – und trieb mir die Tränen in die Augen. Ich würde nicht weinen! Die Augen fest geschlossen schmiegte ich mich enger an ihn, versuchte ihm so viel wie möglich von *meiner* Wärme abzugeben, ohne ihm dabei zusätzlich wehzutun.

Ich liebe dich, Julien Du Cranier. Er küsste meine Schläfe, als habe er meine Gedanken gehört.

Nach einem Moment jedoch zwang ich mich ihn wieder anzusehen. Da war noch etwas, das ich wissen musste: »Was soll ich mit dem Blut machen? Willst du …« Er legte seine Hand über meine und verhinderte, dass ich es hervorzog.

»Behalte es. Ich … weiß nicht, was … danach sein wird, deshalb: Behalte es. Ich überlasse dir, was du damit tust. Ganz sicher werde ich dich nicht bitten, an meiner Stelle sein neuer Hüter zu sein. Der Rat hält es für verloren, also«, ein Schulterzucken, »spricht theoretisch nichts dagegen, wenn du es einfach den nächsten Ausguss hinunterspülst.« Ich schnappte nach Luft. Seine Finger drückten meine ein wenig fester. »Aber wenn du es behältst, dann bitte ich dich, niemandem jemals zu erzählen, dass es noch existiert. – Versprichst du mir das?«

Ich nickte und bettete meinen Kopf wieder gegen seine Schulter. *Verzeih mir, Julien.*

»Ich danke dir.« Sein Mund streifte mein Haar, während er zugleich seinen Griff lockerte – nur um unsere Finger ineinander zu verschränken. Abermals presste ich die Lider zusammen und schluckte gegen das Brennen in meinem Inneren an.

Eine seltsame Stille lag über uns. Ein Schweigen, das keines war, weil wir zusammen waren. – Friedlich. Endgültig. Die Zeit schien stehen geblieben zu sein und zerrann uns zugleich unter den Händen.

Ich spürte, wie die Nacht immer weiter verging, und dennoch saß ich einfach nur da, an Julien geschmiegt – und versuchte mir den Geruch seiner Haut einzuprägen, wie sie sich unter meiner Wange anfühlte; die Berührung seines Kinns auf meinem Scheitel; seine Hand auf meinem Rücken; wie sein Atem über mein Haar strich; sein Arm um mich lag und mich festhielt; den Klang seiner Stimme, wenn er etwas sagte, die Erinnerungen an unsere gemeinsamen Stunden wachrief – bei einem Ausflug auf seiner Blade, entspannt und träumerisch auf der Veranda des Anwesens oder vor dem Kamin – das Geräusch seines Herzschlages, das seiner Atemzüge; den Geschmack seines Mundes, wenn er mich von Zeit zu Zeit küsste – sanft und zart und zugleich mit jedem Mal hungriger und ... verzweifelter; den Duft seines Blutes so dicht unter seiner Haut ... jede Einzelheit, jedes noch so kleine Detail. Es würde alles sein, was mir von ihm blieb. Erinnerungen. Der Gedanke schnürte meine Kehle noch mehr zu. - Aber es war nur für eine kurze Weile. Nur bis ich nach Sonnenaufgang die Möglichkeit hatte, lange genug allein zu sein; lange genug, um ihm zu folgen. Und die ganze Zeit schien sich das Fläschchen in meiner Hosentasche tiefer in meine Haut hineinzubrennen. Ohne dass ich gewusst hätte, wie ich Julien etwas davon sagen sollte.

In der Ferne schlug eine Glocke, dunkler als die, die zur Ratssitzung gerufen hatte.

»Es ist nicht mehr lang.« Ich machte beinah einen Satz in seinem Arm, als Julien unvermittelt in die Stille hinein sprach, nachdem ihr Ton verhallt war.

»Woher ...« Meine Stimme klang spröde, störrisch schüttelte ich den Kopf. »Nein, wir haben noch Zeit.« Er wusste so gut wie ich, dass ich log, immerhin war er ebenso in der Lage zu sagen, wie lange die Nacht noch dauern würde.

Juliens Hand strich sacht über die Haut in meinem Nacken. »Das war die Totenglocke. Sie schlägt erst ein Mal, dann zwei Mal - und wenn sie zehn Mal schlägt, kommen sie mich holen.« Seine Finger verharrten einen winzigen Moment, ehe sie ihre Bewegung wieder aufnahmen. »Dawn, wenn ...«

»Nein! Nein, ich ... ich habe ...« Die Worte platzten aus mir heraus und dennoch wollte das »Gift« nicht über meine Lippen. Stattdessen zerrte ich das Fläschchen hastig aus meiner Hosentasche und gab es ihm in die Hände, plötzlich voller Angst, zu lange gewartet zu haben. Er starrte darauf, drehte es, hielt es ins schwache Licht. Zum ersten Mal sah ich, dass es aus Glas war, sah die farblose Flüssigkeit in seinem Inneren.

»Was ist das?« Julien klang angespannt.

Ich schluckte. »Gift.« Jetzt war es doch heraus.

Ganz langsam wandte er den Blick von dem Fläschchen, richtete ihn auf mich. »Woher ...«

Genau die Frage, die ich nicht beantworten konnte. Ich schüttelte den Kopf. »Ich will nicht, dass sie dich töten, aber ich kann es nicht ändern. Also habe ich ... Wenn ich es schon nicht verhindern kann, dann ... dann lass mich wenigstens dafür sorgen, dass ... dass ... Er hat gesagt, es wirkt schnell. Du wärst ... du würdest es nicht mehr erleben, dass die Sonne aufgeht.« Ich plapperte. Ich wusste es, aber ich konnte nicht anders.

Juliens Augen weiteten sich. »Gift?«, wiederholte er fassungslos. Sein Blick zuckte zur Tür, kehrte zu mir zurück. »Weißt du, was darauf steht, wenn das herauskommt? Der Rat würde dich gnadenlos zum Tode verurteilen. Das ... Nein! Ich werde es nicht nehmen.« Er versuchte es mir in die Hand zu drücken. »Steck es wieder weg.«

Ich zog sie hastig zurück, versteckte sie hinter meinem Rücken. »Woher sollen sie wissen, dass du es von mir hast?«

Julien stieß ein hartes Lachen aus. »Weil das außer dir niemand für mich tun würde? Weil du die Letzte gewesen sein wirst, die bei mir war? – Such dir etwas davon aus.«

»Er hat gesagt, du sollst es erst kurz bevor sie dich holen nehmen. Dann würde niemand Verdacht schöpfen.« Sein Blick huschte zur Geige – glaubte er, dass ich das Gift von Vlad hatte? Vielleicht war es gut so. »Bitte, Julien.« Ich griff nach seiner Hand, versuchte seine Finger um das Fläschchen zu schließen. Sie waren kalt. Und bebten. Er ließ es nicht zu.

»Dawn ...«

Die Glocke schlug zwei Mal.

»Julien, bitte! Ich will nicht, dass du so ...« Meine Stimme zitterte plötzlich, »dass du bei lebendigem Leibe verbrennst.«

Stumm starrte er auf das Fläschchen. Sekunde um Sekunde um Sekunde – bis diesmal er den Kopf schüttelte.

»Dawn, nein.« Er fuhr sich mit der Hand durchs Haar. »Nein, das ... ich weiß, was du ... dass du mir dieses ... Ende ersparen wolltest, und dich danke dir, aber ... Nein. Ich werde es nicht nehmen.«

»Warum nicht?« Ich versuchte nicht mehr, meine Verzweiflung vor ihm zu verstecken. »Sie werden nicht herausfinden, dass ich es war, und selbst wenn ...« *Wäre es mir egal.*

Bedächtig holte er Atem. »Weil alles, was sie mir gelassen haben, meine Ehre ist«, sagte er leise.

Ich fuhr zurück, als hätte er mich geschlagen. »Das ist nicht dein Ernst?«

Sekundenlang blickte er abermals schweigend auf das Fläschchen, dann sah er langsam auf und mich an. »Ich weiß, dass du das nicht verstehst ...«

»Ja. Ja, du hast recht. Ich verstehe es nicht. Und ... ich will es auch gar nicht verstehen. – Ehre!« Mit einem bitteren Laut schüttelte ich den Kopf. »O ja, jeder hier spricht davon. Sie alle sind so entsetzlich peinlich auf ihre *Ehre* bedacht. – Aber soll ich dir was sagen: Das ist nichts als Heuchelei. Sie bedeutet ihnen nichts! Gar nichts!« Ich schloss für eine Sekunde die Augen, versuchte halbwegs ruhig zu atmen. Das alles war nicht fair. »Vielleicht gibt es ein paar wenige, denen Ehre tatsächlich noch etwas bedeutet; du, Adrien, vielleicht Olek Nareszky und sein Großvater, vielleicht Lasja, vielleicht ja auch Vlad, Radu und Mircea, aber die anderen? Nein. Für sie ist es eine ... ein leeres Wort, hinter dem sie sich verstecken, das sie sogar ohne Skrupel gegen jemanden wie dich oder Adrien einsetzen, damit ihr ihr Spiel auch brav weiter mitspielt.«

»Dawn, ich kann nicht einfach alles vergessen, wonach ich mein ganzes Leben ...«

»Nein! Du hast selbst gesagt, dass sie die Spielregeln gebrochen haben. Sie hatten dir etwas versprochen. Du hast deinen Teil des Handels erfüllt, aber sie ihren nicht. Sie haben die Spielregeln einfach geändert. Einfach so. Ich ...« Meine Stimme kippte. Ich musste abermals tief durchatmen, ehe ich weitersprechen konnte.

»Dawn, bitte ...«

»Nein, Julien.« Ich nahm seine Hände in meine. »Bitte mich nicht darum, zu verstehen, warum du dich noch immer an ihre Spielregeln halten willst.« Erneut versuchte ich seine Finger um das Fläschchen zu schließen. »Das alles bedeutet ihnen nichts. Was für dich ehrenvoll ist, ist ihnen gleichgültig.« Diesmal war mein Atemzug ein Schluchzen. »Ich verstehe nicht, warum du ... warum du ...« *Elendig langsam und qualvoll sterben willst, nur weil sie es so wollen.* Ich konnte es nicht aussprechen.

Julien schüttelte den Kopf. »Dawn ...«

»Tu es für mich.« Ich konnte nur flüstern, sonst wäre ich in Tränen ausgebrochen. Dennoch erstickte meine Stimme.

Einen Moment sah er auf das Fläschchen – doch dann schüttelte er abermals den Kopf. »Ich kann nicht, Dawn. Das ist alles, was ich noch habe. Verzeih mir.« Als er es mir diesmal zurückgeben wollte, wehrte ich mich nicht. Es war, als wäre etwas in mir zerbrochen. Irgendwann brachte ich ein Nicken zustande.

»Es ist deine Entscheidung.« Hatte ich das tatsächlich gesagt? *Ich liebe dich.* Meine Hand war erstaunlich ruhig, als ich sie hob und sein Gesicht berührte. Mit der anderen umklammerte ich das Fläschchen so hart, dass meine Finger taub waren.

Julien küsste meine Handfläche, seine Augen forschten in meinen. Ich nickte erneut. Ein kurzes Lächeln, traurig und zärtlich – und diesmal zugleich erleichtert und dankbar –, dann zog er mich abermals in seine Arme, lehnte die Wange auf meinen Scheitel, streichelte meinen Nacken. Es war ungerecht! So entsetzlich ungerecht! Ich saß reglos, lauschte auf die Stille, seinen Atem, meinen. Die Glocke schlug. Wieder und wieder. Wieder und wieder. Jedes Mal schien seine Berührung zu stocken – jedes Mal ein wenig mehr, ein wenig länger. Und jedes Mal hatte ich das Gefühl, als ginge sein Blick zu meinen Händen. Mit denen ich das Fläschchen weiter umklammert hielt. Während ich geradeaus an die Wand gegenüber starrte. Es war seine Entscheidung. Seine allein. Warum konnte die Zeit nicht einfach stehen bleiben? Warum konnte ich nicht einfach aus diesem Albtraum erwachen?

Wieder erklang die Glocke. Diesmal zählte ich mit – neun Schläge. Nicht mehr lange und sie würden Julien holen kommen. Wie viel Zeit blieb uns noch? Fünf Minuten? Weniger? Ich schloss die Augen – und riss sie erschrocken wieder auf, als Julien sich unvermittelt aufrichtete und ich seine kalte Berührung an meinen Händen spürte. Ohne etwas zu sagen, nahm er mir das Fläschchen aus den Fingern, öffnete es, setzte es an die Lippen und leerte es auf einen Zug. Sein Gesicht verzog sich vor Ekel. Keine Sekunde später sog er mit einem scharfen Laut die Luft ein, richtete sich starr ein wenig weiter auf und drückte zugleich die Hand auf den Leib, ließ den Atem aber gleich darauf wieder entweichen. Beinah übertrieben sorgfältig schraubte er das Fläschchen zu und legte es zurück in meine Hände. Erst jetzt sah er mich an. Ich wusste nicht, was ich sagen sollte. Da war nur etwas, das sich wie Erleichterung anfühlte – und zugleich Angst.

Ich zwang mich zu einem Lächeln und hielt ihm ebenso wortlos, wie er zuvor nach dem Fläschchen gegriffen hatte, mein Handgelenk hin. Er sah auf meinen Arm, sah mich an, hob fragend eine Braue.

»Wenn du mein Blut trinkst, soll es weniger schmerzhaft sein.« *Und es soll schneller wirken.* Noch eine Täuschung mehr. *Verzeih mir, Julien.*

Sein Blick senkte sich wieder auf meinen Arm. Für einen winzigen Moment schien er sich abermals anzuspannen, drückte er die Hand auf den Bauch. Wieder vergingen schier endlose Sekunden. Ich hätte um ein Haar aufgeschluchzt, als er mein Handgelenk endlich zart in beide Hände nahm – und im nächsten Moment den Kopf senkte und blitzschnell die Zähne in meine Haut grub.

Es tat nicht weh. Zumindest nicht wie bei Gérard oder damals bei Samuel. Es war nicht mehr als ein scharfer, doppelter Stich – der unter der Berührung seiner Lippen, ihren kaum merklichen Bewegungen, wenn er schluckte, verging. Meine Finger hielten das Fläschchen umklammert.

Er trank langsam, so als würde uns nicht die Zeit davonlaufen. Und die ganze Zeit lag sein Blick aus dem Augenwinkel auf mir. Ob ihm bewusst war, dass er zum ersten Mal bereit war mein Blut zu trinken? Ich ließ mich ein wenig mehr gegen die kalte Wand in meinem Rücken sinken. Mein Herz schien sich seinem Rhythmus anzupassen. *Ich liebe dich, Julien Du Cranier.*

Mein Kopf fühlte sich mit jedem Schluck irgendwie ... leichter an. Zehn Schläge. Ich zuckte ein wenig zusammen, als Julien die Zähne aus meinem Handgelenk nahm und sacht über die Wunden leckte, die er hinterlassen hatte. Für einen Sekundenbruchteil ging sein Blick zur Tür, ehe er mich ansah und mein Gesicht schmerzlich behutsam in seine Hände nahm. Einen Moment lang schien er sich erneut zu verkrampfen.

»Sie kommen.« Nein. Es konnte nicht so weit sein. Es *durfte* noch nicht so weit sein. »Du wirst jetzt gehen.« Seine Stimme klang so unendlich sanft. Verzweifelt schüttelte ich den Kopf. Das Brennen war wieder da, stieg in meiner Brust empor, erreichte meine Augen. Ich brachte keinen Ton heraus. Etwas – jemand – scharrte an der Tür. Sie waren wahrhaftig schon da. *Nein. Bitte nicht!* Ich verlor den Kampf, konnte das Versprechen, das ich mir selbst gegeben hatte, nicht halten. Zart wischte Julien mit den Daumen die Tränen von meinen Wangen. »Schsch ... nicht. Nicht weinen, Dawn. Solange du dich manchmal an mich erinnerst, werde ich leben. Das ist genug für mich.« Es klopfte. Ganz kurz nur spannten seine Hände sich an meinen Wangen. Er löste seinen Blick keine Sekunde aus meinem. »Ich will, dass du wieder glücklich wirst, Dawn.« Seine Lippen auf meinen verhinderten, dass ich protestierte, dann lehnte er sacht die Stirn gegen meine. »Wenn sie mich nach oben bringen, wirst du nicht mitgehen.« Ich schluchzte. »Schsch ... nicht. Nicht doch. – Ich will, dass du an einen schönen Ort gehst. Vielleicht in einen der Wandelgänge. Der nördliche hat einen Springbrunnen. Es gibt einige schöne Orte hier.« Mit einem Mal klang seine Stimme brüchig. Er verkrampfte sich abermals, sog dabei abermals den Atem ein, diesmal jedoch schärfer als zuvor. »Du wirst nicht nach oben kommen. Versprich es mir! Das ist das letzte Mal, dass wir uns sehen. Versprich es mir! Auch ... danach nicht. Ich will, dass du dich so an mich erinnerst, wie ich jetzt bin. Nicht ... nicht anders. Versprich es.« Ich nickte, welche Wahl hatte ich auch schon. Lächelte er tatsächlich? Wieder ein Krampf. »Je t'aime, mon rêve.« Abermals streifte sein Mund meinen, verweilte. Sanft. So entsetzlich, qualvoll, zärtlich sanft. Ich schloss die Augen, als ich hörte, wie die Tür geöffnet wurde. Julien zog sich von mir zurück. »Geh!«, sagte er leise. Ich wollte die Hand heben, noch einmal sein Gesicht berühren ... Mein Arm war zu schwer, fiel schon nach Zentimetern zurück. Ich senkte den Kopf, nickte, stand wie von Fäden gezogen auf. Mir war schwindlig. Juliens Blick lag auf mir. Ich konnte ihn spüren, wie eine Liebkosung, eine letzte zarte Berührung ... Ich drehte mich um. Der Boden war seltsam weich unter mir. Im

Türrahmen stand Pádraig, dahinter zwei weitere Vourdranj. Ich ging auf ihn zu. Meine Beine waren schwer. Ich hatte die Tür erreicht. Pádraig trat zurück, wollte mich vorbeilassen. Meine Welt verschwamm. Schrumpfte von den Rändern zusammen. Wurde dunkel. Meine Knie trafen auf den Boden. Dann meine Wange. Ich hörte jemand meinen Namen schreien. Wieder und wieder. Bis die Dunkelheit selbst diese Stimme verschlang.

Ich lag auf etwas verwirrend Hartem. Mir war schwindlig. Mühsam blinzelnd öffnete ich die Augen. Der Schein einer Kerze flackerte in einem Luftzug über kahle Wände. Ein eng vergitterter Luftschacht über meinem Kopf. Die Zelle! Die Tür stand offen. In ihrem Rahmen lehnte ... Julien. Und starrte die Stufen hinauf. Ich setzte mich hastig auf, ignorierte das Wanken in meinem Kopf.
»Jul-«
»Ich hoffe, du bist zufrieden.« Die Worte waren schwer von Hass – und Qual.
Nein, nicht Julien. Adrien!
»Wo ist Julien?« Meine Stimme zitterte.
»Was glaubst du wohl? Die Sonne geht gerade auf. Hörst du die Schreie nicht?« Er sah mich nicht an. »Ich hoffe, du bist zufrieden.«
Nein! Nein, ich hörte keine Schreie. – Und er konnte sie auch nicht hören! Gérard hatte mir versprochen ... er hatte es *versprochen*!
»Mein Bruder war außer sich vor Angst, als du vor seinen Augen zusammengebrochen bist. Und er dich nicht erreichen konnte. Er hat laut genug gebrüllt, dass die Wachen im oberen Korridor ihn gehört haben. Dass ich ihn gehört habe.« Erst jetzt nahm er den Blick von der Treppe. »Ich musste ihm schwören, dich an seiner statt zu beschützen. Er

hat sich gegen sie gewehrt, bis ich es ihm bei meinem Blut geschworen hatte. Erst dann ist er mit ihnen gegangen.« Seine Hände waren zu Fäusten geballt. »Ich sollte dort oben sein. In der Sonne. Ich sollte bei ihm sein. Ihn nicht mit *ihnen* alleinlassen. – Stattdessen bin ich *hier*!« Er machte einen Schritt in die Zelle hinein. Die Augen auf mir, schwarz vor Hass! »Hörst du seine Schreie? Bist du zufrieden?« Er packte mich bei den Armen, holte mich so dicht heran, dass ich seinen Atem in meinem Gesicht spürte. Wann war ich aufgestanden und auf ihn zugegangen? Seine Fänge waren spitz und scharf. »Hörst du ihn? Ich hoffe, du vergisst sie niemals.«

»Das kann nicht sein«, flüsterte ich. *Er hat es mir versprochen!* Es durfte nicht sein. Aber meine Sinne waren wieder nur die eines Menschen. Dass ich nichts hörte, bedeutete nicht, dass da tatsächlich nichts war. Adriens Griff wurde härter.

»Was? Glaubst du, bei lebendigem Leibe zu verbrennen ist kein elender, grausamer Tod? Glaubst du, es ist wie in den Filmen? Puff, und es ist vorbei und man ist nur noch Asche? O nein! Nein! Ich wünschte, es wäre so. – Du hörst ihn tatsächlich nicht, was? Hier ...« Er zog mich vorwärts, die Stufen hinauf, so schnell, dass ich immer wieder stolperte. Tritt um Tritt. In einen anderen Gang, kahl, schmal. Ich stieß mit der Schulter gegen die Wand. *Nein, nein, nein!* Adrien musste sich irren. *Bitte, lieber Gott! Er muss sich irren. Er hat es versprochen!* »Hörst du es jetzt?« Er blieb keine Sekunde stehen. Ich starrte ihn an. »Nein?« Er zerrte mich weiter. Durch eine schwere Holztür. »Hörst du ihn jetzt? – Herr im Himmel, lass es doch endlich vorbei sein!«

Auch wenn ich noch immer nichts hörte ... »Er hat es versprochen. Er hat versprochen, Julien wäre tot, bis die Sonne aufgehen würde«, die Worte brachen aus mir heraus, beinah ein Schluchzen.

Adrien hatte mich weiterschleifen wollen, jetzt fuhr er zu mir herum. »Wer hat ...? Was?«

»Gift. Er sagte, Julien wäre tot, wenn die Sonne aufgeht. Das war der Deal. Er hat es mir versprochen!«

»Du hast ... Wer?«

»Gérard.« Wieder brachte ich nicht mehr als ein Flüstern zustande.

»Gér-« Adrien sah mich an. Schock, Grauen, Qual, Hass, all das war in seinen Augen. »Du vertraust ausgerechnet ihm?« Sein Griff wurde noch härter. »O mein Gott, jetzt weiß ich, warum er kaum einen Ton herausbrachte, als er mich anbettelte, auf dich aufzupassen. Schmerz! Es war Schmerz, nicht Angst. – Du dummes Stück. Du elendes, dummes Stück. Ich hätte dich umbringen sollen!«

»Er hat es versprochen.«

Adrien schüttelte den Kopf, ein bitteres, verzweifeltes Lächeln auf den Lippen. »Und warum lebt mein Bruder dann immer noch?« Ein Ruck an meinem Arm, dann stolperte ich wieder neben ihm her. »Komm, nur noch ein kleines Stück, dann musst selbst du ihn hören.« Wieder ging es über Stufen nach oben. Wieder eine Biegung – und schließlich hörte ich sie auch: Schreie! Nein, keine Schreie; Laute – Laute, zu denen ein menschliches Wesen niemals fähig sein konnte. Die jetzt mit jedem Schritt gellender zu werden schienen. Nackte Qual, die jenseits des Erträglichen war. Kreischen – das unvermittelt abbrach. Adrien stockte mitten im Schritt. Ich stolperte weiter, in der ersten Sekunde ohne zu begreifen, dass er mich losgelassen hatte.

Er sah an mir vorbei, seine Augen plötzlich blicklos. »Dieu merci!«, hörte ich ihn murmeln.

Ich starrte ihn an. *Nein! – NeinNeinNeinNeinNeinNEIN!!* Wie eine Wahnsinnige stürmte ich die Stufen hinauf, um eine weitere Biegung, weitere Stufen, durch die Tür am

Ende. Die Sonne blendete mich, brannte auf meiner Haut. Zu meiner Rechten Schatten, eine Bewegung. Arme legten sich um meine Mitte. »Nicht, Mädchen. Erspar dir den Anblick.« Vlad! Jemand schrie. Ein Stück weiter, ein Pfahl, Metall, der vor der verfluchten Sonne in den Himmel ragte. Davor noch mehr Schatten, Mitglieder des Rates, die sich um etwas scharten, das am Boden lag. Reglos. Ein Körper ... ein menschlicher Körper, der ... brannte. *NeinNeinNeinNein!*

Plötzlich war Adrien da. Mit einem Tuch. Das er über den Körper warf. Die Flammen ausschlug. Ein kurzer scharfer Wortwechsel. Ein Ratsmitglied beugte sich hinab. Ein Klirren, wie von Ketten. Adrien schlang das Tuch enger um den Körper, hob ihn hoch. *NeinNeinNeinNein!* Trug ihn an uns vorbei zurück durch die Tür; zurück in die Dunkelheit. Fort von der Sonne. Das Gesicht zur Maske erstarrt. *NeinNeinNeinNein!*

Vlad hielt mich fest. Es war, als würde ich einer anderen Person dabei zusehen, wie sie sich gegen seine Arme um ihre Mitte stemmte, sich in ihnen wand.

In meinem Inneren gab es nur einen Gedanken: Nein! – Zusammen mit einem gellenden, qualvollen Schrei.

La belle et la bête

Sie hatten darüber gestritten, ob Adrien seinen Bruder begraben durfte oder ob sie seine sterblichen Überreste auch noch verbrennen und die Asche irgendwo verscharren würden.

Offenbar war es Brauch, dass die Mitglieder des Rates einem Hingerichteten eine Art letzte Ehre erwiesen, indem sie eine gewisse – von seinem Stand abhängige – Frist hier im Kloster ausharrten. Es war der blanke Hohn, dass sie jetzt, nachdem es vorbei war, anscheinend übereingekommen waren, dass Julien die Trauerzeit eines Prinzen zustand: vierundzwanzig Stunden. Dabei hatten sie sich seit der Hinrichtung weder um ihn noch um Adrien gekümmert – bis der verkündet hatte, dass er seinen Bruder fortbringen würde. Erst dann war das Geschrei losgegangen. Ein Teil der Ratsmitglieder war dafür gewesen. Die Schuld war gesühnt. Niemandem entstand dadurch irgendein Schaden. Der andere beharrte darauf: Einem Vampir, der einen Lamia ermordet hatte, stand eine *ehrenhafte* letzte Ruhe nicht zu. Ich war in genau diesen Streit hineingeplatzt, nachdem ich vor knapp zwei Stunden in meinem Zimmer hochgeschreckt war. Vlad hatte mich dorthin gebracht, als ich in seinen Armen schreiend zusammengebrochen war, und hatte bei mir gesessen, während ich nur noch eins konnte: weinen. Irgendwann musste ich mich in den Schlaf geweint haben. – Inzwischen stritten sie darüber, ob Adrien den Leichnam seines Bruders in der Familiengruft in Marseille bestatten durfte oder nicht.

Ich hasste sie dafür. Hatten sie nicht bekommen, was sie wollten? Hatten sie Julien nicht ermordet? Er war tot! Tot! In der aufgehenden Sonne elendig verbrannt! Konnten sie es nicht wenigstens jetzt genug sein lassen? Konnten sie ihm nicht wenigstens jetzt seinen Frieden gönnen?

Ich hatte es nicht ertragen, ihr Gezeter und Gezank, ihr Pochen auf Gesetze und *Traditionen*, die uralt waren und sich gegenseitig widersprachen, und war gegangen. Wie auch immer die Entscheidung aussehen würde: Adrien würde Juliens Leichnam von hier fortbringen, sobald die Sonne untergegangen war. Die kurze Zeit, die bis dahin noch blieb, hatte ich nicht bei Männern und Frauen verbringen wollen, die mir nichts bedeuteten, die mir inzwischen nur noch zuwider waren. Ich wollte bei Julien sein – zumindest solange ich noch konnte.

Wieder stand ich vor der Treppe in die Katakomben hinab, unfähig einen Fuß auf die Stufen zu setzen und hinunter zur Gruft des Klosters zu steigen. Die beiden anderen Male war ich geflüchtet, hatte mich in eine Ecke verkrochen, die Arme um mich selbst geschlungen und mich ob meiner Feigheit verflucht.

Ich hatte Angst. Angst vor dem, was mich dort unten erwartete; vor dem, was die Sonne Julien angetan hatte. Ich wollte ihn so in Erinnerung behalten, wie er gewesen war, *bevor* dieses Grauen über uns zusammengebrochen war; nicht tot und kalt und ... *verbrannt*. So wie er gesagt hatte; wie er es gewollt hatte. Aber ich musste noch einmal zu ihm. Ein letztes Mal. Und inzwischen lief mir die Zeit davon. Ich konnte spüren, dass die Sonne sich schon anschickte unterzugehen. Mir blieben nur noch zehn, höchstens fünfzehn Minuten. Und Adrien würde um meinetwillen keine Sekunde damit warten, Julien endlich hier wegzubringen. Er mochte sich verpflichtet fühlen, den letzten Wunsch seines Bruders zu erfüllen und auf mich aufzupassen – danach! –, aber nichts hinderte ihn daran, mir mit jedem Blick zu zeigen, wie sehr er mir die Schuld an alldem gab und mich dafür verabscheute.

Die Hände an meinen Seiten zu Fäusten geballt gab ich mir einen Ruck und setzte mich in Bewegung, an dem Wächter, den der Rat hier postiert hatte, vorbei, die Treppe hinunter. Schweigend ließ er mich passieren.

Im Laufe der Jahrhunderte, die dieses Kloster schon existierte, hatten unzählige Füße die Stufen hinab in die Katakomben ausgetreten und glatt geschliffen. In regelmäßigen Abständen brannten in Nischen oder auf schmalen Vorsprüngen Wachsstöcke, die alles in unruhiges Licht tauchten. Auf viereckigen kleinen Steintafeln in der Wand verkündeten mir nach wie vor unbekannte Schriftzeichen die Namen der Lamia, deren Gräber hier vor langer Zeit in den Felsen getrieben worden waren.

Auf der letzten Stufe zögerte ich erneut, warf einen hastigen Blick über die Schulter zurück nach oben – und trat schließlich durch den Türbogen. Eine einzelne dicke Kerze auf einem mannshohen eisernen Kandelaber direkt daneben erhellte den vorderen Teil eines Gewölbes, dessen Ende sich in der Dunkelheit jenseits des Lichtscheins verlor. Gemauerte Säulen reckten sich gegen die Decke. Quadratische Steinplatten bedeckten den Boden, einige gesprungen und mit Rissen durchzogen, von anderen waren Ecken abgebrochen oder Kanten abgesplittert. Ein Halbrund von drei oder vier Metern direkt hinter dem Eingang war frei. In unregelmäßigen Abständen standen steinerne Sarkophage in dem Gewölbe. Wie viele es waren, konnte ich nicht abschätzen. Das Licht erreichte nur die vorderen drei. Auf dem mittleren lag Julien, eingewickelt in ein einfaches weißes Leichentuch. Der Geruch nach verbranntem Fleisch hing in der Luft. Ich schloss für eine Sekunde die Augen. Meine Kehle war eng und schmerzte, als hätte ich stundenlang geschrien.

Ganz langsam ging ich auf den Sarkophag zu. Meine Schritte dröhnten in meinen Ohren – oder war es mein Herzschlag? Mit jedem wurde der bitter-scharfe Geruch nach verbranntem Fleisch stärker. Der Kerzenschein huschte über die Wände und die Decke. Warum war mir zuvor nicht aufgefallen, wie kalt es hier unten war?

Die Steinplatte des Sarkophags stieß gegen meine Hüfte. Hart, unnachgiebig, kalt. Der Rand war mit den gleichen Schriftzeichen eingefasst, die auch die Tafeln entlang der Treppe zierten. An einigen Stellen hatte das Leichentuch rosige oder gelbliche Flecken, wirkte ... feucht. Um ein Haar hätte ich mich umgedreht und wäre die Treppe wieder hin-

aufgeflohen. Stattdessen presste ich die Finger auf den Stein. Ich zitterte. Das Tuch war nicht einfach nur über Julien gebreitet, er war hineingewickelt worden. Adrien! Wer sonst sollte das übernommen haben. Die Ecke des letzten Stückes war über sein Gesicht gebreitet und mit der Spitze unter eine Falte auf seiner Brust geschoben. Sekundenlang starrte ich darauf. Hoffte zu sehen, wie der Stoff sich vielleicht unter Atemzügen – so schwach sie auch sein mochten – hob und senkte. Weil Julien der Sonne irgendwie widerstanden hatte; weil er den Rat irgendwie genarrt hatte ...
Da war nichts. Nichts! – Nur meine lächerlichen Wünsche und Hoffnungen.
Ich streckte die Hand nach der Ecke des Leichentuchs aus. Zog sie zurück. Ballte sie nur knapp darüber in der Luft zur Faust. – Ich wollte es nicht sehen. Nicht sehen, was die Sonne Julien angetan hatte. Julien! Das in diesem Tuch war Julien! Mein Julien. Ich liebte ihn. Daran würde nichts – gar nichts! – etwas ändern. Niemals!
Meine Hand bebte, als ich schließlich das Stück des Leichentuchs anhob, das über seinem Gesicht lag. Beinah hätte ich es gleich wieder zurückfallen lassen. Seine Haare waren fort. Wimpern und Brauen ebenso. Seine Lider waren geschlossen. Langsam schlug ich es endgültig zurück. Tränen saßen würgend in meiner Kehle. Ich musste die Lippen zusammenpressen, um sie zurückzuhalten. Mit aller Kraft. Irgendwie. Sein Kopf war ein winziges Stück zur Seite gesunken, fast als würde er mir das Gesicht zuwenden. Etwas rann heiß und nass über meine Wangen, sammelte sich an meinem Kinn, tropfte hinunter. Rotes, verbranntes Fleisch, dazwischen Stellen, deren Ränder schwarz verkohlt waren. Ich hob die Hand zu seiner Wange. Meine Fingerspitzen schwebten nur Millimeter darüber. Ohne ihn zu berühren. *Ach, Julien!* Ich schloss die Augen, öffnete sie wieder. Das

Licht der Kerze reichte nicht aus, um mir das ganze Ausmaß seiner Verbrennungen zu zeigen. Ich war dankbar für diese Gnade. Dennoch wollte etwas in mir nur noch schreien. Ich schluckte den Schrei unter, beugte mich ein wenig weiter zu Julien, strich sanft von seiner Schläfe, über die Wange abwärts bis zu seinem Kiefer. Ich schmeckte die Tränen salzig in meinem Mund. Vorsichtig nahm ich die Hand fort. Asche war an meinen Fingerspitzen hängen geblieben. Es war vorbei. Alles!

»Du bist in Sicherheit.« Die Tränen erstickten die Worte zu kaum mehr als einem Flüstern. »Jetzt kann dir niemand mehr etwas tun.«

Es war vorbei. – Und den Rest würde ich auch noch beenden. Aber vorher gab es noch eine Sache ...

Ich musste einen Moment tasten, ehe ich den Verschluss meiner Kette fand, und ich brauchte zwei Versuche, bis ich ihn endlich offen hatte. »Ich ... Ich kann es nicht verwahren.« Mit einem leisen Klingen schlugen das Amulett und das schmale Röhrchen gegeneinander, als ich es unter meinem Shirt hervorhob und vor mir ein kleines Stück in die Höhe hielt. »Sie wollen es mir wegnehmen. Sie ...« Ich lachte, leise und bitter. Es klang falsch. »Nein, nicht *sie*. Gérard. Er .. er weiß, dass ich es habe. – Es tut mir leid, Julien.« Sekundenlang beobachtete ich, wie sich das Kerzenlicht in dem Gold fing, bevor ich es schließlich behutsam auf seine Brust sinken ließ. »Du musst es mitnehmen. Wo auch immer Adrien dich hinbringt.« Ein wenig zögernd beugte ich mich vor, lehnte mich schließlich über ihn.

»Geh nicht zu weit! Hörst du?« Vorsichtig, als könne ich ihm immer noch wehtun, schob ich meine Hände unter seinen Nacken und schloss die Kette wieder. »Geh nicht zu weit auf der anderen Seite. Ich komme nach. Warte auf mich.« Sein Kopf fiel ein wenig mehr zur Seite, meine Finger streiften seine Wange. Ich müsste sie nur drehen ... Seine Wange schmiegte sich ebenso in meine Handfläche, wie er es früher so oft getan hatte. »Versprich es mir.« Ich schluchzte auf. »Ich komme nach, sobald ich kann. Bitte warte auf mich. Sei Adrien deshalb aber nicht böse.« Alles verschwamm. »Ich komme nach. Dann wird keiner mehr über uns bestimmen.« Behutsam zog ich die Hand zurück, während ich mir mit der anderen über die Augen wischte. »Dann sind wir endlich frei.« Bebend holte ich Atem, versuchte die Tränen zu beherrschen. »Versprich mir, dass du wartest. Ich habe Angst, mich ohne dich dort drüben zu verlaufen.« Meine Stimme brach. Sanft legte ich das Röhrchen mit dem Rest des Blutes der Ersten und sein St.-Georgs-Amulett auf seiner Brust zurecht. Meine Finger zitterten so sehr, dass ich die Kette im ersten Moment unabsichtlich spannte. Dann zog ich das Leichentuch darüber wieder glatt. Niemand sollte auch nur ahnen können, was Julien mit ins Grab nahm. Seine Hand war an der Seite zwischen den Falten hervorgerutscht; rot, über den Fingerknöcheln schwarz verkohlt. Behutsam hob ich sie unter das Leinen zurück, hielt sie weiter fest. Sacht. Ein letztes Mal. Seine Finger ruhten schlaff in meinen, seltsam nachgiebig. Die Handfläche kühl auf meiner. Auch wenn meine Augen endlich trocken waren, brannten sie noch immer. *Ach, Julien.*

Da war noch so viel, was ich ihm hatte sagen wollen; wofür *davor* nie wirklich Zeit gewesen war, weil wir ja scheinbar genug davon hatten; womit ich unsere letzten Stunden nicht hatte verschwenden wollen. So vieles, was jetzt in meiner Brust brannte. – Ich brachte nichts davon heraus.

Auf der Treppe erklangen leise, verhaltene Schritte. Adrien. Er kam, um seinen Bruder zu holen. Dabei ging die Sonne doch gerade erst endgültig unter.

Erneut saßen Tränen in meiner Kehle. Mühsam schluckte

ich gegen sie an, beugte ich mich noch einmal vor, stützte mich mit der freien Hand neben Julien auf dem rauen, harten Stein ab und küsste ihn ein letztes Mal. So sanft und vorsichtig, wie er es immer bei mir getan hatte. Seine Lippen fühlten sich verwirrend weich an.

»Ich liebe dich, Julien Du Cranier«, flüsterte ich gegen seinen Mund.

»*Eyes, look your last! / Arms, take your last embrace!*«, sagte jemand unvermittelt lachend hinter mir. Die Stimme ließ mich erstarren. Ich hätte sie unter Tausenden erkannt. Nicht Adrien: Gérard!

Gemächlich trat er von der letzten Stufe und kam näher. Ich konnte seine Schritte auf den Steinplatten hören.

»*And, lips, O you / The doors of breath, seal with a righteous kiss / A dateless bargain to engrossing death!*«, deklamierte er in demselben spöttischen Ton weiter. Ich ließ Juliens Hand los, schob die Falten darüber zurecht und lehnte mich dann vor, um auch die Ecke des Leichentuchs wieder über sein Gesicht zu ziehen. Meine Hand zitterte. Ich wollte nicht, dass Gérard ihn so sah! Ich wollte nicht, dass Gérard auch nur in seine *Nähe* kam!

Er hatte mich beinah erreicht, als ich mich zu ihm umdrehte.

»Was wollen Sie hier?« Ich versuchte kalt zu klingen, hoffte, dass er die Tränen in meiner Stimme nicht hörte.

»Romeo und Julia waren eine Lachnummer gegen euch zwei, meine Liebe.« Ironisch klatschte er in die Hände. »Was ich will? – Wir beide haben eine Abmachung. Ich habe meinen Teil erfüllt. Du bist dran.«

»Gar nichts haben Sie. – Julien war noch am Leben, als … sie ihn hinausgebracht haben. Und auch, als die Sonne aufging.« Ich ballte die Fäuste und machte einen Schritt auf ihn zu.

»Ach? Tatsächlich?« In geheuchelter Verblüffung riss Gérard die Augen auf.

»Ja, tatsächlich. Der Deal war, dass Sie mir etwas besorgen, das ...«

»Ich weiß, was der *Deal* war, Kleine«, zischte er. »Hast du ernsthaft geglaubt, ich helfe dir, ihm ein schnelles, gnädiges Ende zu bereiten?« Mit einer verächtlichen Geste wies er auf Julien. »Der kleine Mistkerl hat mir meinen einzigen Sohn genommen. Er hat ihn zu einem Vampir gemacht, damit die Ehre meiner Familie besudelt.« Er schnaubte. »O nein, meine Liebe. Er hat jede Sekunde von dem verdient, was er bekommen hat. Wenn es nach mir gegangen wäre, hätten es dreimal so viele sein können.«

Ich stand da und starrte ihn an. Lieber Gott, was war dann in dem Fläschchen gewesen, wenn nicht das versprochene Gift?

Es war, als hätte Gérard mir die Frage im Gesicht abgelesen. Sein Mund verzog sich abfällig.

»Das letzte Ergebnis meiner Forschungen nach einem Heilmittel gegen die Krankheit erwies sich leider als ebenso unbrauchbar wie all die anderen Reihen zuvor.« Er zuckte die Schultern. »Aber während die anderen einfach nur wirkungslos waren – sieht man mal von einem leichten Unwohlsein und einem vorübergehenden Auftreten der Symptome bei gesunden Versuchspersonen ab –, war dieses tödlich. Die beiden Lamia, an denen wir es getestet haben, brauchten knapp 48 Stunden zum Sterben. In dieser Zeit verging keine Minute, in der sie sich nicht vor Schmerzen gekrümmt und die Seele aus dem Leib gebrüllt haben. Bedauerlich, dass wir sie nicht erlösen konnten, aber wir mussten ja wissen, ob uns am Ende nicht doch Erfolg beschert war und die Qualen nur der Preis für unsere Gesundheit sein würden.«

Und ich hatte es Julien zu trinken gegeben; hatte ihn dazu

überredet, es zu trinken ... Die Krämpfe in der Zelle waren nur der Anfang gewesen. *Jetzt weiß ich, warum er kaum einen Ton herausbrachte, als er mich anbettelte, auf dich aufzupassen,* hatte Adrien gesagt. Wahrscheinlich war der Sonnenaufgang für ihn am Ende eine Gnade gewesen. Lieber Gott, was hatte ich getan? Erst als ich gegen den Sarkophag stieß, wurde mir klar, dass ich vor Gérard zurückgewichen war.

»Monster«, flüsterte ich voller Grauen.

»Und das ausgerechnet aus dem Munde der Princessa Strigoja.« Er schüttelte den Kopf, kam mir nach. War eben noch Hohn in seiner Stimme gewesen, war seine Miene mit einem Mal eiskalt. »Meine Geduld ist zu Ende, Kleine. Ich habe nicht den ganzen Tag Zeit. Ich will das Blut und du wirst es mir geben. Jetzt.« Ohne Vorwarnung griff er nach meinem Kragen und zerrte ihn von meinem Hals weg. Selbst wenn ich im ersten Moment nicht vollkommen überrascht gewesen wäre: Gefangen zwischen ihm und dem Sarkophag gelang es mir nicht, seiner Hand auszuweichen. Die Augen zusammengekniffen sah er mich an. »Wo ist es? – Als ich dir unseren kleinen Handel vorgeschlagen habe, warst du so dumm, nach dem zu greifen, was an deiner Kette hing. Als du vorhin den Ratssaal verlassen hast, hattest du sie noch um. Ich frage nur ein Mal: Wo ist es?«

Ich presste die Lippen zusammen, gab seinen Blick einfach nur schweigend zurück. Seine Augen wurden noch schmaler ... ehe er mich in der nächsten Sekunde so hart zur Seite stieß, dass ich schmerzhaft auf Händen und Knien landete. Bis ich mich umgedreht hatte, stand er schon über Julien gebeugt und hatte ihm das Leichentuch halb heruntergezerrt.

»Nein! Rühr ihn nicht an!« Ich sah die Bewegung, mit der er nach der Kette griff, und war nicht schnell genug wieder auf den Beinen, um zu verhindern, dass er sie von Juliens Hals riss. Gérards Hand traf mich im Gesicht und schickte mich rücklings zurück auf den Boden. Gleich darauf hatte er mich an der Kehle gepackt. Juliens Hand hing über die Kante der Steinplatte herab.

Hilflos krallte ich nach seinem Gesicht, zerrte an seinem Arm. Er zwang meinen Kopf in den Nacken, bis ich ihn ansah.

»Hast du tatsächlich geglaubt, damit durchzukommen, du kleine Hexe?« Die Kette mit dem St.-Georgs-Medaillon und dem Blut drehte sich an seiner anderen Hand. »Für wie dumm hältst du mich?«

Er drückte mir so gründlich die Luft ab, dass ich außer einem Röcheln keinen Ton hervorbrachte. Ich umklammerte seinen Arm mit beiden Händen.

»Nachdem du den ersten Teil unseres Handels nicht erfüllen wolltest, gehe ich wohl recht in der Annahme, dass du auch den zweiten nicht erfüllen willst, wie?«

Der zweite Teil; mein Blut für seine Versuche: Niemals! – Ich schlug meine Fingernägel, so fest ich konnte, in sein Handgelenk. Er ließ die Kette in aller Ruhe in die Tasche seines Jacketts gleiten und löste seinen Griff. Ich hatte noch keinen Atemzug getan, da traf mich seine Hand erneut ins Gesicht, diesmal so hart, dass ich Sterne sah und Blut in meinem Mund schmeckte. Blindlings versuchte ich von ihm fortzukriechen, noch immer ohne genug Luft zum Schreien. Er packte mich an den Armen, zerrte mich auf die Füße und schmetterte mich gegen die Wand. Der Aufprall trieb mir abermals aus den Lungen, was ich mühsam an Sauerstoff in sie hineingesogen hatte. Seine Hand schloss sich erneut um meinen Hals, drückte mein Kinn zur Seite und entblößte meine Kehle. Es war wie damals bei Samuel.

»Nein!« Das Wort war mehr ein Würgen. Verzweifelt stemmte ich meine Hände gegen seine Brust. Er fing sie ein, drückte sie herab.

»Schrei ruhig. Ich habe die Wache weggeschickt, als ich herunterkam. – Als hätte ich geahnt, dass du mir Ärger machen würdest, was?« In seinem spöttischen Lächeln waren seine Fangzähne nicht mehr zu übersehen. »Da du mir nicht freiwillig gibst, was ich von dir will, muss ich es mir mit Gewalt nehmen.« Er beugte sich weiter vor. »Auch wenn ich es dann leider nicht für meine Forschungen verwenden kann.« Sein Atem schlug gegen meinen Hals. Er stand so dicht, dass ich noch nicht einmal nach ihm treten konnte. Ich schluchzte auf, wand mich – und schrie, als er mir die Zähne in die Haut grub. An der gleichen Stelle, an der Samuel mich gebissen hatte. Zwei Punkte glühender Schmerz, die zu einem zusammenflossen. Wie bei Samuel. Schlagartig verließ mich auch noch das letzte bisschen Kraft. Hätte er mich nicht an die Wand gedrückt gehalten, wäre ich daran zu Boden gerutscht. Mein Schrei wurde erst zu einem Wimmern, dann zu einem Schluchzen. Wie bei Samuel. Gérard trank mit einem leisen, genüsslichen Stöhnen. Tränen liefen mir übers Gesicht. Ich drehte meine Hände hilflos in seinem Griff, betete, dass es endlich vorbei sein möge; dass er zu viel nahm, mich umbrachte, damit ich schneller wieder mit Julien zusammen sein könnte. Vielleicht würden sie ihn ja ebenso hinrichten wie Julien, falls er mich tötete. Eigentlich konnte er mich gar nicht am Leben lassen. Oder rechnete er damit, dass man ihm mehr glauben würde als mir? Nein. Er musste mich töten. Er hatte gar keine andere Wahl. Ich würde wieder bei Julien sein. Es wäre vorbei ... vorbei ...

Der Laut war ohne Vorwarnung in meinem Kopf. Ein Knurren. Dunkel. Drohend. Einer der Hunde, die um das Kloster herumstreunten und ungebetene menschliche Besucher fernhalten sollten? Wie kam er hier herunter? Im Kloster selbst hatte ich bisher noch keinen einzigen gesehen. Allerdings ... Konnte ein Hund tatsächlich einen solchen Laut von sich geben?

Wieder das Knurren.

Offenbar war es nicht nur in meinem Kopf, denn Gérard nahm abrupt die Zähne aus meinem Hals und blickte sich um. Blut lief weiter aus seinem Biss. Ich hörte mich selbst wimmern. Es ging in einem neuerlichen Knurren unter; noch dunkler und grollender diesmal.

»Was zum ...?«

Ich blinzelte benommen an ihm vorbei und ... Julien? Nein! Nein, das war unmöglich. Das ... Gérard ließ mich los und ich rutschte einfach zu Boden, während er sich endgültig umdrehte – und ein Zischen ausstieß.

Wir konnten nicht beide die gleiche Halluzination haben.

Aber Julien konnte nicht auf der Platte des Sarkophags kauern und zu uns herstarren. Knurrend wie ein Tier. Den Kopf leicht gesenkt. Der Körper rot verbrannt; das Fleisch blasig und zusammengezogen, an einigen Stellen in der Tiefe weißlich, an anderen schwarz verkohlt und an wieder anderen eine grau verbackene Kruste aus Wundsekret und Asche.

»Julien«, flüsterte ich fassungslos.

Gerade rutschte das Leichentuch von der Platte des Sarkophags herab. Das Knurren kam von ihm. Seine Augen zuckten zu mir – da war kein Weiß mehr, nur noch dunkelstes, blutiges Rot –, kehrten zu Gérard zurück. Irgendwie waren seine Jeans nicht ganz verbrannt. Er knurrte wieder. Ein Grollen, irgendwo tief in seiner Brust. Fletschte die Zähne; Fänge, weiß und spitz und lang und seltsam ... anders.

Sein Blick war Gérard nicht entgangen. Er sagte etwas in der Sprache der Lamia, während er mich zugleich am Arm packte und in die Höhe zerrte. Ich keuchte in seinem Griff auf. Julien stürzte sich auf ihn. Ohne Vorwarnung. Vielleicht hatte Gérard mich noch vor sich ziehen wollen – er schaffte es nicht. Ein Stoß traf mich, beförderte mich zur Seite. Ich prallte gegen den nächsten Sarkophag, fiel auf die Knie.

Sie rollten über den Boden, kamen wieder auf die Beine. Gérard brüllte, fletschte die Zähne. Julien knurrte, fauchte, sprang ihn von Neuem an. Die Hände zu Klauen gekrümmt. Gérards Faust traf ihn in die Rippen, die andere unters Kinn, schleuderte seinen Kopf zurück, ließ ihn taumeln. Selbst ich konnte sehen, dass seine Bewegungen nichts von der üblichen Eleganz hatten. Der nächste Schlag, mit dem Handrücken quer ins Gesicht. Ich schrie. Julien prallte gegen den Kandelaber, riss ihn scheppernd um, die Kerze schlug hart auf dem Boden auf, die Flamme flackerte, brannte wie durch ein Wunder weiter. Wachs bildete eine fahle Lache auf den Steinen. Fauchend kam Julien wieder hoch, stieß sich von den Stufen ab, warf sich erneut auf Gérard. Gemeinsam krachten sie gegen die Wand. Julien bleckte die Fänge, verfehlte Gérards Kehle nur um Millimeter. Eine Faust in den Leib schickte ihn auf die Knie, wieder ein Hieb unters Kinn. Beinah wäre er zu Boden gegangen, fing sich im letzten Moment, sprang Gérard diesmal von unten an. Sie taumelten abermals gegen die Wand, rangen miteinander. Ein weiteres Mal schlug Gérard zu. Juliens Knurren brach mit einem Husten ab. Gérard würde ihn umbringen. Noch ein Hieb. Was die Sonne und sein Gift nicht geschafft hatten, würde er eigenhändig erledigen. Unsicher kam ich auf die Füße. Julien prallte gegen den Sarkophag, der der Wand am nächsten stand, stolperte, fuhr wieder zu Gérard herum. Jeder Schlag schien ihn mehr Kraft zu kosten. Der nächste Hieb ließ ihn noch stärker taumeln. Ich konnte ihm gerade noch ausweichen, stieß mich von dem Stein ab, hastete zu dem umgestürzten Kandelaber neben der Tür, hob ihn auf. Er war schwer. Gérard drückte Julien jetzt rücklings gegen die Wand. Nein! Ich würde es nicht zulassen! Niemals! Ich stolperte auf die beiden zu. Schrie. Ein Kreischen ohne Worte. Gérard fuhr herum. Zu langsam. Der Kandelaber traf ihn in die Rippen. Brüllend ließ er Julien los, fing den nächsten Schlag ab, riss mir das Eisen in der Bewegung aus den Händen. Ich taumelte auf ihn zu. Wieder seine Hand an meiner Kehle. Seine Fingernägel gruben sich in meine Haut. Ein Ruck, Gérard wankte. Julien war hinter ihm, halb auf seinem Rücken, drückte seinen Kopf zur Seite, eine Hand in seinen Haaren – und schlug ihm die Fänge in den Hals, die roten Augen auf mir. Der Griff an meiner Kehle lockerte sich. Ich riss mich los, stürzte, kroch rücklings von ihnen fort. Gérard ging mit einem Gurgeln in die Knie, krallte hinter sich, ein dunkler Fleck wurde auf seinem Hemd immer größer. Julien biss tiefer. Aus dem Gurgeln wurde ein Würgen. Plötzlich war Blut auf Gérards Lippen, lief über sein Kinn, vermischte sich mit dem auf seiner Brust. Abermals krallte er hinter sich. Juliens Hand rutschte unter seinen Kiefer, Gérard bäumte sich auf, brüllte, der Laut war mehr ein Röcheln. Julien nahm die Zähne aus seinem Hals, eine abrupte Bewegung, ein Knacken, Gérards Augen weiteten sich, das Brüllen endete. Julien ließ ihn los, taumelte kurz, fing sich, richtete sich langsam auf, den Blick unverwandt auf mir. Ich kroch weiter zurück, mühte mich unsicher auf die Füße. Irgendetwas war noch immer warm und klebrig an meiner Kehle. Gérard lag zwischen uns. Den Kopf in einem unmöglichen Winkel verdreht. Meine Knie waren weich. Seine roten Augen hielten mich noch immer gefangen. Auch als er über Gérards Körper hinwegtrat. Ich konnte nicht anders, als ihn anstarren.

»Julien.« Sein Name kam nur als Flüstern über meine Lippen. Keine Reaktion. So als hätte er mich nicht gehört. Ich machte einen Schritt zurück, trat auf das Leichentuch.

Warum sagte er nichts? Beinah wäre ich gefallen. Julien war plötzlich hinter mir, zog mich an sich, einen Arm um meine Mitte, den anderen quer über meiner Brust. Ich spürte seinen Atem in meinem Nacken, an meinem Hals. Hart, viel zu schnell – und viel zu nah. Eine Berührung. Ich erstarrte, brauchte Sekunden, bis ich begriff, dass es nur seine Zunge war, die über die Bissmale strich, die Gérard hinterlassen hatte, dafür sorgte, dass sie nicht mehr bluteten, sich schlossen. Trotzdem stand ich weiter wie gelähmt. Julien knurrte, die Berührung verschwand. Eine kaum merkliche Bewegung in meinem Rücken. Jetzt war sein Atem auf der anderen Seite meines Nackens. Wieder seine Zunge auf meiner Haut. Sacht. Kalt. Im nächsten Moment lag seine Hand an meiner Wange, bog er meinen Kopf zur Seite, bohrten seine Fänge sich in meinen Hals. Blitzschnell. Ich keuchte. Mehr vor Schreck als Schmerz. – Es tat nicht weh. Ich hatte Juliens Fänge gesehen, entsetzlich lang und spitz, doch jetzt spürte ich sie kaum, obwohl ich wusste, dass sie in mir waren. Weil ich fühlte, wie er trank. Ein Grollen vibrierte tief in seiner Kehle. Meine Atemzüge klangen hoch und kurz. Das Entsetzen war einfach da. Sosehr ich mich auch selbst daran erinnerte, dass das Julien war, dessen Mund an meinem Hals lag; dass ich ihm mein Blut mehr als einmal angeboten, dass er schon einmal von mir getrunken hatte. Es war einfach da. Wimmernd stemmte ich mich gegen seinen Griff. Der Arm um meine Mitte drückte mich enger an ihn. Der Boden wankte unter meinen Füßen. Eine Stimme in meinem Kopf klagte, dass ich Julien vielleicht wehtun könnte. Sie ging in einem Knurren unter ... das wieder zu dem Grollen wurde, als ich mich nicht weiter wehrte, sondern schwer gegen ihn sank. Ich schloss die Augen, biss mir auf die Lippe. Ein Zittern kroch durch meine Glieder. Seine Hand gab meine Wange frei, glitt über meine Kehle abwärts, beinah wie ein ...

Streicheln. In meinen Adern erwachte ein Brennen. Zu viel! Er nahm zu viel.

Das Schluchzen saß plötzlich in meiner Kehle. »Julien. Bitte ...«

Erst als ich seine Zunge erneut auf meiner Haut spürte, wurde mir bewusst, dass seine Fänge schon vor meinem Flehen nicht mehr in meinem Hals gewesen waren. Geradezu aufreizend langsam leckte er über die beiden Löcher, die seine Zähne hinterlassen hatten. Die Bewegung war die gleiche wie zuvor, als er die Wunden schloss, die Gérard hinterlassen hatte. Und doch wieder vollkommen anders. Sein Grollen war kaum mehr zu erahnen.

Ich lag auf den Knien, ohne zu wissen, wie ich dorthin gekommen war. Julien neben mir, sein Arm noch immer um meine Mitte. Ich wand mich darin, bis ich ihn zumindest ansehen konnte. Mir war schwindlig, mein Herz pochte viel zu schnell.

»Julien ...«

Er reagierte nicht. Sagte nichts. Seine Augen waren noch immer von jenem dunklen, blutigen Rot, und doch glaubte ich in ihren Tiefen jetzt einen Hauch von Schwarz zu erkennen. Sie forschten in meinem Gesicht, meinem Blick, als würden sie irgendetwas ... suchen.

Ganz vorsichtig hob ich die Hand, legte sie gegen seine Wange. »Julien.« Das unstete Licht der Kerze verbarg nach wie vor das Ausmaß seiner Verbrennungen vor mir. Ich war mehr als dankbar dafür. Er wich meiner Berührung mit einer kleinen Bewegung aus. In meinem Inneren kroch ein Wimmern empor. Meine Hand fiel herab.

Falsch! Irgendetwas war entsetzlich falsch. »Bitte sag was.« Meine Augen brannten.

Er schwieg weiter. Meine Brust krampfte sich zusammen ... Schock. Ja genau: ein Schock! Verzweifelt klammerte ich mich an den Gedanken. Sie hatten ihn hingerichtet. Dann Gérards Gift ... Das alles war auch für jemanden wie ihn zu viel; mochte er dreimal ein Lamia-Prinz aus einer alten Blutlinie sein. Er stand unter Schock. Vielleicht war das auch der Grund, warum er keine Schmerzen zu haben schien ...

»Sag was, Julien. Bitte sag was ...« Meine Stimme war endgültig zu einem Wispern herabgesunken.

Er sah mich an, den Kopf ganz leicht zur Seite geneigt. Noch immer wortlos.

Alles um mich verschwamm. Ich presste die Lider zusammen, konnte nicht verhindern, dass ich plötzlich zitterte, wandte mich ab, schlang die Arme um mich, kämpfte gegen das Schluchzen. Juliens Atem streifte erneut meinen Nacken. Irgendetwas stimmte nicht, war ganz entsetzlich falsch. Es war als ... Was? WAS? Als sei das hier bei mir nicht mehr Julien? Das konnte doch nicht sein! Er hatte mich doch vor Gérard beschützt ... Aber warum sagte er nichts? Warum sah er mich so seltsam an? *Bitte, lieber Gott, lass es ein Schock sein! Nur ein Schock! Es muss wieder vergehen! Es muss! Julien muss zu mir zurückkommen. Er kann nicht überlebt haben, nur um dann nicht mehr mein Julien zu sein. Bitte nicht! Bitte ...*

Ich riss die Augen auf, als seine Hand plötzlich zwischen mir und dem Licht der Kerzenflamme war. Sein Arm keine zehn Zentimeter von meinem Gesicht entfernt in der Luft. Ich sah, roch sein verbranntes Fleisch – und wusste gleichzeitig, was er wollte, obwohl er nach wie vor kein Wort sagte. Weil er mir sein Handgelenk oft genug genau so hingehalten hatte, damit ich von ihm trank. Etwas krallte sich um mein Herz. Erschrocken schüttelte ich den Kopf und versuchte zugleich die Gier zu ignorieren, die bei der Erinnerung an sein Blut in mir erwachte.

»Nein, ich ...« Ein Stoß in die Seite, ganz sacht nur, begleitet von einem leisen Knurren ließ mich abbrechen. Er hob den Arm über meiner Schulter gerade weit genug, dass ich mich halb zu ihm umdrehen und ihn anschauen konnte.

Unsere Gesichter waren erschreckend nah beieinander. Wie zuvor forschten seine so entsetzlich roten Augen in meinen. *Bitte, Julien ...* In meiner Kehle saß ein Brennen.

Erneut schüttelte ich den Kopf. »Nein, ich ... ich will dein Blut nicht.«

Vielleicht bildete ich mir sein Stirnrunzeln nur ein, aber die Art, wie er den Kopf hielt, war eindeutig fragend. Abrupt drehte ich ihm wieder den Rücken zu, presste die Hand vor den Mund. Einen Moment später zog er den Arm zurück. Ich wollte schon aufatmen, als er wieder vor mir erschien – und es rot von seinem Handgelenk vor mir auf die Steinplatte tropfte. Von einer Sekunde zur nächsten war die Gier endgültig erwacht. Meine Eckzähne brachen aus meinem Oberkiefer. Ich schluckte krampfhaft. Mit jedem Tropfen breitete sich die Blutlache vor mir am Boden weiter aus. Julien legte den Arm schwer auf meine Schulter. Ich schluckte erneut. Noch krampfhafter als zuvor. Konnte den Blick nicht von dem roten Sirenengesang abwenden, der da vor mir die Pfütze vergrößerte; tropf ... tropf ... tropf ... Ich beobachtete, wie ich die Hand hob, sie sich langsam um Juliens Arm legte, ihn ein Stück näher heranzog. Alles ganz vorsichtig, sacht, um ihm trotz allem nicht wehzutun. Es war, als sähe ich einer Fremden zu. Seine Haut fühlte sich verwirrend kühl und in den Tiefen zugleich heiß an, zerfurcht und dennoch glatt und seltsam ... hart. Der Geruch seines Blutes schürte den Schmerz in meinem Oberkiefer – bis ich zubiss. Einen Sekundenbruchteil spannte seine Hand sich in meiner, ehe sie weich wurde. Ich schluckte, hörte, wie ich selbst leise stöhnte. Süß und schwer rann Juliens Blut meine Kehle hinab. Dicker, als ich es in Erinnerung hatte, mit einem verwirrenden Nachgeschmack; herb, beinah bitter ... Geronnene Dunkelheit.

Sein Atem strich über die empfindsame Stelle unter meinem Ohr. Der leise Laut, den er von sich gab, klang irgendwie ... zufrieden. Sein Arm um meine Mitte war verschwunden. War da tatsächlich eine federleichte Berührung in meinem Haar? Ich wusste es nicht. Ich trank wie in einem Traum – und dann waren Hunger und Gier mit einem Mal vergangen. Ich brauchte einen Augenblick, bis ich begriff, *was* da plötzlich fehlte. Behutsam nahm ich meine Zähne aus Juliens Handgelenk, strich vorsichtig mit der Zunge über die beiden Löcher, die ich hinterlassen hatte, während ich gleichzeitig in mich hineinlauschte. Wie in einem Seufzen streifte sein Atem meinen Nacken ganz kurz ein wenig stärker. Sein Arm blieb schwer und entspannt auf meiner Schulter. Da war tatsächlich nur eine zufriedene, leere Wärme in mir. Keine Gier, kein Hunger. Zum ersten Mal, seit ich meinen Wechsel hinter mich gebracht hatte. Meine Kehle war schlagartig wie zugeschnürt. Es fühlte sich an wie ein Geschenk – das ich nur Juliens Blut verdankte.

»Mon Dieu!« Eine Stimme von der Treppe. Erschocken sah ich auf: Adrien – und Olek. In der nächsten Sekunde hatte Julien mich hochgerissen und so abrupt hinter sich gestoßen, dass ich taumelte, gegen die Kante des Sarkophags prallte, halb in die Knie ging. Ich klammerte mich daran fest, nicht sicher, ob meine Beine mich tragen würden. Er knurrte. Wieder dunkel, wieder drohend. Duckte sich, die Hände halb erhoben, zu Klauen gekrümmt. An der Linken war die Haut aufgerissen.

»Nein!« Ich wusste nicht, wem das Wort galt. Hastig ließ ich den Sarkophag los, versuchte vor Julien zu gelangen. Er packte mich, brachte sich abermals zwischen mich und Adrien und Olek. Sein Knurren war eine überdeutliche Warnung. In Adriens Gesicht war nichts als Fassungslosigkeit. Er stand wie gelähmt da, starrte zu uns her. Olek hinter ihm ging es nicht viel besser. Die beiden hatten eine Bahre zwischen sich.

Endlich erwachte Adrien aus seiner Betäubung, setzte sein Ende der Trage ab und machte einen Schritt auf uns zu. Endgültig von der Treppe herunter und in das Gewölbe herein. »Julien ...« Seine Stimme zitterte. »Mein Gott, Kleiner ... du ... wie kann das sein?« Er hob die Hand, streckte sie nach seinem Bruder aus. Julien duckte sich ein Stück weiter, sein Knurren wurde noch dunkler und drohender. Abrupt blieb Adrien stehen, ließ den Arm langsam sinken, sah zu mir, erwartete ganz eindeutig eine Erklärung. Bevor ich etwas sagen konnte, flüsterte Olek hinter ihm, jetzt auf der letzten Stufe, »Merde, d'Orané!«

Für eine Sekunde zuckte Adriens Blick in die gleiche Richtung, in die Olek starrte, kehrte aber sofort wieder zu mir und Julien zurück. Vorsichtig machte er einen weiteren Schritt auf uns zu. Julien fletschte seine so entsetzlich langen Fänge. Abermals hielt Adrien inne. Abermals schaute er zu mir, ehe er erneut seinen Bruder ansah. Als er dann sprach, tat er es überraschend sanft.

»Wir müssen dich hier wegbringen, Kleiner. – Verstehst du mich, Julien? – Jede Minute, die wir länger hier unten sind, wird die Gefahr größer, dass jemand herunterkommt und dich sieht. Gérards Freunde, Körner und St. James, stolzieren dort oben umher. Was, wenn sie herunterkommen, um ihn zu suchen? – Verstehst du, was ich sage, Julien? – Uns läuft die Zeit davon.« Er machte erneut einen Schritt auf Julien zu – mit demselben Ergebnis wie zuvor – und blieb erneut stehen. Einmal mehr ging sein Blick fragend zu mir. Ich schüttelte hilflos den Kopf.

»Ich glaube er ... er versteht nicht ...« Ich verstummte, ohne den Satz zu beenden.

Sekundenlang maß Adrien mich mit gefährlich schmalen Augen, dann sah er seinen Bruder wieder an. »Stimmt das, was sie sagt, Kleiner? Verstehst du wirklich nicht, was ich von dir will? Wenn das nämlich so ist und ich dir nicht klarmachen kann, dass du gleich für ein paar Minuten deinen Leichnam spielen musst, dann haben wir ein kleines Problem.« Ein neuerlicher Schritt vorwärts, Juliens Knurren wurde gefährlicher, er duckte sich noch weiter. Wieder blieb Adrien stehen. Doch diesmal drehte er sich halb zu Olek um – ohne Julien aus den Augen zu lassen. Was genau zwischen den beiden vorging, konnte ich nicht erkennen. Ich beobachtete nur, wie Adrien die Hand zur Faust ballte und den Kopf ein kleines Stück zur Seite neigte – und wie Olek nickte. Als Adrien sich uns wieder zuwandte, tat er es mit einem leisen Seufzen. »Es tut mir leid, Julien, aber du lässt mir keine andere Wahl.«

Lautstark stellte Olek die Bahre ab und versetzte ihr einen Schubs, sodass sie ein Stück weiter in das Gewölbe hineinrutschte. Mit einem Fauchen fuhr Julien zu ihm herum, für einen Sekundenbruchteil von seinem Bruder abgelenkt. Im nächsten sackte er zu Boden – und wurde im letzten Moment von Adrien aufgefangen, der ihn behutsam auf die Steinplatten gleiten ließ. Als er sich wieder aufrichtete, schüttelte er seine Hand. Fassungslos starrte ich ihn an, während ich rasch neben Julien auf die Knie sank und behutsam seinen Kopf auf meinen Schoß hob. Er atmete. Adriens Blick ließ mich die Frage nach dem *Warum* unterschlucken.

»Ich hoffe, Sie haben fest genug zugeschlagen.« Olek kam heran und schaute mit einem noch immer ungläubigen Kopfschütteln auf Julien hinab.

»Das hoffe ich auch.« Ohne mich weiter zu beachten, hob Adrien das Leichentuch vom Boden auf und schickte sich an, seinen Bruder erneut darin einzuwickeln. »Falls er wieder aufwacht, ehe wir ihn in den Wagen gebracht haben, sind wir geliefert.« Erst jetzt sah er mich wieder an. »Was ist hier passiert? Wie kann es sein, dass Julien ...« Er verstummte mit einem seltsam hilflosen Blick auf seinen Zwilling.

»Gérard hat mich angegriffen und plötzlich war Julien da ...«, ich hielt inne, schüttelte den Kopf. »Ich weiß es nicht.«

»Und wer von euch hat Gérard ins Jenseits befördert?« Adrien legte seinem Bruder die Arme über der Mitte zusammen, während Olek gleichzeitig zufasste und Juliens Oberkörper ein Stück vom Boden anhob.

»Julien.« Rasch stützte ich seinen Kopf.

»Mein Jet ist klein genug, dass mein Pilot ihn auf der alten Trainingspiste im Norden landen kann. – Ich sage ihm, er soll Sie dort mit vollgetankter Maschine erwarten, und Sie sagen ihm, wo er Sie und Ihren Bruder hinbringen soll!« Olek nickte mir zu, doch seine Worte galten Adrien. Die beiden arbeiteten geschickt und schnell.

Der zögerte. »Sie wissen, was passiert, wenn der Rat feststellt, dass Julien noch lebt und dass Sie uns geholfen haben?«

Oleks einzige Reaktion war ein abfälliges Schnauben.

Schließlich neigte Adrien den Kopf. »Ich danke Ihnen.«

»Ich rufe ihn an, sobald wir draußen sind. Hier im Kloster habe ich keinen Empfang. – Auch dann wird er noch rechtzeitig an der Piste sein.«

Ich musste die Hände wegnehmen, als Adrien das Leichentuch über Juliens Kopf schlug und es unter einer Falte auf seiner Brust feststeckte. Olek stand auf und holte die Bahre heran. Gemeinsam hoben sie Juliens schlaffen Körper darauf – und hielten mitten in der Bewegung inne. Also hatten sie auch das leise Stöhnen gehört.

»Wir sollten uns beeilen«, murmelte Olek. Adrien nickte nur – doch er zog die Brauen zusammen, als ich mich ebenfalls vom Boden erhob.

»Was wird das?«, verlangte er zu wissen.

»Ich komme mit euch.« War das nicht offensichtlich?

Aber Adrien schüttelte den Kopf. »Sicher nicht. Du hast schon ...«

»Glaubst du ernsthaft, ich lasse Julien noch einmal allein? Oder dass ich mir von dir irgendetwas vorschreiben lasse?« Ich ballte die Fäuste. »Ich komme mit! Egal ob es dir passt oder nicht, Adrien!«

Ärger glitt über Adriens Züge, doch dann schluckte er unter, was er wohl schon auf der Zunge hatte. »Also gut. Bis zum Tor. Aber nicht weiter.«

»Aber ...«

»Nein! Was glaubst du, sagt deine Verwandtschaft, wenn du plötzlich nicht mehr da bist? Wenn du mitkommst, bringst du Julien nur noch mehr in Gefahr.«

Er hatte recht. Daran hatte ich nicht gedacht. Vlad und Radu – und vermutlich auch Mircea – würden Himmel und Hölle in Bewegung setzen, um mich zu finden. Hilflos sah ich von einem zum anderen. Adrien zischte. Offenbar deutete er mein Zögern falsch. »Ich melde mich bei dir, sobald Julien in Sicherheit ist.«

»Und du wirst mir sagen, wo ihr seid, damit ich nachkommen kann.« Meine Stimme war rau. Ich sollte nicht bei Julien bleiben dürfen.

Unwillig verzog Adrien den Mund. »Meinetwegen.« Es klang nicht, als würde er meinen, was er sagte.

Plötzlich hatte ich Angst. Wenn er es nicht tat ... »Ich will dein Wort! Bei der Ehre deiner Familie!«, verlangte ich.

Seine Augen wurden schmal. Eine Sekunde fürchtete ich, ich hätte den Bogen überspannt, dann jedoch nickte er knapp. »Bei der Ehre meiner Familie. Ich melde mich und sage dir, wo wir uns treffen können. – Zufrieden?«

»Ja.« Ich zwang mich, die Fäuste zu öffnen. »Danke!«

Zur Antwort verzog Adrien nur erneut die Lippen.

»Was machen wir eigentlich mit d'Orané?« Olek hatte den Kandelaber wieder aufgerichtet, ihn an seinen Platz neben dem Türbogen zurückgestellt und die Kerze wieder in seine Mitte gesetzt, während er uns schweigend zugehört hatte; jetzt wies er mit dem Kinn auf Gérards Leiche.

»Hinter einen der Sarkophage?« Nach einem letzten Blick an meine Adresse drehte Adrien sich zu ihm um.

Zustimmend neigte Olek den Kopf. »Eine andere Möglichkeit haben wir wohl nicht.«

Ohne ein weiteres Wort gingen sie zu Gérards Leiche, wollten sie vom Boden aufheben. Das Blut!

»Wartet!«

Sie hielten inne, schauten zu mir her. Olek überrascht, Adrien gereizt.

Rasch folgte ich ihnen, beugte mich über Gérard und versuchte mich gleichzeitig daran zu erinnern, in welche Tasche er die Kette mit dem Blut zuvor gesteckt hatte. – Die linke Jackentasche. Außen.

Hastig – und mit einem leisen Schaudern– schob ich die Hand hinein. Ich musste nicht lange tasten, bis ich das Röhrchen – zusammen mit Juliens St.-Georgs-Medaillon – gefunden hatte, schloss die Faust darum und zog sie wieder heraus. – Und begegnete Adriens Blick. Das Gesicht eine eisige Maske sah er mir in die Augen. Sein Bruder hatte ihm gesagt, es sei nichts mehr übrig vom Blut der Ersten. Und jetzt ... hatte es sich in Gérards Besitz befunden. Das Legat ihres Vaters. Wären wir allein gewesen, hätte er mich – und Julien, so er bei Verstand und Bewusstsein gewesen wäre – angebrüllt. Ich zwang mich seinem Blick standzuhalten. Es kam mir wie eine Ewigkeit vor, ehe er sich brüsk abwandte, um Olek zuzunicken und Gérards Leiche mit ihm hinter den nächsten Sarkophag zu schleifen.

Stumm sah ich ihnen dabei zu – und folgte ihnen ebenso stumm, als sie dann die Treppe hinaufstiegen; die Bahre mit Juliens reglosem Körper vorsichtig zwischen sich.

Am Ende der Stufen blieb ich jedoch erschrocken stehen: Im Korridor erwarteten uns vier schwarz gekleidete Lamia, Vourdranj. Ich erkannte nur Ramon. Doch da Adrien und Olek ungerührt weitergingen, schloss ich hastig zu ihnen auf. Wortlos nahmen die Vourdranj uns zwischen sich. Zwei knapp vor Adrien, der das vordere Teil der Bahre trug, die anderen beiden einen Schritt hinter Olek. Mein Herz klopfte wie verrückt. Waren sie so etwas wie eine Wache zum Totengeleit? Oder sollten sie einfach nur dafür sorgen, dass alles so verlief, wie der Rat es wollte? Hoffentlich stöhnte Julien nicht noch einmal. Was, wenn er ausgerechnet jetzt zu sich kam? Ich hätte nie geglaubt, dass ich so etwas jemals denken würde, aber: Hoffentlich hatte Adrien fest genug zugeschlagen. Unwillkürlich ging mein Blick zu Julien. Von einer Sekunde zur nächsten war mir übel. Man konnte sehen, wie seine Brust sich hob und senkte. Ganz schwach zwar nur, aber man konnte es sehen. – Sie waren Vourdranj. Ihnen würde so etwas nicht entgehen. Wir bogen um eine Ecke. Möglichst unauffällig rückte ich ein bisschen näher an die Trage heran. Keiner sprach. Eine weitere Ecke, hinein in den nächsten Korridor. Meine Handflächen waren schweißnass und mein Mund vollkommen ausgedörrt. Adrien sah über die Schulter zurück, als wolle er sich vergewissern, dass hinter ihm alles in Ordnung sei. Ramon nickte ihm zu. Adrien erwiderte die Bewegung, blickte wieder nach vorne. Hoffentlich kam niemand auf die Idee, ausgerechnet jetzt in die Krypta hinunterzugehen, und fand Gérard hinter dem Sarkophag. Wieder eine Ecke. Diesmal erkannte ich den Korridor. Es war nicht mehr weit!

Die beiden Fürsten, die ich schon zuvor bei Gérard gesehen hatte, standen vor dem nächsten Durchgang. Als sie uns herankommen hörten, unterbrachen sie ihre Unterhaltung.

»Nun, Du Cranier, wo werden Sie Ihren Bruder begraben? Oder soll ich besser sagen *verscharren*?« Bedeutete das, Adrien durfte Julien noch nicht einmal nach Marseille bringen? Die beiden vertraten den Vourdranj und Adrien den Weg, sodass sie gezwungen waren, stehen zu bleiben. Wie sehr ich den Fürsten einmal mehr die Pest an den Hals wünschte.

»Das geht Sie nichts an, St. James. Und jetzt lassen Sie uns vorbei!« Wenn der, der gesprochen hatte, St. James war, musste der zweite Körner sein. In Adriens Ton war nichts anderes zu hören als ärgerliche Ungeduld. Mir zog sich die Kehle zusammen. Noch mehr, als St. James an Adrien vorbeischlenderte – an der Bahre entlang. »Ein letzter Blick, was Hans?«, grinste er über die Schulter zu Körner zurück. »Gérard wollte zwar auch hier sein, um dem armen *Doamnej* ein letztes Mal seine Aufwartung zu machen, aber irgendetwas muss ihn aufgehalten haben.«

Nein! Auf diese Entfernung musste es selbst ihm auffallen, dass Julien noch atmete. Ich ignorierte sein angedeutetes Nicken und das »Princessa« zu mir herüber und legte die Hand auf Juliens Brust. Wenn er eine Bewegung sah, hielt er sie so vielleicht für meine. Warum konnten sie es nicht einfach genug sein lassen?

»Lassen Sie uns vorbei!«, verlangte ich. Die Wut auf die Fürsten war wieder da und verhinderte, dass meine Stimme bebte.

Über die Bahre hinweg schaute er mich einen Moment verblüfft an, dann kehrte das Grinsen zurück. Wie ich ihm die Krankheit doch von Herzen gönnte.

»Einen letzten Blick werden Sie mir noch erlauben, Princessa.« Er streckte die Hand nach der Ecke aus, die über Juliens Gesicht geschlagen war.

Ich packte sein Handgelenk auf halbem Weg. »Nein!« Seine Haut fühlte sich an wie gammeliges, nasses Papier.

»Was zum ...« Ehe ich reagieren konnte, hatte er die Hand in meinem Griff umgedreht und hielt jetzt mein Handgelenk umklammert. »Vorsicht, Mädchen. Du magst zwar dem Titel nach die Princessa Strigoja sein, aber letztlich bist du doch nicht mehr als eine junge Lamia, die gerade ihren Wechsel hinter sich gebracht hat.« Mit einem Ruck zerrte er mich vorwärts, halb über Julien. Ich schaffte es gerade noch, mich auf seiner Brust abzustützen. Aber es gelang mir nicht, das halb erschrockene, halb schmerzhafte Keuchen zu unterdrücken. Unter meiner Hand spürte ich den tiefen Atemzug, mit dem Juliens Brust sich unvermittelt dehnte. Bitte nicht! Er durfte nicht zu sich kommen. Ich wollte mich aus St. James' Griff befreien, mich zumindest aufrichten, um meine Hand von Juliens Körper nehmen zu können – Gérards Freund gab mich nicht frei. Im Gegenteil, zog er mich noch näher heran. »Ich an deiner Stelle wäre vorsichtig, wen ich mir ...«

»Doamne Edward ...« Nur aus dem Augenwinkel sah ich Ramon an Olek vorbeigehen. In dieser Sekunde fuhr Julien mit einem Knurrfauchen in die Höhe. Ich wurde zurückgestoßen. Stoff riss. Die Bahre wankte, krachte zu Boden. Stimmen brüllten durcheinander. Schreie. Julien war über St. James. Das Leichentuch hing noch halb zerrissen an ihm. Körner und einer der Vourdranj rangen mit Adrien. Olek wehrte sich gegen Ramon. Die beiden übrigen Vourdranj hatten ihre Verblüffung ebenfalls abgeschüttelt und versuchten Julien von St. James zu reißen. Ich kämpfte mich vom Boden hoch, wollte zu ihm. Plötzlich waren noch mehr schwarz gekleidete Gestalten da. Eine hielt mich fest, zog mich zurück, versperrte mir die Sicht. Das Schreien und Brüllen wurde lauter. Eine Stimme bellte etwas, das wie ein Befehl klang. Klatschen und Grunzen. Ich hörte Adrien schreien. Und dann war es plötzlich vorüber. Endlich trat auch mein Bewacher zur Seite und ließ mich los. Etwas in mir krampfte sich zusammen. Aus! Vorbei! Verloren!

Adrien und Olek knieten mit im Nacken verschränkten Händen am Boden, flankiert von Ramon und zwei weiteren schwarz gekleideten Lamia. Ob sie sich ergeben hatten oder dazu gezwungen worden waren, wusste ich nicht. Es brauchte zwei Vourdranj, um Julien zu bändigen, der sich in ihrem Griff immer wieder fauchend aufbäumte und um sich schlug. Ein weiterer stützte St. James, der aschfahl die Hand gegen seine blutende Kehle gepresst hielt.

Körner zischte etwas und wies auf Adrien, Olek und Julien – und mich. Der Vourdranj neben mir sah mich zwar überrascht an, doch dann ergriff er mich am Arm und schob mich einfach vorwärts. Den Korridor hinunter. Wieder tiefer ins Kloster hinein. Es war vorbei! Hinter mir konnte ich Julien knurren und heulen hören. Jemand fluchte, aber ich war nicht sicher, ob Adrien oder einer der anderen. Schon nach drei Biegungen wusste ich, wohin wir gebracht wurden.

Im Ratssaal stießen sie Julien, Adrien und Olek zwischen den Tischen zu Boden. Mit mir waren sie ein wenig sanfter: Ich bekam nur einen Schubs, sodass ich einen Schritt weitertaumelte. Ein Knurren gefolgt von einem Wutschrei und einem Klatschen ließen mich herumfahren. Die beiden Vourdranj direkt bei Julien hatten ihre Dolche in den Händen. Adrien war zwischen ihnen und seinem Zwilling, versuchte ihn zur Ruhe zu bringen, verdrehte ihm schließlich den Arm auf den Rücken. Julien brüllte, kämpfte, wäre um ein Haar freigekommen. Der Vourdranj links von ihm hob seine Waffe.

»Nein!« So schnell ich konnte, drängelte ich mich zwischen ihnen hindurch, kniete mich vor Julien. Er keuchte, knurrte, bleckte die Fänge. »Es ist gut! Es ist alles in Ordnung! Ich bin da! Niemand wird mir etwas tun.« *Und dir auch nicht.* »Beruhige dich!« Sacht legte ich eine Hand gegen seine Wange, die andere gegen seine Brust. Ich hatte nicht zu hoffen gewagt, dass er verstand, was ich sagte, aber zu meinem Erstaunen gab er seine wütende Gegenwehr auf – vielleicht war es aber auch nur der Umstand, dass ich nah genug war, dass er mit seiner freien Hand mein Handgelenk zu packen bekam. Ich ließ es zu. Über seine Schulter hinweg begegnete ich Adriens Blick, der seinem Bruder noch immer den Arm auf dem Rücken verdreht hielt – und nach wie vor nicht wagte ihn loszulassen. Ich konnte ihn verstehen. Besser er übernahm es, Julien zu bändigen, als es den Vourdranj zu überlassen, die zu sehr viel drastischeren Maßnahmen greifen mochten, falls Julien sie dazu zwang.

»Was werden sie tun?« Am Ratstisch kümmerte Körner sich um St. James' Wunde.

Adrien verzog den Mund. »Sie werden entscheiden, ob sie Julien noch einmal hinrichten. – Und uns gleich mit.«

Ich biss für eine Sekunde die Zähne zusammen. Hatte ich etwas anderes angenommen?

Schneller als erwartet kündigten laute Stimmen die übrigen Fürsten an. Obwohl sie den Grund dafür kennen mussten, weshalb sie nochmals in den Ratssaal gerufen worden waren, starrten sie Julien an. Ich drückte den Rücken durch und hob das Kinn, als Vlad, Radu und Mircea den Saal betraten, obwohl mir viel mehr danach zumute war, mich unter ihren wütenden Blicken zu ducken. Sie hatten Julien beim ersten Mal nicht geholfen, sie würden es auch jetzt nicht. Damit gab es für mich keinen Grund mehr, zu tun, was sie wollten.

Mit jedem Lamia, der den Saal betrat, wurde Julien unruhiger, ließ er immer öfter ein Knurren hören. Der Panaos und Dathan waren die Letzten, die den Saal betraten – sah man einmal von Pádraig ab, der die Türen des Portals hinter ihnen schloss. Doch statt sich zu den Vourdranj zu gesellen, die - zusammen mit zwei weiteren, die den Kreis unserer Wachen zusätzlich verstärkt hatten - um uns herumstanden, blieb er bei der Wand hinter der Gestalt im Mönchsgewand.

Gérards Platz war leer. Körner und St. James tauschten einen Blick, dann sagte Körner etwas zu Dathan, der sich eben auf seinem Sitz niedergelassen hatte. Der nickte Pádraig zu. Meine Kehle war plötzlich eng. Der Vourdranj deutete eine Verbeugung an, ging zur Tür und gab einen Befehl nach draußen. Wie lange würden sie brauchen, bis sie Gérards Leiche fanden? Ich sah zu Adrien. Der beachtete mich gar nicht.

Pádraig war noch nicht an seinen Platz zurückgekehrt, als einer der Fürsten sich schon vorbeugte.

»Er ist noch am Leben? Wie kann das sein?« Er maß Adrien mit einem hasserfüllten Blick. »Was ist das für ein Betrug, Du Cranier?«

Ich starrte ihn fassungslos an.

Eine Sekunde wirkte Adrien, als hätte man ihn geschlagen, dann stieß er ein Fauchen aus. »Betrug? - Mein Bruder wurde hingerichtet, wie es das Gesetz verlangt. Ihr habt daneben gestanden; Ihr wart unter denen, die sich davon überzeugt haben, dass die Sonne ihn getötet hat.«

»Ihr wollt doch wohl nicht behaupten, dass er von den Toten auferstanden ist?« St. James schnaubte.

»Alles, was ich weiß, ist, dass ich ihn hier an meiner Seite habe und er offensichtlich lebt.« Adrien ballte die Faust, ohne den Griff seiner anderen Hand an Juliens Arm zu verändern.

»Ein Wunder, eh? - Ich nenne es auch weiterhin Betrug«, höhnte St. James.

»Früher bezeichnete man so etwas zuweilen auch als Got-

tesurteil«, mischte Olek sich ein, nicht minder heftig als zuvor Adrien. »Und früher galt jemand, der ein Gottesurteil – oder seine eigene Hinrichtung – überlebte auch als frei, wenn nicht sogar als unschuldig. Zumindest nach den alten Gesetzen.«

»Ah ... dass so etwas von Euch kommen würde, war ja zu erwarten, Nareszky ...«

»Was er sagt, ist wahr! – Ihr richtet meinen Bruder nach den alten Gesetzen, sprecht ihm aber die Rechte ab, die sie ihm gewähren. Ihr messt mit zweierlei Maß!«, begehrte Adrien auf.

»Weil er ein zum Tode verurteilter Lamia-Mörder ist.« Körner schlug mit der Faust vor sich auf den Tisch.

Julien duckte sich ein wenig, fletschte knurrend die Fänge. Ich nahm es nur am Rande wahr. Meine Gedanken hingen an dem, was Olek gerade gesagt hatte.

St. James grunzte abfällig. »Ich sage immer noch: Es war Betrug. Sie haben uns irgendwie getäuscht.«

»Das müsst selbst Ihr erst beweisen«, fuhr Adrien erneut auf. »Ich war ja noch nicht einmal dabei, als man meinen Bruder hinausführte. Wie hätte ich da irgendetwas tun können? – Mein Bruder war tot, als ich ihn in die Krypta trug. Ihr habt Euch ein weiteres Mal davon überzeugt, ehe ich ihn in das Leichentuch wickeln durfte.«

»Ein weiterer Beweis für Euren gut gemachten Betrug.«

Julien war frei? – Wenn jemand seine eigene Hinrichtung überlebte, war er nach den alten Gesetzen frei? Ich schloss die Augen. Aber sie weigerten sich, ihn gehen zu lassen! Sie änderten schon wieder die Spielregeln, hielten sich nicht an ihre eigenen Gesetze ... Wie konnten die anderen Fürsten das zulassen? Vlad. Radu. Mircea. Lisja. Oleks Großvater. Dathan. Der Panaos. Radu hatte gesagt, er sei so etwas wie der Hüter von Recht und Tradition. Wie konnte er einfach dasitzen und nichts tun? Oder dachten sie alle genauso? Unter meiner Hand bewegte Julien sich. In seiner Brust vibrierte ein Grollen. Erst jetzt wurde mir die Stille bewusst. Hastig öffnete ich die Augen wieder – und sah den Grund: Sie hatten Gérards Leiche gefunden. Gerade legten zwei Vourdranj sie vor einem schockiert wirkenden Dathan auf den Tisch. Er war nicht der Einzige, auf dessen Zügen Bestürzung stand.

St. James hatte die Tische umrundet und sich über Gérard gebeugt. Jetzt richtete er sich auf, drehte sich zu uns um und stellte Adrien eine Frage in der Sprache der Lamia. Der schwieg. Mit einem verächtlichen Schnauben wandte er sich mir zu.

»Wer von Euch hat Doamne Gérard ermordet, Princessa?«
Ich presste die Lippen zusammen und schüttelte den Kopf. Das also war die Frage gewesen. Nun, er hatte von Adrien keine Antwort erhalten, er würde von mir auch keine bekommen. Abermals stieß er ein Schnauben aus, griff nach einem der Dolche auf dem Tisch, beugte sich von Neuem über Gérard und begutachtete dessen Hände. Offenbar fand er, was er suchte, denn er machte sich daran, Gérards Fingernägel zu reinigen. Ich warf Adrien einen raschen Blick zu. Der ignorierte mich. Als St. James an dem roch, was die Dolchspitze zum Vorschein gebracht hatte, hielt ich den Atem an – auch als er den Dolch an Dathan weiterreichte. Der nickte. Lächelnd wies St. James auf Julien. Mir wurde übel.

»Warum warst du in der Krypta und was wollte Gérard d'Orané dort?« Ich zuckte zusammen, als Radu mich unvermittelt ansprach. Ärger und Ungeduld waren in seinem Ton nicht zu überhören.

Julien ließ nicht zu, dass ich mich von ihm losmachte und aufrichtete. Ich unternahm keinen zweiten Versuch. Stattdessen schluckte ich, räusperte mich. »Ich wollte mich verabschieden«, brachte ich nach einem weiteren Zögern endlich hervor. »Gérard ist mir gefolgt, weil ... wir hatten eine ... Abmachung.« Es war Wahnsinn, ihnen davon zu erzählen, aber mir wollte auf die Schnelle kein Grund einfallen, den ich ihnen sonst hätte sagen sollen. »Und er ...«

»Was war das für eine Abmachung?« Erschrocken sah ich den Fürsten an, der die Frage stellte. Hatte ich tatsächlich geglaubt, damit durchzukommen?

»Beantworte die Frage, Mädchen.« Mirceas Ton war beinah sanft. Ich glaubte die unausgesprochene Warnung zu hören, bei der Wahrheit zu bleiben. Ein wenig zittrig holte ich Luft.

»Ich sollte ihm mein Blut für seine Forschungen überlassen. Im Gegenzug hatte er versprochen, mir ein Gift zu beschaffen, das Julien töten würde, ehe die Sonne aufging.« Dass auch das Blut der erste Teil unseres Handels gewesen war, mussten sie nicht wissen.

»Sie hat versucht die Hinrichtung zu vereiteln«, empörte St. James sich.

»Ich wollte nur verhindern, dass Julien bei lebendigem Leibe verbrennen muss.« Meine Stimme klang schrill und wild. Ich biss mir auf die Lippe. Juliens Griff wurde fester. Er knurrte. Lauter diesmal.

Radu musterte mich, als überlege er, ob er mich direkt ins Jenseits befördern oder sich vorher noch irgendeine grausame Strafe für mich ausdenken sollte. Vlad schüttelte in einer Andeutung der Bewegung den Kopf. Dennoch war seine Missbilligung unübersehbar.

»Weiter!«, forderte Mircea, anscheinend als Einziger ungerührt.

Abermals holte ich Luft. »Er wollte meinen Teil der Abmachung von mir einfordern, aber ich weigerte mich, weil Julien ja noch am Leben war, als die Sonne aufging. Er wur-

de wütend, hat mich geschlagen, gegen die Wand gedrückt und gebissen, um so an mein Blut zu kommen. Ich dachte, er bringt mich um. Plötzlich war Julien da, sie haben miteinander gekämpft und er hat Gérard getötet.«
Stille.
Ein Räuspern hinter mir ließ mich zusammenzucken. Jemand sagte etwas in der Sprache der Lamia. Ich erkannte Pádraigs Stimme, drehte mich hastig zu ihm um. Es entging mir nicht, dass einige der Fürsten zögernd nickten. Andere wirkten nachdenklich. St. James fuhr mit der Hand brüsk durch die Luft. Was auch immer er Pádraig antwortete, klang scharf und ärgerlich – und herablassend. Pádraigs Ton blieb weiter verwirrend freundlich. Seine Worte wurden abermals mit einer abfälligen Geste weggewischt. Von einer Sekunde zur nächsten war Pádraigs Miene eisig. Aber er schwieg.

Körner hatte sich auf seinem Platz vorgebeugt. »Das bedeutet, Eure Enkeltochter ist gar kein unschuldiges Opfer, sondern hat ihr eigenes kleines Komplott geschmiedet.« Die Worte troffen vor Hohn. Radu blieb die Antwort schuldig, bedachte mich nur mit einem vernichtenden Blick. Ich hielt ihm einen Moment lang stand, dann wandte ich die Augen ab – und begegnete Juliens. Das Rot schien dem Schwarz ein Stück mehr gewichen zu sein. Ich zwang mich zu einem Lächeln. Sie würden uns nicht gehen lassen. Niemals. Jetzt, da sie wussten, dass Julien einen Fürsten getötet hatte, hatten sie einen idealen Vorwand. Und nachdem ich selbst zugegeben hatte, dass ich versucht hatte Juliens Hinrichtung zu untergraben ... Sie würden uns töten. Und alles, was ich konnte, war hoffen, dass es schnell gehen würde. Für Julien und für mich.
– Vielleicht würden Olek und Adrien ja noch einmal irgendwie aus alldem heraus... Julien bewegte sich erneut unter meiner Hand. Ich sah ihn an – und erstarrte. Was war das für ein Ausdruck in seinen Augen? Irrte ich mich oder kamen seine

Atemzüge abgehackter, schwächer, so als ... O mein Gott, natürlich! Der Schock ließ nach. Er hatte Schmerzen. War das nicht zu erwarten gewesen? Wann hatte es begonnen? Warum war mir das nicht zuvor aufgefallen? Ich lächelte ihn erneut an, versuchte ihm so zu sagen, dass alles gut werden würde. Er neigte den Kopf ein klein wenig auf diese fragende, so entsetzlich wortlose Art zur Seite. Verstand er, was um ihn herum vorging? – Er musste zu einem Arzt ... Das hier musste ein Ende haben. Für Julien!

Ich tat einen zittrigen Atemzug, drehte mich zu den Fürsten um. »Bitte ...« Keiner beachtetet mich. Es kostete mich einiges an Kraft, Juliens Griff an meinem Handgelenk zu lösen, und ich zuckte selbst zusammen, als er ein schmerzhaftes Zischen ausstieß, doch endlich konnte ich aufstehen. Ich drängte mich an den Vourdranj vorbei, blieb in der Mitte der Tische stehen. Niemand hielt mich auf.

»Bitte!«

Dathan war der Erste, der mich ansah. Dann der Fürst, den ich für Oleks Großvater hielt. Als Nächster wandte Mircea mir das Gesicht zu. Dann Vlad und Lasja. Immer mehr schauten zu mir. Schließlich hielt auch Körner in seiner neuen Tirade inne und drehte sich zu mir um.

»Bitte«, wiederholte ich und blickte von einem zum anderen. Wann hatte Pádraig den Saal verlassen? »Warum könnt Ihr uns nicht einfach gehen lassen?« Warum sagte ich das? Ich konnte betteln, so viel ich wollte: Sie würden uns nicht gehen lassen. »Ich nehme Julien mit nach Ashland Falls. Ich werde mich um ihn kümmern. Ihr werdet nie wieder etwas von uns hören! Ich verspreche es! Wenn Ihr wollt, entsage ich auch dem Titel der Princessa Strigoja.« Abermals sah ich einen nach dem anderen an. »Ich will doch einfach nur mit Julien zusammen sein dürfen ...«, hilflos verstummte ich.

Erneut ließ ich meinen Blick über sie gleiten. Radu verzog das Gesicht. Natürlich. Er wollte eine starke Princessa Strigoja. Vlad hatte sich auf seinem Stuhl zurückgelehnt. Lasja nickte mir zu. Es war St. James, der das Schweigen brach.

»Was wollt Ihr mit einem Monster, Princessa?« Mit einem geradezu väterlichen Lächeln kam er auf mich zu.

»Was meint Ihr damit?« Ich machte einen Schritt zurück. Julien knurrte.

»Nun, seht Euch den jungen Du Cranier doch an. Von Kopf bis Fuß verbrannt. Und - ich bedaure, das sagen zu müssen - seinem Gebaren nach ganz offensichtlich vollkommen schwachsinnig.« Er betrachtete mich, als sähe er mich zum ersten Mal, hob die Schulter. »Ihr seid eine hübsche junge Frau. Wenn Ihr klug seid, liegt Euch die Welt zu Füßen. Wollt Ihr Euch tatsächlich für den Rest Eures Lebens mit einer solchen Kreatur belasten?« Den Rest meines Lebens? Bedeutete das ...? Wenn es auch nur einen Funken Hoffnung gab, würde ich kämpfen bis zum Schluss! Ich ballte die Fäuste und erwiderte seinen Blick, so kalt ich konnte. »Ja. Genau das will ich.« Ich sah zu Dathan. »Lasst uns gehen! Mehr wollen wir doch gar nicht.« Doch noch ehe der etwas sagen konnte, schüttelte St. James den Kopf.

»Ich fürchte, das können wir nicht zulassen, Princessa.«

Mein Herz setzte einen Schlag aus. Würden sie uns doch alle umbringen lassen? »Warum nicht?« Das Beben in meiner Stimme konnte keinem im Saal entgehen.

Er kam noch weiter auf mich zu. Diesmal zwang ich mich, stehen zu bleiben. Juliens Knurren wurde bedrohlicher.

»Nun, vielleicht kommt der Rat zu dem Schluss, Euch und Doamnej Adrien und auch den guten Olek gehen zu lassen, aber Julien ...« Er ließ ein bedauerndes Schnalzen hören. »Sein Blut ist vielleicht der Schlüssel, um die Krankheit zu heilen.«

Zu meiner Rechten schnappte jemand nach Luft.

»W-was?« Ich brachte nur ein Flüstern zustande. Mein Gehirn weigerte sich die Konsequenz dessen zu begreifen, was er gerade gesagt hatte.

»Er hat, trotzdem er nur noch ein Vampir ist, die Sonne überlebt. Möglicherweise dank des Elixiers, das Ihr von Doamne Gérard erhalten habt. – Ihr habt selbst zugegeben, es ihm verabreicht zu haben. – Wir müssen herausfinden, ob da tatsächlich ein Zusammenhang besteht ... Es wird einiger Tests bedürfen ...«

»Tests?«, echote ich. Das konnte nicht sein Ernst sein! Ich wusste nicht, ob das Fauchen hinter mir von Julien oder Adrien stammte.

»Aber ja. – Ich verspreche Euch auch, selbst dafür zu sorgen, dass mit ihm möglichst ... behutsam umgegangen wird, wenn Euch das den Abschied leichter macht.« Er hob die Schultern. »So ist er auch in diesem Zustand noch zu etwas nütze, oder? – Und es ist seine Pflicht ...«

Pflicht? Nütze? Die Bilder waren plötzlich da: Julien auf einen Stahltisch geschnallt. Schreiend. Sich in seinen Fesseln windend. Unzählige Kanülen, aus denen sein Blut in irgendwelche Behälter rann. Experimente, die sie damit anstellten. Experimente, die sie mit ihm ... Mein Magen zog sich zusammen. Mit einem Mal war ein bitterer Geschmack in meinem Mund. »Nein!« Nun machte ich doch einen Schritt zurück. »Nein! Ich werde ihn Euch nicht einfach als ... als Laborratte überlassen! Niemals! Nur über meine Leiche!«

»Das lässt sich einrichten, wenn Ihr darauf besteht.« Ehe ich noch weiter zurückweichen konnte, hatte St. James mich am Arm gepackt. »Übergebt ihn uns ...« Es tat weh. Julien brüllte auf. Ein dumpfes Klatschen. Das Brüllen endete abrupt. Adrien schrie. Ich fuhr herum, mein Arm noch immer in St. James' Griff. Julien lag am Boden. Beide Hände an der Kehle. Krümmte sich. Würgte. Hustete. Röchelte. Seine Augen hingen an mir. Jetzt wieder tiefrot. Die Fänge in einem stummen Aufschrei gefletscht. Der Vourdranj zu seiner Linken hatte die Hand schon wieder zum Schlag erhoben. Mein Arm war noch immer in St. James' Griff. Er zerrte daran. Hielt mich fest. Ließ mich nicht zu Julien. Zu Julien, der noch immer keine Luft bekam. Unvermittelt schnürte Hass mir die Kehle zu. Etwas in mir zerbrach. Wie konnten sie es wagen, Hand an ihn zu legen? Hand an mich zu legen? Wir hatten ihnen beide NICHTS getan. GAR NICHTS! Ich fuhr zu St. James herum. Er sagte etwas. Ich verstand ihn nicht. Er hielt mich noch immer fest. Ließ mich nicht zu Julien. Wie konnte er es wagen … Ich sah zu Julien zurück. In seine roten Augen. Es war plötzlich da. Dunkel. Zornig. Ein Ruck an meinem Arm. Ich fuhr erneut zu St. James herum. Rollte über mich hinweg; durch mich hindurch. Nahm mir den Atem. Auf einmal war St. James' Hand von meinem Arm verschwunden. Schreie. Nein, Kreischen. Meine Welt schrumpfte zu etwas Grauem. Irgendwo hinter mir krachten die Saaltüren auf. Da lag etwas vor mir auf dem Boden. St. James. Die Welt wurde noch ein bisschen grauer. Ich blinzelte. Warum war ich auf den Knien? Auf einmal waren noch mehr dunkle Gestalten um uns herum; zwischen uns und dem Rat. Vourdranj. St. James lief Blut aus Mund und Nase. Aus den Ohren und den Augen auch. Eine Hand zog mich vom Boden hoch. Sie würden uns töten. Ich hatte unsere letzte Chance verspielt. Ich war schuld. Jemand sagte etwas. Hart und kalt. Und sehr entschieden. War das Pádraig? Die Stimme klang wie seine. Die Hand schob mich zum Ausgang des Saales. Sie gehörte einem Vourdranj. Sie würden uns töten. Wo war Julien? Ich versuchte mich umzudrehen. Meine Beine bewegten sich gegen meinen Willen. Eine Hand packte meine. Eine andere Hand. Juliens Hand. Der Vourdranj zog mich weiter. Wo war Adrien? Und Olek? Sie würden uns töten ...

Drei Stunden später saß ich in Oleks Privatjet auf dem Weg nach ... ich wusste nicht wohin, hatte die Beine an den Leib gezogen und die Arme darum geschlungen. Nur allmählich ließ die Panik in meinem Inneren nach. Sie hatten uns im Laufschritt durch die Korridore des Klosters ins Freie geführt. In aller Hast auf die Rückbank eines alten Jeeps verfrachtet. Dann war es trotz der Dunkelheit in halsbrecherischem Tempo über irgendwelche schlaglochzerfressenen Nebenstraßen gegangen – während Julien in meinen Armen immer schwerer zu werden schien. Bis zu einer Landebahn, die ich niemals als solche erkannt hätte, auf der uns ein kleiner Jet erwartete. Alles, was ich irgendwann begriffen hatte, war, dass sich ein Teil der Vourdranj gegen den Rat gestellt hatte. Weil der dabei war, Recht und Tradition nicht nur nach eigenem Gutdünken zu beugen, sondern mit Füßen zu treten. Und das bei einem der Ihren. Pádraig hatte den Befehl gegeben, Julien und mich aus dem Kloster zu bringen und so fürs Erste dem Zugriff der Fürsten zu entziehen. Olek hatte seinen Privatjet – wie er und Adrien ursprünglich geplant hatten – für unsere Flucht zur Verfügung gestellt.

Julien lag mir schräg gegenüber auf einer Sitzbank und schlief. Offenbar hatte Olek den Piloten genau instruiert, denn sämtliche Fenster waren penibelst verklebt, sodass nicht das kleinste bisschen Licht in die Passagierkabine drang. Vielleicht hatte er begriffen, dass ich mich an Bord eines kleinen Privatjets nicht wirklich weit von ihm entfernen konnte, oder der Sonnenaufgang hatte ihn so müde gemacht, dass er sich einfach nicht mehr auf den Beinen hatte halten können. Zumindest hatte er mich, kaum dass die Sonne draußen über dem Horizont erschienen sein musste, losgelassen, hatte es gerade noch zu der Sitzbank geschafft, war auf ihr regelrecht zusammengebrochen und beinah sofort in einen komaartigen Schlaf gefallen.

Im ersten Moment war ich wie gelähmt gewesen. Er hatte so vollkommen regungslos dagelegen, dass man hätte glauben können, er sei tot. Erst als ich sah, dass seine Brust sich in regelmäßigen - wenn auch flachen und unendlich langsamen - Atemzügen stetig hob und senkte, hatte mein Entsetzen nachgelassen. Seitdem saß ich auf meinem Sitz und schaute ihm beim Schlafen zu. - Und fragte mich, wie es weitergehen sollte? Nein. Nein, ich fragte mich nicht nur, wie es weitergehen sollte: Ich hatte Angst!

Wenn der Rat wollte, konnte er uns das Leben zur Hölle machen - oder uns einfach beseitigen lassen. Sie würden sich nicht darum scheren, falls Vlad, Radu und Mircea oder auch Olek und seine Familie gegen ein Todesurteil protestieren würden. Egal ob ich die Princessa Strigoja war oder nicht. Und auch wenn ich wüsste, wie ich diese entsetzliche Macht unter Kontrolle bringen könnte ... selbst mit ihr würde ich Julien und mich nicht beschützen können. Wir mochten uns nicht mehr direkt in ihren Klauen befinden, aber wir waren noch lange nicht in Sicherheit.

Vielleicht erwarteten uns in Ashland Falls ja schon Vourdranj - solche, die sich nicht gegen den Rat gestellt hatten -, um mich zu beseitigen und Julien irgendwohin zu bringen, wo sie ihn einsperren und für ihre Versuche benutzen würden. Julien ... Ich wusste noch immer nicht, ob er begriff, was hier geschah. Allein bei dem Gedanken zog sich etwas in meiner Brust zusammen. In der ganzen Zeit hatte er kein Wort gesprochen. Was hätte ich nicht darum gegeben, zu erfahren, ob er nicht mehr in der Lage dazu war, weil die Sonne und die Flammen etwas in seinem Mund oder seinem Hals zerstört hatten, oder ob sein Verstand bei alldem so sehr Schaden genommen hatte, dass er es nicht mehr *konnte*. War überhaupt noch etwas von dem Jungen, den ich liebte, in diesem verbrannten Körper? Oder hatte ich es nur ... nur noch mit einer Kreatur, kaum mehr als ... als einem wilden Tier zu tun, die sich aus Gründen zu mir hingezogen fühlte, die sie selbst nicht kannte?

Ich betete, dass es nicht so war. Ich liebte Julien! - Aber ich war mir nicht sicher, ob ich lieben konnte, was die Sonne mir gelassen hatte, wenn das, was ihn ausgemacht hatte, fort war. Sooft ich diesen Gedanken in den letzten Stunden auch verdrängt hatte - er kam immer wieder. Weil ich *davor* noch mehr Angst hatte als vor allem, was der Rat vielleicht tun könnte.

Das Klacken der Cockpittür riss mich aus meinem Grübeln. Oleks Pilot, ein schlanker Mann Mitte dreißig, kam auf mich zu. Der Geruch seines Blutes drang zu mir - ohne jedoch jenen vagen Schmerz in meinem Oberkiefer zu wecken. Und das, obwohl in den letzten Tagen fast mehr *von mir* getrunken worden war, als ich selbst getrunken hatte. Ich nahm die Füße vom Sitz. Als er mich erreicht hatte, hielt er mir ein Handy entgegen.

»Monsieur Nareszky für Sie.«

»Danke.« Meine Hand bebte, als ich es ihm abnahm.

Er nickte nur. »Lassen Sie es einfach auf dem Tisch liegen.« Es entging mir nicht, wie sein Blick ganz kurz zu Julien zuckte. Selbst jetzt rührte der sich nicht. Hatte Olek den Mann nicht nur auf unser Kommen vorbereitet, sondern auch darauf, dass einer seiner Passagiere eine wandelnde Brandleiche sein würde? War die silbrige Branddecke, auf der Julien lag, seiner Sorge um einen verletzten Passagier geschuldet oder nur ein Versuch, die Ledersitze seines Jets zu schützen? Erneut nickte er mir zu, drehte sich um und ging zum Cockpit zurück.

Nach einem letzten Zögern hob ich das Handy ans Ohr.

»Ja?«

»Dawn! Hallo, Olek hier.« Die Verbindung war nicht die allerbeste, aber gut genug, dass ich ihn relativ deutlich verstehen konnte. Ich atmete innerlich auf. Auch wenn es ziemlich unwahrscheinlich gewesen war: *Monsieur Nareszky* hätte ebenso gut sein Vater oder Großvater sein können – und das hätte bedeutet, dass die Fürsten ihre Wut an ihm und Adrien ausgelassen hatten. Er ließ mir gar keine Zeit, irgendetwas zu sagen. »Da ich der Einzige bin, der wusste, wie man dich derzeit erreichen kann, hat mich der Rat beauftragt, dir Folgendes zu sagen – und das tue ich hiermit; wortwörtlich: ›*Der Rat der Fürsten entbietet der Princessa Strigoja seine Grüße und versichert sie auch weiterhin seiner Loyalität und Achtung. Was der Princessa Strigoja zugesagt wurde, sei ihr auch weiterhin zugesagt. Der Rat der Fürsten der Lamia hegt keinen Groll gegen sie und hofft, dass auch sie keinen Groll gegen ihn hegt.*‹«

Ich starrte auf den dezent gemusterten orangenen Vorhang, der über Julien vor das Fenster gezogen war.

»Dawn? – Bist du noch da?« Oleks Stimme ließ mich zusammenzucken.

»W-was?« Mehr brachte ich nicht heraus. Ich träumte. Etwas anderes war nicht möglich.

Bis eben war er absolut ernst gewesen, jetzt schien er zu grinsen.

»Jaaaa, ich dachte im ersten Moment auch, ich hätte mich irgendwie verhört. – Offenbar hast du einige von ihnen ziemlich beeindruckt. Und ganz nebenbei haben sich offenbar einige auch auf die Bedeutung des Wörtchens *Ehre* besonnen. Davon, dass Pádraig sehr überzeugend sein kann, wenn er will, reden wir jetzt nicht. – Wie auch immer: Sie haben in den letzten drei Stunden heftig diskutiert und ein

Teil des Rates ist vom Ausgang dieser Diskussion nach wie vor nicht besonders angetan. Aber nachdem du für diesen kleinen *Stimmverlust* gesorgt hast, mussten sie ohnehin neu abstimmen.« War da tatsächlich ein Glucksen gewesen? »Sie haben sich dazu entschlossen, die Hinrichtung Du Craniers als *erfolgt* anzuerkennen und den Umstand, dass er überlebt hat, nach den alten Gesetzen als eine Art *Gottesgericht* zu sehen. Im Klartext heißt das: Sämtliche Vorwürfe und Anklagepunkte gegen ihn gelten ab sofort als gesühnt. Auch die Verbannung nach Dubai ist aufgehoben.«

Ich drückte die Hand vor den Mund.

»Des Weiteren haben sie entschieden, was den Tod Gérard d'Oranés angeht, ebenfalls nach dem alten Recht zu verfahren: Der neue Fürst von Marseille heißt demzufolge Julien Alexandre Du Cranier! – Damit ist er übrigens auch unantastbar, was ihre Pläne, mit seinem Blut Versuche anzustellen, angeht. Entweder er spielt freiwillig mit oder gar nicht.«

Mein Atemzug klang wie ein Schluchzen. Olek schien es nicht gehört zu haben. Er räusperte sich.

»Der gegen dich erhobene Vorwurf, die Hinrichtung manipuliert zu haben, wurde ganz nebenbei auch für nichtig erklärt. Immerhin hattest du ja keinen Erfolg mit deinem Vorhaben. Davon gehen sie zumindest aus. – Ach ja: Adrien hat außerdem darauf bestanden, dass Julien das Recht zugestanden wird, dir den Hof zu machen.« Er stieß ein theatralisches Seufzen aus. »Was soll ich sagen: Sie haben es getan. – Ich schätze, wir anderen können uns damit jede weitere Mühe sparen, oder? Wie deine Entscheidung ausfällt, daran gibt es wohl keinerlei Zweifel.«

Meine Kehle war wie zugeschnürt. In meiner Brust saß ein Brennen, das bis in meine Augen stieg. »Und was ist mit dir? Und Adrien?« Die Worte klangen so dünn, dass ich mich fragte, ob er mich verstehen konnte.

»Sie lassen uns ungeschoren davonkommen, wir sollten uns nur in nächster Zeit nicht noch mal eine solche Aktion zuschulden kommen lassen. – Warte mal! Hier will dich noch jemand sprechen!« Rascheln und gedämpfte Stimmen, dann: »Dawn?«
Adrien!
»Ja?« Ich zwang mich dazu, Luft zu holen.
Räuspern.
»Wie geht es ... Julien?«
Unwillkürlich ging mein Blick zur Sitzbank. Meine Kehle war noch immer eng. Ich wischte mir über die Augen.
»Er liegt mir gegenüber und schläft.« Was hätte ich sonst sagen sollen? – Ich war froh, dass ich überhaupt einen vernünftigen Laut hervorbrachte.
»Das ist gut, oder?« Adrien klang unsicher.
»Ich ... denke schon.« Ich rieb die freie Hand an meinem Bein. Seine Unsicherheit färbte auf mich ab. Konnte ich wirklich wissen, ob irgendetwas gut war, wenn es um Julien ging?
»Du ... passt auf meinen kleinen Bruder auf, ja?«
Beinah hätte ich das Handy vom Ohr genommen und es verständnislos angesehen. Sprach ich gerade wirklich mit Adrien Du Cranier? Anmaßender Mistkerl von Gottes Gnaden? Ich hörte, wie er tief einatmete.
»Entschuldige bitte, ich wollte dir nicht zu nahe treten. – Eigentlich ...«, wieder ein Räuspern. »Eigentlich wollte ich nur fragen, ob du es mir gestattest, nach Ashland Falls zu kommen und ...«
»Du kannst nach Ashland Falls kommen, wann immer du willst, Adrien.« Ich bemühte mich um einen möglichst sanften Tonfall. Hätte Oleks Nachricht meine Kehle nicht schon zugeschnürt, spätestens jetzt hätte Adrien es geschafft. Er mochte seinem Bruder gesagt haben, dass sie geschiedene

Leute waren – das änderte nichts daran, dass er Julien über alle Maßen liebte. »Danke, Adrien.«

»*Ich* danke *dir*«, wieder ein Räuspern. »Nareszky will dich noch mal sprechen.«

Abermals Rascheln, ein dumpfes Geräusch, dann erklang erneut Oleks Stimme. »Dawn, ich wollte dir nur Bescheid sagen, damit du nicht erschrickst: Eigentlich solltet ihr vorerst in das Chalet einer ... Freundin gebracht werden, aber das ist jetzt ja nicht mehr nötig. Euer Flugziel heißt jetzt offiziell USA. Thomas muss deshalb aber noch einmal runtergehen, um nachzutanken. Nur zur Sicherheit. Euch tangiert das nicht. Ihr bleibt an Bord. – Und am Flughafen von Bangor erwartet euch eine Limousine, die euch nach Hause bringt. Es ist alles geregelt. Di Uldere weiß auch Bescheid. Er wird sich um alles kümmern, was du brauchst.« Plötzlich drangen seine Worte leiser aus dem Lautsprecher. »Nein, Du Cranier. Die Rechnung geht auf mich. Irgendwie muss ich mich doch dafür revanchieren, dass ich dabei sein durfte, wie jemand dem Rat mal sagt, er kann ihn im Mondschein besuchen.« Offenbar hielt er die Hand über das Mikrofon. Dann war er wieder in normaler Lautstärke da. »Hast du das verstanden?«

»Ja.«

»Und auch, was ich dir *davor* gesagt habe?

»Ja.«

»Gut. – In dem Spind neben der Toilette findest du übrigens ein paar Sachen von mir. Vielleicht passt etwas davon ja deinem Freund. Bedien dich!«

»Danke, Olek. Für alles!«

»Aber gern doch.« Diesmal glaubte ich, ihn wirklich grinsen zu hören. »Ich melde mich wieder, sobald ihr zu Hause seid. Deine Handynummer ...«

Was er sonst noch sagte, bekam ich nicht mit. Es war rüde

und undankbar, und trotzdem: Ich drückte ihn weg. Im Augenblick wollte ich nur eines!

Ich stand auf und kniete mich vor die Sitzbank.

»Wir sind frei«, sagte ich leise. Meine Stimme zitterte, brach fast. Ich hatte nicht erwartet, dass Julien mich hören oder irgendeine Reaktion zeigen würde, immerhin war draußen helllichter Tag, doch er öffnete die Augen. Langsam, wie jemand, der aus einem sehr tiefen und sehr langen Schlaf erwachte – und dann sah er mich an. Das Rot war aus seinen Augen verschwunden, sie waren jetzt von vollkommenem Schwarz, in dessen Abgründen es zu wirbeln schien; die Iris sogar noch dunkler als die Pupille. – Und dann lächelte er.

Normalitäten ... oder so

Ich starrte auf das Blatt vor mir und verfluchte Mrs Jekens von ganzem Herzen. Sie hatte diese Klausur nur aus einem Grund so konzipiert: um mich durchfallen zu lassen. Da würde ich jede Wette halten. Dabei musste ich nur die Hälfte der Aufgaben richtig haben, um wenigstens zu bestehen. Und ich war mir eigentlich sicher, dass tatsächlich zumindest die Hälfte meiner Lösungen zu hundert Prozent stimmten – abgesehen von einer einzigen Aufgabe. Der letzten. Ausgerechnet bei der wollte mir noch nicht einmal der korrekte Ansatz einfallen, sosehr ich es auch immer wieder versuchte. Dummerweise war die Zeit so gut wie um. Ganz nebenbei zerrte der Geruch von Blut, das mich in den Adern meiner Mitschüler umgab, an meinen Nerven.

Julien!

Er war sofort da. Eine – jetzt sehr deutliche – Präsenz in meinem Kopf. Ich nahm Dunkelheit und Kühle in seinem

Geist wahr, den Geruch von Schmierfett und noch etwas anderem, das ich nicht identifizieren konnte. Für einen Moment glaubte ich, er sei im Schuppen und bastele an seiner neuen Fireblade, aber das war schlicht unmöglich. Julien verließ das Haus bei Tag nicht. Er *konnte* es nicht. – Was uns vor einige Probleme gestellt hatte, als ich wieder in die Schule gehen musste: Wer sollte tagsüber auf mich aufpassen? Adrien hatte zwar angeboten, nach Ashland Falls zu kommen und in der Montgomery Juliens Platz einzunehmen, aber der Gedanke, dass er seinen Arm um meine Schultern legen würde, während der Junge, den ich eigentlich liebte, im Keller des Anwesens festsaß – auch wenn wir es geschafft hatten, den Kellerraum zumindest halbwegs gemütlich einzurichten –, war schlicht unerträglich für mich gewesen. Und die Überlegung, meine Familie um einen anderen Leibwächter zu bitten, war von allen Seiten rundheraus abgelehnt worden. – Ich wusste nicht genau wie, aber ich hatte es durchgesetzt, dass ich allein zur Schule gehen würde. Natürlich war es ein Risiko, aber ich zog es jeder anderen Alternative vor.

Ich brauche deine Hilfe! Hastig las ich die Aufgabe noch einmal für ihn. Ich hörte ihn in meinem Verstand lachen und biss die Zähne zusammen. Ja, ich hatte getönt, ich würde diese Matheklausur ohne seine Hilfe schaffen. Immerhin hatte ich über Weihnachten gebüffelt wie eine Blöde. – Aber man durfte doch wohl auch mal seine Meinung ändern, oder?

Julien!, flehte ich.

Ein hochtheatralischer Seufzer. Das konnte er mindestens so gut wie Olek.

Noch mal die Gleichung, verlangte er.

Ich nannte sie ihm.

»Eine Minute, meine Herrschaften, dann legen Sie die Stifte hin.« Mrs Jekens schob ihren Stuhl zurück und stand auf.

Beeil dich!

Knurren. Ich fauchte zurück. Um ein Haar hätte ich die erste Zahl nicht mitbekommen. Er diktierte mir die Lösung so schnell, dass ich kaum mitschreiben konnte.

»Die Stifte hinlegen!«

Ich kritzelte das letzte ... $\div y^3$; $x = -7$; $y = 4$; $z = -0,5$ hin.

»Das gilt auch für Sie, Ms Warden!«

Danke!

Gehorsam legte ich den Stift parallel zu den Blättern, verschränkte die Hände auf der Tischkante und bemühte mich um eine Unschuldsmiene.

Die Antwort war nur eine federleichte Berührung in meinem Geist. Ich musste mich zusammenreißen, um nicht zu schaudern. Vor allem weil Mrs Jekens gerade genau auf mich zuhielt. Dann war er abermals nur das vage Gefühl einer Präsenz irgendwo in meinem Hinterkopf.

Wie es zu dieser Verbindung zwischen uns gekommen war, konnten weder wir beide noch Adrien – den wir als Einzigen darüber ins Vertrauen gezogen hatten – erklären. Auch in keiner der alten Lamia-Legenden, die wir in den letzten Wochen zu gefühlten Hunderttausenden gelesen hatten, hatten wir über eine solche Verbindung auch nur ansatzweise irgendeine Erwähnung gefunden. Sie war einfach da gewesen. Eine *Anwesenheit*, das unbestimmte Wissen um Eindrücke und Empfindungen. Sofern es der jeweils andere zuließ. Sie war und blieb ein Rätsel – wie so vieles mehr.

Mrs Jekens nahm meine Klausur vom Tisch und blätterte sie durch. Ihre perfekt gezupften Brauen rutschten mit jeder Seite ein wenig mehr aufeinander zu.

»Wenn ich es nicht besser wüsste, Ms Warden, würde ich sagen, Ihr Freund hat mit Ihnen gelernt. Allerdings ist es ziemlich unwahrscheinlich, dass er Ihnen den Stoff erklären könnte, ohne ihn selbst im Unterricht durchgenommen zu haben.«

Offiziell war Julien seit November aus gesundheitlichen Gründen von der Schule beurlaubt. Genau genommen hatte er keine andere Wahl gehabt. Inoffiziell hieß es, er habe die Schule endgültig geschmissen. Mrs Jekens gehörte zu den Lehrern, die diesem Gerücht mehr Glauben schenkten als der offiziellen Version, da sie von jeher der Ansicht gewesen war: Jemand wie Julien DuCraine hatte ohnehin keine Chance, den Abschluss an der Montgomery zu schaffen.

Ich bemühte mich weiter darum, möglichst unschuldig zu wirken, und blinzelte sie mit großen Augen an.

Sie ließ ein Schnauben hören. »Wir werden sehen, was bei Ihrem Versuch hier herauskommt.« Damit schob sie die Seiten zusammen und machte sich daran, auch die Arbeiten der anderen einzusammeln.

Quer über die Tische hinweg begegnete ich Beths Blick. Sie legte fragend den Kopf schief. Ich nickte und wurde mit einem erhobenen Daumen und einem Grinsen belohnt. Nachdem wir aus Griechenland zurückgekehrt waren, hatten Beth und ich ein sehr langes Gespräch miteinander geführt, bei dem ich ihr zu erklären versucht hatte, warum ich mich in der Zeit davor so seltsam benommen hatte – die Geschichte, die ich ihr erzählt hatte, war eine Mischung aus der Wahrheit und *Romeo und Julia* gewesen: Fehden, antiquierte Ansichten, unsere Familien, die nicht wollten, dass Julien und ich zusammenkamen ... Ich hatte mich bemüht, so wenig wie möglich zu lügen, und war damit erstaunlich gut durchgekommen. Selbst die Sache mit Juliens plötzlich aufgetretener *Krankheit* hatte sie mir geglaubt. Am Ende unseres Gesprächs hatten wir uns wieder vertragen.

In der nächsten Stunde, Erdkunde, bewahrte nur Beths Ellbogen mich zweimal davor, dass ich mit dem Kopf auf der Tischplatte einnickte. Vermutlich hatte es Mr Sander nur gut mit denen gemeint, die gerade eine Matheklausur geschrieben hatten – immerhin mehr als die Hälfte seines Kurses –, doch der Film über die Brandrodung der Regenwälder und ihre Folgen erwies sich für mich als Prüfung. Was vielleicht daran lag, dass zwar meine *Tageslethargie* inzwischen gänzlich der Vergangenheit angehörte, ich aber mit einem weitestgehend nachtaktiven Freund geschlagen war, und im Gegensatz zu ihm tagsüber die Schule mit Klausuren und all den anderen Dingen am Hals hatte, die meine Aufmerksamkeit verlangten.

Englische Literatur brachte ich mehr schlecht als recht hinter mich. Manchmal – so wie an diesem Tag – fiel es mir schwer, Cynthias Sticheleien zu ertragen, ohne sie für eine Minute in einem der Mädchenklos beiseitezunehmen und ihr einmal einen kleinen Blick auf meine Eckzähne zu gönnen; in *verlängertem* Zustand. Glücklicherweise hatte sie nicht allzu viel Zeit zum Sticheln, da Mr Barrings es für eine ausgezeichnete Idee hielt, an einem Freitag in der letzten Stunde einen Test über unsere aktuelle Lektüre, Steinbecks »Von Menschen und Mäusen«, zu schreiben. Als das Klingeln das Ende auch dieser Stunde verkündete, war es eine Erlösung.

Auf der Treppe vor dem Haupteingang erwarteten mich Susan und Mike. Nachdem die Corvette sich heute Morgen geweigert hatte anzuspringen – woran vermutlich der neuerliche Kälteeinbruch über Nacht schuld war –, hatten sie und ihr Bruder mich mit zur Schule genommen und würden mich auch wieder zu Hause abliefern. Ich kniff die Augen gegen die Sonne zusammen – offenbar waren sie dank meiner menschlichen Hälfte nicht ganz so empfindlich wie die einer *normalen* Lamia. Damit blieb mir die dunkle Brille und das daraus resultierende Getratsche erspart.

Während ich neben ihnen her durch den Schneematsch in Richtung Schülerparkplatz stapfte und dabei mit halbem

Ohr zuhörte, wie Mike von seinen Plänen für's Wochenende erzählte, schlug ich den Kragen meiner Jacke hoch und schob die Hände tief in die Taschen.

»Sag mal, Dawn ... ist das da drüben nicht Julien?«, meinte Susan unvermittelt.

Ich blieb so abrupt stehen, dass zwei Mädchen beinah in mich hineingelaufen wären, und starrte in die Richtung, in die sie gerade wies. Mein Herz setzte einen Schlag aus. Tatsächlich! Unverkennbar: Julien. Er lehnte an einer der hochstämmigen Tannen, die an der linken Seite des Schülerparkplatzes ein kleines Dreieck bildeten. Die Hände hatte er in den Taschen seiner Lederjacke vergraben und die Kapuze des Sweatshirts, das er darunter trug, tief ins Gesicht gezogen. Wie immer steckten seine verboten langen Beine in schwarzen Jeans. Dass er knöcheltief im Schnee versank, interessierte ihn entweder nicht oder er merkte es nicht.

Auf dem Parkplatz direkt daneben stand die Vette, tiefschwarz glänzend vor dem winterlichen Weiß. Offenbar hatte er sie wieder zum Laufen gebracht.

War er verrückt geworden? Wir hatten helllichten Tag und obendrein strahlenden Sonnenschein, der darüber hinaus noch von dem Schnee auf den Rasenflächen reflektiert wurde. Wahrscheinlich sollte ich dankbar dafür sein, dass er zumindest noch so viel Verstand hatte, dass er sich im Schatten der Bäume hielt. Mein Vorhaben, ihn mental anzubrüllen, vereitelte er, indem er mich nicht in seinen Geist ließ. Alles, was ich spürte, war Ungeduld. Und selbst das war vermutlich keine Absicht.

»Scheint so, als bräuchtest du mich nicht mehr als Chauffeur, was?« Susan winkte zu Julien hinüber. Mike tat es ihr nach. Bei den Bäumen zog Julien eine Hand aus der Tasche und erwiderte die Geste. Ob außer mir jemandem auffiel, dass sein Atem keine weißen Wolken bildete?

»Nein, anscheinend nicht«, murmelte ich abwesend, schickte noch ein »Bis Montag und schönes Wochenende« hinterher und stapfte auf Julien zu.

Dem Himmel sei Dank, blieb er, wo er war, und sah mir einfach nur entgegen. Als ich ihn schließlich erreichte, ließ Julien mich gar nicht erst zu Wort kommen. Er nahm mein Gesicht zwischen seine Hände, grub die Finger in mein Haar, zog mich zu sich heran und küsste mich. Gründlich und kompromisslos und zugleich unendlich behutsam und sanft. Ich schnappte nach Luft, als er mich wieder losließ.

»Bist du ...« Es war schwer, wütend zu sein, wenn man gerade vollkommen atemlos geküsst worden war. Weiter kam ich nicht.

»Adrien hat heute Morgen angerufen«, teilte er mir mit. Verwirrung mischte sich in meinen Ärger. Allerdings bei Weitem nicht genug, um ihn nachhaltig zu dämpfen. – Und was bitte sollte mir das sagen, dass Adrien angerufen hatte? Er wollte im Frühling seine Vette zurück. Machte er am Ende jetzt schon Pläne über das Wann und Wie?

Julien gab mir nicht die Chance zu fragen. Als wäre es das Normalste von der Welt, trat er an mir vorbei und unter den schneeschweren Ästen der Bäume heraus ins Sonnenlicht. Ich war nicht schnell genug, um ihn aufzuhalten, erwischte ihn nur noch am Jackenärmel. Sekundenlang standen wir reglos. Er im Licht, ich im Schatten. Ich immer noch seinen Ärmel verzweifelt umklammernd, wie gelähmt vor Angst. Auch als er mit der freien Hand die Kapuze zurückstreifte, brachte ich keinen Ton heraus. Die Sonne blitzte auf den verspiegelten Gläsern seiner dunklen Brille. Ich rechnete damit, dass jeden Moment Flammen über seine Haut lecken, dass um uns herum das Chaos ausbrechen würde, ob der spontanen Selbstentzündung meines Freundes ...

»Er hat deinen Verdacht bestätigt«, erklärte er sanft.

Meinen ... Verdacht? – Ich starrte ihn an. Er löste meine verkrampften Finger behutsam von seinem Ärmel, verschränkte seine mit ihnen, zog mich langsam ins Licht und in seine Arme. Irgendwie fiel mir das Schlucken plötzlich schwer. Adrien war vor knapp einer Woche zu Besuch gewesen und hatte, als er nach Marseille zurückgeflogen war, wo er an Juliens Stelle das Amt des Fürsten bekleidete, jeweils eine Blutprobe von Julien und mir im Gepäck gehabt. Sie hatten sich in den Kopf gesetzt, herauszufinden, wie es möglich gewesen war, dass Julien seine Hinrichtung in der Sonne hatte überleben können; wie es sein konnte, dass er hier vor mir stand, ebenso atemberaubend schön wie vor jenem Sonnenaufgang in Griechenland. – Etwas, das mich noch immer, jedes Mal wenn ich ihn ansah, in Staunen versetzte.

Ich hatte meinen Augen nicht getraut, als das verbrannte Fleisch nach ein paar Tagen begonnen hatte sich wie nach einem einfachen Sonnenbrand abzulösen und darunter makellos glatte, blasse Haut zum Vorschein gekommen war. – Nur eine rote, verschrumpelte Narbe an der Innenseite von Juliens rechtem Handgelenk war zurückgeblieben, genau an der Stelle, von der er mich im Grabgewölbe des Klosters hatte trinken lassen. Brauen und Wimpern waren ebenso dicht und lang wie zuvor nachgewachsen und auch sein Haar reichte ihm schon wieder schwarz und seidig bis fast über die Ohren. Nur seine Fänge waren auch im *entspannten* Zustand unübersehbar zu lang für ein normales menschliches Gebiss geblieben und seine Augen waren nicht mehr zu ihrem hellen Quecksilberton zurückgekehrt – sie waren nach wie vor von jenem beinah lichtschluckenden Schwarz, doch zumindest war das Rot aus ihnen verschwunden und zeigte sich nur, wenn Julien wütend war. Oder hungrig.

Ohne seinen Blick aus meinem zu nehmen, strich er mit

den Fingerspitzen sacht über meine Stirn, die Schläfe, über die Wange entlang abwärts bis zu meinem Kinn. Mein Ärger war wie weggewischt, jetzt pochte mein Herz in meiner Kehle. Für einen Sekundenbruchteil legte Julien die Hand genau auf diese Stelle, als würde er durch die federleichte Berührung auf das wilde Klopfen lauschen.

»Wir wissen beide, dass ich ... *anders* bin als ein *normaler* Vampir, Dawn. Sonst könnte ich bei Tag nicht ebenso *wach* sein wie in der Nacht oder mich in Räumen aufhalten, aus denen das Sonnenlicht nur durch Fensterläden und Vorhänge ferngehalten wird, ohne Schaden zu nehmen – noch nicht.« Zart hakte er mir eine dunkelblonde Strähne hinters Ohr.

Noch immer irgendwie zittrig versuchte ich zu lächeln. »Und du solltest ganz sicher nicht hier in der Sonne stehen können.« Ich spreizte die Finger auf seiner Brust, spürte unter dem Sweatshirt den schmalen, länglichen Umriss des goldenen Röhrchens mit dem, was vom Blut der Ersten übrig war.

Er neigte den Kopf, den Mund kaum merklich verzogen, und bedeckte meine Hand mit seiner. »Nein, das sollte ich nicht. – Und wir wissen beide, was mir am Anfang dabei geholfen hat, es zu können. Jeden Tag ein bisschen mehr.«

Ja, ich wusste es ebenso wie er – auch wenn das Ganze zuerst einfach nur aus der Not heraus geboren war, dass Julien in seinem Zustand selbst bei Nacht nicht hatte auf die Jagd gehen können. Letztlich waren wir jedoch nur durch einen Zufall dahintergekommen – der für Julien dieses Mal leicht hätte tödlich enden können.

Julien hatte es nach einigem Hin und Her geschafft, mich dazu zu überreden, ein wenig – und nur sehr, sehr vorsichtig – zu experimentieren. Genau genommen hatte ich nur zugestimmt, weil ich die Sehnsucht in seinen Augen gesehen hatte, als er davon sprach, die Tage nicht mehr in kompletter Dunkelheit eingesperrt im Keller verbringen zu müssen.

Irgendwann hatte ich den Verdacht – oder vielmehr: die *Hoffnung* – gehegt, dass es ihm eventuell sogar möglich sein könnte, sich auch wieder im Sonnenlicht frei zu bewegen. Allerdings hatte ich ihn nicht laut geäußert. Die Gefahr, Julien würde auf den Wahnsinn verfallen, es tatsächlich auszuprobieren, war zu mir groß. Allein die Vorstellung, dass die Sonne ihn diesmal vielleicht wirklich töten würde; dass es diesmal vielleicht keine *Auferstehung* für ihn geben würde, war für mich unerträglich. Offenbar hatte er meinen Verdacht aber dennoch wohl irgendwie in meinen Gedanken gespürt; ihn vermutlich irgendwann sogar selbst gehegt. – Und dieses letzte Experiment allein gewagt.

Ich räusperte mich. »Es ist wirklich mein Blut, das ...«

»... das es mir in letzter Instanz ermöglicht, wieder ein Leben in der Sonne zu führen. – Ohne Einschränkungen. Mit dir zusammen. Wie früher.« Er lächelte auf mich hinab. »Ja.«

Sekundenlang stand ich einfach nur da, starrte ihn an, ohne zu wissen, was ich sagen, ja was ich denken sollte, ehe ich das Einzige tat, das mir in den Sinn kam: Ich barg mein Gesicht an Juliens Brust und schmiegte mich so fest an ihn, wie ich durch unsere Jacken hindurch konnte. Julien legte die Arme um mich und drückte mich noch enger an sich.

»Ich danke dir, Dawn«, hörte ich ihn in mein Haar sagen.

Ein paar einfache Worte und er schaffte es, mir damit die Tränen in die Augen zu treiben. Hastig wischte ich mir mit dem Jackenärmel darüber.

»Hat er ...« Ich zog die Nase hoch und musste mich erneut räuspern, damit meine Stimme wieder halbwegs normal klang. »Hat er auch herausgefunden, wie ...« ... *wie es sein kann, dass du noch am Leben bist?* Ich sprach die Frage nicht aus, da ich wusste, dass sie ihn ebenso beschäftigte wie mich.

Ich spürte Juliens Kopfschütteln. »Nein. Aber es ist mir auch egal. Alles, was zählt, ist, dass ich bei dir bin und du mich nicht zum Teufel jagst, weil ich ... nicht mehr bin, wie ich war.«

Ich ihn zum Teufel jagen? Hatte er tatsächlich gefürchtet ...? War er deshalb von Zeit zu Zeit so seltsam ... still gewesen? Großer Gott. Betont langsam hob ich den Kopf von seiner Brust, löste meine Arme unter seiner Jacke von seiner Taille, schlang sie ihm stattdessen um den Nacken, schob meine Hände in sein Haar, wie er es zuvor bei mir getan hatte, und zog seinen Kopf ein Stückchen zu mir herunter. Ich hatte dieses *jemanden vollkommen atemlos küssen* nicht so gut drauf wie er – noch nicht –, aber ich war mir sicher, dass meine Fähigkeiten durchaus reichten, um ihm klarzumachen, was ich von seinem letzten Satz hielt. Wenn nicht, dann tat das hoffentlich der Umstand, dass ich mit meiner Zunge ganz bewusst über seine so viel längeren und spitzeren – und schärferen – Eckzähne strich. Er hielt absolut still. Und trotzdem spürte ich, wie er an meinem Mund scharf einatmete, während zugleich kaum merklich ein leiser Schauer durch seinen Körper rann. Ich wiederholte meine Berührung, bevor ich meinen Kuss wieder ein wenig zahmer werden ließ. Wie zur Antwort zog Julien mich mit einer Mischung aus Stöhnen und Seufzen fester an sich. Die Art, wie er meinen Kuss erwiderte, verriet mir nur zu deutlich, dass meine Botschaft angekommen war.

Eine gedämpfte Melodie aus Juliens Jacke ließ mich verwirrt innehalten – und dann leise knurren, als ich begriff, was es war: sein Handy! Das war zwar nicht der übliche Klingelton, aber was sollte es sonst sein. Ich knurrte lauter, als er Anstalten machte, seinen Mund von meinem zu lösen. Er ließ sich nicht beirren und nahm seine Lippen von meinen, während er zugleich in die Jackentasche griff und den Störenfried hervorholte.

»Es tut mir leid, aber da *muss* ich rangehen«, seufzte er mit einem Verzeihung heischenden Blick an meine Adresse und hob es ans Ohr. Zumindest hatte er den Anstand, eine schuldbewusste Miene aufzusetzen. »Ja?« Ich hatte erwartete, dass er den Anrufer scharf anfahren würde, doch er klang erstaunlich sanft. »Natürlich gilt das Angebot noch. – Du musst mir nur sagen, wie lange du zum Packen brauchst und wann ich dich abholen lassen kann.« Er legte die Hand über das Mikrofon des Handys. »Leihst du mir deinen Jet?«, fragte er leise. Die Worte waren kaum mehr als ein Bewegen der Lippen.

Seit Weihnachten besaß ich wahrhaftig einen kleinen Privatjet, der auf dem Flughafen von Bangor zu meiner uneingeschränkten Verfügung bereitstand; ebenso edel wie der von di Uldere oder Onkel Vlad; ein *Geschenk* des Rates der Fürsten. Nach meinem kleinen *Kunststück* in der Ratshalle waren sie überraschenderweise sehr darauf bedacht, mir alles nur erdenklich Gute zu tun. Ihre *Fürsorge* ging sogar so weit, dass sie jegliche Kosten für die Maschine übernahmen. – Nur der Pilot stand auf Adriens Gehaltsliste, darauf hatte er bestanden. Nach wie vor traute er den Mitgliedern des Rates keinen Zentimeter weit. Ebenso wie Julien. Ihre Rechnung war ganz einfach: Gérard mochte tot sein, aber wer garantierte, dass er außer denen, die ihn im Rat offen unterstützt hatten, nicht noch weitere *Freunde* gehabt hatte?

Ich runzelte die Stirn, nickte aber. Julien schenkte mir ein Lächeln und nahm die Hand wieder vom Mikrofon.

»Dann lasse ich dich in zwei Stunden abholen. Pack aber warme Sachen ein. Marseille kann um diese Jahreszeit ziemlich ungemütlich sein. ... Nein, mein Bruder ist nicht mehr in Dubai.«

Schlagartig wurde mir klar, mit wem er telefonierte.

Kate?, formte ich lautlos mit dem Mund und neigte fragend den Kopf. Julien nickte, lauschte weiter. Das erklärte seinen Tonfall und warum er hatte rangehen *müssen*.

»Das erfährst du dann vor Ort. Verrätst du mir noch mal deine Adresse? ... Gut. Sagen wir, in zwei Stunden steht eine Limousine vor deiner Tür und bringt dich zum Flughafen? ... Was glaubst du, würde mein Bruder mit mir machen, wenn ich deine Reise nicht mit allem Luxus organisieren würde?« Julien lachte leise. »Genau. - Der Mann, der dich abholt, wird auch dein Pilot sein. Er wird dir sagen, dass er von Julien Du Cranier geschickt wurde.« Er sprach seinen Namen französisch aus. »Sagt er dir das nicht oder nennt er dir nicht genau diesen Namen, so wie ich ihn dir gesagt habe, schick ihn wieder fort und ruf mich an. ... Nein, *die* Probleme haben sich erledigt. ... Ah - nennen wir es angeborene Paranoia. ... Ja. Hab eine schöne Zeit in Marseille und grüß meinen Bruder von mir. ... Für dich gerne. Bis dann.« Er beendete das Gespräch, nur um sofort eine andere Nummer zu wählen. Vermutlich die *meines* Piloten.

»Woher wusstest du, dass das Kate war?« Ich schlug den Kragen meiner Jacke noch ein wenig höher.

»Es gibt nur eine Handvoll Leute, die meine Nummer haben. Wenn mich jemand wiederholt anruft, aber jedes Mal auflegt, ehe ich drangehen kann und auch nie eine Nachricht hinterlässt, will ich irgendwann wissen, wer dahintersteckt, und mit sichtbarer Nummer ...« Er hob die Hand und wechselte ins Französische. Es klang, als gebe er dem Mann knappe und präzise Anweisungen. Das Gespräch dauerte keine zwei Minuten, dann legte er auf und schob das Handy in die Jacke zurück.

Übertrieben nachdenklich zog ich die Brauen in die Höhe. »Sollte Adrien nicht vielleicht auch erfahren, dass Kate nach Marseille kommt?«, erkundigte ich mich harmlos. Allmählich drang die Kälte des Schnees in meine Stiefel.

Sekundenlang war Juliens Gesichtsausdruck geradezu unschuldig, dann grinste er diabolisch. »Bis Kate auf dem Flughafen von Marseille landet, sollten noch knapp zehn Stunden vergehen. Wenn ich Adrien in fünf anrufe, hat er noch weitere fünf, um in Panik zu geraten. Glaub mir, das reicht.«

»Panik?« Ich konnte mir Adrien nicht in Panik vorstellen, aber einerseits kannte Julien seinen Zwilling bedeutend besser als ich und andererseits ... ging es um Kate.

Mit einem nur zu vertrauten nonchalanten Schulterzucken zog er mich zurück in seine Arme. »Sagen wir: Anspannung. – Der Pilot gibt mir Bescheid, wenn er mit Kate an Bord vom Bostoner Flughafen startet. Ich wollte Adrien erst dann anrufen, wenn sicher ist, dass sie nicht in letzter Sekunde der Mut verlässt und sie doch nicht in die Maschine steigt. Einverstanden?«

»Und du bist sicher, dass das nichts damit zu tun hat, dass Adrien dich in Griechenland k.o. geschlagen hat?« Es fiel mir schwer, weiter süß und brav dreinzuschauen.

»Du meinst den Umstand, dass es sich noch nach Tagen so angefühlt hat, als hätte er mir den Kiefer gebrochen?« Sein Ton war reine Empörung. »Nein, natürlich nicht. – Einverstanden?«

»Mhm.« Ich lehnte meinen Kopf wieder an seine Brust und schob die Hände aus meinen Taschen zurück unter seine Jacke. »Denkst du, sie gibt ihm eine Chance?«

»Ich weiß es nicht. Sie schien eben sehr ... schüchtern; unsicher. Aber dass sie zumindest von Angesicht zu Angesicht mit ihm reden will, ist vielleicht ein gutes Zeichen. – Ich würde es ihm von ganzem Herzen wünschen.« Sanft strich er meinen Rücken auf und ab.

»Ich auch.« Ich kannte Adrien nicht gut genug, um sagen zu können, ob Kate zu ihm passte – *sie* kannte ich genau genommen noch viel weniger –, aber dennoch wäre es schön zu wissen, dass es auch in Adriens Leben jemanden gab, mit dem er es teilen konnte und glücklich war. Dass er Kate liebte, daran gab es keinen Zweifel, und ich hoffte, dass sie sich inzwischen auch über ihre Gefühle für ihn im Klaren war. Und vor allem, dass sie sie erwiderte. Ich schmiegte mich fester an Julien – und es war mir vollkommen egal, dass wir vermutlich gerade mal wieder für Tage Schulklatsch sorgten ...

»Julien?«

»Hm?« Er klang geradezu selbstvergessen.

»Wenn du dich in der Sonne wieder frei bewegen kannst, bedeutet das, dass du auch wieder zur Schule gehen kannst?«

Die Bewegung auf meinem Rücken stockte keine Sekunde. »Du glaubst doch nicht, dass ich dich eine Sekunde länger aus den Augen lasse als absolut notwendig. Auch wenn ich mich deshalb zu irgendwelchen Fechtwettkämpfen aufstellen lassen und Hallerns dumme Sprüche ertragen muss.« Er verlagerte sein Gewicht ein klein wenig. »Ich wette, Vlad würde dich gerne an einer der Pariser Universitäten sehen, wenn du deinen Abschluss hier hast; und Radu vielleicht in Rom?« Ich schauderte an seiner Brust und entlockte ihm damit ein Glucksen – meine Familie konnte mir gestohlen bleiben. »Wahrscheinlich wird Adrien ähnliche Wünsche äußern. Marseille hat drei Universitäten ...«

»Würdest du gerne nach Marseille zurückkehren?« Ich hob den Kopf von seiner Brust. Inzwischen kannte ich ihn gut genug, um diesen leisen Unterton in seiner Stimme zu hören.

Einen Moment sah er über mich hinweg ins Leere. »Für eine Weile. Ja vielleicht«, gab er schließlich zu, doch dann zuckte er die Schultern. »Aber ich überlasse die Entscheidung dir. Und ich könnte mir vorstellen, dass du erst einmal hier – oder zumindest in der Nähe – bleiben möchtest?« Er senkte den Kopf und blickte auf mich hinab. »Eines muss dir klar sein, Dawn: Über kurz oder lang wird es den Menschen in deiner Umgebung auffallen, dass du nicht alterst wie sie. Spätestens dann müssen wir woanders hinziehen. Weit genug weg, damit nicht die Gefahr besteht, einem von ihnen unvermittelt auf der Straße zu begegnen.«

Sekundenlang schloss ich die Augen. Als ich sie wieder öffnete, stand Sorge in Juliens Zügen. Ich legte die Hand gegen seine Wange. »Es gibt ziemlich viele Orte, die ich schon immer mal sehen wollte.« Meine Stimme zitterte ein wenig. »Dann kann ich nur hoffen, dass du meiner nie überdrüssig wirst und mir mit dir zumindest eine Konstante in meinem Leben bleibt.«

Er wandte den Kopf ganz leicht, schmiegte die Wange ein wenig fester gegen meine Handfläche. »Wenn du mich willst, Dawn Warden, bleibe ich bei dir für die Ewigkeit und einen Tag – und darüber hinaus.« Sein Mund streifte meine Handfläche, fand mein Handgelenk – wann war mein Ärmel hochgerutscht? –, legte sich auf meine Lippen. Plötzlich saßen in meinem Magen wieder Schmetterlinge. Mein Arm hatte sich wie von selbst in seinen Nacken geschoben, mein anderer folgte ihm. Wir hatten alle Zeit der Welt und doch brachten wir sie einen Augenblick lang zum Stehen.

Meine Knie waren weich, als er irgendwann seine Lippen wieder von meinen nahm.

»Dir ist kalt.« Er atmete dicht an meinem Hals tief ein. »Du musst trinken.« Sein Mund war jetzt direkt an meinem Ohr.

Ich blinzelte. Unerklärlicherweise schien Julien immer genau zu spüren, wann es so weit war. Mir wurde es stets erst bewusst, wenn die Gier erwachte und die Gefahr bestand, dass ich mich plötzlich über irgendeinen nichts ahnenden Menschen gebeugt fand, ohne sagen zu können, wie ich dorthin gekommen war. Dabei gab es nur ein Problem: Der Geruch nach Menschenblut schürte meine Gier zwar, aber es zu trinken, befriedigte sie nicht, sondern stachelte sie nur noch mehr an. Auch Vampir-Blut reichte nicht. Selbst das eines Lamia war nur imstande, den Hunger für ein paar Stunden zu mildern. Um ihn für Tage zu stillen, musste es Juliens Blut sein. Das zumindest wussten wir inzwischen mit absoluter Sicherheit. – Mein Blut, damit er ein *normales* Leben führen konnte, und seines, um meinen Hunger in Schach zu halten. Ich war ebenso an ihn gebunden wie er an mich. Vielleicht hätte mir diese Abhängigkeit Angst machen sollen. – Aber sie tat es nicht. Im Gegenteil.

Er verschränkte die Hände in meinem Rücken. »Wie wär's heute Abend mit Jagen und anschließend Kino? Und danach ... mal sehen.«

Ich holte bedächtig Atem und stieß ihn wieder aus. Eine weiße Wolke wehte von meinem Lippen. »Ist das ein Date?«, erkundigte ich mich dann gespielt unschuldig.

»Hmm ... irgendwann muss ich doch damit anfangen, dir ordentlich den Hof zu machen, oder?« Er lehnte sich ein Stück in meiner Umarmung zurück, um mir in die Augen zu sehen. Im ersten Moment mit jenem schiefen, leicht spöttischen Lächeln – bis zwischen seinen Brauen eine steile Falte erschien und er eine Hand von meinem Rücken nahm, sie so über mich hielt, dass mein Gesicht in ihrem Schatten lag, nur um sie gleich darauf wieder beiseitezuziehen. Die Falte vertiefte sich. Langsamer als zuvor hob er seine Hand wieder zwischen mein Gesicht und die Sonne. – Und starrte mich dabei an, dass ich mit jeder Sekunde mehr das Gefühl hatte, als seien mir gerade Hörner gewachsen.

»Was ist?«, wollte ich endlich unsicher wissen.

Seine Hand verschwand abermals, kehrte zurück und verschwand von Neuem. »Deine Augen wechseln die Farbe«, erklärte er mir dann unvermittelt.

»Was?« Jetzt starrte *ich ihn* an.

»Im Schatten sind sie braun, im Licht grün«, nickte er und sah mich weiter an, während er gleichzeitig auf den Außenspiegel der Vette deutete. »Schau selbst!«

Hastig löste ich mich von ihm – beinah wäre ich im Schnee ausgerutscht – und beugte mich zum Spiegel hinab. Meine Augen waren tatsächlich ... grün. Dunkel und intensiv ... grün. Unsicher warf ich Julien einen schnellen Blick zu. Er sagte nichts, beobachtete mich nur. Ein Junge ging auf der anderen Seite der Vette vorbei und gaffte neugierig zu mir herüber. Dass Julien einen Pfiff durch die Zähne hören ließ und mit einem brüsken Ruck mit dem Kopf den Weg entlangwies, ließ ihn eilig die Augen von mir nehmen und seine Schritte beschleunigen. Ich holte noch einmal tief Luft und beschattete meine Augen mit einer Hand, die andere brauchte ich, um mich an der Seite der Vette abzustützen. Ihre Tür war eiskalt. Die Hand über meinen Augen begann zu zittern – hätte die andere nicht fest auf dem Lack gelegen, hätte sie es sicherlich auch getan –, ich zog sie zurück, musste kurz die Augen zusammenkneifen, als die Sonne sie wieder traf, schluckte, hob sie wieder vor das Licht ... Er hatte recht. Mein Mund war plötzlich sehr trocken. Im Licht waren sie grün und im Schatten braun. Nicht dieses Graubraun, das sie früher gehabt hatten, bevor Samuel versucht hatte meinen Wechsel zu erzwingen; auch nicht jenes stumpfe Braun wie in der Zeit danach ... nein, jetzt waren sie von einem satten, tiefen Braun – und einem ebensolchen Grün.

O mein Gott. *Warum ist das noch niemandem aufgefallen? – Warum ist das mir noch nicht aufgefallen?* Ich stand jeden Morgen im Bad vor dem Spiegel ...

Ich würde keinem Jungen raten, dir so lange so nah zu kommen und dabei in deine Augen zu schauen, dass er es bemerken kann. – Und ich sehe dich heute zum ersten Mal seit deinem Wechsel im Sonnenlicht. Erst als ich ihn in meinem Kopf hörte, wurde

mir klar, dass ich in meinem Schrecken laut gedacht hatte. Julien lachte leise. *Und ich bin gespannt, welche anderen Überraschungen oder Fähigkeiten du in Zukunft noch an den Tag legst.*
Ich schnitt eine Grimasse.
Den Mund wieder zu jenem arroganten halben Lächeln verzogen, das ich so gut von ihm kannte, trat er neben mich und holte mich in seine Arme zurück. »Scheint so, als hättest du die Wahl zwischen getönten Kontaktlinsen oder einer dunklen Brille.« Das Lächeln vertiefte sich. Und wurde gleichzeitig zärtlich. »Deine Augen sind wunderschön. - *Du bist wunderschön.*« Seine Hand schob sich kalt in meinen Nacken und seine Lippen streiften meine einmal mehr.
Was auch immer ich eben noch hatte sagen wollen, ich konnte mich nicht mehr daran erinnern.
Ich liebe dich, Dawn Warden. - Mon rêve. - Mon coeur. - Mon âme.
Sein Kuss vertiefte sich noch einmal, dann löste er sich mit deutlichem Widerstreben von mir.
»Ich sollte dich nach Hause bringen, ehe du mir endgültig erfrierst.« Er griff an mir vorbei und öffnete mir die Beifahrertür der Vette.
Die Hand auf dem Holm beobachtete ich, wie er um die Schnauze der Vette zur Fahrerseite ging. Geschmeidig. Elegant. Gefährlich. Wunderschön. Der Lamia-Prinz, der bereit gewesen war, für mich sein Leben aufzugeben. Der Junge, den ich liebte.
Egal was die Zukunft bringen würde: Mit Julien zusammen zu sein, war all das wert gewesen. - All das und noch viel mehr.
Ich liebe dich, Julien Alexandre Du Cranier.
Er sah über das Dach der Vette zu mir herüber und lächelte.

Ich kann mir sehr gut vorstellen, was das Pärchen rechts neben Dawn und die drei Typen links von mir gedacht haben müssen, als sie auf meinen Schoß geklettert ist, kaum dass das Licht im Saal endgültig ausging. Sicherlich sind sie inzwischen davon überzeugt, dass ich das Kino mit einem unübersehbaren Mal an der Kehle verlassen werde. Es amüsiert mich. Vor allem, wenn man bedenkt, was wirklich geschehen ist. Wir sitzen in einem Vampirfilm und um uns herum geht alles davon aus, dass ein Mädchen, wenn es den Mund am Hals eines Jungen hat, ihm nur einen Knutschfleck verpasst. Wenn das keine Ironie ist?

Sie schnurrt, wenn sie trinkt. – Anders kann ich den leisen, wohligen Laut nicht beschreiben, den sie irgendwo in ihrer Kehle macht. Und sie hat keine Ahnung, was dieses Schnurren bei mir auslöst. Ebenso wenig, wie sie ahnt, was sie in mir entfacht, jedes Mal wenn sie ihre Zähne in mein Handgelenk gräbt – geschweige denn in meinen Hals. Ekstase! Reine, süße Ekstase! Allein das Gefühl, wenn sie zubeißt – vorsichtig, darauf bedacht, mir nicht wehzutun –, dieser zweifache, feine Schmerz, oder wenn ihre Lippen sich ganz leicht auf meiner Haut bewegen, während sie schluckt oder sie die Wunde anschließend zart leckt, ist unbeschreiblich. Es ist schwer, dann scheinbar entspannt stillzuhalten und sie einfach nur trinken zu lassen. Aber ich habe noch immer Angst, sie zu erschrecken. Meine wunderbare, unschuldige Dawn.

Jetzt sitzt sie wieder neben mir in meinem Arm, den Kopf an meiner Schulter, ihre Finger mit meinen auf der Lehne zwischen uns verschränkt. Ich spüre, wie sie von Zeit zu Zeit zusammenzuckt bei dem, was auf der Leinwand geschieht. Ihre freie Hand ist zwischen ihren Knien zur Faust geballt. Glaubt sie tatsächlich, ich würde es im Dunkeln nicht sehen? Ihre Sinne mögen nur in den ersten Stunden, nachdem sie von mir getrunken hat, schärfer sein als die eines normalen Menschen; aber meine? Wohl kaum. Im Gegenteil. Vielleicht sollte ich ihr vorschlagen zu gehen? Auch für mich haben die Bilder etwas Beklemmendes: Menschen, in irgendwelchen Ge-

stellen fixiert, während man ihnen das Blut aus den Körpern zieht. Melkvieh für die Vampire, die in diesem Film die Welt beherrschen. Sie wecken ... Erinnerungen?

Ich erinnere mich nicht an viel von dem, was nach dem Augenblick geschehen ist, als sie mich in den Hof hinausgezerrt und angekettet haben. – Ich flehe Adrien an, auf Dawn aufzupassen, sie zu beschützen; bin fast verrückt vor Angst, weil sie vor meinen Augen zusammengebrochen ist und ich nicht weiß warum. Ich brülle, bis er es mir verspricht. Als ich dann allein in dem Hof bin, kommt eine andere Art von Angst. Wie wird es sein, zu sterben, zu verbrennen bei lebendigem Leibe? Mein Herz rast. Mir ist heiß und kalt zugleich. Schweiß rinnt zwischen meinen Schulterblättern hinab. Ich liege auf den Knien. Nicht nur weil die Ketten mir keine andere Möglichkeit lassen, sondern weil meine Beine mich nicht mehr tragen. Und ich spüre, wie die Sonne ganz langsam aufgeht.

Sam Neill macht seine Sache da oben auf der Leinwand ziemlich gut. Gérard hätte sich ein Beispiel an ihm nehmen sollen. – Gérard ... So lange war Vergeltung das Einzige, wofür ich gelebt habe, und jetzt ... Ich habe Gérard getötet und kann mich nicht daran erinnern.

Ich erinnere mich an Schmerz. Das Gefühl, dass mein Innerstes nach außen gekehrt wird. Blanke Agonie, die mit jedem Atemzug, jedem Herzschlag, der mein Blut durch die Adern jagt, schlimmer wird. – Gérards Gift? Wahrscheinlich. – Dann das Feuer, als die Sonne mich erreicht. Flammen, die über meine Haut lecken, zischen und knistern. Haut, die aufreißt, sich vom Fleisch schält, zusammenschrumpft. Ich versuche nicht zu schreien. Und kann es nicht. Bis es endet.

Dawns Stimme. Worte wie geh nicht zu weit ... auf der anderen Seite ... warte auf mich ... ich habe Angst ... Ich habe lange gebraucht, um mich daran zu erinnern. Und zu begreifen, was sie vorhatte.

Es ist dunkel. Und kalt. Alles ist wie ein Fiebertraum. Vage. Ver-

zerrt. Weit entfernt. Als wäre man unter Wasser. Ich bin da. Und doch wieder nicht. An meiner Stelle ist etwas anderes, Dunkles. Ich und doch nicht ich. Ein Teil von mir, von dem ich bisher nichts wusste. Wild. Wütend. Dunkel. Alt. Schon immer da. Nur vergessen. Jetzt frei. Es ist dieses ... Dunkle, das wach ist, handelt. Ich spüre es und weiß doch nichts davon. Ich höre Worte und ... begreife sie nicht. Ich bin nur ... Zuschauer. Noch immer ... unter Wasser. Ohne mich daraus befreien zu können. Da ist Dawn. Sie schreit. Ich spüre den ... Zorn dieses ... Anderen. Hass. MEINS! Niemand berührt, was MEIN ist. Niemand VERLETZT, was MEIN ist.

Gérard.

Schmerz.

Schreie.

Blut.

Dawn. Und wieder Blut. Süßer diesmal. Das Gefühl von Dawn, ganz nah, Frieden. Süßer Frieden, in dem die Wut und der Schmerz vergehen.

Dawn. Mein. Ganz dicht.

Schließlich wieder Stimmen. Sie sprechen von Blut ... Krankheit ... Tests ... Pflicht.

Die Bilder auf der Leinwand bringen die Erinnerung stärker zurück.

Was wollt ihr mit einem Monster, Princessa? ... offensichtlich vollkommen schwachsinnig ... Übergebt ihn uns ... herausfinden, ob da tatsächlich ein Zusammenhang besteht ... einiger Tests bedürfen ...

Plötzlich fehlt mir die Luft zum Atmen. Ruhig! Sie soll es nicht merken.

»Julien? Alles in Ordnung.« *Irgendetwas hat mich verraten. Sie sieht zu mir auf.*

»Alles bestens.« *Das Lächeln fällt mir schwer. Ausgerechnet jetzt sind ihre Sinne noch so scharf wie meine.*

»Sollen wir gehen?« *Ihre Hand berührt meine Wange.*

Ich drehe den Kopf ein wenig, damit ich sie küssen kann. »Nein. Meinetwegen nicht. Alles in Ordnung.«

Sie ist nicht überzeugt, betrachtet mich noch eine Sekunde länger. Ich versuche wieder ein Lächeln. Endlich lässt sie den Arm sinken, lehnt sich zurück an meine Schulter. Nur ihre Hand hält meine fester.

Was wollt ihr mit einem Monster? *Der andere spürt ihre Angst, ihren Zorn, ihre Hilflosigkeit.* ... ganz offensichtlich vollkommen schwachsinnig. *Sie will ihn beschützen.* Wer sie ängstigt, stirbt! ... können wir nicht zulassen ... Übergebt ihn uns ... *Einer, auf den sich ihre Angst ganz besonders richtet.* - Tot am Boden. ... lasst uns nach Hause. *Die Worte wecken etwas. Ein Gefühl. Unbestimmt und doch wieder ... deutlich.*

Dann Sonnenaufgang. Hilflosigkeit. Friedliche Dunkelheit, süßer Schlaf. Dazwischen noch einmal ihre Stimme: Wir sind frei.

Als ich wieder aufwache, sind wir in Ashland Falls, im Keller des Hale-Anwesens. Allein. Ich erinnere mich an ihre Worte: Wir sind frei. *Der andere, das Dunkle, schläft irgendwo am Rande meines Bewusstseins.*

Er ist immer noch da. Selbst jetzt spüre ich ihn – es. Aber er ist ruhig. Dawn ist bei mir. Sie ist in Sicherheit. Mehr will er nicht. Sie beschützen, ihr dienen. Ihre Nähe bedeutet für ihn Frieden.

Ich bin nicht schizophren. Dieses Andere, Dunkle ist ein Teil meiner selbst, keine andere Persönlichkeit, mit der ich mir einen Körper teile. Es ist wilder, primitiver, ja. Und ich wusste nicht, dass es in mir existierte, aber jetzt, da es geweckt wurde, zweifle ich nicht daran. Und es ist nicht so, dass es mich kontrolliert. Ich bestimme, was ich tue. Jetzt zumindest wieder. Nur manchmal kommt er hoch; wenn ich nicht sicher weiß, dass es Dawn gut geht; wenn sie nicht so nah bei mir ist, sodass ich sie zumindest wittern kann; wenn ihr ein anderer Mann – vor allem ein Lamia – zu nahe kommt. Olek Nareszky hat diese Erfahrung gemacht, als er vor Kurzem zu Besuch war. Im einen Moment wollte er ihn in Stücke reißen, im nächsten war er friedlich, weil Dawn dazwischengegangen ist. Eine Hand auf meiner Brust, ein ärgerliches »Was soll das? Olek ist ein Freund!« hat genügt, um ihn zu besänftigen. Meinen Bruder kann er leichter in ihrer Nähe ertragen.

Und wenn ich jage. Dann ist er ebenfalls präsent. Harmlose, passive Opfer sind nicht nach seinem Geschmack. Er liebt den Kampf. Er will ihn. Deshalb gehe ich nur noch dort auf die Jagd, wo ich die entsprechenden Opfer finde: die, die normalerweise andere jagen. Schlägertypen, Kerle, die sich auch mit Gewalt nehmen, was man ihnen nicht freiwillig geben will. Er würde sie töten – wenn ich es erlauben würde. So lasse ich ihnen nur den Nachgeschmack ihrer Todesangst, wenn ich ihnen die Erinnerung an unser Zusammentreffen nehme. Genügend Stoff für Jahrzehnte an Albträumen.

Mein Bruder mit seinen Doktortiteln in Biologie und Chemie hat eine Theorie: dass jener Cocktail aus den unterschiedlichsten Giften und Drogen, die ich zum Zeitpunkt meiner Hinrichtung im Körper hatte – einzeln oder zusammen –, in Kombination mit der Sonne irgendwie eine Art spontane ›Rückmutation‹ bei mir ausgelöst hat, die mich näher an die Lamia der ersten Generationen heranbringt als an das, was ich war, bevor Dawn mich zum Vampir gemacht hat. So verrückt es klingt: Diese Theorie macht für mich Sinn. Dass die Sonne mich zwar schwächt und die direkte Berührung mit ihrem Licht für mich unangenehm ist, ich es aber – wieder – ertragen kann; dass dieses Wilde, Unberechenbare, ja Animalische in mir ist; und dass jenes eine, bestimmte Mädchen diese Wildheit besänftigt und jenem Dunklen in mir Frieden gibt: Von alldem sprechen die alten Legenden, wenn es um die ersten Söhne geht. Wovon sie nicht sprechen, ist, dass das Blut dieses einen Mädchens es ihnen erlaubt hat, sich frei und ohne Schwäche oder Unbehagen in der Sonne zu bewegen. Aber vielleicht ist es nur bei mir so. Weil es Dawns Blut ist; das Blut einer Princessa Strigoja – deren Wechsel obendrein durch das Blut Lamias ausgelöst wurde.

Auf der Leinwand geht ein Vampir in Flammen auf. Neben

mir springt Dawn auf und drängelt sich hastig durch die Reihe. Im ersten Moment bin selbst ich überrascht. »Pass doch auf, blöde Kuh!« Popcorn regnet hinter ihr auf den Boden. Ich spüre, wie sie sich innerlich krümmt, wie Erinnerungen in ihr aufsteigen, die sie krampfhaft in ihrem Geist einzuschließen, vor mir zu verbergen versucht. Es zerreißt mein Herz. Das hier war definitiv der falsche Film. Für uns beide. Ich bin direkt hinter ihr an der Saaltür, weil ich quer über Lehnen und Sitze gehe, ohne mich um Gänge oder sonstige Hindernisse zu kümmern. »Vollidiot!«, ruft mir einer nach.

Wortlos folge ich ihr nach draußen auf den Korridor, ziehe sie in die nächste Ecke und nehme sie in die Arme. Sie zittert am ganzen Körper. Wir haben beide unsere Dämonen aus Griechenland mitgebracht. Und wir versuchen beide, sie aus dem Kopf des anderen herauszuhalten. Einer der Platzanweiser geht an uns vorbei, gafft. Ich muss mich zusammenreißen, um ihn nur mit einem ›Verzieh dich, es gibt hier nichts zu sehen‹-Blick zu bedenken und ihm nicht meine Fänge zu zeigen. Fänge, die eigentlich zu lang für einen Lamia unserer Zeit sind. Selbst wenn sie entspannt sind. Auch so eine ›Rückmutation‹, wenn man Adriens Theorie glaubt.

In meinen Armen hebt Dawn den Kopf. Das Zittern hat aufgehört.

»Es tut mir leid, ich wollte dir den Film nicht versauen.« Ihr Lächeln soll vermutlich entschuldigend sein.

Ich zucke die Schultern. »Keine Angst, da war nichts, was ich nicht schon gesehen hätte.« Die Worte klingen so nonchalant wie immer, dabei sieht es diesmal ganz anders in mir aus. »Willst du wieder rein?« Die Frage ist rein rhetorisch. Sie schüttelt den Kopf. Fast ein bisschen zu schnell. »Was möchtest du dann machen?« Sie schweigt unschlüssig, noch immer sitzt der Schrecken in ihren Gedanken. Ich kann ihn spüren. Keine Vampirfilme mehr! Weder für sie noch für mich! Zumindest nicht in absehbarer Zeit. Sie hat die Unterlippe zwischen die Zähne gezogen. Kaut darauf herum. Zu fest. Ich kann einen Hauch ihres Blutes wittern. Als hätte ich nichts gemerkt, beuge ich mich zu ihr und küsse sie zart – wenn auch nicht ganz züchtig. Wenn die Gefahr besteht, dass sie versehentlich mich beißen könnte, lässt sie es sofort sein. Nach einem Moment ziehe ich mich wieder zurück. »Hast du Lust, di Uldere aufzuschrecken?«

Es klappt. Sie muss lachen. Timoteo Riccardo di Uldere, der Sovrani von Ashland Falls, verfällt seit Neustem jedes Mal, wenn die Princessa Strigoja seinem Club die Ehre gibt, in einen Zustand besorgter Panik, der bei einem Lamia seines Alters und Standes nun einmal leicht lächerlich wirkt. So als hinge sein Seelenheil von ihrer Zufriedenheit ab. Dawn ist allerdings der Meinung, er befürchte, dass ich ein wenig ... sagen wir ... unwillig werden könnte, wenn einer seiner männlichen Gäste meiner Freundin zu nahe kommt. Und sei es auch nur aus Versehen. Wie bei unserem ersten Besuch im Ruthvens, nachdem wir aus Griechenland zurück waren und ich mich wieder unter Menschen sehen lassen konnte. Ich habe mich entschuldigt und Besserung gelobt. Was hätte ich noch tun sollen?

Den Kopf zurückgelegt sieht sie mich auf diese nachdenkliche Art an. Als sie aber nach einer halben Minute noch immer nichts sagt, kann ich ein Seufzen nicht unterdrücken.

»Sieht so aus, als hätte ich unser erstes Date dank dieses Films in den Sand gesetzt, was?« Wenn man es genau nimmt, ist das hier tatsächlich unser erstes Date. Verrückt. Sie schläft in meinen Armen, wir lieben uns an den Orten, an denen es uns gerade passt, aber ein richtiges Date hatten wir vor heute noch nicht. Nennt man so etwas verkehrte Welt?

Hinter den Türen des Kinosaals dröhnt Musik auf. Kurz geht ihr Blick in diese Richtung. Sie lässt mich nicht in ihre Gedanken. Nur ganz schwach an der Oberfläche spüre ich ... Ärger ... und dann ... Entschlossenheit.

Als sie mich wieder ansieht, ist der Schmerz aus ihren Augen verschwunden. Jetzt steht etwas anderes darin. Sie schiebt ihre Arme unter meiner Jacke hindurch, verschränkt die Hände in meinem Rücken. Ich lege meine locker auf ihre Schultern, warte ab. Sie überrascht mich, indem sie sich auf die Zehenspitzen stellt und mich küsst.

»Wie war das mit dem Kino und danach ... ›mal sehen‹?«, fragt sie, das Gesicht noch immer dicht an meinem.

Ich liebe dich, Dawn Warden. Du bist alles, was ich immer wollte, wovon ich immer geträumt habe. Und ich werde alles dafür tun, damit du glücklich bist. Für den Rest meiner Existenz. Egal welchen Preis ich dafür zahlen muss.

»Das Angebot steht.« Ich streiche mit meinen Lippen über ihre. »Warum fragst du?«

Sie kommt mir in meinem Kuss entgegen, einen Atemzug lang nur. »Du warst jagen, wir hatten das Kino, jetzt steht mir der Sinn nach dem ›mal sehen‹«, schnurrt sie ganz dicht an meinem Hals. Dann macht sie einen Schritt zurück. »Komm. Lass uns nach Hause gehen.« Schon halb Richtung Kinoausgang gewandt sieht sie mich an, streckt mir die Hand entgegen. Ihre ganze Haltung hat etwas Verschmitztes.

Noch vor einem halben Jahr gab es in meinem Leben nichts als Wut, Hass und Rache. Und jetzt? Ich ergreife ihre Hand und lasse mich mitziehen.